Joseph Roth

Radetzkymarsch

•

라데츠키 행진곡

창비세계문학

5

•

라데츠키 행진곡

•

요제프 로트

황종민 옮김

창비

차례

•

일러두기

1. 이 책은 Joseph Roth, *Radetzkymarsch* (Deutscher Taschenbuch Verlag 1989)를 번역저본으로 삼았다.
2. 본문 중의 각주는 옮긴이의 것이다.
3. 외국어는 가급적 현지 발음에 준하여 표기하되, 일부 우리말로 굳어진 것은 관용을 따랐다.

1부

1

트로타家는 신흥명문이었다. 가문을 세운 할아버지는 쏠페리노 전투[1]가 끝난 뒤에야 귀족작위를 받았다. 할아버지는 슬로베니아인이었다. 자신이 태어난 고향 마을 이름을 따서 지폴리에를 귀족칭호로 정했다. 할아버지는 운명의 뜻에 따라 혁혁한 공훈을 세웠다. 하지만 후세에 이름이 남지 않게 하려고 온 힘을 다했다.

할아버지는 쏠페리노 전투에서 보병소위로 일개 소대를 지휘했다. 전투가 개시된 지 반시간쯤 흘러 있었다. 소위의 세 걸음 앞에 부하 병사들 등허리의 하얀 군복이 보였다. 소대 일 열은 무릎쏴를, 이 열은 서서쏴를 하고 있었다. 병사들은 사기충천하여 승리를 확신했다. 음식을 배불리 먹고 브랜디를 마음껏 들이켠 뒤였다. 어제 전장에 행차한 황제가 내린 특식을 나누며 황제의 영광을 위해 건

1 1859년 6월 24일 오스트리아군이 싸르데냐-삐에몬떼 왕국과 프랑스 동맹군에게 패배한 전투.

배한 다음이었다. 전열 여기저기서 병사가 픽픽 쓰러졌다. 빈자리가 생길 때마다 트로타는 날래게 뛰어들어, 전사하거나 부상당한 병사가 떨어뜨린 총으로 사격을 했다. 느슨해진 대열을 금세 좁혔다가 금세 다시 넓혔으며, 독수리처럼 매서운 눈초리로 사방팔방을 살폈고, 산토끼처럼 예민한 귀로 산지사방 소리를 들었다. 소위의 민감한 청력은 콩 볶듯 요란한 총성 속에서도 중대장이 이따금 외치는 명령을 가려냈다. 예리한 시력은 푸르스름한 안개를 헤치고 적진을 꿰뚫어봤다. 소위는 항상 조준사격을 했고, 탄환은 백발백중이었다. 부하들은 소위의 손길과 눈길에 기댔으며 소위의 외침을 들으면 안도했다.

적군이 공격을 중지했다. 끝없이 이어진 전선을 따라 명령이 전달됐다. "사격 중지!" 탄약 장전봉이 달그락거리는 소리가 잦아들었다. 뒤늦게 외따로 탕탕 울리던 총성도 멎어갔다. 전선 사이에 끼었던 푸르스름한 안개가 슬쩍 걷혔다. 졸지에 병사들은 비구름에 가려 은색으로 바뀐 태양이 내뿜는 한낮의 열기에 싸이게 됐다. 황제가 참모본부 장교 두명을 거느리고 소위와 병사들 사이에 모습을 나타낸 것은 바로 이때였다. 황제는 수행장교가 건네준 쌍안경을 들어올려 눈에 가져다대려던 참이었다. 트로타는 이것이 얼마나 위태로운 행동인지 잘 알았다. 적군 본대가 퇴각하는 중이라 할지라도 후위는 틀림없이 오스트리아군에게 총을 겨누고 있을 것이었다. 쌍안경을 들어올리는 사람은 자신이 쏘아맞힐 가치가 있는 표적임을 적에게 가르쳐주는 셈이었다. 젊은 황제야말로 더할 나위 없이 값진 표적이었다. 트로타는 속이 터질 것 같았다. 자신, 연대, 군대, 국가, 전세계를 파멸시킬 상상할 수 없는 엄청난 재난이 찾아오리라는 공포에 등골이 서늘해졌다. 무릎이 후들거렸다. 최전선 하급장교가 전쟁의 냉혹한 현실을 몰라도 너무 모르는 참모본부 고위장교들에게 늘 품고 있던 울분이 치밀었다. 소위는 울화를 터뜨리며 취한 행동으로 자기 이름을 연대 역사에 길이 남겼다. 트로타는 두 손으로 황제의 어깨를 잡아 내리눌렀다. 너무 억세게 잡아챘던 것 같다. 황제가 단박에 나동그라졌다. 수행장교들이 넘어지는 황제에게 달려들었다. 순간 탄환이 소위의 왼쪽 어깨를 꿰뚫었다. 황제의 심장을 노렸던 탄환이었다. 황제가 몸을 일으키는 동안 소위는 쓰러져갔다. 전전선에 걸쳐 노루잠에서 화들짝 깨어난 듯 소총들이 무턱대고 난사되기 시작했다. 수행장교들은 황제에게 이 위험천만한 장소를 떠나라고 조바심치며 재촉했으나, 황제는 쓰러진 소위 위로 몸을 굽히고선 황제로서의 의무를 잊지 않고 관등성명을 물었다. 소위는 의식을 잃고 아무 말도 알아듣지 못했다. 의무대위, 의무 부사관, 들것을 든 의무병 두명이 고개를 숙이고 허리를 굽힌 채 허겁지겁 달려왔다. 참모본부 장교들은 황제를 엎드리게 한 다음 자신들도 땅바닥에 몸을 붙였다. "여기 소위가 쓰러졌노라!" 황제는 숨을 헐떡이는 의무대위를 올려다보며 외쳤다.

사격이 다시금 잠잠해졌다. 견습사관이 소대 앞에 나와 쩌렁쩌렁한 목소리로 "본관이 지휘를 넘겨받는다!"라고 외치는 동안 프란츠 요제프 황제와 수행장교들은 몸을 일으켰고 의무진은 소위를 조심스럽게 들것에 뉘여 벨트로 묶었다. 모두들 연대 지휘본부로 돌아갔다. 거기에 숫눈처럼 하얀 텐트가 쳐진 최전방 야전병원이 있었다.

트로타는 왼쪽 빗장뼈가 으스러졌다. 어깨뼈 바로 아래 박힌 탄환이 최고사령관인 황제가 지켜보는 가운데 제거됐다. 부상당한 남자는 고통 때문에 의식이 깨어 소름 끼치는 비명을 마구 질러댔다.

트로타는 사주 뒤에 몸이 회복됐다. 남부 헝가리 주둔부대로 귀대했을 때 대위로 진급했고 최고 무공훈장인 마리아 테레지아 훈장과 귀족작위를 수여받았다. 이름에도 '폰'이 덧붙여져[2] 요제프 트로타 폰 지폴리에 대위라고 불렸다.

대위는 자신의 인생을 공장에서 만든 낯설고 새로운 인생과 맞바꾼 듯한 생각이 들어, 취침 전 밤마다, 기상 후 아침마다 자기 계급과 신분을 되뇌어보고 거울 앞으로 걸어가 얼굴이 예전 얼굴과 같은지 되살펴봤다. 동료들은 알 수 없는 운명의 장난으로 트로타와 자신들 사이가 갑작스레 벌어진 것을 어떻게든 좁혀보려고 괜스레 곰살궂게 굴었고 트로타 자신도 세상 사람들을 예전과 다름없이 허물없이 대하려고 안간힘을 다했지만 귀족이 된 트로타 대위는 평정을 잃은 것 같았다. 대위는 이제부터 평생 동안 남의 군화를 신고 미끄러운 바닥을 걸으며 은밀한 쑥덕거림에 시달리고 뜨악한 눈초리와 마주쳐야 하는 형벌을 받은 듯한 느낌이 들었다. 대위의 할아버지만 해도 시골 농사꾼으로 살았다. 아버지는 경리 부사관으로 일하다가 나중에 제국 남부 국경지역 치안대 상사가 됐다. 보스니아 국경 밀수꾼들과의 전투에서 한쪽 눈을 잃고 상이군인이 된 뒤에는 락센부르크 성 공원 수위로 근무하며, 고니에게 먹이를 주고, 덤불을 자르고, 봄이면 모감주나무꽃[3]을, 여름이면 딱총나무꽃을 사람들이 멋대로 꺾어가지 못하도록 지키고, 푸근한 밤에는 어둠을 틈타 벤치에 숨어든 갈 곳 없는 연인들을 몰아냈다.

2 독일어권에서는 귀족의 성 앞에 '폰'(von)을 붙인다.

3 모감주나무는 황금색 꽃이 흐드러지게 피기 때문에 독일어로는 '황금비나무'라고 한다.

부사관의 아들로 태어난 트로타는 일반 보병소위라는 계급이 자신에게 어울리고 걸맞다고 여겼었다. 그러던 자신이 훈장과 작위를 수여받은 대위로 진급하고 황제 은총의 낯설다 못해 섬뜩한 광휘를 황금색 햇무리처럼 휘감고 돌아다니게 되자, 아버지가 불현듯 낯설게 느껴졌고, 아들로서 아버지에게 적절히 애정을 표현하려면 지금까지와 다르게 행동해야 하며 아버지와 아들이 새로운 방식으로 교류해야 할 듯 여겨졌다. 대위는 아버지를 못 본 지 오년이 됐다. 하지만 두주에 한번씩 어김없이 돌아오는 당직근무를 할 때마다 늙은 아버지에게 짧게 편지쓰기를 잊지 않았다. 초소들을 순찰하고 교대시간을 일일이 적고 '특이상황' 칸에 그런 일이 생겨날 싹을 아예 잘라버리려는 듯 단호하고 분명하게 '무'라고 기입한 다음 초병실에 앉아 가물가물 깜박이는 군용 촛불을 켰다. 편지는 휴가증이나 근무증처럼 어슷비슷했다. 누르스름하고 나뭇결이 비치는 팔절지에 위로부터 8센티미터, 옆으로부터 4센티미터의 여백을 비우고 왼쪽 위에 '아버님 전 상서'라고 첫머리를 썼고, 자신은 편안하게 살고 있다는 짧은 소식으로 시작하여, 아버지도 평안하게 지내기를 바란다는 기원으로 넘어갔으며, 줄을 바꾼 다음 첫머리와 정반대 위치인 오른쪽 아래에 '만수무강을 빕니다. 불효자 요제프 트로타 소위 올림'이란 판에 박힌 인사를 장식서체로 써넣는 것으로 항상 끝을 맺었다. 이제 계급이 승진된 까닭에 예전과 달리 당직조차 맡지 않게 됐는데, 군 생활 내내 철칙처럼 고수하려 했던 편지 형식을 어떻게 고쳐야 할 것인가? 자신도 어리둥절할 만큼 야릇하게 변해버린 상황을 전달하기 위해, 틀에 박힌 문장에 어떤 생뚱맞은 소식을 끼워넣을 것인가? 어느 고요한 저녁 트로타 대위가 몸이 회복된 뒤 처음으로, 병사들이 따분함을 이기지 못하고 심심풀이 삼아 칼금을 긋거나 파놓은 책상에 앉아 아버지에게 편지를 쓰려고 했을 때, '아버님 전 상서'라는 첫머리 말고는 마땅히 쓸 말이 없음을 깨달았다. 한 줄도 쓰지 못한 채 펜을 거두어 잉크병에 꽂고, 불빛이라도 밝으면 그럴싸한 생각이나 쓸 만한 표현이 떠오를까 싶어 가물거리는 촛불의 심지를 살짝 뽑아올리고, 어린 시절, 고향 마을, 어머니, 소년사관학교에 대한 추억에 슬그머니 잠겨들었다. 자잘한 사물들이 파랗게 회칠한 휑뎅그렁한 벽에 엄청난 그림자를 던지는 것을, 방문 옆 걸이에 걸린 군도의 휘움한 칼몸이 희끄무레 빛나는 것을, 군도 칼자루에 검은색 목밴드가 끼워진 것을 물끄러미 바라봤다. 창밖에서 쉬지 않고 내리는 비가 장단 맞춰 양철 창문턱을 두드리는 소리가 아득하게 들렸다. 이윽고 대위는 몸을 일으켰다. 황제에게 감사알현을 가라는 출장명령을 며칠 뒤 받을 예정이었는데, 그 김에 다음 주에 아버지를 찾아가기로 결심을 굳혔다.

한주 뒤에 있은 알현은 십분도 채 걸리지 않았다. 황제가 십분가량 인자하게 미소 지으며 접견서에 적힌 열에서 열두 항목의 질문을 읽으면 자신은 차려 자세로 서서 "그렇습니다, 폐하!"라는 대답을 정중하지만 단호하게 소총 탄환처럼 발사하기만 하면 됐다. 알현을 마치자마자 대위는 영업마차를 타고 아버지를 만나러 락센부르크로 달려갔다. 대위는 상이군인 숙소 부엌에서 아버지와 마주쳤다. 아버지는 셔츠 바람으로, 상보는 덮지 않고 (군청색 천을 빨간색 실로 감친) 손수건만 깔아놓은 반들반들한 식탁에, 김이 솟고 냄새가 향긋한 커피가 담긴 큼지막한 찻잔을 올려놓고 앉아 있었다. 식탁 가장자리에는 옹이투성이인 적갈색 벚나무 지팡이가 목발과 함께 걸려 가볍게 흔들거렸다. 잎담배가 가득 든 쭈글쭈글한

가죽 주머니는 배가 불룩하고 입은 헤벌어진 채 기다란 파이프와 나란히 놓여 있었다. 파이프의 하얬던 도기 색이 연기에 그을려 누리끼리하게 변한 것이 아버지의 덥수룩하고 허연 콧수염과 잘 어울렸다. 이 누추하고 푸근한 상이군인 숙소 한복판에 요제프 트로타 폰 지폴리에 대위는 마치 군신軍神처럼 서 있었다. 어깨띠는 반짝거리고, 검은색 래커를 칠한 철모는 흑태양처럼 빛을 뿜고, 매끈하게 닦은 군화는 불처럼 광나고, 박차는 은은히 번득이고, 코트에 두 줄로 박힌 단추들은 빛이 밝게 일렁이는 듯하고, 마리아 테레지아 훈장은 성스러운 위광으로 대위를 축복하는 것 같았다. 아들이 이렇게 아버지 앞에 나타나자, 아버지는 느릿느릿 몸을 일으켰다. 아들의 광휘를 누그러뜨리기 위해 굼뜨게 인사를 건네려는 듯했다. 트로타 대위는 아버지의 손에 입을 맞추고, 고개를 더 깊이 숙여 이마와 뺨에 입맞춤을 받았다. "앉아라!" 아버지가 말했다. 대위는 광채나는 군장들을 풀고 앉았다. "축하한다!" 아버지는 여느 때와 다름없는 목소리로 말했다. 군 출신 슬라브인 특유의 딱딱한 독일어였다. 자음을 뇌우처럼 내뱉었고 마지막 음절을 살짝 내리눌렀다. 오년 전만 해도 아버지는 아들에게 슬로베니아어로 말했다. 아들이 알아듣는 슬로베니아어는 몇 마디 되지 않고 말할 줄 아는 단어는 한마디도 없는데도 아랑곳하지 않았다. 하지만 운명과 황제의 은총 덕택에 아들이 저 멀리 딴 세상으로 옮겨간 마당에 오늘 아들에게 모국어를 쓰는 것은 지나치게 스스럼없는 처사라고 생각했는지 모른다. 반면 대위는 아버지 입술에서 눈을 떼지 않고, 귀에 익으면서도 아스라하고, 잃어버린 고향처럼 느껴지는 슬라브어 음성이 나오기를 이제나저제나 하고 기다렸다. "축하한다, 축하해!" 상사가 다시금 우레같이 말했다. "내가 근무할 때는 그렇게 빨리 진급할 수 없었다! 그때는 라데츠키[4]가 우리를 들들 볶았지!" 이제 정말로 끝났다! 트로타 대위는 이렇게 생각했다. 자신과 아버지 사이를 군대계급이라는 태산이 가로막고 있었다. "라키야[5]가 있습니까, 아버님?" 대위가 물었다. 가족 사이에 남은 마지막 공통점이나마 확인하고 싶어서였다. 두 사람은 술을 마시고 건배를 하고 다시 술을 마셨다. 술을 들이켤 때마다 아버지는 끙끙거리고 끝없이 쿨럭거리고 얼굴이 푸르죽죽해지고 침을 퉤퉤 뱉더니, 가까스로 자세를 가다듬고 자신이 군 생활에서 겪은 일을 주절주절 늘어놓았다. 아들의 공훈과 출세를 시새우는 마음을 고스란히 드러냈다. 마침내 대위는 몸을 일으키고 아버지 손에 입을 맞추고 아버지로부터 이마와 뺨에 입맞춤을 받고 군도를 차고 깃털 군모를 쓰고 떠났다—이것이 이승에서 아버지와의 마지막 만남이 될 것이라고 똑똑히 깨달으면서……

이것이 정말로 마지막이 됐다. 아들은 아버지에게 늘 하던 대로 편지를 썼지만 두 사람 사이에 다른 교류는 더는 찾아볼 수 없었다—트로타 대위는 슬로베니아 농사꾼 선조들이 대대로 이어온 가계에서 떨어져나왔다. 새로운 가문을 세웠다. 계절이 돌아가며 한해 한해 흘러갔다. 단조롭고 평화롭게 도는 바퀴가 하나씩 굴러가는 듯했다. 트로타는 신분에 걸맞게 자신의 연대장 조카딸이자 서보헤미아 지방군수 딸이며 꽃다운 나이는 아니었지만 지참금이

4 요제프 벤첼 라데츠키 폰 라데츠(Joseph Wenzel Radetzky von Radetz, 1766~1858)는 오스트리아 명장으로 이탈리아군과의 전쟁을 승리로 이끌었다. 장군의 무훈을 기리기 위해 요한 슈트라우스 1세(Johann Strauss I, 1804~49)가 「라데츠키 행진곡」을 작곡했다. 아들 요한 슈트라우스 2세(Johann Strauss II, 1825~99)는 오페라 『박쥐』(*Fleddermaus*)로 유명하다.

5 과일을 발효시켜 증류하여 제조하는 브랜디.

많은 여자를 아내로 맞아 아들을 얻었고, 작은 주둔부대에서 건전한 군 생활을 단조롭게 이어갔다. 아침마다 말을 타고 훈련장에 나갔으며 오후에는 까페에서 공증인과 체스를 두었고 자기 계급, 신분, 위신, 명성에 익숙해졌다. 대위는 군인으로서의 재능은 그저 그래서 연례 기동훈련에서는 평범한 성적을 내는 데 그쳤고, 좋은 남편으로서 외간여자를 조심하고 도박을 멀리했으며, 근무할 때는 무뚝뚝했으나 공정했고, 거짓말, 사나이답지 못한 행동, 비겁한 처신, 입에 발린 찬사, 지나친 명예욕을 치가 떨리게 싫어했다. 대위는 품행조사서가 보여주듯 매우 순진하고 나무랄 데 없었다. 대위가 가끔 분노에 사로잡히는 것을 보고서, 인간 천성을 잘 아는 사람들은 트로타 대위의 영혼에도 어두운 구렁텅이가 도사리고 있음을 짐작할 수 있을 뿐이었다. 그 깊은 바닥에는 폭풍우가, 이름없는 선조들의 알 수 없는 목소리가 숨죽이고 있었다.

트로타 대위는 책을 읽지 않았으며, 커가는 아들이 석필, 석판, 지우개, 종이, 자, 구구단표를 만지기 시작해야 할뿐더러 벌써 필독 독본을 읽어야 하는 것을 마음속으로 안쓰럽게 여겼다. 이때만 해도 대위는 아들도 군인이 되어야 한다고 확신하고 있었다. 트로타 가문 아들이 (지금부터 가문이 사라질 때까지) 다른 직업을 가질 수 있으리라고 생각해본 적 없었다. 아들이 두 놈, 세 놈, 네 놈이 있다면, (하지만 아내는 몸이 허약해서 의사를 불러야 하고 산후조리를 해야 하고, 임신하면 생명이 위험할 수도 있었다) 쪼르르 군인을 만들 텐데. 당시만 해도 트로타 대위는 이렇게 생각했다. 전쟁이 새로 일어날 것이라는 소문이 들렸고 언제든 참전할 각오가 되어 있었다. 전투에서 죽을 운명을 타고났음을 의심치 않았다. 군인으로서 명예를 지키려면 반드시 전장에서 죽어야 한다고 미련할 만큼 고지식하게 믿었다. 이 고집이 깨진 것은, 어느날 대위가 무심코 호기심이 일어 아들의 초급독본을 들춰보면서였다. 아들은 다섯살이 갓 넘은 나이에 어머니의 교육열 덕택에 가정교사 밑에서 공부의 쓴맛을 일찌감치 맛보았다. 대위는 운韻을 맞춘 아침기도를 읽어봤다. 수십년이 지났는데도 글자 하나 달라지지 않았다. 대위는 아직 이를 외우고 있었다. 「사계」「여우와 토끼」「백수의 왕」을 읽어봤다. 차례 페이지를 펼치자 자신과 관련된 듯한 글 제목이 눈에 띄었다. 「쏠페리노 전투에서의 프란츠 요제프 1세」라는 글이었다. 찬찬히 읽기 위해 자리에 앉았다. '쏠페리노 전투에서,' 글은 이렇게 시작됐다. '우리 오스트리아-헝가리 제국 황제 프란츠 요제프 1세는 크나큰 위험에 빠졌습니다.' 트로타 자신도 거기에 등장했다. 하지만, 얼마나 왜곡되었는가! '황제는,' 글은 이렇게 계속됐다. '전투에 몰입하여 적진 깊숙이 파고들었습니다. 적 기병들에게 포위된 것을 문득 깨달았습니다. 이 아슬아슬한 순간에 새파랗게 젊은 소위가 땀범벅이 된 밤색 말을 타고 군도를 휘두르며 뛰어들었습니다. 휙휙! 칼을 내리칠 때마다 적 기병들의 목이 우수수 떨어졌습니다!' 글은 이렇게 이어졌다. '적병의 창이 젊은 영웅의 가슴을 꿰뚫었습니다. 하지만 적병이 거의 다 쓰러진 뒤였습니다. 젊고 두려움을 모르는 황제는 점점 약해지는 적의 공격을 칼을 빼들어 쉽게 막을 수 있었습니다. 이 전투에서 적 기병대 패잔병 전체를 포로로 잡았습니다. 젊은 소위는 (이름은 요제프 폰 트로타 경이었습니다) 우리 조국이 젊은 영웅에게 수여하는 최고포상인 마리아 테레지아 훈장을 받았습니다.'

트로타 대위는 손에 독본을 들고 집 뒤란에 있는 작은 과수원으로 들어가, 아늑한 오후를 보내던 아내에게 이 뻔뻔스러운 글에 관해 알고 있는지 물었다. 입술에는 핏기가 없고 목소리는 매우 낮았다. 아내가 미소 지으며 고개를 끄덕였다. "이건 거짓이야!" 대위는 이렇게 외치며 책을 축축한 땅바닥에 내던졌다. "어린이책인데요." 아내가 부드럽게 대답했다. 대위는 아내에게 등을 돌렸다. 분노에 온몸을 떨었다. 폭풍우에 가냘픈 떨기나무가 흔들리는 듯했다. 대위는 쏜살같이 집으로 들어갔다. 가슴이 울렁거렸다. 체스를 두러 갈 시간이었다. 칼걸이에서 군도를 집어들고 허리띠를 분풀이하듯 홱 둘러차고 씩씩거리며 성큼성큼 집을 나섰다. 적의 무리를 무찌르러 나가는 사람처럼 보였다. 까페에서 한마디도 하지 않고 짧고 억센 머리털 아래 핼쑥하고 조붓한 이마에 주름살 네고랑을 깊이 판 채 체스를 두판 내리 진 다음, 성마르게 손을 내밀어 체스말을 와르르 쓰러뜨리고서 상대방에게 말했다. "상의할 게 있습니다!" 침묵이 흘렀다. "사람들이 나를 이용하고 있습니다." 대위는 말을 이으며 공증인의 반짝이는 안경 유리를 똑바로 바라봤으나 이내 무슨 말을 어떻게 해야 할지 모르겠다는 것을 깨달았다. 독본을 들고 왔어야 했는데. 그 빌어먹을 책을 손에 들고 왔더라면 설명하기가 훨씬 쉬웠을 텐데. "이용하다니요?" 법무사가 물었다. "나는 기병대에서 근무한 적이 없습니다." 트로타 대위는 이렇게 이야기를 꺼낼 수밖에 없다고 느꼈다. 하지만 이렇게 해서는 자기 말을 알아듣지 못하리라는 것을 잘 알고 있었다. "그런데 이 파렴치한 필자들이 어린이책에 거짓을 썼습니다. 내가 밤색 말을 타고 달려와, 땀을 비 오듯 흘리는 밤색 말을 타고 뛰어들어, 황제를 구했다고 썼단 말입니다."—공증인은 무슨 말인지 깨달았다. 공증인 자신도 아들 책에서 그 글을 본 적 있었다. "지나치게 심각하게 생각하는 것 같습니다, 대위님." 법무사가 말했다. "어린이책 아닙니까!" 트로타는 깜짝 놀라 상대방을 바라봤다. 이 순간 전세계가 손을 맞잡고 자신에게 맞서고 있는 듯싶었다. 독본 필자, 공증인, 아내, 아들, 가정교사가 한패였다. "역사적 사건은," 공증인이 말했다. "교과서에 실제와 다르게 서술되게 마련이지요. 그래야 마땅하다는 게 제 생각이기도 하고요. 어린이들이 이해하여 기억할 만한 모범이 필요하거든요. 참된 진실은 크면 알게 될 거고요!" "계산합시다!" 대위는 이렇게 소리를 지르고 몸을 일으켰다. 병영으로 가서 당직장교 아메를링 소위가 경리 부사관 사무실에서 한 여자와 뒹굴던 현장을 덮치고 초소들을 직접 순찰하고 상사를 호출하고 당직 부사관에게 내일 출두하여 보고하라고 지시하고 중대를 집합시켜 연병장에서 집총훈련을 하도록 명령했다. 병사들은 갈피를 잡지 못하고 벌벌 떨며 명령에 따랐다. 소대마다 두세명의 결원이 있었다. 어디 갔는지 찾을 수 없었다. 트로타 대위는 점호를 명령했다. "근무지 이탈자는 내일 출두하여 보고하도록!" 소위에게 이렇게 말했다. 병사들은 숨 가쁘게 집총훈련을 했다. 장전봉이 달그락거리고, 소총 멜빵이 날아오르고, 뜨거운 손이 차가운 금속 총신을 찰싹 때리고, 묵직한 개머리판이 무른 땅바닥을 탁탁 두드렸다. "장전!" 대위가 명령했다. 공포탄 소리에 귀가 먹먹해지며 공기가 진동했다. "반시간 동안 경례 연습 실시!" 대위가 명령했다. 십분 뒤에 명령을 변경했다. "무릎 꿇고 기도 실시!" 튼실한 무릎들이 땅, 자갈, 모래에 따다닥 부딪치는 소리를 귀여겨들으며 대위는 마음이 풀렸다. 자신은 아직 대위로서 중대 지휘관이었다. 이를 독본 필자들에게 똑똑히 보여주고 싶었다.

대위는 오늘 장교 클럽에 가지 않았다. 저녁을 거르고 잠자리에 들었다. 꿈도 꾸지 않고 깊이 잠을 잤다. 이튿날 아침 장교 조회에서 연대장에게 간단명료하게 항의했다. 항의는 상부로 전달됐다. 그리하여 요제프 트로타 대위, 폰 지폴리에 경, 진실의 옹호자의 수난이 시작됐다. 여러주가 흐른 다음에야 전쟁부로부터 회신이 왔다. 문화교육부에 항의를 전달했다는 것이었다. 또 여러주가 지난 어느날 문교부 대신으로부터 회답이 도착했다. 다음과 같은 내용이었다.

존경하는 대위 귀하!

1864년 7월 21일 발효된 법률에 근거하여 바이드너 교수와 즈르드츠니 교수가 집필하여 편찬한 오스트리아 검인정 초등 및 중등학교 독본 15번 글과 관련하여 귀하가 제기한 항의에 답변하면서, 문교부 대신은 귀하가 독본 편찬 방침에 유념하기를 삼가 바랍니다. 역사적 중요성을 지닌 독본 글, 특히 프란츠 요제프 황제 폐하 당신이나 다른 황족과 관련된 글은 1840년 3월 21일 발효된 법령에 따라서 학생들이 이해할 수 있도록 수정하고 교육적 목적에 적합하도록 바꾸게 되어 있습니다. 상기하였으며, 귀하가 항의에서 언급한 15번 글은 문교부 대신에게 직접 제출됐고, 학교에서 사용하도록 대신이 친히 인가했습니다. 상하급 교육청의 교육철학에 따르면 군인들의 영웅적 행위를 제국 학생들에게 묘사할 때 성장하는 세대의 천진난만한 성격, 상상력, 애국심에 맞게 다듬는 것이 바람직합니다. 서술되는 사건의 본질을 훼손해서도 곤란하지만, 이 사건을 무미건조한 어조로 기술하여 상상력이나 애국심을 고취하지 못해서도 안됩니다. 이러한 여러 사정을 고려하여 아래 서명한 문교부 대신은 귀하에게 항의를 철회할 것을 삼가 부탁하는 바입니다.

이 문서에는 문교부 대신의 서명이 들어 있었다. 연대장은 이를 트로타 대위에게 건네주며 아버지처럼 다독거렸다. "이 일은 이제 잊어버리게!"

트로타는 문서를 받고 아무 말도 하지 않았다. 한주 뒤 규정된 경로에 따라 황제 폐하 알현을 청원했고, 삼주 뒤 어느날 오전에 궁정에서 최고사령관과 얼굴을 맞대게 됐다.

"이보게, 트로타!" 황제가 말했다. "이 일이 마음에 들지 않기는 하지. 하지만 우리 두 사람 모두에게 나쁘지는 않잖은가. 그만 잊게나!"

"폐하," 대위가 대답했다. "이건 거짓입니다."

"거짓을 많이 말하고 있지." 황제가 고개를 끄덕였다.

"저는 거짓을 말할 수 없습니다, 폐하." 대위가 목메어 말했다.

황제가 대위에게 가까이 다가왔다. 프란츠 요제프는 트로타와 키가 거의 비슷했다. 두 사람은 서로 눈을 들여다봤다.

"대신들은," 황제가 말을 꺼냈다. "자신들이 무슨 일을 해야 하는지 잘 안다네. 나는 대신들을 믿어야 해. 무슨 말인지 알겠는가, 트로타 대위?" 그런 다음 뜸을 들였다가 이렇게 말했다. "선처하겠네. 돌아가서 기다리게나!"

알현은 끝났다.

아버지는 아직 살아 있었다. 하지만 트로타는 락센부르크에 들르지 않았다. 주둔부대로 돌아가서 군 전역을 신청했다.

트로타는 소령으로 전역했다. 보헤미아로 이주하여 장인의 작은 농장에서 살았다. 황제의 은총은 트로타를 떠나지 않았다. 몇주 뒤 소령은 황제가 개인금고에서 5000굴덴을 꺼내 생명의 은인의 아들에게 장학금으로 하사하라고 지시했다는 소식을 들었다. 동시에 트로타는 남작으로 승격됐다.

요제프 트로타 폰 지폴리에 남작은 황제의 하사금을 모욕이라도 당하듯 떨떠름해하며 수령했다. 오스트리아-프로이센 전쟁은 요제프 트로타가 전역한 뒤 벌어졌고 오스트리아는 패전했다.[6] 남작은 분노했다. 관자놀이를 덮은 머리털은 이미 은색이 섞이고 눈은 침침해지고 걸음걸이는 느려지고 손은 무거워지고 말수는 전보다 더 적어졌다. 아직 한창나이였지만 빨리 늙는 듯 보였다. 황제와 도덕, 진실과 정의를 순진하게 믿고 살던 낙원에서 쫓겨나서, 인고와 침묵에 빠져들어, 소령은 세계, 법의 권력, 황제의 영광을 지탱하는 것이 간계임을 깨달았는지도 몰랐다. 황제가 독본 15번 글을 제국 교과서에서 없애기를 원한다는 말을 흘린 덕택에 이 글은 독본에서 빠졌다. 트로타라는 이름은 연대 미공개 연감에만 남았다. 소령은 한때 명성을 누렸으나 이제 잊힌 인물로 살아갔다. 눈에 보이지 않는 사물이 생명이 약동하는 밝은 세계에 던져놓은 덧없는 그림자 같았다. 남작은 장인의 농장에서 물뿌리개와 전정가위를 들고 일을 하고, 아버지가 락센부르크 성 공원에서 그러듯 덤불을 자르고 잔디를 깎고, 봄에는 모감주나무꽃을, 여름이면 딱총나무꽃을 사람들이 제멋대로 꺾어가지 못하게 지키고, 문적문적 부서진 울타리 나무를 반들반들한 새것으로 바꾸고, 연장과 마구를 정돈하고, 밤색 말에 손수 고삐를 매고 안장을 얹고, 정원문과 현관문의 녹슨 자물쇠를 교체하고, 낡아 내려앉은 돌쩌귀 사이에 조심스럽고 깔끔하게 깎은 나무쐐기를 밀어넣고, 낮에는 숲을 돌며 작은 동물을 사냥하고 밤에는 산지기 집에서 잠자고, 암탉과 수탉, 거

6 1866년 벌어진 오스트리아-프로이센 전쟁은 프로이센의 승리로 끝났다.

름과 가을걷이, 과일과 격자울타리를 타고 올라 핀 꽃, 머슴과 말꾼을 걱정했다. 남작은 장을 볼 때는 쩨쩨하고 의심이 많았다. 뭉그러진 가죽지갑에서 긴 손가락으로 동전을 꺼냈다가 가슴주머니로 다시 집어넣었다. 남작은 슬로베니아인 시골 농사꾼이 됐다. 이따금 옛날의 분노에 휩싸여 온몸을 떨 때는 맹렬한 폭풍우에 가냘픈 떨기나무가 흔들리는 듯했다. 그러면 머슴을 두들겨패거나 말 옆구리를 걷어차고, 자신이 고친 자물쇠가 망가질 정도로 문을 쾅 닫고, 삯일꾼들을 죽여버리겠다고 위협하고, 점심 식탁에서 접시를 심술스럽게 밀쳐내고선 부아를 내며 밥을 먹지 않았다. 남작은 아내, 아들, 장인과 한집에 살았지만, 아내는 몸이 허약해 병치레를 하며 다른 방을 썼고, 아들은 식사 때만 얼굴을 내비쳤으며 성적표를 한해에 두번씩 들고 왔으나 남작은 이를 보고 칭찬도 꾸지람도 하는 법이 없었고, 장인은 호사를 부리는 데 연금을 낭비하고 아가씨들이라면 사족을 못 써서 여러주 동안 읍내에 머무르고 사위 보기를 호랑이 보듯 했다. 트로타 남작은 늙은 슬로베니아인 시골 농사꾼이 됐다. 아직도 한달에 두번씩 늦은 밤에 가물거리는 촛불 아래서 아버지에게 편지를 썼다. 누르스름한 팔절지에 위에서 8센티미터, 옆에서 4센티미터 여백을 비우고 '아버님 전 상서'라고 첫머리를 썼다. 답장을 받는 일은 매우 드물었다.

트로타 남작은 아버지를 찾아갈까 가끔 생각했다. 오래전부터 남작은 누추한 상이군인 숙소에서 가난하게 사는 아버지, 질긴 잎담배, 집에서 담근 라키야가 그리웠다. 하지만 아들은 아버지, 할아버지, 증조할아버지와 꼭 마찬가지로 비용이 많이 들까 겁냈다. 이제 트로타는 락센부르크에 사는 상이군인 아버지를 다시 가깝게 여겼다. 막 귀족이 되어 휘황한 광채를 뽐내며 비좁은 상이군인 숙소의 파랗게 회칠한 부엌에 앉아 라키야를 마셨던 여러해 전보다 더 친근하게 생각했다. 트로타는 자기 출신에 관해 아내와 이야기를 나눈 적이 없었다. 뼈대있는 국가관료 가문의 딸이 슬로베니아인 상사를 보면 어쩔 줄 몰라하며 오만하게 굴 것이라고 느꼈다. 때문에 아버지를 집으로 부르지도 않았다. 3월 어느 맑은 날 남작은 굳은 흙길을 터벅터벅 걸어 마름에게 가는 길이었다. 머슴이 락센부르크 성 관리사무소에서 온 편지를 가져왔다. 상이군인이 죽었다는, 여든한살을 일기로 아무 고통 없이 잠들었다는 부고였다. 남작은 머슴에게 이렇게 일렀을 뿐이었다. “남작 부인에게 가서 내 트렁크를 꾸리라고 해라. 저녁에 빈에 갈 일이 생겼다고!” 남작은 걸음을 다시 재촉하여 마름 집에 들어가 파종에 관해 묻고 날씨 이야기를 주고받았다. 호미 세 자루를 새로 주문하라고 이르고, 수의사는 월요일에 불러오고 산파는 오늘 불러 임신한 하녀를 진찰하도록 하라고 지시했다. 마름 집에서 나오며 “선친이 돌아가셨소! 사흘 동안 빈에 다녀와야겠소!”라고 말하고 손가락 하나를 아무렇게나 들어 경례를 붙이고서 떠났다.

트렁크가 꾸려져 있었고, 말에 마차가 매여 있었다. 기차역까지 가는 데 마차로 한시간 걸렸다. 트로타는 수프와 고기를 서둘러 먹었다. 그러고선 아내에게 이렇게 말했다. “잘 먹었소. 아버지는 좋은 분이었소. 당신은 아버지를 못 보았구려!” 이는 고인의 덕을 기리는 말이었을까? 아니면 고인의 죽음을 슬퍼하는 말이었을까? “너도 함께 가자!” 트로타가 이렇게 말하자 아들이 화들짝 놀랐다. 아내는 일어서서 아들의 물건도 쌌다. 아내가 위층에서 행장을 꾸리는 동안 트로타는 아들에게 말했다. “네 할아버지를 보러 가는 거다!” 소년은 두려워 떨며 눈길을 내리깔았다.

두 사람이 도착했을 때, 상사는 관에 안치되어 있었다. 콧수염이 덥수룩하게 곤두선 채, 1미터 높이의 촛불 여덟 자루와 상이군인 동료 두명에 둘러싸여, 군청색 제복을 입고 반짝이는 훈장 세개를 가슴에 차고, 거실에 세워진 관대棺臺에 누워 있었다. 우르술라회 수녀 한 사람이 커튼이 쳐진 단 하나뿐인 창문 옆에서 기도를 하고 있었다. 트로타가 들어오자 상이군인들은 차려 자세를 취했다. 트로타 남작은 마리아 테레지아 훈장이 달린 소령 제복을 입고서 무릎을 꿇었다. 아들도 고인의 발밑에 무릎을 꿇자, 시신의 군화 바닥이 소년의 얼굴 앞에 덩두렷이 솟아올랐다. 트로타 남작은 난생처음 가슴이 찌르르 조이고 저렸다. 작은 눈에 눈물이 흐르지는 않았다. 주기도문을 한번, 두번, 세번, 어색하면서도 경건하게 웅얼거리고, 고인 위에 몸을 굽혀 덥수룩한 콧수염에 입을 맞추고, 상이군인들에게 손을 들어 인사한 다음, 아들에게 말했다. "가자!"

"할아버지를 보았느냐?" 남작은 밖에 나가 아들에게 물었다.

"예." 소년이 대답했다.

"할아버지는 치안대 상사가 되는 데 그쳤다." 아버지가 말했다. "나는 쏠페리노 전투에서 황제의 생명을 구했다—그래서 우리가 남작이 된 거다."

아들은 아무 말도 하지 않았다.

상이군인은 락센부르크의 작은 군인 묘소에 묻혔다. 군청색 제복의 동료 여섯명이 교회당에서 무덤까지 관을 운구했다. 깃털 군모를 쓰고 예복을 입은 트로타 소령은 내내 아들 어깨에 한 손을 얹고 있었다. 소년은 흐느꼈다. 군악대 조곡, 음악이 잠시 끊길 때마다 되풀이해 들리는 사제들의 애처롭고 청승맞은 노래, 하늘하늘 떠다니는 향기는 소년에게 왠지 모르게 숨 막히듯 고통스럽게 느껴졌다. 반개 소대가 무덤 위로 발사하는 조총 소리가 모질고 길게 메아리치며 소년의 마음을 뒤흔들었다. 조총대는 이 세상을 영원히 하직하고 방금 하늘로 올라간 고인의 영혼에게 군인에 걸맞은 경례를 보내고 있었다.

아버지와 아들은 기차를 타고 돌아왔다. 남작은 오는 길 내내 아무 말도 하지 않았다. 두 사람이 열차에서 내려 역 정원 뒤에서 자신들을 마중 나온 마차에 올라타고서야, 소령은 입을 열었다. “할아버지를 잊지 마라!”

남작은 다시 늘 하던 대로 나날을 보냈다. 계절이 돌아가며 한해 한해 흘러갔다. 단조롭고 평화롭게 소리없이 도는 바퀴가 하나씩 굴러가는 듯했다. 남작은 상사 말고도 다른 시신들을 더 매장해야 했다. 먼저 장인을 묻었고, 몇해 뒤에는 급성폐렴에 걸린 지 얼마 되지 않아 작별인사도 남기지 않고 조용히 눈을 감은 아내를 장사 지냈다. 남작은 아들을 빈의 기숙학교에 보냈고 무슨 일이 있어도 직업군인이 되어서는 안된다고 엄명했다. 남작은 농장에 혼자 남아서, 죽은 이들의 숨결이 아직 떠도는 하얗고 널따란 집에서 산지기, 마름, 머슴, 말꾼하고만 이야기를 나눴다. 분노를 터뜨리는 일은 점점 드물어졌다. 하지만 하인배들은 이 농사꾼 주먹이 언제 날아올지 몰라 전전긍긍했다. 분노에 가득 찬 침묵이 억센 멍에처럼 하인배들의 목덜미를 짓눌렀다. 남작 앞에는 폭풍우가 몰아치기 직전처럼 무시무시한 정적이 감돌았다. 한달에 두번, 남작은 아들로부터 공손한 편지를 받았다. 한달에 한번, 아들에게 받은 편지에서 여백 가장자리를 잘라내어 이 작고 알뜰한 종잇조각에 두 문장을 짧게 적어 답장을 보냈다. 한해에 한번, 황제탄신일인 8월 18일에 제복을 입고 부대가 주둔한 가장 가까운 읍으로 갔다. 한해에 두번,

크리스마스와 여름방학에 아들이 집에 찾아왔다. 크리스마스이브 때마다 소년은 은화 3굴덴을 받았고, 이를 받았다고 서명해야 했으나 들고 나갈 수는 없었다. 은화는 그날 저녁 아버지의 서랍 안 돈궤로 들어갔다. 은화 옆에는 학교 성적표들도 놓여 있었다. 성적표에는 아들이 매우 근면하며 재능이 출중하지는 않지만 부족하지도 않다고 쓰여 있었다. 소년은 장난감을 받은 적도, 용돈을 받은 적도, 정해진 교과서 말고 다른 책을 받은 적도 없었다. 이런 것들을 가지고 싶어하지도 않는 듯 보였다. 아들은 순수하고 건전하고 정직한 마음을 지니고 있었다. 부족한 상상력을 발휘하여 유일하게 소망한 일은 학창 시절을 가능한 한 빨리 넘겼으면 하는 것이었다.

아들이 열여덟살이 되던 해 크리스마스이브에 아버지가 말했다. "올해에는 3굴덴을 주지 않겠다. 서명을 하고 돈궤에서 9굴덴을 꺼내가도 좋다. 창녀들을 조심해라! 대부분 병이 있다!" 아버지는 숨을 고르고 말을 이었다. "너를 법률가로 만들기로 마음먹었다. 이년 걸릴 것이다. 군대는 나중에 가도 된다. 네가 공부를 마칠 때까지 연기할 수 있다."

소년은 9굴덴을 얌전히 받았으며 아버지 지시에도 고분고분 따랐다. 창녀들을 찾아가는 일도 드물었고, 가더라도 여자를 신중하게 골랐으며, 여름방학에 다시 집에 돌아왔을 때 아직 6굴덴이 남아 있었다. 아들은 아버지에게 친구를 데려오는 것을 허락해달라고 부탁했다. "좋아." 소령은 흠칫 놀라 말했다. 친구는 짐은 많지 않았지만, 큼지막한 물감상자를 들고 왔고, 집주인은 이를 마뜩찮게 여겼다. "친구가 그림을 그리느냐?" 아버지가 물었다. "정말 잘 그립니다!" 아들 프란츠가 말했다. "집에 물감을 흘려서는 안된다. 풍경화를 그리는 것은 괜찮아!" 손님은 야외에서 그림을 그렸지만 풍경화를 그리지는 않았다. 트로타 남작의 모습을 기억에 담아두었다가 초상화를 그렸다. 화가는 날마다 식탁에서 집주인의 특징을 외웠다. "왜 나를 뚫어지게 바라보느냐?" 남작은 물었다. 두 소년은 얼굴이 붉어져 눈길을 식탁보로 돌렸다. 하지만 친구는 초상화를 완성하여 떠나갈 때 액자에 넣어 아버지에게 선물했다. 남작은 초상화를 꼼꼼히 뜯어보고 미소 지었다. 앞면에 그리지 않았을지 모를 세부묘사를 뒷면에서 찾아보기라도 하려는 듯 그림을 뒤집기도 하고, 그림을 창문을 향해 들어올린 다음 양팔을 쭉 뻗어 눈에서 멀찌감치 떼고, 거울을 들여다보며 자기 모습과 초상화를 비교해보고서 마침내 이렇게 말했다. "그림을 어디에 거는 게 좋을까?" 남작은 몇해 만에 처음으로 기쁨을 맛보았다. "네 친구가 돈이 필요하거든 빌려줘도 좋다." 프란츠에게 나직이 이렇게 말했다. "서로 사이좋게 지내라!" 이 초상화는 늙은 트로타를 그린 유일한 초상화로 남았다. 이 그림은 훗날 아들의 응접실에 걸렸으며 손자의 상상력을 북돋웠다……

초상화 덕택에 소령은 몇주를 여느 때와 달리 기분 좋게 보냈다. 그림을 금방 이쪽 벽에 걸었다가 금방 저쪽 벽으로 옮겼고, 자신의 단단하고 오뚝한 코, 말끔하게 면도된 입가, 가늘고 핏기없는 입, 작고 새까만 눈앞에 언덕처럼 솟아오른 앙상한 광대뼈, 주글주글하고 조붓한 이마, 짧게 잘라서 빳빳한 가시처럼 앞으로 쏟아진 머리털을 흐뭇하고 만족스럽게 바라봤다. 소령은 이제야 비로소 자기 얼굴을 알게 됐고, 이따금 얼굴과 말없는 대화를 나눴다. 그림을 보고 있으면 미처 깨닫지 못했던 상념과 추억이 떠올랐다. 왠지 모를 서글픔의 그림자가 생겼다가 금세 사라졌다. 그림을 보고서야 비로소 자신이 너무 일찍 나이 들고 있으며 외로움에 깊이 빠져 있음을 알게 됐다. 외롭게 늙어가고 있다는 사실이 그림이 그려진 캔버스로부터 자신에게 물밀듯 밀려들었다. 내가 항상 이랬을까? 자신에게 물어봤다. 항상 이랬을까? 때때로 소령은 별생각 없이 묘지로 아내 무덤을 찾아갔고, 회색 비석, 백묵처럼 하얀 십자가, 생몰연월일을 보고서, 아내가 너무 젊은 나이에 죽었다는 것을 깨달았고 아울러 아내 모습이 가물가물하다는 것을 느끼지 않을 수 없었다. 이를테면 손이 어떻게 생겼는지 기억나지 않았다. '중국식 철분강화 포도주'가 생각났다. 아내가 오랫동안 복용했던 약이었다. 얼굴은? 눈을 감으면 얼굴을 떠올릴 수 있었지만, 얼굴은 불그레하고 둥그스름한 빛으로 흩어지며 금세 사라져버렸다. 소령은 집안일과 농장일을 하면서 온화해졌고, 말을 쓰다듬기도 하고 소에게 미소 짓기도 했고, 여태까지보다 자주 화주火酒를 마셨고, 언젠가 한번은 편지를 보낼 때가 되지 않았는데 아들에게 짧은 편지를 썼다. 하인배들은 소령에게 미소 띤 얼굴로 인사하기 시작했고 소령도 기분 좋게 고개를 끄덕였다. 여름이 돌아오고, 방학이 되자 아들과 친구가 찾아왔다. 아버지는 두 사람을 데리고 읍내로 나가서, 주점에 들러 슬리보비츠[7]를 두세 잔 들이켜고, 소년들에게 식사를 푸짐하게 샀다.

아들은 법률가가 됐고, 집에 더 자주 찾아와 농장을 둘러보며, 법률가 직업을 그만두고 농장을 운영해보고 싶다는 생각이 들었다. 아버지에게 이를 털어놓았다. 소령이 말했다. "그러기엔 너무 늦었다! 네 평생에 농사꾼이나 농장주가 될 수는 없다! 유능한 관료가 되어야 한다, 다른 건 안돼!" 이는 바꿀 수 없는 결정이었다.

7 라키야의 한 종류로서 자두로 만든다.

아들은 행정관료가 되어, 슐레지엔의 지방사무관에 임명됐다. 트로타란 이름은 검인정 교과서에서는 사라졌지만 고위 행정관청 기밀서류에는 남았고, 황제가 은총을 베풀어 5000굴덴을 하사했다는 사실 때문에 익명의 고위층이 관료 트로타를 항상 호의 어린 눈길로 지켜보며 뒤를 밀어줬다. 관료 트로타는 빠르게 승진했다. 아들이 군수에 임명되기 이년 전에 소령은 사망했다.

소령은 뜻밖의 유언장을 남겼다. 소령은 이렇게 썼다. 아들은 결코 훌륭한 농장주가 될 수 없다고 확신하며, 아울러 트로타 가문 후손은 황제의 지속적 은총에 감사하면서 국가관료로서 지위와 명예를 얻어 유언장 작성자인 자신보다 더 행복하게 살 수 있기를 희망하기 때문에, 자신의 돌아가신 선친을 기리는 뜻에서, 장인이 자신에게 여러해 전에 양도한 농장을 거기에 포함된 모든 동산 및 부동산과 함께 상이군인 공제회에 유증하고자 결심했다. 유언 수익자들은 그 대가로 유언자를 선친이 묻힌 묘지에 가능한 한 조촐하게, 사정이 허락한다면 선친 가까이에 매장하는 것 이외에 다른 의무를 지지 않는다. 소령은 유언자로서 허례허식을 피하기를 당부한다. 빈의 에프루시 은행에 예치된 현금 15000굴덴 및 그 이자와 집에 있는 나머지 금화, 은화, 동화와 죽은 아내의 반지, 시계, 패물은 유언자의 독자인 프란츠 폰 트로타 지폴리에 남작에게 물려준다.

빈의 일개 군악대, 보병 일개 중대, 마리아 테레지아 훈장 기사단 대표자 한명, 소령이 영웅이 된 뒤에 묵묵히 근무했던 남부 헝가리 연대 장교들, 행진을 할 수 있는 상이군인 전원, 궁내부와 내각부 관료 두명, 황제 직속 군무부 장교 한명, 검게 드리워진 천에 마리아 테레지아 훈장을 찬 부사관 한명이 공식 장례행렬을 이루었다. 아들 프란츠는 검은색 상복을 입고 마른 몸으로 홀로 걸었다. 군악대가 할아버지 장례 때와 똑같은 행진곡을 연주했다. 이번에 발사되는 조총 소리는 그때보다 더 크고 더 길게 메아리쳤다.

아들은 울지 않았다. 어느 누구도 고인을 애도하여 울지 않았다. 눈물을 흘리지 않고 엄숙하게 의식을 치렀다. 무덤에서 아무 말도 하지 않았다. 치안대 상사 곁에 소령 폰 트로타 지폴리에 남작, 진실의 옹호자가 묻혔다. 소령을 기리며 소박하고 군인에 걸맞은 묘비가 세워졌고, 거기에는 가늘고 검은 글씨로 소령의 이름, 계급, 연대와 더불어 자랑스러운 별칭이 새겨졌다. '쏠페리노의 영웅'이 그것이었다.

이 묘비, 잊힌 명성, 초상화 말고는 고인은 흔적을 거의 남기지 않았다. 봄에 농부가 밭두렁을 걸으며 발자국을 내더라도, 나중에 여름이 되면 이 발자국이 농부가 뿌린 씨에서 자라난 밀들로 뒤덮이는 것과 비슷했다. 오스트리아-헝가리 제국 서기관 트로타 폰 지폴리에는 장례식이 있은 주에 황제로부터 조문서한을 받았고, 이 편지에는 고인의 영원히 '잊을 수 없는 공적'이 두번이나 언급되어 있었다.

2

사단 관할지역을 통틀어 모라비아 W군의 작은 군사무소 소재읍에 주둔한 제○보병연대 군악대가 가장 훌륭했다. 오스트리아 군대 음악가 중에는 전통 멜로디를 정확히 기억하고 있으며 이를 새로이 변주하고픈 욕망에 늘 사로잡혀 행진곡을 달마다 한 곡씩 작곡해낼 수 있는 사람이 흔했는데 군악대장이 바로 그런 사람이었다. 모든 행진곡은 병사들처럼 어슷비슷했다. 대부분 드럼을 둥둥둥 두드리는 것으로 시작하여, 팡파르를 행진곡 리듬으로 점점 더 빠르게 불고, 경쾌한 씸벌즈를 쨍그랑 울리고, 커다란 팀파니를 우레같이 두드리는 것으로 끝났다. 군악이 뇌우처럼 짧고도 흥겹게 몰아쳤다. 그러나 군악대장 네히발이 여느 군악대장들보다 돋보였던 점은 엄청나게 많은 곡을 꾸준히 작곡했다는 것이 아니라, 경쾌하고 신나면서도 엄격하게 음악을 지휘했던 것이었다. 어떤 군악대장은 첫번째 행진곡은 음악부관에게 지휘하도록 맡기고 프로그램의 두번째 행진곡부터 지휘봉을 드는 게으름이 몸에 배었으나, 네히발은 이를 오스트리아-헝가리 제국 몰락의 분명한 징조라고 여겼다. 군악대가 규정대로 원형 정렬하여 깜찍한 악보대의 귀여운 다리들을 광장의 큼지막한 포석들 틈 까만 흙에 박아넣자마자, 군악대장은 군악대 한가운데 서서 은제 손잡이가 달린 흑단나무 지휘봉을 조심스레 들어올렸다. 모든 광장 연주는 (연주는 군수의 발코니 아래에서 열렸다) 「라데츠키 행진곡」으로 시작했다. 군악대원 모두는 지휘자 없이 한밤중에 자면서도 연주할 수 있을 만큼 이 곡을 꿰뚫고 있었지만, 군악대장은 악보의 음표를 하나하나 빠짐없이 보며 연주해야 한다고 생각했다. 일요일마다 군악대장은 「라데츠키 행진곡」을 군악대원들과 처음 연주해보는 듯, 머리, 지휘봉, 눈길을 군사적으로나 음악적으로나 매우 신중하게 들어올린 뒤, 자신을 둥그렇게 둘러싼 군악대 중에 때마침 자기 명령을 가장 필요로 하는 대원들을 향해 이 셋을 동시에 내던졌다. 무뚝뚝한 드럼이 둥둥둥, 감미로운 플루트가 필릴리, 경쾌한 씸벌즈가 쨍그랑 울렸다. 모든 구경꾼 얼굴에 즐거우면서도 꿈에 잠긴 듯한 미소가 번졌고 다리에는 핏줄이 꿈틀거렸다. 구경꾼들은 서 있었지만 행진을 하는 듯한 느낌을 받았다. 어린 아가씨들은 숨을 멈추고 입술을 벌리고 있었다. 중년 아저씨들은 고개를 떨구고 자신들이 받았던 기동훈련을 회상했다. 할머니들은 인근 공원에 앉아 오종종하고 희끗희끗한 머리를 떨었다. 여름이었다.

그렇다, 여름이었다. 군수 집 맞은편에 서 있는 나이 많은 밤나무들은 넓적한 잎이 무성하게 달린 짙푸른 가지들을 아침과 저녁에만 흔들었다. 낮에는 꿈쩍도 하지 않고 쌉싸래한 향기를 내뿜으며 널찍하고 서늘한 그늘을 길 한가운데까지 드리웠다. 하늘은 늘

푸르렀다. 눈에 보이지 않는 종달새들이 끊임없이 지저귀는 소리가 고요한 읍내에 울려퍼졌다. 때로 영업마차가 외지인을 태우고 울퉁불퉁한 자갈 포장길을 지나 기차역에서 호텔로 굴러갔다. 때로 이두마차가 폰 빈터니크 씨를 태우고 따가닥따가닥 발굽 소리를 내며 넓은 한길을 통해, 북쪽에서 남쪽으로, 이 지주의 저택에서 드넓은 사냥터로 달려갔다. 작달막하고 늙고 꾀죄죄하며, 집채만 한 누런 이불 틈으로 쥐구멍만 한 메마른 얼굴을 드러낸 누르께한 노인 폰 빈터니크 씨가 덮개마차에 타고 있었다. 겨울의 말라비틀어진 부스러기가 한창 물오른 여름을 뚫고 가는 것 같았다. 폰 빈터니크 씨는 침대에서 일어나자마자 시골 자기 땅으로 곧바로 달려가는 길이었다. 마차에는 탄력있고 소음 적은 큼지막한 고무바퀴가 달려 있었고, 갈색 래커 칠이 된 가는 바퀴살들에 햇빛이 부딪혀 튀어올랐다. 드넓고 짙푸른 숲에서 초록색 제복을 입은 금발머리 산지기들이 이 지주를 기다리고 있었다. 읍 주민들이 빈터니크에게 인사를 건넸다. 폰 빈터니크 씨는 답례하지 않았다. 인사하는 인파를 아무 표정 없이 헤치고 나아갔다. 검은색 제복을 입은 마부는 허리를 세우고 높은 마부석에 앉아서 중산모가 밤나무 가지에 거의 닿을 듯했고, 낭창낭창한 채찍으로 말들의 갈색 등을 후려치며 꽉 다문 입으로는 혀를 딱딱 차는 소리를 잇달아 냈다. 이는 말발굽 소리보다 더 컸으며 멜로디가 담긴 총소리 같았다.

이 무렵 방학이 시작됐다. 군수의 십오세 된 아들이자 모라비아 흐라니체 기병소년사관학교 생도인 카를 요제프 폰 트로타는 자신이 태어난 읍을 여름의 고장이라고 여겼다. 이 읍은 자신의 고향이기도 했지만 여름의 본향이기도 했다. 카를 요제프는 크리스마스와 부활절은 외삼촌 집에서 보냈다. 여름방학에만 집에 왔다. 카를 요제프는 항상 일요일에 도착했다. 아버지인 군수 프란츠 폰 트로타 지폴리에 남작의 뜻에 따른 것이었다. 학교에서 여름방학이 무슨 요일에 시작되든 상관없이, 집에서는 방학이 토요일에 개시된다고 여겼다. 일요일에 폰 트로타 지폴리에 씨는 휴무였다. 9시부터 12시까지 오전을 아들을 맞이하기 위해 고스란히 비워뒀다. 정확히 8시 50분에, 그러니까 첫 미사가 끝나고 십오분 뒤에, 소년은 일요 제복을 입고 아버지 방문 앞에 도착했다. 8시 55분에 회색 제복을 입은 자크가 계단을 내려와 말했다. "도련님, 아버님께서 오십니다." 카를 요제프는 코트를 다시금 추스르고 허리띠를 바로 매고 모자를 손에 쥐고 규정대로 허리께에 갖다댔다. 아버지가 나오자, 아들이 발뒤꿈치를 딱 하고 붙이는 소리가 고요하고 오래된 집에 울려퍼졌다. 아버지는 문을 열고 가볍게 손짓하여 아들에게 먼저 들어가라고 권했다. 소년은 아버지의 권유를 못 본 듯 붙박여 있었다. 아버지가 문으로 들어가고서야 아들이 뒤따랐으나 문간에서 또 멈춰섰다. "이리 와 앉아라!" 잠시 뒤 군수가 말했다. 그제야 비로소 카를 요제프는 빨간 플러시 천 안락의자로 다가가 아버지 맞은편에 앉아서 무릎을 한데 모으고 무릎 위에 모자와 하얀 장갑을 올려놓았다. 초록색 블라인드의 가는 틈새로 들어온 좁다란 햇살이 진홍색 카펫에 떨어졌다. 파리가 윙윙거렸고 괘종시계가 울리기 시작했다. 황금색 추가 흔들리며 종소리가 아홉번 울린 뒤, 군수가 말을 시작했다. "학교장 마레크 대령은 어떻게 지내시느냐?" "덕분에 무고하십니다, 파파!" "아직도 기하학이 약하냐?" "덕분에 약간 향상됐습니다, 파파!" "책은 좀 읽었느냐?" "물론입니다, 파파!" "승마는 어떠하냐? 지난해에는 별로였는데……" "올해에는," 카를 요제프는 이렇게 꺼낸 말을 채 맺지 못했다. 아버지가 여윈 손을 내저었기 때문이었다. 손은 둥글고 윤나는 소맷부리에 반쯤 감춰져 있었다. 단단한 사각형 소맷부리 단추가 황금색으로 번쩍였다. "별로였다고 방금 말했지. 그건," 군수는 여기서 뜸을 들이더니 목소리를 내리깔고 덧붙였다. "치욕이었어!"—아버지와 아들은 아무 말도 하지 않았다. '치욕'이란 단어는 들릴락 말락하게 말했는데도 아직도 방 안에 떠돌고 있었다. 아버지가 엄하게 꾸지람을 할 때에는 잠자코 있어야 한다는 것을 카를 요제프는 알고 있었다. 아버지 뜻을 고스란히 받아들이고 이해하고 되새겨 피와 살이 되게 만들어야 했다. 시계가 톡탁거리고 파리가 윙윙거렸다. 한참 뒤 카를 요제프가 또랑또랑한 목소리로 입을 열었다. "올해에는 현저히 향상됐습니다. 상사도 여러 차례 그렇게 말했습니다. 코펠 중위로부터도 칭찬을 받았습니다." "듣던 중 반가운 소리구나." 군수가 낮게 깔린 목소리로 말했다. 폰 트로타 씨는 소맷부리를 책상 모서리에 대고 쑥 밀어 소매 안으로 다시 집어넣었다. 짤깍하고 된소리가 났다. "이야기를 더 해보아라!" 군수는 이렇게 말하며 담배에 불을 붙였다. 기분이 좋아지기 시작한다는 징표였다. 카를 요제프는 모자와 장갑을 작은 탁자에 올려놓고 일어서서 지난해에 일어난 일들의 자초지종을 이야기하기 시작했다. 아버지는 고개를 끄덕였다. 갑작스레 이렇게 말했다. "내 아들이 어른이 다 됐구나! 변성기가 됐어! 사랑에 빠지지는 않았느냐?" 카를 요제프는 얼굴이 벌게졌다. 얼굴이 붉은 초롱처럼 달아올랐으나, 아버지를 향해 씩씩하게 얼굴을 들었다. "그래, 아직 사랑에 빠지지는 않았구나!" 군수가 말했다. "내 말에 신경 쓰지 말고 이야기를 계속해봐라!" 카를 요제프는 침을 꿀꺽 삼켰고 홍조가 가시자 갑작스레 한기를 느꼈다. 천천히 쉬엄쉬엄 보고를 했다. 그러고선 읽은 책들 제목이 적힌 종이를 호주머니에서 꺼내 아버지에게 건네줬다. "꽤 좋은 책들을 읽었구나!" 군수는 말했다. "『츠리니』[8]의 내용을 말해보아라!" 카를 요제프는 이 희곡의 줄거리를 한막 한막 이야기했다. 그런 다음 자리에 앉았다. 지치고 파리하고 입이 말라 있었다.

카를 요제프는 시계를 흘금 바라봤다. 10시 30분밖에 되지 않았다. 시험이 끝나려면 아직 한시간 반이 남았다. 아버지는 고대사나 게르만 신화를 시험할 생각을 떠올릴지도 몰랐다. 군수는 왼손으로 뒷짐을 지고 담배를 피우며 방을 걸었다. 오른손에서는 소맷부리 단추가 잘랑거렸다. 카펫에 떨어진 햇살은 더욱더 밝아지며 점점 더 창가로 다가왔다. 해가 이미 중천에 떴음에 틀림없었다. 교회 종이 울려퍼지기 시작했고, 틈새가 좁은 블라인드 바로 뒤에서 종이 뎅그렁거리는 듯, 종소리는 매우 가까이에서 방으로 밀려들었다. 아버지는 오늘은 문학만을 시험했다. 그릴파르처가 얼마나 중요한 작가인지 장황하게 설명하고, 아들에게 방학 동안 읽을 만한 '가벼운 책'으로서 아달베르트 슈티프터와 페르디난트 폰 자어[9] 작품을 추천했다. 그러고선 다시 군사학으로 넘어가 경계근무, 복무규정 2부, 군대구성, 전시 연대병력을 물었다. 군수가 느닷없이 질문을 던졌다. "복종이란 무엇이냐?" "복종은 무조건적 순종 의무로서," 카를 요제프는 낭랑하게 암송했다. "부하는 상관에게 그리고 하급자는……" "잠깐!" 아버지가 아들의 말을 가로막고 고쳐줬다. "……또한 하급자는 상급자에게"—카를 요제프가 낭송을 계속했

8 독일 작가 테오도어 쾨르너(Theodor Körner, 1791~1813)가 1812년에 발표한 희곡. 터키 정복자들에 맞선 헝가리 민족의 영웅적 항전을 그렸다.

9 프란츠 그릴파르처(Franz Grillparzer, 1791~1872), 아달베르트 슈티프터(Adalbert Stifter, 1805~68), 페르디난트 폰 자어(Ferdinand von Saar, 1833~1906)는 오스트리아 작가.

다. "명령이 떨어지면……"—"명령이 떨어지자마자" 아버지가 바로 잡았다. "이행해야 하는 의무입니다." 카를 요제프는 안도의 한숨을 내쉬었다. 시계가 12시를 쳤다.

이제야 비로소 방학이 시작됐다. 십오분이 더 지났다. 카를 요제프는 군악대가 병영에서 출영하며 드럼을 둥둥둥 두드리기 시작하는 소리를 들었다. 일요일마다 정오 무렵에 군악대는 군수 관저[10] 앞에서 연주를 했다. 군수는 이 읍에서 다름 아닌 황제를 대리하고 있었다. 카를 요제프는 발코니에 무성하게 기어오른 포도덩굴 뒤에 몸을 감추고 군악대 연주를 자신에게 바치는 찬가인 듯 받아들였다. 자신이 합스부르크가 인척인 듯한 느낌이 들었다. 아버지는 이 읍에서 합스부르크가를 대리하고 수호하고 있으며, 자신은 언젠가 합스부르크가를 위해 출정하여 전사하고 싶었다. 카를 요제프는 황족의 이름을 빠짐없이 외우고 있었다. 황족 모두를 소년의 순수한 충정을 바쳐 진심으로 사랑했으며, 그중에서도 황제를 가장 사랑했다. 황제는 자애롭고 위대하며, 숭고하고 정의로우며, 무한히 멀리 떨어져 있으면서도 매우 가까이 있고, 군 장교들을 특히 총애했다. 군악을 들으며 황제를 위해 죽는 것이 가장 훌륭할 것이며, 「라데츠키 행진곡」을 들으며 죽는 것이 가장 편안할 것이었다. 카를 요제프의 머리 둘레에 탄환들이 장단 맞춰 핑핑 날아다니고, 군도 칼날이 번득거리는 것 같았다. 몸과 마음이 행진곡의 신명나는 경쾌함에 빠져들고 이 음악의 드럼 장단에 도취됐다. 자신의 피가 진홍색으로 가느다랗게 흘러나와 트럼펫의 반짝이는 황금색과 팀파니의 짙은 검은색과 씸벌즈의 우쭐한 은색에 스며드는

10 관저 1층에는 군사무소가, 2층에는 군수의 집이 있다. 뒤에 나오는 슬라마 상사의 치안대 지소도 살림집을 겸하고 있다.

듯했다.

자크가 카를 요제프의 등 뒤에서 헛기침을 했다. 점심식사가 시작됐다. 군악대가 곡을 바꾸느라 연주가 끊길 때마다, 식당에서 접시들이 쟁그랑거리는 소리가 나직하게 들렸다. 식당은 발코니와 큰 방 두개를 사이에 두고 떨어져서, 2층 한가운데 자리 잡고 있었다. 식사 동안 음악은 멀리서 울리기는 했지만 또렷하게 들렸다. 날마다 연주하지 않는 것이 아쉽다면 아쉬웠다. 음악은 훌륭하고 쓸모있었다. 음악은 엄숙한 의식 같은 식사를 아늑하고 포실하게 만들어줬으며, 아버지가 일삼아 시작하기 좋아했던 거북스럽고 퉁명스럽고 무뚝뚝한 대화를 막아줬다. 아무 말도 하지 않고 음악을 귀기울여 즐기면 됐다. 접시들에는 좁다랗고 흐릿한 파란색-황금색 테두리가 있었다. 카를 요제프는 이 접시들을 좋아했다. 접시들은 여러해 동안 두고두고 기억났다. 접시, 「라데츠키 행진곡」, 벽에 걸린 죽은 어머니 초상화(소년은 어머니를 더는 기억하지 못했다), 무거운 은제 국자, 물고기 수프 그릇, 칼등이 톱니 모양인 과일칼, 작은 커피잔, 얇은 은화처럼 닳아 부러질 것 같은 스푼, 이 모든 것이 합쳐져 여름을, 자유를, 고향을 의미했다.

카를 요제프는 자크에게 망토, 모자, 장갑을 건네주고 식당으로 들어갔다. 아버지가 동시에 식당에 들어와 아들에게 미소 지었다. 여집사 히르슈비츠 양이 잠시 뒤에 들어왔다. 일요일에 꺼내 입는 회색 비단 원피스를 걸치고, 고개를 높이 들고, 머리털을 뒤로 넘겨 목덜미에서 동여매고, 가슴에 타타르인의 언월도 같은 커다랗고 휘움한 브로치를 달고 있었다. 마치 무장을 하고 갑옷을 입은 것처럼 보였다. 카를 요제프는 히르슈비츠 양의 길쭉하고 뻣뻣한 손에 입을 맞췄다. 자크가 식탁에서 의자들을 뺐다. 군수가 앉으라는 신호를 보냈다. 자크는 나갔다가 잠시 뒤 하얀 장갑을 끼고 다시 들어왔다. 장갑은 자크를 완전히 변화시킨 듯 보였다. 자크의 그렇지 않아도 하얀 얼굴과 구레나룻과 머리털에 눈처럼 하얀빛을 더해줬다. 장갑은 이 세상에 밝은 것이라면 내로라하는 그 어느 것보다 더 밝았다. 자크는 장갑 낀 손으로 어두운색 쟁반을 들고 있었다. 쟁반에 놓인 수프 그릇에서 모락모락 김이 솟고 있었다. 자크가 그릇을 식탁 중간에 조심스레 소리없이 빠르게 내려놓았다. 그러자마자, 늘 그랬던 대로, 히르슈비츠 양이 접시에 수프를 떠주었다. 히르슈비츠 양이 접시를 건네주면 사람들은 팔을 뻗어 반가이 받으며 고맙다고 눈웃음 지었다. 히르슈비츠 양도 미소 띠었다. 접시 안의 보글보글 끓는 물에서 황금색이 따뜻하게 비쳐나왔다. 국수 수프였다. 말간 국물에 황금색의 가늘고 연하고 돌돌 말린 면발이 담겨 있었다. 폰 트로타 지폴리에 씨는 때로는 화난 듯 보일 정도로 매우 빨리 먹었다. 아무 소리도 내지 않고 의연하고 민첩하게 적들을 물리치듯 한 코스 한 코스 먹어치웠다. 히르슈비츠 양은 식사 시간에는 깨작거렸으나 식사가 끝난 뒤 자기 방에서 음식을 첫 코스부터 마지막 코스까지 다시 먹었다. 카를 요제프는 뜨거운 음식을 스푼에 그득 떠서 입에 가득 욱여넣고 눈치를 살피며 급히 꿀꺽 삼켰다. 이렇게 하여 이들 모두는 동시에 접시를 물렸다. 폰 지폴리에 씨가 이야기를 꺼내는 경우 말고는 말 한마디 들리지 않았다.

수프 다음에는 고명을 얹은 삶은 쇠고기가 나왔다. 오래전부터 아버지가 일요일에 즐겨먹는 별식이었다. 폰 트로타 씨는 이 음식을 그윽하게 바라보는 데 식사 시간의 절반 이상을 들였다. 군수의 눈길은 탐스러운 고깃덩어리의 가장자리를 둘러싼 연한 비곗살을 스친 뒤 야채들이 담긴 작은 접시들로 미끄러졌다. 보라색으로 빛나는 사탕무, 푸릇푸릇하고 상큼한 시금치, 싱싱하고 야들야들한 상추, 매운맛 나는 고추냉이의 하얀 뿌리, 녹은 버터에 떠 있어서 깜찍한 장난감처럼 보이는 완벽한 타원형 풋감자가 눈에 들어왔다. 군수가 음식을 맛보는 방식은 독특했다. 가장 중요한 것들은 눈으로 먹는 듯했다. 폰 트로타 씨의 심미안은 음식의 본질을, 말하자면 음식의 영혼을 우선 소비했다. 그런 다음 입과 혀로 들어가는 김빠진 나머지들은 아무 맛이 없었으므로 머뭇거리지 말고 꿀꺽 삼켜야 했다. 음식이 군수에게 즐거움을 주려면 보기도 좋아야 했지만 무엇보다 수수해야 했다. 폰 트로타 씨는 이른바 '소시민적' 음식을 높이 평가했고, 자신은 취향뿐만 아니라 신념도 소시민적이라 자부하면서, 이 소시민적 신념을 스파르타적 신념이라고 이름 붙였다. 군수는 자신의 욕망충족과 의무완수를 이렇게 절묘하게 연결했다. 폰 트로타 씨는 스파르타인이었다. 그러면서 오스트리아인이었다.

군수는 이제 여느 일요일과 마찬가지로 쇠고기를 썰려는 참이었다. 소맷부리를 소매로 밀어넣고 팔을 추켜올렸다. 나이프와 포크를 살코기에 얹고 히르슈비츠 양에게 몸을 돌려 말하기 시작했다. "이보게, 히르슈비츠 양, 정육점에 가서 연한 고기로 달라고 하는 것으로만은 충분치 않다네. 어떻게 잘랐는지를 봐야지. 가로로 잘랐는지 세로로 잘랐는지 봐야 한다는 거야. 요즘 정육점 주인들은 솜씨가 없어. 좋은 고기를 잘못 잘라 망쳐놓기 일쑤야. 여기를 보게. 더 먹을 게 없잖아. 힘줄이 풀어져 부스러졌어. 전체적으로 보면 연하다고 말할 수는 있을지 몰라. 하지만 덩어리 하나하나는 질겨졌어. 씹어보면 금방 알 수 있어. 그리고 반찬 말이야. 당신네

독일제국 사람은 반찬을 '부식'이라고들 하지? 다음번에는 와사비 뿌리는, 독일제국 사람 말로 하자면 고추냉이 뿌리는, 약간 고들고들했으면 좋겠어. 우유에 담겨 매운맛을 잃어버리면 안돼. 식탁에 올리기 바로 전에 우유에 넣어야 해. 너무 오랫동안 들어가 있었어. 잘못한 거야!"

독일에서 여러해 동안 살아 항상 표준독일어로 말했으며 문학적 표현방식을 즐겨 썼던 히르슈비츠 양이 (폰 트로타 씨가 '부식' 이니 '고추냉이'니 하고 말한 것은 히르슈비츠 양의 이런 성향을 넌지시 비꼰 것이었다) 고개를 느릿느릿 무겁게 끄덕였다. 뒤로 묶은 머리털이 상당히 무게가 나가기 때문에, 맞장구치는 듯 고개를 주억거리는 게 힘겨워 보였다. 상냥한 표정을 지으려고 안간힘을 쓰는 태도가 왠지 꾸민 듯하고 대드는 듯 보이기조차 했다. 때문에 군수는 이렇게 덧붙이지 않을 수 없었다. "내 말이 맞지, 히르슈비츠 양?"

군수는 고위관료와 하급귀족이 흔히 쓰는 비음이 많은 오스트리아 독일어로 말했다. 이는 한밤중에 멀리서 나는 기타 소리나, 메아리치는 종소리의 마지막 부드러운 울림처럼 들렸다. 정겨우면서도 정곡을 찌르고, 살가우면서도 심술궂은 언어였다. 이는 말하는 사람의 여위고 뼈가 불거진 얼굴에도 어울리고, 맹맹하고 구슬프게 울리는 자음을 담은 조붓하고 오뚝한 코에도 걸맞았다. 군수가 말을 할 때 코와 입은 얼굴 부위라기보다는 오히려 일종의 취주악기 같았다. 얼굴에서 입술 말고는 아무것도 움직이지 않았다. 폰 트로타 씨가 제복 일부처럼 달고 있는 거무스레한 구레나룻은 프란츠 요제프 1세의 충복이라는 증표이자 합스부르크 왕가에 대한 충성의 증거였는데, 폰 트로타 지폴리에 씨가 말을 할 때는 이 구레나룻조차 꿈틀거리지 않았다. 군수는 식탁에 곧추앉아 있었다. 억센 손으로 말고삐를 쥐고 있는 듯 보였다. 앉아 있어도 서 있는 듯 보였고, 몸을 일으키면 장대같이 우뚝한 키에 사람들이 새삼 놀라기 일쑤였다. 군수는 여름이든 겨울이든, 휴일이든 평일이든 늘 군청색 복장이었다. 군청색 코트에 회색 줄무늬 바지를 입었다. 이 바지는 긴 다리에 찰싹 달라붙었을 뿐만 아니라 팽팽하게 당겨져 있었다. 바짓단에 달린 고리를 매끈한 부츠에 둘러끼웠기 때문이었다. 군수는 두번째 코스와 세번째 코스 사이에 일어서곤 했다. '운동을 하기' 위해서라는 것이었다. 하지만 그보다는 어떻게 하면 몸을 움직이지 않고도 일어서서 돌아다닐 수 있는지 식구들에게 보여주기 위해서인 듯싶었다. 자크가 고기를 치우자 히르슈비츠 양은 남은 음식들을 자신이 먹을 수 있도록 데워놓으라고 자크에게 재빠르게 눈짓을 보냈다. 폰 트로타 씨는 창가로 차분하게 걸어가 커튼을 약간 열고 식탁으로 돌아왔다. 이때 버찌만두가 커다란 접시에 담겨 나왔다. 군수는 한점을 집어 스푼으로 자른 다음 히르슈비츠 양에게 말했다. "이건, 히르슈비츠 양, 최고의 버찌만두야. 스푼으로 자를 때는 쫄깃쫄깃하더니 입에 들어가서는 살살 녹는군." 그러고선 카를 요제프에게 고개를 돌리고 말했다. "오늘은 두점을 먹어보아라." 카를 요제프는 두점을 집었다. 눈 깜짝할 새에 꿀꺽 삼켜 아버지보다 한 박자 빨리 식사를 마치고, 물 한 잔을 들이켜(포도주는 저녁식사에만 나왔다) 아직 식도에 걸려 있는 만두를 위로 흘러내려가게 했다. 카를 요제프는 아버지와 보조를 맞춰 냅킨을 개켰다.

다들 몸을 일으켰다. 군악대는 밖에서 「탄호이저 서곡」을 연주하고 있었다. 낭랑하게 울리는 음악을 들으며 모두 응접실로 들어갔다. 히르슈비츠 양이 앞장섰다. 자크가 응접실로 커피를 날라왔다. 모두 군악대장 네히발을 기다렸다. 군악대원들이 밖에서 귀영행진 출발대형을 취하는 동안, 군악대장이 군청색 예복 차림에 빛나는 긴 칼을 차고 목깃에 반짝이는 황금색 작은 하프 두개를 달고 나타났다. "당신의 연주에 매료됐소." 폰 트로타 씨는 여느 일요일과 다름없이 말했다. "오늘은 더할 나위 없이 훌륭했소." 네히발이 몸을 숙여 절을 했다. 군악대장은 한시간 전에 장교 클럽에서 식사를 했으나 블랙커피까지 마시고 올 시간은 없었다. 음식 맛이 아직도 입에서 가시지 않았기 때문에 버지니아 씨가를 몹시 피우고 싶었다. 자크가 네히발에게 씨가 한 갑을 가져다줬다. 군악대장은 기다란 씨가 끝을 성냥불에 대고 오랫동안 빨았다. 카를 요제프는 손톱이 타들어갈 만큼 진득하게 성냥불을 붙여주었다. 모두들 널찍한 가죽의자에 앉았다. 네히발은 최근 빈에서 공연된 레하르의 오페레타[11]에 관해 이야기했다. 군악대장은 세상물정을 잘 아는 사람이었다. 한달에 두번씩 빈에 갔다. 카를 요제프는 이 음악가가 휘황한 밤의 화류계에서 얻은 수많은 체험을 자기 영혼 밑바닥에 감추고 있다고 느꼈다. 네히발은 세 자녀와 '평범한 집안 출신'의 아내가 있었으나, 가정과 동떨어져 세상영화를 흠뻑 누렸다. 재치있고 유쾌한 유대인 위트를 즐기고 이야기하기를 좋아했다. 군수는 위트를 이해하지도 못하고 웃지도 않았지만 "정말 재미있소, 정말 재미있어!"를 연발했다. "부인은 잘 지내시오?"라고 폰 트로타 씨는 꼬박꼬박 물었다. 몇해 전부터 던지는 질문이었다. 네히발 부인을

11 헝가리 작곡가 프란츠 레하르(Franz Lehár, 1870~1948)는 1902년 오페레타 『빈의 여인들』과 『떠돌이 땜장이』로 이미 유명해졌고 1905년 초연된 오페레타 『유쾌한 미망인』으로 세계적 명성을 얻었다.

본 적도 없고 '평범한 집안 출신의 부인'을 만나고 싶은 생각도 없었다. 하지만 작별인사를 할 때면 네히발에게 항상 이렇게 말했다. "부인에게 안부를 전해주시오. 내가 부인을 만나본 적은 없지만!" 네히발은 안부를 전해주겠다고 약속하며 아내가 매우 기뻐할 것이라고 자신있게 말했다—"아이들은 잘 있소?" 폰 트로타 씨는 네히발이 아들을 두었는지 딸을 두었는지 늘 잊어버렸으므로 이렇게 물었다. "맏아들은 학교에 잘 다니고 있습니다!" 군악대장이 말했다. "음악가가 될 거요?" 폰 트로타 씨는 은근히 얕보는 어조로 물었다. "아닙니다!" 네히발이 대답했다. "일년 뒤에 소년사관학교에 들어갑니다." "아, 장교가 되는구려!" 군수가 말했다. "잘 생각했소, 보병이오?" 네히발은 미소 지었다. "물론입니다! 아들놈이 똘똘합니다. 언젠가는 참모본부 장교가 될지도 모릅니다." "그럼, 그럼!" 군수가 말했다. "그렇게 되지 말란 법이 없지!" 그러고선 한주 뒤면 모든 것을 까맣게 잊었다. 군악대장의 아이들을 기억하지 못했다.

네히발은 커피를 작은 잔으로 더도 말고 덜도 말고 딱 두 잔 마셨다. 3분의 1이나 남은 버지니아 씨가를 매우 아쉬워하며 눌러껐다. 떠나야 할 시간이 됐고, 씨가를 입에 물고 작별인사를 할 수는 없었다. "오늘은 특히 즐거웠소. 부인에게 안부를 전해주시오. 아직까지 만나지 못해 유감이오!" 폰 트로타 지폴리예 씨는 말했다. 카를 요제프는 발뒤꿈치를 딱 하고 붙였다. 군악대장을 1층 층계참까지 배웅했다. 그런 다음 응접실로 돌아왔다. 아버지 앞에 서서 말했다. "산책을 다녀오겠습니다, 파파!" "좋아, 좋아! 피로를 풀어라!" 폰 트로타 씨는 이렇게 말하고 나가라고 손짓했다.

카를 요제프는 집을 나섰다. 느긋하게 산책을 즐기리라고 생각했다. 어슬렁어슬렁 걸어서 다리들에게도 방학을 맛보게 해주고 싶었다. 길에서 군인과 처음 마주치자마자 군대용어로 말하자면 기합이 들었다. 씩씩하게 걷기 시작했다. 읍 경계에까지 이르렀다. 커다란 노란색 세무서 건물이 따사로운 햇볕을 받고 있었다. 들판의 달콤한 향기가 코끝에 닿아오고 종달새가 지지배배 노래하는 소리가 귓전에 스쳤다. 서쪽에서 파란 지평선이 끝나고 파르스름한 언덕들이 보였다. 널지붕이나 이엉지붕을 얹은 시골 오두막집들이 나타나기 시작했고, 닭과 오리 울음소리가 팡파르처럼 울려 퍼지며 여름의 정적을 깨뜨렸다. 대지는 한낮의 밝은 빛에 둘러싸여 잠들어 있었다.

철둑 뒤에 한 상사가 주재하는 치안대 지소가 있었다. 카를 요제프는 이 슬라마 상사와 아는 사이였다. 소년은 문을 두드려보기로 마음먹었다. 햇볕이 내리쬐는 베란다로 가서 노크를 하고 초인종 끈을 잡아당겼으나, 아무 대답이 없었다. 창문이 열렸다. 슬라마 부인이 제라늄 화분 너머로 몸을 내밀고 소리쳤다. "거기 누구예요?" 부인은 아들 트로타라는 것을 알아보고서 이렇게 말했다. "잠깐만요!" 부인이 현관문을 열었다. 코끝에 서늘하고 은은하게 향수 냄새가 스쳤다. 슬라마 부인이 옷에 뿌린 향수였다. 카를 요제프는 빈의 유곽을 떠올렸다. 이렇게 말했다. "상사 안 계십니까?" "근무 중이에요, 트로타 도련님!" 부인이 대답했다. "들어오세요!"

카를 요제프는 슬라마 상사의 응접실에 들어가 앉았다. 불그레하고 천장이 낮은 방이었다. 방은 매우 서늘하여, 냉동고 안에 앉은 것 같았다. 의자에는 쿠션이 붙어 있었지만 높은 등받이에 갈색 목각 덩굴이 새겨져 등이 배겼다. 슬라마 부인이 찬 레몬주스를 가져왔다. 애교스럽게 홀짝거리며 새끼손가락을 펴고 다리를 꼬았다. 카를 요제프 곁에 바짝 붙어앉아 소년에게 몸을 돌리고 다리를 까딱거렸다. 빨간 우단 슬리퍼만 발끝에 걸고 스타킹도 신지 않은 채 맨살을 드러내고 있었다. 카를 요제프는 부인의 다리에 떨어지는 눈길을 레몬주스로 끌어올렸다. 슬라마 부인의 얼굴을 마주볼 수 없었다. 모자를 무릎에 올려놓고 무릎을 단단히 붙이고 레몬주스 앞에 꼿꼿이 앉아 있었다. 레몬주스 마시는 일이 복무의무의 일부라도 되는 듯했다. "오랜만에 오셨네요, 트로타 도련님!" 상사부인이 말했다. "몰라보게 컸네요, 열네살이 넘었나요?" "오래전에 지났습니다!" 카를 요제프는 가능한 한 빨리 이 집에서 벗어나야겠다고 생각했다. 주스를 단숨에 들이켠 다음, 몸을 숙여 정중하게 절을 하고 남편에게 안부인사를 남기고 떠나야 했다. 카를 요제프는 속수무책으로 레몬주스를 바라봤다. 레몬주스를 다 마실 수가 없었다. 슬라마 부인이 주스를 계속 따라줬다. 부인이 담배를 가져왔다. 생도는 흡연이 금지되어 있었다. 부인은 담배에 불을 붙이고서 느긋하게 콧방울을 벌름거리고 담배를 빨며 다리를 까딱거렸다. 느닷없이 다짜고짜 카를 요제프의 무릎에 놓인 모자를 잡아채어 탁자에 올려놓았다. 그러고선 자신이 피우던 담배를 소년 입에 물려줬다. 부인 손에서 담배 냄새와 오드꼴로뉴 냄새가 풍겼다. 꽃무늬 여름옷 소매가 카를 요제프의 눈앞에서 빛났다. 소년은 필터에 부인의 침이 묻은 담배를 얌전하게 계속 피우며 레몬주스를 들여다봤다. 슬라마 부인이 담배를 돌려받아 입술에 끼우고, 카를 요제프 등 뒤로 갔다. 카를 요제프는 돌아보기가 겁이 났다. 갑작스레 부인의 빛나는 두 소매가 목을 감았고, 부인의 얼굴이 머리털에 닿았다. 카를 요제프는 꼼짝도 하지 않았다. 하지만 가슴이 두방망이질했고, 마음에 세찬 폭풍우가 일었다. 딱딱하게 굳은 몸과 제복의 꽉 잠긴 단추들이 안간힘을 다해 격랑을 억누르고 있었다. “이리 와요!” 슬라마 부인이 속삭였다. 카를 요제프의 무릎에 올라앉아 잽싸게 키스를 하고 짓궂게 흘겨봤다. 때마침 자신의 금발 머리털이 이마로 흘러내리자, 부인은 눈을 치뜬 다음 입술을 쫑긋 내밀고 입바람으로 머리카락을 불어내려 했다. 카를 요제프는 다리에 부인의 몸무게를 느끼기 시작했고, 동시에 새로운 힘이 몸에 용솟음치며 허벅지와 팔의 근육이 팽팽해졌다. 소년이 부인을 와락 껴안자 젖가슴의 말랑말랑하고 서늘한 감촉이 제복의 빳빳한 옷감 너머로 느껴졌다. 부인의 목에서 키득거리는 소리가 흘러나왔다. 흐느끼는 것 같기도 하고 지저귀는 것 같기도 했다. 부인의 눈가에 눈물이 맺혔다. 부인은 몸을 뒤로 젖히고, 나긋나긋하면서도 꼼꼼하게 손을 놀려 제복 단추를 하나씩 풀기 시작했다. 서늘하고 보드라운 손을 소년의 가슴에 얹고 소년의 입에 오랫동안 키스를 하며 한껏 즐기다가, 갑작스레 어떤 소리에 소스라쳐 놀라듯 몸을 일으켰다. 소년도 벌떡 몸을 세웠다. 부인은 미소 짓고 카를 요제프를 천천히 잡아당겼다. 뒷걸음치면서, 두 손을 내밀고 고개를 뒤로 돌려 눈을 반짝거리며, 소년을 문으로 이끌었다. 부인은 문을 뒷발길질로 열어젖혔다. 두 사람은 침실로 미끄러져 들어갔다.

카를 요제프는 의식을 잃고 묶여온 사람처럼 눈꺼풀을 반쯤 닫고 부인을 바라봤다. 부인은 차근차근 꼼꼼하게 어머니처럼 소년의 옷을 벗겼다. 카를 요제프는 예복이 한점씩 흐물흐물 바닥에 떨어지는 것을 흠칫흠칫 놀라며 지켜봤다. 군화가 쿵 쓰러지는 소리가 들리더니 어느새 슬라마 부인의 손길이 발에 느껴졌다. 아래로부터 따스함과 서늘함이 섞인 물결이 가슴까지 새로이 치밀었다. 카를 요제프는 풀썩 쓰러졌다. 여인을 받아들였다. 기쁨과 불과 물로 이뤄진 잔잔하면서도 거세찬 물결을 맞아들이는 듯했다.

카를 요제프는 정신이 들었다. 슬라마 부인이 소년 앞에 서서 옷을 한점씩 건네줬다. 카를 요제프는 허둥지둥 옷을 걸치기 시작했다. 부인은 응접실로 들어가 장갑과 모자를 가져다줬다. 코트 주름을 펴줬다. 소년은 부인의 눈길이 자기 얼굴에 계속 머물러 있는 것을 느꼈지만, 이 눈초리를 애써 피했다. 발뒤꿈치를 딱 하고 붙이고 부인과 악수를 나누면서도 부인의 오른쪽 어깨만을 줄곧 바라보고선 집을 떠났다.

시계탑에서 종이 일곱번 울렸다. 해가 언덕 너머로 저물려 하고 있었다. 언덕은 이제 하늘만큼 파랬고, 구름과 거의 비슷하게 보였다. 길섶 나무들에서 달콤한 향기가 흘러나왔다. 저녁 바람이 길 양쪽 비탈에 자라난 작은 풀들에 빗질을 했다. 눈에 보이지 않는 바람의 고요하고 너른 손길에 풀들이 떨며 물결쳤다. 멀리 떨어진 늪에서 개구리들이 개굴개굴 울기 시작했다. 교외의 한 샛노란 집에서 어떤 젊은 여자가 창문을 열고 텅 빈 거리를 내다보고 있었다. 카를 요제프는 이 여자를 본 적이 없었지만, 차려 자세로 정중하게 경례를 했다. 여자는 황송해하며 고개를 끄덕여 답례했다. 카를 요제프는 이제야 슬라마 부인에게 작별인사를 한 듯한 생각이 들었다. 사랑과 인생을 가르는 경계를 지키는 보초처럼, 처음 보는데도 낯설지 않은 여인은 창가에 기대 있었다. 카를 요제프는 이 여자에게 인사를 마친 뒤 현세로 돌아온 듯한 느낌이 들었다. 소년은 빠르게 걸었다. 정각 7시 45분에 집에 도착하여, 아버지에게 돌아왔다고 알렸다. 담담하고 간결하고 단호한 어조로 사나이답게 보고했다.

상사는 이틀에 한번씩 순찰근무를 했다. 날마다 서류다발을 들고 군사무소에 들렀다. 군수의 아들과 한번도 마주치는 일이 없었다. 카를 요제프는 이틀에 한번씩 오후 4시에 치안대 지소에 갔다. 저녁 7시에 지소를 떠났다. 슬라마 부인에게서 묻혀온 향수 냄새는 건조한 여름 저녁 냄새와 뒤섞여, 카를 요제프 손에 밤낮 머물러 있었다. 카를 요제프는 식사할 때 아버지에게 가까이 다가앉는 것을 피했다. "여기서는 가을 냄새가 나는구나!" 어느날 저녁 아버지가 말했다. 전혀 틀린 말은 아니었다. 슬라마 부인은 늘 미뇨네뜨[12] 향수를 뿌렸다.

12 미뇨네뜨는 은은한 사향 때문에 사랑받았는데, 늦여름과 초가을에 꽃이 핀다.

3

군수의 응접실 창문 맞은편에는 초상화가 걸려 있었다. 초상화는 벽에 너무 높이 달려서, 이마와 머리털이 오래된 목제 천장의 고동색 그림자에 어슴푸레 묻혀 있었다. 할아버지의 흐릿한 모습과 잊힌 명성은 항상 손자의 호기심을 자극했다. 이따금 고즈넉한 오후가 찾아왔다. 창문이 열려 있고, 읍내 공원 밤나무의 짙푸른 그림자가 한여름의 푸근하고 기운찬 고요함을 방에 불어넣고, 군수가 시외로 출장을 나가 있고, 늙은 자크가 닦아야 할 신발, 옷, 재떨이, 촛대, 스탠드램프를 끌어모으러 털슬리퍼를 끌고 유령처럼 집안을 돌아다니는 소리가 저 멀리 계단에서 들릴 때, 카를 요제프는 의자에 올라 할아버지의 초상화를 가까이에서 들여다봤다. 그림이 눈앞에 다가와 어두운 음영과 밝은 하이라이트로, 붓으로 그은 선과 물감을 칠한 점으로, 채색된 캔버스에 촘촘히 밴 잔주름으로, 바싹 마른 유채물감의 강렬한 색상으로 산산이 흩어졌다. 카를 요제프는 의자에서 내려섰다. 밤나무의 푸른 그림자가 할아버지의 갈색 코트에 얼비쳤다. 선과 점이 도로 합쳐지며, 낯익으면서도 수수께끼 같은 얼굴이 다시 생겨났다. 눈이 먼 곳을 바라보는 듯하며 천장이 어두워짐에 따라 어스름에 묻히는 여느 때의 눈초리를 되찾았다. 해마다 여름방학에 손자와 할아버지 사이에 말없는 대화가 오갔다. 고인은 아무 말도 해주지 않았다. 소년은 아무것도 들을 수 없었다. 초상화는 해마다 더 핼쑥해지고 더 저세상 사람처럼 변해가는 듯했다. 쏠페리노의 영웅이 다시 한번 죽으며, 자신에 관한 모든 기억을 주섬주섬 걷어가는 듯싶었다. 언젠가는 검은 액자에 텅 빈 캔버스만 남아, 지금의 초상화보다 더 말없이 손자를 내려다볼 때가 올 것만 같았다.

자크는 안뜰에서 목제 발코니 그늘 아래 스툴을 놓고 앉아서 부츠를 광나게 닦아 군대식으로 정렬해놓고 있었다. 카를 요제프는 슬라마 부인을 찾아갔다가 집으로 돌아올 때마다, 안뜰에서 마주치는 자크에게 다가가 갓돌에 걸터앉았다. "할아버지에 대해 이야기해주세요, 자크!"—자크는 구둣솔, 구두약, 광택제를 내려놓고 손을 마주 비볐다. 고인에 대해 이야기하기 전에 일하느라 더러워진 손을 씻어내고 싶은 듯했다. 자크는 족히 스무번도 넘게 했던 이야기를 여느 때와 마찬가지로 시작했다. "저는 항상 나리님과 잘 지냈습니다! 제가 나리님 농장에 왔을 때 이미 어린 나이는 아니었지요. 결혼을 하지 않은 건 나리님이 탐탁잖게 여길 것 같아서였어요. 나리님은 아녀자들이 돌아다니는 것을 좋아하지 않았거든요. 나리님 부인인 남작 부인만 빼고 말이지요. 하지만 남작 부인은 폐병으로 곧 죽었어요. 나리님이 쏠페리노 전투에서 황제의 생명을 구했다는 것을 모두들 알고 있었지요. 나리님은 그런 이야기를 하지 않았지만요. 입도 벙긋하지 않았지요. 사람들은 나리님의 묘비에 '쏠페리노의 영웅'이라고 새겨넣었어요. 나리님은 그리 많지 않은 나이에 돌아가셨지요. 저녁에, 9시경에 운명하셨어요. 11월이었을 거예요. 때 이르게 눈이 내렸지요. 나리님이 오후에 안뜰로 나와 말했어요. '자크, 털장화를 어디에 두었지?' 저는 그게 어디 있는지 알지 못했지만 '금방 가져오겠습니다. 남작님!'이라고 말했지요. '내일까지 찾아놓으면 돼!'라고 나리님이 말했어요. 하지만 이튿날은 신발이 필요없게 됐지요. 그뒤로도 저는 결혼을 하지 않았어요."

이게 전부였다.

이번이 마지막 방학이었다. 일년 뒤에 카를 요제프는 임관을 했다. 방학 마지막 날에 군수가 작별인사를 하며 말했다. "모든 게 잘 되기를 바란다. 너는 쏠페리노의 영웅의 손자다. 이를 명심하면 잘못될 일이 없을 것이다."

교장 마레크 대령도, 교관도, 조교도 누구나 이 사실을 잘 알고 있었기 때문에, 아닌 게 아니라 카를 요제프에게는 어떤 나쁜 일도 일어날 수 없었다. 카를 요제프는 승마가 그다지 뛰어나지 않았고, 독도법이 취약했고, 삼각법[13]은 형편없었지만, 소년사관학교를 '우수한 평점으로' 졸업하고 소위로 임관하여 제○창기병대에 배속됐다.

카를 요제프는 어느 무더운 여름날 아버지 앞에 나타났다. 자기 제복의 광휘와 졸업 축하 미사에 눈이 어리어리해지고, 사관학교장의 우레 같은 졸업연설에 귀가 멍멍해진 채, 황금색 단추가 달린

13 삼각형의 변과 각의 상호관계를 연구하는 수학. 측량, 건축, 항해 등 여러 방면에 응용된다.

하늘색 군복 코트를 입고, 황금색의 고귀한 쌍두독수리[14]가 그려진 은색 탄약 주머니를 등에 차고, 금속 턱끈과 말총 장식꽃술이 달린 창기병모를 왼손에 쥐고, 진홍색 승마바지를 입고, 거울처럼 광나는 군화를 신고, 찰그랑거리는 박차를 달고, 칼자루가 넓은 군도를 허리에 차고 찾아왔다. 이번에는 일요일이 아니었다. 소위로 임관했으니 수요일에 와도 됐다. 군수는 서재에 앉아 있었다. "이리 오너라!" 군수가 말했다. 코안경을 벗고 눈살을 모으고 일어서서 아들을 점검하여 모든 것이 이상없음을 확인했다. 아들을 얼싸안았다. 두 사람은 서로의 볼에 가볍게 입을 맞췄다. "앉아라!" 군수는 이렇게 말하며 소위를 의자에 눌러앉혔다. 자신은 방 안을 왔다 갔다 했다. 첫마디를 어떻게 꺼내야 좋을지 곰곰이 생각했다. 이번에는 꾸지람을 하는 것은 적절치 않았지만 그렇다고 흐뭇하다는 말로 이야기를 시작할 수는 없었다. 마침내 이렇게 말했다. "너의 연대 역사를 공부하는 데 힘쓰고 할아버지가 근무했던 연대 역사도 좀 읽어두어라. 나는 이틀 동안 빈에 출장을 가야 한다. 함께 가자." 그런 다음 책상에 놓인 종을 흔들었다. 자크가 왔다. 군수가 지시했다. "히르슈비츠 양에게 오늘은 지하실에서 포도주를 꺼내오라고 하고, 가능하다면 점심에 쇠고기와 버찌만두를 차리라고 하게. 오늘은 평소보다 이십분 늦게 식사를 할 걸세." "알겠습니다, 남작님!" 자크는 이렇게 말하고선 카를 요제프를 바라보며 속삭였다. "정말 축하드려요!" 군수는 창가로 갔다. 이 장면에 감동되어 눈시울이 붉어졌기 때문이었다. 등 뒤에서 아들이 청지기와 악수를 하자, 자크가 발로 마루를 문지르며 돌아가신 아버지에 관해 무슨 말

14 쌍두독수리는 합스부르크가의 문장(紋章)으로서 오스트리아-헝가리 이중제국을 상징한다.

인가를 중얼거리는 소리가 들렸다. 자크가 방에서 나가자 비로소 군수는 몸을 돌렸다.

"덥지 않으냐?" 군수가 말을 꺼냈다.

"그렇습니다, 파파!"

"바람을 쐬러 가는 게 좋을 것 같은데!"

"그렇습니다, 파파!"

군수는 여느 때 밝은 오전에 들고 나가기를 좋아했던 노란색 지팡이 대신에 은제 손잡이가 달린 흑단 지팡이를 들었다. 장갑도 왼손에 들지 않고 두 손에 꼈다. 중산모를 쓰고 방을 떠났다. 아들이 뒤따랐다. 느릿느릿, 한마디 말도 나누지 않고, 두 사람은 읍내 공원 여름의 정적을 헤치고 걸었다. 읍 경관이 두 사람에게 경례를 했다. 남자들이 벤치에서 일어나 인사를 했다. 알록달록하게 빛나고 찰그랑 소리를 내는 아들의 제복은 아버지의 어둡고 엄숙한 복장과 대조되어 더욱 울긋불긋하고 요란하게 느껴졌다. 가로수 길에서는 빨간 파라솔 그늘 아래 한 연한 금발머리 소녀가 산딸기주스를 넣은 탄산수를 팔고 있었다. 아버지가 멈춰서서 말했다. "시원한 음료수를 마시는 게 나쁘지 않겠지!"—군수는 주스를 섞지 않은 탄산수 두 잔을 주문했고, 금발머리 소녀가 카를 요제프의 제복의 찬란한 광휘에 넋을 잃고 빠져드는 것을 짐짓 점잔을 부리며 곁눈질로 훔쳐봤다. 두 사람은 음료수를 마시고 계속 걸었다. 군수는 가끔 지팡이를 흔들어댔는데, 이는 꾹꾹 눌러 감추고는 있지만 기분이 들떠 있다는 징표였다. 군수는 여느 때와 똑같이 말이 없고 진지했지만, 아들의 눈에 오늘은 매우 경박스럽게까지 보였다. 즐거움에 넘친 아버지의 가슴에서 때때로 기분 좋은 기침이 터져 나왔다. 웃음에 가까운 기침이었다. 누가 군수에게 인사를 하면 군수는 모자를 재빨리 들어올려 답례를 했다. "예절 바른 것도 귀찮을 때가 있군!" 따위의 파격적 패러독스를 말하기를 서슴지 않기도 했다. 군수는 행인들이 아들을 경탄하며 바라보는 게 흐뭇했으나, 이 뿌듯한 마음을 감추기 위해 대담한 말을 한 것이었다. 두 사람이 집 가까이 돌아왔을 때, 군수는 다시 멈춰섰다. 아들에게 얼굴을 돌리고 말했다. "젊었을 적에 나는 군인이 되고 싶었다. 네 할아버지가 쌍지팡이를 짚고 나서서 못하게 했지. 이제 네가 관료가 되지 않아, 나는 얼마나 기쁜지 모르겠다!" "알겠습니다. 파파!" 카를 요제프가 대답했다.

포도주가 나왔고, 쇠고기와 버찌만두가 곧 나올 것이었다. 히르슈비츠 양이 일요일에 꺼내 입는 회색 비단 원피스를 걸치고 들어왔다. 카를 요제프를 보자마자 여느 때의 무뚝뚝함을 거의 다 떨쳐버렸다. "졸업을 해서 매우 기뻐요." 히르슈비츠 양은 말했다. "경하드려요." "표준독일어로 경하는 축하란 뜻이야." 군수가 말했다. 모두들 식사를 시작했다.

"급하게 먹을 것 없다!" 아버지가 말했다. "내가 식사를 먼저 마치면, 잠시 기다리겠다." 카를 요제프는 눈을 들어 아버지를 보았다. 아버지와 보조를 맞춰 식사를 하느라 얼마나 힘들었는지 아버지는 오래전부터 알고 있었으리라는 생각이 들었다. 카를 요제프는 처음으로 아버지의 딱딱한 살갗을 꿰뚫고 살아뛰는 심장과 비밀스러운 속내를 들여다본 듯한 느낌이 들었다. 카를 요제프는 소위답지 않게 얼굴이 붉어졌다. "고맙습니다. 파파!" 이렇게 말했다. 군수는 스푼을 바쁘게 놀리고 있을 뿐이었다. 아들의 말을 듣지 못한 듯 보였다.

며칠 뒤 아버지와 아들은 빈으로 가는 기차에 몸을 실었다. 아들은 신문을 읽고 아버지는 서류를 읽었다. 군수가 눈을 들고서 이렇게 말했다. "빈에서 예복바지를 주문하려고 한다. 너는 두벌밖에 없더구나." "고맙습니다, 파파!" 아버지와 아들은 서류와 신문에 다시 눈을 돌렸다.

빈에 도착하기 십오분쯤 전에 아버지가 서류를 접었다. 아들이 즉시 신문을 내려놓았다. 군수가 차창 밖을 내다본 다음 아들을 잠시 건너다봤다. 느닷없이 이렇게 말했다. "슬라마 상사 알지?" 상사의 이름이 카를 요제프의 기억에 울려퍼졌다. 아득한 과거에서 들려오는 외침 같았다. 카를 요제프의 눈앞에 이내 치안대 지소로 가는 길, 천장이 낮은 방, 꽃무늬 잠옷, 널찍하고 견고한 침대가 떠올랐으며, 코끝에 풀밭 냄새와 슬라마 부인의 미뇨네뜨 향기가 닿아왔다. 아들은 귀를 기울였다. "상사가 안타깝게도 홀아비가 됐다, 올해에." 아버지가 말을 이었다. "슬픈 일이지. 부인이 출산을 하다가 죽었어. 상사에게 조문을 가거라."

별안간 열차 객실이 참을 수 없이 더워졌다. 카를 요제프는 목깃을 풀어 늦추려고 했다. 그럴듯한 대답을 찾아보려고 허둥대는 동안, 울고 싶다는 뜨겁고 어리석고 어린애 같은 욕망이 북받쳐 목을 옥죄었고, 며칠 동안 물을 마시지 못한 것처럼 입천장이 말라왔다. 아들은 아버지의 눈길을 느끼고 애써 창밖 풍경을 바라봤으나, 두 사람이 시시각각 목적지에 가까워지면 가까워질수록 고통이 더욱 더 심해졌다. 기차 복도로라도 뛰쳐나가고 싶었으나 아버지의 눈초리와 아버지가 전해준 소식에서 벗어날 수 없음을 금세 깨달았다. 카를 요제프는 얼마 남지 않은 힘을 추슬러모아 말했다. "상사를 찾아가겠습니다."

"너는 차멀미를 하는 것 같구나." 아버지가 말했다.

"그렇습니다, 파파!"

카를 요제프는 마차를 타고 호텔로 가면서 입을 다물고 곧추앉아 고통에 시달렸다. 이름을 알 수 없으며 전혀 겪어본 적도 없고 먼 지방에서 전파된 이상야릇한 질병 같은 고통이었다. 아들은 아버지에게 "죄송합니다, 파파!"라는 말을 간신히 건넬 수 있었다. 호텔에서 방문을 잠그고 트렁크를 열어 슬라마 부인이 보낸 편지 몇 통이 보관된 서류철을 꺼냈다. 편지들은 배달됐을 때 그대로 봉투에 들어 있었으며, 모라비아 흐라니체, 유치우편[15]이라는 암호화된 주소가 겉봉에 쓰여 있었다. 파란 편지지는 하늘색을 띠고 있었고 미뇨네뜨 향기가 배어 있었으며 검은색 고운 글자들이 날래게 달리는 모습은 날씬한 제비 떼가 무리 지어 날아가는 듯했다. 죽은 슬라마 부인의 편지들이었다! 이 편지들은 부인의 갑작스러운 죽음을 미리 알리는 부고처럼 카를 요제프에게 느껴졌고, 죽음을 앞둔 손에서만 흘러나올 수 있는 유령 같은 섬세함이 배어 있었고, 저세상에서 미리 보내는 인사처럼 보였다. 마지막 편지에 카를 요제프는 아직 답장을 하지 않았었다. 임관, 연설, 작별, 미사, 임명, 새 계급, 새 제복은 하늘색 편지지 위를 가볍고 검게 줄지어 날아가는 고불고불한 글자들 앞에 아무 의미가 없었다. 피부에는 죽은 부인이 손으로 어루만진 흔적이 묻어 있고, 따뜻한 손에는 부인의 서늘한 젖가슴에 대한 기억이 남아 있고, 눈을 감으면 부인의 사랑에 빠진 얼굴에서 배어나는 황홀한 피로감, 벌어진 붉은 입술 사이로 새하얗게 빛나는 이, 아무렇게나 굽힌 팔을 그려볼 수 있고, 신체의 모든 곡선에는 만족스러운 꿈과 행복한 잠이 얼비쳐 흐르는

15 발신인이 지정한 우체국에 우편물을 유치해두면 수취인이 이를 찾아가는 우편 제도.

것을 느껴볼 수 있었다. 이제 벌레들이 젖가슴과 허벅다리를 기어 다니고 얼굴은 처참하게 부패할 것이었다. 젊은 남자의 눈앞에 사체가 썩어가는 소름 끼치는 모습이 선하게 떠오르면 떠오를수록 격정이 더욱 맹렬하게 불타올랐다. 격정의 불길이 이해할 수 없이 무한한 저세상으로, 죽은 부인이 사라져간 곳으로 솟구쳐오르는 듯 보였다. 나는 부인을 두번 다시 찾아가지 못하겠지. 소위는 생각했다. 나는 부인을 잊어버리겠지. 말소리가 따사롭고 엄마 같고 나를 사랑했는데, 죽었다니! 카를 요제프가 부인이 죽은 데 책임있음은 분명했다. 부인이, 사랑하는 시신이, 죽음과 인생을 가르는 경계에 누워 있었다.

이는 카를 요제프가 처음 보는 죽음이었다. 카를 요제프는 어머니를 기억하지 못했다. 어머니에 대해서는 무덤의 꽃밭과 사진 두 장 말고는 아는 게 없었다. 이제 죽음이 검은 번개처럼 카를 요제프 앞에서 번쩍이더니, 순수한 기쁨을 내리쳐서, 청춘을 숯등걸로 만들고, 카를 요제프를 산 사람과 죽은 사람을 갈라놓는 어두운 심연가에 던져놓았다. 카를 요제프 앞에는 슬픔에 가득 찬 기나긴 인생이 놓여 있었다. 소위는 결연하고 담담하게, 사나이답게 이를 견뎌낼 각오를 다졌다. 편지들을 집어넣었다. 트렁크를 닫았다. 복도로 나가 아버지 방문을 두드리고, 안으로 들어가 아버지 목소리를 들었다. 두꺼운 유리벽을 통해 들리는 듯한 목소리였다. "너는 마음이 여린 것 같구나!" 군수는 거울을 보고 넥타이를 고쳐맸다. 시청, 경찰청, 고등법원에 용무가 있었다. "나와 함께 가자!" 이렇게 말했다.

아버지와 아들은 고무바퀴가 달린 이두마차를 타고 갔다. 거리는 카를 요제프에게 그 어느 때보다 화려해 보였다. 여름날 오후의 황금색 햇빛이 집, 나무, 전차, 행인, 경관, 초록색 벤치, 동상, 정원들에 두루 비치고 있었다. 말발굽이 자갈 포장길을 빠르게 따가닥 따가닥 밟는 소리가 들렸다. 젊은 여인들이 밝고 정다운 빛처럼 스쳐지나갔다. 병사들이 경례했다. 가게의 진열창들이 은은히 빛났다. 여름이 대도시를 따스하게 휘감고 있었다.

하지만 여름의 이 모든 아름다움이 카를 요제프의 무덤덤한 눈에는 들어오지 않았다. 아버지의 놀라는 말소리가 귓전을 때렸다. 아버지는 수많은 변화들을 찾아냈다. 담배 가게가 자리를 옮기고, 매점이 새로 생기고, 합승마차 노선이 연장되고, 마차 정류장이 이전됐다. 아버지가 빈에 살던 때와 많은 것이 달라졌다. 하지만 군수는 사라진 것에서나 남아 있는 것에서나 잊을 수 없는 추억을 떠올렸고, 목소리는 여느 때와 달리 나직하고 정겨워지며 세월에 묻혔던 과거로부터 소중한 추억들을 들추었고, 여윈 손은 한때 청춘을 꽃피웠던 장소를 반갑게 가리켰다. 카를 요제프는 입을 다물고 있었다. 자신도 방금 청춘을 잃어버렸다. 자신의 연인은 죽었다. 하지만 마음은 아버지의 과거에 대한 그리움을 이해하게 됐고, 군수의 뼈만 앙상한 피부 아래에는 다른 사람이, 비밀스러우면서도 친숙한 사람이, 트로타 가문 사람이, 슬로베니아 출신 상이군인의 손자이자 쏠페리노의 진기한 영웅의 아들이 숨어 있음을 어렴풋이 느끼기 시작했다. 아버지의 감탄과 탄성이 활기를 띠어가면 갈수록, 아들의 고분고분하고 입에 붙은 맞장구는 더 드물어지고 더 나직해졌고, 어릴 적부터 혀에 배어 있던 절도있고 의무적인 "그렇습니다, 파파!"란 대답이 이제 다른 어조로, 너그럽고 푸근하게 울렸다. 아버지는 더 젊어지고, 아들은 더 나이 들어가는 듯 보였다. 두 사람은 여러 관청 앞에 걸음을 멈추었다. 군수는 안으로 들어가 젊은 시절 동고동락한 옛 동료들을 찾아갔다. 브란들은 경찰 이사관이, 스메칼은 국장이, 몬테쉬츠키는 대령이, 하셀브루너는 공관 이사관이 되어 있었다. 두 사람은 가게들 앞에서도 멈춰섰다. 투흘라우벤 가街의 라이트마이어 가게에서는 궁정무도회나 알현 때 신을 무광택 염소가죽 예장부츠 한켤레를 구입하고, 비덴[16]의 궁정복 및 군복 가게 에틀링어에서는 예복바지 한벌을 주문했다. 믿을 수 없는 일도 일어났다. 군수가 궁정보석상 샤프란스키 가게에서 뚜껑에 골이 진 견고한 은제 담배 케이스를 골랐던 것이다. 군수는 이 명품에 '위험에서 안전하기를, 아버지가'라는 덕담을 새겨달라고 주문했다.

두 사람은 시민공원에 들어가서 커피를 마셨다. 진녹색 그늘 아래에서 테라스의 둥근 테이블들이 하얗게 빛났고 테이블보에 탄산수병들이 놓여 있었다. 음악이 잠시 그칠 때마다 새들이 지저귀는 소리가 들렸다. 군수는 머리를 들고서 추억의 타래를 풀며 이야기를 했다. "여기서 한 소녀를 만났었지. 몇해가 흘렀나?" 군수는 말없이 계산에 빠져들었다. 그뒤 오랜, 정말 오랜 세월이 흐른 것 같았다. 카를 요제프에게는 자기 옆에 앉은 사람이 아버지가 아니라 옛 선조같이 느껴졌다. "미치 쉬나글이라는 이름의 소녀였지!" 아버지가 말했다. 가지에 잎이 무성한 밤나무를 쳐다보며 쉬나글 양의 사라진 모습을 찾는 듯했다. 소녀가 작은 새였다고 생각하는 듯했다. "아직 살아 있습니까?" 카를 요제프가 공손하게, 지나간 시대가 어떠했는지 알아볼 실마리를 찾으려는 듯 물었다. "살아 있겠지! 내가 젊었을 때는 사람들이 요즘처럼 감상적이지 않았다. 여

16 빈의 제4구.

자와도 단호히 헤어졌고, 친구와도……" 군수가 갑자기 말을 멈췄다. 한 낯선 사람이 테이블 가에 서 있었다. 챙 넓은 모자를 쓰고 넥타이를 너풀거리고 옷자락이 후줄근하게 늘어진 회색 모닝코트를 입고, 덥수룩한 머리털이 목덜미를 덮고 너부죽한 얼굴에 면도를 제대로 하지 않아 회색 수염이 쥐 파먹은 듯 난 이 사람은 얼핏 봐서도 화가임을 알 수 있었다. 전형적인 화가의 용모가 지나칠 만큼 명료하게 드러나 현실에 존재하는 게 아니라 옛 삽화에서 오려낸 듯한 느낌마저 들었다. 이 낯선 사람은 그림첩을 테이블에 내려놓고, 미술을 천직으로 삼고 가난하게 사는 동안 몸에 밴 도도하고 심드렁한 태도로 그림을 팔려고 하는 참이었다. "여보게, 모저!" 트로타 남작이 말했다. 화가는 두툼한 눈꺼풀을 천천히 말아올려 크고 밝은 눈을 드러냈다. 한순간 군수를 바라보더니, 손을 내밀며 말했다. "트로타!"

어느새 화가는 놀라는 낯빛도 그윽한 눈빛도 지워버렸다. 그림첩을 커피잔이 흔들릴 만큼 세게 테이블에 내동댕이치고, "꿈이야, 생시야!"를 천둥 치듯 잇달아 세번 크게 외친 다음, 손님들의 박수갈채를 기다리듯 이웃 테이블들을 의기양양하게 쓰윽 둘러보고는, 자리에 앉았다. 챙 넓은 모자를 벗어 의자 옆 돌멩이에 얹고, 테이블에 던져놓았던 그림첩을 팔꿈치로 밀어내며 "쓰레기야"라고 천연덕스럽게 말하고, 고개를 들이밀고 눈살을 모아 소위를 바라보더니, 몸을 다시 뒤로 젖히며 말했다. "영감마님, 자네 아들이군!"

"이분은 내 어릴 적 친구 모저 선생님이다!" 군수가 설명했다.

"꿈이야, 생시야, 영감마님?" 모저는 다시금 말했다. 동시에 지나가는 웨이터의 코트 자락을 붙들고, 몸을 일으켜서 비밀을 속삭이듯 주문을 하고 나서, 자리에 앉아 아무 말도 하지 않고 웨이터가 음료수를 들고 올 방향만 바라봤다. 마침내 투명한 슬리보비츠가 절반쯤 담긴 탄산수 잔이 화가 앞에 놓였다. 모저는 콧구멍을 벌름거리며 두세번 냄새를 맡더니, 커다란 잔을 단숨에 비우려는 듯 팔을 힘차게 휘둘러 입에 갖다댔으나, 한모금만 홀짝 마신 다음 혀를 내밀어 입술에 묻은 술 방울을 핥았다.

"자네 여기 온 지 두주나 됐으면서 나를 찾아오지 않다니!" 화가는 상관이 취조하듯 엄격하게 말을 꺼냈다.

"여보게, 모저," 트로타 남작은 말했다. "나는 어제 와서 내일 돌아간다네."

화가는 군수의 얼굴을 오랫동안 바라봤다. 그런 다음 잔을 다시 입에 대고 물 마시듯 단박에 비웠다. 잔을 놓으려 했는데 잔받침에 손이 미치지 않자, 카를 요제프에게 잔을 건네주어 내려놓게 했다. "고맙네." 화가는 이렇게 말하고 집게손가락을 펴서 소위를 가리켰다. "놀랍군! 쏠페리노의 영웅과 영락없이 닮았어! 약간 부드러워 보일 뿐! 코는 연약하고! 입술은 보들보들하고! 하기는 세월이 흐르면 어떻게 달라질지 모르지……!"

"모저 선생이 할아버지 초상화를 그렸다!" 아버지 트로타가 말했다. 카를 요제프는 아버지와 화가를 번갈아 바라봤다. 응접실 천장 아래 어슴푸레 걸려 있던 할아버지의 초상화가 기억에 떠올랐다. 할아버지가 이 선생과 아는 사이였다는 것을 믿을 수 없었다. 아버지와 모저가 허물없이 지내는 것도 놀랍기 그지없었다. 이 낯선 사람의 더럽고 투박한 손이 군수의 줄무늬 바지를 친근하게 툭툭 두드리면 아버지가 허벅지를 쑥스럽다는 듯 가볍게 뒤로 빼는 것이 보였다. 아버지는 여느 때와 다름없이 점잖게 몸을 뒤로 젖히고, 자신의 가슴과 얼굴을 향해 훅훅 풍겨오는 술 냄새를 피하려는 듯 물러앉아서, 미소를 띠고 무슨 행동이든 다 받아줬다. "자네 입성을 새로 개비해야겠네." 화가가 말했다. "꾀죄죄해졌어! 자네 아버지는 그런 적이 없었다네."

군수는 구레나룻을 쓰다듬으며 미소 지었다. "자네 아버지는 말이야!" 화가가 다시 말을 꺼내려 했다.

"계산합시다!" 갑자기 군수가 나직하게 말했다. "미안하네, 모저, 우리는 선약이 있어서."

화가는 앉아 있었다. 아버지와 아들이 공원을 떠났다.

군수는 자기 팔을 아들의 팔에 끼었다. 난생처음 카를 요제프는 아버지의 마른 팔이 가슴에 닿는 것을 느꼈다. 진회색 광택 장갑을 낀 아버지의 손이 살짝 구부러져 다정하게 파란색 제복 소매를 다정하게 붙잡았다. 이 손은 빳빳한 소맷부리에서 잘깍 소리를 내며 앙상하게 분노에 넘쳐 튀어나와 경고와 위협을 일삼고, 문서들을 손가락을 펴서 조용히 넘기고, 서랍을 책상에 성마르게 밀어넣고, 너무나 단호하게 열쇠를 빼서 자물쇠가 영원히 잠겨 있을 것 같은 생각이 들게 했던 바로 그 손이었다. 이 손은 일이 자기 뜻대로 되지 않으면 초조하여 안절부절못하며 책상 모서리를 두드리거나, 방 안에 어떤 난처한 일이 일어나면 창유리를 두드렸던 바로 그 손이었다. 누군가 집에서 의무를 게을리하면 마른 집게손가락으로 손가락질하고, 말없이 주먹을 움켜쥐고, (그렇지만 무엇인가를 때려본 적은 한번도 없었다) 자기 이마를 살며시 감싸쥐고, 코안경을 조심스럽게 벗고, 포도주 잔을 가볍게 그러쥐고, 검은색 버지니아 씨가를 입맞춤하듯 입에 가져다댄 손이었다. 이 손은 아들이 오래전부터 잘 알고 있는 아버지의 왼손이었다. 하지만 아들은 이 손이 아버지의 손이요, 부정父情 어린 손이라는 것을 이제야 비로소 알게 된 듯한 생각이 들었다. 카를 요제프는 이 손을 자기 가슴에 대고 꾹 누르고 싶은 욕구를 느꼈다.

"모저 말이다!" 군수는 이렇게 입을 열고 마땅한 말을 찾으려 잠시 뜸을 들이더니 마침내 말했다. "모저는 뭔가 다른 사람이 될 수도 있었다."

"알겠습니다, 파파!"

"모저가 할아버지의 초상화를 그린 것은 열여섯살 때 일이었다. 우리 둘 다 열여섯이었지! 모저는 반에서 나의 유일한 친구였다! 그뒤 미술 아카데미에 들어갔지. 화주가 모저를 망쳤어. 하지만 모저는……" 군수는 멈췄던 말을 몇분 뒤에야 이었다. "오늘 내가 다시 만난 사람들 중에서 모저만이 내 진정한 친구다."

"예에, 아버지."

처음으로 카를 요제프는 '아버지'라는 말을 썼다. "그렇습니다, 파파!"로 부리나케 말을 고쳤다.

날이 어두워졌다. 거리에 땅거미가 빠르게 지고 있었다.

"추우십니까, 파파?"

"전혀."

하지만 군수는 걸음을 재촉했다. 두 사람은 곧 호텔 가까이에 이르렀다.

"영감마님!" 누군가 뒤에서 외쳤다. 화가 모저가 쫓아온 것이 분명했다. 두 사람은 뒤돌아봤다. 모저는 손에 모자를 들고서 고개를 숙이고 장난스럽게 부른 것을 미안해하는 듯 겸연쩍게 서 있었다. "용서하시게!" 모저가 말했다. "내 담배 케이스가 텅 빈 것을 너무 늦게 알아채서!" 모저는 빈 양철 담배 케이스를 열어 보여줬다. 군수가 씨가 케이스를 꺼냈다. "씨가는 피우지 않네!" 화가가 말했다.

카를 요제프가 담배 한 갑을 내밀었다. 모저는 그림첩을 발 앞 포장길에 수선스럽게 내려놓고, 담배를 받아 자기 담배 케이스를 채우고, 불을 빌려달라고 청해서 파랗게 솟는 불꽃을 두 손으로 감쌌다. 손은 불그레하고 끈적거리고, 가는 손목에 비해 너무 크고, 바르르 떨리고, 쓸모없는 도구처럼 보였다. 손톱은 흙, 오물, 물감 반죽, 액체 니코틴을 후벼파는 데 썼던 납작하고 시커먼 꽃삽 같았다. "이제 우리 다시는 못 만나겠군." 모저는 이렇게 말하며 그림첩을 집으려고 몸을 굽혔다. 몸을 폈을 때 뺨에 굵은 눈물이 흐르고 있었다. "두번 다시 못 만나겠어!" 모저가 흐느꼈다. "잠깐 방에 다녀오겠습니다." 카를 요제프는 이렇게 말하고 호텔로 들어갔다.

카를 요제프는 계단을 뛰어올라 방으로 들어가서 창밖으로 몸을 내밀어 아버지를 걱정스럽게 내려다봤다. 아버지가 지갑을 꺼내고, 화가가 잠시 뒤 다시 젊어진 듯 군수의 어깨에 무지막지한 손을 올려놓는 게 보였다. 이어 모저가 외치는 소리가 들렸다. "그러니까 프란츠, 여느 때처럼 달마다 초사흘에!" 카를 요제프는 다시 달려내려갔다. 아버지를 보호해야 할 것 같은 생각이 들었다. 선생은 경례를 붙이고 뒷걸음질 친 다음, 마지막 인사를 건네고 고개를 치켜들고 떠나서, 몽유병자처럼 아무 주저 없이 곧장 차도를 건너가더니, 맞은편 보도에서 다시 한번 손짓하고 옆 골목으로 사라졌다. 하지만 이내 다시 나타나 고요한 골목이 쩌렁쩌렁 울리도록 "잠깐!" 하고 크게 외치고선 믿어지지 않을 만큼 큰 걸음으로 겅중겅중 차도를 건너와 호텔 앞에 섰다. 아무 거리낌이 없으며 방금 도착한 듯한 태도였다. 몇분 전에 작별인사를 한 일도 없는 듯했다. 옛 친구와 아들을 이제야 본 듯 애처로운 목소리로 이야기를 꺼냈다. "이렇게 다시 만나다니 얼마나 서글픈가! 우리가 세번째 줄에 나란히 앉았던 것 알지? 자네는 그리스어가 약했어. 내가 항상 내 것을 보고 베껴쓰게 해줬지. 자네 아들 앞이라도 솔직히 인정하게! 항상 내 것을 보고 베껴쓰게 해주지 않았나?" 모저는 카를 요제프에게 말했다. "이 친구는 사람은 좋았지만 겁쟁이였어, 자네 아버지 말이야! 매춘부에게도 뒤늦게 갔지. 내가 용기를 북돋워주지 않았으면, 거기 가보지도 못했을 거야. 사실대로 말해봐, 트로타! 내가 자네를 데리고 갔다고!"

군수는 싱긋 웃었지만 아무 말도 하지 않았다. 모저는 장광설을 늘어놓으려고 하는 참이었다. 그림첩을 포장길에 내려놓고 모자를 벗고 한 발을 내뻗으며 입을 열었다. "자네 아버지를 처음 만난 것은 방학 때였어, 자네도 기억하지." 모저는 갑자기 말을 멈추고 손으로 허둥지둥 호주머니를 뒤지기 시작했다. 이마에 땀방울이 송알송알 돋아났다. "잃어버렸어." 이렇게 외치더니 몸을 떨며 휘청거렸다. "돈을 잃어버렸어."

이때 호텔 문에서 수위가 나왔다. 금테 모자를 벗어 공중에 크게 반원을 그리며 군수와 소위에게 인사를 했지만 얼굴은 잔뜩 찌푸려져 있었다. 수위는 화가 모저가 호텔 앞에서 어정거리며 소동을 피우고 손님들을 불쾌하게 하지 못하도록 몰아내려는 듯 보였다. 아버지 트로타가 가슴주머니에 손을 넣었다. 화가는 잠자코 있었다. "수고 좀 해주겠느냐?" 아버지가 아들에게 물었다. "제가 선생님을 모셔다드리고 오겠습니다. 먼저 들어가십시오, 파파!" 군수가 중산모를 벗어 인사를 하고 호텔로 들어갔다. 소위는 선생에게 지폐를 건네주고 아버지를 따라 들어갔다. 화가 모저는 그림첩을 집어들고 비틀거리면서도 의젓하고 점잖게 멀어져갔다.

거리에 땅거미가 짙게 깔렸고 호텔 홀 안도 어두웠다. 군수는 방

열쇠를 손에 들고 중산모와 지팡이를 옆에 놓고 어스름의 일부가 되어 가죽의자에 앉아 있었다. 아들은 모저 건을 잘 처리했다고 공식보고를 하려는 듯 정중한 자세로 아버지로부터 떨어져섰다. 전등들은 아직 켜지지 않았다. 어둠 속에 침묵이 흐른 뒤 아버지 목소리가 들렸다. "내일 오후 2시 15분에 출발하자."

"알겠습니다, 파파."

"음악을 듣다가 네가 군악대장 네히발을 찾아가야 한다는 게 생각났다. 물론 슬라마 상사 집을 방문한 뒤에 말이다. 빈에서 아직 해야 할 일이 있느냐?"

"주문한 바지들과 담배 케이스를 찾아와야 합니다."

"그밖에는?"

"없습니다, 파파!"

"너는 내일 오전에 네 외삼촌에게 인사를 가야 한다. 그걸 잊은 것 같구나. 외삼촌 집에 얼마나 자주 갔느냐?"

"해마다 두번 갔습니다, 파파!"

"그렇구나! 내 안부인사를 전하거라. 내가 못 가서 미안하다고 해라. 그건 그렇고 슈트란스키 외삼촌은 몸이 어떠냐?"

"지난번에 뵈었을 때 아주 좋았습니다."

군수는 손을 뻗어 지팡이를 쥐고, 손을 은제 손잡이에 걸쳐놓았다. 서 있을 때 늘 하는 습관이었다. 슈트란스키에 대해 이야기를 할 때는 앉아 있을 때에도 손을 받칠 것이 별도로 필요한 듯했다.

"슈트란스키를 마지막으로 본 게 십구년 전이다. 슈트란스키는 당시 중위였지. 코펠만이란 여자와 사랑에 빠져 있었어. 헤어나올 수 없이 말이다. 이 일 때문에 인생이 망가졌어. 코펠만 집안의 여자와 사랑에 빠져서……" 군수는 코펠만이란 이름을 어떤 다른 말보다 더 크게, 음절을 또박또박 끊어서 발음했다. “두 사람은 공탁금[17]을 마련할 수 없었어. 네 어머니는 나더러 절반을 빌려주라고 했지만……”

“외삼촌은 복무를 그만두었습니까?”

“맞아. 그랬어. 그리고 북부철도청에 들어갔지. 지금은 어디까지 승진했지? 철도 이사관까지 올라갔다고 들은 것 같은데.”

“그렇습니다, 파파!”

“그렇군. 아들은 약사가 되지 않았나?”

“아닙니다, 파파, 알렉산더는 아직 고등학교에 다닙니다.”

“다리를 절뚝거린다고 들었는데.”

“한쪽 다리가 짧습니다.”

“그럴 거야.” 아버지는 십구년 전에 벌써 알렉산더가 다리를 절뚝거릴 것을 예언이라도 한 듯 고개를 끄덕이며 말을 맺었다.

군수가 몸을 일으켰다. 로비의 전등이 켜져 군수의 핼쑥한 얼굴을 비쳤다. “돈을 가져오겠다!” 군수가 말했다. 계단으로 다가갔다. “제가 가져오겠습니다, 파파!” 카를 요제프가 말했다. “고맙다!” 군수가 말했다.

“바쿠스룸에 가보아라.” 잠시 뒤 두 사람이 푸딩을 먹는 동안 아버지가 말했다. “최신명소라고 하더라. 거기서 스메칼을 만나게 될지도 모르겠다!”

“고맙습니다, 파파! 안녕히 주무십시오!”

오전 11시와 12시 사이에 카를 요제프는 슈트란스키 외삼촌을 찾아갔다. 철도 이사관은 사무실에 출근해 있었고 코펠만 집안 출

17 당시 오스트리아-헝가리 제국에서는 하급장교가 결혼하려면 연봉의 다섯 배에서 열 배에 이르는 고액의 공탁금을 내야 했다.

신 외숙모는 군수에게 진심 어린 안부인사를 전해달라고 했다. 카를 요제프는 링슈트라세[18]를 따라 천천히 호텔로 돌아왔다. 투흘라우벤 가로 접어들어 바지들을 호텔로 보내달라고 말했고 담배 케이스를 찾아왔다. 담배 케이스는 서늘했다. 서늘함이 얇은 재킷 주머니를 통해 피부에 느껴졌다. 카를 요제프는 슬라마 상사 집에 조문 갈 일을 생각했고, 방에는 결코 들어가지 않겠다고 마음먹었다. 삼가 조의를 표합니다, 슬라마 씨. 베란다에서 이렇게 말할 것이다. 종달새들이 파란 하늘 어딘가에서 지저귄다. 귀뚜라미들이 귀뚤귀뚤 우는 소리가 들린다. 건초 냄새가, 아카시아의 때늦은 향내가, 치안대 지소 정원에서 피어나는 꽃봉오리 향기가 풍긴다. 슬라마 부인은 죽었다. 카티는, 세례명이 카타리나 루이제인 부인은 죽었다.

아버지와 아들은 기차를 타고 집으로 돌아갔다. 군수는 서류를 밀쳐두고 머리를 창 언저리 빨간 우단 쿠션에 묻고 눈을 감고 있었다.

카를 요제프는 군수의 고개가 옆으로 기울어지고, 조붓하고 콧날이 오뚝한 코의 콧방울이 벌름거리고, 말끔하게 면도한 뒤 파우더를 바른 턱끝이 오목 들어가고, 구레나룻이 수북하고도 거무스레한 양 갈기를 살포시 펼친 것을 처음 보았다. 구레나룻은 양쪽 끄트머리가 희끗희끗 물들어 있었다. 구레나룻에도 관자놀이에도 세월이 스쳐간 흔적이 묻어 있었다. 아버지도 언젠가는 죽겠지! 카를 요제프는 생각했다. 아버지도 죽어서 묻히겠지. 나만 남게 될 거야.

18 오늘날 빈의 제1구인 구시가지를 에워싼 순환도로.

객실에는 두 사람만 있었다. 선잠이 든 아버지 얼굴이 쿠션의 불그레한 어스름에 묻혀 평화롭게 꾸벅거리고 있었다. 검은색 콧수염 아래 파리하고 얄따란 입술은 곧게 그은 선처럼 보였다. 제복 목깃의 반짝이는 귀퉁이 사이로 메마른 목이 드러나고 민둥한 울대뼈가 도드라져 있었다. 내리감은 눈꺼풀의 자글자글하고 파르스름한 살갗이 끊임없이 파르르 떨리고, 넓적한 포도주색 넥타이가 숨소리에 맞춰 솟았다가 가라앉았다. 팔을 가슴에서 열십자로 교차시켜 손을 겨드랑이에 끼워넣었는데, 이 손들도 잠자고 있었다. 편안히 눈을 감고 있는 아버지에게서 고요한 정적이 흘러나왔다. 아버지의 엄격함도 코와 이마 사이에 내리 파인 주름살 속으로 조용히 들어가 평온하게 잠들어 있었다. 폭풍우가 산 사이 깎아지른 듯한 골짜기에 숨어 잠자는 듯했다. 카를 요제프에게는 이 주름살이 낯익고 친밀하게 느껴지기조차 했다. 응접실 초상화의 할아버지 얼굴에도 이 주름살이 있었다. 트로타 가문의 분노를 담고 있는 장식물이자, 쏠페리노의 영웅이 물려준 유산이었다.

아버지가 눈을 떴다. "몇시간이나 더 가야 하지?" "두시간 남았습니다, 파파!"

비가 내리기 시작했다. 수요일이었다. 목요일 오후에 슬라마 상사의 집에 조문을 가기로 되어 있었다. 목요일 오전에도 비가 내렸다. 식사를 마치고 십오분 뒤에 아버지와 아들이 응접실에서 커피를 마시다 카를 요제프가 말했다. "슬라마 상사 집에 다녀오겠습니다. 파파!" "상사가 유감스럽게도 홀아비가 됐구나!" 군수가 대답했다. "상사를 4시에 만나는 게 가장 좋겠다." 이 순간 교회 탑에서 종소리가 두번 또렷이 울렸다. 군수는 집게손가락을 들어 창밖의 종 방향을 가리켰다. 카를 요제프는 얼굴이 붉어졌다. 아버지, 비,

시계, 사람들, 시간, 자연 모두가 조문을 어렵게 만들려고 작정하고 있는 것 같았다. 슬라마 부인을 생전에 만나러 갈 수 있었던 오후에도 늘 오늘과 마찬가지로 초조해하며 황금색 종소리에 귀를 기울였었다. 하지만 그때는 상사와 마주치지 않으려고 신경을 곤두세웠었다. 그렇게 보낸 오후들이 수십년 세월 아래 묻혀버린 듯 느껴졌다. 죽음이 그 오후들을 그림자로 덮어 가리고 있었다. 죽음이 당시와 지금 사이에 끼어들어 과거와 현재 사이에 시간을 초월한 암흑을 드리우고 있었다. 그럼에도 시간을 알리는 황금색 종소리는 변화하지 않았다—그 당시와 꼭 마찬가지로 지금도 아버지와 아들은 응접실에 앉아 커피를 마시고 있었다.

"비가 오는구나," 아버지는 비가 오는 것을 이제야 알아챈 듯 말했다. "마차를 타고 갈 거냐?"

"저는 비 맞고 걷기를 좋아합니다, 파파!" 카를 요제프는 이렇게 덧붙이고 싶었다. 제가 걷는 길이 가도 가도 끝이 없었으면 좋겠습니다. 슬라마 부인이 살아 있던 당시라면 마차를 타는 게 나았을지 모르겠지만 말입니다. 침묵이 흘렀다. 빗방울이 유리창을 두드렸다. 군수가 몸을 일으켰다. "나는 건너가야겠다." 집무실에 가야겠다는 것이었다. "나중에 보자!" 군수는 여느 때와 마찬가지로 살그머니 문을 닫았다. 카를 요제프는 아버지가 밖에 머물러 서서 몰래 귀를 기울이고 있는 듯한 느낌이 들었다.

탑에서 2시 15분 종소리가 울렸고 이내 30분이 됐다. 2시 30분, 아직 한시간 반이 남았다. 카를 요제프는 복도로 가서 외투를 꺼내 오랜 시간 동안 규정에 맞게 등의 주름을 잡은 다음, 군도 칼자루를 호주머니 홈에 밀어넣고, 거울을 잘 보지도 않고 모자를 눌러쓰고 집을 떠났다.

4

카를 요제프는 늘 가던 길을 걸었다. 차단기가 올라가 있는 건널목을 지나고 잠들어 있는 듯한 노란색 세무서를 스쳐갔다. 저만치 벌써 외딴 치안대 지소가 보였다. 카를 요제프는 걸음을 멈추지 않았다. 치안대 지소를 지나 십분을 더 가자 목제 격자문이 달린 작은 묘지가 나타났다. 죽은 사람들 위에 빗발은 더욱 촘촘하게 쏟아지며 너울을 덮고 있는 것 같았다. 소위는 비에 젖은 철제 손잡이를 돌리고 안으로 들어갔다. 이름 모를 새가 어디선가 울고 있었다. 새는 어디에 숨어 있을까, 무덤 속에서 우는 것은 아닐까? 카를 요제프는 묘지 관리실 문을 열었다. 한 노파가 코안경을 끼고 감자껍질을 벗기고 있었다. 노파는 껍질과 감자를 무릎에서 쓸어내어 양동이에 쏟아붓고 일어났다. "슬라마 부인의 무덤이 어디지요?" "끝에서 두번째 줄, 그러니까 열네번째 줄의 7번 무덤이우." 노파는 묻자마자 대답했다. 이 질문을 오랫동안 기다리고 있었던 듯했다.

갓 만든 무덤이었다. 아담한 봉분에 작은 나무 십자가가 임시변통으로 꽂혀 있고, 제과점 사탕처럼 보이는 유리 제비꽃 화환이 비에 젖어 서 있었다. "카타리나 루이제 슬라마, 몇년 몇월 며칠에 태어나, 몇년 몇월 며칠에 죽다." 부인은 무덤 아래 누워 있었다. 꿈틀거리는 살찐 벌레들이 둥글고 하얀 젖가슴을 입맛을 다시며 갉아먹기 시작하고 있었다. 소위는 눈을 감고 모자를 벗었다. 비가 소위의 가르마 진 머리털을 부슬부슬 적셨다. 소위는 무덤을 눈여겨보지 않았다. 이 봉분 아래서 썩어가는 시체는 슬라마 부인과는 아무 상관이 없었다. 부인은 죽었다. 부인이 죽었다는 것은 부인의 무덤 앞에 서 있어도 부인에게 갈 수 없다는 것을 뜻했다. 소위의 기억에 묻혀 있는 육체가 이 봉분 아래 있는 시체보다 소위에게 더 가까이 있었다. 카를 요제프는 모자를 쓰고 시계를 꺼냈다. 아직 삼십분이 남았다. 소위는 묘지를 떠났다.

카를 요제프는 치안대 지소에 다다라 초인종을 눌렀다. 아무도 나오지 않았다. 상사는 아직 집에 오지 않았다. 베란다를 무성하고 빽빽하게 뒤덮은 포도나무 잎들에 비가 쏟아지고 있었다. 카를 요제프는 이리저리, 다시금 이리저리 서성였고, 담배에 불을 붙였다가 다시 내던졌다. 자신이 보초 같다는 생각이 들었다. 카타리나가 자신을 항상 반갑게 내다보던 오른쪽 창문에 눈길이 닿을 때마다 고개를 돌리고, 시계를 꺼내 시간을 보고, 초인종을 다시 눌러보며, 마냥 기다렸다.

읍내 교회 탑에서 종소리가 먹먹하게 네번 느릿느릿 울렸다. 상사가 나타났다. 상사는 눈앞에 서 있는 사람이 누구인지 보지도 않고 대뜸 경례부터 붙였다. 카를 요제프는 경례에 답례하는 게 아니라 위협을 맞받아치듯, 자신도 깜짝 놀랄 만큼 큰 소리로 외쳤다.

"안녕하십니까, 슬라마 상사!" 소위는 손을 내밀었다. 적진에 침입하듯 악수를 청하고서, 반격을 기다리는 듯한 초조한 심정으로 상사가 악수 준비를 하느라 쩔쩔매는 모습을 지켜봤다. 상사는 비에 젖은 면장갑을 벗으려 끙끙거리며 이 일에 정신을 뺏긴 채 눈을 내리뜨고 있었다. 마침내 장갑에서 손이 빠져나왔다. 넓적하고 축축하고 힘없는 손이 소위의 손을 맞잡았다. "찾아주셔서 고맙습니다, 남작님!" 상사는 소위가 방금 도착한 것이 아니라 이제 떠나가는 길인 듯 인사를 건넸다. 상사가 열쇠를 꺼냈다. 문을 열었다. 바람이 몰아쳐 베란다에 비를 후두두 뿌렸다. 상사는 소위를 집 안으로 몰고 들어가는 듯했다. 현관에 어스레한 빛이 들어와 있었다. 어떤 가느다란 띠가, 죽은 여인이 이 세상에 남긴 흔적이 가늘고 은색으로 반짝이는 것은 아니었을까?—상사가 부엌문을 열자 빛이 환하게 밀려들며 그 흔적이 사라졌다. "외투를 이리 주십시오." 슬라마가 말한다. 상사 자신은 아직 외투를 입고 허리띠를 차고 있다. 삼가 조의를 표합니다! 소위는 생각한다, 이제 이 말을 빨리하고 돌아가야지. 상사는 이미 팔을 뻗어 카를 요제프의 외투를 벗기려 하고 있다. 카를 요제프는 호의를 거절하지 못한다. 슬라마의 손이 잠시 소위의 목덜미에 닿는다. 목깃을 덮은 머리털에 스친다. 슬라마 부인이 팔로 목을 휘감고 두 손을 깍지 꼈던 자리이다. 애욕의 오랏줄의 매듭을 나긋나긋하게 묶었던 곳이다. 도대체 언제, 어떤 시점에 조문인사를 할 수 있단 말인가? 응접실에 들어갈 때에? 아니면 들어가 앉을 때에? 그런 다음 다시 일어서야 하나? 여기 오는 동안 내내 입에 담고 있던 조문인사, 이 거북스러운 말을 내뱉기 전에는 소위는 한마디도 할 수 없을 것 같다. 이 말이 부담스러워지고 쓸모없어지고 김이 빠져가면서 혀에서 맴돈다.

상사가 문손잡이를 돌린다. 응접실 문은 잠겨 있다. 상사는 문이 잠긴 게 자신의 책임이기라도 한 듯 말한다. "죄송합니다." 상사는 벗어든 (벗은 지 아득히 오래된 듯하다) 외투에서 주머니를 다시 뒤적여 짤그랑거리는 열쇠 꾸러미를 꺼낸다. 슬라마 부인이 살아 있을 때 이 문이 잠겼던 적은 한번도 없다. 그렇다, 부인이 없다! 소위는 갑작스레 이에 생각이 미친다. 부인이 죽었기 때문에 자신이 여기에 조문을 왔다는 것조차 잊었던 듯하다. 부인이 살아서 방에 앉아 기다리고 있을지도 모른다는 생각을 자신도 모르게 내내 품고 있었음을 깨닫는다. 이제 부인은 없는 게 틀림없다. 자신이 아까 찾아갔던 묘지 무덤 아래 정말로 묻혀 있다.

응접실에는 눅눅한 냄새가 배어 있다. 두 창문 중 하나에는 커튼이 쳐져 있고 다른 하나로는 우중충한 날씨의 흐릿한 빛이 밀려들고 있다. "들어가시지요!" 상사가 자꾸 권한다. 상사는 소위 뒤에 바짝 붙어서 있다. "고맙습니다!" 카를 요제프가 말한다. 안으로 들어가 둥근 테이블로 다가간다. 소위는 테이블을 덮은 코듀로이 테이블보의 무늬도, 한가운데의 오돌토돌한 작은 얼룩도, 홈이 파인 테이블 다리의 밤색 니스와 소용돌이 장식도 다 잘 알고 있다. 벽에 유리장이 세워져 있다. 그 안에 양은 잔, 귀여운 자기 인형, 등에 동전 구멍이 뚫린 노란색 자기 돼지저금통이 들어 있다. "자리에 앉으시지요." 상사가 웅얼거린다. 테이블에서 의자를 빼 등받이를 손으로 잡고 있다. 등받이를 방패처럼 자기 앞에 붙들고 있다. 카를 요제프가 상사를 마지막으로 본 지 사년도 넘었다. 당시 상사는 근무 중이었다. 검은 모자에 아른아른 빛나는 깃털 장식을 꽂고, 가슴에 멜빵을 십자로 교차시키고, 세워총 자세로 군수 집무실 앞에서 대기 중이었다. 슬라마 상사였다. 이름과 계급을 구별할 수 없었고, 깃털 장식이 금발 콧수염과 마찬가지로 얼굴 일부를 이루었다. 이제 상사는 모자를 벗고, 군도, 멜빵, 허리띠를 풀고 서 있다. 불룩한 배를 덮고 있는 코듀로이 제복 천이 번지르르 빛나는 것이 의자 등받이 너머로 보인다. 이제 당시의 슬라마 상사가 아니다. 이름은 슬라마 씨이고, 직위는 현역 치안대 상사이다. 전에 슬라마 부인의 남편이었으나 이제 홀아비가 된 이 집 주인이다. 짧게 자른 금발 머리털이 가운데에 가르마가 타져 옷솔이 두 갈래로 갈라진 듯 보이면서 이마에 얹혀 있다. 이마에 주름살은 없지만 빳빳한 모자를 계속 눌러쓴 탓에 불그스름한 줄이 가로로 나 있다. 모자나 철모를 쓰지 않아 머리가 쓸쓸해 보인다. 챙의 그늘에 덮이지 않은 얼굴이 길동그란 달걀꼴을 이루고, 거기에 뺨, 코, 수염, 작고 파랗고 고집스럽고 순진한 눈이 들어박혀 있다. 상사는 카를 요제프가 앉을 때까지 기다린다. 의자를 끌어와 자신도 앉은 다음 담배 케이스를 꺼낸다. 케이스 뚜껑은 알록달록한 그림이 그려진 에나멜로 되어 있다. 상사는 케이스를 테이블 한가운데에, 자신과 소위 사이에 놓고 말한다. "한대 태우시겠습니까?"—이제 조문인사를 해야 할 때다. 카를 요제프는 이렇게 생각하고 일어서서 말한다. "삼가 조의를 표합니다. 슬라마 씨!" 상사는 두 손을 테이블 가에 얹고 앉아 있다. 무슨 말인지 금세 알아듣지 못한 듯 보인다. 미소 지으려고 애쓰다가, 카를 요제프가 다시 자리에 앉으려는 참에야 뒤늦게 몸을 일으킨다. 테이블에서 손을 떼어 바지에 붙이고 고개를 숙인 다음 다시 고개를 들어 카를 요제프를 바라본다. 이제 어떻게 해야 하느냐고 묻는 듯하다. 두 사람은 다시 앉는다. 조문인사가 끝났다. 두 사람은 말없이 앉아 있다. "훌륭한 여자였습니다, 고인이 된 슬라마 부인은!" 소위가 말한다.

상사는 손을 콧수염으로 가져가 손가락으로 수염 끄트머리를 만지작거리며 말한다. “아내는 아름다웠습니다. 남작님은 아내와 아는 사이였지요?” “부인을 만난 적이 있습니다. 편안히 돌아가셨는지요?” “이틀 동안 고생했습니다. 의사를 너무 늦게 불렀습니다. 조금만 서둘렀어도 살릴 수 있었습니다. 저는 야간근무 중이었습니다. 집에 돌아오니 아내는 죽어 있었습니다. 길 건너편 세무서 직원 부인이 아내의 임종을 지켜봤습니다.” 상사는 이렇게 덧붙인다. “산딸기주스를 마시겠습니까?”

“아, 예, 좋습니다!” 산딸기주스가 상황을 완전히 바꿀 수 있기라도 한 듯, 카를 요제프는 한결 밝은 목소리로 말했다. 카를 요제프는 상사가 일어서서 유리장으로 가는 것을 본다. 거기에는 산딸기주스가 없다는 것을 안다. 산딸기주스는 부엌의 하얀색 찬장 유리문 뒤에 놓여 있다. 슬라마 부인은 산딸기주스를 항상 거기에서 꺼내왔다. 카를 요제프는 상사의 움직임을 하나도 놓치지 않고 지켜본다. 상사는 좁은 소매에 싸인 짤따랗고 튼튼한 팔을 가장 높은 선반까지 뻗는다. 병을 더듬어찾다가 힘없이 팔을 내려뜨린다. 그러면서 들어올렸던 발뒤꿈치도 다시 땅에 붙인다. 슬라마는 의욕이 앞서 낯선 지역을 탐험하러 나섰다가 아쉽게도 실패를 맛보고 고향으로 돌아오듯, 발길을 돌이킨다. 새파란 눈에 낙심한 표정을 그득 담고, 간략하게 보고하듯 말한다. “죄송합니다, 찾지 못했습니다.”

“괜찮습니다, 슬라마 씨!” 소위가 상사를 달랜다.

하지만 상사는 이 위로를 듣지 못한 듯, 아니면 계급이 더 높은 상관이 분명하게 내린 명령에 복종해야 하며, 계급이 더 낮은 상관이 끼어들어 이 명령을 철회시킬 수 없다는 듯, 밖으로 나간다. 상사가 부엌에서 부스럭거리는 소리가 들린다. 상사가 돌아온다. 손에 주스병을 들고 있다. 유리장에서 전두리에 빛바랜 장식이 있는 잔들을 꺼낸다. 유리 물병을 식탁에 놓는다. 진녹색 주스병을 기울여 걸쭉한 홍옥색 액체를 잔에 따른다. 한 잔을 더 따른다. “드시지요, 남작님!” 소위는 유리병의 물을 산딸기주스에 붓는다. 두 사람은 말이 없다. 유리병의 휘움한 주둥이에서 굵은 물줄기가 조르륵조르륵 흘러나온다. 밖에서 쉬지 않고 쏟아지는 빗소리에 응수하는 듯하다. 비가 외딴집을 감싸, 두 남자를 더욱 외롭게 만드는 듯 보인다는 것을 두 사람은 안다. 두 사람은 외롭다. 카를 요제프가 잔을 들고, 상사도 잔을 든다. 소위는 달콤하고 끈끈한 액체 맛을 본다. 슬라마는 잔을 단숨에 비운다. 상사는 갈증을 느낀다. 이렇게 서늘한 날에 기이하게도 왠지 모르게 목마름을 느낀다. “이제 제○창기병대로 입대하십니까?” 슬라마가 묻는다. “예, 하지만 그 연대에 관해 아직 잘 모릅니다.” “거기에 제가 아는 상사가 있습니다. 경리 부사관 체노버라고 하지요. 저와 함께 총병대에서 근무하다가 전속을 했습니다. 가문이 좋고 교양이 있었습니다. 틀림없이 장교시험에 합격할 겁니다. 우리 같은 놈은 맨날 제자리지만요. 치안대에는 아무 전망이 없습니다.” 빗발이 더욱 굵어지고 바람이 거세져 창문을 후두두 두드린다. 카를 요제프는 말한다. “우리 직업은 다 고되지요. 군대는 다 그렇단 말입니다!” 상사가 영문 모를 웃음을 터뜨린다. 상사와 소위가 하는 직무가 고되다는 말이 상사를 너무나 즐겁게 만든 것처럼 보인다. 상사는 일부러 크게 웃고 있다. 입을 보면 알 수 있다. 웃기 위해 필요한 것보다 더 크게 입을 벌리고 웃은 뒤에도 입을 다물지 않고 있다. 이렇게 과장된 표정을 지은 탓에 상사는 여느 때의 진지한 얼굴로 되돌아가기가 잠시 힘든 것처럼 보인다. 상사와 카를 요제프가 이렇게 힘든 인생길을 걷고 있다는 말이 상사에게 정말 그렇게 즐거울까? “남작님은,” 상사가 말을 꺼낸다. “‘우리’ 직업이라고 말하기를 좋아하시는군요. 제 말을 언짢게 듣지 마십시오. 남작님과 우리 같은 놈은 전혀 다릅니다.” 카를 요제프는 대답할 말을 찾지 못한다. 상사가 자신에 대해, 아마도 군대와 치안대 상황 전반에 대해 적의를 품고 있음을 (어렴풋이) 느낀다. 장교가 이런 곤경에 처하면 어떻게 행동해야 하는지 소년사관학교에서는 배운 적이 없었다. 카를 요제프는 어물쩍 미소 짓는다. 꺾쇠로 양 입술을 아래로 잡아당긴 다음 꽉 죄는 듯한 미소이다. 상사는 거리낌 없이 즐겁게 웃고 있는데, 소위는 마지못해 멋쩍게 웃고 있는 듯하다. 산딸기주스가 혀에서는 달착지근한데 목에서는 쓰고 느끼한 맛이 치민다. 이 맛을 없애려면 꼬냑이라도 마셔야 할 것 같다. 불그레한 응접실이 오늘따라 여느 때보다 천장이 낮고 작아 보인다. 비에 납작 눌린 듯하다. 테이블에 눈에 익은 앨범이 놓여 있다. 앨범 귀퉁이마다 딱딱하고 빛나는 황동이 붙어 있다. 사진은 카를 요제프가 다 본 것들이다. 슬라마 상사가 “보시겠습니까?”라고 말하고 앨범을 펼쳐 소위 앞에 놓는다. 상사가 새신랑이 되어 양복을 입고 아내와 함께 찍은 사진이다. “중사 때입니다!” 당시 더 높은 계급이었어야 마땅하다고 알리고 싶은 듯 사뭇 비통하게 말한다. 슬라마 부인이 상사 옆에 앉아 있다. 몸에 꽉 끼고 색이 밝고 허리가 잘록하게 들어간 여름옷을 보드라운 껍질처럼 두르고, 챙 넓은 하얀 모자를 머리에 비스듬히 쓰고 있다. 이게 무엇인가? 카를 요제프 자신은 이 사진을 본 적이 전혀 없는가? 이 사진이 오늘따라 자신에게 왜 이리 새삼스러워 보이는가? 오래되어 보이는가? 낯설어 보이는가? 우스꽝스러워 보이는가?

그렇다, 소위는 미소 짓고 있다. 까마득한 과거의 익살스러운 사진을 바라보듯, 슬라마 부인을 친근하고 소중하게 여겼던 적이 한번도 없는 듯, 부인이 몇달 전이 아니라 몇해 전에 죽은 듯, 빙긋 웃고 있다. “부인은 매우 아름다웠군요! 눈부실 만큼!” 소위가 말한다. 지금까지와 달리 당황하는 기색 없이, 입에 발린 칭찬을 서슴지 않는다. 부인을 잃은 남편을 조문하려면 고인에 관해 좋은 말을 해야 하는 법이다.

카를 요제프는 곧바로 해방감을 느낀다. 죽은 여자에게서 풀려난 듯 느낀다. 모든 것이 완전히 사라진 것 같다. 모두 한갓 꿈이었다! 산딸기주스를 마저 마시고 일어서서 말한다. “가야겠습니다, 슬라마 씨!” 대답을 기다리지 않고 몸을 돌린다. 상사에게 일어설 틈도 주지 않는다. 두 사람은 다시 현관에 서 있다. 카를 요제프는 어느새 외투를 다 입고 왼손에 장갑을 기분 좋게 느릿느릿 끼고 있다. 생각지 않게도 이럴 만한 여유가 생긴다. 소위는 “그럼, 안녕히 계십시오, 슬라마 씨!”라고 말하며 목소리의 낯설고 도도한 울림을 스스로 만족스럽게 듣는다. 슬라마 씨는 현관에 서 있다. 눈을 내리뜨고, 눈 깜짝할 새에 텅 비어버린 손을 어떻게 해야 할지 모른다. 무엇인가를 지금까지 쥐고 있다가 방금 떨어뜨려 영원히 잃어버린 듯하다. 두 사람은 서로 악수를 나눈다. 슬라마 씨가 아직 할 말이 있을까? 있든지 말든지!—“다음에 또 뵙게 되겠지요, 소위님!” 그런데도 상사는 이렇게 말한다. 그래, 그냥 인사로 하는 말이겠지. 카를 요제프는 슬라마의 얼굴을 벌써 잊었다. 눈에 들어오는 것이라고는 목깃의 황금색 테두리와 치안대복 재킷의 검은색 소매에 박힌 황금색 갈매기 셋 계급장뿐이다. “안녕히 계십시오, 상사!”

아직 비가 내린다. 부슬부슬 쉬지 않고 내린다. 가끔 마파람이 불어온다. 이미 오래전에 저녁이 됐어야 할 것 같지만 저녁이 영영 올 수 없는 것처럼 보인다. 영원히 이렇게 어스레하고 추적추적하고 우중충할 것 같다. 제복을 입은 뒤 처음으로, 기억이 미치는 한 처음으로, 카를 요제프는 외투 옷깃을 세워야겠다는 느낌을 받는다. 잠시 손을 올려보기까지 하지만 자신이 제복을 입고 있다는 사실을 깨닫고 손을 다시 내린다. 한순간 자기 직업을 잊었던 것 같다. 소위는 앞뜰의 비 젖은 자갈을 보드득 밟으며 박차를 찰그랑거리면서 느릿느릿 걷는다. 느긋함을 즐긴다. 서두를 필요가 없다. 아무 일도 없었고 모든 것은 꿈이었다. 몇시쯤 됐을까? 회중시계는 재킷 아래 작은 바지 주머니 깊숙이에 들어 있다. 외투 단추까지 풀어 시계를 꺼내고 싶지는 않다. 어차피 곧 탑에서 종소리가 울릴 것이다.

소위는 정원 격자문을 열고 거리로 나간다. "남작님!" 난데없이 뒤에서 상사가 부른다. 슬라마가 어떻게 발걸음을 죽이고 뒤를 밟았는지 수수께끼 같다. 예. 카를 요제프는 깜짝 놀란다. 멈춰서기는 하지만 바로 몸을 돌릴지 마음을 정하지 못한다. 권총 총신이 규정대로 주름을 잡아 잘록하게 들어간 외투 등허리 부분을 쿡 찌르고 있을지 모른다. 섬뜩하고 어린애 같은 생각이다! 모든 게 처음부터 새로 시작되는 걸까? "예!" 소위는 말한다. 여전히 도도하고 느긋하게 작별인사를 계속하는 듯 보이려 애를 쓰며—몸을 돌린다. 상사가 외투도 입지 않고 모자도 쓰지 않고 비를 맞고 서 있다. 매끈한 이마에 흘러내린 금발 머리털은 옷솔이 비에 젖어 두 갈래로 갈라진 듯 보이고, 끄트머리에서 굵은 물방울들이 뚝뚝 떨어진다. 상사는 파란색 꾸러미를 들고 있다. 은색 노끈으로 열십자로 묶여 있다. "당신 것입니다, 남작님!" 슬라마는 눈을 내리뜨고 말한다. "죄송합니다! 군수님이 이렇게 드리라고 지시했습니다. 발견하자마자 바로 가져갔었는데, 군수님이 쓱 훑어보시더니, 직접 건네주라고 말씀하셨습니다!"

잠시 침묵이 흐른다. 빗방울만이 꾀죄죄하고 파르스름한 꾸러미에 후두두 떨어져, 이를 짙게 변색시키고 있을 뿐이다. 이렇게 더는 놓아둘 수 없다. 카를 요제프는 꾸러미를 받아 외투 주머니에 넣으며 얼굴을 붉힌다. 오른손에 낀 장갑을 벗을까 잠시 머뭇거리다가, 생각을 고쳐먹고 가죽장갑을 낀 채로 상사에게 손을 내민다. "고맙습니다!" 이렇게 말하고 서둘러 떠나간다.

소위는 주머니에 든 꾸러미를 만져볼 수 있다. 꾸러미로부터 왠지 모를 열기가 솟아올라 손을 지나고 팔을 거쳐 얼굴을 더욱 붉게 만든다. 아까 목깃을 세워야 한다고 생각했듯 이제 목깃을 풀어야겠다고 느낀다. 산딸기주스의 쓴 뒷맛이 다시 목으로 넘어온다. 카를 요제프는 주머니에서 꾸러미를 꺼낸다. 틀림없다. 이것은 자신이 보낸 편지들이다.

이제야말로 드디어 저녁이 되고 비가 그쳐야 할 때이다. 세상의 많은 것이 바뀌고, 저녁 해가 마지막 햇살을 이리 보내줘야 할 때이다. 빗발 사이로 풀밭에서 낯익은 풀 냄새가 솟아나고 낯선 새가 외로이 지저귀는 소리가 울린다. 이 새가 여기서 우는 소리를 들어본 적이 없다. 낯선 지역에 온 것 같은 느낌이 든다. 5시를 치는 소리가 들린다. 정확히 한시간이 지났다—한시간밖에 지나지 않았다. 걸음을 재촉해야 할까, 늦춰야 할까? 시간은 낯설고 수수께끼 같은 속도로 흘러간다. 한시간이 한해 같다. 5시 15분 종이 친다. 채 몇 걸음 가지도 못했다. 카를 요제프는 더 빨리 걷기 시작한다. 건널목을 지난다. 여기서부터 읍의 집들이 보인다. 읍내 까페를 지난다. 이 고장에서 현대식 회전문을 지닌 유일한 까페이다. 들어가 선 채로 꼬냑을 한잔하고 가는 게 좋을지 모른다. 카를 요제프는 들어선다.

"꼬냑 한 잔, 빨리 주시오!" 카를 요제프는 카운터에서 말한다. 모자와 외투는 벗지 않는다. 몇몇 손님들이 자리에서 일어난다. 당구공과 체스말이 달그락거리는 소리가 들린다. 주둔부대 장교들이 후미진 구석자리에 앉아 있다. 카를 요제프는 이들을 바라보지도 않고 인사하지도 않는다. 꼬냑만을 마시고 싶을 뿐이다. 소위는 얼굴이 핼쑥하다. 연한 금발머리 카운터 여자가 높은 의자에 앉아 엄마처럼 미소 지으며 자애로운 손길로 설탕 한 조각을 잔 옆에 놓아준다. 카를 요제프는 단숨에 들이켠다. 곧바로 한 잔 더 주문한다. 카운터 여자의 얼굴에서 은은히 빛나는 연한 금발과 입꼬리의 금니 두개만이 보인다. 금지된 행동을 하는 듯한 느낌이 들지만, 꼬냑 두 잔을 마시는 것이 왜 금지되어야 하는지 알다가도 모를 일이다. 이제 소년사관학교 생도가 아닌데 말이다. 카운터 여자는 왜 이렇게 야릇한 미소를 흘리며 소위를 바라보는 것일까? 여자의 바다처럼 파란 눈초리와 숯처럼 까만 눈썹이 소위에게 당혹스럽게 느껴진다. 카를 요제프는 몸을 돌려 홀을 둘러본다. 창문 옆 구석자리에 아버지가 앉아 있다.

그렇다. 군수이다. 이것이 그리 놀랄 만한 일인가? 군수는 날마다 5시와 6시 사이에 여기 앉아 『외국신보』[19]와 관보를 읽으며 버지니아를 피운다. 이 읍에 사는 사람이라면 다 아는 사실이다. 그런

19 1847년부터 1919년까지 빈에서 발행됐던 신문. 1852년부터는 정부, 특히 외무부의 입장을 대변했다.

지 삼십년이나 됐다. 군수는 홀에 앉아 아들을 바라보며 미소 짓는 것 같다. 카를 요제프는 모자를 벗고 아버지에게 다가간다. 아버지 폰 트로타 씨는 신문을 든 채 잠깐 아들을 올려다보고 말한다. "슬라마 집에서 오는 길이냐?" "그렇습니다, 파파!" "슬라마가 너에게 편지를 주더냐?" "그렇습니다, 파파!" "앉아라!" "알겠습니다, 파파!"

군수는 마침내 손에서 신문을 내려놓고 팔꿈치를 테이블에 세우고 아들에게 얼굴을 돌려 말한다. "카운터 여자가 너에게 싸구려 꼬냑을 줬다. 나는 항상 헤네시[20]만 마신다." "기억해두겠습니다, 파파!" "말이 나왔으니 말인데, 술을 자주 마시지 마라!" "알겠습니다, 파파!" "약간 핼쑥해 보이는구나. 외투를 벗어라. 크라이들 소령이 저기 계신다, 이쪽을 보고 있구나." 카를 요제프는 일어서서 몸을 숙여 소령에게 인사를 한다. "슬라마가 무례하더냐?" "아닙니다. 상당히 좋은 사람입니다." "그렇다면 다행이구나!" 카를 요제프는 외투를 벗는다. "편지는 어디 두었느냐?" 군수가 묻는다. 아들은 외투 주머니에서 꾸러미를 꺼낸다. 아버지 폰 트로타 씨가 꾸러미를 잡는다. 오른손으로 무게를 가늠해보더니 꾸러미를 다시 내려놓고 말한다. "편지가 상당히 많구나!" "그렇습니다, 파파!"

침묵이 흐른다. 당구공과 체스말이 달그락거리는 소리가 들린다. 밖에서 비가 주룩주룩 내린다. "모레가 입대일이다." 군수가 창을 바라보며 말한다. 갑작스레 아버지의 마른 손이 자신의 오른손에 닿는 것을 카를 요제프는 느낀다. 군수의 손이 소위의 손에 포개진다. 손은 차고 앙상하며 단단한 껍질 같다. 카를 요제프는 눈길

20 최고급 꼬냑.

을 테이블에 떨어뜨린다. 얼굴이 붉어진다. 이렇게 말한다. “그렇습니다, 파파!”

“계산합시다!” 군수가 이렇게 외치며 자신의 손을 치운다. “카운터 아가씨에게 전해주게!” 웨이터에게 말한다. “우리는 헤네시만 마신다고!”

두 사람은 까페 안을 대각선으로 가로질러 문으로 간다. 아버지가 앞장서고 아들이 뒤따른다.

두 사람이 비에 젖은 안뜰을 지나 천천히 집으로 가는 동안, 나무에서 물방울이 부드럽게 노래하듯 떨어져내린다. 군사무소 문에서 슬라마 상사가 철모를 쓰고 대검을 꽂은 총을 들고 겨드랑이에 근무일지를 끼고 나온다. “안녕하시오, 슬라마 씨!” 아버지 폰 트로타 씨가 말한다. “이상없는가?”

“이상없습니다!” 상사가 대답한다.

5

읍 북쪽에 병영이 있었다. 병영은 폭이 넓고 잘 관리된 국도의 맥을 끊었으며, 붉은 벽돌건물 뒤에서야 국도는 맥을 되찾아 아득히 먼 시골로 뻗어나갔다. 병영은 합스부르크가의 위세를 보여주기 위해 오스트리아-헝가리 제국 군대가 슬라브 지방에 세워놓은 듯싶었다. 슬라브 종족들이 수백년 동안 이동하면서 넓고 광활하게 트인 이 오래된 국도를 병영이 가로막았다. 국도가 병영을 비켜가는 수밖에 없었다. 그래서 병영을 끼고 구부러졌다. 길을 가다보면 집들이 갈수록 자그마해지다가 마침내 시골 오두막집들이 나타나는 읍의 가장 북쪽 변두리에서, 날씨가 맑은 날이면 병영의 검은색-노란색[21] 아치정문을 멀리서 볼 수 있었다. 이 병영 문은 읍을 향해 들어올린 합스부르크가의 강력한 방패처럼 보였다. 위협하는

21 검은색-노란색은 합스부르크가를 상징한다.

듯도, 보호하는 듯도, 두가지를 동시에 하는 듯도 보였다. 연대는 모라비아에 위치해 있었다. 따라서 병사들이 체코인일 것이라고 생각하기 십상이지만, 짐작과 달리 우크라이나인과 루마니아인이었다.

한주에 두번씩 남쪽 훈련장에서 군사훈련이 있었다. 한주에 두번씩 연대는 소읍 거리를 통과했다. 트럼펫 소리가 일정한 간격을 두고 요란하게 울려퍼질 때마다 말발굽들이 발맞춰 따가닥거리는 소리가 묻혀버렸고, 군마들의 윤기 자르르한 밤색 등에 올라탄 기병들의 붉은 바지가 읍내를 진홍색으로 화려하게 물들였다. 읍민들이 연도에 몰려나왔다. 상인은 가게를 비우고, 한가한 까페 손님은 테이블을 떠나고, 읍 경관들은 평상시 근무처를 이탈하고, 시골에서 키운 싱싱한 야채를 팔러 장터에 나온 농부들은 말과 마차를 놓아두고 구경 나왔다. 읍내 공원 근처 마차 정류장에 대기하고 있는 몇몇 영업마차 마부들만 마부석에 꿈쩍 않고 앉아 있었다. 마부들은 높은 마부석에 앉아 있었으므로 연도를 메운 사람들보다 군사행렬을 훨씬 더 잘 내려다볼 수 있었다. 마차를 끄는 늙은 말들은 어리고 튼튼한 군마들이 화려하게 도착하는 것을 무덤덤하고 시큰둥하게 맞이하는 듯했다. 십오년 전부터 영업마차만을 끌고 공원에서 역까지 왕복하고 있는 한물간 말들은 기병대 군마들과 먼 친척뻘이었다.

카를 요제프 트로타 남작은 말에 관심이 없었다. 자기 몸에 선조들의 피가 흐르는 것이 느껴진다고 이따금 생각했다. 선조들은 기병이 아니었다. 선조들은 투박한 손에 써레를 들고 땅을 고르며 한 걸음 한 걸음 걸었다. 밭의 기름진 흙덩이에 쟁기를 밀어넣어 고랑을 파며, 듬직한 황소 두마리가 끄는 대로 어기적어기적 따라갔다.

박차를 가하고 채찍을 휘두르며 말을 타고 다닌 게 아니라, 버드나무 회초리로 소를 몰고 다녔다. 날카롭게 간 낫을 휘휘 휘두르면 번개가 치는 듯했고, 봄에 씨를 뿌려 가을에 풍작을 거두었다. 할아버지의 아버지까지도 농사꾼이었다. 지폴리에는 선조들이 살던 마을 이름이었다. 지폴리에란 지명은 오래된 의미를 담고 있었다. 오늘날에는 슬로베니아인들조차 이 지명이 무엇을 뜻하는지 알지 못했다. 하지만 카를 요제프는 이 마을을 아는 듯한 느낌이 들었다. 응접실 천장 아래 어슴푸레 걸려 있던 할아버지의 초상화를 떠올리면 이 마을을 볼 수 있었다. 낯선 산골짜기에 묻혀 낯선 황금색 햇살을 받고 있는 마을에는 진흙과 짚으로 지은 누추한 오두막집들이 들어서 있었다. 아름다운 마을, 평화로운 마을이었다! 장교 경력을 그만두고 거기서 살고 싶었다!

하지만 자신은 농사꾼이 아니었다. 자신은 남작이었으며 창기병대 소위였다! 다른 장교들과 달리 읍내에 방을 얻지도 않았다. 카를 요제프는 병영에 묵었다. 방 창문은 연병장으로 나 있었다. 건너편에 사병 내무반이 있었다. 오후에 병영으로 돌아와 커다란 정문 두 짝이 자신의 등 뒤에서 닫힐 때마다 수감되는 듯한 느낌이 들었다. 문이 다시는 열리지 않을 것 같았다. 박차가 맨돌층계에 부딪쳐 날카롭게 짤그랑거렸다. 군화가 복도의 갈색으로 타르 칠한 마룻바닥을 밟을 때마다 삐걱 소리가 울려퍼졌다. 하얗게 회칠한 벽들이 사위어가는 햇빛을 몇움큼 붙들어 반사시켰다. 벽들은 이렇게 희미하고 뿌옇게 빛남으로써, 저녁이 완전히 닥치기 전에는 구석구석 놓인 군용 석유등을 켤 필요가 없도록 만들려고 애쓰는 듯했다. 대낮에 햇빛을 틈틈이 모아두었다가 어둠이 짙어졌을 때 쪼개쓰는 듯했다. 카를 요제프는 등을 켜지 않았다. 창문에 이마를 댔다. 창문은 카를 요제프를 어둠과 갈라놓는 것 같았지만 사실은 어둠 자체의 낯익고 차가운 외벽이나 다름없었다. 카를 요제프는 노랗게 불이 들어와 있는 사병 내무반의 아늑한 정경을 바라봤다. 병사들과 처지를 바꾸고 싶었다. 내무반에서 병사들은 웃옷을 벗어 던지고 거친 노란색 군용 셔츠를 입고 침상 가장자리에 걸터앉아 맨발을 덜렁덜렁 흔들고 노래를 부르고 떠들고 하모니카를 불었다. 폐문 한시간 뒤, 소등나팔 한시간 반 전인 이 시간 무렵 (가을이 깊은 지 이미 오래였다) 병영 전체는 거대한 선박 같았다. 카를 요제프에게조차 이 선박이 가볍게 흔들리는 듯한 느낌이 들었다. 큼지막한 하얀색 갓을 씌운 꾀죄죄한 노란 석유등들이 이름 모를 대양에 이는 파도의 한결같은 리듬에 따라 요동하는 듯한 생각이 들었다. 병사들은 알 수 없는 슬라브어로 노래를 불렀다. 지폴리에의 옛 농사꾼들은 아마도 이 말을 알아들었을 것이다. 카를 요제프의 할아버지만 해도 이 언어를 이해했을 것이다. 할아버지의 수수께끼 같은 초상화는 응접실 천장 아래 어슴푸레 걸려 있었다. 카를 요제프의 기억은 이 초상화에 붙박여 있었다. 이 초상화는 가계를 대대손손 이어온 선조들이 자신에게 물려준 마지막 유일한 유산이었다. 소위는 이 선조들의 후예였다. 연대에 입대한 이후 자신은 아버지의 아들이라기보다는 할아버지의 손자라는 생각이 더 들었다. 이 기이한 할아버지의 아들인 듯한 생각마저 들었다. 건너편에서 병사들은 쉬지 않고 하모니카를 불었다. 거친 갈색 팔들이 양철악기를 붉은 입술에 대고 이리저리 움직이고 금속이 이따금 번쩍거리는 것을 소위는 또렷이 보았다. 이 악기에서 배어나는 깊은 서글픔이 꽉 닫힌 창문 틈새를 비집고 어두운 직사각형 연병장으로 흘러들어, 텅 빈 어둠을 고향집에 있는 아내와 아이에 대한 그리움으로 채우고 있었다. 고향에서 병사들은 납작한 오두막집에 살며 밤에는 여자들에게, 낮에는 들판에 씨를 뿌렸다. 겨울에는 눈이 오두막집 주위에 하얗게 높이 쌓였다. 여름에는 곡식이 허리 둘레에 누렇게 높이 일렁였다. 병사들은 농사꾼들이었다! 농사꾼들이었다! 트로타 가문도 바로 그렇게 살았었다! 바로 그렇게……!

가을이 깊은 지 이미 오래됐다. 아침에 말에 올라타면 해가 동쪽 하늘 언저리에 선홍색 오렌지처럼 떠올랐다. 진펄 풀밭에서, 거무스레한 전나무에 둘러싸인 넓고 푸른 빈터에서 체조훈련이 시작되면, 군청색 제복들의 격렬하고 규칙적인 운동에 은색 안개가 산산이 흩어져 굼실굼실 피어올랐다. 그런 다음 해가 핼쑥하고 우울하게 솟아올랐다. 검은 가지들 사이로 흐릿한 은색 햇살이 차갑고 낯설게 비쳤다. 오싹한 한기가 군마들의 밤색 털가죽을 싸늘하게 빗질하는 듯했다. 말들이 히힝거리는 소리가 옆 빈터에서 들려왔다. 집과 마구간을 그리워하는 고통스러운 소리였다. 병사들은 '카빈총 훈련'을 했다. 카를 요제프는 한시바삐 병영으로 돌아가고 싶었다. 소위는 정각 10시에 시작되는 십오분 동안의 '휴식'을 두려워했다. 동료들과 이야기를 나눠야 했고, 때로는 근처 주점에 모여 앉아 맥주를 마시며 연대장 코바치 대령을 기다려야 했다. 더욱 곤혹스러운 것은 저녁에 장교 클럽에 모이는 것이었다. 곧 저녁이 올 것이었다. 참석은 의무였다. 벌써 소등나팔 시간이 가까워졌다. 병사들의 군청색 그림자가 찰그랑 소리를 내며 어두운 직사각형 병영 연병장을 가로질러 내무반을 향해 서둘러 달렸다. 건너편에서 레즈니체크 상사가 노랗게 번쩍이는 등불을 손에 들고 문에서 나오고, 나팔수들이 어둠 속에 모여들었다. 번쩍이는 군청색 제복들 앞에서 노란색 황동 트럼펫들이 은은히 빛났다. 마구간에서 말들이 졸린 듯 히힝거리는 소리가 들렸다. 하늘에서 별들이 황금색과 은색으로 빛났다.

누군가 문을 두드렸다. 카를 요제프는 꿈쩍도 하지 않았다. 전령이다. 대답하지 않아도 들어올 것이다. 알아서 들어올 것이다. 이름은 오누프리이이다. 이 이름을 익히느라 얼마나 오랜 시간이 걸렸던가! 오누프리이! 할아버지에게는 이 이름이 귀에 익은 것이었을지도 모른다……!

오누프리이가 들어왔다. 카를 요제프는 창문에 이마를 대고 있었다. 등 뒤에서 전령이 발뒤꿈치를 딱 하고 붙이는 소리를 들었다. 오늘은 수요일이었다. 오누프리이의 '외박일'이었다. 불을 켜고 근무증에 서명을 해줘야 했다. "불을 켜라!" 카를 요제프는 고개를 돌리지 않고 명령했다. 건너편에서 병사들은 여전히 하모니카를 불고 있었다.

오누프리이가 불을 켰다. 카를 요제프는 문설주 스위치가 딸칵하는 소리를 들었다. 등 뒤에서 방 안이 환하게 밝아졌다. 창문 너머에는 여전히 직사각형 어둠이 들어차 있었다. 건너편 사병 내무반에서는 노랗고 아늑한 불빛이 반짝였다. (전깃불은 장교들만 누리는 특권이었다)

"자네 오늘은 어디에 가나?" 카를 요제프는 사병 내무반에서 눈길을 떼지 않고 물었다. "여자를 만나러 갑니다!" 오누프리이가 말했다. 오늘 처음으로 소위는 오누프리이를 '자네'라고 불렀다. "어떤 여자?" 카를 요제프가 물었다. "카타리나입니다!" 오누프리이가 말했다. 말소리로 미루어보아 차려 자세로 서 있는 것 같았다. "쉬어!" 카를 요제프가 명령했다. 오누프리이가 오른발을 왼발 앞으로 내미는 소리가 들렸다.

카를 요제프가 몸을 돌렸다. 앞에 오누프리이가 서 있었다. 넓적하고 붉은 입술 틈새로 큼지막한 뻐드렁니들이 희미하게 빛났다. 전령은 '쉬어' 자세로 서 있을 때는 늘 미소 지었다. "자네 카타리나는 어떻게 생겼지?" 카를 요제프가 물었다. "젖가슴이 흐벅지고 하얗다고 삼가 보고합니다, 소위님!"

"젖가슴이 흐벅지고 하얗다고!" 소위는 손가락을 둥글게 말고서 카티의 서늘한 젖가슴을 만졌던 기억을 더듬어봤다. 카티는 죽었다, 살아 있지 않았다!

"증서!" 카를 요제프가 명령했다. 오누프리이가 근무증을 내밀었다. "카타리나는 어디서 무엇을 하지?" 카를 요제프가 물었다. "주인집에서 하녀로 일합니다." 오누프리이가 대답했다. "젖가슴이 흐벅지고 하얗습니다!" 즐거운 듯 이렇게 덧붙였다. "이리 줘!" 카를 요제프가 말했다. 근무증을 받아 펼친 뒤 서명을 했다. "카타리나에게 가라!" 카를 요제프가 말했다. 오누프리이는 다시 한번 발뒤꿈치를 딱 하고 붙였다. "물러가라!" 카를 요제프가 명령했다.

소위는 불을 껐다. 어둠 속을 더듬어 외투를 찾았다. 복도로 나갔다. 아래층에 내려가 문을 닫는 순간, 나팔수들이 소등나팔의 마지막 소절을 불었다. 하늘에 별이 빛났다. 정문 보초가 경례를 했다. 카를 요제프 등 뒤에서 정문이 닫혔다. 달빛을 받아 도로가 은색으로 빛났다. 지상에 떨어진 별처럼 보이는 읍내의 황금색 등불들이 카를 요제프를 반겨맞았다. 가을밤 얼어붙기 시작한 땅바닥에 소위의 발소리가 뚜벅뚜벅 울려퍼졌다.

등 뒤에서 오누프리이의 군화 소리가 들렸다. 소위는 전령에게 추월당하지 않기 위해 걸음을 재촉했다. 하지만 오누프리이도 걸음을 빨리했다. 두 사람은 한적하고 얼어붙고 발걸음 소리가 메아리치는 길을 걸었다. 소위가 앞에 가고 전령이 뒤따랐다. 오누프리이는 소위를 따라잡는 것을 즐기는 듯싶었다. 카를 요제프가 걸음을 멈추고 기다렸다. 오누프리이가 팔다리를 뻗는 모습이 달빛에 뚜렷하게 드러났다. 전령은 키가 자라는 듯 보였다. 자신의 상관을 만나기 위해 새로운 기운을 들이마시려는 듯, 별들을 향해 머리를 들어올렸다. 팔로도 허공을 밟는 듯, 다리 움직임에 맞춰 팔을 휘저었다. 오누프리이는 카를 요제프 세 발자국 앞에서 멈췄다. 앞가슴을 다시 한번 내밀고 군화 뒤꿈치를 딱 하고 요란스럽게 붙이고 손가락 다섯개를 모아 거수경례를 했다. 카를 요제프는 어쩔 줄 몰라 하며 미소 지었다. 다른 사람이라면 이럴 때 뭔가 따뜻한 말을 해줄 수 있을 것이라는 생각이 들었다. 오누프리이가 자신을 뒤따라온 것은 가슴 뭉클한 일이었다. 소위는 오누프리이를 꼼꼼히 들여다본 적이 없었다. 전령의 이름을 기억할 수 없었던 동안에는 얼굴을 뜯어볼 수 없었다. 소위는 날마다 다른 전령을 만나는 듯한 느낌이 들었다. 다른 장교들은 여자, 옷, 좋아하는 음식, 말 따위에 관해 이야기하듯 전령에 관해 시시콜콜 이야기했다. 하인들이 화제에 오를 때면 카를 요제프는 집에 있는 늙은 자크를 떠올렸다. 늙은 자크는 할아버지 때부터 집안일을 돌봤다. 늙은 자크 말고 다른 하인은 세상에 없었다! 이제 오누프리이가 달빛이 비치는 국도에서 자신 앞에 서 있었다. 가슴을 불쑥 내밀고 반짝이는 단추를 달고 광나게 닦은 군화를 신고, 너벳벳한 얼굴은 소위와 마주친 기쁨을 억눌러 감추려고 무진 애쓰고 있었다. "제자리 서, 쉬어!" 카를 요제프가 말했다.

소위는 뭔가 다정한 말을 하고 싶었다. 할아버지라면 자크에게 그런 말을 했었을 것 같았다. 오누프리이는 오른발을 왼발 앞으로 딱 소리를 내며 내밀었다. 가슴은 여전히 불쑥 내밀고 있었다. 명령이 전혀 효과가 없었다. "편히 쉬어!" 카를 요제프는 서글프게 안절부절못하며 말했다. "편히 쉬고 있다고 삼가 보고합니다!" 오누프리이가 대답했다. "자네 애인은 먼 곳에 사는가?" 카를 요제프가 물었다. "그다지 먼 곳이 아닙니다. 한시간 걸어가면 된다고 삼가 보고합니다, 소위님!"—카를 요제프는 말이 막혔다. 더는 할 말이 떠오르지 않았다. 어색하게 정겨운 말을 건네자니 거북스럽기 그지없었다. 소위는 전령을 어떻게 대해야 할지 몰랐다! 그럼 다른 사람을 대할 줄은 아는가? 누구를 만나도 어쩔 줄 모르고, 동료들에게조차 할 말을 찾지 못해 쩔쩔맸다. 자신이 자리를 뜨거나 합석하려고 하면 동료들은 왜 항상 수군거렸던가? 자신은 말 타는 게 왜 그리 서툴렀던가? 소위는 자신을 잘 알았다. 자신의 말 탄 모습을 거울을 들여다보듯 또렷이 알고 있었다. 입에 발린 칭찬에 속지 않았다. 동료들은 등 뒤에서 쑥덕쑥덕 험담을 했다. 동료들이 농담을 하면 소위는 설명을 듣고서야 비로소 알아들었다. 그래도 웃음은 나오지 않았다! 그럴 때일수록 웃음이 터지지 않았다. 하지만 코바치 대령은 소위를 총애했다. 소위의 품행기록은 나무랄 데가 없었다. 할아버지의 음덕을 입고 있었다. 그 덕택이었다. 소위는 쏠페리노의 영웅의 손자, 그것도 유일한 손자였다. 소위는 할아버지가 어둡고 수수께끼 같은 눈길을 자기 목에 던지는 것을 느꼈다! 자신은 쏠페리노의 영웅의 손자였다!

몇분 동안 카를 요제프와 전령 오누프리이는 아무 말도 하지 않고 우윳빛으로 빛나는 국도에 마주 서 있었다. 달빛과 고요함 때문에 이 몇분이 더 길게 느껴졌다. 오누프리이는 꿈쩍도 하지 않았다. 은색 달빛을 받아 환하게 빛나는 동상처럼 서 있었다. 카를 요제프가 느닷없이 몸을 돌려 걸어가기 시작했다. 오누프리이는 정확히 세 걸음 뒤에서 따라왔다. 카를 요제프는 무거운 군화가 저벅저벅 땅을 밟고 박차가 찰그랑거리는 소리를 들었다. 충성 그 자체가 자신을 뒤따르고 있었다. 군화가 땅을 디딜 때마다 부하의 상관에 대한 충성맹세가 새록새록 짤막하게 쿵쿵 울려퍼지는 것 같았다. 카를 요제프는 뒤돌아보기가 겁났다. 이 곧장 난 길이 난데없이 갈라지고 처음 보는 옆 골목이 생겨서, 막무가내로 의무를 다하려는 오누프리이로부터 도망칠 수 있기를 바랐다. 전령은 발을 맞춰 소위 뒤를 따랐다. 소위도 등 뒤에서 따라오는 군화 소리에 발을 맞추려고 애썼다. 무심코 발걸음을 바꾸면 오누프리이의 마음을 상하게 할지 몰랐다. 믿음직스럽게 내딛는 군화에 오누프리이의 충성이 담겨 있었다. 전령이 한 발을 디딜 때마다 카를 요제프는 가슴이 뭉클했다. 자신의 등 뒤에서 한 우직한 청년이 무거운 신발 바닥으로 상관의 가슴을 두드리고 있는 것 같았다. 군화를 신고 박차를 단 곰이 미련스러울 만큼 곰살궂게 구는 것 같았다.

마침내 두 사람은 읍 변두리에 이르렀다. 카를 요제프에게 헤어질 때 안성맞춤인 인사가 떠올랐다. 소위는 몸을 돌려 말했다. “재미있게 놀다와라, 오누프리이!” 그러고선 급하게 옆 골목으로 접어들었다. 고맙습니다! 전령의 말이 멀리서 울리는 메아리처럼 귀에 닿아왔다.

카를 요제프는 길을 돌아가야 했다. 장교 클럽에 십분 지각했다. 장교 클럽은 구순환도로에서 가장 번듯한 건물 2층에 자리 잡고 있었다. 여느 저녁때와 마찬가지로 창마다 환하게 켜진 불빛이 광장으로, 사람들로 붐비는 산책로로 흘러들었다. 밤이 이슥한 시간이었다. 산책을 즐기는 시민들과 그 아내들 무리를 헤치고 나아가려면 날래게 몸을 움직여야 했다. 우중충한 복장의 시민들 사이에 알록달록하고 찰그랑거리는 제복을 입고 불쑥 나타나, 호기심과 적의와 부러움에 가득 찬 눈초리들에 쫓기다가, 환하게 불이 켜진 장교 클럽 입구로 마치 신처럼 사라져야 하는 일 때문에, 소위는 날이면 날마다 말할 수 없는 고통을 느꼈다. 카를 요제프는 산책객 틈을 비집고 날쌔게 움직였다. 상당히 긴 산책로를 통과하는 데 이 분이 걸렸다. 끔찍스러운 이분이었다. 소위는 한 걸음에 두 계단씩 올라갔다. 아무도 마주치지 않았다! 계단에서 사람을 만나는 것은 피해야 했다. 이는 불길한 징조였다. 온기와 빛과 목소리가 복도로 새어나왔다. 소위는 장교 클럽 안으로 들어갔다. 인사를 나눴다. 코바치 대령이 늘 앉아 있는 구석자리를 바라봤다. 거기에서 대령은 저녁마다 도미노게임을 했다. 저녁마다 상대가 바뀌었다. 대령은 도미노게임에 열광했다. 모르긴 몰라도 카드를 지나치게 두려워하는 것 같았다. 대령은 "난 손에 카드를 들어본 적이 없어"라고 말하곤 했다. '카드'를 발음할 때는 은근히 적개심을 드러냈고, 그러면서 자신은 손에 나무랄 데 없는 성품을 쥐고 있지 않느냐는 듯, 손에 눈길을 던졌다. "귀관들에게 권장하고 싶은 것은," 대령은 가끔 이렇게 말했다. "도미노게임이야! 이 게임은 공정과 절제를 가르쳐준다네." 그러면서 구멍이 여러개 뚫린 흑백 도미노 골패 하나를 공중에 던지곤 했다. 골패가 카드게임에 빠진 자를 악행으로부터 구원해줄 수 있는 부적이라도 되는 듯했다.

오늘은 타이팅어 대위가 도미노게임 상대가 될 차례였다. 대위의 누렇고 마른 얼굴에 대령의 얼굴이 보랏빛으로 얼비쳤다. 카를 요제프가 가볍게 잘그랑 소리를 내며 대령 앞에 멈춰섰다. "안녕한가?" 대령은 도미노 골패에서 눈을 떼지 않고 말했다. 코바치 대령은 온화한 남자였다. 아버지 같은 태도가 몸에 밴 지 여러해 됐다. 한달에 단 한번 불같이 화를 내는 척했는데, 이를 연대에서 가장 두려워하는 사람은 대령 자신이었다. 무엇이든 다 빌미가 될 수 있었다. 대령이 얼마나 크게 고함을 치는지 병영 벽과 진펄 풀밭 고목마저 흔들렸다. 대령의 보랏빛 얼굴이 입술까지 파리해지고, 말채찍이 쉴 새 없이 떨리며 군화에 부딪쳤다. 대령은 알아들을 수 없는 소리를 질러댔고, '우리 연대에서는'이란 말을 밑도 끝도 없이 후렴구처럼 나직이 끼워넣었다. 대령은 분노를 터뜨렸을 때와 마찬가지로 아무 이유 없이 분노를 그치고, 집무실이든 장교 클럽이든 훈련장이든 그밖에 어느 곳이든 자신이 분통을 터뜨리는 척했던 곳을 떠났다. 모두들 코바치 대령을 잘 알았다. 정말 좋은 사람이었다! 한달에 한번씩 화를 내는 것은 밤하늘에 달이 모습을 바꾸는 것처럼 미리 예상할 수 있었다. 두번이나 전속을 한 탓에 상관들을 많이 겪어본 타이팅어 대위는 전육군에서 코바치 대령만큼 성격이 좋은 연대장은 없다고 누구에게든 서슴없이 말했다.

코바치 대령은 마침내 도미노판에서 눈길을 떼고 트로타와 악수를 했다. "식사는 했는가?" 대령이 물었다. "유감이군." 이렇게 말을 이었다. 눈길은 수수께끼같이 아득한 곳으로 잠겨들고 있었다. "오늘 커틀릿이 훌륭했는데!" 잠시 뜸을 들였다가 "훌륭했어!" 라고 다시 한번 말했다. 대령은 트로타가 커틀릿을 먹지 못한 것을 아쉽게 생각했다. 커틀릿을 씹어 소위의 입에 넣어주거나, 아니면 소위가 커틀릿을 맛있게 먹는 것이라도 지켜보고 싶었다. "그럼, 즐겁게 보내게!" 대령은 이렇게 말하고 다시 도미노 골패로 고개를 돌렸다.

이 시간 무렵이면 장교 클럽은 북적북적하여 편안히 앉을 자리를 찾을 수 없었다. 까마득히 오래전부터 장교 클럽을 운영해왔으며 달착지근한 파이를 먹는 것을 인생의 유일한 낙으로 삼고 있는 타이팅어 대위는, 그동안 장교 클럽을 개수하여 자신이 날마다 오후를 보내는 제과점처럼 만들어놓았다. 타이팅어 대위가 제과점 유리문 뒤에 앉아 있는 모습은 쉽게 볼 수 있었다. 제복을 착용한 기이한 마네킹이 음울하게 꿈쩍도 하지 않고 있는 듯했다. 대위는 제과점을 가장 자주 찾는 단골이었으며 아마도 파이를 가장 많이 먹는 손님이었다. 얼굴에 슬픔을 그득 담고 파이 접시를 잇달아 비우며 가끔 물을 홀짝홀짝 마셨고 유리문 너머로 거리를 물끄러미 내다보다가 지나가는 병사가 경례라도 하면 적당히 고개를 끄덕였다. 머리숱이 듬성하고 살가죽만 남은 큼지막한 머리통에 아무 생각도 들어 있지 않은 것 같았다. 대위는 유순하고 게을러터진 장교였다. 담당 임무 중에 유일하게 흥미를 느낀 것은 장교 클럽 관리 업무였다. 주방, 요리사, 식당 전령, 포도주 저장소를 감독하는 일이었다. 포도주 거래업자 및 리큐어 주조업자들과 광범위하게 서신왕래를 하느라 집무실에 두명 이상의 비서를 두었다. 여러해에 걸쳐 장교 클럽 설비를 바꾸어 자신이 좋아하는 제과점과 비슷하게 만들었다. 작은 테이블들을 구석에 놓고 테이블 전등들에 빨간색 갓을 씌웠다.

카를 요제프는 주위를 둘러봤다. 자신이 앉을 만한 자리를 찾아봤다. 최근에 귀족작위를 받은 부유한 변호사인 예비역 준위 베렌슈타인 폰 잘로가와 독일제국 출신의 얼굴이 곱다란 킨더만 소위 사이가 그런대로 괜찮을 듯싶었다. 준위는 계급으로 보면 패기에 넘쳐야 할 텐데 그렇기는커녕 나이가 지긋하고 배가 불룩하여 민간인이 군복을 걸친 듯 보였고, 숯처럼 새까만 콧수염을 짧게 기른 얼굴은 늘 걸치고 다니는 코안경을 쓰지 않은 탓에 왠지 낯설게 느껴졌다. 그렇지만 베렌슈타인은 이 장교 식당에 든든하고 점잖은 분위기가 돌게 했다. 카를 요제프에게는 가정의나 아저씨를 연상시켰다. 이 두개의 커다란 홀에서 오로지 이 사람만이 정말로 실제로 자리에 앉아 있는 듯 생각됐다. (다른 사람들은 의자에 앉았는데도 껑충껑충 뛰어다니는 듯 보였다) 준위 베렌슈타인 박사가 훈련받으러 입영하여 군인 행색을 하는 것이라고는, 군복을 입는 것과 민간생활할 때 쓰는 코안경을 벗고 근무시간에 외알안경을 끼는 것이 고작이었다.

킨더만 소위도 여느 장교들보다 훨씬 편안한 느낌을 주는 것은 두말할 나위가 없었다. 소위는 금발머리에 얼굴이 곱다랗고 피부가 백지장 같았다. 저녁 햇살에 하늘하늘 피어오르는 아지랑이에 손을 밀어넣듯, 소위의 몸에 손을 집어넣을 수 있을 듯싶었다. 소위가 속삭이는 말들은 한결같이 공기처럼 가볍고 투명했고 입김처럼 소위의 몸에서 새어나왔지만, 말이 아무리 많이 흘러나와도 몸이 줄어들지 않는 듯했다. 심각한 대화를 나누며 진지한 표정을 지을 때조차 환한 미소가 떠나지 않았다. 소위는 있는 듯 없는 듯 그저 쾌활한 태도로 테이블에 앉아 있었다. "안녕하세요?" 킨더만 소위가 카를 요제프에게 높은 목소리로 말했다. 코바치 대령이 프로이센 군대 관악기 소리 같다고 놀려대는 목소리였다. 예비역 준위 베렌슈타인은 카를 요제프보다 하급자였으므로 규정에 맞게, 그러면서도 점잖게 몸을 일으켰다. "안녕하십니까, 소위님!" 베렌슈타인이 인사했다. 카를 요제프는 안녕하십니까, 박사님!이라고 정중하게 답례할 뻔했다. 하지만 "앉아도 되겠습니까?" 이렇게만 묻고 자리에 앉았다. "의사 데만트가 오늘 돌아올 겁니다." 베렌슈타인이 말을 꺼냈다. "오후에 데만트를 우연히 만났습니다." "멋진 친구죠." 킨더만이 높은 목소리로 말했다. 베렌슈타인의 힘차게 변론하는 듯한 바리톤 뒤에서 산들바람이 하프를 켜는 듯 들렸다. 킨더만은 여자에게 유난히 관심을 보이는 척함으로써 여자에 대한 지독한 무관심을 감춰보려고 항상 애썼다. 그런 까닭에 이렇게 말했다. "데만트 부인을 다들 아시죠? 매력있는 부인이지요, 고혹적인 여자예요!" 킨더만은 '고혹적인'이라고 말하며 손을 들어올렸고, 나긋나긋한 손가락들이 공중에서 한들거렸다. "저는 데만트 부인을 어린 소녀 적부터 알고 있었습니다." 준위가 말했다. "흥미롭네요." 킨더만이 말했다. 관심있는 척하는 게 눈에 뻔히 보였다.

"그 여자 아버지는 부유한 모자 제조업자였습니다." 준위가 말을 이었다. 소송서류를 읽고 있는 듯한 어투였다. 자신이 꺼낸 한마디에 화들짝 놀란 듯 말을 멈췄다. '모자 제조업자'라는 말이 너무 민간용어처럼 들렸다. 여기는 변호사들과 회동하는 자리가 아니었다. 준위는 이제부터는 한마디를 하더라도 미리 곰곰이 생각해야겠다고 속으로 다짐했다. 기병대 장교들과 함께 있을 때는 그런 정도 성의는 보여야 한다고 느꼈다. 준위는 트로타가 자기 말에 어떻게 반응하는지 보려고 했다. 하지만 트로타는 왼쪽에 앉아 있었고 베렌슈타인은 오른쪽 눈에 외알안경을 끼고 있었던 탓에, 준위는 킨더만 소위만을 또렷이 볼 수 있었다. 이자는 아무래도 상관없었다. 모자 제조업자를 잘 아는 듯한 말을 꺼낸 것이 트로타 소위에게 좋지 않은 인상을 줬는지 떠보기 위해, 베렌슈타인은 담배 케이스를 꺼내 왼쪽으로 내밀려다가, 킨더만이 더 고참이라는 데 퍼뜩 생각이 미쳐, 오른쪽으로 몸을 돌리며 황급히 말했다. "죄송합니다!"

세 사람은 아무 말 없이 담배를 피웠다. 카를 요제프의 눈길이 맞은편 벽에 걸린 황제의 초상화로 향했다. 프란츠 요제프가 순백색의 장군복을 입고 가슴을 대각선으로 가로지르는 진홍색 어깨띠를 두르고 목에 황금 양모 기사단 훈장을 걸고 있었다. 초록색 깃털이 무성히 꽂힌, 커다랗고 검은 대원수 모자가 황제 옆의 흔들거리는 듯한 탁자에 놓여 있었다. 그림은 저 멀리 떨어져 있는 듯 보였다. 벽보다 더 멀리 떨어져 있는 것 같았다. 카를 요제프는 연대에 입대한 지 얼마 되지 않았을 때 이 초상화가 자신에게 자부심과 위안을 줬던 것이 기억났다. 당시에는 언제라도 황제가 좁고 검은 액자에서 튀어나올 것만 같은 느낌이 들었었다. 하지만 시간이 지날수록 최고사령관은 우표나 동전에서 볼 수 있는 바와 같은 무덤덤하고 눈에 익을뿐더러 눈에 띄지도 않는 얼굴로 바뀌어갔다. 황제의 초상화는 신이 자기 자신에게 바치는 일종의 기이한 제물처럼 장교 클럽의 벽에 걸려 있었다…… 황제의 눈은 전에는 여름 휴가철 하늘을 연상시켰으나 이제는 단단한 청자처럼 보였다. 하지만 그래도 황제는 황제였다! 집에도, 군수의 서재에도 이 그림은 걸려 있었다. 소년사관학교의 대강당에도 걸려 있었다. 병영 연대장 집무실에도 걸려 있었다. 프란츠 요제프 황제의 초상화는 신이 무소부재하듯 자기 백성이 있는 곳이면 어디든지 제국 전역에 수없이 흩어져 있었다. 이 황제의 생명을 쏠페리노의 영웅이 구했다. 쏠페리노의 영웅은 늙어서 죽었다. 이제 벌레들이 영웅을 갉아먹고 있었다. 영웅의 아들이며 카를 요제프의 아버지인 군수도 이미 노인이었다. 벌레들이 곧 군수도 갉아먹을 것이었다. 오직 황제만이, 그림 속의 이 황제만이 어느날 한순간에 늙어버리고선, 그 순간 이후 영원히 얼어붙어 은색의 끔찍한 노년에 갇혀 있는 듯 보였다.

경외를 불러일으키는 수정갑옷을 입고 있는 듯 보였다. 세월은 황제에게 접근할 엄두를 내지 못했다. 황제의 눈은 점점 더 파래지고 점점 더 단단해졌다. 황제가 트로타 가문에게 총애를 베푸는 것도, 얼음이 소위를 찍어누르며 다른 동료들과 갈라놓는 듯 느껴졌다. 황제의 파란 눈길을 받으며 카를 요제프는 추위에 떨었다.

소위는 기억을 더듬었다. 방학에 고향집에 돌아와서, 일요일 점심식사 전에 군악대장 네히발이 군악대를 규정대로 원형으로 정렬해놓은 것을 보며, 카를 요제프는 황제를 위해 기꺼이 열렬히 행복하게 죽을 각오가 되어 있었다. 할아버지의 유업을 이어받아 황제의 생명을 언제든 구해야 했다. 트로타 가문 후손이라면 황제의 생명을 구하고 또 구해야 했다.

소위가 연대에 근무한 지 넉달도 채 지나지 않았다. 황제는 어느 것도 접근할 수 없도록 수정갑옷에 감싸여 있으므로, 트로타 가문을 더는 필요로 하지 않을지 모른다는 생각이 갑작스레 들었다. 평화가 너무 오랫동안 계속됐다. 기병대의 젊은 소위에게 죽음은 먼 훗날에야 닥칠 것 같았다. 규정에 따른 승진의 맨 마지막 단계로 찾아올 듯 보였다. 소위는 언젠가 대령이 될 것이고 그런 다음 죽을 것이었다. 그때까지 저녁마다 장교 클럽에 가서 황제의 초상화를 쳐다볼 것이었다. 트로타 소위가 그림을 더 오래 보면 볼수록 황제는 더 멀어져가는 듯싶었다.

"보세요!" 킨더만 소위가 높은 목소리로 말했다. "트로타 소위가 황제와 사랑에 빠져 있네요."

카를 요제프가 킨더만에게 미소 지었다. 베렌슈타인은 한참 전에 도미노게임을 시작하여 져가고 있는 참이었다. 예비역 준위는 현역 장교들과 게임할 때는 져주는 것을 예의로 여겼다. 민간인들과 게임할 때는 항상 이겼다. 베렌슈타인은 변호사들 사이에서는 천하무적이었다. 하지만 연례훈련을 위해 입영하기만 하면 아무 생각 없이 바보처럼 행동하려 들었다. "이 친구는 판판이 지는군요." 킨더만이 트로타에게 말했다. 킨더만 소위는 '민간인들'은 열등한 존재라고 확신하고 있었다. 민간인들은 도미노에서조차 이기는 적이 없었다.

대령은 타이팅어 대위와 함께 아직도 구석자리에 앉아 있었다. 몇몇 장교들이 지루함을 이기지 못하고 테이블 사이를 돌아다녔다. 장교들은 대령이 게임을 하는 동안에는 장교 클럽을 떠날 엄두를 내지 못했다. 괘종시계가 추를 조용히 흔들며 십오분마다 매우 또렷하게 느릿느릿 시간을 알렸다. 그 구슬픈 멜로디가 울려퍼질 때마다 도미노 골패와 체스말이 달그락거리는 소리가 묻혀버렸다. 이따금 전령들이 발뒤꿈치를 딱 하고 붙여 경례를 한 다음 부엌으로 달려가 우스꽝스러울 만큼 큰 쟁반에 꼬냑이 담긴 잔을 들고 돌아왔다. 이따금 요란하게 웃는 소리가 들렸고 웃음소리가 나는 곳으로 눈길을 돌리면 네명이 머리를 맞대고 낄낄거리고 있었다. 농담을 주고받고 있음을 한눈에 알 수 있었다. 이 농담! 이 우스갯소리! 장교들은 농담을 하면서, 상대방이 머쓱하게 따라 웃는지 농담을 알아듣고 웃는지 금세 알아챘다! 우스갯소리로 토박이와 외지인을 구별했다. 농담을 알아듣지 못하면 본토박이가 아니었다. 그렇다. 카를 요제프는 이들에 속하지 못했다!

트로타가 세 사람이 한판 더 하자고 말하려던 참이었다. 문이 열리고, 전령이 유난히 큰 소리로 군화 뒤꿈치를 딱 하고 붙이며 경례를 했다. 한순간 정적이 흘렀다. 코바치 대령이 자리에서 벌떡 몸을 일으켜, 문을 바라봤다. 들어온 사람은 다름 아닌 의무대위 데만트였다. 의무대위는 자신이 일으킨 소동에 스스로 깜짝 놀랐다. 문가에 멈춰서서 미소 지었다. 자신 옆에 서 있는 전령이 차려 자세를 풀지 않는 것이 못내 거북스러운 듯했다. 전령에게 편한 자세를 취하라고 손짓했으나 전령은 알아차리지 못했다. 의사의 도수 높은 안경은 바깥 가을 저녁 안개 탓에 약간 보얘져 있었다. 의무대위는 추운 곳에서 따뜻한 곳으로 들어올 때는 안경을 벗어 닦는 버릇이 있었다. 하지만 여기서는 그럴 수 없었다. 의사는 한참이 지난 다음에야 문지방을 넘어왔다. "여기들 보게, 의사가 돌아왔네!" 대령이 외쳤다. 아무리 왁시글덕시글한 장바닥에서도 다 들릴 만큼 목청껏 소리 질렀다. 이 마음 좋은 대령은 시력이 약한 사람은 청력도 나쁘며 귀가 잘 들리면 안경도 잘 보일 것이라고 믿는 것 같았다. 대령의 목소리가 골목까지 쩌렁쩌렁 울렸다. 장교들이 뒷걸음질로 물러섰다. 테이블에 앉아 있던 몇몇 장교들이 몸을 일으켰다. 의무대위는 한 걸음 한 걸음 조심스럽게 내디뎠다. 마치 얼음을 지치는 듯했다. 보얬던 안경알들이 점점 맑아지는 것 같았다. 사방에서 장교들이 의사에게 인사를 했다. 의사는 장교들의 얼굴을 간신히 알아봤다. 몸을 굽혀 얼굴을 찬찬히 뜯어보는 게 마치 책을 읽는 듯했다. 마침내 코바치 대령 앞에 멈춰서서 가슴을 불쑥 내밀었다. 가느다란 목에 늘 앞으로 처져 있던 고개를 발딱 젖히고, 축 늘어진 좁은 어깨를 으쓱 추어올린 자세가 매우 과장되어 보였다. 의사가 오랫동안 병가를 떠난 동안 장교들은 의사를 거의 잊고 있었다. 의사의 군인답지 않은 거동을 까맣게 잊고 있었다. 이제 눈앞에 나타난 의사를 자못 놀라서 바라봤다. 대령은 규정에 따른 환영인사를 서둘러 끝맺었다. "의사가 건강이 좋아 보이는군!"이라고 술잔이 떨릴 정도로 고함질렀다. 이 사실을 전부대에 알리고 싶은 듯 보였다. 대령은 데만트의 어깨를 두드렸다. 어깨를 자연스러운 자세로 되돌려놓기 위해서인 듯했다. 대령은 의무대위를 정말 좋아했다. 하지만 하느님 맙소사, 의무대위는 군인답지 않았다! 이자가 조금만 군인다웠더라도 잘 보살펴주려고 이렇게 애쓸 필요가 없을 텐데. 제기랄, 이런 의사를 하필 자신의 연대에 보내다니! 이 망할 놈의 착한 의사에게 잘해주고 싶은 마음과 군기를 불어넣고 싶은 생각 사이에서 늘 갈등하느라 늙은 대령은 기진맥진해 있었다. 대령은 의무대위가 말을 타는 것을 볼 때마다 이 의사가 나를 망하게 할 거야!라고 생각했다. 하루는 의사에게 말을 타고 읍내를 다니지 말라고 신신당부한 적도 있었다.

의무대위에게 다정한 말을 건네야 해. 대령은 괜스레 들떠서 이렇게 생각했다. 오늘은 커틀릿이 좋더군! 이 말이 불쑥 떠올랐다. 대령은 그렇게 말했다. 의사가 미소 지었다. 이 친구는 웃는 것까지 민간인 같아! 대령은 생각했다. 불현듯 의사를 모르는 사람이 한 사람 있다는 데 생각이 미쳤다. 트로타였다! 소위는 의사가 병가를 떠난 동안 입대했다. 대령이 수선을 떨었다. “신참 소위 트로타야! 서로 인사 나누지 않았지?” 카를 요제프가 의무대위 앞으로 다가갔다.

“쏠페리노의 영웅의 손자가 아닙니까?” 의사 데만트가 물었다.

의사는 군대의 역사를 믿을 수 없을 만큼 환히 꿰고 있었다.

“모르는 게 없소, 우리 의사는!” 대령이 외쳤다. “책벌레거든!”

책벌레라는 수상쩍은 말이 난생처음 기분 좋게 느껴졌으므로, 대령은 “책벌레야!”라고 다시 한번 사근사근한 어조로 말했다. ‘우리 창기병대’라는 말을 할 때만 쓰던 어투였다.

장교들은 다시 자리에 앉았고, 저녁은 여느 때와 다름없이 흘러갔다. "당신 할아버지는," 의무대위가 말했다. "군대에서 가장 기이한 분이었습니다. 할아버지를 뵌 적이 있습니까?" "아니요, 할아버지는 제가 태어나기 전에 돌아가셨습니다." 카를 요제프가 대답했다. "할아버지의 초상화가 우리 집 응접실에 걸려 있습니다. 어릴 적부터 그 그림을 자주 바라봤습니다. 할아버지의 청지기 자크는 아직 우리 집에 살고 있습니다." "어떤 초상화입니까?" 의무대위가 물었다. "아버지 친구가 그린 그림입니다!" 카를 요제프가 말했다. "기이한 그림입니다. 상당히 높은 곳에 걸려 있습니다. 제가 어릴 적에는 의자에 올라가 바라봤습니다."

두 사람은 잠시 말을 멈췄다. 의사가 말했다. "우리 할아버지는 주막을 운영했습니다. 갈리치아의 유대인 주막 주인이었습니다. 갈리치아에 가보셨습니까?" (의사 데만트는 유대인이었다. 모든 우스갯소리에는 유대인 의무대위들이 나왔다. 소년사관학교에도 유대인이 두명 있었다. 졸업 뒤 이들은 보병대에 배속됐다)

"레지에게 가자, 레지 아줌마에게!" 갑자기 누군가 외쳤다.

모두가 따라서 말했다 "레지에게 가자, 레지 아줌마에게!"

"레지 아줌마 집으로!"

이 외침보다 카를 요제프를 더 소스라치게 한 것은 없었다. 여러 주 전부터 소위는 이 외침이 나올까 두려워했다. 소위는 지난번에 레지 호르바트 마담의 매음굴을 찾아갔었던 것이 아직도 생생히 기억났다. 장뇌와 레몬주스를 혼합해 만든 샴페인, 여자들의 말랑말랑하고 반죽 같은 살, 벽지의 요란스러운 붉은색과 어질어질한 노란색, 복도에서 풍기는 고양이, 쥐, 은방울꽃 냄새, 열두시간 뒤의 속쓰림, 이 모든 것이 떠올랐다. 소위가 입대한 지 한주가 채 되지 않았을 때였다. 소위는 매음굴에 처음 찾아갔었다. "사랑의 기동훈련이야!" 타이팅어 대위가 말했다. 대위가 주동자였다. 이 일은 오래전부터 장교 클럽을 운영해온 장교의 의무 중 하나였다. 대위는 핼쑥하고 여윈 얼굴로, 군도 칼자루를 팔에 끼고, 길고 마른 다리로 걸음을 옮길 때마다 박차를 나직하게 찰그랑거리면서 호르바트 마담의 쌀롱에서 이 테이블 저 테이블로 걸어다니며, 추저분한 희열을 맛보라고 은근히 부추겼다. 킨더만은 벌거벗은 여자 냄새를 맡자 거의 까무러칠 뻔했다. 여자만 보면 비위가 뒤집혔기 때문이었다. 프로하스카 소령은 화장실에 서서 짧고 뭉툭한 손가락을 목구멍에 쑤셔넣으려 무진 애썼다. 레지 호르바트 마담은 비단 치마를 사르륵거리며 동에 번쩍 서에 번쩍했다. 마담의 너부죽하고 푸석푸석한 얼굴에서는 크고 검은 눈동자가 초점없이 이리저리 굴러다녔고, 넓적한 입에서는 틀니가 피아노 건반처럼 하얗고 큼지막하게 빛났다. 트라우트만스도르프는 구석자리에 앉아 마담의 일거수일투족을 가늘고 날래고 푸르스름한 눈초리로 뒤쫓았다. 이윽고 자리에서 일어서서 호르바트 마담의 젖가슴에 손을 집어넣었다. 손이 젖가슴 속으로 사라지는 모습이 하얀 봉우리 사이로 하얀 생쥐가 들어가는 듯했다. 피아노 연주자인 폴라크는 구부정하게 등을 굽히고 음악의 노예가 되어 검은색 거울처럼 빛나는 그랜드피아노를 쳤었다. 건반을 두드리는 폴라크의 손목에서 빳빳한 소맷부리 단추들이 잘랑거리는 소리는, 피아노가 딩딩딩 울리는 데 씸벌즈가 쨍그랑 반주를 넣는 듯 들렸었다.

레지 아줌마 집으로! 장교들은 레지 아줌마 집으로 향했다. 대령은 밖으로 나와 장교들과 헤어졌다. "귀관들, 재미있게 놀다오게나!" 고요한 도로에 스무개의 목소리가 우렁차게 울렸다. "안녕히 가십시오, 대령님!" 마흔개의 박차가 딱 하고 부딪치며 찰그랑거렸다. 의무대위 막스 데만트도 슬그머니 빠지려고 했다. "함께 가실 겁니까?" 의사는 트로타 소위에게 나직하게 물었다. "그래야 할 것 같습니다!" 카를 요제프가 속삭였다. 의무대위는 말없이 따라왔다. 장교들이 소읍의 고요하고 달빛이 비치는 거리에서 잘그랑잘그랑 소리를 뿌리며 어수선하게 몰려가는 꽁무니를 두 사람은 좇아갔다. 서로 말을 나누지 않았다. 속삭여 묻고 속삭여 대답하는 동안 유대를 맺었다고 느꼈으므로, 더는 할 말이 없었다. 두 사람 모두 연대의 다른 장교들과 어울리지 못했다. 그렇지만 두 사람은 인사를 나눈 지 채 반시간도 지나지 않았다.

느닷없이 카를 요제프가 말했다. 왜 이런 말을 하는지 자신도 몰랐다. "카티라는 여인을 사랑했었습니다. 그 여자가 죽었습니다!"

의무대위가 걸음을 멈추고 소위에게 몸을 다 돌렸다. "다른 여인을 사랑하게 되겠지요!" 이렇게 말했다.

두 사람은 계속 걸었다.

저 멀리 역에서 야간열차의 기적 소리가 들렸다. 의무대위가 말했다.

"저는 먼 곳으로, 아주 먼 곳으로 떠나고 싶습니다!"

이제 장교들은 레지 아줌마 유곽의 파란 외등 앞에 도착했다. 타이팅어 대위가 닫힌 문을 두드렸다. 누군가 문을 열었다. 안에서 피아노가 즉시 딩동딩동 울렸다. 「라데츠키 행진곡」이었다. 장교들이 쌀롱으로 행진해 들어갔다. "각개침투!" 타이팅어 대위가 명령했다. 벌거벗은 여자들이 우르르 몰려나와 장교들을 맞이했다. 하얀 암탉 떼가 우글거리는 듯했다. "신이 귀관들과 함께하기를!" 프로하스카가 말했다. 트라우트만스도르프는 이번에는 자리에 채 앉기도 전에 곧바로 호르바트 마담의 젖가슴에 손을 넣었다. 마담을 붙들고 놓아주려 하지 않았다. 마담은 주방과 광을 살펴보러 가야 했기 때문에, 중위가 더듬는 것을 성가셔하는 게 역력했으나, 손님이라서 뿌리치지 못하고 참고 있었다. 마담은 중위가 하는 대로 몸을 맡겼다. 킨더만 소위는 핼쑥해졌다. 얼굴이 여자들이 어깨에 바르는 분보다 더 하얘졌다. 프로하스카 소령은 탄산수를 주문했다. 소령을 잘 아는 사람들은 소령이 오늘은 만취할 것이라고 예언할 수 있었다. 소령이 물을 마시는 것은 알코올이 들어갈 길을 여는 것이었다. 손님을 맞이하기 전에 길을 치우는 것과 마찬가지였다. "의사가 함께 왔는가?" 소령이 큰 소리로 물었다. "의사는 병의 근원을 탐사해야 하니까요." 여느 때와 마찬가지로 핼쑥하고 여윈 타이팅어 대위가 학술적 발언을 하듯 진지하게 말했다. 베렌슈타인 준위의 외알안경은 피부가 하얀 금발머리 여자의 눈에 끼워져 있었다. 준위는 가만히 앉아 작고 새까만 눈망울을 깜박거렸으나, 갈색 털이 덮인 손은 호기심에 가득 찬 다람쥐처럼 여자 몸을 기어오르고 있었다. 장교들은 한 사람씩 한 사람씩 모두 자리를 잡았다. 의사와 카를 요제프는 빨간 소파에 앉았고, 이들 사이에 두 여자가 무릎을 끌어모으고 뻣뻣이 앉아 두 남자의 낙담한 듯한 얼굴을 겁먹고 바라봤다. 샴페인이 나오자 (검은색 호박단 옷을 입은 무뚝뚝한 여집사가 점잔을 부리며 샴페인을 들고 왔다) 호르바트 마담은 중위의 손을 자신의 앙가슴에서 단호하게 빼내 빌린 물건을 제자리로 갖다놓듯 중위의 검은 바지로 옮겨놓고, 힘차고 도도하게 일어섰다. 마담이 샹들리에를 껐다. 희미한 등불들만 벽감에서 빛났다. 불그레한 어스름 속에 분을 바른 육체들이 하얗게 빛나고, 별 장식들이 황금색으로 반짝이고, 군도들이 은색으로 번득였다. 한 쌍씩 한 쌍씩 몸을 일으켜 사라졌다. 오래전부터 꼬냑을 마시고 있던 프로하스카가 의무대위에게 다가와 말했다. “자네들은 여자가 없어도 되지, 내가 데리고 가네!” 소령은 두 여자를 양팔에 끼고 계단으로 비트적비트적 걸어갔다.

졸지에 카를 요제프와 의사만 외따로 남게 됐다. 피아노 연주자 폴라크는 쌀롱 맞은편 구석에서 건반을 스치듯 누르고 있을 뿐이었다. 매우 정겨운 왈츠가 수줍은 듯 가냘프게 방 안에 흐르고 있었다. 이 소리 말고는 방은 고요하여 아늑하게 느껴졌고, 벽난로 위에서 괘종시계가 톡탁거릴 뿐이었다. “우리 두 사람은 여기서 할 일이 없는 것 같은데요.” 의사가 말했다. 그러고선 일어섰다. 카를 요제프도 벽난로 위의 시계를 보며 몸을 일으켰다. 어두워서 시간을 볼 수 없었다. 괘종시계로 가까이 다가섰다가 다시 한 걸음 뒤로 물러났다. 파리 자국이 덕지덕지 묻은 청동 액자에 최고사령관의 축소화가 들어 있었다. 폐하가 순백색 제복, 진홍색 어깨띠, 황금 양모 기사단 훈장을 착용한, 어디에나 걸린 낯익은 초상화였다. 이대로 두어서는 안돼. 소위는 곧바로 어린애 같은 생각을 했다. 이대로 놔둬서는 안돼! 자신이 핼쑥해졌으며 가슴이 두근거리는 것을 느꼈다. 액자를 붙들고 검은색 뒷면 종이를 열고 초상화를 꺼냈다. 그림을 접었다. 한번, 두번, 또 한번 접어 호주머니에 넣었다. 몸을 돌렸다. 소위의 뒤에 의무대위가 서 있었다. 의사는 손가락으로 카를 요제프가 황제의 초상화를 집어넣은 호주머니를 가리켰다. 소위의 할아버지도 황제를 구했었다고 의사 데만트는 생각했다. 카를 요제프는 얼굴을 붉혔다. “불결하기 짝이 없어서요!” 소위가 말했다. “무슨 생각을 하십니까?”

“아무 생각도 하지 않습니다.” 의사가 대답했다. “당신의 할아버지가 떠오를 따름입니다!”

“저는 할아버지의 손자입니다!” 카를 요제프가 말했다. “다만 황제의 생명을 구할 기회를 얻지 못했을 뿐입니다, 유감스럽게도!”

두 사람은 은화 네닢을 테이블에 놓고 레지 호르바트 마담의 유곽을 떠났다.

6

의무대위 막스 데만트는 삼년 전부터 연대에 근무했다. 의사는 읍 외곽에, 읍의 남쪽 변두리에 살았다. 여기서 국도는 두 묘지로 이어졌다. 하나는 '신'묘지라고, 다른 하나는 '구'묘지라고 불렸다. 두 묘지 수위들은 의사를 잘 알았다. 의사는 한주에 서너번 죽은 사람들을 찾아갔다. 오래전에 묻힌 사람들도, 아직 잊히지 않은 사람들도 찾아갔다. 의사는 죽은 사람들 무덤 사이를 오랫동안 거닐었다. 의사의 군도가 묘석과 부딪쳐 잘그랑거리는 소리가 여기저기서 났다. 의사가 기묘한 사람인 것은 두말할 나위가 없었다. 좋은 의사라는 평판을 들었는데, 좋은 의사란 것 자체가 의무장교 중에는 아무리 봐도 진기한 존재였다. 의사는 다른 사람과 어울리기를 싫어했다. 복무의무 때문에 이따금 (하지만 의사가 바랐던 것보다 더 자주) 동료들 사이에 모습을 나타낼 뿐이었다. 나이로 보나 근무연수로 보나 진작 의무소령이 됐어야 마땅했다. 왜 아직 이 계급을 못 달았는지 아무도 몰랐다. 아마 자신도 몰랐다. "출세에 마가 낀 거야!" 연대에서 명언을 하기로 유명한 타이팅어 대위는 이렇게 말했다.

'출세에 마가 들었구나.' 의사 자신도 종종 그렇게 생각했다. "저는 인생에 액운이 끼었습니다." 의사는 트로타 소위에게 말했다. "인생에 액운이 들었습니다. 운이 좋았다면 빈의 일류 외과의사들의 대진의사나 아마도 교수가 될 수 있었을 겁니다."—빈곤하고 불우한 어린 시절을 보내는 동안 빈의 외과의사들의 명성은 막스 데만트에게 한 줄기 빛이었다. 데만트는 어렸을 때부터 나중에 의사가 되겠다고 결심했다. 소년은 제국 동쪽의 한 국경마을 출신이었다. 소년의 할아버지는 신앙심 깊은 유대인으로서 주막 주인이었고, 소년의 아버지는 방위군에서 십이년 근무한 뒤에 인근 국경 소읍 우체국의 중견관리가 됐다. 데만트는 할아버지를 아직도 또렷이 기억했다. 할아버지는 국경지역 주막의 커다란 아치문 앞에 종일 앉아 있었다. 곱슬곱슬한 은색 턱수염이 치렁치렁 자라 가슴을 거쳐 무릎까지 내려왔다. 할아버지에게서는 항상 거름, 우유, 말, 건초 냄새가 풍겼다. 할아버지가 주막 앞에 앉아 있는 모습은, 늙은 왕이 유대인 주막 주인들을 거느리고 있는 듯했다. 농부들이 주마다 서는 돼지 시장에서 돌아오는 길에 주막 앞에서 발걸음을 멈추면 노인은 몸을 일으켰다. 인간 모습을 한 산이 우람하게 움직이는 것 같았다. 할아버지는 귀가 잘 들리지 않았으므로 키 작은 농부들이 주문을 하려면 손나발을 입에 대고 소리 질러야 했다. 할아버지는 고개를 끄덕거릴 뿐이었다. 말귀를 알아들었다는 뜻이었다. 길손들의 소망을 채워주면서, 은총을 베풀고 있으며 돈은 한 푼도 받지 않는 듯한 태도를 보였다. 억센 손으로 손수 말들의 멍에를 풀고 말들을 마구간으로 끌고 갔다. 그런 다음 딸들이 천장이 낮은 널찍한 주막방에서 손님들에게 화주와 절여 말린 콩 안주를 내놓는 동안, 자신은 밖에서 말들에게 다정하게 말을 건네며 여물을 먹였다. 안식일이 되면 커다랗고 성스러운 경전을 몸을 굽히고 들여다봤다. 은색 턱수염이 검은 활자가 인쇄된 페이지의 아래쪽 절반을 덮었다. 손자가 장교 제복을 입고 살인무기로 무장하고 세상을 돌아다니게 되리라는 것을 알았더라면, 할아버지는 자신이 헛되이 보낸 세월과 자신이 낳은 자손을 저주했을 것이다. 자신의 아들, 그러니까 의사 데만트의 아버지가 우체국 중견관리가 된 것도 끔찍하기 짝이 없는 일이었지만 자식인지라 눌러참고 있었다. 조상들에게 물려받은 주막은 딸들과 사위들에게 물려주고, 남자 후손들은 자자손손 관리, 학자, 회사원, 얼간이가 될 운명이었다. 대대손손? 얼토당토않은 말이었다. 의무대위는 자녀가 없었다. 자녀를 바라지도 않았다. 왜냐하면 의사의 아내는……

이 대목에서 의사 데만트는 회상을 멈추곤 했다. 의사는 어머니를 생각했다. 어머니는 모자라는 생활비를 벌려고 백방으로 뛰어다니며 살았다. 아버지는 퇴근 뒤에 작은 까페에 앉아 있다. 타로크카드게임을 하고 게임에 지고 식대는 외상으로 달아놓는다. 아버지는 아들이 사년제 중학교를 졸업하고 관리가 되기를 바란다. 물론 우체국 관리이다. "당신은 분수를 몰라!" 아버지는 어머니에게 이렇게 말한다. 아버지는 민간인으로서는 엉망으로 살아왔는지 모르지만, 전역할 때 들고 나온 군용품들은 우스꽝스러울 만큼 가지런히 보관하고 있다. 아버지의 제복은, 이 '장기복무 경리 부사관'의 제복은 황금색 갈매기 계급장이 박힌 소매, 검은색 바지, 보병 깃털 군모를 내보이며 옷장에 걸려 있다. 제복은 세 부분으로 나뉘어 있지만 여전히 살아 있는 인간처럼 보인다. 단추들은 주마다 깨끗이 닦아놓아 반짝거린다. 휘움한 검은색 군도는 전혀 사용하지 않는 책상 위쪽 벽에 못을 두개 박아 가로로 걸어두었다. 골이 진 칼자루 역시 주마다 새로 닦아놓았고, 군도에 매달려 가볍게 하늘거리는 황금색 장식꽃술은 먼지 앉은 해바라기가 봉오리를 오므리고 있는 것처럼 보인다. "당신을 만나지 않았더라면," 아버지는 어머니에게 말한다. "시험에 합격해 지금쯤 경리대위가 됐을 텐데." 황제탄신일에 우체국 관리 데만트는 관리 제복을 입고 챙 접힌 삼각예모를 쓰고 긴 칼을 찬다. 이날만큼은 타로크 카드게임을 하지 않는다. 해마다 황제탄신일에 빚을 지지 않고 새 삶을 시작하겠다고 결심한다. 그 기념으로 코가 비뚤어지게 술을 마신다. 밤늦게 집에 돌아와 부엌에서 긴 칼을 빼들고 전연대에게 명령을 한다. 냄비들이 소대이고, 찻잔들이 병사이고, 접시들이 중대이다. 지몬 데만트는 연대장이다. 프란츠 요제프 1세 군대에 복무하는 연대장이다. 어머니가 레이스 달린 잠옷모자를 쓰고 주름이 겹겹이 잡힌 잠옷에 펄럭거리는 겉옷을 걸치고 침대에서 뛰쳐나와 남편을 달랜다.

황제탄신일 하루 뒤인 어느날 아버지가 침대에서 뇌졸중으로 쓰러진다. 아버지는 편안하게 죽었고 장례식이 성대하게 치러졌다. 모든 우체부들이 관 뒤를 따랐다. 죽은 아버지는 황제와 제국 우체국을 위해 근무하다 순직한 모범적 남편으로 어머니에게 소중하게 기억됐다. 데만트가 부사관으로서 입었던 제복과 우체국 관리로서 입었던 제복은 아직도 옷장에 나란히 걸려 있었다. 미망인은 이 제복들을 장뇌, 옷솔, 광택제로 번쩍거리게 닦아놓았다. 이 제복들은 미라처럼 보였고, 아들은 옷장을 열 때마다 죽은 아버지의 두 시신이 나란히 매달려 있는 것을 보는 듯한 생각이 들었다.

막스 데만트는 어떻게 해서든 의사가 되고 싶었다. 달마다 단돈 6크로네를 받고 가정교사를 했다. 해진 부츠를 신고 다녔다. 비가 오면 부잣집의 광나게 닦은 마룻바닥에 빗물 묻은 발자국을 큼지막하게 남겼다. 신발 바닥이 해져 있으면 발자국이 크게 찍히게 마련이었다. 마침내 졸업시험을 통과했다. 의사 자격증을 취득했다. 가난이 여전히 의사의 장래를 가로막았다. 이 검은 암초에 부딪쳐 의사는 산산이 부서졌다. 물에 빠진 데만트는 군대의 품에 안길 수밖에 없었다. 일곱해 동안 먹을 음식을 주고 일곱해 동안 마실 물을 주고 일곱해 동안 입을 옷을 주고 일곱해 동안 재워주는 곳에, 일곱해 동안, 일곱해란 기나긴 세월 동안! 데만트는 의무장교가 됐다. 그리고 아직도 의무장교로 근무하고 있었다.

인생은 생각할 겨를을 주지 않고 쏜살같이 흘러가는 듯했다. 어떤 결정을 내려보기도 전에 데만트는 나이 들어 있었다.

의사는 에바 크노프마허와 결혼했다.

여기서 의무대위 데만트는 회상을 다시금 멈추었다. 집을 향해 출발했다.

저녁이 이미 닥쳐 있었다. 여느 때와 달리 방마다 눈부신 불빛이 흘러나왔다. "어르신이 오셨습니다." 전령이 보고했다. 어르신이란 데만트의 장인 크노프마허 씨를 말했다.

바로 그 순간 장인이 기다란 꽃무늬 털가운을 걸치고 면도칼을 손에 들고 욕실에서 나왔다. 기분 좋은 듯 발그레하고 방금 면도를 하여 비누 냄새 나는 두 볼이 뚝 떨어져 있었다. 얼굴이 두쪽으로 갈라지고 있는 듯 보였다. 회색 염소수염만이 얼굴을 붙들어모으고 있었다. "우리 사위 왔는가!" 크노프마허 씨는 이렇게 말하며 면도칼을 탁자에 조심스럽게 내려놓았고, 팔을 활짝 벌리는 바람에 가운 앞자락이 벌어졌다. 두 사람은 서로 얼싸안고, 볼에 가볍게 두번 입을 맞추고, 응접실로 함께 들어갔다. "화주나 한잔하고 싶네!" 크노프마허 씨가 말했다. 의사 데만트는 장식장을 열고 여러 병들을 잠시 훑어본 다음 몸을 돌렸다. "제가 술에는 문외한이라서요." 데만트가 말했다. "어떤 술이 아버님 입맛에 맞을지 잘 모르겠습니다." 의사는 술을 여러 병 모아두기는 했지만, 이는 일자무식꾼이 도서관을 차려놓은 것이나 다름없었다. "자네는 여전히 술을 하지 않는군!" 크노프마허 씨가 말했다. "슬리보비츠, 아라크[22], 럼, 꼬냑, 엔치안[23], 보드까가 있나?" 점잖지 못하게 속사포같이 쏘아댔다. 몸을 일으켰다. (가운 앞자락을 펄럭거리며) 장식장으로 가서 술병 하나를 쑥 뽑아들고 왔다.

"불쑥 찾아와 에바를 놀라게 해주려고 했는데!" 크노프마허 씨가 말을 꺼냈다. "단도직입적으로 말하겠네, 이보게 사위, 자네는 오후 내내 집을 비우고 있더군. 자네는 온데간데없고,"—크노프마허 씨는 잠시 숨을 고르고서 다시 한번 말했다. "자네는 온데간데없고, 여기에 한 소위만 얼씬거렸네. 얼간이더군!"

"소위는 제가 군 복무를 시작한 뒤 사귄 유일한 친구입니다." 막스 데만트가 대답했다. "트로타 소위라고 하지요. 좋은 사람입니다!"

"좋은 사람이라!" 장인이 따라 말했다. "그렇다면 나도 좋은 사람이라고 할 수 있지! 하지만 아무리 좋은 사람이라도 예쁜 아내와 한시간 동안 둘만 있게 하는 것은 곤란해, 자네가 아내에게 이만큼이라도 마음을 쓴다면 말일세." 크노프마허는 엄지손가락 끝

22 지중해 지방에서 마시는 무색투명한 독주.
23 용담 뿌리로 만든 독주.

과 집게손가락 끝을 마주 붙이고선, 뜸을 들였다가 다시 한번 말했다. "이만큼이라도!" 의무대위는 핼쑥해졌다. 안경을 벗어 하염없이 닦았다. 이렇게 하여 사방이 몽롱한 안개에 싸이게 만들었다. 안개 속에서 목욕가운을 입은 장인이 흐릿하면서도 엄청나게 부풀어 올라 하얀 허깨비처럼 보였다. 의사는 안경을 닦은 다음 내처 쓰지 않고 손에 쥔 채 안개 속을 향해 말했다.

"아버님, 저는 에바나 제 친구를 의심할 까닭이 전혀 없습니다."

의무대위는 머뭇거리며 이 말을 했다. 자신에게조차 이 말은 매우 낯선 대사처럼 들렸다. 언젠가 어느 책에서 읽었거나 어느 연극에서 들은 말을 빌려온 듯했다.

의무대위는 안경을 썼다. 그러자마자 장인 크노프마허가 체구와 윤곽이 또렷해지며 눈앞에 나타났다. 의사가 방금 읊었던 대사는 아득한 과거에 머물러 있는 듯 느껴졌다. 분명 그 대사는 사실과 달랐다. 의무대위도 장인만큼이나 이를 잘 알고 있었다.

"그럴 까닭이 전혀 없다고!" 크노프마허 씨가 데만트의 말을 따라했다. "하지만 나는 그럴 만한 이유가 있네! 나는 내 딸을 잘 알거든! 자네는 자네 아내를 모르지만! 소위들도 내가 잘 알지! 남자들은 다 똑같아! 군대에 대해 나쁜 말을 하려는 것은 아닐세! 본론만 말하겠네. 내 아내가, 자네 장모가 말일세, 아직 젊었을 적에, 나는 민간인이든 군인이든 할 것 없이 많은 젊은 남자를 사귈 기회가 있었네. 웃기는 사람들이야, 자네들은, 자네들은, 자네들은……"

크노프마허는 자기 사위와 다른 얼간이들이 속해 있는 이 뭐라 부르기 힘든 집단을 싸잡아 일컬을 수 있는 명사를 생각해내려고 했다. 크노프마허는 "자네들 대학 나온 먹물들은!"이라고 말하고 싶은 마음이 굴뚝같았다. 자신은 대학에 다니지 않고도 분별있고 유복해지고 명망을 얻었기 때문이었다. 그렇다. 곧 있으면 상업 고문관 칭호를 수여받으려는 참이었다. 크노프마허는 미래에 대한 달콤한 꿈을 펼치고 있었다. 돈을 내놓는, 막대한 금액을 기부하는 꿈이었다. 그리하여 귀족작위를 받고 싶었다. 이를테면 헝가리 시민권을 획득한다면 훨씬 더 빨리 귀족이 될 수 있었다. 부다페스트에서는 일을 방해하는 사람이 없었다. 말이 나왔으니 말인데, 사사건건 발목 잡는 작자들은 대학 나온 먹물들이었다. 어리석은 생각으로 가득 찬 관리들, 얼간이들이었다! 사위도 일을 힘들게 만들고 있었다. 자식들이 사소한 스캔들이라도 일으키면, 상업 고문관이 되는 길이 멀어질 수 있다! 모든 일이 제대로 돌아가고 있는지 몸소 찾아다니며 점검해야 한다! 얼간이들의 아내가 정숙한지까지 살펴봐야 한다!

"이보게, 사위, 너무 늦기 전에 솔직히 털어놓겠네!"

의무대위는 이런 말을 좋아하지 않았다. 의사는 반드시 진실을 들어야 한다고 생각지 않았다. 의사도 장인 못지않게 아내의 행실을 잘 알았다. 하지만 의사는 아내를 사랑했다. 이를 어쩔 것인가! 의사는 아내를 사랑했다. 아내는 올로모우츠에서 지방사무관 헤르달과, 그라츠에서는 지방재판관 레더러와 관계가 있었다. 의무대위는 자기 동료와 염문이 나지 않은 것만으로도 신과 아내에게 감사했다. 군대를 떠날 수 있다면 좋으련만. 자신은 항상 목숨이 위태로웠다.[24] 의사는 장인에게 도와달라고 얼마나 자주 말했던가…… 의무대위는 다시금 말을 이었다.

24 명예규범에 따르면 치욕적인 일을 당했을 경우 죽을 위험을 무릅쓰고 결투를 신청해야 했다. 그러지 않으면 개인 자신의 명예뿐만 아니라 신분 전체의 명예를 실추시켰다고 멸시받았다.

"에바가 감정에 쉽게 휩쓸린다는 것을 잘 압니다." 이렇게 말했다. "항상 그랬지요. 여러해 됐지요. 에바는 경박합니다, 유감스럽게도. 하지만 도를 넘는 행동을 하지는 않습니다." 의사는 말을 멈췄다가 힘주어 덧붙였다. "도를 넘는 행동을 하지는 않는다고요!" 이렇게 말하며 여러해 전부터 자신을 불안하게 했던 의심을 모조리 몰아냈다. 자신의 불안감을 말끔히 씻어내자, 아내가 자신을 배신한 적이 없다는 확신이 들었다. "절대로요!" 의사는 다시금 크게 말했다. 완전히 확신이 들었다. "에바는 누가 뭐래도 정숙한 여자입니다!"

"그렇고말고!" 장인이 맞장구쳤다.

"하지만 이런 생활을," 의무대위는 말을 이었다. "우리 둘은 오랫동안 견딜 수 없습니다. 아버님이 알다시피 이 직업은 저에게 전혀 만족을 주지 않습니다. 군 복무를 하지 않았다면 저는 지금쯤 무슨 일을 하고 있었을까요? 사회에서 높은 지위에 올랐을 겁니다. 에바의 명예욕도 충족됐을 겁니다. 에바는 명예욕이 강하잖습니까, 유감스럽게도."

"나를 닮아 그런 거지." 크노프마허 씨가 흡족한 듯 말했다.

"에바는 불만에 차 있습니다." 의무대위가 말을 이었다. 장인은 잔을 새로 채웠다. "불만이 가득하여 기분전환거리를 찾고 있습니다. 저는 에바가 나쁘다고 말할 수 없습니다."

"자네가 에바의 기분을 풀어줘야 해!" 장인이 말을 끊었다.

"저는……" 의사 데만트는 할 말을 찾지 못하고 잠시 동안 말없이 화주를 바라봤다.

"그래, 이제 한잔하게!" 크노프마허가 기운을 북돋웠다. 몸을 일으켜 잔을 가져와 술을 따랐다. 가운 앞자락이 벌어져 털이 북슬북

슬한 가슴과 두두룩한 배가 보였다. 불콰한 뺨 못지않게 배도 불그레했다. 크노프마허는 술을 채운 잔을 사위의 입술에 대주었다. 마침내 막스 데만트는 술을 마셨다.

"복무를 그만두려고 하는 데는 또다른 이유가 있습니다. 입대했을 때만 해도 저는 눈이 매우 좋았습니다. 해마다 눈이 나빠지고 있습니다. 이제…… 이제…… 안경 없이는 아무것도 또렷이 볼 수 없습니다. 이 사실을 보고하고 전역해야 마땅합니다."

"정말인가?" 크노프마허 씨가 물었다.

"그런데 어떻게……"

"어떻게 생계를 꾸리느냐고?" 장인은 다리를 꼬았다. 갑자기 오슬오슬 한기를 느꼈다. 목욕가운을 친친 휘감고 손으로 옷깃을 여몄다.

"그래," 크노프마허는 말했다. "내가 생활비를 대줄 거라고 믿는가? 자네가 결혼한 뒤, 액수가 똑똑히 생각나는데 말이지, 한달에 300크로네씩 보태주고 있네. 나도 알지, 나도 알아! 에바가 돈이 많이 필요하다는 건. 자네들이 새 생활을 시작해도 에바는 돈이 엄청 필요하겠지. 사위, 자네도 그럴 거고!" 크노프마허는 사근사근해졌다. "이보게, 막스! 그런데 나도 몇해 전만큼 그렇게 형편이 좋지가 않아!"

막스는 아무 말도 하지 않았다. 크노프마허 씨는 예봉을 꺾었다고 생각하고 목욕가운 자락을 다시 풀었다. 한 잔을 더 들이켰다. 정신이 말짱할 자신이 있었다. 크노프마허는 자기 주량을 알았다. 이 얼간이들! 하지만 이 사위가 다른 사위보다는, 엘리자베트의 남편인 헤르만보다는 나았다. 두 딸에게 한달에 600크로네가 들었다. 크노프마허는 이 금액을 정확하게 기억하고 있었다. 의무대위가 눈이 멀게 된다면…… 크노프마허는 핑핑 도는 안경을 바라봤다. 저 녀석은 제 아내를 잘 지켜봐야 해! 아무리 눈이 나빠도 그 정도는 할 수 있어!

"몇시인가?" 장인은 매우 상냥하게 지나가는 듯한 말투로 물었다.

"곧 7시입니다!" 의사가 말했다.

"옷을 입어야겠군!" 장인이 말했다. 일어서서 고개를 끄덕하고 느릿느릿 점잖게 문으로 걸어나갔다.

의무대위는 혼자 남았다. 묘지에서 느꼈던 외로움은 친숙했으나, 자기 집에서 느끼는 고독은 산더미가 짓누르는 듯 익숙지 않고 적의마저 느껴졌다. 난생처음 의사는 화주를 자기 손으로 따라서 마셨다. 난생처음 술을 입에 대는 듯한 생각마저 들었다. 바로잡아야 해. 의사는 생각했다. 정상으로 만들어야 해. 의사는 아내와 이야기를 나누기로 마음먹었다. 복도로 걸어갔다. "집사람이 어디 있지?" "침실에 계십니다." 전령이 말했다. 노크를 해야 하나? 의사는 스스로에게 물었다. 안돼! 결연한 마음이 이렇게 명령했다. 의사는 문손잡이를 돌렸다. 아내는 파란색 팬티를 입고 커다란 분홍색 분첩을 손에 들고 옷장 거울 앞에 서 있었다. "어머나!" 이렇게 소리를 지르며 한 손으로 젖가슴을 가렸다. 의무대위는 문에 멈춰섰다. "당신이에요?" 아내가 말했다. 묻는 말인지 하품하는 소리인지 분간되지 않았다. "나요!" 의무대위는 단호한 목소리로 대답했다. 자신이 느끼기에도 다른 사람이 하는 말처럼 들렸다. 의사는 안경을 쓰고 있었지만, 안개 속에 대고 말하는 것이나 다름없었다. "당신 아버지 말이," 이렇게 말을 꺼냈다. "트로타 소위가 여기 왔었다더군!"

아내가 몸을 돌렸다. 파란색 팬티를 입고 오른손에 든 분첩을 무기처럼 남편에게 겨누고 지저귀는 듯한 목소리로 말했다. "당신 친구 트로타가 여기 왔었어요. 아버지도 왔어요! 아버지를 뵈었지요?"

"바로 그 일 때문에 여기 온 거요!" 의무대위는 이렇게 말했다. 부질없는 소리를 했다는 것을 금세 깨달았다.

잠시 침묵이 흘렀다.

"왜 노크를 하지 않지요?" 아내가 물었다.

"몰래 들어와 기쁘게 해주고 싶었소."

"간 떨어질 뻔했잖아요!"

"나는……" 의무대위가 말을 꺼냈다. 의사는 이렇게 말하려고 했다. 나는 당신의 남편이오.

하지만 이렇게 말했다. "나는 당신을 사랑하오!"

의무대위는 정말로 아내를 사랑했다. 아내는 파란색 팬티를 입고 분홍색 분첩을 손에 들고 서 있었다. 의사는 아내를 사랑했다.

나는 질투를 하고 있어. 의사는 생각했다. 그러고서 말했다. "나는 사람들이 집에 들락거리는 것을 좋아하지 않소. 내가 모르는 새에 말이오!"

"소위는 매력있는 사람이에요!" 아내는 이렇게 말하고 거울 앞에서 분을 천천히 듬뿍듬뿍 바르기 시작했다.

의무대위는 아내에게 다가가 어깨를 붙들었다. 거울을 들여다봤다. 갈색 털로 덮인 자신의 손이 아내의 하얀 어깨에 얹혀 있는 것을 보았다. 아내가 미소 지었다. 아내의 미소가 거울에 얼비치는 게 보였다. "솔직히 말해주시오!" 의사는 간청했다. 의사의 손이 아내의 어깨에 무릎 꿇고 있는 듯했다. 의사는 아내가 솔직히 말하지 않으리라는 것을 이내 알았다. 다시 한번 다그쳤다. "솔직히 말해

주시오, 제발!" 의사는 아내가 핏기 없는 손을 날래게 움직여 관자놀이에 흘러내린 금발을 부풀리는 것을 보았다. 불필요한 동작이었다. 이런 동작이 의사를 화나게 했다. 거울에서 아내의 눈초리가 의사를 바라봤다. 차갑고 메마르고 날랜 회색 눈길이 강철 탄환처럼 날아왔다. 나는 아내를 사랑해. 의무대위는 생각했다. 아내는 나에게 고통을 주지만, 나는 아내를 사랑해. 의사가 물었다. "내가 오후 내내 집을 비워서 화가 난 것이오?"

아내는 몸을 반쯤 돌렸다. 이제 허리는 움직이지 않고 윗몸만 비튼 채 앉아 있었다. 숨결 없는 물체처럼 보였다. 밀랍인형이 비단 팬티를 입고 있는 듯싶었다. 길고 검게 드리워진 속눈썹 아래 눈동자가 환하게 빛나는 모습은 얼음으로 만든 인공 조명등이 켜져 있는 듯했다. 아내의 가냘픈 손이 팬티 위에 놓인 자태는 하얀 새들이 푸른 비단 바탕에 수놓아진 것 같았다. 아내는 매우 느릿느릿 낮은 소리로 말했다. 의사가 전혀 들어본 적이 없는 듯하며, 아내의 가슴에서 기계음처럼 울려나오는 목소리였다.

"저는 당신을 보고 싶었던 적이 없어요!"

의무대위는 아내를 바라보지 않고 이리저리 왔다 갔다 하기 시작했다. 거치적거리는 의자 둘을 치웠다. 아직도 치울 것이 많은 듯한 생각이 들었다. 벽을 밀어버리고 이마로 천장을 깨뜨리고 발로 마루청을 짓밟아 부숴야 할 것 같았다. 의사의 박차가 나직하게 찰그랑거리는 소리가 다른 사람이 찬 박차에서 나는 소리처럼 아득하게 들렸다. 단 한마디가 의사의 머릿속에 울렸다. 쉴 새 없이 뇌리에 떠돌며 이리저리 진동했다. 끝났어, 끝났어, 끝났어! 짧은 말이었다. 이 말은 재빠르게, 깃털처럼 가벼우면서도 바위처럼 무겁게 뇌리에 메아리쳤다. 의사의 머릿속에서 이 말이 진자처럼 흔들리는 장단에 맞춰, 의사의 걸음이 점점 빨라졌다. 의사가 갑자기 멈춰섰다. 이렇게 물었다. "당신은 나를 사랑하지 않는단 말이오?" 아내가 이 말에 대답하지 않으리라고 믿어마지않았다. 잠자코 있으리라고 생각했다. 아내가 대답했다. "그래요!" 검게 드리워진 속눈썹을 추켜올리고, 쌀쌀한 눈으로, 무서울 만큼 쌀쌀한 눈으로 의사를 위아래로 훑어보고 덧붙였다. "당신 취했어요!"

의무대위는 자신이 술을 너무 많이 마셨다는 것을 깨달았다. 기분이 흐뭇해져 이렇게 생각했다. 나는 술에 취했어. 앞으로도 취할 거야. 의사는 취해 제정신이 아니어야 할 의무라도 있는 듯, 낯선 목소리로 말했다. "아아, 그래!" 모르긴 몰라도, 술 취한 사람은 이런 순간에 이런 말과 이런 소리로 흥얼거려야 할 것 같았다. 그래서 그렇게 흥얼거렸다. 그리고 한마디 덧붙였다. "당신을 죽여버리겠어!" 매우 느릿느릿 말했다.

"죽여보세요!" 아내는 오래전부터 귀에 익은 또렷한 목소리로 말했다. 그러고선 몸을 일으켰다. 분첩을 오른손에 든 채 날래고 나긋나긋하게 몸을 일으켰다. 비단결 같은 다리의 날씬하면서도 볼륨 있는 곡선은 의사에게 문득 의상실 쇼윈도우 마네킹의 팔다리를 연상시켰다. 아내의 몸 전체가 부품을 짜맞춰 조립해놓은 듯 보였다. 의사는 아내를 이제 사랑하지 않았다, 더는 사랑하지 않았다. 의사는 증오를 싫어했으나 증오에 가득 차 있었다. 분노가 낯선 적처럼 먼 데서 찾아와 이제 자신의 마음을 채우고 있었다. 의사는 한시간 전에 자신이 했던 생각을 큰 소리로 외쳤다. "바로잡아야 해! 정상으로 만들어야 해!"

아내가 들어본 적 없는 요란한 목소리로 깔깔 웃었다. 연극을 하는군! 의사는 생각했다. 자신이 인생을 바로잡을 수 있다는 것을 아내에게 증명하고 싶은 억누를 수 없는 욕구에 의사의 근육이 불끈 솟아올랐다. 의사의 침침한 눈이 여느 때와 달리 잘 보였다. 의사는 말했다. “당신 아버지와 함께 여기 있구려! 나는 트로타를 만나러 가겠소!”

“가세요, 가라고요!” 아내가 말했다.

의무대위는 방에서 나왔다. 집을 떠나기 전에 다시금 응접실로 돌아와 화주를 마셨다. 고향 친구에게 돌아오듯 술을 다시 찾았다. 난생처음 있는 일이었다. 한 잔을 따랐고, 또 한 잔을 따랐고, 셋째 잔을 따랐다. 의사는 집을 떠났다. 걸을 때마다 박차가 찰그랑거렸다. 장교 클럽으로 들어갔다. 전령에게 물었다. “트로타 소위는 어디 있는가?”

트로타 소위는 장교 클럽에 없었다.

의무대위는 병영으로 곧장 난 국도로 들어섰다. 달은 이지러지고 있었다. 하지만 보름달 못지않게 은색으로 환하게 빛났다. 고요한 국도에는 숨소리도 들리지 않았다. 길섶의 마로니에 잎이 다 지고, 앙상한 가지의 그림자들이 봉긋 솟은 도로 중앙에 떨어져 그물처럼 뒤얽혔다. 의사 데만트의 걸음 소리는 얼어붙은 듯 딱딱하게 울려퍼졌다. 의사는 트로타 소위에게 가고 있었다. 저만치 파르스름하고 하얗게 병영의 육중한 담이 보였다. 의사는 담을 향해 걸었다. 적의 요새로 돌진하는 듯했다. 차가운 양철이 울리듯 소등나팔 소리가 들려왔고, 의사 데만트는 얼어붙은 듯한 금속성 음향을 향해 곧장 행진하며 이 음향을 짓밟았다. 곧 있으면 어느 순간에라도 트로타 소위가 나타날 게 틀림없었다. 소위는 병영을 둘러싼 하얀색 담에 검게 그은 선처럼 보였다. 육중한 담에서 떨어져나와 의사에게 가까이 다가왔다. 삼분이 더 흘렀다. 두 사람은 마주 섰다. 이제 얼굴을 마주 보고 있었다. 소위가 경례를 했다. 의사 데만트의 말은 자신에게조차 아득히 먼 곳에서 들리는 듯했다. "당신은 오늘 오후에 제 아내와 함께 있었습니까, 소위?"

이 질문이 군청색 유리 같은 둥근 하늘에 부딪혀 메아리쳤다. 두 사람이 서로 자네라고 부르기 시작한 지 벌써 여러주 지났다. 두 사람은 서로 자네라고 불렀었다. 하지만 이제 적군을 대하듯 마주 서 있었다.

"저는 오늘 오후 당신 부인과 함께 있었습니다, 의무대위님!" 소위가 말했다.

의사 데만트는 소위에게 바짝 다가갔다. "내 아내와 당신 사이에 무슨 일이 있었습니까, 소위?" 의사의 도수 높은 안경알이 핑핑 돌았다. 의무대위는 눈이 없고 안경알만 있는 것 같았다.

카를 요제프는 입을 다물고 있었다. 의사 데만트의 질문에 대답할 말을 넓고 넓은 세상 어디에서도 찾을 수 없는 듯싶었다. 대답을 찾으려고 수십년 동안 애써도 헛수고일 것 같았다. 할 말이 바닥나고 영원히 말문이 막힌 것 같았다. 심장이 빠르고 메마르고 딱딱하게 뛰며 갈비뼈에 부딪쳤다. 침이 말라 혀가 입천장에 딱 달라붙었다. 머리가 휑하니 으스스하게 비어 웡웡거렸다. 소위는 알 수 없는 위험에 빠져 있고 이 위험이 이미 소위를 집어삼킨 듯싶었다. 소위는 엄청나게 크고 껌껌한 구렁텅이로 미끄러지고 있고 이 어둠이 이미 소위를 뒤덮은 것 같았다. 얼어붙은 듯한 안경알 저 너머에서 의사 데만트의 말이 울려왔다. 말에 생기가 없었다. 말의 시체였다. "대답하십시오, 소위!"

아무 말도 없다. 침묵이 흐른다. 별이 반짝이고 달이 빛난다. "대답하시오, 소위!" 카를 요제프는 재촉을 받고 있다. 대답해야 한다.

젖 먹던 힘까지 추슬러모은다. 텅 비어 웡웡거리는 머릿속에서 시답잖고 보잘것없는 문장이 기어나온다. 소위는 (군인으로서 본능에 따라, 뿐더러 어떻게든 소리를 내보려고) 발뒤꿈치를 딱 하고 붙인다. 박차가 찰그랑거리는 소리가 소위의 마음을 가라앉힌다. 소위는 매우 나지막하게 말한다. "의무대위님, 당신 부인과 저 사이에는 아무 일도 없습니다!"

아무 말도 없다. 침묵이 흐른다. 별이 반짝이고 달이 빛난다. 의사 데만트는 아무 말도 하지 않는다. 생기없는 안경으로 카를 요제프를 바라본다. 소위가 매우 나직하게 다시 말한다. "아무 일도 없습니다, 의무대위님!"

의사가 미쳐버렸어, 소위는 생각한다. 깨져버렸어! 깨져버렸어! 무언가가 산산이 깨지는 소리를 들었던 것 같다. 깨진 믿음! 이 말이 소위에게 떠오른다. 어떤 책에선가 읽은 표현이다. 깨진 우정. 그렇다. 우정이 깨져버렸다.

의무대위가 친구가 된 지 여러주가 지났다는 것을 불현듯 소위는 깨닫는다. 두 사람은 친구였다! 날마다 만났다. 소위는 의무대위와 함께 묘지에서 무덤들 사이를 거닐었던 적도 있었다. "죽은 사람이 많아." 의무대위가 말했다. "우리가 죽은 사람들에 얹혀살고 있다고 느끼지 않나?" "저는 할아버지에게 의지해 살고 있습니다." 트로타가 말했다. 아버지 집 천장 아래 어슴푸레 걸려 있던 솔페리노의 영웅의 초상화가 떠올랐다. 그렇다, 의무대위에게서는 우애 같은 것이 흘러나왔다. 의사 데만트의 가슴속에서는 형제애가 불길처럼 솟아나왔다. "나의 할아버지는," 의무대위가 말했다. "나이 많고 덩치 크고 은색 턱수염이 난 유대인이었어." 카를 요제프는 나이 많고 덩치 크고 은색 턱수염이 난 유대인을 떠올렸다.

소위나 의사 데만트나 제가끔 할아버지의 대를 잇는 손자였다. 저마다 할아버지의 피를 물려받은 손자였다. 의무대위는 말을 타면 약간 우스꽝스럽게 보인다. 걸을 때보다 더 작고 조그마해 보인다. 말 등에 귀리 자루가 얹혀 있는 것 같다. 카를 요제프도 말 타는 솜씨가 형편없다. 자신도 이를 잘 알고 있다. 거울을 들여다보듯 잘 알고 있다. 전연대를 통틀어, 다른 장교들이 등 뒤에서 쑥덕거리는데 시달리는 장교가 두 사람 있다. 전연대에서 의사 데만트와 쏠페리노의 영웅의 손자, 두 장교만이 그러하다. 두 사람은 친구이다.

"명예를 걸고 맹세하겠습니까, 소위?" 의사가 묻는다. 트로타는 대답하지 않고 손을 내민다. 의사가 "고맙네!"라고 말하며 손을 잡는다. 두 사람은 함께 국도를 걸어 집으로 돌아간다. 열 걸음, 스무 걸음을 걷지만, 아무 말도 하지 않는다.

갑자기 의무대위가 말을 꺼낸다. "나를 나쁘게 생각하지 말게. 나는 취했어. 장인이 오늘 왔었어. 자네를 보았다고 하더군. 아내는 나를 사랑하지 않아. 나를 사랑하지 않아. 이해하겠나?"—"자네는 어리지!" 의무대위는 잠시 뒤 이렇게 말한다. 부질없는 질문을 던졌다고 말하고 싶은 듯하다. "자네는 어려!"

"이해합니다!" 카를 요제프가 말한다.

두 사람은 발맞춰 행진한다. 박차가 찰그랑거리고 군도가 달그락거린다. 읍내 불빛이 노랗고 푸근하게 자신들에게 손짓한다. 도로가 끝이 없었으면 좋겠다고 두 사람은 생각한다. 오래오래 이렇게 나란히 행진하고 싶어한다. 두 사람 모두 뭔가 말하고 싶지만 아무 말도 하지 않는다. 한마디는, 한마디는 쉽게 할 수 있다. 하지만 이 말을 하지 않는다. 이게 마지막이야. 소위는 생각한다. 우리가 나란히 걷는 것은 이게 마지막이야.

이제 두 사람은 읍 경계에 다다른다. 의무대위는 읍으로 가기 전에 뭔가 할 말이 있다. "내 아내 때문에 온 게 아니야." 의사는 말한다. "그 일은 이제 중요하지 않아! 그건 다 끝났어. 자네 때문에 온 거야." 의사는 대답을 기다리지만, 대답이 없으리란 것을 안다. "됐네, 고맙네!" 의사는 매우 빠르게 말한다. "장교 클럽에 가려고 하는데, 함께 갈 건가?"

아니다. 트로타 소위는 오늘 장교 클럽에 가지 않는다. 소위는 몸을 돌린다. "안녕히 주무십시오." 이렇게 말하고 몸을 돌린다. 병영으로 간다.

7

겨울이 왔다. 새벽에 연대가 출영할 때 세상은 아직 깜깜했다. 도로에 낀 얇은 살얼음이 군마들의 발굽에 부스러졌다. 젖빛 입김이 말들의 콧구멍과 기병들의 입에서 흘러나왔다. 무거운 군도 칼집과 가벼운 카빈총 총신에 성에가 허옇게 끼었다. 그렇잖아도 작은 읍이 몸을 더욱 옹송그리는 듯싶었다. 트럼펫 소리마저 얼어붙었는지 단골 구경꾼들을 더는 연도로 끌어모으지 못했다. 마차 정류장에서 졸고 있던 마부들만 아침마다 수염이 덥수룩한 머리를 쳐들었을 뿐이었다. 폭설이 내리면 마부들은 말에 썰매차를 매달았다. 늙은 말들이 추위에 발을 동동 굴렀기 때문에, 멍에끈에 달린 방울들이 끊임없이 흔들리며 나직하게 딸랑거렸다. 하루하루가 눈송이들처럼 똑같이 흘러갔다. 창기병 연대 장교들은 하루하루의 단조로움을 깨뜨려줄 특별한 사건을 기다렸다. 어떤 종류의 사건이 일어날지는 아무도 몰랐다. 하지만 올겨울은 그 찰그랑거리는 품 안에 무시무시하고 전혀 예상치 못한 사건을 숨기고 있는 것 같았다. 어느날 이 사건은 그 품속에서 튀어나올 것이었다. 새하얀 눈에서 시뻘건 번개가 터져나오듯이……

이날 타이팅어 대위는 여느 때와 달리 제과점의 커다란 거울 유리문 뒤에 홀로 앉아 있지 않았다. 오후 일찍부터 제과점 뒷방에 앉아 젊은 동료들에 둘러싸여 있었다. 대위는 장교들이 보기에 여느 때보다 더 핼쑥하고 여위어 보였다. 말이 나왔으니 말인데, 장교들도 모두 파리했다. 장교들은 리큐어를 잔뜩 마셨다. 하지만 얼굴이 불콰해지지 않았다. 음식을 먹지는 않았다. 대위 앞에만 늘 그렇듯이 달착지근한 파이가 수북이 쌓여 있었다. 대위는 오늘 오후 다른 날보다 더 많이 군것질을 하고 있는지도 몰랐다. 걱정이 대위의 속을 갉아 뻥 뚫리게 만들었기 때문에, 빈속을 메워야 목숨을 유지할 수 있을 것 같았다. 대위는 마른 손가락으로 파이를 집어 크게 벌린 입에 잇달아 욱여넣으며, 한마디도 놓치려 하지 않는 동료들에게 같은 이야기를 벌써 다섯번째 되풀이하고 있었다.

"그러니까 귀관들, 중요한 것은 민간인에게 말을 조심해야 한다는 거야! 내가 제9용기병대[25]에 근무했을 때, 입이 가벼운 친구가 하나 있었어. 다들 짐작했겠지만, 예비역이었지. 돈도 더럽게 많았고. 그런데 이 친구가 입영하자마자 결투가 벌어진 거야! 우리가 이 가엾은 자이들 남작 장례를 치르기도 전에, 남작이 왜 급사했는지 이미 온 읍내가 다 알고 있었어. 귀관들, 우리가 이번에는……" 대위는 '장례에 관해'라고 말하려 했다가 말을 멈추고 다른 마땅한 말을 찾으려 해도 아무 말도 생각나지 않자 천장을 올려다봤다. 대

25 용기병대란 명칭은 프랑스 용기병들이 들고 다니던 총을 '용'(龍)이라고 불렀던 데서 유래했다고 한다.

위의 머리 주위에도 장교들의 머리 주위에도 섬뜩한 적막이 흘렀다. 마침내 대위가 이렇게 말을 맺었다. "……결투에 관해 더 말조심을 했으면 좋겠어." 잠시 한숨을 쉬고 작은 파이를 꿀꺽 삼키고 물을 단숨에 마셨다.

대위가 죽음을 불러냈다고 모두들 느꼈다. 죽음이 장교들 위에 떠다녔다. 죽음은 장교들에게 매우 낯설게 느껴졌다. 이들은 평화로울 때 태어났고, 평온하게 기동훈련과 부대훈련을 하면서 장교가 됐다. 몇해 뒤에 한 사람도 빠짐없이 죽음을 맞이하리라는 것을 당시는 아무도 몰랐다. 눈에 보이지 않는 거대한 파종기가 이미 세계대전의 씨앗을 뿌리고 있었으나 그 톱니바퀴의 굉음을 들을 수 있을 만큼 귀가 밝은 사람이 당시는 아무도 없었다. 부대가 주둔한 소읍은 겨울철 하얀 눈에 평화롭게 감싸여 있었다. 어둠침침한 뒷방에서는 장교들 위에서 죽음이 검붉은 날개를 퍼덕이고 있었다. "저는 도저히 이해할 수 없습니다!" 한 젊은 장교가 말했다. 다른 장교들도 이미 다 입에 올렸던 말이었다. "내가 수도 없이 이야기했잖은가!" 타이팅어가 대답했다. "순회극단 때문에 이 모든 일이 벌어졌어! 도깨비에 홀렸는지 하필 그 오페레타를 보러 가다니, 제목이 뭐였더라, 이제 제목도 가물가물하네, 제목이 뭐였지?"— "『떠돌이 땜장이』였습니다!" 누군가 말했다. "맞아! 『떠돌이 땜장이』 때문에 이 모든 일이 일어났어! 내가 극장에서 막 나왔을 때 트로타가 광장에 혼자 서서 쓸쓸히 눈을 맞고 있었어. 나는 오페라 중간에 나왔어. 귀관들이 잘 알듯 나는 늘 그러지! 끝까지 참고 볼 수가 없어서. 해피엔딩으로 끝날 것이라는 것을 삼막이 시작되면 벌써 알 수 있거든. 그러면 더 볼 게 없으니까 가능한 한 조용히 객석에서 일어나는 거지. 뿐만 아니라 나는 그 작품을 벌써 세번이나 봤어! ―아무튼! ―가엾은 트로타가 외로이 눈을 맞고 서 있었어. 나는 '아주 좋은 작품이었소'라고 말했지. 그리고 데만트의 기이한 행동을 이야기했어. 데만트는 나를 본체만체하더니, 이막에 부인을 혼자 두고 나가서 돌아오지 않았거든! 나에게 부인을 잠시 돌봐달라고 부탁할 수 있었을 텐데 휙 나가버리다니, 괘씸하기 짝이 없었다고. 나는 트로타에게 이런 이야기를 죄다 했어. '그렇군요'라고 트로타는 말하더니 이렇게 덧붙였어. '제가 데만트와 말을 나누지 않은 지 벌써 오래돼서요……'"

"하지만 트로타와 데만트는 여러주 동안 붙어다녔는데요!" 누군가 말했다.

"나도 알아, 때문에 데만트의 이상한 행동을 트로타에게 이야기한 거야. 하지만 나는 다른 사람들 일에 오지랖 넓게 끼어들고 싶지 않아. 그래서 트로타에게 나와 함께 제과점에 가지 않겠느냐고 물었어. '고맙습니다만,' 트로타는 이렇게 대답했어. '선약이 있습니다.' 그래서 나는 떠나왔지. 하필 그날 저녁에 제과점이 일찍 문을 닫았어. 운명이랄 수밖에, 귀관들! 나는…… 장교 클럽으로 갔어, 거기 말고 어디로 갔겠어? 아무 생각 없이 타텐바흐와 거기 있던 누구에게든 데만트 이야기를 하고, 트로타가 극장 광장 한가운데서 누군가를 만나려 기다리고 있더라고 말했어. 지금도 타텐바흐의 흥얼거리는 소리가 들리는 듯하군. '뭐라고 흥얼거리는 건가?' 나는 물었어. '아무것도 아니야.' 타텐바흐가 말했어. '잘 보게. 잘 보게, 이 말밖에 하지 않았어! 트로타와 에바를, 트로타와 에바를.' 타텐바흐는 까바레 가수처럼 두번씩 콧노래를 불렀어. 나는 에바가 누구인지 몰랐지. 에덴동산의 이브일 거라고, 그러니까 상징적이고 일반적인 의미일 것이라고 생각했어, 귀관들! 알아들었나?"

장교들은 모두 알아들었다. 고개를 끄덕거리고 소리를 지름으로써 이해했다는 표시를 했다. 장교들은 대위 이야기를 이해했을 뿐만 아니라, 이미 처음부터 끝까지 시시콜콜 알고 있었다. 그럼에도 이 사건을 몇번이고 되풀이해 이야기해달라고 했다. 대위의 이야기가 언젠가는 바뀌어 혹시 더 나은 결말로 끝날지도 모른다는 은밀하고 어리석은 희망을 가슴속 깊이 품고 있기 때문이었다. 장교들은 타이팅어에게 묻고 또 물었다. 하지만 타이팅어의 이야기는 언제나 똑같았다. 비극적인 내용들이 터럭만큼도 바뀌지 않았다.

"그래서 어떻게 됐습니까?" 누군가 물었다.

"다른 일들은 귀관들이 아는 바와 같아!" 대위가 대답했다. "타텐바흐, 킨더만, 나 이렇게 세 사람이 장교 클럽을 막 떠나려는 순간에, 트로타가 데만트 부인을 데리고 오다가 우리와 딱 마주쳤어. '잘 보게!' 타텐바흐가 말했어. '트로타가 선약이 있다고 말했다면서?' '우연일 수도 있어.' 나는 타텐바흐에게 말했지. 그리고 지금 내가 아는 바로는, 그건 우연이었어. 데만트 부인이 혼자 극장에서 나오자, 트로타는 그녀를 집까지 바래다줘야 마땅하다고 생각했던 거야. 선약을 지키는 것은 포기하고서라도 말이야. 데만트가 막간 휴식시간에 나에게 부인을 돌봐달라고 부탁했더라면 아무 일도 일어나지 않았을 텐데! 아무 일도!"

"아무 일도!" 모두가 맞장구쳤다.

"이튿날 저녁 타텐바흐는 장교 클럽에서 여느 때와 마찬가지로 술에 취해 있었지. 데만트가 들어오자마자 타텐바흐는 몸을 일으키고 말했어. '안녕하신가, 유대인 의사!' 일은 그렇게 시작됐어."

"비열하게도!" 장교 두 사람이 동시에 말했다.

"확실히 비열했지, 하지만 술에 취해 있었어. 이런 상황에서 어떻게 해야 되겠어? 나는 '안녕하십니까, 의무대위!'라고 인사해서 분위기를 누그러뜨리려 했어. 데만트가 그 사람이 냈다고 믿어지지 않는 목소리로 타텐바흐에게 소리 질렀어.

'대위, 당신은 내가 의무대위란 것을 아시지요!'

'나라면 집에 머물며 잘 지켜보겠어!' 타텐바흐는 이렇게 말하고 의자에 눌러앉아 있었어. 말이 나왔으니 말인데, 내가 귀관들에게 말했던가, 이날이 타텐바흐의 생일이었다는 것을?"

"아니요!" 모두가 외쳤다.

"이제 귀관들 모두 알았지, 이날이 바로 타텐바흐의 생일이었다는 것을." 타이팅어가 다시 한번 말했다.

모두는 이 새로운 사실을 게걸스럽게 머리에 욱여넣었다. 이날이 타텐바흐의 생일이었다는 사실로부터 비극적 사건을 풀 완전히 새로운 무슨 뾰족한 수가 생겨날 수 있기라도 한 것 같았다. 타텐바흐의 생일로부터 어떤 유리한 결론을 끌어낼 수 있을지 제가끔 생각에 빠졌다. 키 작은 슈테른베르크가 (이 장교의 뇌리에는 뜬금없는 생각들이 퍼뜩퍼뜩 스치곤 했는데 이는 구름 없는 하늘에 외톨이 새들이 난데없이 나타났다 가뭇없이 사라지는 듯했다) 기쁨에 들뜬 목소리로 이내 입을 열었다. "그렇다면 다 잘됐겠군요! 상황이 완전히 바뀌었을 거예요! 타텐바흐의 생일이었으니까요!"

장교들은 키 작은 슈테른베르크 백작에게 눈길을 돌렸다. 얼떨떨하고 씁쓸했지만 슈테른베르크의 어처구니없는 말에라도 의지하고 싶었다. 슈테른베르크가 내뱉은 말은 매우 어리석지만, 곰곰이 생각해보면, 이 말에 희망을 걸어볼 수 있지 않을까, 위안을 찾아볼 수 있지 않을까? 타이팅어가 곧바로 허탈한 웃음을 터뜨리는 바람에 장교들은 다시 두려움에 사로잡혔다. 입을 헤벌리고, 혀가 굳어서 소리를 내지 못하고, 눈을 뜨고도 아무것도 보지 못한 채 잠자코 있었다. 장교들은 귀머거리나 장님 같았다. 이들은 위안을 주는 소리를 들었다고, 희망을 주는 빛을 보았다고 잠깐 믿었었다. 하지만 이들 주위는 쥐 죽은 듯하고 칠흑같이 어두웠다. 겨울철 눈이 깊이 쌓인 적막하고 거대한 세계에 이미 다섯번이나 반복된 영원히 변하지 않는 타이팅어의 이야기만 남아 있을 뿐이었다. 타이팅어는 이야기를 이어갔다.

"'나라면 집에 머물며 잘 지켜보겠어'라고 타텐바흐가 말했지. 의사가 회진할 때 어떻게 하는지 다들 알지? 의사는 타텐바흐가 병이라도 있는 듯, 고개를 디밀어 얼굴을 들여다보며 말했어. '대위, 당신은 취했습니다!'

'나라면 아내를 잘 지켜보겠어.' 타텐바흐는 계속 웅얼거렸어. '우리 같은 사람은 아내를 자정에 소위와 산책하도록 하지 않거든!'

'당신은 취했어, 이 주정뱅이야!' 데만트가 말했지. 나는 일어나려던 참이었어. 미처 말릴 겨를도 없이 타텐바흐가 미친 듯 외치기 시작했어. '유대인, 유대인, 유대인!' 타텐바흐는 여덟번이나 거푸 말했어. 나는 횟수를 정확히 셀 만큼 정신이 남아 있었어."

"잘했습니다!" 키 작은 슈테른베르크가 말한다. 타이팅어가 슈테른베르크를 향해 고개를 끄덕였다.

"나는 또," 대위가 말을 이었다. "'전령들은 물러가라'라고 명령할 만한 정신도 남아 있었어. 전령들이 거기 있어봐야 뭐하겠어?"

"잘했습니다!" 키 작은 슈테른베르크가 다시 한번 외쳤다. 모두들 고개를 끄덕여 맞장구쳤다.

장교들이 다시 조용해졌다. 옆에 붙은 제과점 주방에서 그릇들이 딸그락거리는 소리가, 도로에서 썰매마차 방울이 딸랑거리는 소리가 들렸다. 타이팅어는 파이 하나를 또 입에 밀어넣었다.

"일이 이렇게 될 줄 알았어!" 키 작은 슈테른베르크가 말했다.

타이팅어는 파이를 하나도 남김없이 집어삼키고, 이렇게 말했을 뿐이었다. "내일 7시 20분이야!"

내일 7시 20분! 장교들은 결투 조건을 알고 있었다. 동시 발포, 거리는 열 걸음. 군도 결투는 의사 데만트 때문에 불가능했다. 의사는 검술을 할 줄 몰랐다. 내일 아침 7시에 연대는 부대훈련을 위해 진펄 풀밭으로 나간다. 진펄 풀밭에서 오래된 성 뒤에 있는 이른바 '푸른 빈터'까지는 이백 걸음도 떨어져 있지 않다. 여기서 결투가 벌어질 것이다. 장교들 모두는 내일 체조훈련 동안 두발의 총성을 들으리라는 것을 알고 있었다. 모두에게 두발의 총성이 이미 들리는 것 같았다. 장교들 위에서 죽음이 검붉은 날개를 퍼덕이고 있었다.

"계산합시다!" 타이팅어가 외쳤다. 장교들은 제과점을 떠났다.

다시 눈이 내렸다. 장교들은, 군청색 제복을 입은 말없는 무리는, 소리없이 내리는 하얀 눈을 헤치며 걷다가, 하나둘씩 뿔뿔이 흩어졌다. 장교들 모두 혼자 남기를 두려워했으나 마냥 함께 있을 수도 없었다. 소읍의 고샅에서 일부러 길을 잃으려 애썼는데, 그러면 얼마 뒤 서로 만나게 되기 때문이었다. 고샅길을 구불구불 따라가면 다시 모이게 마련이었다. 장교들은 소읍의 그물에 걸려 어쩔 줄 몰라했다. 한 무리가 다른 무리를 마주칠 때마다, 서로 겁에 질려 소스라치게 놀랐다. 장교들은 저녁식사 시간을 기다렸으나, 그러면서도 장교 클럽에서 보낼 저녁이 다가오는 것을 두려워했다. 오늘부터 장교 클럽에 오지 않을 사람이 있을 거야. 오늘부터 벌써.

아니나 다를까, 장교 클럽에 나타나지 않은 사람이 있었다. 타텐바흐, 프로하스카 소령, 의사 데만트, 찬더 중위, 크리스트 소위, 결투 입회 장교 전원이 보이지 않았다. 타이팅어는 아무것도 입에 대지 않았다. 체스판 앞에 앉아 혼자 체스를 두었다. 아무도 입을 열지 않았다. 전령들은 문가에 조용히 돌부처처럼 서 있었고, 커다란 괘종시계가 느릿느릿 톡탁거리는 소리가 들렸으며, 시계 왼쪽에서는 최고사령관이 차가운 청자색 눈으로 말을 잃은 장교들을 내려다보고 있었다. 어느 누구도 혼자서나 아니면 옆 사람을 데리고 자리를 떠날 엄두를 내지 못했다. 두세 사람이 모여앉아 입술을 달싹여 한두 마디 힘들게 나누기도 했지만, 질문과 대답 사이에는 납덩이보다 무거운 정적이 흘렀다. 적막이 등을 짓누르는 것을 누구나 느꼈다.

장교들은 나타나지 않은 사람들을 이미 죽은 사람이라도 되는 듯 돌이켜보았다. 다들 의사 데만트가 몇주 전에 오랜 병가를 마치고 들어왔던 것을 떠올렸다. 휘청거리는 걸음과 핑핑 도는 안경이 눈에 선했다. 타텐바흐 백작을 생각했다. 땅딸하고 둥그런 몸통, 말 타기 좋게 휘어진 다리, 늘 불그레한 머리통, 짧고 연한 금발 머리털 한가운데 난 가르마, 조그맣게 반짝이며 눈자위가 벌건 두 눈망울이 보이는 듯했다. 의사의 나직한 목소리와 대위의 괄괄한 목소리가 들리는 듯했다. 장교들은 느끼고 생각하는 능력을 갖춘 뒤로 명예와 죽음, 발포와 결투, 죽음과 묘지란 말을 몸과 마음에 늘 새기고 살았지만, 대위의 괄괄한 목소리와 의사의 부드러운 목소리를 어쩌면 영영 듣지 못하게 되리라는 사실이 오늘은 도저히 믿기지 않는 듯 보였다. 커다란 괘종시계 종소리가 서글프게 울릴 때마다 자신들의 마지막 순간이 닥쳤다고 느꼈다. 귀를 믿으려 들지 않고 시계를 바라봤다. 의심할 나위 없는 사실은 시간이 멈추지 않는다는 것이었다. 7시 20분, 7시 20분, 7시 20분. 모두의 뇌리에서 이 시간이 댕댕 울렸다.

장교들은 한 사람 한 사람씩 부끄러운 짓이라도 하듯 주뼛주뼛 몸을 일으켰다. 서로 헤어지는 게 서로를 배반하는 것인 듯한 느낌이 들었다. 거의 아무 소리도 내지 않고 나갔다. 박차도 찰그랑거리지 않고 군도도 달그락거리지 않고 군화 바닥이 땅을 밟는 소리도 내지 않았다. 자정도 되기 전에 장교 클럽은 비었다. 11시 45분에 슐레겔 중위와 킨더만 소위는 자신들이 묵는 병영에 도착했다. 장교 방들이 들어선 2층에 불이 켜진 창은 하나밖에 없었다. 이 창은 연병장의 사각형 어둠에 노란색 직사각형 빛을 던지고 있었다. 두 사람은 동시에 위층을 쳐다봤다. "트로타가 방에 있군요." 킨더만이 말했다.

"트로타가 방에 있군." 슐레겔이 따라 말했다.

"트로타의 방에 들러야 해요!"

"좋아하지 않을 것 같은데!"

두 사람은 박차를 찰그랑거리며 복도를 지나 트로타 소위의 문 앞에서 걸음을 멈추고 귀를 기울였다. 아무 소리도 들리지 않았다. 슐레겔 중위는 문손잡이를 잡았지만 아래로 돌리지는 않았다. 다시 손을 놓았다. 두 사람은 헤어져 걸었다. 서로 끄덕 인사를 나누고 각자의 방으로 들어갔다.

트로타 소위는 아닌 게 아니라 두 장교의 소리를 듣지 못했다. 소위는 네시간 전부터 아버지에게 자초지종을 편지로 쓰려고 안간힘을 다하고 있었다. 처음 몇 줄에서 막혀 더 나아가지 못했다. "아버님 전 상서!" 트로타는 이렇게 편지를 시작했다. "저는 저도 모르는 사이에 아무 잘못도 없이 비극적 명예훼손 사건을 일으키게 됐습니다." 손이 무거웠다. 이 생기없고 쓸모없는 도구는 떨리는 펜을 쥐고 종이 위에서 바들거렸다. 편지를 쓰기 힘들기는 난생처음이었다. 소위는 결투의 결말을 기다렸다가 군수에게 편지를 쓸 수는 없다고 느꼈다. 타텐바흐와 데만트의 불행한 다툼이 있은 뒤 소위는 편지 보내기를 하루하루 미뤘다. 오늘은 편지를 부쳐야 했다. 오늘은, 결투를 하기 전에. 쏠페리노의 영웅은 이러한 상황에서 어떻게 했을까? 카를 요제프는 할아버지의 명령하는 듯한 눈길이 목덜미에 닿는 것을 느꼈다. 쏠페리노의 영웅은 우유부단한 손자에게 신속하고 단호하게 행동하라고 지시했다. 소위는 곧바로, 당장에 편지를 써야 했다. 아버지에게 찾아가보는 게 좋을지도 몰랐다. 고인이 된 쏠페리노의 영웅과 우유부단한 손자 사이에 명예의 수호자, 유업의 보존자로서 군수인 아버지가 있었다. 군수의 핏줄에는 쏠페리노의 영웅의 피가 아직도 붉게 살아흐르고 있었다. 아버지에게 제때 보고하지 않으면 할아버지에게도 무엇인가를 숨기는 것처럼 여겨졌다.

하지만 이 편지를 쓰려면 할아버지처럼 강인해야 했다. 할아버지처럼 우직하고 단호하고 지폴리에의 농사꾼들과 가까워야 했다. 하지만 소위는 할아버지의 손자일 뿐이지 할아버지가 아니었다! 트로타 가문 아들들은 아버지들에게 늘 똑같은 내용의 편지를 두 주에 한번씩 보냈었다. 지금 쓰는 편지는 이런 느긋한 관행을 끔찍할 만큼 깨뜨렸다. 이는 피에 젖은 편지였다. 트로타는 이를 써야 했다.

소위는 편지를 이어갔다.

"자정이 가깝기는 했지만 제가 의무대위의 부인과 함께 걸었던 것은 전혀 잘못한 일이 아니었습니다. 그럴 수밖에 없는 상황이었습니다. 동료들이 우리를 목격했습니다. 술에 취해 있기 일쑤인 타텐바흐 대위가 의사에게 빈정거리며 이를 알렸습니다. 내일 아침 7시 20분에 두 사람이 권총 결투를 합니다. 저는 타텐바흐가 살아남기를 바라는데, 그러면 아마 타텐바흐에게 도전하지 않으면 안될 것입니다. 상황이 어렵습니다.

당신의 아들

카를 요제프 트로타 소위.

추신: 어쩌면 저는 연대를 떠나야 할지도 모르겠습니다."

이제 가장 힘든 고비는 넘긴 것처럼 소위에게 생각됐다. 하지만 소위의 눈길이 그늘진 천장을 스쳤을 때, 할아버지의 경고하는 듯한 얼굴이 별안간 다시 보였다. 쏠페리노의 영웅 옆에 의무대위 데만트의 할아버지인 유대인 주막 주인의 허연 수염이 난 얼굴도 보이는 듯했다. 죽은 사람들이 산 사람들을 부르고 있는 듯 느껴졌고, 소위 자신이 내일 7시 20분에 결투에 나서는 것같이 여겨졌다. 결투에 나가서 쓰러진다. 쓰러진다! 쓰러져 죽는다!

아주 오래전에 일요일마다 카를 요제프는 아버지 집 발코니에서서 네히발의 군악대가 「라데츠키 행진곡」을 연주하는 것을 들었다. 당시였다면 쓰러져 죽는 것이 어려운 일이 아니었을 것이다! 제국 기병소년사관학교의 생도는 기꺼이 죽을 각오가 되어 있었다. 하지만 죽음은 먼 훗날에야 닥칠 것이라고 여겼다! 내일 아침 7시 20분에 죽음이 의사 데만트에게, 모레나 사나흘 뒤에는 카를 요제프 트로타 소위에게 찾아올 것이었다. 아, 온몸이 오싹하고 눈앞이 깜깜하다! 데만트에게 으스스한 죽음을 불러오고 마침내 자신도 죽을 것이라니! 자신이 죽지 않는다면 자신의 앞길에 얼마나 많은 시신이 놓일 것인가? 다른 사람들이 가는 길에는 이정표들이 세워져 있듯, 트로타가 걷는 길에는 묘석들이 놓여 있었다. 소위가 카타리나를 더는 볼 수 없듯 데만트를 두번 다시 볼 수 없으리라는 것은 확실했다! 영원히! 카를 요제프의 눈앞에서 이 말이 가없이, 한없이 퍼져나가더니, 영원성이 무감각하게 고인 죽은 바다처럼 변했다. 모래알만 한 소위는 하얗고 연약한 종주먹을 움켜쥐었다. 거대한 암흑의 규칙이 묘석들을 굴려올 뿐, 두번 다시 못 보는 슬픔을 막아주려 하지도, 영원한 어둠을 밝혀주려 하지도 않는 데 맞서 보려는 듯했다. 소위는 주먹을 쥐고 창가로 다가가 하늘을 향해 추켜올리려 했다. 하지만 소위는 눈길만 들어올렸다. 겨울철 별들이 차갑게 반짝이는 것을 보았다. 의사 데만트와 병영에서 읍까지 마지막으로 걸었던 밤을 떠올렸다. 마지막이란 것을 소위는 당시 이미 알고 있었다.

별안간 친구에 대한 그리움이 몰려오며, 의사를 구할 수 있을지 모른다는 희망도 솟아났다! 1시 20분이었다. 여섯시간 동안은 의사 데만트가 분명 살아 있을 것이었다. 여섯시간이면 충분했다. 방금 가없는 영원성이 엄청나게 느껴졌던 데 못지않게 이제 여섯시간이 넉넉하게 여겨졌다. 소위는 옷걸이로 달려가서 군도를 차고 외투를 걸친 다음, 복도를 서둘러 지나고 계단을 날듯 내려갔다. 어둠에 싸인 직사각형 연병장을 가로질러 정문으로 내달렸고, 보초를 스치고 고요한 국도를 걸어 십분 만에 읍내에 이르렀다. 잠시 뒤 홀로 야간운행을 하고 있던 유일한 썰매마차를 잡아타고 방울소리로 마음을 달래며 읍 남쪽 변두리에 있는 의사 집을 향해 미끄러져갔다. 격자문 뒤에 있는 집의 창문에는 불이 꺼져 있었다. 트로타는 초인종을 눌렀다. 아무 인기척도 없었다. 소위는 의사 데만트의 이름을 불렀다. 아무 움직임도 없었다. 기다렸다. 마부에게 채찍을 휘둘러 철썩 소리를 내라고 시켰다. 아무도 나오지 않았다.

타텐바흐 백작을 수소문해서 찾는 일이었다면 훨씬 쉬웠을 것이었다. 결투를 하기 전날 밤 타텐바흐는 십중팔구 레지의 유곽에 머물며 자기 건강을 위하여 건배하고 있을 것이었다. 하지만 데만트가 어디 있는지 짐작하는 것은 불가능했다. 의무대위는 아마도 읍 고샅을 헤매고 있을지도 몰랐다. 아마도 낯익은 무덤들 사이를 헤치고 다니며 자기 무덤을 물색하고 있을지도 몰랐다. "묘지로 갑시다!" 소위의 말에 마부는 화들짝 놀랐다. 그다지 멀지 않은 곳에 신묘지와 구묘지가 나란히 자리 잡고 있었다. 썰매마차가 낡은 담의 닫힌 격자문 앞에 멈췄다. 트로타가 내렸다. 격자문으로 다가갔다. 소위는 엉뚱한 생각이 퍼뜩 들어 묘지로 달려갔다. 여전히 이 생각에 사로잡혀 손나발을 입에 대고 무덤들을 향해 의사 데만트의 이름을 불렀다. 가슴속에서 울려나오는 울부짖음 같은 이상한 목소리였다. 소위는 목청껏 외치며 살아 있는 사람이 아니라 이미 죽은 사람에게 소리치고 있다고 생각했고, 겨울철 밤바람이 몰아치자 무덤 사이의 앙상한 떨기나무들처럼 소스라치게 놀라 떨기 시작했다. 소위의 엉덩이에서 군도가 달그락거렸다.

썰매마차 마부석에 앉은 마부는 이 승객 때문에 몸이 오싹했다. 순박하기 짝이 없는 마부는 장교가 유령이거나 미친 사람이라고 생각했다. 그러나 너무 무서워 말을 몰고 빼소니치지도 못했다. 마부의 이는 딱딱 맞부딪쳤고, 가슴이 미친 듯 두방망이질하여 입고 있는 두꺼운 고양이 털가죽을 두드리는 것 같았다. "타세요, 장교님!" 마부는 애원했다.

소위는 이 말에 따랐다. "읍으로 돌아갑시다!" 이렇게 말했다. 읍내에 들어서자 마차에서 내려 구불구불한 고샅길과 좁다란 빈터들을 샅샅이 헤치며 걸었다. 주크박스의 시끄러운 멜로디가 밤의 정적을 뚫고 어디선가 요란하게 울리기 시작했다. 그곳으로 한번 가보기로 했다. 금속이 딸그랑거리는 듯한 소리를 향해 걸음을 서둘렀다. 이 소리는 레지 마담의 유곽 근처 한 술집의 희미한 불빛이 비치는 유리문 틈새에서 새어나오고 있었다. 이 술집은 병사들이 즐겨찾았으며 장교들은 출입금지되어 있었다. 소위는 밝게 빛나는 창문으로 다가가 불그레한 커튼 너머로 술집 안을 들여다봤다. 카운터에 셔츠 차림의 깡마른 술집 주인이 보였다. 한 테이블에서 세 남자가 역시 셔츠 차림으로 카드게임을 하고 있었고, 다른 테이블에는 한 하사가 여자를 옆에 끼고 맥주잔을 기울이고 있었다. 구석자리에 한 남자가 홀로 앉아 있었다. 이 남자는 손에 연필을 들고 종이 위에 몸을 굽히고 뭔가를 쓰다가 멈추고서 화주를 한 모금 마시고 허공을 올려다봤다. 갑자기 안경알을 창문으로 돌렸다. 카를 요제프는 이 남자를 알아봤다. 양복 차림의 의사 데만트였다.

카를 요제프가 유리문을 두드리자 술집 주인이 나왔다. 소위는 주인에게 홀로 앉아 있는 신사를 불러달라고 부탁했다. 의무대위가 도로로 나왔다. "저예요. 트로타예요!" 소위는 이렇게 말하고 손을 내밀었다. "자네가 나를 찾아냈군!" 의사가 말했다. 의사는 여느 때와 마찬가지로 나직하게, 하지만 다른 때보다 훨씬 또렷하게 말을 한다고 소위는 느꼈다. 의사의 조용한 목소리가 딸그랑거리는 주크박스보다 이상하게도 더 크게 들렸기 때문이었다. 처음으로 데만트는 양복을 입고 트로타 앞에 서 있었다. 의사의 변모한 모습에서 흘러나오는 친숙한 목소리가 고향에서 보내는 상냥한 인사처럼 소위에게 들렸다. 데만트가 더 낯설어 보이면 보일수록 목소리가 더욱더 친숙하게 느껴졌다. 카를 요제프는 친구의 목소리를 몇 주 동안 한마디도 듣지 못했다. 이 목소리를 듣자 이날 밤 소위를 놀라게 했던 모든 공포가 씻은 듯 사라졌다. 그렇다, 카를 요제프는 친구의 목소리를 그리워했었다. 소위는 이를 깨달았다. 주크박스의 요란한 소리가 멈췄다. 밤바람이 이따금 휘몰아치며 눈가루를 얼굴에 뿌리는 것을 느낄 수 있었다. 소위는 의사에게 한 걸음 더 다가갔다. (더는 가까이 갈 수 없을 만큼 접근했다) 의무대위님은 죽어서는 안됩니다! 이렇게 말하려고 했다. 데만트가 외투도 입지 않고, 눈을 맞으며, 바람을 맞으며, 자신 앞에 서 있는 것이 갑자기 눈에 들어왔다. 양복을 입고 있으니 눈에 잘 띄지 않는군. 소위는 생각했다. 그러고선 사근사근한 목소리로 말했다. "감기 걸리겠어요!"

의사 데만트의 얼굴에 금세 예전의 눈에 익은 미소가 환하게 떠올랐다. 입이 배시시 벌어지며 검은색 콧수염이 볼록 도드라졌다. 카를 요제프는 얼굴이 붉어졌다. 의사는 이제 감기에 걸릴 수도 없겠지. 이런 생각이 들어서였다. 그러는 참에 의사 데만트의 부드러운 목소리가 들렸다. "나는 이제 병들 겨를도 없다네, 친구." 의사는 미소 지으면서도 말을 하는 능력이 있었다. 의사의 말들은 낯익은 미소 한가운데를 지나갔지만, 미소는 다치지 않고 남겨두었다. 이를 드러내고 웃는 모습은 입술에 작고 슬픈 하얀색 너울이 나부끼는 듯했다. "아무튼 안으로 들어가세." 의사가 말을 이었다. 의사는 새까맣고 움직이지 않는 씰루엣이 되어 희미한 불빛이 비치는 유리문 앞에 서 있었다. 이 씰루엣이 눈 덮인 도로에 또 하나의 흐릿한 그림자를 던졌다. 의사의 검은 머리털에 은색 눈가루가 쌓여 있는 것이 술집에서 새어나오는 불빛에 드러났다. 의사의 머리 너머에서 이미 천상세계의 광채가 은은히 빛나고 있는 듯싶었다. 트로타는 되돌아가려 했다. 안녕히 주무십시오! 이렇게 말하고 급히 자리를 떠나려 했다.

"안에 들어가자고!" 의사가 다시 말했다. "아무도 모르게 들어갈 수 있을지 물어볼게." 의사는 트로타를 세워두고 들어갔다. 주인을 데리고 나왔다. 세 사람은 복도를 거쳐 안뜰을 지나 술집 주방에 이르렀다. "여기를 잘 아세요?" 트로타가 물었다. "가끔 여기에 오지." 의사가 대답했다. "그러니까 자주 여기에 왔다고 할 수 있지!" 카를 요제프는 의사를 바라봤다. "놀라운가? 나만의 특별한 버릇들이 있었어." 의무대위가 말했다—의사는 왜 '있었어'라고 말하지? 소위는 생각했다. 학교에서 과거시제에 관해 배웠던 것이 기억났다. '있었어'라고! 의무대위는 왜 '있었어'라고 말하지?

주인은 테이블과 의자 두개를 주방으로 가져오고, 푸르스름한 가스등에 불을 붙였다. 손님방에서 주크박스가 다시 요란하게 울렸다. 유명 행진곡 메들리였다. 「라데츠키 행진곡」의 첫 드럼 장단이 얼마간 시간이 지날 때마다 되풀이해 들렸다. 떠들썩한 잡음에 묻히기도 했지만 그런대로 알아들을 수 있었다. 가스등 갓이 하얗게 회칠한 주방 벽에 던지는 푸르스름한 그림자에 어슴푸레 싸여, 순백색 제복을 입은 최고사령관의 낯익은 초상화가 불그스름한 구리냄비 사이에 걸려 있었다. 황제의 순백색 예복에 파리 자국이 수없이 묻어 있었다. 좁쌀만 한 산탄들을 맞아 구멍이 송송 난 것 같았다. 프란츠 요제프 1세의 눈은 이 초상화에서도 당연히 청자색으로 칠해져 있을 테지만 가스등 그림자에 가려 보이지 않았다. 의사는 손가락을 뻗어 황제의 그림을 가리켰다. "한해 전만 해도 손님방에 걸려 있었어!" 이렇게 말했다. "이제 주인은 자신이 충성스러운 백성이라는 것을 증명하고 싶은 생각이 없어졌나봐." 주크박스가 멈췄다. 동시에 괘종시계가 두번 크게 울렸다. "벌써 2시군요!" 소위가 말했다. "아직 다섯시간 남았군!" 의무대위가 말했다. 주인이 슬리보비츠를 가져왔다. 7시 20분! 소위의 뇌리에서 이 시간이 댕댕 울렸다.

소위는 잔을 붙잡아 공중으로 들어올리며, 구령 붙일 때 내도록 되어 있는 쩌렁쩌렁한 목소리로 외쳤다.

"의무대위님의 건강을 위하여! 의무대위님은 살아야 해요!"

"편안한 죽음을 위하여!" 의무대위는 이렇게 대답하고 잔을 비웠다. 하지만 카를 요제프는 화주를 다시 테이블에 놓았다.

"이 죽음은 무의미하네." 의사는 말을 이었다. "내 인생과 마찬가지로 무의미하지."

"저는 의무대위님이 죽기를 바라지 않아요!" 소위는 이렇게 외치고서 주방 바닥 타일에 발을 굴렀다. "저도 죽기를 원치 않아요. 제 인생도 무의미하기는 마찬가지예요!"

"그만하게!" 의사 데만트가 대답했다. "자네는 쏠페리노의 영웅의 손자야. 그분도 하마터면 무의미하게 죽을 뻔했지. 물론 그분처럼 신념을 품고 죽으려 하는 것과 우리 두 사람처럼 아무 신념 없이 죽으려 하는 것이 다르기는 하지만." 의사는 말을 멈췄다. "우리 두 사람처럼." 잠시 뜸을 들였다가 말을 이었다. "우리 할아버지들은 우리에게 힘을 넉넉히 물려주지 않았어. 우리는 살아가기에 힘이 부쳐. 무의미하게 죽을 만큼의 힘밖에 없어. 아!" 의사는 자신의 잔을 밀어냈다. 전세계를, 친구까지도, 밀쳐내는 듯했다. "아!" 의사는 다시 한숨지었다. "나는 지쳤어, 여러해 전부터 지쳤어. 내일 영웅처럼 죽을 거야, 이른바 영웅처럼. 지금까지 내가 살던 방식과 반대로, 나의 조상과 가문이 살던 방식과 다르게, 나의 할아버지의 뜻에 어긋나게 말이야. 할아버지가 읽던 위대한 경전에는 이런 문장이 있어. '동료를 때리려고 손을 올리는 사람은 살인자다.' 내일 내 동료가 나를 향해 권총을 겨누고 나는 동료를 향해 권총을 들 거야. 살인자가 될 거야. 눈이 나빠서, 조준도 하지 못하지만. 앙갚음을 할 거야. 안경을 벗으면 아무것도 볼 수 없어, 아무것도. 총을 쏠 거야, 보지도 못하면서! 이렇게 하는 게 내게 더 자연스럽고 더 솔직하고 더 잘 어울릴 거야!"

트로타 소위는 의무대위가 무슨 말을 하는지 알다가도 모를 듯싶었다. 의사의 목소리는 귀에 익었다. 의사의 양복이 눈에 익숙해지자 의사의 모습과 얼굴도 친숙하게 느껴졌다. 하지만 의사 데만트의 생각은 아득히 먼 곳에서 솟아나고 있었다. 데만트의 할아버지, 유대인 주막 주인들을 거느린, 수염이 허연 왕이 살았을지 모를 까마득히 먼 곳에서 솟구치고 있었다. 트로타는 과거에 소년사관학교에서 삼각법을 배울 때처럼 정신을 집중했으나, 그러면 그럴수록 더 이해할 수 없었다. 모두를 구할 수 있으리라는 조금 전에 품었던 믿음이 차츰 스러져가는 것을 느꼈을 뿐이었다. 희망이 서서히 불에 타서 바람에 날리는 하얀 재로 변하는 것은, 그물 가닥들이 날름거리는 가스등 불길에 녹는 듯 생각됐다. 소위는 가슴이 두방망이질했다. 괘종시계가 댕댕 울리는 것 같았다. 친구를 이해할 수 없었다. 어쩌면 자신이 너무 늦게 왔을지도 몰랐다. 소위는 아직 할 말이 많았다. 하지만 혀가 무거운 추에 눌린 듯 입에서 돌아가지 않았다. 입술을 열었다. 입술은 파리했고 파르르 떨렸다. 입술을 가까스로 다시 닫았다.

"자네는 열이 있는 것 같아!" 의무대위가 여느 때 환자에게 일러주듯 말했다. 의사는 테이블을 두드렸다. 주인이 화주를 한 잔 더 들고 왔다. "자네 아직 한 잔도 마시지 않았군!"

트로타는 고분고분하게 첫 잔을 비웠다. "난 화주를 너무 늦게 알았어, 아쉽게도!" 의사가 말했다. "내 말이 믿기지 않겠지만, 유감스럽게도 나는 술을 마셔본 적이 없어."

소위는 안간힘을 다해 눈길을 들어 잠시 동안 의사의 얼굴을 뚫어지게 바라봤다. 두번째 잔을 들었다. 잔은 무거웠다. 손이 떨려 몇 방울을 쏟았다. 소위는 술을 단숨에 들이켰다. 분노가 몸 안에서 불타오르더니 머리로 치밀어올라 얼굴이 불콰해졌다. "이만 가겠어요!" 소위는 말했다. "의무대위님의 농담을 견딜 수 없어요. 의무대위님을 찾게 되어 반가웠는데! 의무대위님 댁에 갔었어요. 초인종을 눌렀지요. 묘지에도 갔었어요. 묘지 문 너머로 의무대위님 이름을 불렀어요, 미치광이처럼. 저는……" 소위가 말을 잇지 못했다. 부들부들 떨리는 입술 사이로 소리없는 말들이 새어나오고 있었다. 들리지 않는 말이었다. 들리지 않는 소리가 던지는 들리지 않는 그림자였다. 느닷없이 소위의 눈에 따뜻한 물이 고였다. 가슴에서 끙 하고 신음이 북받쳐나왔다. 소위는 일어서서 밖으로 뛰쳐나가고 싶었다. 부끄러움을 느꼈기 때문이었다. 내가 울고 있어! 소위는 생각했다. 자신이 힘이 달린다고, 자신을 울게 만드는 힘에 맞서기에는 턱없이 힘이 부친다고 느꼈다. 소위는 무력감에 기꺼이 젖어들었다. 무력감의 희열에 빠져들었다. 자신의 신음 소리를 들으며 이 소리를 즐겼다. 부끄러움을 느끼며, 부끄러움을 즐겼다. 달콤한 괴로움에 몸을 맡겼다. 훌쩍훌쩍 흐느끼며, 무의미하게 여러 번 잇달아 말했다. "의무대위님 죽지 마세요, 의무대위님 죽지 마세요, 그러지 마세요, 그러지 마세요!"

의사 데만트는 일어서서 주방에서 이리저리 왔다 갔다 했다. 최고사령관의 초상화 앞에 멈춰서서 황제의 코트에 묻은 검은색 파리 자국들을 세기 시작하더니, 이 어리석은 일을 이내 그만두었다. 카를 요제프에게 다가가 소위의 들썩이는 어깨에 손을 살며시 얹고, 자신의 핑핑 도는 안경을 소위의 연갈색 머리털에 들이댔다. 슬기로운 의사 데만트는 이미 세상에 작별을 고했다. 아내를 빈에 있는 장인에게 보내고 전령을 휴가 보내고선 집 문을 잠갔다. 의사는 불미스러운 사건이 터진 뒤부터 황금곰 호텔에 묵었다. 마음의 준비가 끝나 있었다. 입에 대지 않던 화주를 마시기 시작한 이래로 이 무의미한 결투의 숨은 의미를 발견하고, 죽음을 자신의 잘못된 인생의 당연한 귀결로 받아들이고, 항상 그 존재를 믿어왔던 저세상이 눈앞에 은은히 빛나는 것을 느낄 수 있게 됐다. 데만트는 지금 죽음을 맞으러 가고 있지만, 무덤과 죽은 친구 들을 오래전부터 친숙하게 느꼈었다. 아내에 대한 어린애 같은 사랑은 꺼졌다. 몇주 전만 해도 질투심이 가슴속에서 고통스럽게 불탔으나 이제 한 줌의 차가운 재로 변했다. 방금 손님방에서 작성한, 연대장에게 보내는 유언장은 코트 안주머니에 들어 있었다. 데만트는 남길 유산도 없었고, 생각나는 사람도 드물었고, 따라서 잊어야 할 것도 없었다. 술기운에 기분은 가벼워졌지만, 결투 시간이 되기를 기다리느라 안절부절못했다. 7시 20분. 이 시간은 의사의 동료들 모두의 머릿속에서 며칠 전부터 무시무시하게 댕댕 울렸다. 이 시간이 의사의 뇌리에서 은종처럼 울려퍼졌다. 데만트는 제복을 입은 뒤 처음으로 가볍고 기운차고 용기가 넘치는 기분을 느꼈다. 건강을 회복 중인 사람이 삶에 다가가는 것을 즐기는 듯, 데만트는 죽음에 가까이 가는 것을 즐겼다. 의사는 모든 것을 마무리 지었다. 마음의 준비가 끝나 있었다……!

그런데 이제 의사 데만트가 젊은 친구를 마주하고 서 있었다. 여느 때와 마찬가지로 앞을 잘 보지 못하고 어쩔 줄 모르고 서 있었다. 그렇다. 젊음이, 우정이, 자신을 위해 뿌리는 눈물이 아직 남아 있었다. 별안간 데만트는 자신의 꾀죄죄한 인생, 역겨운 주둔부대, 지긋지긋한 제복, 판에 박힌 환자 회진, 웃통을 벗고 집합한 병사들의 체취, 일제 접종, 병원의 석탄산 냄새, 아내의 지긋지긋한 변덕, 집안의 숨 막힐 듯한 답답함, 넌더리 나는 하루하루, 하품만 나오는 일요일, 고통스러운 기마훈련, 하나 마나 한, 끝으로 이 모든 허망한 일에서 느꼈던 서글픔이 그리워졌다. 소위가 흐느끼며 울컥 토해내는 신음은 이 살아 있는 세상이 이리 오라고 울부짖는 소리처럼 들렸다. 의사는 트로타를 달랠 말을 찾으면서, 가슴속에 동정이 넘쳐흘렀고 사랑이 수천 갈래 불꽃을 피웠다. 데만트는 최근 며칠을 무덤덤하게 보냈으나 이 심드렁함이 이미 씻은 듯 없어졌다.

이때 괘종시계가 세번 크게 울렸다. 트로타는 별안간 아무 소리도 내지 않았다. 종소리의 메아리가 세번 퍼지더니, 가스등이 쉭쉭거리는 소리에 천천히 묻혀들었다. 소위가 침착한 목소리로 말을 꺼냈다. "의무대위님은 알아야 해요, 이 모든 게 얼마나 바보 같은 일인지를! 타이팅어는 저에게 따분한 소리를 늘어놓았어요. 누구에게든 그러잖아요. 그래서 저는 타이팅어에게 선약이 있다고 말했어요, 그날 저녁 극장 앞에서요. 그때 의무대위님 부인이 혼자 왔어요. 저는 부인을 바래다줘야 했어요. 막 장교 클럽 앞을 지나는

데, 장교들이 모두 길로 몰려나왔어요."

의사는 트로타의 어깨에서 손을 떼고 다시 왔다 갔다 하기 시작했다. 거의 아무 소리도 나지 않게 사뿐사뿐 걸으며 귀를 기울였다.

"아직 할 말이 더 있어요." 소위는 말을 이었다. "저는 좋지 않은 일이 일어날 것이라는 것을 직감했어요. 의무대위님 부인에게 친절한 말도 한마디 건네지 못했는데. 제가 의무대위님 집 정원 앞에 이르렀을 때 등불이 켜져 있었어요. 기억이 생생히 나는군요. 저는 정원문으로부터 현관문으로 나 있는 눈 덮인 길에 의무대위님 발자국이 뚜렷이 찍혀 있는 것을 봤어요. 기이한 생각이 떠올랐어요. 어이없는 생각이었지요……"

"그런가?" 의사가 말하고 멈춰섰다.

"웃기는 생각이었어요. 저는 한순간 의무대위님의 발자국들이 파수꾼들과 같다고 생각했어요. 말로 잘 표현할 수가 없군요. 저는 이 파수꾼들은 저 아래 눈 속에서 의무대위님 부인과 저를 지켜보고 있다고 생각했던 거예요."

의사 데만트는 다시 앉았다. 트로타를 뜯어보고 느릿느릿 말했다.

"어쩌면 자네는 내 아내를 사랑하면서도 자신은 그 사실을 모르는 것 아니야?"

"저는 이 모든 일에 아무 책임이 없어요!" 트로타가 말했다.

"없지. 자네는 책임이 없지!" 의무대위가 고개를 끄덕였다.

"하지만 항상 제가 책임있는 듯한 느낌이 들어요!" 카를 요제프가 말했다. "잘 아시죠. 제가 의무대위님에게 슬라마 부인과 어떤 일이 있었는지 이야기했으니까요." 소위는 말을 멈췄다. 그런 다음 속삭였다. "두려워요, 두려워요, 어디를 가든지!"

의무대위는 팔을 벌리고 어깨를 으쓱 올리며 말했다. "자네도 할아버지의 피를 물려받은 손자군!"

의사는 이 순간 소위의 두려움에 마음 쓰고 있지 않았다. 이제 자신에게 닥칠 모든 위험을 피할 수 있을 듯싶었다. 사라져라! 의사는 생각했다. 명예실추로 강등되어 사병으로 삼년 동안 근무하든지 아니면 외국으로 도망쳐라! 총을 맞고 죽지 마라! 쏠페리노의 영웅의 손자, 트로타 소위도 의사에게는 다른 세상에서 온 사람처럼 완전히 낯설게 느껴졌다. 의사는 큰 소리로 즐겁게 비웃듯 말했다.

"다 어리석은 것이야. 자네 군도의 바보 같은 장식꽃술에 나부끼는 명예도 어리석은 것이야. 자네는 여자를 집까지 바래다줘선 안되는 거야! 그게 얼마나 어리석은 짓인지 알겠어? 자네는 이걸," 의사는 황제의 초상화를 가리켰다. "유곽에서 구해내지 않았었나? 그것도 바보짓이야!" 의사는 갑자기 외쳤다. "지독한 바보짓이야!"

노크 소리가 들렸다. 주인이 들어와 술 두 잔을 가져다줬다. 의무대위는 술을 들이켰다. "마시게!" 의사는 말했다. 카를 요제프도 들이켰다. 소위는 의사가 무슨 말을 하는지 정확히 이해하지는 못했지만, 데만트가 죽지 않으려 한다는 것을 알아챘다. 시계가 톡탁톡탁 초침을 움직였다. 시간은 멈추지 않았다. 7시 20분, 7시 20분! 데만트가 죽지 않으려면 기적이 일어나야 했다. 하지만 기적이란 없다. 소위도 그 정도는 알았다! 터무니없는 생각이지만, 소위가 내일 7시 20분에 장교들에게 가서 이렇게 말하면 어떨까. 여러분, 데만트가 어젯밤에 미쳤습니다. 제가 데만트를 대신하여 결투에 나서겠습니다. 유치하고, 우스꽝스럽고, 말도 안되는 소리! 소위는 어쩔 줄 모르고 다시금 의사를 올려봤다. 시간은 멈추지 않았다.

시계는 쉴 새 없이 초침을 움직였다. 곧 4시였다. 아직 세시간 남았다!

"그러면!" 마침내 의무대위가 말했다. 이미 결심을 굳힌 듯한, 어떻게 해야 할지 잘 아는 듯한 목소리였다. 하지만 의사는 어떻게 해야 할지 잘 알지 못했다. 의사의 생각들은 오리무중에서 종잡을 수 없이 어지럽게 펼쳐졌다. 의사는 어쩔 줄 몰라했다! 알량하고, 뻔뻔하고, 어리석고, 검질기고, 우악스러운 규정이 자신을 옭아매고 있었다. 꽁꽁 졸라매어 어리석은 죽음으로 몰아넣고 있었다. 의사는 손님방에서 나는 뒷정리 소리를 들었다. 손님들은 다 떠난 것 같았다. 주인이 쟁그랑거리는 맥주잔들을 개숫물에 첨벙첨벙 담그고, 의자들을 한데 밀어 테이블에 붙이고, 열쇠 꾸러미를 짤그랑거리고 있었다. 이제 갈 시간이었다. 거리로 나가면, 겨울 경치를 바라보면, 밤하늘을 우러러보면, 별을 쳐다보면, 눈이 떨어지는 것을 보면, 묘안이 떠오르고 위안이 들지도 몰랐다. 의무대위는 카운터로 가서, 계산을 하고, 외투를 걸치고 돌아왔다. 온통 검은색 차림이었다. 챙 넓은 검은 모자로 변장에 변신까지 하고 소위 앞에 섰다. 카를 요제프의 눈에 의사가 무장을 한 듯 비쳤다. 제복을 입고 군도를 차고 군모를 썼을 때보다 훨씬 중무장을 한 듯 보였다.

두 사람은 안뜰을 지나 복도를 거쳐 밤거리로 나갔다. 의사는 하늘을 우러러봤다. 고요한 별들을 쳐다보아도 아무 묘안도 생각나지 않았다. 별들은 사방에 쌓인 눈보다 더 차갑게 느껴졌다. 집들은 칠흑 같은 어둠에 잠겨 있었고, 고샅은 쥐 죽은 듯 조용했다. 밤바람에 눈가루가 흩날렸다. 트로타의 박차가 가볍게 잘그랑거렸고, 그 옆에서 의사의 신발이 눈을 뽀드득 밟았다. 두 사람은 정해진 목적지라도 있는 듯 빨리 걸었다. 두 사람의 뇌리에 상념이, 연상이, 생각이 꼬리를 물고 떠올랐다. 두 사람의 가슴이 쿵덕쿵덕 날래게 망치질했다. 의무대위가 발길 닿는 대로 앞장서 갔고, 소위는 어딘지도 모르고 따라갔다. 두 사람 앞에 황금곰 호텔이 나타났다. 두 사람은 호텔 아치정문 앞에 멈춰섰다. 카를 요제프의 상상 속에 데만트의 할아버지, 유대인 주막 주인들을 거느린 수염이 허연 왕의 모습이 떠올랐다. 이렇게 생긴 문 앞에, 아마 이보다 훨씬 더 큰 문 앞에 데만트의 할아버지는 평생 앉아 있었을 것이다. 농부들이 멈춰서면 할아버지는 일어났을 것이다. 귀가 잘 들리지 않았기 때문에, 농부들은 주문을 하려면 손나발을 입에 대고 할아버지에게 소리 질러야 했을 것이다. 7시 20분. 7시 20분. 이 시간이 다시 울렸다. 7시 20분에 이 할아버지의 손자가 죽을 것이었다.

"죽을 거야!" 소위가 크게 외쳤다. 아! 슬기로운 의사 데만트는 더는 슬기롭지 않았다! 의사는 며칠 동안 자유롭고 용감한 척했지만 그래 봐야 소용없었다. 알고 보니 모든 미련을 다 정리하지 못하고 있었다. 마음의 준비를 마치기란 그리 쉽지 않은 것이었다! 의사는 대대로 슬기로웠던 조상들로부터 영리한 두뇌를 이어받았다. 소위는 지폴리에의 순박한 농사꾼들이었던 선조들로부터 단순한 머리를 물려받았다. 하지만 의사도 소위와 꼭 마찬가지로 아무 묘책도 생각해내지 못했다. 어리석고 검질긴 규정에서 헤어날 방법이 없었다.

"나는 바보였네, 친구!" 의사가 말했다. "나는 에바와 오래전에 헤어졌어야 했어. 이 바보 같은 결투에서 빠져나갈 힘이 없군. 나는 바보 같은 짓을 하고, 명예규범 및 복무규정에 따라 영웅이 되겠지! 영웅이!" 의사는 웃음을 터뜨렸다. 웃음소리가 밤하늘에 메아리쳤다. "영웅이!" 이렇게 다시 한번 말하면서 호텔 문 앞에서 터벅터벅 왔다 갔다 했다.

소위의 지푸라기라도 잡고 싶은 어린 마음에 어린애 같은 희망이 섬광처럼 스쳤다. 두 사람이 서로 총을 쏘지 않고 화해를 하는 거야! 모든 게 잘될 거야! 두 사람은 다른 연대로 전속하면 돼! 나도 전속하고! 어리석고 우스꽝스럽고 말도 안되는 소리! 소위는 이내 정신이 들었다. 낙담하고, 절망하고, 머리는 멍멍하고, 입천장은 타들어가고, 팔다리는 천근만근이었다. 소위는 자신 앞에서 왔다 갔다 하는 의사를 물끄러미 바라봤다.

몇시나 됐을까?—소위는 시계를 볼 엄두가 나지 않았다. 곧 시계탑에서 종이 울릴 것이었다. 그때까지 기다리기로 했다. "우리가 다시 못 볼지 모르니까," 의사는 말을 멈췄다가 몇초 뒤에 말을 이었다. "자네에게 충고를 하나 하겠네. 군대를 떠나게!" 그러고서 손을 내밀었다. "잘 가게! 집으로 가게! 나 혼자서 일을 처리할 테니까! 안녕히!" 의사는 초인종 끈을 잡아당겼다. 호텔 안에서 초인종이 울리는 소리가 들렸다. 발걸음 소리가 다가왔다. 현관문이 열렸다. 트로타 소위는 의사의 손을 붙잡았다. 여느 때와 똑같은 목소리로 (이 목소리에 소위 자신마저 놀랐다) 여느 때와 똑같이 "잘 가세요!"라고 말했다. 소위는 장갑을 벗지도 않았다. 벌써 문이 닫혔다. 벌써 의사 데만트가 보이지 않았다. 보이지 않는 손에 이끌리듯 트로타 소위는 여느 때와 똑같은 길을 걸어 병영으로 돌아갔다. 등 뒤 3층에서 창문이 열리는 소리를 더이상 듣지 못했다. 의사는 다시 창밖으로 몸을 내밀고 친구가 모퉁이를 돌아 떠나가는 것을 굽어봤다. 창문을 닫고 방 안 등불이란 등불은 다 켜고, 세면대로 가서 면도날을 갈아 엄지손톱에 대고 잘 드는지 문질러보고 얼굴에 비누칠을 했다. 매우 침착했다. 여느 아침과 다름없었다. 몸을 씻었다. 옷장에서 제복을 꺼냈다. 옷을 입고 군도를 차고 시간이 되기를 기다렸다. 깜박 잠이 들었다. 창문 앞의 넓은 팔걸이의자에 앉아 꿈도 꾸지 않고 조용히 잠을 잤다.

의사가 잠이 깼을 때 지붕 너머 하늘은 이미 훤했고, 눈이 푸르스름한 색으로 은은히 빛났다. 곧 노크 소리가 날 것이었다. 멀리서 썰매마차 방울 소리가 들렸다. 썰매마차가 다가와 멈췄다. 초인종이 울렸다. 계단이 삐걱거렸다. 박차가 찰그랑거렸다. 노크 소리가 났다.

입회장교들이 방에 들어왔다. 주둔부대 보병연대 소속 크리스트 중위와 방게르트 대위였다. 두 사람은 문가에 머물러 있었다. 대위 반걸음 뒤에 중위가 섰다. 의무대위는 눈길을 하늘에 던졌다. 까마득한 어린 시절에서 울려나오는 아득한 메아리처럼, 할아버지의 스러졌던 목소리가 떨려나왔다. "잘 들어라, 이스라엘아!" 이 목소리가 말했다. "우리 주, 우리 하느님이 유일한 신이시다!"—"나는 준비가 다 되었네, 귀관들!" 의무대위가 말했다.

세 사람은 작은 썰매마차에 올라탔다. 약간 비좁았다. 방울들이 기운차게 울렸고, 밤색 말들은 짧게 자른 꼬리를 들어올리고 큼지막하고 둥그렇고 김이 나는 누런 똥 덩어리를 눈에 떨어뜨렸다. 의무대위는 평생 동물에 관심을 가져본 적이 없었으나 별안간 자신의 말이 보고 싶어졌다. 내 말이 나보다 오래 살겠구나! 의사는 생각했다. 얼굴에 아무 표정이 없었다. 입회장교들은 입을 열지 않았다.

세 사람은 빈터 백 걸음 앞에서 멈춰섰다. '푸른 빈터'까지 걸어갔다. 이미 날이 밝았으나 아직 해는 뜨지 않았다. 전나무들이 고요히 서 있었다. 가지에 눈을 자랑스럽게 얹고 날씬하게 곧추 솟아 있었다. 멀리서 수탉들이 울자 다른 수탉들이 되받았다. 타텐바흐는 자신의 입회장교들과 큰 소리로 떠들고 있었다. 의무중위 망엘은 데만트 쪽과 타텐바흐 쪽을 왔다 갔다 했다. "귀관들!" 누군가 소리쳤다. 이 순간 의무대위 데만트는 여느 때 늘 그랬듯 안경을 찬찬히 벗어 널따란 나무 그루터기에 조심스레 올려놓았다. 기이한 일이었다. 안경을 쓰지 않았는데도 자신이 걸어가야 할 길, 서 있게 될 빈터, 자신과 타텐바흐 백작 사이의 거리, 그리고 타텐바흐 백작까지 또렷이 보였다. 의사는 기다렸다. 눈앞이 흐릿해지기를 마지막 순간까지 기다렸다. 하지만 모든 것이 또렷이 보였다. 의무대위가 근시인 적이 없었던 듯싶었다. 누군가 숫자를 세었다. "하나!" 의무대위는 권총을 들어올렸다. 다시금 자유롭고 대담해진 듯 느껴졌다. 들뜬 듯, 난생처음 들뜬 듯 느껴지기조차 했다. 일년제 지원병으로서 표적사격을 했을 때처럼 조준했다. (의사는 당시부터 형편없는 사수였다) 나는 근시가 아니야. 의사는 생각했다. 나는 이제 안경이 필요없어. 이 현상은 의학적 관점으로는 설명할 수 없었다. 의무대위는 안과의사들과 상담해보기로 마음먹었다. 의사에게 한 전문의의 이름이 떠오르는 순간, 누군가 숫자를 세었다. "둘." 의사는 여전히 눈앞이 또렷이 보였다. 이름 모를 새 한마리가 여리게 지저귀기 시작하고, 저 멀리서 트럼펫 부는 소리가 들렸다. 바로 이 시간에 창기병 연대가 훈련장에 도착하고 있었다.

트로타 소위는 늘 그러했듯 제2기병중대에 끼어왔다. 무거운 군도 칼집과 가벼운 카빈총 총신에 뿌옇게 끼어 있던 성에가 녹아 물방울이 맺혔다. 서리 낀 트럼펫들이 잠자는 소읍을 깨웠다. 두꺼운 털가죽 옷을 입고 여느 때와 마찬가지로 마차 정류장에 대기하고 있던 마부들이 수염이 덥수룩한 머리를 들었다. 연대가 진펄 풀밭에 도착하여 말에서 내리고, 병사들이 여느 때와 마찬가지로 아침 체조훈련을 하기 위해 2열로 정렬했을 때, 킨더만 소위가 카를 요제프에게 다가와 말했다. "어디 아프세요? 얼굴색이 어떤 줄 아세요?" 킨더만은 앙증맞은 손거울을 꺼내 트로타 눈앞에 내밀었다. 작고 희미하게 빛나는 사각형 안에 트로타 소위는 어떤 노인 같은 얼굴을 보았다. 자신이 잘 아는 얼굴이었다. 작고 새까만 눈은 불타는 듯하고, 큰 코의 콧날은 오뚝하고, 잿빛 볼은 쑥 들어가고, 가늘고 길고 핏기없는 입은 꾹 닫혀 있고, 오래전에 군도에 베인 상처처럼 보이는 이 입이 턱과 콧수염을 갈라놓고 있었다. 이 작은 갈색 콧수염만이 카를 요제프에게 낯설게 느껴졌다. 집에, 아버지 집 응접실의 천장 아래 걸려 있는 할아버지의 어슴푸레한 얼굴은 말끔하게 면도되어 있었다.

"고맙습니다!" 소위는 말했다. "어젯밤에 잠을 설쳤습니다." 이렇게 말하며 훈련장을 떠났다.

소위는 왼쪽 나무줄기들 사이로 들어갔다. 넓은 국도로 나가는 샛길이 나 있었다. 7시 40분이었다. 총소리를 전혀 듣지 못했다. 모든 게 잘됐어! 모든 게. 소위는 혼잣말을 했다. 기적이 일어난 거야! 늦어도 십분 뒤에는 프로하스카 소령이 말을 타고 올 테고, 그러면 모든 일을 알 수 있을 거야. 소읍이 부스스 깨어나며 부스럭거리는 소리와 역에서 기관차가 길게 기적을 울리는 소리가 들렸다. 소위가 샛길이 국도와 만나는 곳에 도착하자, 소령이 밤색 말을 타고 나타났다. 소위가 인사를 했다. "안녕한가?" 소령은 이렇게 답례를 하고선, 더는 말을 하지 않았다. 샛길은 너무 좁아서 말을 탄 사람과 걷는 사람이 나란히 갈 수 없었다. 말을 탄 소령 뒤에서 트로타 소위가 걸었다. 진펄 풀밭에 다다르기 이분쯤 전에 (벌써 부사관들의 명령들이 들려왔다) 소령이 멈춰섰다. 안장에 앉은 채 몸을 틀어 뒤로 돌리고 이렇게만 말했다. "두 사람 다!"—그런 다음 다시 말을 몰며 말했다. 소위에게 하는 말이라기보다는 혼잣말에 가까웠다. "어쩔 수 없었어!"

이날 연대는 한시간가량 일찍 귀영했다. 트럼펫은 여느 날과 다름없이 울렸다. 오후에 당직 부사관이 병사들 앞에서 훈령을 낭독했다. "연대장 코바치 대령은 알린다. 기병대 대위 타텐바흐 백작과 의무대위 데만트가 연대의 명예를 지키기 위해 군인다운 죽음을 맞이했다."

8

여기서 이야기되는 사건들은 세계대전 전에 일어났다. 지금은 누가 죽든 말든 사람들은 관심이 없지만 당시만 해도 그러지 않았다. 어떤 사람이 이 세상 사람들 사이에서 사라지면, 다른 사람이 죽은 사람 자리를 바로 차지하여 죽은 사람을 잊게 만드는 일이 없었다. 어떤 사람이 사라져 빈자리가 생기면 이 자리를 놓아두었고, 죽은 사람을 잘 아는 사람이든 잘 모르는 사람이든 죽은 사람이 남긴 빈자리를 볼 때마다 아무 말도 하지 않았다. 화재가 일어나 길가에 늘어선 집들 중에 어떤 집을 태워버리면, 불난 자리는 오랫동안 비어 있었다. 벽돌공들이 매우 조심스럽게 느릿느릿 벽을 쌓았기 때문이다. 때문에 가까운 이웃들이나 우연히 길을 지나가던 사람들은 빈터를 바라보고선 없어진 집의 형태와 벽을 떠올렸다. 당시에는 그렇다! 어떤 것이든 생겨나려면, 생겨나는 데 많은 시간이 들었다! 어떤 것이든 없어지면, 잊히는 데 오랜 시간이 걸렸다. 어떤 것이든 한번 존재했으면, 그 흔적을 남겼다. 오늘날 사람들이 빠르게 까맣게 잊어버리는 능력에 의존하여 살듯, 당시 사람들은 기억에 의지하여 살았다. 의무대위와 타텐바흐 백작의 죽음은 창기병 연대 장교들 및 병사들의 심정뿐만 아니라 소읍 주민들의 마음까지 오랫동안 뒤숭숭하게 뒤흔들었다. 죽은 두 장교는 규정에 따라 군대 및 종교예식을 통해 매장됐다. 두 장교의 동료들은 두 장교가 어떻게 죽었는지에 관해 부대 밖에서 입도 벙긋하지 않았는데도, 부대가 주둔한 소읍 주민 사이에 두 장교가 엄격한 명예규범 때문에 희생됐다는 소문이 파다하게 퍼진 것 같았다. 이제는 살아남은 장교들도 곧 맞이할 무시무시한 죽음의 징후를 얼굴에 달고 다니는 듯싶었다. 소읍의 상인들이나 수공업자들에게 그렇잖아도 낯설어 보이던 장교들이 더욱더 낯설어 보였다. 장교들은 알록달록한 제복을 입고 번쩍거리는 장신구를 차고 이방의 잔인한 신에게 제물로 바쳐지면서도 이 신을 신봉하는 도저히 이해할 수 없는 숭배자들처럼 돌아다녔다. 장교들이 지나가는 것을 보며 사람들은 고개를 절레절레 저었다. 안쓰럽게 여기기조차 했다. 장교들은 특권이 많아. 사람들은 수군거렸다. 장교들은 군도를 차고 다니고 여자들을 반하게 만들지. 황제는 장교들을 마치 자기 아들이라도 되는 듯 친히 돌보고. 하지만 눈 깜짝할 새에 어느 틈엔가, 장교 한 사람이 다른 사람을 모욕하고, 그러면 이를 붉은 피로 씻어내야 한다네……!

장교들은 사람들에게 이런 말을 들었으며, 아닌 게 아니라 부러움을 살 만한 사람들이 못되었다. 타이팅어 대위는 다른 연대에서 근무할 때 장교들이 결투로 죽는 것을 몇 차례 본 적이 있다는 소문이 돌았는데, 이런 타이팅어조차 여느 때와 행동이 달라졌다. 떠들거나 촐싹거리던 장교들이 말수가 적어지고 기가 죽어가는 동안, 이 늘 나직하게 말하고 여위고 군것질을 좋아하던 대위가 기이한 불안감에 사로잡혔다. 타이팅어는 이제 작은 제과점 유리문 뒤에 여러시간 동안 홀로 앉아 파이를 꿀꺽꿀꺽 먹지도 못하고, 자기 혼자서나 아니면 대령과 함께 아무 말 없이 체스나 도미노게임을 하지도 못했다. 타이팅어는 홀로 있는 것을 두려워했다. 다른 사람들에게 말 그대로 달라붙었다. 동료가 옆에 없으면 아무 가게나 들어가 필요하지도 않은 것을 샀다. 가게에 오랫동안 눌어붙어 상점 주인과 쓸데없고 시답잖은 잡담을 나누며 가게를 떠날 생각을 하지 않았다. 창밖에 약간이라도 안면이 있는 사람이 지나가면 그때야 비로소 이 사람에게 득달같이 달려갔다. 세계는 이렇게 몰라보게 변해 있었다. 장교 클럽은 비어 있었다. 장교들은 레지 마담의 유곽에 이제 놀러 가지 않았다. 전령들은 할 일이 거의 없었다. 장교들은 화주를 주문하고선 잔을 들여다보며 며칠 전에 타텐바흐가 술을 따랐던 잔이 아닌지 생각했다. 장교들은 예전처럼 우스갯소리들을 하기는 했지만 이제 박장대소하지 않았다. 기껏해야 미소 지을 뿐이었다. 트로타 소위는 근무시간 외에는 볼 수 없었다.

날랜 마법의 손이 카를 요제프의 얼굴에서 젊음의 흔적을 남김없이 씻어낸 듯했다. 오스트리아-헝가리 제국 전체에서 카를 요제프처럼 생긴 소위는 찾아볼 수 없었다. 카를 요제프는 이제 어떤 특별한 일을 하지 않으면 안된다는 생각이 들었다. 하지만 아무리 둘러봐도 특별한 일이 없었다. 소위가 연대를 떠나서 다른 연대로 전속되는 것은 당연한 일이었다. 그렇지만 소위는 어떤 어려운 임무를 찾으려 했다. 스스로 속죄할 길을 어떻게든 찾아보려 했다. 소위가 도저히 말로 표현하지 못할 내용을 우리가 소위 대신 말해주자면, 자신은 불행의 손아귀에 놀아나는 도구였다는 사실이 소위를 이루 말할 수 없이 괴롭혔기 때문이었다.

소위는 이런 마음 상태에서 아버지에게 결투 결과를 전하고 다른 연대로의 전속이 불가피함을 알렸다. 전속 시 단기휴가를 얻는 사실은 숨겼다. 아버지에게 가고 싶지 않았기 때문이다. 하지만 소위는 아버지를 과소평가하고 있었음이 밝혀졌다. 국가관료의 전범이라 아버지는 군인들의 관행도 훤히 알고 있었다. 군수는 놀랍게도 자신의 아들의 근심과 번민을 꿰뚫어보고 있는 것 같았다. 군수가 보낸 답장의 행간에서 이를 또렷이 알아챌 수 있었다. 답장에는 이렇게 쓰여 있었다.

사랑하는 아들에게!

자초지종을 알려주고 나를 믿어주어 고맙구나. 네 동료들이 맞이한 운명에 마음이 아프다. 네 동료들은 명예로운 사나이답게 죽었다.

내가 한창때는 결투가 훨씬 잦았고 명예가 생명보다 훨씬 더 귀중했다. 내가 젊었을 때는 장교들이 심신이 더 강인했던 것처럼 느껴진다. 아들아, 너는 장교이고, 쏠페리노의 영웅의 손자이다. 너는 본의 아니게 아무 잘못도 없이 비극적 사건에 연루된 것을 어떻게 이겨내야 할지 잘 알 것이다. 연대를 떠나는 것이 너에겐 물론 아쉬울 것이다. 하지만 우리 군대의 어떤 연대에서든 우리 황제에게 충성을 다하여라.

아버지

프란츠 폰 트로타.

추신: 전속 시 얻게 되는 두주 휴가를 원한다면 집에 와서 보내도

좋다. 전속부대가 주둔한 읍에서 보내는 것이 더 좋을지도 모르겠다. 그곳 사정에 더 쉽게 익숙해질 수 있을 테니까.

아버지가.

트로타 소위는 편지를 읽으며 부끄러움을 느꼈다. 아버지는 속속들이 알고 있었다. 군수의 모습이 소위의 눈앞에서 무시무시할 만큼 크게 부풀었다. 금세 할아버지만큼 커졌다. 소위는 아버지를 만나기를 그렇잖아도 두려워하고 있었지만, 이제 휴가를 집에서 보내는 것은 생각조차 할 수 없었다. 나중에, 나중에 정규휴가를 얻으면. 소위는 혼잣말을 했다. 소위는 성격이 강인하지 않았다. 군수가 젊었을 때 보았던 소위들과 달랐다.

"연대를 떠나는 것이 너에겐 물론 아쉬울 것이다." 아버지는 이렇게 썼다. 전혀 아쉽지 않다는 것을 눈치챘기 때문에 이렇게 썼을까? 카를 요제프가 떠나고 싶지 않은 것으로는 무엇이 있을까? 건너편 사병 내무반이 보이는 이 창문, 침상에 쪼그리고 있는 병사들, 향수에 젖은 하모니카 소리와 노랫소리, 지폴리에의 농사꾼들이 불렀을 법한 노래들이 알아들을 수 없이 메아리치는 듯한 먼 시골 노래들! 어쩌면 지폴리에로 가야 할지도 모르겠어. 소위는 이렇게 생각했다. 참모본부 지도로 다가갔다. 자신의 방 벽의 유일한 장식물이었다. 소위는 잠을 자다가도 지폴리에를 찾을 수 있을 것 같았다. 지폴리에는 오스트리아-헝가리 제국의 최남단에 자리 잡고 있었다. 평화롭고 고요한 마을이었다. 희미하게 음영선이 그어진 황갈색 바탕에 가늘고 작은 검은색 글자들이 찍혀 있었고, 이 글자들이 모여 지폴리에란 이름을 이루었다. 마을 둘레에는 우물, 물레방아 제재소, 단선 산림철도의 작은 역, 교회, 이슬람 사원, 어린 넓은 잎나무 숲, 숲 속 오솔길, 들길, 점점이 흩어진 작은 집들이 있었다. 지폴리에는 저녁이다. 우물 앞에 알록달록한 머릿수건을 두른 아낙네들이 서 있다. 머릿수건은 불타는 저녁놀을 받아 황금색으로 물들어 있다. 이슬람 교인들이 사원의 낡은 카펫에 무릎을 꿇고 기도를 드린다. 산림철도의 작은 기관차들이 빽빽하고 짙푸른 전나무 숲을 헤치고 칙칙폭폭 지나간다. 물레방아가 덜컹덜컹 돌고, 시냇물이 졸졸 흐른다. 이러한 상상은 소위가 소년사관학교에 다닐 때부터 즐기던 놀이였다. 단박에 눈에 익은 풍경들이 떠올랐다. 이 모든 것 위에 할아버지의 수수께끼 같은 눈빛이 빛나고 있었다. 근처에 기병 주둔부대가 없을지 몰랐다. 그렇다면 보병부대로 전속하는 수밖에 없었다. 소위의 기병 동료들은 보병부대들을 불쌍히 여기기 때문에, 전속되는 트로타를 가엾게 여길 것이었다. 할아버지도 보병대의 수수한 대위였다. 보병이 되어 고향 땅을 행진하는 것은 귀향하여 농사꾼 선조들을 찾아가는 것이나 마찬가지였다. 선조들은 굳은 흙길을 터벅터벅 걷고, 밭의 기름진 흙덩이를 쟁기로 갈고, 풍작을 빌며 씨를 뿌렸다. 그렇다! 이 연대를 떠나는 것도, 기병대를 떠나는 것도 소위에게 전혀 아쉽지 않았다! 아버지는 이를 허락할 수밖에 없었다. 소위 자신도 성가시기는 하지만 보병과정을 이수해야 했다.

송별회가 열렸다. 장교 클럽에서 간소하게 저녁 모임을 가졌다. 화주를 한 잔씩 돌렸다. 대령이 짧은 인사말을 했다. 포도주 한 병이 비었다. 동료들과 뜨겁게 악수를 나눴다. 동료들은 등 뒤에서 벌써 쑥덕거렸다. 샴페인 한 병이 비었다. 혹시 모른다, 마지막에는 다시금 레지 마담의 유곽으로 떼 지어 몰려가 화주를 한 잔씩 더 돌리게 될지도. 이 송별회가 어서 끝났으면 좋으련만! 전령 오누프리이는 데리고 갈 것이다. 새 이름을 익히느라 다시 힘들일 필요가 없다! 아버지를 찾아가지는 않을 것이다. 전속 때문에 생기는 성가시고 어려운 일들은 모두 피할 것이다. 그래도 의사 데만트의 미망인을 찾아가야 하는 힘들고 곤란한 일이 남아 있었다.

얼마나 곤혹스러운 방문인가! 트로타 소위는 에바 데만트 부인이 남편의 장례식을 치른 다음 친정아버지를 따라 빈으로 떠났을 것이라고 믿어버리려 했다. 소위는 집 앞에 서서 오랫동안 초인종을 누르지만 부인을 만나지 못할 것이다. 그러면 빈의 친정집의 주소를 알아내어 짧지만 가능한 한 충심 어린 편지를 쓸 것이다. 편지 한통만 쓰면 되니 정말 홀가분하다. 나는 숫기가 없어도 너무 없어. 소위는 이렇게 생각하기도 한다. 할아버지의 어둡고 수수께끼 같은 눈빛이 목덜미에 닿는 게 늘 느껴지지 않았더라면, 이 힘든 인생을 얼마나 가련하게 비틀거리며 살았을 것인가. 소위는 쏠페리노의 영웅을 떠올릴 때에만 용기를 낼 수 있었다. 할아버지에게 의지함으로써만 약간이나마 기운을 차릴 수 있었다.

소위는 느릿느릿 어려운 방문길에 나섰다. 오후 3시였다. 소매상점 주인들은 상점 밖에 나와서 추위에 몸을 웅송그리고 뜸해진 손님들을 기다리고 있었다. 수공업자들의 작업장들에서는 귀에 익은 일하는 소리가 들렸다. 대장간에서는 쇠를 벼리는 소리가 땅땅 경쾌하게 났다. 함석 가게에서는 양철 두드리는 소리가 탕탕 귀청을 때렸다. 신발 가게 지하실에서는 신발창 박는 소리가 딱딱 빠르게 들렸다. 목공소에서는 톱질하는 소리가 쓱싹쓱싹 났다. 소위는 수공업자들의 얼굴과 이들이 작업장에서 내는 소리를 빠짐없이 알고 있었다. 트로타는 하루에 두번씩 말을 타고 여기를 지나갔다. 안장에 올라타 낡은 파란색-하얀색 간판들을 눈 아래로 내려다볼 수 있었다. 아침마다 2층 방들의 내부를 들여다보게 됐다. 침대, 커피포트, 셔츠 차림 남자, 머리털을 풀어헤친 여자, 창턱의 화분, 장식 창살 뒤에 말라비틀어진 과일과 절인 오이가 눈에 들어왔다.

이제 소위는 의사 데만트의 집 앞에 도착했다. 정원문을 삐걱 열었다. 안으로 들어갔다. 전령이 현관문을 열어줬다. 트로타는 기다렸다. 데만트 부인이 나왔다. 소위는 몸을 오스스 떨었다. 슬라마 상사에게 조문을 갔던 기억이 떠올랐다. 상사의 묵직하고 비에 젖고 차갑고 힘없는 손이 느껴졌다. 어두운 현관과 불그레한 응접실이 눈에 밟혔다. 혀에 산딸기주스의 느끼한 뒷맛이 맴돌았다. 빈에 있지 않구나. 소위는 미망인을 본 순간에야 비로소 이렇게 생각했다. 부인의 검은색 상복을 보고 소위는 깜짝 놀랐다. 데만트 부인이 의무대위의 미망인이라는 사실을 이제야 깨달은 듯싶었다. 소위가 지금 들어선 방도 친구 생전에 들어와봤던 방이 아닌 듯 보였다. 벽에는 고인의 커다란 영정이 검은 띠를 두르고 걸려 있었다. 장교클럽의 황제 초상화가 보면 볼수록 멀어졌듯, 데만트의 영정도 자꾸 뒤로 물러났다. 눈앞 가까이 손이 미치는 곳에 있는 게 아니라 벽 뒤 아득히 먼 곳에 있는 듯했다. 영정을 창 너머로 바라보는 것 같았다. "찾아와주셔서 고마워요!" 데만트 부인이 말했다. "작별인사 드리러 왔습니다." 트로타가 대답했다. 데만트 부인이 핼쑥한 얼굴을 들었다. 소위는 부인의 커다란 눈에 아름답고 밝은 회색 광채가 어린 것을 보았다. 반짝이는 얼음에서 두 줄기 둥근 빛이 뿜어나와 소위의 얼굴에 똑바로 닿았다. 한겨울 오후 어스름에 덮인 방을 부인의 눈만이 밝히고 있었다. 소위의 눈길은 이를 피해 부인의 조붓하고 하얀 이마로, 저 멀리 벽으로, 더 멀리 있는 듯한 죽은 남자의 영정으로 도망쳐갔다. 인사를 나누는 데 시간이 너무 오래 걸렸다. 데만트 부인이 앉으라고 권할 때가 한참 지났다. 하지만 부인은 아무 말도 하지 않았다. 그동안 소위는 땅거미가 짙어지며 창으로 밀려드는 것을 느꼈다. 이 집에서는 불을 켜지 않을 것 같다는 어린애 같은 두려움이 들었다. 어떤 마땅한 말도 소위에게 떠오르지 않았다. 소위는 부인이 나직하게 숨 쉬는 소리를 들었다. "너무 오래 서 계시게 했군요." 마침내 부인이 말했다. "앉으시지요!" 두 사람은 마주 보고 테이블에 앉았다. 카를 요제프는 옛날 슬라마 상사 집에서와 마찬가지로 문을 등지고 앉았다. 당시와 똑같이 문이 위협적으로 느껴졌다. 아무 이유 없이 문은 때때로 조용히 열렸다가 조용히 닫히는 것 같았다. 어스름이 더욱 짙어졌다. 에바 데만트 부인의 검은색 상복이 어스름에 녹아들었다. 부인은 이제 어스름 자체를 입고 있는 듯싶었다. 온몸이 어스름에 잠기고 하얀 얼굴만이 고스란히 떠올라 있었다. 건너편 벽에 걸린 죽은 남자의 영정은 어둠에 묻혔다. "제 남편은," 데만트 부인이 어둠 속에서 말했다. 소위는 부인의 이가 은은히 빛나는 것을 볼 수 있었다. 이는 얼굴보다 더 하얬다. 소위는 부인의 눈에서 빛이 반짝이는 것도 차츰 다시 알아볼 수 있었다. "당신이 유일한 친구였어요! 그이는 종종 그렇게 말했어요! 당신 이야기를 얼마나 자주 했는지! 당신도 아셨더라면! 저는 그이가 죽었다는 것을 믿을 수가 없어요! 그리고," 부인은 속삭이듯 말했다. "제 책임이라는 것을 견딜 수가 없어요!"

"제 책임입니다!" 소위가 말했다. 목소리가 매우 크고 딱딱하고 자신에게조차 낯설게 들렸다. 이 말은 미망인 데만트 부인에게 아무 위로가 되지 못했다. "제 책임입니다!" 소위는 다시 한번 말했다. "저는 당신을 집으로 바래다줄 때 더 신중해야 했습니다. 장교클럽 앞을 지나가지 말았어야 했습니다."

부인이 흐느끼기 시작했다. 핼쑥한 얼굴이 탁자에 점점 더 깊이 묻히고 있었다. 커다랗고 갸름한 하얀색 꽃이 천천히 가라앉고 있는 듯했다. 느닷없이 왼쪽과 오른쪽에서 하얀 손들이 솟아올라 가라앉는 얼굴을 받쳐들었다. 잠시 동안 부인의 흐느낌 말고는 아무 소리도 들리지 않았다. 일분, 또 일분. 이 시간이 소위에게 영원처럼 느껴졌다. 일어나서, 이 여자를 울도록 놓아두고 떠나자. 소위는 이렇게 생각했다. 정말로 몸을 일으켰다. 순간 부인의 손이 탁자에 털썩 떨어졌다. 부인이 매우 차분한 목소리로 물었다. 이 목소리 내는 성대 따로, 울음소리 내는 성대 따로인 듯싶었다. "어디로 가시려고요?"

"불을 켜시지요!" 트로타가 말했다.

부인이 일어서서 탁자를 돌아 옆으로 지나가며 소위 몸을 스쳤다. 향수 냄새가 소위에게 훅 풍기더니 코끝을 지나 이내 흩어졌다. 전등 빛에 눈이 부셨다. 트로타가 눈을 가늘게 뜨고 천장등을 올려다봤다. 데만트 부인이 손차양으로 눈을 가렸다. "장식장 위에 달린 전등을 켜세요." 부인이 명령했다. 소위가 고분고분 따랐다. 부인은 손차양으로 눈을 가린 채 문설주 옆에 서 있었다. 보드라운 황금색 갓 아래에 작은 전등이 들어오자, 부인이 천장등을 껐다. 눈에서 손차양을 뗐다. 투구의 얼굴덮개를 벗는 듯했다. 상복을 입고 핼쑥한 얼굴을 트로타를 향해 내밀고 있는 부인은 매우 대담해 보였다. 화나 있었고 겁이 없었다. 뺨에는 가느다란 눈물 자국이 말라붙었다. 눈은 늘 그렇듯 반짝거렸다.

"저기 소파에 앉으세요!" 데만트 부인이 명령했다. 카를 요제프가 앉았다. 푹신한 쿠션이 사방에서 미끄러져왔다. 팔걸이로부터도, 모서리로부터도, 엉큼하게 살금살금 소위에게 닿아왔다. 소위는 여기에 앉아 있는 것이 위험하다고 느꼈다. 성큼 소파 끄트머리로 옮겨앉았다. 군도로 바닥을 짚고, 손을 칼자루에 얹고, 에바 부인이 다가오는 것을 보았다. 부인은 방석과 쿠션 모두에게 명령을 내리는 요사스러운 지휘관처럼 보였다. 소파 오른쪽 벽에는 죽은 친구의 영정이 걸려 있었다. 에바 부인이 앉았다. 두 사람 사이에 놓인 것이라곤 보드랍고 자그마한 쿠션뿐이었다. 트로타는 꼼짝도 하지 않았다. 자신이 번번이 빠져들었던 수많은 괴로운 상황에서 헤어날 방법을 찾지 못하면 늘 그랬듯, 언제든 여기서 떠날 수 있을 거라고 생각했다.

"전속되신다고요?" 데만트 부인이 물었다.

"전속을 신청했습니다!" 소위는 손을 군도 칼자루에 얹고 턱을 손에 대고 눈을 카펫에 내리깔고 말했다.

"꼭 가셔야 해요?"

"그렇습니다. 꼭 가야 합니다."

"유감이에요! 정말 유감이에요!"

데만트 부인은 팔꿈치를 무릎에 대고 턱을 손에 묻고 눈을 카펫에 내리깔고 소위처럼 쪼그리고 있었다. 부인은 아마도 위로의 말을 한마디라도 건네주기를 기다리고 있는 것 같았다. 소위는 입을 열지 않았다. 쌀쌀맞게 아무 말도 하지 않음으로써 친구의 죽음을 후련하게 앙갚음하는 희열을 즐겼다. 깜찍하고 아리땁고 남자를 호려 잡아먹는 요사스러운 여자들에 관한 이야기를 동료들에게 수없이 들었던 것이 떠올랐다. 이 여자는 매우 요사스러운 부류의 미녀 흡혈귀임에 틀림없었다. 지체없이 이 여자의 영역에서 빠져나와야 했다. 소위는 일어서려는 참이었다. 이 순간 데만트 부인이 자세를 바꿨다. 턱에서 손을 뗐다. 소파 가장자리에 둘러싼 실크 장식띠를 왼손으로 꼼꼼하고 부드럽게 쓰다듬기 시작했다. 손가락들이 부인으로부터 트로타 소위로 이어지는 좁고 빛나는 장식띠를 리드미컬하게 느릿느릿 왔다 갔다 했다. 손가락들이 소위의 시야에 슬금슬금 기어들어왔다. 소위는 눈가리개가 있으면 좋겠다고 생각했다. 하얀 손가락들 때문에 부인과 말없이 생각을 주고받게 됐고 이를 멈출 수 없었다. 담배를 피우자! 얼마나 기발한 생각인가! 소위는 담배 케이스와 성냥갑을 꺼냈다. "저도 한 개비 주세요." 데만트 부인이 말했다. 소위는 부인에게 불을 붙여주며 얼굴을 들여다보게 됐다. 상중에는 금연해야 마땅하기라도 한 듯, 부인이 담배 피우는 것을 마뜩잖게 여겼다. 부인이 첫 모금을 들이마시고 입술을 작고 빨간 반지처럼 동그랗게 오므려 엷고 파란 연기를 내뿜는 모습이 경박하고 방탕하게 보였다.

"어디로 전속되는지 아세요?"

"모릅니다," 소위가 말했다. "하지만 아주 멀리 가려고 애쓰고 있습니다."

"아주 멀리? 이를테면 어디로요?"

"아마도 보스니아로요!"

"거기서 행복할 수 있을 거라고 생각하세요?"

"저는 어디서도 행복할 수 있을 거라고 생각지 않습니다."

"당신이 행복하시길 빌게요." 부인이 재빨리, 매우 재빨리 말했다. 적어도 트로타에게는 그렇게 느껴졌다.

부인은 몸을 일으켜 재떨이를 들고 돌아왔다. 자신과 소위 사이의 바닥에 내려놓고 말했다.

"우리는 아마 다시는 만날 수 없겠지요!"

두번 다시! 이 두려운 말이 가없이 퍼져, 영원성이 무감각하게 고인 죽은 바다가 됐다! 카타리나를, 의사 데만트를, 이 부인을 두 번 다시 만날 수 없을 거야! 이런 생각을 하면서 카를 요제프는 대꾸했다.

"아마도 그렇겠지요. 유감스럽지만!" 막스 데만트도 다시는 못 만날 것입니다. 이 말도 덧붙이려 했다. "미망인은 불태워 죽여야 해!" 타이팅어가 즐겨쓰던 극단적 속담 한마디도 소위에게 불현듯 떠올랐다.

초인종 소리가 들렸다. 이어 복도에 인기척이 났다. "제 친정아버지세요." 데만트 부인이 말했다. 크노프마허 씨는 벌써 들어오고 있었다. "오, 당신이구려! 당신이야!" 이렇게 말했다. 크노프마허는 쌉쌀한 눈 냄새를 방으로 실어왔다. 커다란 순백색 손수건을 펴서 방 안이 떠나가라 코를 풀고 손수건을 조심스럽게 가슴주머니에 집어넣었다. 귀중품이라도 숨기는 듯했다. 손을 문설주에 뻗어 천장등을 켜고 트로타에게 다가왔다. 트로타는 크노프마허가 들어올 때 몸을 일으켜 한참 서서 기다렸다가 말없이 크노프마허 씨와 악수를 했다. 크노프마허 씨는 이 악수를 통해 의사의 죽음을 맞아 보일 수 있는 슬픔을 남김없이 내보였다. 악수를 마치자마자 천장등을 가리키며 딸에게 말했다. "미안하다. 슬픈 분위기의 빛을 견딜 수가 없구나!" 고인의 검은 띠를 두른 영정에 돌멩이라도 던지는 것 같았다.

"당신 얼굴이 말이 아니구려!" 크노프마허는 잠시 뒤 고소해죽겠다는 듯한 목소리로 말했다. "이 불행한 사건 때문에 엄청 힘들었군요, 그렇지요?"

"의무대위님은 제 유일한 친구였습니다!"

"그렇군요," 크노프마허는 말했다. 탁자에 앉으며 미소를 띠고 이렇게 권했다. "서 있지 말고 자리에 앉으시오!" 소위가 다시 소파에 앉자 크노프마허는 말을 이었다. "사위도 살아생전에 당신이 유일한 친구라고 말했소! 이게 웬 불행한 일이오!" 이렇게 말하며 머리를 두세번 가로저었다. 투실투실하고 발그레한 볼이 이리저리 흔들렸다.

데만트 부인이 소매에서 손수건을 꺼내 눈물을 찍어내더니 일어서서 방 밖으로 나갔다.

"딸이 이 일을 어떻게 이겨낼지!" 크노프마허가 말했다. "딸에게 알아들을 만큼 말했었소, 오래전부터! 딸은 말을 들으려 하지 않았어요! 그렇잖소, 소위! 위험이 따르지 않는 직업은 없소. 하지만 장교라니! 장교는—미안한 말이지만—결혼을 하지 말아야 하오. 우리끼리 얘기지만, 아마 사위가 당신에게 이야기했을 테지만, 막스는 군대를 떠나 학문에 전념하려고 했소. 내가 이 결심을 얼마나 반겼는지 당신은 모를 거요. 사위는 틀림없이 일류의사가 됐을 거요. 내 착한 사위 막스는!" 크노프마허 씨는 눈을 들어 영정을 올려다봤다. 한참 동안 영정에서 눈을 떼지 못하다가 고인에 대한 찬사를 마무리 지었다. "훌륭한 전문의였소!"

데만트 부인이 슬리보비츠를 가져왔다. 친정아버지가 좋아하는 술이었다. "당신도 한잔하시겠소?" 크노프마허는 이렇게 묻고 술을 따랐다. 술이 든 잔을 조심스럽게 손수 소파로 들고 왔다. 소위가 몸을 일으켰다. 소위는 옛날에 산딸기주스를 마실 때처럼 느끼한 맛을 입안에 느꼈다. 술을 단숨에 들이켰다.

"막스를 마지막으로 본 게 언제였소?" 크노프마허가 물었다.

"하루 전입니다!" 소위가 대답했다.

"막스는 에바에게 다짜고짜 빈으로 가라고 말했소. 딸은 아무것도 모르고 떠났지요. 그러고서 막스의 작별편지가 도착했소. 나는 직감했소. 어쩔 도리가 없다는 것을."

"그렇습니다. 어쩔 수 없었습니다."

"이 명예규범은, 이렇게 말해 미안하지만, 이제 시대에 맞지 않소! 우리는 20세기에 살고 있다는 것을 잊지 말아야 하오! 축음기를 듣고, 수백 킬로미터 떨어진 사람들과 전화를 하고, 블레리오 비행기[26]와 다른 비행기가 공중을 날아다니기조차 하고 있소. 당신도 신문을 읽고 정치를 잘 아는지 모르겠지만, 헌법이 근본적으로 개정될 것이라고들 말하는구려. 보통, 평등, 비밀 선거권이 도입된 이후로 이 나라에서뿐만 아니라 전세계에서 온갖 일들이 일어나고 있소. 우리 황제께서도—신이 황제를 보우하시기를—일부 사람들이 생각하듯 그렇게 시대에 뒤떨어져 있지는 않소. 물론 이른바 보수층의 주장도 완전히 그릇된 것은 아니지만 말이오. 우리는 천천히, 신중히, 돌다리도 두들겨보고 건너야 하오. 너무 서두르면 안 되지요!"

"저는 정치는 전혀 모릅니다!" 트로타가 말했다. 크노프마허는 가슴속에 부아가 끓었다. 이 바보 같은 군대와 그 얼빠진 조직에 울화가 치밀었다. 딸이 이제 미망인이 됐다. 사위는 죽었고. 새로운 사위를 이번에는 민간인으로 구해야 했다. 상업 고문관 위촉마저 연기된 것 같았다. 이 엉터리없는 일들을 쓸어버려야 할 때가 됐다. 20세기에는 이 소위와 같은 애송이들이 설치고 다녀서는 곤란했다. 민족마다 자치권을 원하고, 시민마다 투표권을 바라는 마당에,

26 루이 블레리오(Louis Blériot, 1872~1936)는 프랑스의 항공기술자로서, 1907년 최초로 단엽기를 제작했고 1909년 블레리오 11호를 타고 최초로 영국해협 횡단에 성공했다.

귀족에게 특권을 부여해서는 안되었다. 사회민주주의는 위험하기는 했지만, 귀족을 견제하기에는 안성맞춤이었다. 사람들은 끊임없이 전쟁을 입에 올리지만 전쟁은 일어나지 않을 것이다. 두고 보면 안다. 시대는 개화됐다. 이를테면 영국에서는 왕이 아무 권력도 없었다.

"당연히 모르겠지요!" 크노프마허는 말했다. "군대에서는 정치가 영향을 미쳐서는 안되니까. 하지만 막스는," 크노프마허는 고개를 영정 쪽으로 돌렸다. "정치를 제법 잘 알았소."

"의무대위님은 매우 슬기로웠습니다!" 트로타가 나직하게 말했다.

"어쩔 도리가 없었소!" 크노프마허가 되뇌었다.

"의무대위님은 아마도," 소위는 이렇게 말했다. 어떤 낯선 격언이 자신의 입을 빌려 말하고 있는 듯한 느낌이 들었다. 이 격언은 주막 주인들을 거느린 수염이 허연 왕의 오래된 위대한 경전에 실려 있는 것 같았다. "의무대위님은 아마도 매우 슬기롭고 매우 외로웠던 것 같습니다!"

소위는 얼굴이 핼쑥해졌다. 데만트 부인의 눈빛이 반짝이는 것을 느꼈다. 이제 떠나야 했다. 침묵이 깊게 흘렀다. 더는 할 말이 없었다.

"트로타 남작도 우리는 두번 다시 볼 수 없을 거예요, 아버지! 남작은 전속될 거예요!" 데만트 부인이 말했다.

"하지만 소식은 주겠지요?" 크노프마허가 물었다.

"편지해야 해요!" 데만트 부인이 말했다.

소위가 일어섰다. "잘 가시오!" 크노프마허가 말했다. 크노프마허의 손은 크고 보들보들했다. 따스한 벨벳처럼 느껴졌다. 데만트 부인이 앞장서 갔다. 전령이 나와서 소위가 외투 입는 것을 도왔다. 데만트 부인은 그 옆에 서 있었다. 트로타는 발뒤꿈치를 딱 하고 붙였다. 부인이 매우 빠르게 말했다. "편지하세요! 당신이 어디 근무하는지 알고 싶어요." 따뜻한 입김이 훅 닿아왔다가 이내 흩어졌다. 전령이 현관문을 열었다. 계단이 보였다. 격자문이 열렸다. 소위가 슬라마 상사의 집을 떠날 때와 똑같았다.

소위는 서둘러 읍으로 갔다. 가는 길에 있는 첫번째 까페에 들어가 카운터에 서서 꼬냑을 한 잔, 또 한 잔 마셨다. "우리는 헤네시만 마신다고!" 군수가 말하는 소리가 들리는 듯했다. 소위는 병영으로 서둘러 돌아갔다.

소위의 방문 앞에서 오누프리이가 소위를 기다리고 있었다. 휑한 하얀색 벽에 그은 파란 선처럼 서 있었다. 사무병장이 대령의 지시를 받아 소위에게 전할 꾸러미를 가져다놓았다. 갈색 포장지에 싸인 길쭉한 꾸러미가 구석에 세워져 있었다. 책상에 편지가 놓여 있었다.

소위는 읽었다.

사랑하는 친구에게. 나는 자네에게 내 군도와 회중시계를 물려주네.

막스 데만트.

트로타는 포장지를 풀어 군도를 꺼냈다. 칼자루에 의사 데만트의 매끄러운 은제 회중시계가 매달려 있었다. 시계는 가지 않았다. 숫자판은 11시 50분을 가리키고 있었다. 소위는 태엽을 감고 시계를 귀에 댔다. 여리고 재빠르게 째깍거리는 소리에 마음이 푸근해졌다. 소위는 주머니칼로 뚜껑을 열어봤다. 어린 소년처럼 호기심과 장난기가 동했다. 안쪽에 M. D.라는 머리글자가 쓰여 있었다. 소위는 군도를 칼집에서 뺐다. 의사 데만트는 칼자루 바로 아래 강철에 주머니칼로 몇 글자를 엉성하고 서투르게 새겨놓았다. "행복하게 자유롭게 살아라!"라는 문장이었다. 소위는 군도를 옷장에 걸었다. 칼자루 장식꽃술을 만져봤다. 금박 비단술이 손가락 사이로 소록소록 흘러내렸다. 서늘한 황금색 비가 내리는 듯싶었다. 트로타는 옷장을 닫았다. 관을 덮었다.

소위는 불을 끄고 옷을 입은 채 침대에 드러누웠다. 사병 내무반에서 흘러나오는 노란색 은은한 빛이 문의 하얀색 래커에 번졌고, 손잡이에 얼비쳐 반짝였다. 하모니카가 저 너머에서 향수에 젖어 목쉰 듯 한숨짓고, 이 반주에 맞춰 병사들이 낮은 목소리로 울부짖었다. 병사들은 황제와 황후를 기리는 우크라이나 노래를 불렀다.

아, 우리의 황제는 훌륭하고 좋은 남편이시고,
황제의 아내, 황후는 우리의 국모이시다.
황제는 창기병을 진두지휘하시고,
황후는 홀로 성에 남으신다.
황후는 황제를 기다리신다……
황제를 기다리신다, 황후는……

황후는 오래전에 서거했다.[27] 하지만 루테니아[28] 농촌 출신 병사

27 프란츠 요제프 1세(1830~1916)는 1848년부터 1916년까지 68년 동안 오스트리아를 통치했다. 1854년 엘리자베트 황후(1837~98)와 결혼했다. 황후는 1898년 제네바에서 이탈리아 무정부주의자에게 암살됐다.

28 오스트리아-헝가리 제국에서는 서우크라이나 지역, 특히 동갈리치아와 부코비나에 사는 슬라브 민족을 루테니아인이라고 불렀다. 1차 세계대전 뒤 부코비나

들은 황후가 아직 살아 있다고 믿고 있었다.

는 루마니아에, 동갈리치아는 폴란드에 흡수됐다. 2차 세계대전 뒤 동갈리치아는 소련에 점령되어 우크라이나 영토가 됐다.

2부

9

합스부르크가의 태양빛은 동쪽으로 러시아 황제의 국경까지 이르렀다. 이 태양빛을 받으며 트로타 가문은 귀족이 됐고 명성을 얻었다. 프란츠 요제프는 두고두고 고마움을 잊지 않고 오래도록 은총을 베풀었다. 황제가 총애하는 트로타 가문 아들이 어리석은 짓을 저지르려 하면, 황제의 대신과 공복이 때맞춰 개입하여 이 어리석은 자를 조심시키고 정신이 들게 했다. 신흥귀족 트로타 지폴리에 가문의 유일한 상속자를 쏠페리노의 영웅(치안대 상사의 아들이자 일자무식인 슬로베니아 농사꾼의 손자)이 태어난 지방에서 근무하게 하는 것은 바람직하지 않을 듯싶었다. 영웅의 손자가 창기병 근무를 보병부대의 단순근무로 바꾸어, 할아버지가 일반 보병소위로서 황제의 생명을 구했던 일을 충실하게 따르고 싶어할지는 몰랐다. 하지만 사려 깊은 오스트리아-헝가리 제국 전쟁부는 지폴리에라는 마을 이름에서 따온 귀족칭호를 지닌 소위를, 이 가문을 일으킨 할아버지가 태어난 이 마을 근처로 보내지 않기로 결정했다. 쏠페리노의 영웅의 아들인 군수도 전쟁부와 생각이 같았다. 군수는 아들의 보병 전속을 마뜩찮아하면서도 허락하기는 했다. 하지만 슬로베니아 지방으로 가고 싶다는 카를 요제프의 요구는 결코 들어줄 수 없었다. 군수 자신은 선조들의 고향을 보고 싶다는 생각을 해본 적이 없었다. 자신은 오스트리아 사람이었고, 합스부르크가의 공복이자 관료였다. 고향은 빈의 황궁이었다. 폰 트로타 씨가 거대한 다민족제국을 실용적으로 개조하려는 정치적 구상을 품었더라면, 제국의 모든 주州들은 황궁의 광활하고 다채로운 정원에 지나지 않고 제국의 모든 민족들은 합스부르크가의 충복들이 되어야 마음이 흡족했을 것이다. 폰 트로타 씨는 몸과 마음을 바쳐 군수로 일했다. 자신의 군에서 신의 사도 황제 폐하를 대신했다. 황금색 칼라를 두르고 챙 접힌 삼각예모를 쓰고 긴 칼을 찼다. 폰 트로타 씨는 슬로베니아의 비옥한 흙을 쟁기로 갈기를 원하지 않았다. 아들에게 보내는 편지에는 이렇게 단호하게 쓰여 있었다. "운명은 우리를 국경지방 농부에서 오스트리아 신민으로 바꾸었다. 우리는 이 상태로 머무르기로 하자."

그리하여 군수의 아들 카를 요제프 트로타 지폴리에 남작이 남부 국경지역으로 전속될 길은 막혔다. 소위는 제국 중심지에서 근무하거나 아니면 제국 동쪽 국경에서 근무할 수밖에 없었다. 카를 요제프는 러시아 국경에서 3킬로미터밖에 떨어지지 않은 곳에 주둔한 총병대대로 가기로 결정했다. 근처에 오누프리이의 고향인 부르들라키 마을이 있었다. 이 땅은 우크라이나 농촌 출신 병사들이 향수에 젖어 하모니카를 불고 못내 그리워 노래하던 고향과 비슷했다. 이 땅은 북쪽에 있는 슬로베니아라고 말할 수 있었다.

열일곱시간 동안 트로타 소위는 기차를 탔다. 열여덟시간째 접어들자 제국 최동단 역이 나타났다. 소위는 여기서 내렸다. 전령 오누프리이가 소위를 수행했다. 총병대 병영은 소읍 한가운데 있었다. 두 사람이 병영 연병장에 들어가기 전에 오누프리이는 성호를 세번 그었다. 아침이었다. 봄이 제국 중심지에는 오래전부터 한창이었으나 여기에는 얼마 전에야 찾아들었다. 모감주나무꽃들이 철둑 비탈에 눈부시게 빛났다. 오랑캐꽃들이 비에 젖은 숲에서 피어났다. 끝없이 펼쳐진 늪지대에서 개구리들이 개굴개굴 울었다. 황새들이 마을 초가집들의 낮은 지붕 위를 맴돌면서 여름을 날 둥지를 틀 만한 고물 바퀴를 찾았다.

제국 북동쪽 오스트리아와 러시아의 국경지역은 이 당시 매우 기이한 지역 중의 하나였다. 카를 요제프의 총병대대는 인구 일만명의 읍에 있었다. 읍 한가운데 널따란 원형광장이 있었으며, 그 중앙에서 큰길 두개가 교차했다. 한 길은 동쪽에서 서쪽으로, 다른 길은 북쪽에서 남쪽으로 나 있었다. 동서로 난 길은 역에서 묘지까지 이르렀다. 남북으로 난 길은 성의 폐허로부터 증기 제분소까지 다다랐다. 읍민 일만명 중에 3분의 1가량은 갖가지 수공업으로 생계를 유지했다. 다른 3분의 1은 손바닥만 한 땅뙈기를 일구어 먹고살았다. 나머지는 일종의 상업에 종사했다.

일종의 상업이라고 말한 것은, 거래되는 상품이나 상업관행이 문명세계에서 생각하는 상업과 전혀 달랐기 때문이다. 이 지역 상인들은 전망보다는 운수에 의존하여, 치밀한 상업적 계산보다는 예측할 수 없는 섭리에 의지하여 살아갔다. 어느 상인이든 운명이 자신에게 그때그때 건네주는 상품을 아무 때나 팔아먹을 채비가 되어 있었고, 신이 자신에게 아무 상품도 내려주지 않으면 상품도 아닌 것조차 팔려고 들었다. 아닌 게 아니라, 이 상인들의 삶은 수수께끼였다. 상점도 없었다. 상호도 없었다. 신용도 없었다. 하지만 상인들은 돈이 나올 만한 모든 은밀하고 비밀스러운 구석을 알아내는 예리하고 불가사의한 감각을 지니고 있었다. 다른 사람들이 한 일에 기대어 먹고살았지만, 다른 사람에게 일거리를 만들어 주기도 했다. 상인들은 수수했다. 자신들 손으로 일하여 목구멍에 풀칠하는 듯했다. 하지만 일은 다른 사람들에게 시켰다. 늘 이동하고 항상 출장 가고 말솜씨가 좋고 머리가 빨리 돌았으므로, 세상이 어떻게 생겼는지 알았더라면 세상 절반은 정복하고도 남았을 것이다. 하지만 상인들은 세상을 몰랐다. 세상과 동떨어져 동과 서, 밤과 낮의 틈바구니에 끼어 살았다. 상인들은 밤에 태어나 낮에 돌아다니는 일종의 살아 있는 유령이었다.

상인들이 '틈바구니에 끼어' 살았다고 말했던가? 하지만 상인들의 고향 산천은 상인들이 이 사실을 느끼지 못하게 만들었다. 이 자연은 국경지역 사람들 사방에 끝없는 지평을 펼쳐놓았고, 사람들을 초록색 숲과 파란색 언덕으로 아늑하게 감쌌다. 상인들은 짙푸른 전나무 숲 사이를 지나노라면 신의 은총을 받는다고까지 생각할 수 있었을 것이다. 하지만 아내와 아이들이 먹을 빵을 구해야 한다는 걱정이 끊일 날이 없었기 때문에 신의 사랑을 느낄 겨를이 없었다. 겨울이 닥치자마자 상인들은 전나무 숲으로 가서 읍내 구매자들에게 팔 땔감을 사들였다. 상인들은 땔감도 판매했던 것이다. 말이 나왔으니 말인데, 상인들은 주변 마을과 국경 너머 러시아 영토에 사는 농촌 아낙네들에게 산호도 팔았다. 깃털, 말총, 담배, 은 덩어리, 보석, 중국산 차, 남국의 과일, 말과 가축, 암탉과 달걀, 생선과 채소, 황마와 양털, 버터와 치즈, 숲과 토지, 이딸리아산 대리석과 중국에서 가발 제작을 위해 들여온 사람 머리털, 누에와 비단, 맨체스터산 옷감, 브뤼셀산 레이스, 모스끄바산 고무 덧신, 빈산 아마포, 보헤미아산 납을 팔았다. 이 지역 상인들과 중개인들은 이 세상에 있는 어떤 놀라운 상품도, 어떤 하찮은 상품도 가리지 않고 취급했다. 현행법상 구입할 수 없거나 판매할 수 없는 상품을 조달하여 판매했다. 법률위반을 일삼으면서, 약삭빠르고 남모르게, 꿍꿍이속을 알 수 없게, 잔꾀를 부리며 거래했다. 어떤 상인들은 인신매매도 했다. 살아 있는 사람을 팔았다. 러시아군 탈영병을 미국으로, 어린 농촌 소녀를 브라질과 아르헨띠나로 보냈다.[29] 상인들은 해운업체 대행인이자 외국 유곽 대리인이었다. 그럼에도 수입은 변변치 않았다. 사람이 얼마나 호화롭고 사치스럽게 풍요를 누리며 살 수 있는지 전혀 알지 못했다. 돈 냄새를 맡는 예리하고 노련한 감각을 타고났으며 부싯돌을 쳐서 불꽃을 일으키듯 자갈을 두드려 황금을 만들어내는 솜씨를 갖추었지만, 마음의 즐거움을 느끼지 못했고 몸의 건강을 지키지 못했다. 이 지역 사람들은 늪에서 태어난 사람들이라 할 수 있었다. 늪이 이 지방의 가는 곳마다 큰길 양쪽 온 벌판에 으스스하게 펼쳐져 있었기 때문이다. 늪에는 개구리들, 열병 박테리아들, 이 지역에 처음 와서 아무것도 모르는 여행객을 오싹하게 유혹하여 섬뜩한 죽음에 이르게 할 수 있는 음험한 독초들이 살았다. 많은 사람이 죽어가며 살려달라고 비

29 1876년부터 1910년 사이에 오스트리아-헝가리 제국 주민 중 삼백오십만명이 이민을 떠났다. 거의 삼백만명은 미국을, 다른 사람들은 아르헨띠나, 캐나다, 브라질, 오스트레일리아 등을 새 고향으로 선택했다. 이민자가 가장 많았던 곳은 여기서 묘사되고 있는 갈리치아였다. 요제프 로트의 성공작 『욥, 어느 평범한 남자의 이야기』에서도 갈리치아 출신 유대인 멘델 징어가 가족을 이끌고 미국으로 이민을 간다.

명을 질렀지만 아무도 그 소리를 듣지 못했다. 하지만 이 지역에서 태어난 사람들은 모두 이 늪의 음흉함을 알고 있었으며 자신들 피 안에 많은 의뭉함을 품고 있었다. 봄과 여름에 늪에서는 개구리들이 끊임없이 한껏 개굴거렸다. 하늘에서는 종달새가 이에 질세라 목청껏 지저귀었다. 하늘과 늪 사이에 쉴 새 없이 대화가 벌어지는 듯싶었다.

앞서 말한 상인들 중에는 유대인들이 많았다. 자연의 변덕 탓에, 아마도 전설적 민족인 하자르족[30]의 비밀스러운 혈통이 신비스럽게 작용한 탓에, 이 국경지역 유대인들 중에는 머리털이 붉은 사람이 많았다. 머리털은 머리에서 활활 불타올랐다. 수염은 불길 같았다. 날랜 손등에는 붉고 뻿뻿한 털들이 뾰족한 창들처럼 돋아났다. 귀에는 불그레하고 보들보들한 솜털들이 다보록하게 솟아났다. 머릿속에서 타오르는 붉은 불에서 불기가 새어나오는 듯 보였다.

낯선 곳에서 이 지역에 온 사람은 누구든 서서히 몰락해갔다. 늪을 이길 수 있는 사람은 없었다. 국경지역에서는 아무도 견뎌내지 못했다. 이 무렵 빈과 뻬쩨르부르그의 고위관료들은 세계대전 준비를 시작했다. 국경지역 사람들은 다른 사람들보다 더 빨리 이를 느꼈다. 이들은 다가오는 사태를 예감하는 데 익숙했을 뿐만 아니라, 재난의 전조를 두 눈으로 볼 수 있었기 때문이다. 이들은 전쟁 준비에서도 이득을 취했다. 어떤 사람들은 스파이 활동과 이중스파이 활동으로 살아갔다. 오스트리아 경찰로부터는 오스트리아 굴덴을 받았고 러시아 경찰로부터는 루블을 받았다. 세상과 멀리 떨

30 투르크계 민족으로 추정된다. 7세기부터 10세기까지 볼가 강 하류인 깝까스 지방에 제국을 수립하고 유대교를 국교로 삼았다. 10세기 후반 끼예프 대공국에게 멸망했다.

어진 늪지대의 주둔부대에서 장교들은 절망, 카드 도박, 채무, 수상한 사람들에 빠져 몰락하기 일쑤였다. 국경 주둔부대 묘지에는 마음 여린 장교의 젊은 육신이 많이 묻혀 있었다.

하지만 여기서도 제국의 여느 주둔부대에서와 마찬가지로 병사들은 훈련을 했다. 날마다 총병대대는 눈 녹은 흙탕물을 뒤집어쓰고 군화에 회색 진흙을 묻히고 병영으로 돌아왔다. 대대장 초글라우어 소령이 말을 타고 앞장섰다. 1중대 2소대를 트로타 소위가 인솔했다. 총병들은 무뚝뚝하게 울려퍼지는 호른 소리에 발맞춰 행진했다. 창기병대에서는 그러지 않았었다. 도도하게 울리는 팡파르가 군마들의 따가닥거리는 발굽 소리를 가지런히 고르고, 묻어버리고, 요란하게 휩쌌었다. 카를 요제프는 걸어갔다. 걷는 게 더 편안하다고 생각했다. 소위 주위에서 총병들이 바닥에 징이 박힌 군화로 모난 자갈들을 보드득 밟는 소리가 들렸다. 군 당국의 요청으로 봄이 오면 주마다 질퍽해진 길에 자갈들이 되풀이해 뿌려졌다. 도로의 진창은 이 수많은 돌들을 남김없이 삼켜버렸다. 은회색으로 희미하게 빛나는 진흙이 땅 깊은 곳에서 새로이 우쭐거리며 솟아올라 돌멩이들과 시멘트를 먹어치웠고, 병사들이 터벅터벅 걸을 때마다 흙탕물이 군화들을 찰싹찰싹 때렸다.

병영은 읍내 공원 뒤에 있었다. 병영 왼쪽에는 지방법원이, 맞은편에는 군사무소가 자리 잡았다. 군사무소의 화려함을 잃고 허물어져가는 담장 뒤에 교회 두채가 서 있었다. 하나는 로마 가톨릭교 교회였고 다른 하나는 그리스정교회 교회였다. 병영 오른쪽에는 고등학교가 솟아 있었다. 읍은 아주 작아서, 한 끝에서 다른 끝까지 이십분이면 걸을 수 있었다. 그 주요 건물들은 성가신 이웃들처럼 다닥다닥 붙어 있었다. 산책객들이 저녁에 정기적으로 공원을 도는 모습은 감옥에 갇힌 죄수들이 감옥 안뜰을 걷는 듯했다. 역까지 걸어가려면 반시간이면 됐다. 총병대 장교식당이 민가의 작은 방 두개에 마련되었지만, 대부분의 장교들은 역 구내식당에서 식사를 했다. 카를 요제프도 마찬가지였다. 소위는 찰싹찰싹 흙탕물을 맞으며 걸어가 역을 보는 것만으로도 기분이 좋아졌다. 제국의 최동단 역이었다. 하지만 명색이 역인지라, 이 역도 한 쌍의 반짝이는 레일을 선보이고 있었다. 제국의 중심지까지 곧장 뻗어 있는 철로였다. 이 역에는 밝고 경쾌한 유리 신호기도 있었다. 신호기는 고향이 부르는 소리에 부드러운 메아리로 화답하듯 잘그랑거렸다. 끊임없이 뚜뚜거리는 모스 부호기도 있었다. 아득히 멀리 떨어진 세상이 보내는 아름답고 어수선한 목소리들을 부호기가 부지런히 타전하는 소리는, 재봉틀이 쉬지 않고 박음질을 하는 듯 들렸다. 이 역에는 역무원도 한 사람 있었다. 이 역무원은 종을 우레같이 흔들었고, 이 종소리는 출발합니다, 승차하십시오를 뜻했다. 하루에 한 번, 점심식사 무렵에 역무원은 열차를 향해 종을 울렸다. 서쪽 방향으로 가는 끄라꾸프행, 보후민행, 빈행 열차였다. 훌륭하고 멋진 기차였다. 기차는 점심시간이 다 가도록 장교들이 앉아 있는 구내식당 일등실 창문 앞에 정차했다. 커피가 나올 때에야 비로소 기관차가 기적을 울렸다. 잿빛 증기가 창문을 때렸다. 증기가 녹아서 물방울이 되어 창유리에 길을 내며 흘러내리기 시작할 때면 기차는 이미 떠나 있었다. 장교들은 커피를 마시고 은회색 진창을 가로질러 귀영했다. 울적함에 잠긴 채 무리 지어 터덜터덜 걸었다. 감찰장군들조차 이 지역 감사를 꺼렸다. 아무도 오지 않았다. 어느 누구도 발걸음 하지 않았다. 이 소읍에 단 하나밖에 없는 호텔에 총병대 장교들 거의 모두가 장기투숙했다. 한해에 단 두번 뉘른베르크, 프라하, 자테츠의 부유한 홉 재배 상인들이 묵으러 왔다. 상인들은 수수께끼 같은 사업이 잘 풀리면, 이 소읍에 단 하나밖에 없으며 호텔이 직영하는 까페에 악단을 부르고 카드를 쳤다.

카를 요제프는 브로드니처 호텔 3층에서 소읍 전체를 굽어봤다. 지방법원의 합각지붕, 군사무소의 하얀 탑, 병영에 휘날리는 검은색-노란색 깃발, 그리스정교회 교회의 이중십자가, 읍사무소 위에서 돌아가는 수탉 풍향계, 작은 단층집들의 진회색 널지붕이 보였다. 브로드니처 호텔은 이 지역에서 가장 높은 건물이었다. 교회, 읍사무소, 다른 공공건물들과 마찬가지로 길을 알려주는 역할을 했다. 고샅길들은 이름이 없었고, 집들은 번지가 없었다. 때문에 여기서 행선지를 찾아가려면, 사람들이 두루뭉술하게 가르쳐주는 데 따를 수밖에 없었다. 그 사람은 교회 뒤에 살아요. 다른 사람은 감옥 뒤에 살고요. 또다른 사람은 지방법원 오른쪽에 살지요. 시골뜨기들이 사는 마을 같았다. 납작한 집 안에, 진회색 널지붕 아래에, 작은 사각형 창유리와 나무 문 뒤에 감춰둔 비밀이 금 간 데나 서까래를 뚫고 새어나와 질척한 고샅길이나 늘 정문이 닫혀 있는 병영의 널따란 연병장에까지 흘러들었다. 그 사람 여편네가 바람이 났어요. 저 사람은 딸을 러시아 선장에게 팔아넘겼지요. 여기 이 사람은 곯은 달걀을 팔아요. 저기 저 사람은 틈만 나면 밀수를 해서 먹고살고요. 이 사람은 감옥살이를 했어요. 저 사람은 감옥살이를 용케 면했지요. 이 사람은 장교들에게 돈을 빌려줬어요. 그 이웃은 장교 급료의 3분의 1을 압류하고 있어요. 장교들은 대부분 소시민 출신이며 독일 혈통으로 여러해 전부터 이 주둔부대에서 묵고 있었다. 여기 생활에 익숙해져 이곳 사람이 다 됐다. 고향 풍습과 모국어인 독일어를 (이는 여기서는 근무어로 전락해버렸다) 까맣게 잊고, 늪을 바라보며 끝없는 울적함에 젖어, 카드 도박에 빠져들고 이 지역 사람들이 양조하여 '구십도'라는 이름으로 판매하는 독한 화주에 중독됐다. 장교들은 소년사관학교에서 전통훈련을 받아 순진하고 평범하게 성장했으나, 러시아 황제가 다스리는 거대한 적의 제국의 차가운 숨결이 시큰하게 느껴지는 이 땅에서 영락해갔다. 여기는 러시아로부터 14킬로미터도 채 떨어져 있지 않았다. 러시아 국경 연대 장교들이 이쪽으로 건너오는 일도 드물지 않았다. 러시아 장교들은 연황색이나 연회색의 긴 외투를 입고, 넓은 어깨에 묵직한 은색·금색 견장을 차고, 거울처럼 광나는 군화에 번들거리는 고무장화를 겹쳐 신고, 날씨를 가리지 않고 찾아왔다. 오스트리아와 러시아 국경 주둔부대들은 일종의 우호적 교류를 나누기조차 했다. 가끔 오스트리아군 장교들은 천포로 가린 짐마차를 타고 국경을 넘어가서 까자끄 기병들의 곡예를 관람하며 러시아 화주를 들이켰다. 건너편 러시아 주둔부대에는 화주통들이 목제 보도 길섶에 쌓여 있었고, 병사들이 소총에 긴 삼각대검을 꽂고 이를 지켰다. 저녁이 되면, 까자끄 기병들이 군화로 통들을 밀었다. 통들은 울퉁불퉁한 길을 덜컹덜컹 굴러 러시아 장교 클럽으로 들어갔다. 나직하게 출렁거리고 꿀렁거리는 소리가 통 속에 무엇이 들어있는지 짐작케 했다. 러시아 황제 장교들은 오스트리아 황제 장교들에게 러시아식 환대란 무엇인지를 보여줬다. 러시아 황제의 장교든, 오스트리아 황제의 장교든, 어느 누구도 당시에는 한가지 사실을 알아채지 못했다. 자신들이 술을 따라 마시는 유리잔 위에서 죽음이 눈에 보이지 않는 여윈 손을 벌써 열십자로 교차시키고 있는 것을 눈치채지 못했다.

오스트리아 국경 숲과 러시아 국경 숲 사이 드넓은 벌판에서 까자끄 국경 기병중대가 질주하는 모습은, 바람이 군복을 입고 진용을 갖추고 불어오는 듯했다. 기병대는 고향 대초원을 달리던 작고 날쌘 말들에 올라타 우뚝한 모피 모자 위로 창을 휘둘렀다. 기다란 나무 자루에 박힌 번개를, 귀여운 깃발이 달린 앙증맞은 번개를 휘두르는 듯했다. 늪지대는 바닥이 무르고 물렁했으므로 말발굽 소리는 거의 들리지 않았다. 말발굽이 날듯 바닥을 밟을 때마다 물기 젖은 땅이 나직하고 눈물 젖은 한숨을 내쉬는 듯했다. 짙푸른 풀은 채 밟히지도 않았다. 까자끄 기병들은 벌판 위를 떠다니는 듯 보였다. 까자끄 기병들이 모래 덮인 노란색 큰길을 내달리면, 알갱이가 고운 먼지기둥이 황금색으로 환하고 커다랗게 솟아올랐다. 이 기둥은 햇빛에 아른아른 빛나며 널따랗게 퍼졌다가 잔다랗게 부서져 푸슬푸슬 내려앉았다. 초대받은 관객들은 얼기설기 엮은 목제 스탠드에 앉아 있었다. 기병들의 움직임은 관객들의 눈길이 따라가지 못할 만큼 빨랐다. 까자끄 기병들은 안장에 몸을 얹고 전속력으로 달리면서 말의 튼실하고 누런 이로 땅바닥에 깔아놓은 빨간색과 파란색 손수건을 집어올렸다. 몸이 별안간 가라앉아 말의 배 아래로 뚝 떨어졌지만, 번들거리는 군화를 신은 다리로 말의 옆구리를 휘감고 있었다. 다른 기병들은 창을 멀리 공중으로 던졌다. 창은 빙빙 돌더니, 기병이 들어올린 손에 사뿐하게 다시 떨어졌다. 팔팔한 송골매가 주인 손으로 돌아오는 것처럼 보였다. 또다른 기병들은 머리를 숙이고, 윗몸을 말 등에 일자로 붙이고, 입을 말 주둥이에 맞추기라도 할 듯 바짝 대고, 놀랄 만큼 작은 쇠고리를 통과했다. 어지간한 술통에는 두를 수 없을 만큼 작은 쇠고리였다. 말들이 네발을 다 뻗었다. 갈기가 날개처럼 일어섰다. 꼬리가 방향키처럼 반듯이 섰다. 말들의 기다란 머리는 날래게 달리는 거룻배의 날씬한 뱃머리를 닮아 있었다. 또다른 기병들은 마구리끼리 이어붙인 술통 스무개를 뛰어넘었다. 말들은 내닫기 전에 늘 히힝 울었다. 기병이 아득히 먼 곳으로부터 가까이 달려왔다. 처음에는 작은 회색 점이었다. 속도가 빨라지면서 선으로 보이고, 몸으로 보이고, 기병으로 보이더니, 사람과 말이 합쳐진 거대한 전설의 새가 됐다. 비상하는 켄타우로스가 됐다. 점프가 성공한 다음에 술통들에서 백 걸음 지난 곳에서 입상처럼, 숨결 없는 재료로 만든 기념상처럼 꿈쩍 않고 멈춰섰다. 또다른 기병들은 쏜살같이 벌판을 가르며, 새처럼 날아가는 표적에 활을 발사했다. (활을 쏘는 기병들 자신이 화살처럼 보였다) 동료 기병들이 커다랗고 둥글고 하얀 과녁을 들고 이 기병들과 나란히 달렸다. 사수들은 질주하며 화살을 쏘아 표적을 맞혔다. 말에서 굴러떨어지는 기병도 있었다. 뒤를 따라오던 동료들은 나동그라진 기병을 훌쩍 뛰어넘었다. 말발굽으로 털끝 하나 건드리지 않았다. 어떤 기병들은 말달리며 옆에 말 한마리를 더 몰았다. 질주를 하며 이 안장에서 저 안장으로 뛰었다. 처음 안장으로 되돌아왔다가, 옆 말로 느닷없이 다시 옮겨탔다. 마침내 두 안장을 각 손으로 짚고 두 말의 몸통 사이에서 다리를 재게 놀리더니 미리 지정된 지점에서 우뚝 멈춰섰다. 말들을 붙들어, 동상처럼 꿈쩍 않고 서 있게 만들었다.

오스트리아-헝가리 제국과 러시아 제국 사이 국경지역에서는 까자끄 기병들의 축제만이 벌어진 것이 아니었다. 이 지역에서 가장 부유한 폴란드 지주 중 한 사람인 호이니츠키 백작이 베푸는 축제도 열렸다. 덕택에 총병대대 장교들, 용기병 연대 장교들(주둔읍에는 용기병 연대도 주둔하고 있었다), 러시아 국경 연대 장교들이 매우 친밀한 유대를 맺었다. 보이체흐 호이니츠키 백작은 레도

호프스키가와 포토츠키가의 인척이었으며 슈테른베르크가의 사돈이었고 툰가[31]와 친분이 있었다. 백작은 세상물정에 밝았고 나이는 마흔이었지만 나이보다 젊어 보였다. 예비역 기병대 대위이고 총각이었으며, 낙천적이면서도 우울증이 있었다. 말, 술, 사교, 경박함과 진지함을 다 좋아했다. 호이니츠키는 겨울을 대도시와 리비에라의 카지노[32]에서 보냈다. 모감주나무꽃이 철둑에 피기 시작하면, 철새처럼 조상들이 살던 고향으로 돌아왔다. 상류사회의 은은한 향수 냄새와 로맨스 및 모험 이야기를 품고 왔다. 호이니츠키는 적이 있을 수 없는 사람이었다. 하지만 친구도 사귈 수 없어서, 동료, 동지, 지인만 있었다. 눈은 밝고 영리해 보이며 도드라져 나왔고 머리는 벗어져 공처럼 반짝였으며 콧수염은 짧고 금발이었고 어깨는 좁았으며 다리는 지나치게 길었다. 호이니츠키의 이런 외모는, 길에서 백작과 어쩌다 마주친 사람이든 일부러 맞부딪친 사람이든 가릴 것 없이, 누구에게나 호감을 주었다.

호이니츠키는 집 두채를 왔다 갔다 하며 살았다. 이 집들은 '옛 성'과 '새 성'이라는 멋들어진 이름으로 불렸다. 이른바 '옛 성'은 더 크기는 하지만 다 쓰러져가는 사냥별장이었다. 백작은 무슨 까닭인지 모르지만 이를 개수하려고 하지 않았다. '새 성'은 널따란 2층 저택이었다. 2층에는 기이하다못해 때로 섬뜩한 외지인들로 항상 붐볐다. 백작의 '불쌍한 친척들'이었다. 백작은 족보를 아무리 부지런히 들춰보아도 자신의 집에 묵는 손님들이 촌수가 얼마나

31 레도호프스키가, 포토츠키가, 슈테른베르크가, 툰가는 폴란드, 오스트리아, 보헤미아 등지의 명문.
32 꼬르시까 섬 북쪽 리구리아 해에 접한 리비에라 해안에, 카지노로 유명한 몬떼까를로가 있다.

되는지 알아낼 수 없는 듯했다. 호이니츠키 사돈의 팔촌을 자처하고 '새 성'을 찾아와 여기서 여름을 보내는 것이 당연한 일이 되어갔다. 찌르레기가 무리 지어 날아와 밤에 우는 소리가 들리기 시작하고 옥수수걷이 철이 지나면, 손님들은 배불리 먹고 편안히 쉬고 재수 좋으면 백작이 자주 찾는 이 지방 재단사에게 때로는 옷까지 얻어입고 원래 살던 고향 어디론가 돌아갔다. 집주인 호이니츠키는 손님들이 오는 것도 묵는 것도 떠나는 것도 눈여겨보지 않았다. 찾아오는 사람이 친척인지 알아보고 손님들의 씀씀이를 줄이고 겨울이 닥치기 전에 모두 떠나게 하라고 유대인 영지 관리 집사에게 단 한번 단호하게 지시했을 뿐이었다. 집에는 입구가 둘 있었다. 친척이 아닌 귀빈들이나 백작 자신은 앞문을 사용했지만 친척들은 집을 빙 돌아서 과수 정원을 거쳐 뒤뜰 담에 난 작은 문으로 출입해야 했다. 불청객이라도 이것 말고는 불편없이 지낼 수 있었다.

한주에 두번씩, 그러니까 월요일과 목요일에, 호이니츠키 백작의 집에서 이른바 '작은 저녁 잔치'가 열렸고, 한달에 한번씩 이른바 '축제'가 벌어졌다. '작은 저녁 잔치'에서는 여섯개의 방에만 불을 켜고 손님을 맞이했지만, '축제'에서는 열두개의 방에 불을 켰다. '작은 저녁 잔치'에서는 종복들이 장갑을 끼지 않고 황토색 제복을 걸치고 시중을 들었지만, '축제'에서는 종복들이 하얀 장갑을 끼고 검은 벨벳 목깃에 은색 단추가 붙은 벽돌색 코트를 입고 다녔다. 사람들은 처음에는 늘 베르무뜨[33]와 떫은 스페인 포도주로 입맛을 돋우었다. 그러고선 부르고뉴와 보르도[34]로 넘어갔다. 뒤이어 샴페인으로 목을 축였다. 그런 다음 꼬냑을 들이켰다. 마지막으로 애

33 향초 따위를 섞은 백포도주.
34 프랑스 부르고뉴와 보르도에서 생산되는 포도주.

향심을 떨쳐 보이기 위해 신토불이 곡물로 빚은 '구십도'를 마셨다.

봉건귀족 출신인 용기병 연대 장교들과 대부분 소시민 출신인 총병대대 장교들은 호이니츠키 백작의 집에서 평생 가슴에 사무치는 우의를 맺었다. 여름철 동틀 무렵이면 '새 성'의 넓은 아치창문 틈으로 보병대와 기병대 제복들이 알록달록 뒤섞여 있는 것이 보였다. 황금색 해가 뜨는 줄도 모르고 장교들은 코를 골았다. 새벽 5시가 가까워지면 전령들이 어쩔 줄 모르고 성으로 우르르 몰려와 장교들을 흔들어 깨웠다. 6시에 연대훈련이 시작되기 때문이다. 집주인 호이니츠키는 술에 취해 잠에서 깨지 못하는 법이 없었다. 작은 사냥별장으로 나간 지 오래였다. 거기서 희한한 유리관, 불꽃, 기구를 만졌다. 백작이 금을 만들려고 한다는 소문이 이 지역에 돌았다. 아닌 게 아니라, 호이니츠키는 어리석게도 연금술 실험을 하고 있는 것처럼 보였다. 백작은 금을 만드는 데는 성공하지 못했지만, 룰렛 도박에서 돈을 따는 방법은 손금 보듯 환히 알았다. 오래전에 죽은 전설적 도박꾼으로부터 믿을 만한 '비법'을 물려받았음을 때로 넌지시 내비쳤다.

백작은 여러해 전부터 제국의회 의원이었다. 누가 상대후보로 나오든 금전, 폭력, 계략으로 물리치고 자기 지역구에서 선거 때마다 재선됐다. 정부에게는 애물단지였고, 자신이 몸담고 있는 의회에게는 눈엣가시였다. 호이니츠키는 연설을 하기는커녕 야유를 보낸 적조차 없었다. 누구도 믿지 않고 누구나 비웃으며 두려움도 없고 거리낌도 없이 이렇게 말하곤 했다. 황제는 아무 생각 없는 노인이며, 정부는 멍청이 떼거리이고, 제국의회는 귀가 얇고 입만 산 천치들의 모임이며, 국가 관청들은 뇌물만 밝히고 비겁하고 게으르다. 독일계 오스트리아인은 춤꾼이거나 술꾼이고, 헝가리인은 냄새가 코를 찌르고, 체코인들은 타고난 구두닭이이고, 루테니아인은 한꺼풀 벗겨보면 뒤통수를 잘 치는 러시아인이며, 호이니츠키가 '크로보트인과 슬라빈인'이라고 부르는 크로아티아인과 슬로베니아인은 빗자루 장수거나 군밤 장수이고, 백작 자신도 그 피를 물려받은 폴란드인은 바람둥이 아니면 이발사나 패션 사진사이다. 호이니츠키는 빈이나 제집처럼 드나들던 어떤 다른 상류사회에서 돌아올 때마다 음울한 이야기를 늘어놓곤 했다. 이는 얼추 다음과 같았다.

"이 제국은 몰락을 앞두고 있습니다. 우리 황제가 눈을 감자마자, 제국은 산산조각 분열될 것입니다. 발칸반도가 우리보다 더 강력해질 것입니다. 민족들마다 볼썽사나운 작은 국가들을 세우고, 유대인들조차 팔레스타인에 왕국을 수립할 것입니다. 빈에서는 벌써 민주주의자들의 땀 냄새가 물씬 풍기고 있습니다. 이 냄새 때문에 링슈트라세에 이제 서 있을 수 없을 정도입니다. 노동자들은 붉은 깃발을 쳐들고 더는 노동을 하려고 하지 않습니다. 빈 시장은 기도나 드리며 청사를 지키는 데 만족하고 있습니다. 사제들은 민중의 환심을 사려고 애쓰며 교회에서 체코어로 설교를 합니다. 부르크 극장에서는 유대인 작가들의 허섭스레기들을 공연합니다. 주마다 한 사람씩 헝가리인 화장실 제조업자가 남작작위를 받습니다. 여러분, 저는 여러분에게 말합니다. 지금 발포하지 않으면, 모든 게 끝납니다. 우리 살아생전에 끝납니다!"

백작의 장광설을 듣는 청중은 박장대소를 하고 술잔을 비웠다. 호이니츠키의 말은 생뚱맞게 여겨졌다. 발포야 때때로 있는 일이었다. 특히 선거철에 호이니츠키 백작과 같은 자들을 당선시키려면 별수없었고, 그리하여 세계가 그리 호락호락 몰락하지 않으리라는 것을 보여줬다. 황제는 아직 살아 있었다. 황제가 죽으면 황태자가 황위를 이을 것이었다. 군대는 훈련에 힘썼으며, 규정에 따라 온갖 색채의 제복을 입고 눈부시게 빛났다. 민족들은 합스부르크가를 사랑했으며, 다양한 민속의상을 걸치고 왕가를 섬겼다. 호이니츠키는 우스갯소리를 하는 것이었다.

트로타 소위는 동료들보다 감정이 예민하여 슬픔에 젖어들었다. 소위의 영혼에서는 벌써 두번이나 맞닥뜨렸던 죽음이 날개를 어슴푸레하게 퍼덕거리는 소리가 항상 메아리쳤다. 소위는 예언을 들으면서 가위눌리는 듯한 느낌이 때로 들었다.

10

트로타 소위는 매주 당직근무를 할 때마다 아버지인 군수에게 항상 동일한 어조로 보고서를 썼다. 병영에는 전기가 들어오지 않았다. 초병실은 규정에 따라 구식 군용 초로 불을 밝혀놓았다. 쏠페리노의 영웅이 살았던 시대와 다름없었다. 다만 지금 사용하는 '아폴로 초'는 눈처럼 하얗고 잘 부스러지지 않는 스테아르산으로 만들었고 심지가 풀리지 않았으며 불꽃이 흔들리지 않았다. 소위는 편지에서 생활방식의 변화와 국경지역의 진기한 상황에 관해서는 한 줄도 쓰지 않았다. 군수도 질문을 삼갔다. 군수가 사주에 한번씩 일요일에 정기적으로 아들에게 보내는 답장은 소위의 편지와 마찬가지로 늘 형식이 동일했다.

아침마다 늙은 자크는 군수가 몇해 전부터 아침식사를 하는 방으로 우편물을 들고 왔다. 낮에는 사용하지 않는 외진 방이었다. 동쪽으로 난 창문은 맑든 흐리든 궂든 따뜻하든 서늘하든 가리지 않고 모든 아침을 반가이 맞아들였다. 이 창은 아침식사 동안에는 여름에든 겨울에든 열려 있었다. 겨울이면 군수는 다리를 따뜻한 숄로 감쌌다. 식탁은 널따란 난로 가까이로 옮겨놓았고, 난로에서는 자크가 반시간 전에 미리 지펴놓은 불이 딱딱거리며 타올랐다. 해마다 4월 15일이 되면 자크는 난로에 불 피우기를 그만두었다. 해마다 4월 15일이면 군수는 날씨가 어떤지 살펴보지도 않고 여름철 아침산책을 시작했다. 6시에 견습 이발사가 트로타의 침실로 들어왔다. 이발사는 잠이 덜 깨어 있고 자기 수염은 깎지도 않은 채였다. 6시 15분까지 군수의 은색이 감도는 구레나룻 양 갈기 사이의 턱을 매끄럽게 면도하고 파우더를 발랐다. 군수의 대머리에 마사지를 하고, 오드꼴로뉴 몇 방울을 발라 희미하게 붉은빛이 돌게 했다. 콧구멍에서 삐져나왔든, 귓바퀴에서 자라났든, 아니면 제복 목깃 위로 드러난 뒷덜미에 솟아났든, 털이란 털은 말끔히 밀어냈다. 면도가 끝나면 군수는 밝은색 산책 지팡이와 회색 중산모를 집어들고 읍내 공원으로 갔다. 회색 단추가 달리고 목이 좁게 파인 하얀색 조끼를 입고, 연회색 모닝코트를 걸쳤다. 주름을 잡지 않은 꽉 끼는 바지는 끝단에 달린 진회색 고리로 볼이 좁고 발끝이 뾰족한 부츠를 잡아매고 있었다. 덧대거나 꿰매지 않은 부들부들한 염소가죽으로 만든 부츠였다. 도로에는 아직 인적이 없었다. 갈색 말 두마리가 느릿느릿 끄는 읍의 살수차撒水車가 울퉁불퉁한 자갈 포장길로 달그락달그락 굴러왔다. 높은 마부석에 앉은 마부가 군수를 보자마자 채찍을 내리고 고삐를 제동 손잡이에 감고 모자를 벗어 무릎까지 내려뜨렸다. 마부는 폰 트로타 씨가 쾌활하게 거의 들뜬 기분으로 손을 흔들어 인사를 건네는 이 읍에서, 아니 이 군에서 유일한 사람이었다. 읍내 공원 입구에서 읍 경관이 경례를 했다.

군수는 경관에게 손을 흔들지는 않았지만 "안녕하신가!"라고 자애롭게 말했다. 그런 다음 탄산수 가게의 금발머리 여주인에게 갔다. 회색 중산모를 살짝 들어올려 인사를 건네고, 토닉 한 잔을 마셨다. 회색 장갑을 벗지 않은 채 조끼 주머니에서 동전 한닢을 꺼내어 내밀고, 산책을 계속했다. 빵 가게 주인, 굴뚝 청소부, 채소 장수, 정육점 주인과 마주쳤다. 다들 인사를 했다. 군수는 집게손가락을 모자챙에 가볍게 가져다대어 답례를 했다. 자신과 마찬가지로 아침산책을 좋아하며 읍 의원이기도 한 약사 크로나우어를 만나서야 비로소 폰 트로타 씨는 모자를 벗었다. 때로는 "안녕하시오, 약사!"라고 말하고서 걸음을 멈춘 다음 "어떻게 지내시오?"라고 묻기도 했다. "아주 잘 지내고 있습니다!" 약사는 말했다. "그렇다니 기쁘구려!" 군수는 이렇게 말하고서 다시금 모자를 들어올려 인사를 하고 산보를 계속했다.

군수는 8시 전에는 집으로 돌아오지 않았다. 때로 현관이나 계단에서 우체부와 마주쳤다. 그러면 집무실에 들러 시간을 보냈다. 아침식사 때 쟁반 옆에 편지들이 놓여 있는 것을 보기 좋아했기 때문이었다. 군수는 아침식사 동안에는 사람을 보려고도 이야기를 나누려고도 하지 않았다. 늙은 자크가 겨울날에 난롯불을 살펴보기 위해, 여름날에 비가 억수같이 쏟아지면 창문을 닫기 위해 방안으로 들어오는 정도는 괜찮았다. 하지만 히르슈비츠 양은 그래서는 안되었다. 군수는 오후 1시 이전에 히르슈비츠 양을 보게 되는 것을 끔찍이 싫어했다.

5월 말 어느날이었다. 폰 트로타 씨는 8시 5분에 산책을 마치고 집으로 돌아왔다. 우체부는 오래전에 다녀간 것에 틀림없었다. 폰 트로타 씨는 아침식사를 하는 방에서 식탁에 앉았다. 달걀이 여느 때와 마찬가지로 '반숙'되어 오늘도 은잔에 담겨 있었다. 꿀이 황금색으로 은은히 빛났으며, 신선한 카이저롤에서 늘 그랬듯 갓 구운 냄새와 이스트 냄새가 배어났다. 버터가 커다란 진녹색 종이에 싸여 노란색으로 빛났으며, 전두리가 황금색인 자기 찻잔에서 커피 김이 모락모락 솟았다. 아무것도 빠진 게 없었다. 폰 트로타 씨가 언뜻 봤을 때는 아무것도 빠진 게 없어 보였다. 하지만 군수는 곧바로 몸을 일으켜 냅킨을 내려놓고선 식탁을 다시 한번 살펴봤다. 늘 있던 곳에 편지가 놓여 있지 않았다. 기억이 미치는 한 공무서신이 오지 않은 날은 단 하루도 없었다. 폰 트로타 씨는 먼저 열린 창문으로 다가갔다. 창밖에 세계가 아직 존재하고 있는지 두 눈으로 보려는 듯싶었다. 세계는 온전했다. 읍내 공원의 나이 많은 밤나무들은 아직도 가지에 잎이 무성하여 푸르렀다. 그 안에 숨어 보이지 않는 새들이 여느 아침과 마찬가지로 지저귀고 있었다. 이 무렵이면 군사무소 앞에서 멈추는 우유마차는 오늘도 여느 날과 다름없다는 듯 태평하게 그 자리에 서 있었다. 창밖에는 바뀐 게 아무것도 없었다는 것을 군수는 똑똑히 보았다. 우편물이 오지 않을 수 있을까? 자크가 이를 잊어버릴 수 있을까? 폰 트로타 씨는 책상 종을 흔들었다. 은종에서 나는 소리가 조용한 집 안에 빠르게 울려 퍼졌다. 아무도 오지 않았다. 군수는 아침식사에는 손을 댈 생각도 하지 않았다. 군수는 종을 다시 한번 흔들어댔다. 마침내 노크 소리가 났다. 군수는 여집사 히르슈비츠 양이 들어오는 것을 보고 어리둥절하고 놀라고 기분이 상했다.

히르슈비츠 양은 아침에 갑옷을 떨쳐입고 나온 것 같았다. 여태 한번도 본 적이 없는 차림이었다. 군청색 밀랍천으로 만든 커다란 앞치마가 목부터 다리까지 감싸고 있었다. 하얀 보닛이 머리에 꽉 째어, 커다란 귀의 보들보들하고 통통하고 넓은 귓불이 드러나 보였다. 폰 트로타 씨는 히르슈비츠 양을 눈 뜨고 볼 수가 없었다—밀랍천에서 나는 냄새를 견딜 수 없었다. "꼴사납구먼!" 군수는 여집사의 인사를 받는 둥 마는 둥 하고 이렇게 말했다. "자크는 어디 있는가?"

"건강 상태가 악화됐습니다."

"건강 상태가 악화됐어?" 군수가 따라 말했다. 무슨 말인지 바로 알아채지 못했기 때문이었다. "아픈가?" 군수가 다그쳐물었다.

"열이 있습니다!" 히르슈비츠 양이 말했다.

"알았네!" 폰 트로타 씨는 나가도 좋다고 손을 내저었다.

군수는 식탁에 앉았다. 커피만을 마셨다. 달걀, 꿀, 버터, 카이저롤은 쟁반에 놓아두었다. 군수는 자크가 병이 들었으며 편지를 가져다줄 수 없다는 것을 이제야 알아챘다. 그런데 자크가 왜 병이 들었는가? 자크는 말하자면 우체국과 마찬가지로 늘 건재했다. 우체국이 편지를 배달하기를 갑작스레 그만뒀더라도 이보다 더 놀랍지는 않았을 것이다. 군수 자신도 병이 든 적이 없었다. 병이 들면 죽을 수밖에 없었다. 병이란 자연이 인간을 죽음에 길들이려고 일으키는 것이었다. (폰 트로타 씨가 어릴 적만 해도 사람들은 콜레라를 두려워했지만) 어떤 사람들은 전염병을 이겨낼 수는 있었다. 하지만 한 사람에게 살그머니 찾아온 병에는 병명이 이렇든 저렇든 상관없이 지게 마련이었다. 의사들은 (군수는 이들을 '돌팔이'라고 불렀다) 병을 고칠 수 있는 체했지만, 사실은 밥벌이를 하려는 데 지나지 않았다. 병에 걸렸다가 살아난 사람들이 전혀 없지는 않을 테지만, 폰 트로타 씨의 기억이 미치는 한, 가깝거나 먼 주위에는 그런 사람이 없었다.

군수는 종을 다시 한번 흔들었다. "우편물을 가져오게!" 군수는 히르슈비츠 양에게 말했다. "다른 사람을 시키게. 자네가 들고 오지 말고! 그런데 자크는 어디가 아픈가?"

"열이 있습니다!" 히르슈비츠 양이 말했다. "감기에 걸린 것 같습니다."

"감기에 걸려? 5월에?"

"자크는 젊은 나이가 아닙니다!"

"의사 스리브니를 부르게!"

이 의사는 지역보건의였다. 9시부터 12시까지 군사무소에서 진료했다. 의사가 곧 올 것이었다. 군수의 생각에 따르면 의사는 '성실한 사람'이었다.

그동안 사환이 우편물을 가져왔다. 군수는 봉투만 훑어보고는 이를 돌려주며 집무실에 가져다놓으라고 지시했다. 군수는 창가에 섰다. 창밖 세계가 자기 집에서 일어난 변화를 전혀 알지 못하고 있는 것처럼 보이는 데 자못 놀라지 않을 수 없었다. 군수는 오늘은 식사도 하지 않고 우편물도 읽지 않았다. 자크는 수수께끼 같은 병에 쓰러져 누워 있었다. 세상은 아무 일 없다는 듯 돌아가고 있었다.

폰 트로타 씨는 이런저런 어수선한 생각에 싸여 느릿느릿 집무실로 걸어갔다. 여느 때보다 이십분 늦게 책상에 앉았다. 지방 수석 사무관이 들어와 보고를 했다. 어제 또 체코 노동자들의 집회가 열렸다. 쏘콜[35] 축제를 연다고 발표됐다. '슬라브 국가들'(이는 쎄르비아와 러시아를 가리켰다. 하지만 공무용어에서는 이 국가들

35 체코와 슬라브 청년운동이자 체조협회. 1862년 프라하에서 처음 창립되어 오스트리아-헝가리 제국 전체에 급속히 전파됐다.

을 거명하는 일이 결코 없었다)의 대표단이 벌써 내일 도착할 것이었다. 독일어를 사용하는 사회민주주의자들의 동태도 심상치 않았다. 첩보에 따르면, 방적 공장에서 한 노동자가 사회당 입당을 거부했다는 이유로 동료들에게 몰매를 맞았다. 이 모든 보고는 군수를 근심에 싸이게 만들었다. 군수는 괴롭고, 마음이 아프고, 감정이 상했다. 일부 불순세력이 꾀하는 모든 일들, 국가를 쇠약하게 만들고, 폐하를 직간접적으로 모욕하고, 그렇잖아도 무력한 법률을 마비시키고, 안녕을 저해하고, 미풍양속을 해치고, 품위있는 태도를 조롱하고, 체코인 학교를 세우고, 야당의원을 당선시키기 위해 도모하는 모든 행위들은 군수 자신에 대한 적대행위였다. 군수는 처음에는 자치권을 요구하는 민족들과 '더 많은 권리'를 요구하는 '민중'을 얕잡아봤다. 언제부턴가는 이들을 미워하기 시작했다. 목수들, 방화범들, 가두연설가들을 증오하게 됐다. 군수는 지방사무관에게 '결의'Resolution를 채택하려고 열리는 집회는 즉시 해산시키라고 엄명을 내렸다. 최근에 유행하는 단어들 중에서 군수는 '결의'란 단어를 가장 싫어했다. 이 단어에서 s만 v로 바꾸면 단어들 중에 가장 파렴치한 단어인 '혁명'Revolution이 되기 때문일지도 몰랐다. 군수는 이 단어를 완전히 도태시켰다. 말할 때나 공무에서나 이 단어를 전혀 사용하지 않았다. 이를테면 군수의 부하들의 보고서에 열성 사회민주당원을 가리키는 '혁명선동가'라는 말이 나오면 이 단어를 빨간색 잉크로 '불온분자'로 고쳤다. 혁명가들이 제국 어딘가에 있을지는 모르지만 폰 트로타 씨의 W군에서는 발붙일 수 없었다.

"오후에 슬라마 상사를 나에게 보내시오!" 폰 트로타 씨는 지방사무관에게 말했다. "이 쏘콜 집회에 대비해 치안대 증강을 요청하시오. 주행정청으로 보낼 보고서를 간략히 작성하여 내일 아침 나에게 제출하시오. 우리는 군 당국에게 연락을 해야 할지도 모르오. 아무튼 치안대 초소들은 내일부터 경계태세에 들어가시오. 그리고 경계태세에 관한 내각의 최근 포고문을 요점만 발췌해오시오."

"알겠습니다, 군수님!"

"됐소. 의사 스리브니는 도착했소?"

"의사는 오자마자 자크를 진찰하러 갔습니다."

"좀 봤으면 좋겠소."

군수는 오늘은 서류에 더는 손을 대지 않았다. 폰 트로타 씨가 군사무소에서 공무를 맡아보기 시작했던 시절만 해도 평온하여, 자치주의자나 사회민주당원은 아직 없었고 '불온분자'들도 비교적 적었다. 이 세력이 성장하고 확산되어 위험성을 띠어가는 것을 세월이 천천히 흐르는 동안에도 전혀 눈치채지 못했다. 군수는 자크가 병이 나서야 비로소 불현듯 세계가 무시무시하게 변했음을 깨달은 듯한 느낌이 들었다. 죽음이 늙은 청지기의 병상에 걸터앉아 자크만을 위협하고 있는 것이 아니라는 생각이 들었다. 자크가 죽으면 어떤 의미에서는 쏠페리노의 영웅도 다시금 죽을 것이며 어쩌면 (여기에 생각이 미치자 폰 트로타 씨의 가슴속이 한순간 답답해졌다) 쏠페리노의 영웅이 죽음에서 구하려 했던 그분도 죽을 것이라는 생각이 군수에게 떠올랐다. 아! 오늘 병이 든 것은 자크만이 아니구나. 편지들은 뜯지 않은 채 군수의 책상에 놓여 있었다. 그 안에 어떤 내용이 쓰여 있을지 누가 알겠는가! 당국과 치안대의 감시를 받으면서도 쏘콜들은 제국 내부에서 집회를 열고 있었다. 군수 자신은 쏘콜들을 '쏘콜주의자들'이라고 일컬었다. 슬라브 민족들 사이에 어마어마한 그룹을 이루고 있는 이들을 일종의 시시껄렁한 분파로 깎아내리고 싶은 듯했다. 이 쏘콜들은 체조를 가르치고 신체를 단련시킨다고 표방했지만, 실상은 러시아 황제에게 고용된 스파이이거나 폭도였다. 『외국신보』에 어제 실린 기사에 따르면, 프라하의 독일인 학생들이 때때로 「라인 수비대」[36]를 부른다고 했다. 오스트리아와 동맹을 맺고 있기는 하지만 오스트리아 불구대천의 원수인 프로이센의 국가를 애창하고 있는 것이었다. 도대체 누구를 믿을 수 있단 말인가? 군수는 몸이 오슬오슬 떨렸다. 이 집무실에서 일하기 시작한 뒤 처음으로, 따뜻한 봄날인데도 창으로 다가가 창문을 닫았다.

이 순간 지역보건의가 방 안으로 들어왔다. 폰 트로타 씨는 의사에게 늙은 자크의 상태를 물었다. 의사 스리브니는 말했다. "폐렴으로 발전하면 이겨내지 못할 것입니다. 나이가 너무 많아서요. 지금 열이 사십도입니다. 자크는 사제를 불러달라고 부탁했습니다." 군수는 책상 위로 몸을 굽혔다. 의사 스리브니가 자신의 표정이 변하는 것을 알아챌까 두려웠다. 군수는 자신의 안색이 아닌 게 아니라 바뀌기 시작하는 것을 느꼈다. 서랍을 열어서 씨가를 꺼내 의사에게 권했다. 팔걸이의자를 말없이 가리켰다. 두 사람은 씨가를 피웠다. "희망이 거의 없다는 말인가?" 마침내 폰 트로타 씨가 입을 열었다. "솔직히 말해, 그렇습니다." 의사가 대답했다. "그 나이에는……" 의사는 말을 끝맺지 못하고 군수를 바라봤다. 군수가 청지기보다 얼마만큼 더 젊은지 알아보고 싶은 듯했다. "자크는 병이 든 적이 없었소!" 군수가 말했다. 이 말이 병세를 호전시킬 수 있는 근거라고 여기는 듯했다. 의사가 생사를 결정하는 권한을 가졌다고 생각하는 듯했다. "압니다, 저도 압니다." 의사가 말했다. "쌩쌩

36 막스 슈네켄부르거(Max Schneckenburger, 1819~49)가 1840년 작사한 프로이센 애국가.

하던 사람도 병에 걸립니다. 자크는 나이가 얼마나 됐습니까?" 군수는 곰곰이 생각한 다음 말했다. "일흔여덟부터 여든 사이일 걸세." "그렇군요." 의사 스리브니가 말했다. "저도 그쯤일 거라고 짐작했습니다. 오늘 보니까 그렇더군요. 누구든 멀쩡하게 돌아다닐 때는 천년만년 살 것같이 보이지만요!"

지역보건의는 이렇게 말하고 자기 진료실로 갔다.

폰 트로타 씨는 "자크네 집에 다녀오겠소"라고 메모지에 적었다. 쪽지를 문진으로 눌러놓고 안뜰로 나갔다.

폰 트로타 씨는 자크의 집에 가본 적이 한번도 없었다. 안뜰 뒷담에 붙여 지은 작고 볼품없는 집이었다. 작은 지붕에 큰 굴뚝이 솟아 있는 게 배보다 배꼽이 더 컸다. 세 벽은 누르스름한 벽돌로 쌓았고 한가운데 갈색 문이 있었다. 문으로 들어서면 부엌이 나왔고, 거기서 유리문을 지나면 거실이 보였다. 자크가 기르는 카나리아가 새장의 둥근 지붕에 앉아 있었다. 그 옆 창문에 친 하얀 커튼이 깡뚱한 탓에 커튼 아래로 창유리가 드러났다. 어린애가 키가 자라 치마 밑으로 다리가 보이는 듯했다. 반들반들한 탁자는 벽에 붙어 있었다. 탁자 위에 둥근 거울과 집광기가 달린 석유등이 걸려 있었다. 탁자와 벽이 만나는 어름에 커다란 액자에 넣은 성모마리아 초상화가 친척의 초상화라도 되는 듯 벽에 기대어 있었다. 침대에 자크가 머리를 창문 쪽으로 돌리고 이불과 씨트를 산더미처럼 덮어쓰고 누워 있었다. 자크는 사제가 들어왔다고 생각했다. 이제 자신에게 은총이 찾아온 듯 안도의 한숨을 내쉬었다. "아, 남작님!" 자크는 뒤늦게 폰 트로타 씨를 알아봤다. 군수는 늙은 자크에게 가까이 다가왔다. 이와 비슷한 방에서, 락센부르크의 상이군인 숙소에서 치안대 상사이던 군수의 할아버지는 관에 안치되어 있었다.

커튼이 쳐져 어둠침침한 방에 굵고 하얀 초들이 노랗게 빛나고 있었던 장면이 군수에게 떠올랐다. 화려한 제복을 착용한 시신의 군화 바닥이 군수의 얼굴 바로 앞에 덩두렷이 솟아 있던 모습이 생각났다. 이제 곧 자크 차례가 될 것인가? 자크는 팔꿈치로 침대를 짚고 윗몸을 세우고 있었다. 군청색 양털로 뜨개질하여 짠 잠옷모자를 쓰고 있었다. 촘촘한 뜨개코 사이로 자크의 은색 머리털이 희미하게 빛났다. 말끔하게 면도한 얼굴은 뼈만 앙상하고 열로 달아올라, 물들인 상아처럼 보였다. 군수는 침대 옆 의자에 앉아 말했다. "그렇게 심각한 것은 아니라고 의사가 말하더군. 감기가 온 것뿐이야!" "저도 그렇다고 생각합니다. 남작님!" 자크는 이렇게 대답하며, 기력은 없지만 이불 아래서 발뒤꿈치를 딱 하고 붙여보려고 했다. 자크는 윗몸을 똑바로 일으켰다. "걱정을 끼쳐 죄송합니다." 이렇게 덧붙여 말했다. "내일은 괜찮아질 거라고 생각합니다!" "며칠만 쉬면 다 나을 걸세!" "저는 사제가 오기를 기다리고 있습니다, 남작님!" "그래, 그래," 폰 트로타씨는 말했다. "사제는 올 걸세. 하지만 그때까진 아직 시간이 멀었네!" "사제는 이미 오는 중입니다!" 자크는 사제가 가까이 오는 것을 눈으로 보고 있는 듯한 어조로 대답했다. "사제는 오고 있습니다." 자크가 말을 이었다. 군수가 옆에 앉아 있다는 사실을 깜빡 잊어버린 듯 보였다. "돌아가신 나리님께서 세상을 뜨실 때," 자크가 말을 계속했다. "우리 모두는 아무 낌새도 채지 못했지요. 그날 아침이었던가, 하루 전날이었던가, 나리님은 안뜰로 나와 '자크, 털장화가 어디 있지?'라고 물었어요. 맞아요, 하루 전날이었네요. 그 이튿날 아침 나리님은 털장화가 필요없게 됐어요. 겨울이 바로 시작됐지요. 매우 추운 겨울이었어요. 겨울까지 저도 견딜 거라고 생각해요. 겨울까지 얼마 남지 않았으니까, 조금만 참고 견디면 되겠지요. 지금이 7월이니까, 6월이 오고, 5월이 오고, 4월이 오고, 8월이 오고, 11월이 오고, 크리스마스가 오면 떠날 수 있을 거예요. 출발할 수 있을 거예요. 중대, 행진!" 자크는 말을 멈췄다. 커다랗게 빛나는 파란 눈으로 마치 유리를 들여다보듯 군수를 빤히 바라봤다.

폰 트로타 씨는 늙은 자크를 살포시 얼싸안아 요에 눕히려고 했으나, 자크의 윗몸은 뻣뻣하고 꼼짝달싹하지 않았다. 머리만 부들부들 떨 뿐이었다. 자크의 군청색 잠옷모자도 끊임없이 떨렸다. 뼈만 남은 툭 불거진 노란색 이마에 송알송알 맺힌 땀방울들이 반짝거렸다. 군수는 손수건으로 이따금 땀을 닦아줬지만, 땀방울들은 새로이 돋아났다. 군수는 늙은 자크의 손을 붙들고, 넓은 손등의 발그스름하고 살비듬이 앉고 푸석푸석한 피부와 불쑥 튀어나와 있는 엄지손가락을 바라봤다. 이 손을 이불에 조심스럽게 내려놓고 집무실로 돌아갔다. 사환에게는 사제와 자비의 수녀를 데려오라고, 히르슈비츠 양에게는 자기가 없는 동안 자크를 지켜보라고 지시했다. 모자, 지팡이, 장갑을 가져오라고 하고선, 여느 때와 다른 시간에 공원에 산책을 하여 자신을 알아본 사람들을 놀라게 했다.

하지만 군수는 곧 밤나무의 짙은 그늘을 떠나 집으로 돌아왔다. 문에 다가갔을 때, 사제가 병자성사를 집전하며 은종을 울리는 소리가 들렸다. 폰 트로타 씨는 모자를 벗고 머리를 숙인 채 문 앞에 멈춰섰다. 지나가던 행인들 중에도 걸음을 멈추는 사람이 있었다. 이제 사제가 집에서 나왔다. 몇몇 행인들은 현관으로 사라지는 군수의 뒷모습을 호기심 어린 눈길로 좇다가, 사환으로부터 자크가 위독하다는 말을 건네 들었다. 이 소읍에 자크를 모르는 사람은 없었다. 세상을 떠날 늙은 자크를 기리기 위해 잠시 동안 묵념에 잠겼다.

군수는 안뜰을 곧장 가로질러 죽을병에 걸린 자크의 방으로 들어갔다. 어두운 부엌에서 모자, 지팡이, 장갑을 놓을 만한 자리를 조심스레 찾았다. 마침내 선반의 냄비들과 그릇들 사이 빈자리에 소지품들을 밀어넣었다. 히르슈비츠 양을 방에서 내보내고 침대에 다가앉았다. 해는 이제 중천에 떠 있었다. 햇빛이 군사무소의 드넓은 안뜰을 가득 채우고, 자크의 방 창문을 통해 비껴들었다. 하얗고 깡똥한 커튼은 햇빛에 젖어 환하게 빛나는 앞치마처럼 보였다. 카나리아는 흥겹게 쉬지 않고 지저귀었다. 아무것도 깔지 않은 반들반들한 마루청은 햇빛에 황금색으로 반짝거렸다. 널따란 은색 햇살이 침대 다리까지 비쳐, 하얀 침대보가 더욱 하얀색으로, 지상에서는 볼 수 없는 새하얀색으로 변했다. 햇살은 침대가 놓인 벽을 기어오르기 시작하려는 참이었다. 이따금 산들바람이 안뜰의 담을 따라 늘어선 고목들 사이로 불었다. 자크만큼 나이 들었거나 아니면 나이가 더 많을지도 모를 이 나무들은 날마다 자크에게 쉴 수 있는 그늘을 만들어줬었다. 바람이 지나가자, 가지에 달린 잎들이 솨솨 흔들렸다. 자크는 이를 알고 있는 듯싶었다. 몸을 일으켜 말했다. "남작님, 창문 좀!" 남작은 창문 손잡이를 돌려 문을 열었다. 안뜰에 가득 넘치던 신명난 5월의 소리들이 즉시 작은 방으로 밀려들었다. 나무들이 솨솨 흔들리고, 바람이 산들산들 불고, 점점이 반짝이는 스페인 파리들이 들떠 윙윙거리고, 종달새들이 푸르고 드높은 하늘에서 지지배배 지저귀었다. 카나리아는 창밖으로 날아갔지만, 날 줄 안다는 것을 보여주기 위해서였을 뿐이었다. 이내 되돌아와 창문턱에 앉아 한층 더 큰 소리로 노래하기 시작했다. 안에서든 밖에서든 세상은 즐거움에 넘쳐 있었다. 자크는 침대 너머로 몸을 내밀어, 꿈쩍도 하지 않고 소리들에 귀 기울였다. 단단한 이마에 땀방울들이 반짝거렸다. 입이 천천히 벌어지기 시작했다. 자크는 처음에는 말없이 미소 지었다. 그런 다음 눈을 질끈 감았다. 여위고 붉은 뺨의 광대뼈에 주름살이 잡히며, 자크는 이제 늙은 개구쟁이처럼 보였다. 희미하게 킥킥거리는 소리가 목에서 흘러나왔다. 자크는 웃었다. 쉬지 않고 웃었다. 이불과 요가 가볍게 떨렸고 침대조차 약간 삐걱거렸다. 군수도 싱긋 웃었다. 그렇다. 죽음이 늙은 자크에게 다가오는 모습은, 마치 봄날 아리따운 아가씨가 자크를 찾아오는 듯했다. 자크는 입을 헤벌쭉 벌리고서 듬성듬성 난 누런 이를 보이고 있었다. 손을 들어 창문을 가리키고서. 여전히 킥킥거리며 머리를 흔들었다. "오늘 날씨가 화창하구려!" 군수가 말했다. "저기 오시네요! 저기 오세요!" 자크가 말했다. "백마를 타고, 새하얀 옷을 입고 옵니다. 왜 이렇게 느리게 달리지요? 보십시오, 보세요, 얼마나 느리게 달리는지! 안녕하셨어요! 안녕하셨어요! 가까이 오세요! 들어오세요! 들어오시라고요! 날씨가 좋지요, 그렇지 않아요?" 자크는 손을 거둬들였다. 군수에게 눈길을 돌리고 말했다. "얼마나 느리게 달리는지! 저세상에서 오시기 때문에 그럴 거예요! 돌아가신 지 너무 오래되어서, 이 세상 자갈들을 밟고 달리는 데 이제 익숙지 않거든요. 옛날에는 잘 달렸지만요! 모습이 어떻게 생겼는지 아시겠어요? 그림을 보고 싶군요. 모습이 정말 바뀌었는지 알아보려고요. 그림을 가져다주세요, 가져오세요! 부탁합니다, 남작님!"

군수는 이 그림이 쏠페리노의 영웅의 초상화를 말한다는 것을 즉시 알아챘다. 자크의 소원을 들어주기 위해 밖으로 나왔다. 층계를 한 걸음에 두 계단씩 뛰어올라 응접실로 들어갔다. 의자에 올라 쏠페리노의 영웅의 초상화를 걸이에서 떼어냈다. 초상화는 먼지가 뽀얗게 앉아 있었다. 군수는 먼지를 훅 불고선, 죽을병에 걸린 자크의 이마에 돋은 땀을 닦아줬던 손수건으로 먼지를 훔쳐냈다. 이제 군수도 싱글거렸다. 즐거웠다. 얼마 만에 느껴보는 즐거움인지 몰랐다. 군수는 큰 초상화를 팔에 끼고 서둘러 안뜰을 가로질렀다. 자크의 침대로 다가갔다. 자크는 오랫동안 초상화를 바라보더니 집게손가락을 펴서 쏠페리노의 영웅의 얼굴을 여기저기 가리키고선 이윽고 이렇게 말했다. "햇빛이 비치는 곳에서 들고 있으세요!" 군수는 자크의 말에 따랐다. 초상화를 들어서 침대 다리까지 비껴드는 햇살을 받도록 했다. 자크가 몸을 일으키고 말했다. "맞아요. 나리님은 바로 이렇게 생겼었지요!" 자크는 다시 요에 드러누웠다.

군수는 초상화를 탁자의 성모마리아 초상화 옆에 올려놓고 침대로 돌아왔다. "곧 저세상으로 올라갈 겁니다." 자크는 미소 지으며 천장을 가리켰다. "그때까진 아직 멀었네!" 군수가 대답했다. "아닙니다, 아니에요!" 자크는 이렇게 말하며 매우 환하게 웃었다. "살 만큼 충분히 살았어요. 이제 저세상으로 올라갑니다. 제가 몇 살이나 됐는지 알아봐주세요. 잊어버렸거든요!" "어디를 찾아봐야지?" "저기 아래요!" 자크는 이렇게 말하고서 침대를 가리켰다. 침대에 서랍이 달려 있었다. 군수는 서랍을 빼냈다. 갈색 포장지로 싸서 끈으로 깔끔하게 묶은 꾸러미가 보였다. 그 옆에 둥그런 양철 깡통이 있었다. 뚜껑에는 얼룩덜룩하지만 부옇게 바랜 그림이 그려져 있었다. 하얀 가발을 쓴 양 치는 아가씨 그림이었다. 군수는 기억을 더듬었다. 이 상자는 군수가 어릴 적 또래 친구들이 크리스마스트리 선물로 받고 좋아했던 사탕 상자들 중 하나였다. "거기 수첩이 있네요!" 자크가 말했다. 자크의 병역수첩이었다. 군수는 코안경을 걸치고 "프란츠 크사버 요제프 크로미힐"이라고 읽었다. "이게 자네 수첩인가?" 폰 트로타 씨가 물었다. "물론이지요!" 자크가 말했다. "자네 이름이 프란츠 크사버 요제프라고?" "그럴 겁니다!" "그런데 왜 자크라는 이름을 썼지?" "나리님이 그렇게 지시했거든요!" "그렇군." 폰 트로타 씨는 이렇게 말하고 생년월일을 읽었다. "그렇다면 자네는 8월에 여든두살이 되는군!" "오늘이 며칠이죠?" "5월 19일!" "8월까지는 얼마나 남았습니까?" "세달 남았지!" "그렇군요!" 자크는 차분하게 말하고서 다시 뒤로 몸을 기댔다. "그때까지 살지 못할 것 같군요!"

"상자를 열어보세요!" 자크가 말했다. 군수가 상자를 열었다. "거기에 성 안토니우스와 성 게오르기우스 초상화가 들어 있어요." 자크는 말을 이었다. "그건 자네가 가져도 좋아요. 열을 가라앉히는 뿌리도 있지요. 그건 자네 아들 카를 요제프에게 주세요. 그 아이에게 제 안부인사를 전해주세요! 이 뿌리가 필요할 거예요. 근무지에 늪이 많으니까요! 이제 문을 닫아주세요. 자고 싶어요!"

한낮이 됐다. 침대에 밝은 햇빛이 가득 비쳤다. 창문에는 커다란 스페인 파리들이 꿈쩍 않고 붙어 있었다. 카나리아도 더는 지저귀지 않고 설탕만 찍어먹었다. 읍사무소 종탑에서 12시를 치는 소리가 울렸다. 그 황금색 메아리가 안뜰에 울려퍼졌다. 자크는 새근새근 숨 쉬었다. 군수는 식당으로 갔다.

"점심은 생각이 없소!" 군수는 히르슈비츠 양에게 말했다. 식당을 둘러봤다. 자크가 여기 이 자리에 항상 쟁반을 들고 서서, 이렇게 식탁에 다가와, 이렇게 쟁반을 내려놓았었다. 폰 트로타 씨는 오늘 입맛이 나지 않았다. 안뜰로 내려가, 갈색 목제 발코니 아래 벽 벤치에 앉아 자비의 수녀를 기다렸다. "자크는 지금 자고 있습니다!" 수녀가 오자 이렇게 말했다. 산들바람이 때때로 불어왔다. 목제 발코니 그늘이 시나브로 넓어지고 길어졌다. 파리들이 군수의 구레나룻 둘레에서 윙윙거렸다. 폰 트로타 씨는 이따금 파리들을 손으로 잡았고 그때마다 소맷부리 단추가 잘랑거렸다. 황제의 공복으로 일한 뒤 처음으로 정규근무일에 아무 일도 하지 않았다. 군수는 휴가를 얻고 싶다고 느꼈던 적이 한번도 없었다. 하루를 쉬어 본 게 처음이었다. 줄곧 늙은 자크만 생각했는데도 즐거웠다. 늙은 자크는 죽어가면서도, 어떤 멋진 사건을 축하하고 있는 듯했고, 군수도 이를 기념하기 위해 첫번째 휴가를 즐기고 있는 듯 보였다.

군수는 얼핏 자비의 수녀가 문에서 나오는 소리를 들었다. 수녀는 자크가 정신이 말짱해지고 열이 떨어진 것 같으며 침대에서 일어나 옷을 입고 있다고 이야기했다. 아닌 게 아니라, 군수는 자크가 창문가에 서 있는 것을 이내 볼 수 있었다. 자크는 건강할 때 아침마다 그랬듯 칫솔, 비누, 면도칼을 창문턱에 놓고, 손거울을 창문고리에 걸고, 면도를 하려는 참이었다. 창문을 열고 귀에 익은 건강한 목소리로 외쳤다. "이제 좋아졌습니다. 남작님, 다 나았어요. 걱정을 끼쳐 죄송합니다!"

"괜찮아. 나았다니 다행이야! 기쁘네, 정말 기쁘네. 이제 자네는 프란츠 크사버 요제프로 새로운 인생을 시작하게 되는 거야."

"그냥 자크라고 불러주십시오."

폰 트로타씨는 이 기적 같은 일에 기쁘기도 했지만 약간 어리벙벙해져서 벤치로 돌아왔다. 자비의 수녀에게 그래도 혹시 모르니 잠시 머물러달라고 부탁하고, 이렇게 나이 많은 노인이 이렇게 빨리 회복된 것을 본 적이 있는지 물었다. 수녀는 눈길을 로사리오 묵주에 떨어뜨렸다. 묵주 사이에서 손가락으로 대답들을 추려내어 이렇게 응답했다. "병이 드는 일과 병에서 낫는 일은, 그게 빠르든 느리든 신의 손에 달려 있습니다. 신의 의지는 죽어가는 사람을 매우 빠르게 살려놓은 일이 자주 있습니다." 과학적인 설명을 해줬더라면 군수는 더 좋아했을 것이다. 군수는 내일 지역보건의에게 물어봐야겠다고 마음먹었다. 폰 트로타 씨는 일단 집무실로 갔다. 큰 걱정에서 벗어났지만 왠지 모를 더 큰 불안감에 싸여 있었다. 일이 손에 잡히지 않았다. 오랫동안 군수를 기다리고 있던 치안대 상사 슬라마에게 쏘콜 축제에 대해 지시를 내렸으나, 엄격함도 강조점도 찾아볼 수 없었다. W군과 제국을 위협하고 있는 모든 위협이 단박에 오전보다 줄어든 것처럼 폰 트로타 씨에게 여겨졌다. 군수는 상사를 떠나보냈다가 곧 다시 불러 말했다. "여보게, 슬라마, 늙은 자크가 오늘 아침에는 죽을 것같이 보이더니 이제 다시 몸이 가뿐해졌다네. 이런 일을 들어본 적이 있는가?"

아니었다. 슬라마 상사는 그런 비슷한 일을 들어본 적이 없었다. 군수는 상사에게 자크를 보러 가겠는지 물었다. 슬라마는 그러고 싶다고 대답했다. 두 사람은 함께 안뜰로 내려갔다.

거기에서는 자크가 스툴에 앉아 있었다. 자신 앞에 부츠들을 군대식으로 일렬로 정렬하고, 구둣솔을 손에 들고서 목제 구두약 통에 침을 퉤퉤 뱉었다. 군수가 앞에 오자 자크는 일어서려고 했으나 몸을 채 일으키기도 전에, 폰 트로타 씨가 손으로 자크의 어깨를 눌러 도로 앉혔다. 자크는 구둣솔을 쥔 채 쾌활하게 상사에게 경례를 했다. 군수는 벤치에 앉았고, 상사도 소총을 벽에 세우고 적당히 떨어져 앉았다. 자크는 스툴에 앉아 부츠들을 닦았으나, 동작이 여느 때보다 힘이 없고 느릿느릿했다. 그동안 자크의 방에서는 자비의 수녀가 기도하며 앉아 있었다.

"이제 생각났습니다." 자크가 말했다. "제가 오늘 남작님에게 자네라고 부른 것이! 퍼뜩 기억났습니다."

"괜찮네, 자크!" 폰 트로타 씨가 말했다. "열이 나서 그런 것뿐이야!"

"그렇습니다. 송장이 되어 말한 것입니다. 그리고 상사님, 당신은 나를 신분 사칭 혐의로 구금해야 합니다. 내 본명은 프란츠 크사버 요제프이니까요! 하지만 묘비에는 자크란 이름도 새겨줬으면 합니다. 그리고 병역수첩 아래에 제 저금통장이 있습니다. 그 돈으로 제 장례식과 미사를 치러주세요. 그리고 장례미사에서도 저를 자크라고 불러주세요!"

"때가 되면 어련히 알아서 할까!" 군수가 말했다. "그때까진 아직 멀었네!"

상사가 큰 소리로 웃으며 이마의 땀을 훔쳤다.

자크는 부츠를 모두 반들반들하게 닦았다. 몸이 오슬오슬 떨렸다. 집 안으로 들어가, 여름철에도 비 올 때면 꺼내 입는 겨울모피를 걸치고 나온 다음, 스툴에 다시 앉았다. 카나리아가 자크를 따라오며 은색 머리 위에서 파닥거렸다. 잠시 앉을 자리를 찾더니 카펫 두세장이 걸려 있는 빨랫봉에 내려앉아 지저귀기 시작했다. 카나리아의 노래에 화답하듯 나무 몇그루의 나뭇가지들에 숨어 있던 수백마리 참새들이 짹짹거리기 시작했다. 몇분 만에 공중에서는 즐겁게 지저귀고 짹짹거리는 소리가 어지럽게 뒤섞였다. 자크는 고개를 들었다. 자신이 기르는 카나리아의 목소리에 흐뭇하게 귀를 기울였다. 이 소리는 다른 새소리들을 압도하고 있었다. 군수는 미소 지었다. 상사는 손수건으로 입을 가리고 웃음을 터뜨렸다. 자크는 킥킥거렸다. 수녀조차 기도를 멈추고 창문 너머로 빙그레 웃었다. 황금색 오후 해는 이미 목제 발코니 위로 솟아 짙푸른 나뭇가지들을 어루만지고 있었다. 각다귀들이 희뿌옇고 둥그런 구름을 이루며 저녁 춤을 께느른하게 추기 시작했다. 이따금 풍뎅이가 시끄럽게 윙윙거리며, 앉아 있는 사람들을 스쳐 나뭇잎들을 향해 곧장 날아가 죽음을 재촉했다. 풍뎅이는 참새의 열린 입으로 들어갈 것이 뻔했다. 바람이 세차게 불었다. 이제 새들이 노래를 멈췄다. 하늘 한 조각이 심청색으로 변했고 하얀 조각구름들은 연분홍색으로 바뀌었다.

"이제 침대에 누워 쉬게!" 폰 트로타 씨가 자크에게 말했다.

"그림을 나르는 일이 남았습니다!" 늙은 자크는 웅얼거리고서, 자신의 방으로 가서 쏠페리노의 영웅의 초상화를 가져온 다음 층계의 어둠 속으로 사라졌다. 상사는 자크의 뒷모습을 바라보며 말했다. "기이하군요!"

"그렇지, 매우 기이해!" 폰 트로타 씨가 대꾸했다.

자크가 돌아왔다. 벤치로 다가왔다. 한마디도 건네지 않고 느닷없이 군수와 상사 사이에 앉더니, 입을 벌리고 숨을 몰아쉬었다. 두 사람이 미처 달려들기도 전에, 목은 등받이에 떨어지고, 손은 벤치 바닥에 늘어지고, 모피외투는 흘러내리고, 뻗은 다리는 뻣뻣해지고, 휘어져 치솟은 슬리퍼 코는 공중을 향했다. 바람이 안뜰에 거칠고 사납게 몰아쳤다. 하늘에 불그레한 조각구름들이 흘러갔다. 해는 담 뒤로 넘어가 있었다. 군수는 청지기의 은색 머리를 왼손에 얹고, 의식을 잃은 자크의 가슴을 오른손으로 만져봤다. 상사는 놀라서 자신의 검은 모자가 땅에 떨어진 줄도 모르고 서 있었다. 자비의 수녀가 한걸음에 서둘러 달려왔다. 수녀는 늙은 자크의 손을 잡고, 손가락으로 잠시 어루만지더니, 모피외투에 살며시 올려놓고, 성호를 그었다. 수녀는 상사를 말없이 바라봤다. 상사는 금세 무슨 뜻인지 알아채고 자크의 겨드랑이를 붙들었다. 수녀는 자크의 다리를 잡았다. 두 사람은 자크를 작은 방으로 옮겨 침대에 눕혔다. 자크의 두 손을 겹쳐모으고 로사리오의 묵주로 감은 다음, 머리맡에 성모마리아의 초상화를 세워놓았다. 두 사람은 자크의 침대 옆에서 무릎을 꿇었고, 군수는 기도를 했다. 얼마 만에 해보는 기도인지 몰랐다. 까마득히 잊었던 어린 시절의 기억으로부터 기도문이 다시 떠올랐다. 죽은 친척의 영혼이 구원받기를 비는 기도문이었다. 군수는 이 기도문을 웅얼거렸다. 몸을 일으켜 바지를 내려다보고 무릎에 묻은 먼지를 털어내고선 밖으로 나왔다. 상사가 뒤를 따랐다.

"나도 때가 되면 이렇게 죽고 싶구려, 슬라마!" 군수는 여느 때의 "안녕히 가시오!"라는 인사 대신 이런 말을 남기고 응접실로 들어갔다.

군수는 대형 사무용지에 청지기의 입관과 장례에 관한 지시를 작성했다. 마치 장례집행관이 된 듯 신중하게 항목별로, 부문별로 적어내렸다. 이튿날 아침 묏자리를 고르러 묘지로 나가 묘비를 구입하고 비명을 일러줬다. "여기 신의 품 안에 프란츠 크사버 요제프 크로미힐이 고이 잠들다. 자크라고도 불렸으며, 늙은 청지기이자 충실한 친구였다." 검은 말 네마리와 제복을 입은 영구꾼 여덟명이 운구하는 최고급 장례식을 주문했다. 사흘 뒤 군수는 관 뒤를 따라 걸었다. 유족이라고는 군수밖에 없었다. 얼마만큼 거리를 유지하고서 슬라마 상사와 다른 사람들이 뒤를 따랐다. 자크와 알고 지내던 사람들이 관 뒤에서 걷는 폰 트로타 씨를 보고서 자크의 장례임을 알아채고 행렬에 합류한 것이었다. 그리하여 꽤 많은 사람들이 늙은 프란츠 크사버 요제프, 일명 자크를 무덤까지 바래다줬다.

이제 군수에게는 집이 달라지고 텅 비고 스산하게 느껴졌다. 아침식사 쟁반 옆에 우편물은 이제 놓여 있지 않았다. 군수는 사환에게 새로운 지시를 내리는 것도 주저했다. 단 하나 남겨놓은 작은 책상 은종도 더는 붙잡지 않았다. 가끔 아무 생각 없이 뻗은 손에 종이 닿아도 그저 쓰다듬기만 했을 뿐이었다. 때로는 오후에 귀를 쫑긋 세우고, 늙은 자크의 유령이 계단을 걷는 소리가 들린다고 생각했다. 때로는 자크가 살았던 작은 방에 들어가, 카나리아에게 설탕 덩어리를 새장 울타리 틈새로 넣어줬다.

쏘콜 축제가 눈앞에 닥쳐 군수가 집무실을 비우면 곤란한 시기인 어느날 군수는 느닷없이 마음을 굳혔다.

무슨 결심을 했는지 다음 장에서 이야기하겠다.

11

군수는 국경 주둔부대에 있는 아들을 찾아가기로 결정했다. 폰 트로타 씨 같은 사람이 세우기 힘든 계획이었다. 군수는 제국 동쪽 국경지역에 관해 유독 선입견을 품고 있었다. 동창생 중 두 사람이 심각한 업무과실이 드러나 이 머나먼 주州로 좌천당했었다. 이 국경지역에서는 시베리아 바람이 휘몰아치는 소리가 들릴지도 몰랐다. 거기에서는 곰과 늑대, 그보다 더 무시무시한 괴물인 이와 빈대가 문명세계에서 온 오스트리아인들을 위협했다. 루테니아 농부들은 이교도 신들에게 제물을 바치고 유대인들은 외지인의 재산을 군침을 흘리며 집어삼켰다. 폰 트로타 씨는 구형 회전식 권총을 챙겼다. 모험이 두렵지 않았다. 오히려 까마득히 잊고 있던 소년 시절의 흥분된 기분을 다시 체험했다. 자신과 옛 친구 모저는 자기 아버지 농장의 신비스러운 숲으로 사냥하러 갈 때나 한밤중에 묘지로 들어갈 때 이런 기분을 느꼈었다. 군수는 히르슈비츠 양에게 밝은 표정으로 짧게 작별인사를 했다. 이 여자를 다시 보지 않게 됐으면 좋겠다는 부질없는 희망을 까닭없이 품었다. 군수는 혼자서 역으로 갔다. 창구 역무원이 말했다. "아, 드디어 먼 곳으로 여행을 하시는군요. 잘 다녀오십시오!" 역장이 플랫폼으로 서둘러 달려왔다. "출장을 가십니까?" 이렇게 물었다. 군수는 상대방 눈이 휘둥그레지는 게 재미있다는 듯 명랑하게 대답했다. "이를테면 그렇소, 역장! '출장'이라고 할 수 있지." "오래 걸립니까?" "글쎄, 모르겠소." "아드님도 방문하실 겁니까?" "그럴지도!"—군수는 차창에 서서 손을 흔들었다. W군에게 쾌활하게 작별을 고했다. 돌아올 생각은 아예 하지 않았다. 폰 트로타 씨는 열차 시간표에 실린 모든 역들을 다시 훑어봤다. "보후민에서 갈아타는군!"이라고 혼잣말로 되새겼다. 기차가 역을 지날 때마다 시간표에 적힌 출발 및 도착 시간이 잘 지켜지는지 보려고, 통과역의 시계들과 자기 회중시계의 시간을 맞춰봤다. 시간이 맞지 않을 때마다 이상하게 기분이 좋아지고 유쾌해졌다. 보후민에서는 기차 한대를 그냥 보냈다. 호기심에 넘쳐 사방을 두리번거리며 플랫폼을 지나서, 대합실에서 빠져나와 먼 길을 걸어 읍내에도 잠깐 들러봤다. 역으로 돌아와 어쩔 수 없이 늦은 척하며 역무원에게 투덜거렸다. "기차를 놓쳤소!" 역무원이 이 말에 전혀 놀라지 않자 적잖이 실망했다. 군수는 끄라꾸프에서 한번 더 갈아타야 했다. 바라던 바였다. 군수가 카를 요제프에게 도착시간을 알리지만 않았더라도, 저 '위험한 변경'에 기차가 날마다 두대만 다녔더라도, 폰 트로타 씨는 여행을 중단하고 세상구경을 좀더 했을 것이다. 아쉬운 대로 차창을 통해서도 세상을 눈요기할 수는 있었다. 철도변에는 봄이 끝없이 펼쳐지고 있었다. 군수는 오후에 도착했다. 폰 트로타 씨는 즐겁고 느긋하게 이른바 '탄력있는 걸음'으로 승강계단에서 내렸다. 신문이 늙은 황제의 걸음을 이렇게 칭송한 이후, 나이 든 국가관료들은 차츰 이 걸음을 흉내냈다. 지금은 완전히 잊혔지만 당시 제국에는 기차나 차량에서 내려오고, 음식점이나 플랫폼이나 개인 집에 들어서고, 친척이나 친구에게 다가갈 때 매우 특별한 걸음걸이가 유행했다. 이런 걸음을 하게 된 것은 나이 든 신사들이 좁은 바지를 입었을뿐더러 이들 중 많은 사람들이 바짓단의 고무고리를 부츠에 둘러끼웠던 탓도 있었다. 폰 트로타 씨는 이 유별난 걸음걸이로 열차 차량에서 내렸다. 승강계단 앞에 마중 나와 있던 자신의 아들을 얼싸안았다. 폰 트로타 씨는 오늘 일등칸과 이등칸 차량에서 내린 유일한 외지인이었다. 몇몇 휴가병들, 철도원들, 검은색의 치렁치렁하고 펄럭거리는 카프탄[37]을 걸친 유대인들이 삼등칸에서 나왔다. 모두들 아버지와 아들 트로타를 바라봤다. 군수는 서둘러 대합실로 들어갔다. 여기서 카를 요제프의 이마에 입을 맞췄다. 식당에서 꼬냑 두 잔을 주문했다. 술병 선반 뒷벽에 거울이 걸려 있었다. 아버지와 아들은 술을 마시며 거울에 비친 서로의 얼굴을 들여다봤다. "거울이 잘못된 거냐," 폰 트로타 씨가 물었다. "아니면 네 얼굴이 정말 이렇게 상한 거냐?" 아버지는 털이 왜 이렇게 하얗게 세셨어요? 카를 요제프도 하마터면 이 말을 입 밖에 낼 뻔했다. 아버지의 거무스레한 구레나룻과 관자놀이에서 은색이 수없이 반짝이는 것을 보았기 때문이었다. "거울을 한번 봐라!" 군수는 말을 이었다. "물론 거울 탓은 아니겠지! 아마도 여기 근무가 고되어서겠지! 지내기 힘드냐?" 군수는 아들이 젊은 소위답지 않게 보인다는 사실을 알아

37 오늘날 중앙아시아인들이 많이 입는 소매가 헐렁하고 옷자락이 무릎까지 내려오는 겉옷. 오스트리아-헝가리 제국에서는 동유럽 유대인의 전통의상이었다.

챘다. 어쩌면 몸이 아플지도 모른다. 군수는 생각했다. 병에는 죽을 병 말고도, 장교들이 빠지기 일쑤라는 음주나 도박 따위의 몹쓸 병도 있었다. "꼬냑을 마셔도 되느냐?" 군수는 이렇게 물었다. 에둘러 속을 떠보기 위해서였다. "예, 그렇습니다, 파파." 소위가 말했다. 여러해 전 고요한 여름 오전에 소위를 시험하던 아버지의 목소리가 아직도 소위의 귀에 쟁쟁했다. 콧소리가 섞인 국가관료의 목소리, 엄격하고 항상 의아해하며 다그쳐묻기 때문에 그 앞에서는 거짓말을 입에 담을 수 없는 목소리였다. "보병근무가 마음에 드느냐?" "매우 마음에 듭니다, 파파!" "네 말은 어떻게 했느냐?" "전속할 때 데리고 왔습니다, 파파!" "종종 말을 타느냐?" "거의 타지 않습니다, 파파!" "말타기를 좋아하지 않느냐?" "아닙니다, 좋아해본 적이 없습니다, 파파!" "파파란 말 그만 붙여라." 폰 트로타 씨가 갑자기 말했다. "너는 클 만큼 컸으니까! 나는 휴가를 즐기고 싶다!"

두 사람은 마차를 타고 읍으로 들어갔다. "생각했던 것만큼 황량하지는 않구나!" 군수가 말했다. "여기는 즐길 만한 게 많이 있느냐?"

"매우 많습니다!" 카를 요제프가 말했다. "호이니츠키 백작의 집에 가면요. 모두들 거기 모입니다. 백작을 만나게 될 겁니다. 저는 그 사람을 좋아합니다."

"네가 사귄 첫번째 친구겠구나?"

"의무대위 막스 데만트도 가까운 친구였습니다." 카를 요제프가 대답했다.

"여기가 주무실 방입니다, 파파!" 소위가 말했다. "동료들이 여기서 묵고 가끔 밤에 떠들기도 합니다. 하지만 여기밖에 호텔이 없습니다. 아버지가 계실 동안에는 동료들도 조심을 하겠지요!"

"괜찮다, 괜찮아!" 군수가 말했다.

군수는 트렁크에서 둥그런 양철깡통을 꺼내어, 뚜껑을 열고 카를 요제프에게 속에 든 것을 보여줬다. "이건 일종의 뿌리인데…… 늪지대의 열병에 잘 듣는다고 한다. 자크가 너에게 보낸 것이다."

"자크는 어떻게 지내고 있습니까?"

"이미 저세상으로 올라갔다." 군수는 천장을 가리켰다.

"저세상에 갔다고요!" 소위가 따라 말했다. 중늙은이가 말하는 것 같다고 군수는 느꼈다. 아들은 많은 비밀을 감추고 있을지 몰랐다. 아버지는 비밀을 알지 못했다. 흔히들 아버지와 아들은 떼려야 뗄 수 없는 사이라고 말하지만, 두 사람 사이를 유수처럼 흐른 세월이 태산처럼 가로막고 있었다! 군수가 카를 요제프에 대해 알고 있는 바는 다른 소위에 대해 알고 있는 것보다 그다지 많지 않았다. 아들은 기병대에 입대했고 그뒤 보병대로 전속했다. 용기병의 붉은색 옷깃 대신에 총병의 초록색 옷깃을 달고 있었다. 이게 다였다! 더는 몰랐다! 군수는 나이 든 게 분명했다. 늙어버렸다. 이제 근무나 의무에 온 힘을 다 쏟지도 않았다. 자크와 카를 요제프를 위해서도 할 일이 있었다. 비바람에 씻겨 차돌같이 단단해진 뿌리를 자크에게 건네받아 카를 요제프에게 넘겨줬다.

군수는 트렁크 위에 몸을 굽힌 채 입을 열었다. 트렁크를 향해 말을 하는 모습은 열린 무덤에 대고 이야기를 하는 듯했다. 하지만 하고 싶었던 말을 꺼내지 못했다. 사랑한다, 내 아들아! 이렇게 말하는 대신 "자크는 매우 편안히 죽었다! 화창한 5월 저녁이었어, 온갖 새들이 노래했다. 카나리아가 기억나느냐? 그 새가 가장 큰 소리로 지저귀었다. 자크는 부츠들을 모두 닦았어. 그러고 나서야 죽었다. 안뜰의 벤치에서! 슬라마도 임종을 지켰다. 자크는 그날 오전에는 열만 났었는데. 자크가 너에게 안부를 전하더라!"

그러고서 군수는 트렁크에서 눈길을 떼어 아들의 얼굴을 바라봤다.

"나도 때가 되면 그렇게 죽고 싶다!"

소위는 자기 방으로 가서 옷장을 열고 열을 내리는 뿌리를 카타리나의 편지와 막스 데만트의 군도가 들어 있는 맨 위 서랍에 넣었다. 의사의 회중시계를 꺼냈다. 작은 원형 숫자판에서 가느다란 초침은 소위가 본 어느 다른 초침보다 더 빨리 돌고, 그 째깍째깍 소리는 소위가 들은 어떤 다른 시계 소리보다 더 크게 울리는 듯했다. 시곗바늘은 정처없이 돌고, 그 소리는 의미없이 울렸다. 머지않아 아버지가 돌아가시며 회중시계를 물려주면, 아버지의 회중시계가 울리는 소리도 듣게 되겠지. 내 방에 쏠페리노의 영웅의 초상화, 막스 데만트의 군도, 아버지의 유품이 걸리겠지. 이 모든 것은 나와 함께 묻힐 거야. 나는 트로타가의 마지막 후손이야!

소위는 아직 어린 나이여서 슬픔에서도 쾌락을 달콤하게 느낄 수 있었고, 마지막 후손이 될 것이라고 믿으면서도 품위를 쓰라리게 지킬 수 있었다. 가까운 늪에서 개구리들이 온 천지가 떠나갈 듯 울었다. 서산에 걸린 해가 방의 가구와 벽을 불그레하게 물들였다. 가벼운 마차가 다가오는 소리가 들렸다. 먼지 덮인 길에서 말발굽들이 따각따각 걸음을 늦췄다. 마차가 멈췄다. 밀짚처럼 노란색을 칠한 여행마차였다. 호이니츠키 백작의 여름마차였다. 백작의 채찍 소리에 개구리 울음소리가 세번이나 묻혀버렸다.

호이니츠키 백작은 호기심에 가득 찬 인물이었다. 드넓은 세계로 여행을 떠나는 것도, 널따란 카지노 테이블에 앉아 있는 것도, 낡은 사냥별장에 틀어박혀 있는 것도, 의회의 의석을 차지하고 있는 것도, 해마다 봄이면 집으로 돌아오는 것도, 늘 하던 대로 축제를 여는 것도, 자살을 하지 못하는 것도, 모두 호기심 때문이었다. 오로지 호기심을 충족하는 낙으로 살았다. 호기심은 결코 만족되지 않았다. 트로타 소위는 군수인 아버지가 올 것이라고 백작에게 알려줬었다. 호이니츠키는 자신이 아는 오스트리아 군수들만 해도 열 손가락에 꼽고도 남았고, 자신이 만난 소위들의 아버지들은 이루 헤아릴 수가 없었는데도, 군수 트로타를 소개받기를 바랐다. "저는 아드님 친구입니다." 호이니츠키가 말했다. "당신을 제 집에 모시겠습니다. 아드님이 당신께 이미 말씀드렸겠지만요! 그런데 당신을 어디선가 뵌 적이 있는 것 같습니다. 통상부에 근무하는 스보보다 박사와 아는 사이 아닙니까?" "우리는 학교동창입니다!" "그러면 그렇지요!" 호이니츠키가 소리쳤다. "스보보다는 제 가까운 친구입니다. 요즘 약간 멍해졌지만, 좋은 친구입니다! 솔직하게 말씀드려도 괜찮겠습니까?—당신은 프란츠 요제프와 닮았군요."

한순간 침묵이 흘렀다. 군수는 황제의 이름을 입에 담아본 적이 한번도 없었다. 공식석상에서는 폐하라고 일컬었다. 일상생활에서는 황제라고 말했다. 하지만 이 호이니츠키는 통상부 관료든 황제든 가리지 않고 이름을 불렀다. "그래요, 당신은 프란츠 요제프와 닮았습니다." 호이니츠키가 다시금 말했다.

세 남자는 마차를 타고 달렸다. 길 양쪽에 개구리 울음소리가 끝없이 이어졌다. 늪이 파랗고 푸르고 가없이 펼쳐졌다. 저녁이 다가오며 황금색에 보라색이 섞이기 시작했다. 들길의 보드라운 모래를 밟고 바퀴가 달캉달캉 구르는 소리와 바퀴 굴대가 날카롭게 삐걱거리는 소리가 들렸다. 호이니츠키는 작은 사냥별장 앞에 마차를 세웠다.

별장 뒷담은 전나무 숲의 어둠침침한 언저리를 등지고 있었다. 별장과 좁다란 앞길 사이에 작은 정원과 돌울타리가 가로놓여 있었다. 정원문에서 현관문에 이르는 짧은 길 양쪽에 자란 덤불들은 오랫동안 가지를 치지 않은 것 같았다. 덤불들이 여기저기서 비죽배죽 길로 삐져나오고 그 가지들이 거치적거리는 탓에 두 사람이 어깨를 맞대고 길을 지날 수 없었다. 때문에 세 사람은 한 줄로 걸어갔다. 그뒤를 말이 작은 마차를 끌고 얌전히 따라왔다. 말은 이 길을 잘 아는 듯싶었고, 이 별장에 사는 사람인 듯 보였다. 양쪽 덤불 뒤로 넓게 펼쳐진 풀밭은 엉겅퀴꽃과 둥글고 짙푸른 머위꽃으로 뒤덮여 있었다. 길 오른쪽에 돌기둥이 부서져 있었다. 아마도 탑이 무너지고 남은 잔해 같았다. 부러진 엄니처럼 정원 한가운데서 하늘을 향해 솟아난 돌기둥에는, 짙푸른 이끼가 잔뜩 끼고 검고 가는 금이 수없이 보였다. 육중한 목제 현관문에 호이니츠키 가문의 문장이 달려 있었다. 파란색 방패가 세 부분으로 나뉘고 여기에 황금색 수사슴 세마리가 새겨졌으나, 사슴들의 뿔은 얽히고설켜 있었다. 호이니츠키가 불을 켰다. 세 사람은 널따랗고 천장이 낮은 방에 들어섰다. 초록색 블라인드의 가는 틈새로 설핏한 햇살이 들어왔다. 등불 아래 드러난 식탁에는 접시, 병, 주전자, 은제 나이프, 포크, 스푼, 수프 그릇이 놓여 있었다. “당신들을 위해 가벼운 요깃거리를 준비했습니다!” 호이니츠키가 말했다. 물처럼 맑은 ‘구십도’를 작은 잔 세개에 따른 다음, 잔 두개를 손님들에게 건네주고 자신은 세번째 잔을 들었다. 모두 술을 들이켰다. 군수는 잔을 식탁에 내려놓으며 약간 얼떨떨해했다. 사냥별장처럼 신비스러운 곳에 음식이 실제로 차려져 있다는 것이 아무래도 믿어지지 않았다. 군수가 어리둥절함에서 깨어났던 것은 입맛이 몹시 당겼기 때문이었다. 새까만 송로버섯이 점점이 박혀 있는 간肝 파이는 갓 깬 얼음 조각들을 반짝거리는 화환처럼 두르고 있었다. 숫눈처럼 하얀 접시에 덩그렇게 놓인 연한 꿩가슴은 초록색, 빨간색, 하얀색, 노란색의 다채로운 야채를 거느리고 있고, 야채는 색깔별로 전두리가 청황색이며 가문 문장이 그려진 사발에 담겨 있었다. 주둥이가 넓은 수정 병에는 까만 진주 같은 캐비아들이 황금색 레몬 조각들에 둘러싸여 수없이 들어 있었다. 둥그런 연분홍색 햄들은 길쭉한 사발에 정갈하게 가지런히 놓여 있고, 날이 셋 달린 커다란 은제 포크가 햄들을 지키고 있었다. 햄 옆에는 껍질이 빨간 무가 키 작고 깜찍한 시골 아가씨처럼 놓여 있었다. 통통하고 투실투실한 잉어와 홀쭉하고 미끌미끌한 가물치가 끓이고, 굽고, 새콤달콤한 양파 소스를 발라 유리 그릇, 은제 그릇, 자기 그릇에 놓여 있었다. 검은색, 갈색, 하얀색의 둥근 빵들은 시골 분위기가 나도록 엮은 광주리에 들어 있었다. 마치 아기가 요람에 누워 있는 것 같았다. 빵은 자른 금이 거의 보이지 않았고, 빵 조각들을 매끈하게 다시 붙여놓았기 때문에 칼로 자른 적이 전혀 없는 듯 보였다. 음식들 사이사이에는 통통하고 중배가 튀어나온 술병과 호리호리하고 기다라며 사각이나 육각 아니면 미끈한 원형인 수정 물병이 놓여 있었다. 목이 긴 병도 짧은 병도, 상표가 붙은 병도 떨어진 병도 있었다. 이 병들은 갖가지 모양과 크기의 잔을 거느리고 있었다.

세 사람은 식사를 시작했다.

이렇게 듣도 보도 못한 방식으로 뜬금없는 시간에 '가벼운 요기'를 하며 군수는 이 국경지역의 특이한 관습들을 매우 좋아하게 될 것 같다는 예감이 들었다. 과거 오스트리아-헝가리 제국 시대에는 폰 트로타 씨와 같은 스파르타식 천성을 지닌 인물조차 여느 누구 못지않게 식도락을 즐겼다. 군수가 산해진미를 맛본 것은 엄청나게 오래전 일이었다. 당시 주지사였던 M. 후작의 이임식 날이었다. 후작은 어학실력이 뛰어난 것으로 유명했고 '야만민족들을 교화하는 능력'이 있다고 소문이 나서 새로 점령한 보스니아-헤르체고비나 지역으로 영전됐다. 그렇다. 당시 군수는 진미와 별주를 즐겼다! 그날은 자신이 주행정청 표창을 받고, 지방서기관으로 승진하고, 뒤이어 군수로 임명되고 주연을 벌였던 다른 경삿날들과 더불어 기억에 생생하게 남아 있었다. 여느 사람들은 음식의 별미를 혀로 맛봤지만 군수는 눈으로 느꼈다. 폰 트로타 씨는 둥근 식탁을 서너번 둘러보고 여기저기에 눈길을 멈춰 맛을 봤다. 신비하다못해 섬뜩한 분위기마저 거의 잊었다. 세 사람은 식사를 했다. 이 병 저 병에서 술을 따라 마셨다. 군수는 음식마다 칭찬을 했다. 한 음식에서 다른 음식으로 넘어갈 때마다 "착착 달라붙는군요" "사르르 녹는군요"라고 말했다. 얼굴이 차츰 불콰해졌다. 우물우물 씹느라 구레나룻 양 갈기가 끊임없이 들썩였다.

"두분을 여기로 모신 것은," 호이니츠키가 말했다. "'새 성'에서는 방해받을 염려가 있어서입니다. 거기는 문이 항상 열려 있는 셈이어서 제 친구라면 언제든 들어올 수 있거든요. 여기는 평상시에는 제가 일하는 장소로 씁니다."

"당신이 일을 해요?" 군수가 물었다. "그렇습니다," 호이니츠키가 말했다. "저는 일을 합니다. 재미 삼아 한다고 할까요. 제 조상들의 전통을 잇고 있을 뿐이니까요. 솔직히 말씀드려, 이 일에 그리 열성이 없습니다. 할아버지는 이 일에 열정을 쏟았지만요. 이 지역 농부들은 할아버지를 위대한 마술사라고 생각했습니다. 실제로 마법사였는지도 모르지요. 사람들은 저도 마술사라고 여기지만, 저는 아닙니다. 저는 아직까지 티끌만큼도 만들어내지 못했습니다!"

"티끌만큼도?" 군수가 물었다. "무슨 티끌을 말하는 겁니까?"

"물론 황금 티끌이지요!" 호이니츠키가 대답했다. 두말할 나위 없다는 듯한 말투였다.

"저는 화학에 약간 소질이 있습니다." 호이니츠키가 말을 이었다. "우리 집안에 이어 내려오는 재능이지요. 여기 벽에 두분이 보시다시피 구식기구들과 최신기구들을 갖추어놓았습니다." 호이니츠키는 벽을 가리켰다. 군수는 벽마다 여섯 단의 목제 선반들이 달려 있는 것을 보았다. 선반들에는 옛날 약방에서 사용했을 것 같은 절구, 크고 작은 종이 봉지, 유리 용기가 놓여 있었고, 다채로운 액체가 담긴 기이한 유리 플라스크, 등, 가스버너, 도관도 눈에 띄었다.

"매우 신기하군요, 신기해요, 신기해!" 폰 트로타 씨가 말했다.

"제가 이 일에 열성이 있는지 없는지," 호이니츠키가 말을 이었다. "저 자신도 잘 모르겠습니다. 아침에 여기에 도착하면 가끔 열정에 사로잡힙니다. 할아버지의 비방을 읽어보고 달려들어 실험을 하고선 저 자신을 비웃고 여기를 떠납니다. 그러고서도 또 여기에 와서 다시 실험을 합니다."

"신기하군요, 신기해요!" 군수가 다시금 말했다.

"이보다 신기한 일을," 백작은 말했다. "저는 마음만 먹으면 수두룩이 할 수 있습니다. 문교부 대신이 되면 어떨까요? 저는 이 자리를 제안받은 적이 있습니다. 내무부 국장이 되면 어떨까요? 저는 이 직책을 권유받기도 했습니다. 궁정에 들어가 궁정의전 대신이 되면 어떨까요? 프란츠 요제프는 저와 아는 사이니까요……"

군수는 펄쩍 놀라 의자를 뒤로 훌쩍 물렸다. 호이니츠키는 스스럼없이 황제의 이름을 불렀다. 황제를 보통, 평등, 비밀 선거권을 도입한 이후 의석을 차고앉은 우스꽝스러운 의원이라고 생각하는 듯했다. 아무리 잘봐주더라도, 이미 죽어서 조국의 역사에나 나오는 인물에 지나지 않는다고 여기는 것 같았다. 황제의 이름이 귓전에 닿자 군수는 가슴이 철렁했다. 호이니츠키가 표현을 고쳤다.

"폐하는 저와 아는 사이니까요!"

군수는 식탁에 다시 가까이 붙어앉으며 이렇게 물었다. "죄송합니다만, 조국에 봉사하는 일이 황금을 만드는 일과 마찬가지로 부질없는 일일까요?"

"조국은 이제 존재하지 않으니까요."

"무슨 말인지 모르겠습니다!" 폰 트로타 씨가 말했다.

"그러실 줄 알았습니다." 호이니츠키가 말했다. "우리 모두는 이제 산목숨이 아니라는 것을 알아야 합니다!"

매우 조용해졌다. 마지막 햇빛은 이미 오래전에 스러져 있었다. 초록색 블라인드의 가는 틈새로 하늘에 떠 있는 몇몇 별이 벌써 보였다. 개구리들이 천지가 떠나갈 듯 개굴거리는 소리가 잦아들고 귀뚜라미들이 들에서 나직하게 귀뚤거리는 소리가 들렸다. 때때로 뻐꾸기들이 뻐꾹뻐꾹 우는 소리가 났다. 군수는 술기운에, 야릇한 분위기에, 백작의 듣도 보도 못한 연설에 젖어들었다. 마법에 걸릴 듯한 상태에 빠져들었다. 지금까지 겪어본 적이 없는 일이었다. 아들을 흘금 바라봤다. 허물없고 가까운 사람을 찾아볼 수 있을까 싶어서였다. 하지만 이제 카를 요제프마저 허물없고 가까워 보이지 않았다! 호이니츠키의 말이 어쩌면 옳을지 몰랐다. 자신들은 아닌 게 아니라 이제 존재하지 않았다. 조국도 없었고 군수도 없었고 아들도 없었다! 폰 트로타 씨는 힘겹게 질문을 꺼내 던졌다. "무슨 말인지 모르겠습니다! 제국이 어떻게 해서 이제 존재하지 않는다는 것인지요?"

"물론," 호이니츠키가 대답했다. "명목상으로는 제국은 아직 존재합니다. 우리는 아직 군대가 있습니다." 백작은 소위를 가리켰다. "관료도 있습니다." 백작은 군수를 가리켰다. "하지만 제국은 산 채로 갈라지고 있습니다. 분열되고 있습니다, 아니 이미 붕괴됐습니다! 감기만 걸려도 숨이 넘어갈 듯 죽음을 눈앞에 둔 노인이 황위에 앉아 있을 힘은 용케 남아 황제 노릇을 하고 있습니다. 얼마나 더 버틸까요, 얼마나 더? 시대는 이제 우리를 필요로 하지 않습니다. 이 시대는 자주민족국가들을 만들려 하고 있습니다! 사람들은 이제 신을 믿지 않습니다. 새로운 종교는 민족주의입니다. 민족들은 이제 교회에 가지 않습니다. 민족주의 집회에 갑니다. 제국은, 우리의 제국은 신앙을 바탕으로 수립됐습니다. 신이 합스부르크가를 선택하여 이런저런 수많은 그리스도교 민족들을 통치하도록 했다는 믿음에 근거하고 있습니다. 우리의 황제는 교황의 형제로서 세속을 다스리는 임무를 맡고 있습니다. 공식 칭호도 오스트리아-헝가리 제국의 신의 사도 황제 폐하입니다. 황제 중에 우리 폐하만이 신의 사도를 자처하고 있습니다. 유럽의 황제 중에 우리 폐하가 가장 많이 신의 은총에 기대고 있습니다. 민족들이 신의 은총을 믿는 데 의존하고 있습니다. 독일 황제는 신에게 버림을 받더라도 아마 자기 민족의 지지를 받아 통치를 할 것입니다. 오스트리아-헝가리 황제는 신에게 버림을 받아서는 안됩니다. 그런데 이제 신이 황제를 버렸습니다!"

군수는 몸을 일으켰다. 신이 황제를 버렸다는 말을 입에 올릴 수 있는 사람이 이 세상에 있으리라고는 꿈에도 생각지 못했다. 하지만 백작의 이 말은 자신이 왜 혼란을 느끼고 있는지를 단박에 설명해주는 듯 보였다. 군수는 평생 동안 천국의 문제는 신학자들에게 떠맡기고 교회, 미사, 성체축일 행사, 사제, 전능한 신은 제국의 기관으로 여겼으나, 최근 몇주 동안 특히 늙은 자크가 죽은 이후에 정신적 동요를 겪고 있었다. 그렇다, 신은 늙은 황제를 버렸다! 군수는 몇 걸음을 떼었다. 발밑에서 낡은 마루청이 삐걱거렸다. 창문으로 다가가, 블라인드 틈새로 군청색 밤이 좁다란 띠들처럼 새어드는 것을 보았다. 자연의 모든 과정과 일상생활의 모든 사건이 갑작스럽게 위협적이고 이해할 수 없는 의미를 띠었다. 귀뚜라미들의 소곤거리는 합창도 이해할 수 없었고, 별들의 반짝거림도 이해할 수 없었고, 밤의 벨벳처럼 파란색도 이해할 수 없었고, 자신이 국경지역으로 여행하여 이 백작의 집에 머무는 것도 이해할 수 없었다. 군수는 식탁으로 돌아갔다. 손으로 구레나룻 한쪽 갈기를 쓰다듬었다. 약간 당황했을 때 나오는 습관이었다. 약간 당황했다고! 군수는 지금처럼 당황해본 적이 한번도 없었다!

백작이 군수에게 술을 가득 따라줬다. 군수는 단숨에 들이켰다. "그러니까," 이렇게 말했다. "당신 말은 우리가……"

"끝났다는 것입니다." 호이니츠키가 말을 맺어줬다. "우리는 끝났습니다. 당신도, 당신 아들도, 저도 마찬가지입니다. 저는 이렇게 생각합니다. 우리는 신이 황제들에게 은총을 베풀고 저 같은 광인이 황금을 만드는 세계에 사는 마지막 사람이 될 것입니다. 잘 들으세요! 잘 보세요!" 호이니츠키는 몸을 일으켰다. 문으로 가서 스위치를 돌렸다. 커다란 샹들리에 전구들이 환하게 켜졌다. "보세요!" 호이니츠키는 말했다. "지금은 연금술의 시대가 아니라 전기의 시대입니다. 화학의 시대이기도 하지요, 알아들으시겠어요? 이게 무엇인지 아세요? 니트로글리세린입니다." 백작은 음절들을 끊어서 또박또박 말했다. "니트로글리세린이라고요!" 백작은 다시 한번 말했다. "황금이 아니란 말입니다! 프란츠 요제프의 궁정에서는 아직도 종종 촛불을 켜지요! 무슨 말인지 아시겠어요? 니트로글리세린과 전기는 우리를 몰락시킬 것입니다! 그날이 멀지 않았습니다, 멀지 않았어요!"

전등에서 뿜어나오는 빛이 벽 선반에 놓인 유리관들에 얼비쳐, 초록색이나 빨간색이나 파란색으로 좁다랗거나 널따랗게 떨렸다. 카를 요제프는 조용히 핼쑥하게 앉아 있었다. 줄곧 술만 마셨다. 군수가 소위를 바라봤다. 친구인 화가 모저가 생각났다. 늙은 폰 트로타 씨 자신도 술기운이 얼근한 탓에, 술 취한 아들이 머리에 챙 넓은 모자를 쓰고 옆구리에 커다란 그림첩을 끼고 시민공원의 푸른 나무들 아래 앉아 있는 모습이 저만치 떨어진 거울에 어른어른 비치는 듯했다. 미래의 사건을 예견할 수 있는 백작의 예언능력이 군수에게 옮겨져, 군수도 자기 혈육의 미래를 알아볼 수 있게 된 듯싶었다. 접시, 수프 그릇, 병, 잔 들이 절반쯤 비어 쓸쓸해 보였다. 벽을 빙 둘러놓인 유리관들이 홀리는 듯 빛났다. 구레나룻을 기른 늙은 하인 두 사람이 식탁을 치우기 시작했다. 하인들은 프란츠 요제프 황제나 군수와 형제라도 되는 듯 닮아 있었다. 뻐꾸기들이 뻐꾹뻐꾹 우짖는 소리가 귀뚜라미들이 찌륵찌륵 우는 소리를 이따금 쇠망치처럼 내리쳤다. 호이니츠키는 술병 하나를 치켜들었다. "향토주를," 호이니츠키는 구십도를 이렇게 불렀다. "이제 마셔야 합니다. 병에 얼마 남아 있지 않습니다!" 두 사람은 '향토주'를 마지막 한 방울까지 마셨다.

군수는 회중시계를 꺼냈으나 바늘이 어디를 가리키고 있는지 똑똑히 분간할 수 없었다. 바늘들은 하얀 원형 숫자판에서 너무 빨리 돌아서, 원래대로 두개가 아니라 수백개는 되어 보였다. 숫자도 열두개가 아니라 열둘 곱하기 열두개는 되는 듯싶었다. 숫자들이 분을 나타내는 금만큼이나 촘촘히 맞붙어 있었다. 저녁 9시인 것 같기도 했고 아니면 벌써 자정인 것 같기도 했다.

"10시입니다!" 호이니츠키가 말했다.

구레나룻을 기른 하인들이 손님들의 팔을 부드럽게 붙들어 밖으로 안내했다. 호이니츠키의 큰 덮개마차가 기다리고 있었다. 하늘이, 친숙한 파란색 유리로 만든 듯한 멋지고 낯익은 이 세상의 하늘이, 매우 가까이 내려앉아 있었다. 손으로 잡을 수 있을 만큼 다가와 땅을 덮고 있었다. 별장 오른쪽에 있는 돌기둥이 하늘에 닿을 듯 보였다. 별은 인간이 손을 뻗어 가까운 하늘에 (깃발을 지도에 붙이듯) 압정으로 꽂아놓은 듯했다. 때때로 파란색 밤 전체가 군수를 중심으로 빙빙 돌며 가볍게 흔들렸다가 다시 멈춰섰다. 개구리들이 끝없이 펼쳐진 늪에서 개굴개굴 울었다. 비에 젖은 풀 냄새가 났다. 유령처럼 새하얀 말들이 끄는 검은색 마차 마부석에 검은 외투를 입은 마부가 우뚝 앉아 있었다. 백마들이 히힝거리고, 말발굽이 축축한 모래땅을 고양이 발 못지않게 부드러이 비벼댔다.

마부가 혀를 딱딱 차는 소리를 냈다. 마차가 출발했다.

마차는 왔던 길로 돌아갔다. 자작나무가 늘어선 넓은 자갈길로 접어들어, '새 성'에 다 왔음을 알려주는 가로등들에 이르렀다. 은색 자작나무 줄기들이 가로등들보다 훨씬 밝게 빛났다. 덮개마차의 튼튼한 고무바퀴는 자갈 위를 부드럽게 구르며 나직하게 달그락거렸다. 백마의 발굽이 빠르게 땅을 차는 소리만이 따가닥따가닥 울렸다. 덮개마차는 널따랗고 편안했다. 안에 들어가면 소파에서처럼 뒤로 기댈 수 있었다. 소위는 잠이 들었다. 아버지 옆에 앉아 있었다. 핼쑥한 얼굴을 뒤로 젖혀 쿠션 등받이에 묻고 있었다. 열린 창으로 들어온 바람이 소위의 얼굴을 스쳤다. 가로등 빛이 비칠 때마다 얼굴이 환하게 밝아졌다. 호이니츠키는 손님들 맞은편에 앉아 있었다. 백작은 소위의 반쯤 벌어진 핏기 없는 입술과 단단하고 콧날이 오뚝한 코를 바라봤다. "곤히 자는군요!" 백작이 군수에게 말했다. 자신들은 소위의 두 아버지인 듯한 느낌이 두 사람 모두에게 들었다. 군수는 밤바람에 술이 깼다. 하지만 까닭 모를 두려움이 아직 가슴속에 서려 있었다. 군수는 세계가 몰락하는 것을 보았다. 자신의 세계가 붕괴하고 있었다. 맞은편에 앉은 호이니츠키는 살아 있었다. 아무리 살펴봐도 살아 있는 게 분명했다. 호이니츠키의 무릎이 폰 트로타 씨의 정강이뼈에 가끔 부딪치기까지 했다. 그렇지만 백작은 유령처럼 으스스하게 느껴졌다. 폰 트로타 씨는 뒷주머니에 넣어온 구형 회전식 권총 때문에 엉덩이가 배겼다. 권총은 도대체 왜 들고 왔는지! 국경지역에는 곰도 늑대도 보이지 않는데! 세계가 몰락하는 것만이 보이는데!

마차가 목제 아치문 앞에 멈췄다. 마부가 채찍을 휘둘렀다. 문이 양쪽으로 열렸다. 백마들은 완만한 오르막길을 발맞춰 걸어올랐다. 저택 앞창에서 흘러나오는 노란색 빛이 자갈과 길 양쪽의 풀밭을 비췄다. 말소리와 피아노 연주가 들렸다. '성대한 축제'가 열리고 있음에 틀림없었다.

식사는 이미 끝나 있었다. 종복들이 다채로운 화주가 담긴 커다란 잔들을 들고 돌아다녔다. 손님들은 춤을 추거나, 타로크나 휘스트 카드게임을 하거나, 술을 마셨다. 어떤 사람이 여러 사람을 모아놓고 연설을 했으나, 귀담아듣는 사람은 아무도 없었다. 홀을 갈지자로 걷는 사람도, 구석에서 곯아떨어진 사람도 있었다. 남자들끼리 어울려 춤을 추었다. 용기병대 장교들의 검은색 예복 재킷들과 총병대 장교들의 파란색 예복 재킷들이 맞닿아 부딪쳤다. '새 성'의 방들에 호이니츠키는 촛불을 켜도록 했다. 벽의 돌살강이나 돌시렁에 세워놓거나 아니면 종복들이 반시간마다 교대하여 들고 있는 훤칠한 은제 촛대에, 눈처럼 하얗거나 밀랍처럼 노란 두툼한 초들이 꽂혀 있었다. 열린 창문으로 밤바람이 들어올 때마다, 촛불의 불꽃들이 날렸다. 잠시 피아노 연주가 멎을 때마다, 나이팅게일이 지저귀고 귀뚜라미가 울고 촛농이 은촛대에 톰방 떨어지는 소리가 들렸다.

군수는 아들을 찾으러 다녔다. 말로 다 할 수 없는 불안에 사로잡혀 방들을 뒤졌다. 아들이, 아들이 어디로 갔단 말인가? 춤추는 사람들 사이에도, 술에 취해 비척거리는 사람들 사이에도, 카드게임을 하는 사람들 사이에도, 여기저기 구석에 모여앉아 이야기를 나누는 중년의 점잖은 사람들 사이에도 아들은 없었다. 소위는 외진 방에 홀로 퍼더앉아 있었다. 중배가 불룩한 큼지막한 술병만이 절반쯤 빈 채 소위를 저버리지 않고 발치에 놓여 있었다. 몸을 가느다랗게 오그리고 있는 소위 앞에서 술병은 어마어마하게 부풀어 올라 소위를 삼켜버릴 수도 있을 듯싶었다. 군수는 소위에게 다가가 볼이 좁은 부츠 끝으로 술병을 건드렸다. 아들의 눈에는 아버지가 두 사람도 더 되는 듯 보였다. 눈을 깜박일 때마다 아버지의 수효가 늘어났다. 소위는 아버지들에게 시달리는 듯한 느낌이 들었다. 아버지가 한 사람이라면 일어서서 맞이해야 마땅했다. 하지만 아버지가 이렇게 많다면, 그래 봐야 힘만 들 뿐이었다. 기운만 뺄 뿐이었다. 소위는 기이한 자세를 하고 있었다. 앉아 있는 것 같기도, 누워 있는 것 같기도, 웅크리고 있는 것 같기도 했다. 군수는 꿈쩍도 하지 않았다. 머리가 재빨리 회전했다. 숱한 기억이 한꺼번에 떠올랐다. 이를테면, 어느 여름 일요일에 자신이 서재에 앉아 있었을 때, 생도 카를 요제프가 눈처럼 하얀 장갑을 낀 손으로 검은색 생도 모자를 벗어 무릎까지 내려뜨리고, 고분고분하고 순진한 눈빛을 띠고 또랑또랑한 목소리로 자신이 묻는 질문에 대답하던 모습이 눈에 선했다. 갓 임명된 기병대 소위가 파란색, 황금색, 선홍색 제복을 입고 역시 서재로 들어오는 것이 눈에 삼삼했다. 하지만 이제 늙은 폰 트로타 씨로부터 이 젊은 청년은 까마득히 멀리 떨어져 있었다. 낯설고 술에 취한 총병대 소위를 바라보자니 왜 이리 가슴이 미어지는 몰랐다. 왜 이리 억장이 무너지는지 알 수 없었다.

트로타 소위는 움직이지 않았다. 아버지가 얼마 전에 도착했다는 것을 기억하고 있었으며, 아버지가 한 사람이 아니라 여러 사람이 되어 자신 앞에 서 있다는 것도 알아챌 수 있었다. 하지만 아버지가 왜 하필 오늘 왔는지, 아버지의 수효가 왜 급작스레 늘어났는지, 소위 자신이 왜 몸을 일으킬 수 없는지 까닭을 알 수 없었다.

여러주 전부터 트로타 소위는 구십도에 빠져 있었다. 구십도는 술기운이 머리로 오르지 않고, 술꾼들이 입버릇처럼 하는 말에 따르면, '다리로만' 내려갔다. 구십도는 먼저 가슴을 후끈후끈 달구었다. 피가 핏줄에서 더 빠르게 흐르기 시작했고, 메스꺼움과 욕지기가 사라지고 술이 당겼다. 그러면 소위는 구십도를 한 잔 더 들이켰다. 아침에 날씨가 아무리 춥고 흐리더라도 햇빛 나는 즐거운 새날을 맞듯 씩씩하고 기분 좋게 밖으로 나갔다. 휴식시간에는 총병대가 훈련하는 국경 숲 근처 주점에서, 동료들과 어울려 새참을 먹으며 또다시 구십도를 마셨다. 구십도가 목을 타고 내려갈 때는, 불이 빠르게 번졌다가 저절로 꺼지는 듯했다. 새참은 먹은 것 같지도 않았다. 소위는 귀영하여 옷을 갈아입고 역에 가서 점심식사를 했다. 먼 길을 걸었지만 전혀 시장하지 않았다. 때문에 구십도를 한 잔 더 마셨다. 식사를 마치고 나면 바로 졸음이 왔다. 그러면 블랙커피를 마신 다음 구십도를 또 마셨다. 한마디로 말해, 지루한 하루를 보내며 기회만 생기면 화주를 걸쳤다. 오후나 저녁이 되면 화주를 마시지 않고는 배길 수조차 없었다.

술을 마시자마자 숨통이 트였기 때문이었다. 그렇다. 이는 국경지역에서 일어나는 기적이었다. 여기서는 정신이 맨송맨송한 사람은 숨이 막혔다. 하기야 여기서 정신이 말짱한 사람이 누가 있겠는가?! 트로타 소위는 술이 취하면 동료들, 상관들, 부하들이 모두 어릴 적 불알친구처럼 보였다. 소읍이 푸근하게 느껴졌다. 자신이 여기서 나서 자란 듯싶었다. 소위는 머리털이 붉은 상인들의 호객 소리만 듣고도, 다닥다닥 붙은 구멍가게들로 주저없이 들어갔다. 가게들은 저잣거리의 두꺼운 담에 쥐구멍처럼 들이박혀, 좁고 어둡고 구불구불한 안이 미어터져라 온갖 물건들을 쟁여두고, 아무짝에도 쓸모없는 물건들을, 이를테면 가짜 산호, 싸구려 손거울, 불량 비누, 사시나무 빗, 새끼로 만든 개줄 따위를 사고팔았다. 소위는 누구에게나 미소 지었다. 알록달록한 머릿수건을 두르고 풀로 엮은 커다란 바구니를 옆구리에 낀 농촌 아낙네들에게도, 한껏 멋을 부린 한 유대인 아가씨들에게도, 군사무소 관리들에게도, 고등학교 선생들에게도 웃음 지었다. 상냥함과 정겨움이 이 작은 세계에 넘쳐흘렀다. 누구나 소위에게 밝은 웃음으로 화답했다. 괴로운 일은 이제 없었다. 근무를 할 때나 근무가 끝났을 때나 고통스러운 일이 없었다! 모든 일이 쉽사리 빠르게 풀렸다. 오누프리이의 모국어를 알아들을 수 있었다. 소위는 이따금 주변 마을을 찾아가 농부들에게 길을 물었다. 농부들은 낯선 언어로 대답했지만 무슨 말인지 알아들을 수 있었다. 소위는 말을 타지 않았다. 말을 보는 안목이 있고 말 타는 솜씨가 좋은 동료들에게 빌려줬다. 한마디로 소위는 만족스러웠다. 다만 트로타 소위가 깨닫지 못하고 있는 사실은, 자신의 걸음걸이가 비척거리고, 재킷에 얼룩이 묻어 있고, 바지에 다리미 주름이 없고, 셔츠에 단추가 떨어져 있고, 피부는 밤에는 노란색으로, 낮에는 회색으로 보이고, 눈초리는 초점을 잃고 있다는 것이었다. 소위는 도박은 하지 않았다—오로지 이 사실만이 초글라우어 소령에게 위안이 됐다. 누구든 살다보면 술을 좋아할 때가 있게 마련이었다. 괜찮다, 한때 그러고 마니까!—화주를 마시는데 큰돈이 드는 것도 아니었다. 패가망신하는 경우는 대개 도박빚 때문이었다. 트로타는 다른 장교들에 비해 근무를 태만히 하지 않았다. 일부 장교들과 달리 스캔들을 일으키지도 않았다. 그렇기는 커녕 술을 마실수록 얌전해졌다. 때가 되어 결혼을 하면 정신을 차리겠지! 소령은 이렇게 생각했다. 소위는 고위관료들의 총애를 받고 있고, 빠르게 출세할 거야. 원하기만 하면 참모본부에 들어갈 테지.

폰 트로타 씨는 소파 언저리에 조심스레 걸터앉아 무슨 말을 어떻게 해야 할지 몰랐다. 군수는 취한 사람에게 말을 걸어본 적이 없었다. "너는," 오랜 생각 끝에 이렇게 말을 꺼냈다. "화주를 조심해야겠다. 나는 말이지, 갈증을 달래는 정도만 마셨다." 소위는 무람없이 웅크린 몸을 일으켜 세워보려고 안간힘을 다 썼다. 하지만 몸이 말을 듣지 않았다. 늙은 아버지를 바라봤다. 다행스럽게도 이번에는 한 사람만 보였다. 이 사람은 소파 끄트머리에 엉덩이를 걸치고 손으로 무릎을 짚고 있었다. 소위는 물었다. "방금 뭐라고 하셨지요, 파파?" "너는 화주를 조심해야겠다!" 군수가 다시금 말했다. "왜요?" 소위가 물었다. "왜냐고?" 폰 트로타 씨가 약간 마음이 놓여 말했다. 아들이 정신이 들어 자신이 하는 말을 알아듣는 것 같았기 때문이었다. "화주는 너를 파멸시킬 거야, 모저가 어떻게 됐는지 잘 알지?" "모저, 모저라고요." 카를 요제프가 말했다. "알고말고요! 하지만 모저가 그렇게 사는 게 어때서요. 모저를 기억하지요. 모저가 할아버지의 초상화를 그렸어요!" "초상화가 어떻게 생겼는지는 잊었느냐?" 폰 트로타 씨가 매우 나직이 웅얼거렸다. "할아버지 모습을 잊은 적이 없어요." 아들이 대답했다. "초상화를 잊어본 적이 한시도 없어요. 초상화에 그려진 할아버지만큼 강인하지는 못하지만요. 죽은 사람들! 저는 죽은 사람들을 잊을 수 없어요. 아버지, 저는 아무것도 잊을 수 없어요! 아버지!"

폰 트로타 씨는 어쩔 줄 모르고 아들 옆에 앉아 있었다. 군수는 카를 요제프가 무슨 말을 하는지 똑똑히 알아듣지는 못했다. 하지만 젊은 아들이 술에 취해 횡설수설하는 게 아니라는 것만큼은 어렴풋이 짐작했다. 소위가 도와달라고 울부짖고 있다고 느꼈다. 도와줄 방법이 없었다! 군수 자신이 국경지역에 찾아온 것도 약간이나마 도움을 얻기 위해서였다. 자신은 이 세계에 완전히 외톨이였기 때문이었다! 그런데 이 세계도 몰락하고 있었다! 자크는 땅속으로 들어가고, 자신은 외톨이였다. 아들 얼굴이라도 다시 한번 보고 싶었다. 그런데 아들 역시 외로워하고 있었고, 훨씬 젊은 까닭에 그만큼 더 세계의 몰락에 다가가 있을지 몰랐다. 세계는 얼마나 단순해 보였었던가! 군수는 기억을 더듬었다. 어떤 상황에든 이에 걸맞은 처신이 있었다. 아들이 방학을 맞았을 때는 아들을 시험했다. 아들이 소위가 됐을 때는 축하를 했다. 아들이 공손히 편지를 써서 짧게나마 안부를 알리면, 몇 문장을 간단히 적어 답장을 보냈다. 그런데 아들이 술에 취해 있으면, "아버지!"라고 외치면, "아버지!"라고 울부짖으면, 어떻게 행동해야 하는가?

군수는 호이니츠키가 다가오는 것을 보고서, 여느 때의 자신답지 않게 벌떡 일어섰다. "당신에게 전보가 왔습니다!" 호이니츠키가 말했다. "호텔 하인이 가져왔습니다." 공무전보였다. 폰 트로타 씨에게 근무지로 복귀하라고 쓰여 있었다. "유감스럽게도 당신에게 벌써 돌아오라고 하는군요!" 호이니츠키가 말했다. "쏘콜과 관련이 있겠지요." "예, 아마 그런 것 같습니다." 폰 트로타 씨가 말했다. "소요가 일어날지도 모릅니다!" 군수는 이제 자신이 소요를 막기 위해 어떤 조처를 취할 만한 기력이 없다는 것을 깨닫고 있었다. 매우 피곤했다. 퇴직까지는 아직 몇해가 남아 있었다! 순간 곧바로 퇴직을 하고 싶다는 생각이 퍼뜩 스쳤다. 그러면 카를 요제프를 돌볼 수 있을 것이었다. 늙은 아버지에게 안성맞춤의 일이었다.

호이니츠키가 말했다. "이 빌어먹을 제국에서는 손발이 꽁꽁 묶여 있어서, 소요를 막기가 쉽지 않습니다. 몇몇 주모자를 체포하면, 프리메이슨, 국회의원, 민중지도자, 신문이 달려드는 통에 이들을 풀어줄 수밖에 없습니다. 쏘콜협회를 해체시키면 주행정청으로부터 견책을 받게 됩니다. 자치권을 침해했다는 거지요! 두고 보세요! 여기 저의 군에서는 소요가 일어나면 발포할 겁니다. 저는 여기 사는 한, 여당후보로 출마하여 국회의원으로 선출될 거니까요. 이 지역은 다행히 외딴곳이어서 뻔뻔스러운 신문 편집국들이 만들어내는 썩어빠진 현대사상의 영향을 받지 않고 있습니다!"

호이니츠키는 카를 요제프에게 다가갔다. 술 취한 사람을 다루는 방법을 잘 아는 듯한 어조로 힘주어 말했다. "당신 아버님은 띠나셔야 하오." 카를 요제프도 바로 알아들었다. 몸을 일으키기조차 했다. 흐리멍덩한 눈초리로 아버지를 찾았다. "죄송합니다, 아버지!"

"제 아들 때문에 약간 걱정이 되는군요!" 군수가 호이니츠키에게 말했다.

"그러시겠지요!" 호이니츠키가 대답했다. "아드님은 이 지역을 떠나야 합니다. 아드님이 휴가를 얻으면 세상구경을 좀 시켜주려고 합니다. 그러면 여기로 돌아오고 싶은 생각이 들지 않을 겁니다. 사랑에 빠질지도 모르지요……"

"저는 사랑에 빠지지 않습니다." 카를 요제프가 느릿느릿 말했다.

아버지와 아들은 마차를 타고 호텔로 돌아왔다.

돌아가는 길에 아버지와 아들 사이에는 한마디만, 단 한마디만 오갔다. "아버지!" 카를 요제프는 이렇게 말하고서 더는 아무 말도 하지 않았다.

군수는 이튿날 매우 늦게 잠이 깼다. 대대 귀영 트럼펫 소리가 벌써 들렸다. 두시간 뒤에 기차가 출발했다. 카를 요제프가 왔다. 아래층에서 호이니츠키가 채찍을 휘두르는 소리가 들렸다. 군수는 역 구내식당의 총병대 장교 식탁에서 점심식사를 했다.

군수가 W군을 떠나온 이후로 엄청나게 많은 시간이 흐른 듯싶었다. 자신이 이틀 전에야 기차를 탔던 것이 가까스로 기억났다. 군수 옆에는 호이니츠키 백작 말고는 민간인을 찾아볼 수 없었다. 알록달록한 제복을 입은 장교들이 어둡고 마른 얼굴을 하고 길둥그런 식탁에 앉아 식사를 하고 있었다. 장교들 어깨 너머 벽에는 프란츠 요제프 1세의 초상화가 걸려 있었다. 순백색 대원수 코트를 입고 진홍색 어깨띠를 두른 최고사령관을 그린, 제국 어디서나 흔히 볼 수 있는 초상화였다. 황제의 하얀색 구레나룻 바로 아래 거의 평행으로 50센티미터 남짓 떨어진 곳에, 검은색에서 은색으로 변하고 있는 폰 트로타 씨의 구레나룻 양 갈기가 보였다. 길둥그런 식탁의 맨 끝자리에 앉은 신참 장교들은 신의 사도 황제 폐하와 황제의 충복이 빼닮은 것을 알아볼 수 있었다. 소위도 자기 자리에서 황제의 얼굴과 아버지의 얼굴을 견주어볼 수 있었다. 위쪽 벽에는 늙은 아버지의 초상화가 걸려 있고, 아래쪽 식탁에는 황제가 활기를 되찾고 젊어져 양복 차림으로 앉아 있는 게 아닌가 하는 생각이 얼핏 들었다. 황제도 아버지도 소위에게 멀고 낯설게 느껴졌다.

그동안 군수는 낭패한 눈초리로 식탁을 두리번거리며 젊은 장교들의 솜털이 보송보송하고 수염이 거의 나지 않은 얼굴과 중년 장교들의 콧수염을 기른 얼굴들을 살펴봤다. 옆에 초글라우어 소령이 앉아 있었다. 아! 폰 트로타 씨는 소령에게 카를 요제프에 관한 걱정을 털어놓고 싶었다. 하지만 시간이 없었다. 창밖에 기차는 이미 선로에 들어와 있었다.

군수는 완전히 낙담에 빠졌다. 장교들은 폰 트로타 씨가 건강하고 편안히 여행을 하고 공무를 성공적으로 완수하기를 빌며, 여기저기서 축배를 들었다. 폰 트로타 씨는 이곳저곳으로 미소를 던지며 몸을 일으켜 이 사람 저 사람과 잔을 부딪쳤다. 하지만 머릿속은 걱정으로 무거웠고 가슴속은 어두운 예감에 답답했다. 자신의 W군을 떠나온 지 엄청나게 오랜 시간이 지난 것 같았다! 그렇다, 군수는 쾌활하고 들뜬 기분으로 모험을 하듯 이 지역으로 하나밖에 없는 아들을 찾아왔다. 이제 홀로 남은 아들과 이 국경지역을 뒤로하고 외롭게 돌아가는 길이었다. 이 지역에서는 세계의 몰락을 벌써 또렷이 볼 수 있었다. 도회지 사람들은 파란 하늘을 보며 천하태평하게 지내는 동안, 변두리 사람들은 먹구름이 밀려오는 것을 볼 수 있는 것과 비슷했다. 역무원이 경쾌하게 종을 울렸다. 기관차가 기적을 울렸다. 기차의 물기 머금은 증기가 식당 창문에 부딪쳐 자잘한 젖빛 물방울로 바뀌었다. 식사 시간이 끝나고 장교들이 모두 일어섰다. '전대대'가 폰 트로타 씨를 플랫폼으로 배웅했다. 폰 트로타 씨는 인상 깊은 말을 남기고 싶었으나 그럴듯한 말이 떠오르지 않았다. 아들에게 다시금 그윽한 눈길을 던졌다. 혹시 이를 알아채는 사람이 있을까 두려워 금세 눈길을 거두었다. 초글라우어 소령과 악수를 나눴다. 호이니츠키에게 고맙다고 말했다. 여행할 때 쓰고 다니는 품위있는 회색 중산모를 살짝 들어 인사를 했다. 왼손에 모자를 들고 오른손으로 카를 요제프의 등을 감쌌다. 아들의 뺨에 입을 맞췄다. 내게 걱정을 끼치지 마라! 사랑한다, 아들아! 이렇게 말하고 싶었지만, "잘 지내라!"라는 말만을 남겼다—트로타 가문 사람은 숫기가 없었다.

군수는 기차에 올라탔다. 차창에 섰다. 진회색 광택 장갑을 낀 손으로 열린 창턱을 짚었다. 벗어진 머리가 빛났다. 걱정 어린 눈초리로 다시금 카를 요제프의 얼굴을 찾았다. "군수님이 다음에 오실 때에는," 기분이 늘 좋은 바그너 대위가 말했다. "작은 몬떼까를로를 보시게 될 겁니다!" "무슨 말이지요?" 군수가 물었다. "여기에 카지노가 생길 겁니다!" 바그너가 대답했다. 폰 트로타 씨가 아들을 불러서 곧 문을 연다는 '몬떼까를로'를 조심하라고 다급히 경고할 틈도 주지 않고, 기관차가 기적을 울렸다. 객차 완충기가 맞부딪치는 소리가 울려퍼졌고, 기차가 미끄러져 움직였다. 군수는 회색 장갑을 흔들었다. 장교 전원이 경례를 했다. 카를 요제프는 꿈쩍도 하지 않았다.

소위는 돌아가는 길에 바그너 대위와 동행했다. "굉장한 카지노가 될 걸세!" 대위가 말했다. "진짜 카지노야! 아, 정말! 내가 룰렛을 못 본 지 얼마나 오래됐는지! 공이 어떻게 도는지 아나? 나는 공이 돌면서 내는 소리를 너무 좋아해! 한시라도 빨리 열었으면!"

새로운 카지노 개장을 고대하는 사람은 바그너 대위뿐만이 아니었다. 모두 기다렸다. 국경 주둔부대는 카프투라크가 카지노를 열기를 여러해 전부터 목을 빼고 기다렸다.

군수가 떠난 지 한주 뒤에 카프투라크가 왔다. 카프투라크는 생각했던 것만큼 큰 주목을 받지 못했다. 우연치고는 참으로 기이하게도, 카프투라크가 온 바로 그날 한 여자가 도착하여 모든 사람의 눈길을 끌어모았기 때문이었다.

12

당시 오스트리아-헝가리 제국 국경지역에는 카프투라크 같은 남자들이 흔했다. 아득히 먼 곳에서 죽어가는 짐승을 찾아낸 음흉한 까마귀들처럼, 쇠망해가는 제국 둘레를 맴돌기 시작했다. 으스스한 날개를 성마르게 퍼덕거리며, 숨이 끊어지기를 기다렸다. 뾰족한 부리로 먹잇감을 쪼았다. 어디서 와서 어디로 가는지 아무도 모른다. 이자들은 수수께끼 같은 죽음의 깃털 난 형제들이다. 죽음을 미리 알리고, 죽음과 함께 다니고, 죽음의 뒤를 쫓는다.

카프투라크는 작달막한 키에 눈에 띄지 않는 외모를 지닌 남자이다. 이자는 소문을 몰고 다닌다. 걸음을 어디로 옮겨도 소문이 앞지르고, 흔적을 거의 남기지 않고 지나가도 소문이 뒤따른다. 카프투라크는 국경지역 주막에 묵는다. 남아메리카 해운회사 대행인들과 접촉하여, 해마다 수천명의 러시아 탈영병을 증기선으로 낯설고 척박한 땅으로 송출하는 데 관여한다. 도박은 좋아하지만 술은 마시지 않는다. 눈물겨운 이야기를 사근사근 들려주기도 한다. 여러해 동안 국경 저편에서 러시아 탈영병들을 밀출국시키는 일을 하다가, 여러 관리와 군인이 체포되어 유죄판결을 받는 것을 보고 시베리아 유형이 두려워, 러시아에 집, 아내, 자식을 남겨두고 도망쳤다고 털어놓는다. 여기서 무슨 일을 하려 하느냐는 물음에 카프투라크는 싱긋 웃으며 딱 잘라 대답한다. "사업이지요."

장교들이 묵는 호텔 주인 이름은 브로드니처라고 했다. 슐레지엔 출신이었는데, 무슨 영문인지 이 국경지역으로 흘러들어와, 카지노 문을 열었다. 브로드니처는 까페 창유리에 커다란 종이를 붙였다. 도박이란 도박은 다 준비했으며, 악대가 날마다 저녁부터 새벽까지 '콘서트'를 벌일 것이고 '유명 나이트클럽 여가수들'과 계약했다고 알렸다. 까페의 '신장개업'은 얼치기 악사 여덟명을 불러모아 만든 악대의 콘서트로 시작됐다. 뒤이어 이른바 '마리아힐프[38]의 나이팅게일'이 도착했다. 보후민 출신의 금발머리 아가씨였다. 이 아가씨는 레하르의 왈츠와 「사랑으로 밤을 불태우고 희뿌연 새벽길을 걸으며」라는 외설스러운 민요를 노래했고, 앙코르를 받으면 「제 짧은 치마 아래에 주름 잡힌 연분홍색 팬티를 입고 있어요……」를 불렀다. 이렇게 하여 브로드니처는 손님들의 기대를 마냥 부풀려놓았다. 알고 보니 여러 크고 작은 카드 테이블 말고도 커튼으로 막아 으슥한 구석에 룰렛도 설치해놓았다. 바그너 대위는 보는 사람마다 붙들고 이 이야기를 하여 이들을 들뜨게 만들었다. 이 작은 공은 (룰렛을 본 적이 없는 사람도 수두룩했다) 여러해 전부터 국경지역에 근무하던 장교들에게 바깥세상의 마술용품처

38 빈의 제6구.

럼 보였다. 이것만 있으면 어여쁜 여인도, 값비싼 말도, 화려한 성도 단박에 얻을 수 있을 것 같았다. 이 공을 싫어할 사람이 누가 있겠는가? 다들 종단학교에서 불우한 어린 시절을 보냈고, 소년사관학교에서 고된 소년 시절을 겪었고, 국경지역에서 근무하며 혹독한 세월을 견디고 있었다. 장교들은 전쟁을 기다렸다. 전쟁은 일어나지 않았고, 쎄르비아에 맞서 부분동원령이 떨어졌지만, 여기서 아무 전공도 세우지 못하고 돌아와 늘 그랬던 대로 시간이나 때우며 승진을 기다렸다. 기동훈련, 근무, 장교 클럽, 장교 클럽, 근무, 기동훈련! 장교들은 작은 공이 달그락거리는 소리를 난생처음 들었으며, 다름 아닌 행운이 자신들 아래에서 회전하며 오늘은 이 사람에게 내일은 저 사람에게 찾아들 것이라는 것을 깨달았다. 처음 보는 낯설고, 핼쑥하고, 부유하고, 말없는 신사들도 룰렛을 보며 앉아 있었다. 어느날 바그너 대위가 500크로네를 땄다. 이튿날 빚을 다 갚았다. 오랜만에 처음으로 한달 봉급을 한푼 압류 없이 고스란히 받았다. 하지만 슈나벨 소위와 그륀들러 소위는 100크로네씩 잃었다. 내일은 이들이 1000크로네를 딸 수 있을 것이었다……!

하얀 공이 구르기 시작하여 검은 칸과 빨간 칸 둘레를 빙빙 도는 젖빛 고리처럼 보이면, 검은 칸과 빨간 칸도 서로 뒤섞여 아리송한 색채의 흐릿한 원통 같아지면, 장교들은 가슴속이 울렁거리고 머릿속에 야릇한 회오리가 일었다. 뇌리에서도 이 특수한 공이 돌아가는 듯했다. 눈에 검은색과 빨간색이, 또 검은색과 빨간색이 스쳤다. 장교들은 앉아 있는데도 무릎이 후들거렸다. 눈은 공을 헐레벌떡 좇았으나 결코 따라잡지 못했다. 공은 맴돌 만큼 맴돈 다음 어찔어찔 비틀거리다 맥이 풀린 듯 숫자칸에 멈춰섰다. 다들 탄성을 터뜨렸다. 돈을 잃은 사람조차 속이 후련한 느낌이 들었다. 이튿날 아침 사람들은 지난밤 일로 이야기꽃을 피웠다. 다들 넋이 나간 듯했다. 카지노를 찾는 장교들이 갈수록 늘었다. 어디 사람인지 알 수 없는 낯선 민간인들도 찾아왔다. 이들은 도박판을 뜨겁게 달구고 금고를 채워줬다. 지갑에서 고액권를 꺼내고, 조끼 주머니에서 금화, 시계, 목걸이를 끄집어내고, 손에서 반지를 뽑았다. 호텔은 만원이었다. 며칠 전만 해도 영업마차들은 밀랍인형관에 전시된 모조마차들 같았었다. 마차 정류장에 노상 붙박여 졸음에 빠져 있었다. 마부들은 마부석에 앉아 하품을 하며 늙고 여윈 말의 고삐를 붙들고 있었다. 이들도 깨어났다. 보라, 마차 바퀴들이 보란 듯 굴러갔고, 여윈 말들이 역에서 호텔로, 호텔에서 국경으로, 국경에서 다시 소읍으로 따가닥따가닥 발굽 소리를 울리며 달렸다. 상인들의 찌푸렸던 얼굴에 미소가 돌아왔다. 어둠침침했던 가게들이 밝아졌으며, 늘어놓은 상품들이 다채로워졌다. '마리아힐프의 나이팅게일'은 밤마다 노래를 불렀다. 이 아가씨의 노랫소리가 다른 아가씨들을 잠에서 깨운 듯, 처음 보는 아가씨들이 진하게 화장을 하고 까페로 날아들었다. 사람들은 테이블을 벽으로 밀어놓고 레하르의 왈츠에 맞추어 춤을 췄다. 온 세상이 뒤바뀌어 있었다……

그렇다, 온 세상이 뒤집혀 있었다! 읍내 다른 곳에는 이 지방에서 본 적이 없는 기이한 벽보가 나붙었다. 이 지역 각 민족이 쓰는 언어로 강모剛毛 공장 노동자들에게 파업을 종용하는 벽보였다. 강모 제조업은 영세하나마 이 지역에 유일한 산업이었다. 노동자들은 가난한 농촌 출신이었다. 어떤 사람들은 겨울에는 나무를 해서, 가을에는 가을걷이를 도와 먹고살았다. 여름이 되면 다들 강모 공장에서 일해야 했다. 그밖에 유대인 하층계급도 공장에 들어왔다. 이들은 계산도 못했고 장사도 못했고 배운 기술도 없었다. 사방 30킬로미터 일대에 공장이라고는 여기뿐이었다.

강모 제조에는 까다롭고 비용이 많이 드는 규정이 적용됐다. 공장주들은 이를 지키려 하지 않았다. 먼지와 세균을 거르는 마스크를 노동자들에게 지급해야 하고, 작업장이 넓고 밝아야 하며, 쓰레기를 하루에 두번씩 소각해야 하고, 노동자들이 쿨럭거리기 시작하면 다른 사람들로 교체해야 했다. 강모 세척 일을 하는 사람들은 얼마 지나지 않아 으레 입에서 피를 쏟게 마련이었다. 공장은 낡고 쓰러져가는 건물로서, 창들은 빠끔하고 청석돌 지붕은 부서지고, 제멋대로 우거진 버드나무 울타리에 둘러싸여, 널따란 황무지 한가운데 들어서 있었다. 이 땅에는 아득히 오래전부터 쓰레기가 버려져, 고양이와 쥐 시체가 썩어들고, 양철 그릇들이 녹슬어가고, 깨진 질그릇과 닳아빠진 신발들이 널려 있었다. 그 주위에는 낟알들이 황금색으로 물결치고 귀뚜라미들이 쉬지 않고 노래하는 들밭이 펼쳐지고, 개구리들이 즐겁게 우는 소리가 항상 메아리치는 진녹색 늪이 이어졌다. 작은 회색 창 안에서 노동자들이 엉겨붙은 강모 뭉치를 커다란 쇠빗으로 쉴 새 없이 빗질하며 새 뭉치를 빗을 때마다 풀썩풀썩 솟는 마른 먼지들을 들이마시는 동안, 창밖에서는 날랜 제비들이 쏜살같이 날아가고 여름 각다귀들이 아른아른 빛을 내며 춤추고 배추흰나비와 호랑나비가 이리저리 너울거렸으며, 지붕의 커다란 채광창을 통해서는 종달새들이 우쭐거리며 지지배배 노래하는 소리가 밀려들었다. 공장에 들어오기 몇달 전까지만 해도, 나서 자란 고향에서 달콤한 건초 향기를 맡으며, 차가운 눈 냄새를 들이마시며, 코를 찌르는 거름 냄새에 놀라며, 새들이 지저귀는 소리를 들으며, 사시사철 변하는 자연의 축복을 누리며 마음대로 살았던 노동자들은, 풀썩풀썩 이는 뿌연 먼지들 너머로 제비, 나비, 각다귀를 바라보며 향수에 젖었다. 종달새가 지저귈 때마다 불만스러워졌다. 얼마 전만 해도 노동자들은 노동자건강보호법이 있으며, 제국에 의회가 있으며, 이 의회에 자신들처럼 노동자였던 의원들이 있다는 것을 몰랐었다. 낯선 남자들이 와서, 벽보를 붙이고, 집회를 열고, 헌법을 설명하고, 부당한 조항을 알려주고, 신문을 읽어주고, 이 지역 각 민족이 쓰는 언어로 연설을 했다. 이 남자들은 종달새나 개구리보다 더 목소리가 컸다. 노동자들은 파업을 시작했다.

이 지역에서 일어난 최초의 파업이었다. 이는 행정관청들을 놀라게 했다. 관리들은 수십년 전부터 심심파적으로 인구조사나 하고, 황제탄신일을 축하하고, 연례 장병 징집을 독려하고, 주행정청에 어슷비슷한 보고서를 보내면서, 편안히 지내왔다. 잊을 만하면 한번씩 친러시아 우크라이나인이나 그리스정교회 사제나 담배 밀수를 하다가 적발된 유대인이나 스파이를 체포하기도 했다. 수십년 전부터 이 지역 사람들은 강모를 세척하여 모라비아, 보헤미아, 슐레지엔의 솔 공장으로 보냈으며 이 지역들로부터 솔 완제품을 받았다. 여러해 전부터 노동자들은 쿨럭거리며 피를 쏟고 시름시름 앓다가 병원에서 숨졌다. 그래도 파업을 하지 않았었다. 이제 관리들은 사방 멀리에서 치안대를 소집하고 아울러 주행정청에 보고서를 보내야 했다. 주행정청은 군사령부에 연락을 했다. 군사령부는 주둔부대 지휘관에게 이를 통보했다.

젊은 장교들은 '민중', 다시 말해 최하층계급 민간인들이 관리, 귀족, 상업 고문관과 동등한 권리를 요구한다고 생각했다. 용인할 수 없는 일이었다. 가만 놔두면 혁명이 일어날 것이었다. 혁명은 곤란했다. 때늦기 전에 발포해야 했다. 초글라우어 소령은 이 모든 점을 또렷이 짚어주며 짧은 연설을 했다. 물론 전쟁을 할 수 있다면 더 좋을 것이다. 진압은 치안대 장교나 경찰 간부가 하는 일이니까. 하지만 당분간 전쟁이 없을 것이다. 명령은 명령이다. 필요에 따라서는 대검을 꽂고 전진하거나 '발포' 명령을 해야 할지도 모른다. 명령은 명령이다! 그렇지만 브로드니처의 카지노에 가서 큰돈을 따는 것을 당장 금지하지는 않겠다.

어느날 바그너 대위가 큰돈을 잃었다. 이름에 모음이 많이 들어 있고 창기병으로 근무했으며 슐레지엔의 지주라는 한 낯선 남자가 이틀 밤 내리 돈을 딴 다음, 대위에게 돈을 빌려주고선, 사흘째 밤에 전보를 받고 집으로 돌아갔다. 다 합쳐 2000크로네였다. 기병대 장교에게야 푼돈이겠지만, 총병대 대위에게는 목돈이었다. 대위는 호이니츠키에게는 이미 300크로네를 빚지고 있는 터라 도움을 청할 낯이 없었다.

브로드니처가 말했다. "대위, 원한다면 제가 보증을 서드리지요!"

"고맙소만," 대위가 말했다. "당신이 보증을 선다고 누가 그렇게 큰돈을 빌려주겠소?"

브로드니처는 잠시 생각에 잠겼다. "카프투라크 씨라면!"

카프투라크 씨가 와서 말했다. "그러니까 2000크로네가 필요하시다 그 말씀이지요. 갚을 수 있겠어요?"

"글쎄요."

"큰돈이에요. 대위!"

"갚을 거요!" 대위가 대답했다.

"어떻게요, 몇회 할부로요? 당신도 알다시피 봉급은 3분의 1밖에 압류할 수 없어요. 뿐만 아니라 당신 동료들도 다 채무에 시달리고 있어요. 무슨 수로 갚겠다는 건지요!"

"브로드니처 씨가……" 대위가 말을 꺼내려고 했다.

"브로드니처 씨?" 카프투라크는 브로드니처가 눈앞에 없는 듯 말을 잘랐다. "이 양반도 나에게 빚이 많아요. 당신 동료 중에 아직 채무가 없는 사람이 당신을 돕겠다면, 이를테면 트로타 소위가 보증을 선다면, 원대로 돈을 빌려줄 수 있지요. 소위는 기병 출신이고, 말도 있으니까요!"

"좋소." 대위가 말했다. "소위와 이야기해보겠소." 대위는 트로타 소위를 깨우러 위층으로 올라갔다.

대위는 소위를 호텔의 길고 좁다랗고 어둠침침한 복도로 불러냈다. "서명하게, 어서!" 대위가 속삭였다. "그자들이 아래에 있어. 자네가 주저한다고 생각할지 몰라!"—트로타가 서명을 했다.

"바로 내려오게!" 바그너가 말했다. "아래에서 기다리겠네."

카를 요제프는 까페의 작은 뒷문 옆에 멈춰섰다. 호텔에 장기투숙하는 장교들이 까페에 드나들 때 사용하는 문이었다. 소위는 신장개업한 브로드니처 카지노에 첫걸음이었다. 카지노라고는 난생처음 보았다. 룰렛 테이블 둘레에는 진녹색 코듀로이 커튼이 쳐져 있었다. 바그너 대위는 커튼을 들추고 다른 세계로 미끄러져 들어갔다. 카를 요제프는 공이 벨벳을 스치듯 부드럽게 도는 소리를 들었다. 커튼을 열 엄두를 내지 못했다. 까페의 저쪽 끝 도로 쪽 출입문 옆에 세워진 무대에서 '마리아힐프의 나이팅게일'이 쉴 새 없이 빙빙 돌며 춤을 추고 있었다. 테이블에 앉은 사람들은 도박에 빠져 있었다. 카드들이 타다닥 소리를 내며 인조 대리석판에 떨어졌다. 도박꾼들은 알아들을 수 없는 탄성을 질러댔다. 제복이라도 입고 있는 듯 보였다. 한결같이 소매가 하얀 셔츠를 입고, 도박꾼 연대가 앉아 있는 듯싶었다. 코트는 의자 팔걸이에 걸려 있었다. 도박꾼들이 몸을 움직일 때마다 빈 소맷자락들이 허깨비처럼 너울거렸다. 오종종한 머리들 위로는 담배 연기가 피어올라 짙은 먹구름이 생겼다. 희뿌연 아지랑이가 낀 듯한 곳에서 담뱃불들이 빨갛게 달아올라 은색 재로 바뀌면서, 푸르스름한 연기를 줄곧 새로이 내보내 짙은 먹구름을 더욱 키웠다. 눈으로 볼 수 있는 담배 연기 구름 아래에는 귀로 들을 수 있는 두번째 구름이 떠 있는 듯싶었다. 왁실덕실, 와글와글, 웅성웅성 소리로 이뤄진 구름이었다. 눈을 감고 들으면, 앉아 있는 도박꾼들 위에 엄청나게 많은 수의 메뚜기 떼가 풀어져 끔찍하게 울어대는 게 아닐까 싶을 정도였다.

바그너 대위는 완전히 다른 사람으로 바뀌어 커튼을 젖히고 까페로 다시 나왔다. 눈이 보라색으로 퀭하니 들어가 있었다. 입 언저리에 헝클어진 갈색 콧수염은 희한하게도 절반 남짓 뜯긴 듯 보였다. 턱에 비죽비죽한 갈색 수염 밑동들은 다옥하게 솟아난 짧은 창들 같았다. "자네 어디 있나, 트로타?" 대위는 소위와 코를 맞대고 있으면서도 이렇게 외쳤다. "이백을 잃었어!" 대위는 소리쳤다. "망할 놈의 빨간색! 내 룰렛 운이 다했어. 다른 걸 해봐야겠어!" 대위는 트로타를 카드 테이블들로 끌고 갔다.

카프투라크와 브로드니처가 몸을 일으켰다. "땄나요?" 카프투라크는 대위가 잃은 것을 알면서도 이렇게 물었다. "잃었소, 잃었어!" 대위가 소리 질렀다.

"유감입니다, 유감이에요!" 카프투라크가 말했다. "저를 좀 보세요. 저는 수없이 따기도 했고 잃기도 했지요! 몽땅 잃은 적도 있었어요! 몽땅 다시 딴 적도 있었고요! 항상 같은 도박을 하지 마세요! 늘 같은 종목에 매달리지 마세요! 새겨들으세요!"

바그너 대위는 코트 목깃의 후크를 풀었다. 여느 때의 불그죽죽한 얼굴색이 돌아왔다. 콧수염도 저절로 가지런해진 듯 보였다. 대위는 트로타의 등을 두드렸다. "자네는 아직 카드라고는 만져보지도 않았지!" 트로타는 카프투라크가 호주머니에서 반짝이는 새 카드 한벌을 꺼내, 맨 밑 카드의 알록달록한 앞면이 혹시라도 바닥에 다칠세라, 조심스럽게 테이블에 내려놓는 것을 보았다. 카프투라크는 손가락을 날래게 움직여 카드세트를 쓰다듬었다. 카드 뒷면들이 진녹색의 매끄러운 거울처럼 반짝였다. 굽어 볼록해진 뒷면들에 천장 전등 불빛이 얼비쳐 물결쳤다. 카드들은 한장씩 저절로 솟구쳐, 얇은 끝면으로 바닥을 짚고 꼿꼿이 일어섰다가, 어떤 것은 엎어지고 어떤 것은 자빠지며, 무더기로 쌓였다. 이 무더기에서 카드들이 이파리들처럼 오소소 떨어져 내리면서, 뇌우가 한바탕 알록달록 쏟아지듯 검은색이나 빨간색 앞면들을 내비치며 솨솨 흘러내리더니, 새로이 포개지며 테이블에 내려앉아 나직한 더미들로 갈라졌다. 이 더미들에서 카드가 한장씩 미끄러져 나와, 카드마다 아래 카드를 절반쯤 덮고 살포시 겹쳐지면서, 둥글게 펴져 원을 이루어, 엉겅퀴 꽃받침을 뒤집어 눌러놓은 듯한 기묘한 모양을 이루더니, 눈 깜짝할 새에 한 줄로 정렬하여 마침내 다시 모여 한 세트로 되돌아갔다. 카드들은 손가락의 소리없는 명령에 일사불란하게 따르고 있었다. 바그너 대위는 이 몸풀기를 게걸스러운 눈초리로 바라봤다. 아! 대위는 카드를 사랑했다! 마음속으로 카드를 부르면, 카드가 손에 들어오는 때도 있고 멀리 달아나는 때도 있었다. 카드를 바라고 또 바라서, 도망치는 카드들을 따라잡아 기어이, 기어이 걸음을 돌리게 만들기를 좋아했다. 하지만 도망가는 카드들이 걸음이 더 빨라서, 빈손으로 터덜터덜 돌아와야 할 때도 있었다. 해가 지날수록 대위는 오만 잡동사니 전략을 생각해냈다. 행운을 불러올 수 있다면 수단과 방법을 가리지 않는 책략이었다. 구슬리기도 하고, 윽박지르기도 하고, 몰래 들이치기도 하고, 애타게 빌기도 하고, 추파를 던져 꾀기도 했다. 어떤 때는 대위는 하트에이스가 들어왔으면 좋겠다는 생각이 들자마자, 자포자기한 척하며, 꼭꼭 숨은 하트에게 당장 손에 들어오지 않으면 오늘 죽어버리겠다고 마음속으로 소리 질렀다. 어떤 때는 간절히 바라는 카드를 손쉽게 얻으려면 카드가 들어오든 말든 아무래도 상관없다는 듯 시큰둥하게 굴어야 한다고 생각했다. 세번째로는 도박에서 이기려면 자기 손으로, 그것도 왼손으로 카드를 섞어야 한다고 느꼈다. 불굴의 의지로 오랜 연습 끝에 마침내 익힌 기술이었다. 네번째로는 물주 오른쪽에 자리를 잡는 게 더 유리하다고 여겼다. 하지만 대개는 여러 방법을 한꺼번에 사용하거나, 아니면 매우 빠르게 바꿨다. 너무 재빨라서 다른 도박꾼들이 알아채지 못하게 했다. 이는 중요했다. 어쩌다 대위는 "자리를 바꾸세"라고 별생각 없이 말할 때도 있었다. 다른 도박꾼들이 속셈을 알겠다는 듯 빙글거리는 낌새가 느껴지면, 대위는 너털웃음을 터뜨리며 이렇게 덧붙였다. "무슨 엉뚱한 생각들을 하는 거야! 난 미신을 믿지 않아! 이 자리가 눈이 부셔서 그런 거야!" 그렇다. 다른 도박꾼들이 대위의 전략적 술책을 알아채면, 도박꾼들은 손에 든 카드들에게 대위의 의도를 일러줄 것이었다. 카드들은 대위의 술수를 눈치채고 도망칠 시간을 벌게 될 것이었다. 그러므로 대위는 도박 테이블에 앉자마자 참모본부 전체가 가동하듯 부산하게 움직이기 시작했다. 대위가 머릿속으로 초인적인 작전을 수행하는 동안, 가슴속은 열기와 한기, 희망과 고통, 환희와 비애로 타들어갔다. 대위는 싸우고, 겨루고, 쓰라린 고통을 겪었다. 여기서 사람들이 룰렛 도박을 시작했을 적부터, 대위는 교묘한 전략을 짜내어 공의 간계를 누르는 데도 힘썼다. (하지만 공에게 이기기는 카드에게 이기기보다 더 힘들다는 것을 잘 알고 있었다)

대위가 주로 하는 도박은 바카라였다. 이 도박은 금지되어 있을 뿐만 아니라, 너무 단순하다고 경멸받기조차 했다. 하지만 확률을 따지고 생각을 해야 하는 (합리적으로 계산하고 숙고해야 하는) 도박을 도대체 왜 해야 하는가? 요행수만으로도 계산할 수도 없고 설명할 수 없는 신비에 다가가 베일을 벗겨내고 무릎까지 꿇리고 있는데 말이다. 그렇다! 대위는 행운의 수수께끼와 맨손으로 맞붙어 이를 풀어내고 싶었다. 바그너는 바카라를 하러 자리에 앉았다. 끗발이 좋았다. 9를 세번, 8을 세번 연거푸 받는 동안, 트로타는 J와 K만을 손에 쥐었고, 카프투라크에게는 4와 5가 단 두번 들어왔다. 그러자 바그너 대위는 흥분을 가누지 못했다. 행운의 여신에게 행운을 확신하는 눈치를 보이지 말아야 한다는 자기 원칙을 잊고, 갑작스럽게 판돈을 세 배로 키웠다. 이 기회에 빚을 다 갚아버리고 싶었다. 이것이 불행의 시초였다. 대위는 끗발이 떨어졌고 트로타도 줄곧 잃기만 했다. 결국은 카프투라크가 500크로네를 땄다. 대위는 새로운 차용증서를 써야 했다.

바그너와 트로타가 자리를 털고 일어섰다. 두 사람은 꼬냑을 구십도에 섞은 다음 이를 다시 오코침 맥주[39]와 섞기 시작했다. 바그너 대위는 도박에서 잃은 치욕을 견딜 수 없었다. 장군이 전투에서 지고 나온 꼴과 다를 바 없었다. 바그너가 이 전투에 친구를 불렀

39 폴란드 남부 마을 오코침에서 만드는 맥주.

던 것은 승리의 기쁨을 함께 누리기 위해서였다. 그러기는커녕 소위는 대위와 치욕을 함께 나눴다. 두 사람은 술기운을 빌리지 않고서는 서로의 눈을 들여다볼 수 없다는 것을 잘 알았다. 천천히 술을 마셨다. 띄엄띄엄 한모금씩 들이켰다.

"자네 건강을 위하여!" 대위가 말했다. "대위님 건강을 위하여!" 트로타가 응답했다.

두 사람은 서로의 안녕을 비는 말을 던질 때마다, 상대방을 씩씩하게 바라보며 어떤 불행이 닥쳐도 끄떡없다는 것을 과시했다. 하지만 소위는 느닷없이 자신의 가장 친한 친구인 대위가 이 세상에서 가장 불행한 남자처럼 느껴졌다. 트로타는 흐느껴 울기 시작했다. "왜 우나?" 대위가 물었다. 바그너의 입술도 떨리고 있었다. "대위님 때문에, 대위님 때문에!" 트로타가 말했다. "가엾은 친구여!" 두 사람은 때로는 아무 말 없이, 때로는 넋두리를 뱉으며 자신들을 불쌍히 여겼다.

바그너 대위는 오래전에 세웠던 계획이 기억났다. 트로타가 날마다 타고 다니는 말이 마음에 들어 구입하려고 했었던 적이 있었다. 하지만 곧바로 마음을 바꿨었다. 말을 살 만한 돈이 있다면 이를 밑천으로 바카라에서 한몫을 챙겨 말을 여러마리 살 수 있을 것임에 틀림없다고 생각했었다. 이 일이 떠오르자 대위는 소위에게 말을 사되, 바로 말값을 지불하는 것이 아니라, 말을 저당 잡혀 빌린 돈으로 도박을 하여 돈을 따서 말을 되찾아오면 되겠다는 생각이 들었다. 이게 부당한 일일까? 이 일로 손해 보는 사람이 있을까? 시간은 얼마나 걸릴까? 단 두시간만 도박을 하면, 바라는 것을 다 얻을 수 있었다! 돈을 딸 수 있는 가장 확실한 비결은, 아무 두려움 없이, 확률은 전혀 따지지 않고 도박 테이블에 앉는 것이었다. 아!

단 한번만이라도 돈이 차고 넘쳐 마음대로 쓸 수 있는 남자처럼 도박을 할 수 있다면 얼마나 좋을까! 단 한번만이라도! 대위는 자신의 쥐꼬리만 한 봉급에 욕지거리를 퍼부었다. 월급이 턱없이 모자라 자신은 '인간답게' 도박을 할 수 없었다.

바그너 대위와 트로타 소위는 감정이 북받쳐 나란히 앉아서, 주위 세계를 까맣게 잊고 있었고, 그러면서도 주위 세계가 자신들을 까맣게 잊고 있다고 믿었다. 때문에 대위는 이런 말을 이제 꺼내도 괜찮겠다고 생각했다. "나에게 자네 말을 팔게!" "선물로 드리겠습니다!" 트로타가 목이 메어 말했다. 선물은 다른 사람에게 팔 수 없어, 저당 잡힐 수도 없어! 퍼뜩 이런 생각이 들어 대위는 한사코 우겼다. "아닐세, 사겠네!" "그냥 가지십시오!" 트로타가 간청했다. "돈을 낸다니까!" 대위가 고집했다.

두 사람은 한동안 이렇게 티격태격했다. 마침내 대위가 몸을 일으키더니 비트적거리며 소리쳤다. "말을 나에게 팔 것을 귀관에게 명령한다!" "알겠습니다, 대위님!" 트로타는 자동반사적으로 대답했다. "하지만 나는 무일푼이야!" 대위가 웅얼거리며 주저앉아 다시 사람 좋은 표정을 지었다. "괜찮습니다! 선물로 드릴 거니까요." "아니야, 그건 안돼! 이제 사고 싶은 생각도 없어졌네. 돈이나 있으면 좋으련만!"

"말을 살 사람을 찾아보겠습니다!" 트로타가 말했다. 기발한 생각을 떠올렸다는 기쁨으로 얼굴이 환해졌다.

"그렇지!" 대위가 소리쳤다. "그런데 누가 사지?" "혹시 호이니츠키 백작이라면?" "그렇지!" 대위가 다시금 외쳤다. "난 백작에게 500크로네를 빚지고 있어!" "제가 그 빚을 떠맡겠습니다!" 트로타가 말했다.

소위는 술에 취해 있는 탓에 가슴속에 대위에 대한 동정이 넘쳐흘렀다. 이 가엾은 동료를 구해야 했다! 대위는 엄청난 위험에 처해 있었다. 이 사랑하는 바그너 대위는 소위와 둘도 없이 가까운 친구였다. 뿐만 아니라 소위는 이 순간 무언가 그럴듯하고 마음을 달래주고 따스하게까지 만드는 말을 하고, 무언가 도움이 되는 행동을 보이지 않으면 안된다고 생각했다. 동정, 우정, 있는 힘을 다해 도우려는 온정이 세 갈래 뜨거운 물줄기처럼 가슴속으로 흘러들어 하나가 됐다. 트로타는 몸을 일으킨다. 날이 밝아 있다. 아직 끄지 않은 등불은 서너개에 지나지 않으며, 그나마 블라인드 틈새로 세차게 밀려드는 희번한 빛에 바래 보인다. 까페에는 브로드니처 씨와 웨이터 한 사람 빼고는 아무도 남아 있지 않다. 테이블과 의자는 아무 데나 널브러져 있고, '마리아힐프의 나이팅게일'이 밤새 춤추며 뛰어다녔던 무대는 휑하니 비어 있다. 여기저기 널려 있는 쓰레기들은 손님들이 허둥지둥 자리를 떴을 때의 끔찍한 장면을 떠올리게 한다. 손님들은 어떤 위험에 쫓겨 떼를 지어 한꺼번에 까페에서 빠져나가듯 여기를 떠났을지 모른다. 바닥에 담배의 긴 종이필터가 수북이 쌓여 있고 그 옆에 씨가의 짧은 꽁초들이 흩어져 있다. 러시아산 담배와 오스트리아산 씨가의 찌꺼기들이다. 여기서 외국 손님들이 토박이들과 더불어 도박을 하고 술을 마셨다는 것을 미루어 짐작할 수 있다.

"계산합시다!" 대위가 외친다—소위를 껴안는다. 트로타를 오랫동안 다정하게 가슴에 끌어안는다. "그럼 잘 가게나!" 눈물이 그렁그렁하여 이렇게 말한다.

도로는 이미 훤하게 밝아 있었다. 제국 동부 소읍의 새벽은 밤나무 꽃송이 비린내, 꽃망울을 터뜨리는 라일락 향기, 빵 가게 사람들이 커다란 광주리에 담아 배달하는 갓 구운 새콤한 흑빵 냄새로 가득 차 있었다. 새들이 지저귀었고, 새 울음이 가없는 바다를, 공중에서 철썩거리는 바다를 이루었다. 자그마한 집들의 비스듬한 회색 널지붕 너머로, 파르스름하고 속이 비칠 듯한 하늘이 반반하고 나직하게 펼쳐졌다. 농부들이 모는 추레한 달구지들이 먼지 자욱한 길을 잠이 덜 깬 듯 슬렁슬렁 느릿느릿 굴러가며, 사방팔방으로 지푸라기, 왕겨, 지난해에 베어 말린 건초를 흩뿌렸다. 확 트인 동쪽 지평선에서 해가 쑥쑥 솟아올랐다. 트로타 소위는 해를 마주 보고 걸었다. 이른 아침에 부는 선들바람에 술이 약간 깼고, 동료를 구한다는 생각에 마음이 뿌듯해져 있었다. 군수에게 미리 허가를 구하지 않고 말을 파는 것은 쉽지 않았다. 하지만 친구를 위해 하는 일이었다! 호이니츠키에게 말을 사라고 말하는 것도 쉽지 않았다. 그렇지만 이것도 못해서야 이 세상에 트로타 소위에게 쉬운 일이 어디 있겠는가!—이 일이 어렵게 생각되면 생각될수록, 트로타는 이 일을 해내려 더욱더 굳세고 꿋꿋이 걸어갔다. 시계탑에서 벌써 종이 울렸다. 트로타는 '새 성'의 입구에 이르렀다. 호이니츠키는 부츠를 신고 채찍을 손에 들고 자신의 여름마차에 올라타려는 참이었다. 백작은 소위의 여위고 수염을 깎지 않은 얼굴에 불쾌하게 술기운이 도는 것을, 술꾼의 연지가 찍혀 있는 것을 알아챘다. 백지장처럼 하얀 얼굴에 어린 불그레한 빛은, 새하얀 테이블에 얼비친 붉은 등불 같았다. 소위가 몰락하고 있어! 호이니츠키는 이렇게 생각했다.

"드릴 말씀이 있어 찾아왔습니다!" 트로타가 말했다. "제 말을 사시겠습니까?"—자신의 질문에 자신이 놀랐다. 갑자기 말을 잇기가 힘들었다.

"당신이 말타기를 좋아하지 않는다는 걸 익히 알고 있지요. 기병대에서도 떠나왔고요…… 이제 말을 돌보기도 싫어졌겠지요. 타지도 않으니까. 좋소…… 하지만 그래도 후회할 텐데요."

"아닙니다!" 트로타가 말했다. 소위는 아무것도 감추고 싶지 않았다. "저는 돈이 필요합니다."

소위는 부끄러웠다. 호이니츠키에게 돈을 빌리는 것은 불명예스럽거나 경멸받을 만하거나, 수상쩍은 행동은 아니었다. 그런데도 카를 요제프는 난생처음 돈을 빌림으로써 인생의 새로운 단계에 들어서는 듯한 느낌에 젖었고, 이런 일을 하려면 아버지의 허락이 필요할 것 같은 생각이 들었다. 소위는 낯 뜨거웠다. 이렇게 말했다. "숨김없이 털어놓자면, 저는 친구를 위해 보증을 섰습니다. 큰돈입니다. 친구는 지난밤에도 약간 잃었습니다. 친구가 이 까페 악당에게 빚지고 있는 것을 보고만 있을 수 없습니다. 하지만 저는 친구에게 빌려줄 돈이 없습니다, 그렇습니다." 소위가 다시 말했다. "돈이 없습니다. 이 친구는 당신에게 이미 빚이 있습니다."

"그 친구는 그 친구고 당신은 당신이지요!" 호이니츠키가 말했다. "그 친구가 내게 빚이 있는 거지 당신이 내게 빚이 있는 것은 아니지요! 돈이 생기면 갚으시오. 나에게는 푼돈이오. 보시오. 나는 부자요. 다들 나를 부자라 하지 않소? 나는 돈에 관심이 없소. 이건 당신이 나에게 화주를 한잔 사달라고 부탁하는 것과 전혀 다름없소. 보시오, 머뭇거리지 말고 이리 와서 보시오." 호이니츠키는 손을 지평선으로 뻗으며 반원을 그렸다. "이 숲이 다 내 소유요. 이런 시답잖은 소리를 하는 것은, 마음 편하게 빌려가라고 하는 뜻에서요. 누가 무엇이든 내게서 가져가면 고마울 따름이오. 이런! 우스꽝스럽게도, 별로 중요하지도 않은 일에 너무 법석을 떨고 있는 것 같구려. 그러면 이렇게 하기로 합시다. 내가 당신 말을 사되, 당신에게 한해 동안 맡겨두겠소. 한해 뒤에 넘겨받기로 하고."

호이니츠키는 말을 끊고 자리를 뜨고 싶은 눈치가 역력하다. 그러고 보니 대대도 곧 출동을 해야 한다. 해는 쉬지 않고 높이 솟아오른다. 온 누리가 환하게 밝아 있다.

트로타는 병영으로 서둘러 돌아갔다. 대대 집합이 반시간밖에 남지 않았다. 면도할 시간이 없었다. 초글라우어 소령은 11시경에 왔다. (소령은 소대장이 면도하지 않는 것을 끔찍이 싫어했다. 소령이 국경지역에서 오랜 세월 근무하며 아직까지 중점을 두고 있는 것이라곤 '근무 시 용모 및 복장 단정'뿐이었다) 이제 너무 늦었어! 소위는 병영으로 달렸다. 적어도 술은 깨어 있어야 했다. 중대가 집합해 있는 앞에서 바그너 대위와 마주쳤다. "그래요, 잘됐습니다!" 이렇게 허겁지겁 말하고 자기 소대 앞에 섰다. 명령을 내렸다. "이 열 횡대! 우향 앞으로 갓!" 소위의 군도가 번쩍였다. 트럼펫이 울렸다. 대대가 출동했다.

오늘은 바그너 대위가 국경 주막에서 이른바 '음료수'값을 냈다. 장교들은 반시간 동안 두세잔의 구십도를 마셨다. 바그너 대위는 행운이 손아귀에 들어오기 시작하는 것을 똑똑히 느꼈다. 이제 행운을 혼자서 마음대로 주물렀다! 오늘 오후에 2500크로네가 생길 거야! 그러면 1500크로네를 바로 갚고, 침착하게, 여유있게, 백만장자처럼 바카라를 시작하는 거야! 물주를 잡아야지! 내 손으로, 그것도 왼손으로 카드를 섞어야지! 아니면 우선 1000크로네만 갚고 1500크로네를 몽땅 들고, 차분하게, 여유롭게, 천만장자처럼 도박을 시작하는 거야. 500크로네로는 룰렛을, 1000크로네로는 바카라를 하는 거야! 그게 더 나을지 몰라! "바그너 대위 이름으로 달아놓으세요!" 대위는 카운터를 향해 외쳤다. 자리에서 몸을 일으켰다. 휴식이 끝났다. '야외훈련'이 시작됐다.

다행스럽게도 오늘 초글라우우어 소령은 반시간 만에 훈련장을 떠났다. 바그너 대위는 지휘를 찬더 중위에게 넘기고 브로드니처 호텔로 부리나케 말을 몰았다. 오후 4시경에 함께 도박할 사람을 구할 수 있는지 물었다. 그럼요! 걱정 마십시오! 모든 일이 놀랄 만큼 잘 풀리고 있었다. 이른바 '집요정들'도 (바그너 대위는 도박을 하는 어느 방에나 이 눈에 보이지 않는 요정들이 사는 것을 느낄 수 있었고, 자신이 여러해 동안 만들어낸 은어로 다른 사람 귀에 들리지 않게 이 요정들과 가끔 이야기를 나눴다) 오늘은 바그너를 한없이 살갑게 맞아줬다. 이 요정들의 기분을 더 좋게 만들거나 아니면 기분이 바뀌는 것을 막기 위해, 바그너는 오늘만큼은 예외적으로 브로드니처 까페에서 점심식사를 하고 트로타가 도착할 때까지 꿈쩍 않고 자리를 지키기로 작정했다. 바그너는 머물러 있었다. 오후 3시경에 첫 도박꾼들이 들어왔다. 바그너 대위는 몸을 떨기 시작했다. 트로타가 자신을 곤경에 내버려두고, 이를테면 내일에야 돈을 가져온다면? 그러면 모든 기회가 물거품이 될 것이었다! 오늘같이 좋은 날은 두번 다시 오지 않을 것이었다! 신들은 기분이 좋고, 오늘은 목요일이었다. 하지만 금요일에는! 금요일에 행운을 불러오는 것은, 의무중령에게 중대훈련을 시키라고 요구하는 것이나 다름없었다! 시간이 흐르면 흐를수록, 바그너 대위는 느려터진 트로타 소위 때문에 속이 부글부글 끓었다. 소위가, 이 어린놈이 오지 않았다! 대위는 훈련장에서 일찍 빠져나오는 수고를 마다하지 않고, 여느 때처럼 역에서 점심식사를 하는 것도 포기하고, 집요정들과 힘겹게 줄다리기를 하고, 상서로운 목요일을 떠나지 못하게 붙잡아두었다. 그런데 곤경에 내팽개쳐져 있는 것이었다. 괘종시계의 바늘들이 쉬지 않고 움직이는데, 트로타는 오지 않았다, 오지 않았다, 오지 않았다!

아니다! 트로타가 온다! 문이 열리고, 바그너의 눈이 반짝인다! 대위는 트로타와 악수조차 하지 않는다! 손가락들이 떨린다. 죄다 조바심에 떠는 강도들 같다. 손가락들은 기다리고 기다리던 봉투를 바스락 움켜잡는다. "앉아 있게!" 대위가 명령했다. "아무리 늦어도 반시간 뒤에는 돌아오겠네!" 바그너는 초록색 커튼 뒤로 사라졌다.

반시간이 지났다. 한시간이 더 지났다. 한시간이 또 지났다. 이미 저녁이었다. 등불이 켜졌다. 바그너 대위가 느릿느릿 다가왔다. 제복을 입고 있지 않았더라면 알아보지도 못할 뻔했다. 제복도 엉망이었다. 단추는 잠그지 않고, 검은색 고무 목밴드는 목깃에서 불거져 나오고, 군도 자루는 코트 아래로 비집고 들어가고, 호주머니는 부풀고, 담뱃재는 재킷에 흩뿌려져 있었다. 대위의 머리 정수리에서는 갈색의 흐트러진 머리털이 돌돌 말리고, 헝클어진 콧수염 아래에서는 입이 헤벌어져 있었다. 대위는 숨넘어가는 소리로 "몽땅!"이라고 말하고 주저앉았다.

두 사람은 서로 아무 말도 하지 않았다. 트로타는 몇번이나 질문을 던져보려 했다. 바그너가 손을 내저으며, 눈까지 내젓다시피 하며, 말을 막았다. 그러고선 몸을 일으켰다. 제복을 추슬러 입었다. 자신의 인생이 이제 아무 의미도 없음을 깨달았다. 이제 인생을 마무리 지으러 떠나려 했다. "잘 있게!" 이렇게 엄숙하게 말하고, 자리를 떠났다.

하지만 밖에 나가니 별이 총총히 떠 있고 풀 냄새가 그윽이 감도는 선선한 초여름 저녁 살랑바람이 대위를 스쳤다. 목숨을 끊기보다는 도박을 끊기가 훨씬 더 쉬운 일이었다. 대위는 이제 도박을 하지 않겠다고 스스로에게 맹세했다. 카드에 손을 대느니 죽어버리겠다고 다짐했다. 영원히! 영원은 너무 긴 시간이었다. 대위는 기간을 줄였다. 이렇게 혼잣말했다. 8월 31일까지 도박을 끊는다! 그때 가서 다시 생각해본다! 바그너 대위는 가슴에 손을 얹고 맹세를 했다.

바그너 대위는 자책감을 깨끗이 씻어내고, 자신의 결연한 의지를 대견하게 여기고, 방금 자신의 목숨을 구한 것을 기뻐하며, 호이니츠키에게 간다. 호이니츠키는 문가에 서 있다. 바그너 대위를 안 지 오래여서, 대위가 큰돈을 잃고 도박에 손대지 않겠다고 다시금 결심을 했다는 것을 대번에 알아챈다. 백작이 소리친다. "트로타는 어디 두고 왔소?"

"못 봤습니다!"

"몽땅?"

대위는 머리를 떨구고 자기 군화 끝을 보며 말한다. "저는 맹세를 했습니다……"

"잘했소!" 호이니츠키가 말한다. "그래야지요!"

백작은 트로타 소위를 정신 나간 바그너와 사귀지 못하게 해야겠다고 마음먹는다. 바그너와 떼어놓아야 해! 호이니츠키는 이렇게 생각한다. 트로타를 며칠 동안이라도 휴가를 보내야 해. 발리와 함께! 백작은 말을 몰아 읍으로 간다.

"알겠습니다!" 트로타는 주저없이 말한다. 소위는 빈을 두려워하고 여자와 함께 여행하기를 꺼린다. 하지만 가야 한다. 자신의 인생이 변곡점에 이를 때마다 늘 그랬듯 어떤 위기가 닥쳐오는 것을 감지한다. 새로운 위험이, 지금까지 겪어보지 못한 가장 큰 위험이, 자신이 갈망하던 위험이 찾아오는 것을 느낀다. 어떤 여자인지 물으려 하지도 않는다. 낯선 여자들의 수많은 얼굴이, 푸른색, 갈색, 검은색 눈이, 금발, 흑발 머리털이, 엉덩이, 가슴, 다리가, 어렸을 때, 사춘기였을 때 옷깃을 스쳤을지 모를 여자들이 빠르게 눈앞에 떠간다. 모두 한꺼번에 지나간다. 낯선 여자들이 아름답고 보들보들한 폭풍으로 바뀐 것 같다. 소위는 알지 못하는 여인들의 살내를 맡는다. 여인들의 무릎이 부드러우면서도 서늘하고 단단하게 닿아오는 것을 느낀다. 벌거벗은 팔이 목을 달콤하게 휘감는가 싶더니 목 뒤에서 손깍지를 끼고 조여든다.

죽음에 대한 어렴풋한 두려움이 죽음을 불러올 수 있듯, 정욕에 대한 두려움 자체도 정욕을 일으킬 수 있다. 이제 이 두려움에 트로타 소위는 사로잡힌다.

13

폰 타우시히 부인은 아름다웠지만 꽃다운 나이는 지나 있었다. 역장의 딸로 태어나, 아이히베르크란 이름의 기병대 대위와 결혼했으나, 남편이 젊은 나이에 죽자, 귀족칭호를 받은 지 얼마 되지 않은 폰 타우시히 씨와 재혼했다. 이 부유한 공장주는 병을 앓고 있었다. 경증의 이른바 순환성 기분장애에 시달렸다. 발작은 반해에 한번씩 주기적으로 일어났다. 폰 타우시히 씨는 발작이 일어날 것을 한주 전에 예감할 수 있었다. 그러면 보덴제 호숫가의 요양원에 입원했다. 부유한 집안의 까탈스러운 정신병자들을 수용하여, 비싼 가격을 받고 조심스럽게 치료하고 간호사들이 산파만큼이나 정성스레 정신병자들을 돌보는 곳이었다. 여기에도 머릿속이 비어 유행이나 좇으며 환자들에게 '정신적 감정'을 느껴보라고 마구 처방하는 의사들이 있게 마련이었는데, (이는 옛날 가정의들이 대황이나 아주까리를 함부로 처방했던 것과 다를 바 없었다) 한 의사가 언젠가 폰 타우시히 씨에게 발작이 일어나려 하자 결혼을 해보라고 권했고, 이 말을 곧이듣고 폰 타우시히 씨는 친구 아이히베르크의 미망인과 결혼했다. 폰 타우시히 씨는 아닌 게 아니라 '정신적 감정'을 체험하기는 했으나 발작도 더 빠르고 더 격렬하게 찾아왔다. 폰 타우시히 씨가 맞은 아내는 아이히베르크 씨와의 짧은 결혼생활 동안 많은 친구들을 사귀었고, 아이히베르크 씨가 죽은 뒤에는 몇몇 진심 어린 청혼을 물리쳤다. 사람들은 폰 타우시히 부인을 하늘처럼 떠받들었기 때문에 부인의 불륜에 대해서는 입을 다물었다. 잘 알다시피 당시는 엄격한 시대였다. 하지만 예외를 인정할 줄 알았고, 예외를 좋아하기조차 했다. 귀족정치 국가의 손에 꼽을 만한 근본원칙에 따르면 평범한 소시민은 이등 인간이었지만, 소시민 출신 장교로 황제 시종무관이 된 사람도 많았다. 유대인은 높은 서훈을 받을 자격이 없었지만, 유대인으로 귀족이 되거나 대공[40]들의 친구가 된 사람도 있었다. 여성들은 전통적 도덕에 따라 살아야 했지만, 기병대 장교 부럽지 않게 연애를 즐겼던 여성들도 있었다. (이 모든 근본원칙들을 오늘날 우리가 '겉 다르고 속 다르다'고 부르는 것은, 우리 자신이 아량이 없어서가 아닐까? 너무 도량이 좁고, 고지식하고, 유머가 모자라서가 아닐까?)

미망인의 절친한 친구 중에서 유일하게 청혼을 하지 않은 남자는 호이니츠키뿐이었다. 살 만한 가치가 있는 세계는 몰락을 앞두고 있었다. 뒤이어 나타날 세계는 올바른 사람이 살기에 마땅치 않을 것이었다. 그러므로 오랫동안 사랑을 하고, 결혼을 하고, 후손을 낳는 일은 의미가 없었다. 호이니츠키는 구슬프고 파르스름하

40 합스부르크가 왕자의 칭호.

고 도드라진 눈으로 미망인을 바라보며 말했다. "미안하지만, 너와 결혼하고 싶은 생각이 없어!" 호이니츠키는 조문을 마치고 나오며 이렇게 말했다.

그리하여 미망인은 정신질환이 있는 폰 타우시히 씨와 결혼했다. 부인은 돈이 필요했고 폰 타우시히 씨는 어린애보다 다루기 쉬웠다. 폰 타우시히 씨는 발작이 끝나자마자, 부인에게 요양원으로 데리러 오라고 말했다. 부인은 남편에게 가서 키스를 하고 집으로 출발했다. "안녕히 계시오!" 자물쇠로 잠긴 병실 창살문까지 배웅 나온 의사에게 폰 타우시히 씨는 인사했다. "안녕히 계세요, 곧 뵐게요!" 부인은 이렇게 말했다. (부인은 남편이 병들어 있는 시간을 좋아했다) 두 사람은 집으로 돌아왔다.

부인이 호이니츠키를 마지막으로 찾아온 것은 십년 전이었다. 당시에는 아직 폰 타우시히 씨와 결혼하지 않았고, 지금 못지않게 아름다웠고, 고스란히 십년 더 젊었었다. 당시에도 부인은 혼자 집으로 돌아가지 않았었다. 여기 있는 이 소위만큼 젊고 서글퍼 보이는 소위가 바래다줬었다. 그 소위의 이름은 에발트였고 창기병이었다. (당시에는 여기에 창기병대가 있었다) 아무 동행자 없이 돌아가야 했다면, 부인은 난생처음 쓰라린 아픔을 느꼈을 것이다. 어쩌면 중위가 동행했다 하더라도, 무척 시무룩해졌을 것이다. 부인은 소위보다 높은 계급의 장교들과 어울려 다닐 만큼 늙지 않았다고 생각하고 있었다. 십년 뒤라면 혹시 모르겠지만.

하지만 나이는 쌀쌀맞고 소리없이 때로는 의뭉하게 변장하고 다가왔다. 부인은 스쳐가는 나날을 헤아렸다. 아침마다 실주름들을 (밤새 아무것도 모르고 자는 동안 나이가 눈시울에 짜놓은 자글자글한 그물코들을) 세었다. 부인은 마음은 이팔청춘 소녀였다. 부인의 마음은 영원히 젊음을 지킬 수 있는 축복을 받고서, 늙어가는 육체 한가운데 자리 잡고 있었다. 어떤 아름다운 비밀이 허물어져가는 성안에 숨겨져 있는 듯했다. 폰 타우시히 부인이 품에 안았던 젊은 남자들은 모두 부인이 애타게 그리워하던 손님이었다. 하지만 이 남자들은 아쉽게도 문간에서 서성이다 발길을 돌렸다. 부인은 인생을 사는 게 아니었다. 기다리고 또 기다리는 것이었다! 부인은 한 사람씩 한 사람씩 떠나가는 것을 지켜봤다. 애틋하고 서운하고 안타까운 눈초리로 바라봤다. 부인은 남자들이 다가왔다가 멀어져가는 것을 보는 데 점점 익숙해졌다. 이 어린애 같고 덩치만 털썩 큰 종족은, 날갯짓이 서투른 왕나방들을 닮았으며, 스쳐지나면서도 움직임이 무거웠다. 이 미련한 멍청이들 부대는 납으로 만든 날개를 파닥거리려 애썼다. 이 군인들은 여인을 정복했다고 믿을 때 경멸받고 있었고, 여인을 차지했다고 여길 때 비웃음을 사고 있었고, 여인을 맛보았다고 생각할 때 참맛을 모르고 있었다. 하지만 살아 있는 동안에는 이 무뢰한들을 기다릴 수밖에 없었다. 어쩌면, 어쩌면, 이 무뢰한들이 우글우글한 어둠 한가운데서 언젠가 한 남자가 공기처럼 가볍게 은은히 빛나며 솟아날지 몰랐다. 하늘의 축복을 받은 왕자가 나타날지 몰랐다. 그러나 이 남자는 오지 않았다! 아무리 기다려도 오지 않았다! 나이는 들어가는데 오지 않았다! 폰 타우시히 부인은 젊은 남자들로 자신을 둘러싸 노년이 다가오는 것을 막으려 했다. 젊은 남자들이 자기 나이를 알아보는 눈초리가 두려워, 사랑의 모험을 시작할 때마다 눈을 질끈 감아버렸다. 부인은 어리석은 남자들에게 마법을 걸어 자신이 바라는 대로 부리기 쉽게 변화시키려 했다. 아쉽게도 남자들은 마법을 알아채지 못했다. 그런 탓에 전혀 변모되지도 않았다.

부인은 트로타 소위를 꼼꼼히 살펴봤다. 실제 나이보다 더 나이 들어 보여. 부인은 이렇게 생각했다. 슬픈 일들을 겪었지만 그 일로 어떤 깨달음을 얻지는 않았어. 뜨겁게 불타는 사랑을 하지는 않겠지만, 스쳐지나가는 사랑도 하지 않을 거야. 너무 불행해 보여. 더 이상 불행해질 일이 없을 듯이.

이튿날 아침 트로타는 '가정사정으로' 사흘 휴가를 얻었다. 오후 1시에 식당에서 동료들과 작별을 했다. 동료들의 질시와 환호를 받으며, 할증료를 내야 하는 일등 객실에 폰 타우시히 부인과 함께 올라탔다.

밤이 닥치자 소위는 어린애처럼 어둠이 두려워졌다. 담배를 피우기 위해, 정확히 말하면, 담배를 피워야겠다는 핑계로 객실을 떠났다. 이런저런 생각에 사로잡혀 복도에서 서성거렸다. 깜깜한 차창 너머로 기관차의 하얗게 달아오른 불빛들이 금세 뱀처럼 날다가 금세 사라지는 모습이, 칠흑같이 어두운 숲이, 둥근 하늘에 고요히 뜬 별들이 보였다. 소위는 문을 살그머니 밀고 발끝으로 걸어 객실로 들어왔다. "침대차를 타는 게 좋을 뻔했네요!" 어둠 속에서 부인이 던지는 말에 흠칫 물러서며 소스라치게 놀랐다. "당신은 줄담배를 피우시는군요! 여기서 피우셔도 돼요!" 부인은 아직 자고 있지 않았다. 소위가 성냥불을 켜자 부인의 얼굴이 드러났다. 하얀 얼굴이 헝클어진 검은 머리털에 둘러싸여 진홍색 쿠션에 놓여 있었다. 그래, 침대차에 타는 게 나을 뻔했어. 담뱃불이 어둠 속에 불그레하게 불탔다. 기차가 다리를 건넜다. 바퀴가 덜커덩거리는 소리가 커졌다. "다리예요!" 부인이 말했다. "다리가 무너질까 겁이 나요!" 그래. 소위는 생각했다. 무너지라지. 소위에게 남아 있는 선택이라고는 느닷없이 닥치는 불행과 느릿느릿 다가오는 불행 중에서 고르는 것뿐인 듯싶었다. 소위는 부인 맞은편에 꼼짝 않고 앉아 있었다. 휙 스쳐가는 역들의 불빛이 몇초 동안 객실을 밝히며, 폰 타우시히 부인의 그렇잖아도 핼쑥한 얼굴을 더 파리하게 만드는 것을 보았다. 소위는 아무 말도 할 수 없었다. 말을 할 게 아니라 부인에게 키스를 해야 한다고 생각했다. 소위는 이미 때늦은 키스를 자꾸 미루었다. 다음 역을 지나면. 이렇게 혼잣말했다. 갑자기 부인이 손을 뻗어 객실 문의 빗장을 더듬어 찾아내어 딸깍 걸어잠갔다. 트로타가 부인의 손에 고꾸라졌다.

이 순간 폰 타우시히 부인은 십년 전 에발트 소위를 사랑했었던 것만큼 뜨겁게 소위를 사랑했다. 똑같은 노선에서, 똑같은 시간에, 모르긴 몰라도 똑같은 객실에서 사랑을 나눴다. 하지만 이 순간에는 이 창기병 소위도, 그 이전 남자들도, 그 이후 남자들도, 전혀 생각나지 않았다. 욕정의 물결이 기억을 덮쳐 모든 흔적을 쓸어갔다. 폰 타우시히 부인의 세례명은 발레리였고, 이 지역에서 흔히 그러듯 발리라는 애칭으로 불렸다. 사랑을 나눌 때면 언제든 부인의 귀에 속삭여지는 이 이름은, 사랑을 나눌 때마다 완전히 새롭게 들렸다. 방금 이 젊은 트로타가 부인을 발리라고 불렀다. 부인은 세례명을 새로 받으며, 갓난아이로 돌아간 듯싶었다. 하지만 자신이 소위보다 '나이가 훨씬 많다'는 것을 서글프게 밝히는 것을 잊지 않았다. 부인이 젊은 남자들을 만날 때마다 늘 털어놓는 말이었다. 어떻게 보면 미리 선수를 치는 것이었다. 부인은 이 말을 던지자마자 소위를 껴안고 어루만지고 키스를 퍼부었다. 부인이 능숙하게 구사할 줄 알며 이런저런 남자들에게 이미 건넸던 모든 달콤한 말들을 다시 꺼냈다. 이제 (유감스럽게도, 부인은 앞으로의 진행을 너무 잘 알고 있었다) 트로타가 나이와 세월을 더는 입에 올리지 말라는 귀에 못 박이게 들은 간청을 할 차례였다. 부인은 이런 애원이 빈말에 지나지 않는다는 것을 잘 알았지만, 그래도 이 말을 믿었다. 부인은 기다렸다. 하지만 트로타 소위는 아무 말도 하지 않았다. 젊은 남자가 앞뒤가 막혀 있었다. 소위가 입을 열지 않는 것은 자신에게 관심이 없어서가 아닐까 두려워, 부인은 조심스럽게 말을 꺼냈다. "제가 당신보다 나이가 얼마나 많다고 생각하세요?" 트로타는 당황했다. 마땅한 대답을 찾을 수도 없고, 자신과 아무 상관없는 질문이었다. 소위는 부인의 피부가 반들반들 차가워졌다가 야들야들 뜨거워지기를 빠르게 되풀이하는 것을, 사랑을 나눌 때 생기는 마술 같은 현상 중의 하나인 급작스러운 온도 변화를 느꼈다. (이 변화는 채 한시간이 지나기도 전에 사계절의 모든 특성들을 여인의 한 어깨에서 보여줬다. 시간의 법칙을 정말로 정지시켰다) "당신 어머니뻘이지요!" 부인은 속삭였다. "몇살인지 알아맞혀볼래요?" "모르겠습니다!" 불행한 남자가 말했다. "마흔하나예요!" 발리 부인이 말했다. 부인은 한달 전에 마흔두살이 되었다. 하지만 어떤 여자들은 천성적으로 진실을 말하기를 꺼리고, 천성적으로 나이 들기도 싫어한다. 폰 타우시히 부인이 나이를 세살이나 낮춰 말했다면 미모를 과신하는 것이었을 것이다. 하지만 실제보다 고작 한살을 안쓰럽게 깎는 것은 나이를 속이는 것이라 말할 수 없었다.

"그렇게 안 보입니다!" 마침내 소위가 무뚝뚝하게 말했다. 마지못해 하는 말이었다. 부인은 고마움에 다시금 일렁이는 마음을 가누지 못하고 소위를 껴안았다. 역들의 하얀 불빛이 차창을 스쳐지나며 객실을 비추어, 부인의 하얀 얼굴을 밝히고 부인의 두 어깨를 또다시 드러냈다. 소위는 부인의 가슴에 아기처럼 안겨 있었다. 부인은 자애롭고 행복하게 어머니로서의 아픔을 느꼈다. 모성애가 부인의 팔로 밀려들어 팔에 힘이 새로 솟았다. 부인은 연인을 자기 아기처럼 돌보고 싶었다. 자신의 자궁으로 소위를 낳은 듯싶었다. 이 자궁이 지금 소위를 받아들이고 있었다.

"내 아가, 내 아가!" 부인은 되풀이해 말했다. 이제 나이를 두려워하지 않았다. 그렇다. 난생처음 자신과 소위 사이의 나이 차이가 축복으로 느껴졌다. 아침이 오면, 초여름의 빛나는 아침 햇살이 쏜살같이 달리는 객실 차창으로 밀려들면, 부인은 소위에게 분을 바르지 않은 민낯을 아무 두려움 없이 보여줄 것이었다. 물론 새벽노을이 부인의 얼굴을 물들여준다면 마다할 이유는 없었다. 부인이 앉은 좌석 차창은 마침 동쪽을 향하고 있었다.

소위에게는 세상이 뒤바뀌어 보였다. 그리하여 자신이 방금 사랑을 알게 됐다고, 다시 말해 사랑에 대한 자신의 꿈이 실현됐다고 믿었다. 하지만 실상은 소위는 욕구가 충족된 아기처럼 고마움에 젖어 있을 뿐이었다. "빈에서도 함께 있을 거지요?" 귀여운 아가, 귀여운 아가! 부인은 끊임없이 이렇게 생각했다. 소위를 바라보며 어머니처럼 대견스러워했다. 여느 어머니가 그러듯, 소위가 잘하지 못하는 일도 잘한다고 여기며, 이를 자신이 잘 보살핀 덕이라고 공치사하는 듯싶었다.

부인은 끊임없이 작은 접대들을 준비했다. 빈에 도착하니 마침 가락으로 성체축일이었다. 부인은 관람석에 두 자리를 예약할 것이다. 소위와 함께 휘황찬란한 행렬을 구경할 것이다. 부인은 이 행렬을 좋아했다. 당시 오스트리아 여인이라면 신분을 가릴 것 없이 누구나 이 행렬을 사랑했다.

부인은 관람석에 두 자리를 얻었다. 퍼레이드의 신나고 엄숙한 화려함에 부인 자신마저 달아오르며 다시 젊어지는 듯했다. 부인은 어릴 적부터, 아마도 궁정의전 대신 못지않게, 성체축일 행렬의 단계, 세목, 규칙을 속속들이 꿰뚫고 있었다. 오페라 단골관객이 대대로 물려받은 특별석을 찾다보면 좋아하는 작품의 장면들을 낱낱이 아는 것과 마찬가지였다. 부인의 구경 욕구는 줄어들기는커녕, 이런 상세한 지식을 젖줄 삼아 커져만 갔다. 카를 요제프의 마음에서는 옛날 어릴 적 영웅적 꿈이 되살아났다. 소위는 방학에 집에 찾아와 아버지 집 발코니에서 「라데츠키 행진곡」 연주를 들으며 이 꿈을 품고 행복에 젖었었다. 유서 깊은 제국이 장엄한 국위를 과시하며 눈앞에 지나가고 있었다. 소위는 할아버지인 쏠페리노의 영웅을 떠올리고, 아버지의 흔들리지 않는 애국심을 생각했다. 아버지는 합스부르크가라는 우뚝 솟은 산자락에 작지만 오지게 박혀 있는 바위에 비길 수 있었다. 소위는 언제 어디서든, 바다에서든 육지에서든 공중에서든, 황제를 위해 죽어야 한다는 성스러운 임무가 기억났다. 두세 차례 남 하는 대로 따라 읊었던 서약어구들이 생생하게 되살아났다. 이 말들이 일어났다. 한마디씩 한마디씩 작은 깃발을 들고 솟아올랐다. 제국의 벽이란 벽마다 수없이 붙어 있는 최고사령관 초상화의 차가운 청자색 눈이 다시 아버지 눈처럼 인자하게 바뀌더니, 쏠페리노의 영웅의 손자를 굽어봤다. 쪽빛 하늘이 자신을 내려다보는 듯했다. 보병대의 연청색 바지가 번쩍거렸다. 포병대가 커피색 제복을 입고 지나가는 모습은 포탄이 실제로 날아가는 듯싶었다. 담청색 제복의 보스니아인들이 머리에 쓴 진홍색 터키모자가 햇빛에 이글거리는 게, 이슬람인들이 신의 사도 황제 폐하를 기리기 위하여 지핀 환희의 불꽃처럼 보였다. 검은색 래커를 칠한 의장마차에는 황금 양모 기사단과 검은색 복장에

볼이 발그레한 시의원들이 앉아 있었다. 그뒤에 근위 보병대의 모자 말총 장식들이 장엄한 폭풍우처럼 밀려왔다. 황제가 가까이 있는지라 광풍을 일으키는 것을 꾹꾹 참고 있는 듯했다. 이윽고 북소리가 둥둥둥 우렁차게 울리더니, 지상에 살고 있는데도 신의 사도 군대의 천사들이라 불리는 합창단이 제창하는 오스트리아-헝가리 황제 찬가 「신이여 보우하소서, 신이여 보호하소서」가 연도의 군중, 행진하는 병사들, 가볍게 달리는 말들, 소리 없이 굴러가는 마차들 위로 메아리쳤다. 찬가는 모든 이의 머리 위에 떠돌며 멜로디로 엮은 하늘이 됐다, 검은색-노란색 음향으로 짠 천개天蓋가 됐다. 소위의 심장은 멎어 있으면서도 쿵쿵 뛰었다. 의학적으로 설명되지 않는 현상이었다. 장중한 찬가 가운데 환호가 이는 광경은 문장이 그려진 대형기들 사이로 작고 하얀 깃발들이 나부끼는 듯 보였다. 리피차[41]산 백마가 오스트리아-헝가리 제국 종마 사육장에서 훈련받은 리피차 명마의 기품과 교태를 뽐내며 겅중겅중 다가왔다. 그뒤를 따라오는 용기병 반개 중대의 말발굽 소리는 퍼레이드에 떨어지는 깜찍한 천둥소리 같았다. 검은색-황금색 군모가 햇빛을 받아 빛났다. 팡파르가 우렁차게 울리고, 기쁨에 넘친 벽제소리가 들렸다. 길을 비키시오, 길을 비키시오, 황제 폐하께서 납십니다.

황제가 왔다. 여덟마리의 순백색 말이 황제의 마차를 끌었다. 금실로 수놓은 검은색 코트를 입고 하얀 가발을 쓴 종복들이 백마를 몰았다. 종복들은 신처럼 화려해 보였으나, 알고 보면 왕들의 하인에 지나지 않았다. 노란색-검은색 표범가죽을 어깨에 두른 헝가리인 근위병이 마차 양쪽에 두 사람씩 붙어 있었다. 근위병들은 성스

41 오늘날 슬로베니아에 속하는 리피차(Lipica)에 오스트리아 황실의 종마 사육장이 있었다.

러운 도시 예루살렘 성벽을 지키는 파수꾼을 연상시켰다. 프란츠 요제프 황제가 예루살렘 왕이라는 공식 칭호를 지니고 있기 때문인지도 몰랐다. 황제는 제국 어디에나 걸린 초상화에서 익히 볼 수 있는 순백색 코트를 입고 있었고, 모자에는 초록색 앵무새 깃털이 무성히 꽂혀 있었다. 깃털이 바람에 부드럽게 나부꼈다. 황제는 사방팔방으로 미소를 보냈다. 황제의 늙은 얼굴에 황제 자신이 만든 작은 해처럼 미소가 떠돌았다. 성 슈테판 대성당에서 종이 울렸다. 로마 가톨릭교 교회가 독일 민족의 신성로마제국 황제[42]에게 보내는 인사였다. 늙은 황제는 모든 신문들이 칭송해마지않는 '탄력있는' 걸음으로 마차에서 내려, 일반 평민처럼 교회로 들어갔다. 독일 민족의 신성로마제국 황제가 종소리에 둘러싸여 교회로 걸어 들어갔다.

오스트리아-헝가리 제국의 소위라면 누구든 이 축제를 무덤덤하게 보아 넘길 수 없었을 것이다. 카를 요제프는 가장 감동을 받은 사람 중 하나였다. 소위는 행렬에서 뿜어나오는 황금색 광휘를 보았다. 그러나 참수리들의 으스스한 날갯소리는 미처 듣지 못했다. 참수리들이, 합스부르크가의 형제인 척하는 적들이, 오스트리아-헝가리 이중제국의 쌍두독수리 위에서 벌써 맴돌고 있는 것을 알아채지 못했다.

아니었다. 호이니츠키가 말한 바와 달리, 세계는 몰락하고 있지 않았다. 누구나 세계가 약동하는 것을 두 눈으로 똑똑히 볼 수 있

42 10세기에 형성된 '신성로마제국'은 15세기 후반부터 차츰 '독일 민족의 신성로마제국'이라 불렸다. 국호는 1806년 '오스트리아 제국'으로, 1867년 '오스트리아-헝가리 제국'으로 바뀌었다. 그러므로 프란츠 요제프 1세의 공식 칭호는 '독일 민족의 신성로마제국 황제'가 아니었다. 하지만 합스부르크가가 신성로마제국의 전통을 계승한다고 일반적으로 여겨졌다.

었다. 이 도시의 주민들, 신의 사도 황제 폐하의 신명난 백성들, 황제의 궁정 종복들 모두가 드넓은 링슈트라세에 몰려나왔다. 도시 전체는 궁전의 거대한 정원에 지나지 않았다. 고색창연한 궁전 아치문들에 제복을 입은 수위들이 지팡이를 들고 위풍당당하게 서 있는 모습은 종복들 사이에 신들이 내려와 있는 것 같았다. 바퀴살이 가늘고 바퀴는 큼지막하고 품위있으며 바퀴에 고무 타이어를 씌운 검은색 마차들이 아치문들 앞에 주차해 있었다. 말들은 발굽으로 포장길을 조심스럽게 쓰다듬었다. 챙 접힌 검은색 삼각예모를 쓰고 황금색 칼라를 두르고 긴 칼을 찬 국가관료들이 땀에 흠뻑 젖어 점잖게 행렬에서 빠져나왔다. 하얀색 옷에 머리에 꽃을 꽂고 손에 초를 들고 나온 여학생들이 부모들과 함께 집으로 돌아갔다. 여학생들이 부모들 틈바구니로 파고드는 것으로 미루어, 부모들도 의젓한 척하고 있기는 하지만 영혼은 어리벙벙하고 어쩌면 녹초가 되어 있을지 모른다고 짐작할 수 있었다. 구애자들을 푸들처럼 끌고 다니는 해사한 여인들의 해맑은 모자들 위에서 양산이 어여쁘게 아치를 그리고 있었다. 금실과 은실로 수놓은 파란색, 갈색, 검은색 제복 차림 시민들이 움직이는 광경은 진기한 나무와 풀들이 열대 정원에서 빠져나와 머나먼 고향으로 돌아가려 애쓰는 것 같았다. 부산하고 불그레한 얼굴들 위에서 중산모들이 새까맣게 타오르고 있었다. 시민들이 무지개라도 찬 듯, 형형색색의 어깨띠들이 넓은 가슴으로부터 조끼를 거쳐 배에 이르기까지 둘러져 있었다. 이때 근위대가 붉은 옷깃이 달린 하얀색 망또를 어깨에 걸치고 하얀색 깃털장식을 모자에 꽂고 은은히 빛나는 도끼창을 손에 쥐고 이 열 종대로 링슈트라세의 차도로 몰려나왔다. 전차, 마차, 심지어 자동차까지 근위대를 보고서 역사에 나오는 잘 아는 유령이라도 본 듯 멈춰섰다. 교차로들과 길모퉁이들에서는 뚱뚱하고 앞치마를 열 겹도 더 두른 꽃 파는 아낙네들이 (꽃의 요정들의 도시에 사는 자매들이) 진녹색 물뿌리개로 반짝이는 꽃다발에 물을 뿌리고, 지나가는 연인들에게 미소 담긴 눈빛으로 축복을 보내고, 은방울꽃 송이들을 묶으며, 나이를 잊고 수다를 떨었다. 소란이 일어난 곳으로 출발하는 소방대원들의 황금색 철모가 번쩍거리는 모습은, 명랑하게 웃으며 위험과 재난을 일러주는 듯했다. 라일락꽃과 산사나무꽃 내음이 났다. 도시의 소음을 헤치고 정원에서 지빠귀들이 노래하고 공중에서 종달새들이 지저귀는 소리가 들렸다. 세계는 이 모든 것을 트로타 소위에게 아낌없이 퍼부었다. 소위는 마차에서 연인 옆에 앉아 있었다. 연인을 사랑했고, 난생처음 하루를 행복하게 보내고 있는 것 같다는 생각이 들었다.

아닌 게 아니라 자신의 인생이 비로소 시작되는 듯한 느낌조차 들었다. 소위는 국경지역에서 구십도를 마시는 것을 배웠듯, 이제 포도주를 마시는 법을 배웠다. 유명한 레스토랑에서 부인과 식사를 했다. 레스토랑 여주인은 황후만큼 품위있고, 레스토랑 안은 사원처럼 고요하고 경건하고 궁전처럼 기품있고 산장처럼 평화로웠다. 여기서는 고관대작들이 대대로 물려받은 좌석에서 식사했으며, 시중드는 웨이터들도 귀족처럼 보여서, 손님과 웨이터가 일정한 주기로 서로 맞교대하는 듯 보였다. 누구나 상대방의 세례명을 알았다. 서로 형제라도 되는 듯했다. 하지만 인사를 주고받을 때는, 한 제후가 다른 제후를 접견하는 것 같았다. 이들은 젊은 사람도 늙은 사람도, 말을 잘 타는 사람도 못 타는 사람도, 난봉꾼도 도박꾼도, 한량도 야심가도 인기인도, 예로부터 전설로 받들어지고 인구에 회자되고 가는 곳마다 환호받는 미욱한 짓을 대대로 일삼는 얼간이도, 장래에 권좌에 오를 만큼 똑똑이도 다 알았다. 포크와 나이프를 예절 바르게 움직이는 소리는 들릴락 말락 했고, 식탁에 앉은 사람이 미소를 머금고 속삭이는 소리는 마주 앉은 사람에게만 들렸지만, 여기 사정에 밝은 사람이라면 옆 식탁에 앉아서도 무슨 말을 하는지 다 짐작할 수 있었다. 하얀 식탁보가 은은하게 빛나고 커튼이 쳐진 높은 창문으로 햇빛이 설핏하게 밀려들고 병에서 포도주가 꿀럭꿀럭 흘러나왔다. 웨이터를 부르고 싶으면 눈만 들면 됐다. 이 격조 높고 고요한 곳에서는 눈꺼풀을 여는 소리도, 여느 곳의 부르는 소리처럼 들렸기 때문이었다.

그렇다. 이렇게 하여 소위가 '인생'이라고 불렀으며, 당시 실제로 인생이었을지도 모를 일이 시작됐다. 무르익은 봄 냄새를 맡으며 마차를 타고 미끄러져가고, 곁에는 자신을 사랑하는 여인이 앉아 있었다. 연인이 눈웃음치며 바라볼 때마다, 자신이 수많은 재능이 있는 훌륭한 남자일 뿐만 아니라 군대에서도 명실상부하게 '뛰어난 장교'이기도 하다는 확신이 새록새록 솟는 듯했다. 소위는 자신이 평생을 슬프고 겁먹고 심지어 비참하게까지 살아왔다는 데 생각이 미쳤다. 하지만 이제 자신의 감춰졌던 모습을 깨닫고 보니, 왜 슬프고 겁먹고 비참하게 지내왔는지 전혀 이해할 수 없었다. 가까운 사람들의 죽음이 자신을 놀라게 했었다. 하지만 이제 소위는 카타리나나 막스 데만트를 서글프게 그리워하면서도 즐거움을 맛볼 수 있었다. 자신이 역경을 이겨냈다고 생각했다. 아름다운 여인의 눈웃음을 받을 만한 자격이 있었다. 그런데도 소위는 때때로 불안에 싸여 연인을 바라봤다. 부인이 자신을 어린애처럼 데리고 다니며 며칠 동안 즐겁게 접대한 것은 일시적 변덕 때문은 아닐까? 이는 참을 수 없는 일이었다. 자신은 누가 뭐래도 뛰어난 인간이었다. 자신을 사랑하는 사람이라면 오로지 자신만을 사랑해야 했다. 가엾은 카타리나처럼 거짓없이 죽을 때까지 사랑해야 했다. 하지만 혹시 모른다, 이 아름다운 부인은 소위만을 사랑한다고 믿거나 사랑하는 척하면서도, 수없이 많은 다른 남자를 떠올리고 있을지도! 자신은 질투를 느끼고 있는 것일까? 그렇다, 소위는 질투에 사로잡혀 있었다! 정신을 가누지 못할 만큼! 소위는 이를 금세 깨달았다. 질투를 하고 있으나, 이 도시에 머무르거나 부인과 함께 마차를 타고 다니고, 원하는 만큼 오랫동안 부인을 붙들어두고, 속마음을 떠보고, 자기 것으로 만들 방법이 없었다. 그렇다, 자신은 하잘것없는 가난뱅이 소위였다. 아버지에게 용돈으로 달마다 50크로네를 받아 쓰고, 빚도 있었다……

"주둔부대에서 도박도 하나요?" 폰 타우시히 부인이 불쑥 물었다.

"동료들은 합니다." 소위가 말했다. "바그너 대위 같은 사람은요. 대위는 엄청나게 잃었습니다!"

"당신은요?"

"손도 대지 않습니다!" 이 순간 소위는 어떻게 하면 권세있는 사람이 될 수 있을지 깨달았다. 평범한 운명을 벗어던지고 싶었다. 영광에 빛나는 운명을 누리고 싶었다. 국가관료가 됐다면 자신이 확실히 지닌 몇가지 정신적 재능을 살려 출세할 기회를 잡았을 것이다. 평화로운 시기에 장교란 게 도대체 무엇인가? 전쟁에서 공훈을 세웠는데도 쏠페리노의 영웅이 얻었던 게 도대체 무엇인가?!

"도박을 하지 마세요!" 폰 타우시히 부인이 말했다. "도박 운이 따를 사람처럼 보이지 않아요!"

소위는 모욕을 느꼈다. 어디를 가든 운이 따르는 사람이라는 것을 증명하고 싶은 욕망에 곧바로 사로잡혔다. 오늘 밤에 당장 실행에 옮길 비밀스러운 계획을 꾸미기 시작했다. 자신이 지금 하는 포옹은 앞으로 할 포옹의 시작에 지나지 않았다. 자신이 뛰어난 재능뿐 아니라 막강한 권세를 지닌 남자가 되어 부인에게 쏟아부을 사랑의 연습에 지나지 않았다. 소위는 시간을 알아보려 시계를 들여다보고 너무 늦지 않게 자리에서 일어날 핑계를 찾았다. 발리 부인도 소위에게 떠나라고 말했다. "너무 늦었군요! 갈 시간이에요!" "내일 아침에 뵙겠습니다!" "안녕히 가세요!"

호텔 수위가 근처 카지노를 알려줬다. 카지노에서는 소위를 기운차면서도 정중하게 맞이했다. 소위는 몇몇 상급장교들을 보고 규정에 따라 부동자세를 취했다. 장교들은 건성으로 손을 흔들고서, 소위를 멀뚱멀뚱 바라봤다. 소위가 자신들을 군인으로 여기는 것을 도대체 이해할 수 없다는 표정이었다. 자신들은 군대를 떠난지 이미 오래됐으며, 다만 옷을 갈아입기 귀찮아 아직도 제복을 걸치고 있는데, 이 세상물정 모르는 풋내기가 자신들에게 아직 장교 노릇을 하고 있었던 까마득한 과거의 아득한 기억을 들쑤시고 있다는 안색이었다. 장교들은 인생의 다른 분야에, 아마도 비밀이 훨씬 많은 분야에 숨어들어 있었다. 제복과 계급장만이 내일 동트면 평소 일과를 다시 시작해야 한다는 것을 일깨워주고 있었다. 소위는 자신이 가진 현금을 다시 세어봤다. 모두 150크로네였다. 바그너 대위가 하던 대로 50크로네를 호주머니에 넣고 나머지를 담배 케이스에 넣었다. 잠시 두 룰렛 테이블 중 하나를 구경했다. 돈을 걸지는 않았다. (카드는 거의 몰랐기 때문에 해볼 엄두가 나지 않았다) 소위는 매우 차분했다. 스스로 놀랄 만큼 침착했다. 빨간색, 하얀색, 파란색 칩 더미가 줄었다 불었다 하는 것을, 이리 갔다 저리 갔다 하는 것을 지켜봤다. 원래 여기 온 목적은 이 칩들을 모두 쓸어담기 위해서였다는 사실을 까맣게 잊고 있었다. 마침내 테이블에 앉기로 결심했다. 이는 의무나 다름없이 느껴졌다. 소위는 땄다. 딴 돈 절반을 걸어 다시 한번 땄다. 색을 따지지도 않고 숫자를 보지도 않았다. 이런 것 저런 것 가리지 않고 아무 데나 걸었다. 소위는 땄다. 딴 돈을 다 걸었다. 네번째 땄다. 한 소령이 소위에게 손짓했다. 트로타가 일어섰다. 소령이 말했다. "귀관은 여기 처음인 것 같소. 1000크로네를 땄더군. 바로 귀가하는 게 좋을 것이오!" "알겠습니다, 소령님!" 트로타는 이렇게 말하고 고분고분 나갔다. 칩을 교환하면서, 소령의 말에 따른 것이 후회됐다. 누구 말이나 잘 듣는 자신에게 화가 났다. 왜 쫓겨나왔는가? 왜 돌아갈 용기를 내지 못했는가? 자신을 못내 못마땅하게 여기며, 처음 따고서도 오히려 불행을 느끼며, 카지노를 빠져나왔다.

밤이 이슥하고 매우 고요하여, 저 멀리에서 몇몇 길 가는 사람들의 발걸음 소리가 들렸다. 양쪽에 높은 집들이 늘어선 좁다란 골목 위에 하늘 한 자락이 펼쳐지고, 별들이 낯설고 아늑하게 반짝거리고 있었다. 어두운 그림자가 모퉁이를 돌아 소위에게 다가왔다. 그림자는 비트적거렸다. 술에 취해 있는 것이 분명했다. 소위는 이 사람을 바로 알아봤다. 화가 모저였다. 그림첩을 들고 챙 넓은 모자를 쓰고 도심의 밤길을 평소처럼 맴돌고 있었다. 모저는 손가락 하나로 경례를 붙이고서, 그림들을 팔려고 내놓기 시작했다. "온갖 포즈의 여자들이 다 있어요!" 카를 요제프는 멈춰섰다. 운명이 화가 모저를 자신에게 보냈다는 생각이 들었다. 이미 여러해 전부터 어느날 밤이든 이 시간 무렵이면 도심의 어느 골목에선가 선생과 맞닥뜨릴 수 있었다는 사실을 소위는 모르고 있었다. 소위는 호주머니에 넣어두었던 50크로네를 꺼내 늙은 모저에게 줬다. 누군가 소위에게 말없이 이를 지시하고, 소위는 명령을 이행할 뿐인 듯했다. 이 양반처럼, 꼭 이 양반처럼 살아야 하는데. 소위는 생각했다. 이 사람은 정말 행복해, 옳게 살고 있어! 소위는 이러한 생각에 스스로 놀랐다. 화가 모저가 옳게 살고 있다고 말할 수 있는 이유를 생각해봤으나 알아낼 수 없자 더욱 놀랐고, 술을 마시고 싶다는 생각이 치밀었다. 술꾼이라면 늘 느끼는 갈증, 영혼과 육체의 목마름이었다. 갑자기 근시가 된 듯 눈이 침침해졌고, 난청이 된 듯 소리가 들리지 않았다. 곧바로, 당장에 술을 마시지 않으면 안되었다. 소위는 몸을 돌려 화가 모저를 멈춰세우고 물었다. "어디 술 마실 만한 곳이 있습니까?"

볼차일레 가街에서 멀지 않은 곳에 심야 까페가 있었다. 거기서는 슬리보비츠를 팔았으나, 아쉽게도 구십도보다 이십오도나 순했다. 소위와 화가는 자리에 앉아 술을 마셨다. 트로타는 시나브로 깨달았다. 자신은 행운의 지배자가 아니며 재능을 두루 갖춘 뛰어난 남자도 아니었다. 그렇기는커녕 가난하고 가련하며, 자신이 수만 크로네를 따는 것을 가로막은 소령 말을 고분고분 따른 것을 서글퍼하고 있었다. 그렇다! 자신은 행운아가 아니었다. 폰 타우시히 부인도, 카지노의 소령도, 아니 누구나 다 자신을 조롱했다. 오직 이 한 사람, 화가 모저만이 (이 사람을 벌써 친구라고 부를 수 있었다) 올바르고 솔직하고 변함없었다. 모저에게 자신이 누구인지 말해야 했다! 이 훌륭한 남자는 아버지의 가장 오래되고 유일한 친구였다. 이 남자를 부끄럽게 여겨서는 안되었다. 모저는 할아버지를 그린 화가였다! 소위는 숨을 깊이 들이마셨다. 이렇게 모은 공기로부터 숫기를 길어올리려는 듯했다. 소위가 말했다. "우리가 오래전부터 아는 사이라는 것을 아십니까?" 화가 모저가 목을 쑥 빼고, 덥수룩한 눈썹 아래 눈을 번쩍거리며 이렇게 물었다. "우리가…… 오래전부터…… 아는 사이라고요? 개인적으로? 당신은 저를 화가로서는 물론 잘 알 겁니다! 이래 봬도 화가로는 이름깨나 알려져 있으니까요. 미안하지만, 미안하지만, 사람을 잘못 본 것 같습니다! 아니," 모저는 얼굴이 어두워졌다. "어떻게 저를 아는 사람이라고 생각할 수 있지요?"

"저는 트로타라고 합니다!" 소위가 말했다.

화가 모저는 휘둥그런 눈으로 소위를 보며 손을 내밀었다. 천둥치는 듯한 환성이 화가에게서 터져나왔다. 모저는 소위를 부여잡고 테이블로 절반쯤 끌어당기며, 몸을 소위를 향해 굽혔다. 두 사람은 테이블을 한가운데 놓고 형제처럼 오랫동안 입을 맞췄다.

"자네 아버지는 무고하신가?" 화가가 물었다. "아직도 공직에 계신가? 벌써 주지사가 됐나? 소식이 끊긴 지 오래되어서! 몇해 전에 여기 시민공원에서 자네 아버지를 만났을 때 나에게 돈을 줬지. 그때 혼자가 아니었는데, 아들을 데리고 왔는데, 그 사내아이가…… 글쎄, 그게 자네란 말이지."

"예, 그게 저였습니다." 소위가 말했다. "오래전 일이지요. 아주, 아주 오래된 일입니다."

소위는 당시 모저의 불그레하고 끈적거리는 손이 아버지의 허벅지를 두드리는 것을 보고 깜짝 놀랐던 일이 기억났다.

"용서를 빕니다, 용서를!" 소위가 말했다. "당시 무례하게 행동했습니다, 못되게 굴었습니다! 용서하십시오, 선생님!"

"그래, 못되게 굴었지!" 모저가 맞장구쳤다. "용서하겠네! 이제 그 말은 꺼내지도 말게! 어디 사나? 내가 바래다주지!"

까페가 문을 닫았다. 두 사람은 팔짱을 끼고 고요한 골목길을 비틀거리며 걸었다. "여기가 내가 묵는 곳일세," 화가가 웅얼거렸다. "이게 내 주소일세! 내일 나를 찾아오게, 젊은이!" 모저는 까페에서 사람들에게 나눠주는 야한 업무용 명함 한장을 소위에게 건네줬다.

14

소위가 주둔부대로 돌아가는 날, 자신의 슬픈 마음을 아는 듯 구름이 잔뜩 끼어 있었다. 소위는 이틀 전에 행렬이 지나갔던 도로들을 다시 한번 걸었다. 그때는, 하고 소위는 생각했다. (그때는, 하고 생각했다) 잠시나마 자신과 자신의 직업에 자부심을 느꼈었다. 하지만 지금은 귀대해야 한다는 생각이, 간수가 죄수를 따라다니듯, 자신을 떠나지 않았다. 난생처음 트로타 소위는 평생 복종했던 군대규율에 반발했다. 소위는 일찍이 어린 시절부터 고분고분했다. 이제 그러고 싶지 않았다. 소위는 자유가 무엇인지는 전혀 몰랐지만, 자유가 휴가와 다른 것은 전쟁이 기동훈련과 다른 것이나 마찬가지일 것이라고 느꼈다. 이러한 비유가 떠오른 것은 자신이 군인이기 때문이었다. (전쟁은 군인이 누리는 자유이기 때문이었다) 자유를 누리기 위해 필요한 탄약은 돈이라는 데 생각이 미쳤다. 하지만 수중에 가진 금액은 말하자면 기동훈련 때 쓰는 공포탄이나 다름없었다. 도대체 가진 게 있는가? 자유를 누릴 수 있을 만큼? 할아버지인 쏠페리노의 영웅이 유산을 남겼는가? 아버지에게 언젠가 그 유산을 물려받을 것인가? 소위는 전에는 이런 생각을 품어본 적이 없었다. 이제 이런 생각들이 낯선 새 떼처럼 뇌리에 깃들어 뒤숭숭하게 날아다녔다. 소위는 바깥세상의 소식들을 어리둥절해하며 모조리 들었다. 호이니츠키가 올해에는 여느 해보다 일찍 고향을 떠나 이번 주 안에 폰 타우시히 부인과 함께 남쪽으로 가려고 한다는 말을 어제 들었다. 소위는 친구에게 질투를 느꼈다. 질투를 한다는 사실 때문에 치욕을 곱절로 느꼈다. 소위는 북동부의 국경 지역으로 가려는 참이었다. 그런데 폰 타우시히 부인과 호이니츠키는 남쪽으로 출발하려는 것이었다. 지금 이 시간까지는 지리적 명칭에 지나지 않았던 '남쪽'이 미지의 낙원이라도 되는 듯 매혹적으로 찬란하게 빛나기 시작했다. 남쪽은 외국 어딘가에 있었다! 보라, 프란츠 요제프 1세에게 예속되지 않았으며, 자국 군대를 보유하여 크고 작은 주둔부대에 수천의 소위들을 거느린 외국들이 있었다. 이 다른 나라들에서 쏠페리노의 영웅이란 칭호는 아무짝에도 쓸모없었다. 여기에도 국왕들이 있었다. 이 국왕들은 저마다 생명의 은인이 있었다. 이런 생각에 빠져 소위는 얼떨떨해했다. 이런 생각에 제국의 소위가 어리둥절해하는 것은, 우리 같은 사람이 지구는 무수한 천체들 중 하나일 뿐이며, 은하수에는 수많은 해들이 존재하고, 각 해마다 자신의 행성들을 가지고 있으며, 이렇게 볼 때 자신은 가엾기 짝이 없는 개체로서, 심하게 말하면 한 줌의 쓰레기에 지나지 않는다는 생각에 얼떨떨해하는 것이나 마찬가지였다.

소위는 딴 돈 중에 아직 700크로네를 가지고 있었다. 카지노를 다시 한번 찾을 용기를 내지 못했다. 도시 사령부로부터 아마도 젊은 장교들을 감시하라는 명령을 받고 파견된 낯선 소령이 무서워서가 아니었다. 가련하게 도망친 기억이 살아날까 두려워서였다. 아! 소위는 잘 알고 있었다. 상급자가 눈짓이나 손짓만 해도 고분고분하게 어떤 카지노에서든 바로 빠져나오기를 앞으로도 골백번은 더 할 것이라는 것을. 소위는 병든 아이처럼 어떤 쾌감마저 느끼며, 자신은 행운을 불러올 수 없는 사람이라는 고통스러운 깨달음에 젖어들었다. 자신을 한없이 가엾게 여겼다. 자신을 불쌍하게 생각한 것은 이 순간에 마음을 추스르는 데 도움이 됐다. 소위는 화주를 몇 잔 마셨다. 그러자 곧바로 나른하고 아늑하게 느껴졌다. 교도소나 수도원에 들어가는 사람처럼 수중의 돈이 거추장스럽고 불필요하게 여겨졌다. 돈을 단숨에 써버리기로 마음먹었다. 아버지가 자신에게 은제 담배 케이스를 사줬던 가게로 들어가 연인에게 선사할 진주 목걸이를 구입했다. 손에 꽃을 들고, 바지 주머니에 진주 목걸이를 넣고, 서글픈 얼굴을 하고, 폰 타우시히 부인에게 찾아갔다. "당신에게 줄 선물을 가져왔습니다." 이렇게 털어놓았다. 당신에게 줄 물건을 훔쳐왔습니다라고 말하는 듯했다! 자신이 어울리지 않게도 낯선 역할을, 세련된 신사 역할을 하고 있다는 생각이 들었다. 자신의 선물을 건네주려는 순간에야 비로소, 이것이 우스꽝스러울 만큼 과장된 행동이며, 자신을 비하하고 아마도 부유한 부인을 모욕하는 일일지 모른다는 데 생각이 미쳤다. "용서하십시오!" 그래서 이렇게 말했다. "작은 정표를 드리려고 했는데, 그만……" 소위는 무슨 말을 해야 할지 몰랐다. 얼굴이 붉어졌다. 눈길을 떨어뜨렸다.

아! 트로타 소위는 몰랐다! 나이가 들어가는 여인들의 마음을 알지 못했다! 이 여인들은 어떤 선물이든 자신을 젊게 만드는 묘약인 듯 여기며, 영악하고 그리움에 넘친 눈초리로 세상을 달리 바라본다는 것을 알지 못했다! 말이 나왔으니 말인데, 폰 타우시히 부인은 소위의 어수룩함을 사랑했다. 소위가 설익은 것이 드러나면 드러날수록 자신이 더 젊어진다고 생각했다! 부인은 노련하고 열정적으로 소위의 목에 매달려 자기 아이에게 입을 맞추듯 키스를 하고, 소위를 이제 떠나보내야 하기 때문에 울음을 터뜨리고, 소위가 아직 곁에 있기 때문에, 그런데다 진주 목걸이가 너무 아름답기도 한 까닭에 웃음 짓고, 눈부시게 줄줄 흐르는 눈물을 훔치며 말했다. "사랑스러워, 너무 사랑스러워, 내 아기!" 부인은 이 말을 한 것을, 특히 마지막에 '내 아기'란 말을 덧붙인 것을 즉시 후회했다. 이 말 탓에 자신이 실제 나이보다 더 늙게 여겨질 수 있기 때문이었다. 다행히 소위는 이 말을 듣고 최고사령관이 직접 수여한 훈장을 받은 듯 우쭐거리고 있음을 알아챌 수 있었다. 너무 어려. 부인은 생각했다. 내 나이가 얼마나 되는지 짐작하기에는……!

그럼에도 자신의 실제 나이를 지우고 없애고 정욕의 바다에 빠뜨리기 위해서, 부인은 소위의 어깨를 움켜잡았다. 어깨뼈의 보들보들하고 따스한 감촉에 손끝이 벌써 어쩔 줄 모르기 시작했다. 부인은 소위를 소파로 잡아끌었다. 젊어지고 싶다는 동경에 사납게 사로잡혀 소위를 덮쳤다. 부인으로부터 치솟은 정욕이 활활 타는 불꽃 아치를 만들더니 소위마저 휘감아 불살랐다. 고마움과 기쁨이 어린 실눈으로 부인은 자신의 얼굴을 덮고 있는 남자의 얼굴을 올려다봤다. 소위를 보는 것만으로도 부인은 젊어졌다. 영원히 젊은 여자로 머무르고 싶은 욕망이 사랑을 즐기고 싶다는 욕정 못지않게 컸다. 잠시 부인은 이 소위와 결코 헤어질 수 없다고 생각했다. 하지만 이내 이렇게 말했다. "아쉽게도 오늘 돌아가야 하는군요……!"

"두번 다시 못 보게 될까요?" 소위가, 젊은 연인이, 애틋하게 말했다.

"기다리세요, 다시 올 거예요!" 부인은 빠르게 이렇게 덧붙였다. "저를 저버리지 않을 거죠!" 나이 든 여인들은 연인이 바람피울까 염려스럽고, 다른 여자가 젊을까 두렵게 마련이었다.

"당신만을 사랑합니다!" 젊은 남자는 변함없는 사랑보다 더 중요한 일은 없다는 듯 미더운 목소리로 대답했다.

두 사람은 이렇게 작별했다.

트로타 소위는 역으로 갔다. 너무 일찍 간 탓에 오랫동안 기다려야 했다. 하지만 자신이 이미 기차를 타고 있는 듯 생각했다. 이 도시에서 일분 일초라도 더 보내면 보낼수록 고통스럽고 어쩌면 치욕스럽기까지 할 것 같았다. 명령에 따라 떠나지 않으면 안되는 아픔을 삭이기 위해, 일부러 필요 이상으로 일찍 출발을 했다. 마침내 기차에 올라탔다. 단잠에 빠져 거의 깨지 않았다가 국경지방에 다 와서야 눈을 떴다.

전령 오누프리이가 소위를 마중 나와, 읍에 폭동이 일어났다고 보고했다. 강모 공장 노동자들이 데모를 벌이고 있으며, 주둔부대는 출동태세를 갖추고 있다는 것이었다.

트로타 소위는 호이니츠키가 이 지역을 왜 이리 일찍 떠났는지 이제 알 것 같았다. 이런 까닭에 호이니츠키는 폰 타우시히 부인과 함께 '남쪽으로' 떠난 것이었다! 하지만 자신은 죄수나 다름없었으며, 즉시 발걸음을 돌려서 기차에 올라타 돌아갈 수 없었다!

오늘은 역 앞에 대기한 마차가 없었다. 트로타 소위는 걸어서 귀영했다. 오누프리이가 손에 배낭을 들고 뒤따라왔다. 소읍 구멍가게들은 문이 닫혀 있었다. 납작한 집들 나무 문과 창 덧문에 쇠막대가 질러져 있었다. 치안대가 착검을 하고 순찰을 돌았다. 늪에서 개구리들이 여느 때처럼 개굴개굴 우는 소리를 빼고는 아무 소리도 들리지 않았다. 모래땅에서 쉴 새 없이 이는 먼지를 바람이 실어와서 지붕, 담, 말뚝 울타리, 나무 포장길, 듬성듬성 서 있는 버드나무에 듬뿍듬뿍 뿌렸다. 이 잊힌 세계가 수백년 된 먼지에 묻히는 듯 보였다. 고샅에는 주민이 얼씬거리지 않았다. 모두들 문과 창문을 걸어잠그고 있다가 뜻밖의 죽음을 맞지 않았는지 생각될 정도였다. 병영 앞에는 복초複哨가 서 있었다. 어제부터 장교 전원은 병영에서 숙식을 했다. 브로드니처 호텔은 비어 있었다.

트로타 소위는 초글라우어 소령에게 귀대신고를 했다. 소령은 소위에게 여행에서 기운을 되찾은 것처럼 보인다고 말했다. 십년도 넘게 국경지방에서 근무해 잘 아는데, 여행은 원기회복에 매우 좋다고 덧붙였다. 그러고선 늘 하는 이야기를 건네듯 소위에게 이렇게 말했다. 총병 일개 소대가 내일 아침 출동하여 강모 공장 맞은편 국도에 진을 쳐야 하며, 필요에 따라서는 파업 노동자들의 '국가안보위협책동'을 무력으로 진압해야 한다. 이 소대를 트로타 소위가 지휘해야겠다. 이는 사실은 대수롭지 않은 일이므로, 이 노동자들을 해산시키는 데는 치안대만으로 충분할지 모르고, 총병대는 냉정하게 지켜보며 출동을 서두를 필요가 없을 것이다. 하지만 총병대 출동의 최종결정권은 행정관청에 있다. 이는 장교에게 그다지 유쾌한 일이 못된다. 지방사무관이 이래라 저래라 지시하는 것을 어떻게 참을 수 있겠는가? 하지만 이 까다로운 임무는 대대 최신참 소위에게는 일종의 영예일지도 모른다. 다른 장교들은 휴가를 가본 지도 오래이다. 그러므로 동료애를 발휘해주어야겠다……

"알겠습니다! 소령님!" 소위는 이렇게 말하고 물러갔다.

소위는 초글라우우어 소령에게 이의를 제기할 수 없었다. 소령은 쏠페리노의 영웅의 손자에게 명령을 하지 않았다. 거의 애걸을 했다. 쏠페리노의 영웅의 손자가 뜻하지 않은 멋진 휴가를 방금 다녀온 것도 사실이었다. 소위는 연병장을 가로질러 매점으로 들어갔다. 이제 운명은 소위의 앞길에 이 정치데모를 준비해놓고 있었다. 소위가 국경지역으로 되돌아오게 된 것은 이 때문이었다. 소위는 이제 어떤 특별한 종류의 의뭉하고 약삭빠른 운명이 자신에게 먼저 휴가를 선물한 다음, 바로 뒤이어 자신을 파멸시키려 하고 있음을 똑똑히 알겠다고 생각했다. 다른 장교들은 매점에 앉아 있었다. 지나치다 싶을 정도로 환성을 지르며 소위를 맞이했다. 이 환성은 귀대한 동료에 대한 반가움에서 나왔다기보다는, '무엇인가를 듣고 싶은' 호기심에서 비롯된 것이었다. 장교들은 입을 모아 '거기서' 어떻게 지냈는지 물었다. 바그너 대위만이 이렇게 말했다. "내일 임무를 마치면, 다 이야기해줄 거야!" 이 말에 모두가 입을 다물었다.

"제가 내일 맞아죽으면?" 트로타 소위가 바그너 대위에게 말했다.

"흥, 빌어먹을!" 대위가 대답했다. "개죽음이지. 죄다 구역질 나는 일이야! 노동자들이 가련해. 모르긴 몰라도 노동자들이 옳아!"

노동자들이 가엾은 사람들이며, 노동자들이 옳을지도 모른다는 생각을 트로타 소위는 해본 적이 없었다. 이제 소위는 대위의 말이 맞다고 여겼다. 노동자들이 불쌍한 사람들이라는 것을 믿어 의심치 않았다. 구십도 두 병을 마시고 말했다. "그렇다면 발포명령을 하지 않겠습니다! 착검을 하고 진압하지도 않겠습니다! 치안대는 스스로 알아서 대처해야 할 것입니다!"

"자네는 임무를 수행해야 해! 자네도 잘 알잖아!"

아니었다. 이 순간 요제프는 이 사실을 알지 못했다. 소위는 술을 들이켰다. 금세 술기운이 돌아 자신이 무슨 일이든 할 수 있다고 믿게 됐다. 복종거부, 군대 전역, 카드도박, 일확천금. 자신의 앞길에 이제 죽은 사람이 누워 있어서는 안되었다! "군대를 떠나게!" 의사 막스 데만트가 이렇게 말했었다. 소위는 너무 오랫동안 우유부단했다! 군대에서 전역하지 않고 국경지방으로 전속했다. 이제 이 모든 일을 끝장내야 했다. 내일 일종의 전투경찰로 전락해서는 안되었다! 모레는 어쩌면 교통경찰 업무를 맡아 외지인에게 길을 가르쳐주게 될지 몰랐다! 우스꽝스럽다, 평화로운 시기에 군인 노릇을 한다는 것은! 전쟁은 결코 일어나지 않을 것이다! 장교들은 매점에서 썩어문드러질 것이다! 하지만, 자신은? 트로타 소위는? 누가 알겠는가, 자신은 다음 주 이 시간쯤 벌써 '남쪽'에 가서 앉아 있을지를!

소위는 이 모든 말을 열띠게 목청껏 바그너 대위에게 퍼부었다. 동료 서너 사람이 소위를 에워싸고 귀를 기울였다. 몇몇 장교들은 전쟁에 나가고 싶은 뜻이 전혀 없었다. 대부분의 장교들은 봉급이 오르고, 주둔부대가 좀더 편안하고, 진급이 남보다 빠르기만 하면 그것으로 족했다. 어떤 장교들은 트로타 소위를 이상하고 음흉하기까지 하다고 여겼다. 소위는 특별취급을 받고 있었다. 멋진 여행을 즐기고 방금 돌아왔다. 그런데? 그런데 내일 출동하기 싫다고?

트로타 소위는 적의 어린 침묵이 자신을 둘러싸고 있음을 느꼈다. 군 복무를 시작한 뒤 처음으로 동료들을 치받기로 결심했다. 동료들의 속을 뒤집어놓은 수 있는 말을 잘 알고 있었다. 이렇게 말했다. "아마도 참모학교에 입교해야 할 것 같습니다!"

아무렴, 그렇고말고! 장교들은 속으로 뇌까렸다. 소위는 기병대에서 왔으니, 참모학교에도 들어가지 못할 리 없었다! 틀림없이 시험을 통과하여, 동년배들은 대위가 되어 박차를 달 수 있을 나이에, 장군이 되어 은별을 달 수 있을 것이었다. 그렇다면 내일 소요에 출동하는 것이 소위에게 해가 될 게 없었다.

소위는 이튿날 이른 시간에 출동해야 했다. 군대는 시간의 흐름마저 통제했다. 시간을 징발하여, 군사적 견지에서 적절한 장소에 배치했다. '국가안보위협책동'은 정오경에 있을 것이라 예상됐지만, 트로타 소위는 아침 8시경에 벌써 먼지 이는 넓은 국도에 진을 쳤다. 질서정연하게 걸어총을 해놓은 소총들은 평화로우면서도 험악스럽게 보였고, 그뒤에 병사들은 누워 있거나 서 있거나 돌아다녔다. 종달새들이 지지배배 노래하고, 귀뚜라미들이 귀뚤귀뚤 울고, 각다귀들이 윙윙거렸다. 저 멀리 밭에서는 농촌 아낙네들이 두른 알록달록한 머릿수건이 보였다. 아낙네들은 노래를 불렀다. 이 지역에서 태어난 병사들은 똑같은 노래를 이따금 화답하듯 흥얼거렸다. 이 병사들은 저 너머 밭에 가면 무슨 일을 해야 할지 잘 알 것이었다! 하지만 여기서 어떤 일이 자신들을 기다리고 있는지는 알지 못했다. 전쟁이 벌써 일어난 것일까? 오늘 오후에 죽게 되는 것은 아닐까?

근처에 작은 마을 주막이 있었다. 트로타 소위는 거기에 들어가 구십도를 마셨다. 천장이 낮은 주막방은 북적거렸다. 소위는 12시에 공장 앞에 집결 예정인 노동자들이 여기 앉아 있는 것을 보았다. 소위가 찰그랑거리는 무시무시한 군도를 차고 들어서자, 다들 숨을 죽였다. 소위는 카운터에 멈춰섰다. 느리게, 너무나 느리게 주인이 병술을 잔에 따랐다. 트로타의 등 뒤에 침묵이 고여 있었다. 정적이 태산처럼 쌓여 있었다. 트로타는 잔을 단숨에 비웠다. 모두들 자신이 밖으로 나가기를 기다리고 있다는 것을 느꼈다. 노동자들에게 자신은 아무 책임이 없다고 말하고 싶었다. 하지만 노동자들에게 어떤 말도 할 수 없었고 바로 밖으로 나갈 수도 없었다. 소위는 주눅 든 듯 보이고 싶지 않았다. 화주를 여러 잔 잇달아 마셨다. 노동자들은 아직도 침묵을 지켰다. 소위의 등 뒤에서 신호를 주고받을지도 몰랐다. 소위는 몸을 돌리지 않았다. 이윽고 주막을 떠나면서, 정적의 단단한 바위들을 비집고 나오는 듯한 생각이 들었다. 수백개의 눈길이 창처럼 번득거리며 소위의 뒷덜미에 꽂혔다.

소위가 소대에 돌아왔을 때는 아직 오전 10시밖에 되지 않았지만, '정렬' 명령을 내려야 할 필요가 있는 듯 여겨졌다. 지루했다. 지루함은 부대의 사기를 떨어뜨리며, 집총훈련은 군기를 바로 세운다고 배웠었다. 순식간에 자신의 소대가 눈앞에 규정대로 이 열로 정렬했다. 갑작스럽게, 아마도 자신의 군 생활에서 처음으로, 병사들의 일사불란한 팔다리가 아무것도 생산하지 못하는 생명없는 기계의 생기없는 부품처럼 보였다. 전소대가 부동자세로 서 있었다. 모든 병사들이 호흡을 멈추고 있었다. 하지만 방금 전에 주막에서 노동자들의 산더미 같고 으스스한 침묵을 등 뒤에 느꼈던 트로타 소위는, 침묵에는 두 종류가 있을 수 있다고 불쑥 생각했다. 어쩌면, 소위는 생각을 이어갔다. 여러 종류의 소음이 있듯, 여러 종류의 침묵이 있지 않을까? 소위가 주막에 들어갔을 때 노동자들에게 정렬을 명령한 사람은 아무도 없었다. 그런데도 노동자들은 갑자기 입을 다물었다. 노동자들의 침묵으로부터 으스스하고 말없는 증오가 흘러나왔다. 끝없이 정적이 감도는 먹장구름으로부터 찌는 듯한 무더움이 소리없이 새어나오며 이내 뇌우가 닥칠 것을 알리는 것 같았었다.

트로타 소위는 귀를 기울였다. 하지만 부동자세로 서 있는 소대의 생기없는 침묵으로부터는 아무것도 흘러나오지 않았다. 돌 같은 얼굴들이 줄지어 있었다. 소대원 대부분은 전령 오누프리이를 어렴풋이 연상시켰다. 입이 큼지막했고 입술은 다물기 힘들 만큼 두툼했으며, 눈은 가늘고 밝았으나 아무 눈빛도 없었다. 가엾은 트로타 소위는 소대 앞에 서 있었다. 이른 여름날 파랗게 빛나는 하늘을 바라보며, 종달새들의 지지배배 노랫소리, 귀뚜라미들의 귀뚤귀뚤 울음소리, 각다귀들의 윙윙 날아다니는 소리에 둘러싸여 있었지만, 여름날의 이 모든 소리들보다 더 크게 들리는 것은 부하병사들의 생기없는 침묵이라는 생각이 들었다. 그러자 소위는 여기는 자신이 있을 곳이 아니라는 확신이 들었다. 그러면 도대체 어디로 가야 한단 말인가? 소위는 소대가 다음 명령을 기다리고 있는 것도 잊고서 스스로에게 물었다. 저편 주막에 앉아 있던 노동자들 틈에도 낄 수도 없었다. 지폴리에로 간다면? 나의 선조가 살던 땅으로 간다면? 내 손에는 군도가 아니라 쟁기가 어울리지 않을까? 소위는 부하병사들이 부동자세로 차렷을 하고 있도록 놓아두었다.

"쉬어!" 마침내 소위가 명령했다. "세워총! 헤쳐!"

다시 조금 전과 같아졌다. 걸어총을 해놓은 소총들 뒤에 병사들은 드러누워 있었다. 저 멀리 밭에서 농촌 아낙네들의 노래가 들려왔다. 병사들은 아낙네들이 부르는 것과 똑같은 노래를 흥얼거렸다.

읍으로부터 치안대가 행군하여 도착했다. 삼 열의 증강병력이었고, 지방사무관 호라크가 동행했다. 트로타 소위는 지방사무관과 안면이 있었다. 호라크는 슐레지엔 출신의 폴란드인으로 춤을 잘 추었으며, 잽싸면서도 고지식했다. 자신의 아버지를 본 적이 없는 사람에게조차 아버지 이야기를 꺼냈다. 아버지가 우편배달부였다고 말했다. 오늘 지방사무관은 근무규정에 따라 제복을 착용했다. 보라색 옷깃이 달린 검은색-초록색 제복에 긴 칼을 찼다. 짧은 금발 콧수염은 밀처럼 황금색으로 빛났고, 장미색의 투덕투덕한 볼에서는 파우더 냄새가 멀리까지 풍겼다. 호라크는 일요일에 퍼레이드라도 하는 듯 즐거워했다. "나는 집회를 즉시 해산하라는 명령을 받았습니다." 이렇게 트로타 소위에게 말했다. "준비는 됐겠지요, 소위." 호라크는 자신의 치안대원들을 집회가 열릴 예정인 공장 앞 황무지 둘레에 미리 배치했다. 트로타 소위는 "예!"라고 대답하고 등을 돌렸다.

소위는 기다렸다. 구십도를 한잔 더 마시고 싶었지만 이제 주막에 들어갈 수 없었다. 하사, 중사, 상사가 주막으로 사라졌다가 다시 돌아오는 것을 바라만 봤다. 트로타는 길섶 풀밭에 엎드려 기다렸다. 한낮이 점점 가까워지며 해가 높이 솟아오르고, 저 멀리 밭에서 농촌 아낙네들의 노랫소리가 멎었다. 트로타 소위는 빈에서 귀대한 뒤로 무한히 긴 시간이 흐른 듯한 느낌이 들었다. 아득히 먼 그 시절에서는 오로지 한 여인만이 떠올랐다. 이 여인은 자신을 떠나, (자신을 저버렸다고 소위는 생각했다) 지금 이미 '남쪽'에 있을지 몰랐다. 지금 소위는 국경 주둔부대에 남아 길섶에 엎드려 적군이 아니라 데모대를 기다리고 있었다.

데모대가 나왔다. 주막 쪽에서 몰려나왔다. 노동자들이 보이기 전에 노랫소리부터 들렸다. 소위가 한번도 들어본 적이 없는 노래였다. 이 지역 사람들이 전혀 들어본 바 없는 노래였다. 노동자들은 「인터내셔널가」를 삼개국어로 불렀다. 지방사무관 호라크는 업무가 업무인지라 이 노래를 알고 있었다. 트로타 소위는 한마디도 알아듣지 못했다. 하지만 멜로디는 자신이 아까 등 뒤에서 느꼈던 침묵이 음악으로 바뀐 것인 듯싶었다. 팔팔한 지방사무관은 축제를 맞은 듯 흥분에 들떴다. 치안대원들 사이를 이리저리 누비고 다녔다. 손에 노트와 연필을 들고 있었다. 트로타가 다시금 명령했다. "정렬!" 마치 구름이 땅으로 밀려오듯, 데모대가 우르르 쏟아져 나왔다. 총병대가 눈을 부릅뜨고 이 열로 도열한 이중방벽을 스쳐 지나갔다. 소위는 세계가 몰락할 것이라는 어렴풋한 예감에 사로잡혔다. 성체축일의 화려한 장관을 떠올렸다. 순간 폭도들의 먹장구름이 황제의 행렬에 맞서 달려드는 듯 보였다. 눈 깜짝하는 동안 소위에게 환영을 볼 수 있는 초월적 능력이 생겼다. 두 시대가 거대한 바위처럼 서로 마주 보고 구르고 있었다. 바위가 맞부딪치며 소위 자신이 으깨어 부서지고 있었다.

소대는 소총 개머리판을 어깨에 붙였다. 저쪽 편에서는 우글우글 둘러모여 시커멓고 끊임없이 들썩이는 노동자들 무리 위로, 누군가의 손에 떠받쳐져 한 남자의 머리와 윗몸이 불쑥 솟아올랐다. 그러자마자 이 높이 떠 있는 남자를 한가운데로 삼아 무리가 빙 둘러쌌다. 이 남자의 손이 공중으로 치솟았다. 입에서 이해할 수 없는 소리가 터져나왔다. 무리가 함성을 질렀다. 소위 옆에 지방사무관 호라크가 노트와 연필을 들고 서 있었다. 별안간 노트를 덮고서, 햇빛에 제복이 반짝이는 두 치안대원 사이를 지나, 길 건너편 무리에게 걸어갔다.

"법의 이름으로!" 호라크가 외쳤다. 또랑또랑한 목소리가 연설가의 목소리보다 더 크게 울렸다. 집회해산이 명령됐다.

한순간 조용해졌다. 그러고선 모두의 입에서 한꺼번에 고함이 터졌다. 얼굴 옆에 남자들의 하얀 주먹이 솟아올랐고, 얼굴마다 주먹에 둘러싸였다. 치안대는 대열을 바짝 좁혔다. 다음 순간 노동자들이 물밀듯 몰려왔다. 고함을 지르며 치안대를 향해 달려왔다.

"착검!" 트로타가 명령했다. 군도를 뽑았다. 자신의 칼이 햇빛에 번쩍이며 빠르고 장난스럽고 약 올리는 듯한 빛을, 무리가 모여 있는 길 건너편 그늘진 곳으로 던지는 것을 보지 못했다. 치안대의 철모 꼭대기와 대검 끝이 밀려오는 무리에 휩쓸렸다. "공장으로!" 트로타가 명령했다. "소대 전진!" 총병대는 앞으로 나갔다. 소대를 향해 시커먼 쇳덩어리, 갈색 각목, 하얀 돌멩이가 날아왔다. 팽팽, 쌩쌩, 휙휙, 쉭쉭 소리가 났다. 호라크가 족제비처럼 잽싸게 소위와 붙어달리며 속삭였다. "발포 명령을 내리시오, 소위, 제발!"

"소대 정지!" 트로타가 명령했다. "발포!"

총병대가 사격을 했다. 초글라우어 소령이 지시한 대로 첫 발은 공중으로 쏘았다. 한순간 정적이 흘렀다. 일초 동안 여름 한낮의 온갖 평화로운 소리를 들을 수 있었다. 병사들과 무리가 일으킨 먼지를 뚫고, 사용된 탄약에서 새어나온 매캐한 탄내를 헤치고, 햇볕이 따스하게 내리쬐는 것을 느낄 수 있었다. 돌연 한 여자의 또렷하고 울부짖는 듯한 목소리가 한낮을 갈랐다. 무리 중 몇몇 사람은 여자가 총탄을 맞고 소리를 지른다고 믿은 게 틀림없었다. 군대를 향해 다시금 아무것이나 손에 잡히는 대로 던지기 시작했다. 처음에는 몇 사람만 던졌으나 이내 여러 사람이 던졌고 마침내 모든 사람이 던졌다. 일 열에 있던 총병대 몇명이 땅에 거꾸러졌다. 트로타 소위는 오른손에 군도를 쥐고, 왼손으로 권총집을 더듬으며, 어쩔 줄 몰랐다. 옆에서 호라크의 속삭이는 목소리가 들렸다. "발포하시오! 제발 발포 명령을 내리시오!" 단 일초가 지나는 동안 트로타 소위의 흥분한 뇌리에는 수백가지 두서없는 생각들과 상념들이 주체할 수 없이 떠올랐다. 마음속에서는 얽히고설킨 목소리들이 금세 동정을 품으라고 말했다가 금세 사정없이 뭉개버리라고 다그쳤고, 할아버지라면 이러한 상황에서 어떻게 했을 것인지 일러줬고, 소위가 곧 죽게 될 것이라고 을러댔고, 오로지 죽음만이 이 싸움에서 빠져나올 수 있는 유일하고 바람직한 길이라고 일깨웠다. 누군가 자신의 손을 들었다. 소위는 그렇게 생각했다. 마음속에서 어떤 낯선 목소리가 다시 한번 명령을 내렸다. "발포!" 소위는 이번에는 총신들이 무리를 겨냥하고 있는 것을 볼 수 있었다. 일초 뒤에는 아무것도 알 수 없었다. 일부 무리가 도망치는 듯 보였거나 아니면 그런 척했지만, 알고 보니 에워돌아 총병대 등 뒤로 다시 달려들었고, 그리하여 트로타 소위의 소대가 두 그룹에게 협공을 당했기 때문이었다. 총병대가 두번째 발포를 하는 동안, 돌멩이들과 못 박힌 각목들이 총병대의 등과 목덜미에 떨어졌다. 이 무기 중 무언가에 머리를 맞고 트로타 소위는 의식을 잃고 땅에 쓰러졌다. 무리는 넘어진 소위를 온갖 물건으로 두들겨팼다. 총병대는 이제 명령을 기다리지 않고 공격해오는 무리를 향해 무차별 발포를 하여 무리를 달아나게 만들었다. 이 모든 일이 벌어지는 데 삼분이 채 걸리지 않았다. 총병대가 부사관의 명령에 따라 이 열로 정렬했을 때, 국도에는 부상당한 병사들과 노동자들이 먼지를 뒤집어쓰고 뒹굴고 있었다. 구급마차가 도착하기까지 오랜 시간이 걸렸다. 트로타 소위는 작은 주둔부대 병원으로 이송됐고, 머리뼈 골절과 왼쪽 빗장뼈 골절을 진단받았으며, 뇌에 염증이 생길까 염려됐다. 우연에 우연이 겹쳐서 쏠페리노의 영웅의 손자도 빗장뼈를 다쳤다. (말이 나왔으니 말인데, 트로타 가문이 세워지게 된 것은 쏠페리노의 영웅의 빗장뼈 부상 덕택이라는 사실을 아는 사람은 살아 있는 사람 중에 아마 황제 말고는 없었다)

사흘 뒤에 아니나 다를까 뇌에 염증이 생겼다. 소위가 주둔부대 병원에 입원하던 날 의식이 깨어나자마자, 자신의 아버지에게 이 사건을 절대로 알리지 말라고 초글라우어 소령에게 신신당부하지 않았더라면, 소령은 군수에게 이 소식을 틀림없이 전했을 것이다. 소위는 이제 다시 혼수상태에 빠졌고 목숨을 잃을 우려마저 있었지만, 소령은 좀더 기다려보기로 마음먹었다. 이런 까닭으로 군수는 두주 뒤에야 비로소 국경지역의 폭동과 아들이 맡았던 불행한 역할에 관해 알게 됐다. 군수는 이 일을 신문을 보고 처음으로 알았다. 이 사건은 야당 정치가들 때문에 지면에 실리게 됐다. 야당은 군대, 총병대대, 특히 발포 명령을 내린 트로타 소위에게 사망자와 과부와 고아가 생기게 만든 책임을 묻겠다고 별렀다. 아닌 게 아니라, 소위는 일종의 심문을 받아야 할 듯싶었다. 일종의 심문이라 말하는 까닭은, 형식적 조사가 정치가들을 달래기 위해 군 당국 주관으로 이뤄지기는 했지만, 이는 실제로는 피고인을 복권시키고 어떤 식으로든 표창까지 하기 위한 것이었기 때문이다. 그래도 군수는 마음이 가라앉지 않았다. 아들에게 전보를 두 차례나 보냈으며, 초글라우어 소령에게도 한번 보냈다. 소위는 이 무렵에 벌써 차도를 보이고 있었다. 아직 침대에서 몸을 움직이지 못했지만, 목숨은 이제 위험하지 않았다. 아버지에게 짧게 소식을 써보냈다. 자신의 건강도 염려하지 않았다…… 소위는 죽은 사람이 다시금 자신의 앞길에 누워 있었다는 데 생각이 미치자, 드디어 군대를 떠날 때가 됐다고 마음먹었다. 이런 생각에 몰두하고 있었던 까닭에, 소위는 아버지가 아무리 그립다 할지라도, 아버지를 찾아가 이야기를 나눌 겨를이 없었을 것이다. 아버지에 대해 일종의 향수를 느꼈지만, 아버지가 이제 고향 역할을 할 수 없다는 것도 잘 알고 있었다. 군인은 이제 자기 직업이 될 수 없었다. 소위는 자신이 입원하게 된 경위를 떠올리면 몸서리쳐졌지만, 자신이 병을 앓고 있다는 사실은 다행스럽게 생각됐다. 결심을 실행할 날을 하루하루 늦춰주기 때문이었다. 석탄산의 서글픈 냄새를 맡으며, 벽과 침상의 휑뎅그렁한 하얀색을 바라보며, 통증에 시달리며, 붕대 교환을 받으며, 간호사의 엄격하면서도 어머니 같은 자상함을 느끼며, 항상 쾌활함을 잃지 않는 동료들의 지루한 문병을 받으며 나날을 보냈다. 아버지가 이전에 읽으라고 권장했던 책 몇권을 읽었다. (소위는 소년사관학교 시절 이후에는 책을 손에 들어본 적이 없었다) 한 줄 한 줄 읽을 때마다 아버지, 고요한 여름의 일요일 아침, 자크, 군악대장 네히발, 「라데츠키 행진곡」이 생각났다.

어느날 바그너 대위가 소위를 찾아왔다. 침대 곁에 오랫동안 앉아서 이따금 푸념을 하더니 일어섰다가 다시 앉았다. 이윽고 한숨을 내쉬며 재킷에서 어음을 꺼내 트로타에게 서명해달라고 부탁했다. 트로타는 싸인했다. 1500크로네짜리였다. 카프투라크는 트로타를 지목하여 보증을 요구했던 것이다. 바그너 대위는 활기를 되찾고서, 자신이 저렴한 가격으로 구입하여 바덴에서 경마에 내보내려 하는 한 경주마에 관해 시시콜콜 이야기했고, 두세가지 우스갯소리를 더 늘어놓은 다음, 홀연히 자리를 떠났다.

이틀 뒤 의무중위가 파리하고 그늘진 얼굴로 트로타의 침상에 나타나 바그너 대위가 사망했다고 말했다. 바그너가 국경 숲에서 총으로 자살을 했다는 것이었다. 동료 전원에게 보내는 작별인사를 남겼고, 트로타 소위에게 충심으로 안부인사를 전했다는 것이었다.

소위는 자신이 어음에 서명을 한 일이 어떤 결과를 가져올지는 전혀 생각지 못했다. 고열에 휩싸였다. 비몽사몽을 헤매며, 죽은 사람들이 자신을 부른다고, 자신이 이 세상을 떠날 때가 됐다고 헛소리를 했다. 늙은 자크, 막스 데만트, 바그너 대위, 얼굴도 모르는 사살된 노동자들이 줄지어 서서 자신을 불렀다. 자신과 죽은 사람들 사이에는 텅 빈 룰렛 테이블이 있었으며, 그 위에서 룰렛이 누가 굴리지도 않는데 끝없이 빙빙 돌았다.

고열은 두주 동안 지속됐다. 군 당국은 오히려 잘됐다는 듯 심문을 연기했다. 군대도 적지 않은 피해를 입었으며 국경지역 행정관청이 이를 책임져야 한다고, 치안대를 제때 증강했어야 마땅했다고 여러 행정부서들에게 통지했다. 트로타 소위 사건에 관한 서류가 헤아릴 수 없이 작성되어, 나무처럼 자라났다. 관청마다 부서마다 꽃에 물을 주듯 서류에 잉크를 뿌려 쑥쑥 키웠다. 이 사건 전체는 마침내 황제 직속 군무부까지 상신됐다. 어느 유별나게 꼼꼼한 고위법무관이 다음과 같은 사실을 알아냈기 때문이었다. 소위는 쏠페리노의 잊힌 영웅의 손자였다. 이 영웅은 까맣게 잊혔기는 하지만 끊으려야 끊을 수 없는 인연을 최고사령관과 맺고 있었다. 따라서 이 소위는 최고위층의 관심을 끌 것임에 틀림없었다. 위로부터 회신을 받은 다음에 심문을 시작해도 늦지 않을 것이었다.

그리하여 황제는 어느날 아침 7시에 이슐[43]에서 돌아오자마자

43 오스트리아의 온천도시. 여기서 프란츠 요제프 1세가 엘리자베트 황후를 알게 되어 약혼식을 올렸으며, 황제는 해마다 여름이면 몇주를 여기 있는 카이저빌라에서 보냈다.

카를 요제프 트로타 지폴리에 남작이라는 장교의 사안을 처리하게 됐다. 황제는 이슐에 머물면서 원기를 회복했지만, 워낙 연로한 탓에 기억이 가물가물하여, 트로타란 이름을 읽자 왜 쏠페리노 전투가 생각나는지 까닭을 알 수 없었다. 책상에서 일어나, 수수하게 꾸며진 서재 안을 잔걸음으로 종종거리며 왔다 갔다 했다. 늙은 시종이 무슨 소린지 깜짝 놀라 마음이 불안해져 문을 두드렸다.

"들어오게!" 황제가 말했다. 시종을 보고 이렇게 물었다. "몬떼누오보가 언제 오는가?"

"8시에 도착합니다, 폐하!"

8시까지는 아직 반시간이나 남아 있었다. 황제는 이런 상태를 더는 견디기 힘들다고 생각했다. 트로타란 이름만 들으면 왜 쏠페리노가 생각나는 것일까? 왜 그럴까? 뭔가 관련이 있긴 있는 것 같은데, 왜 생각이 날 듯 말 듯 하는 것일까? 자신이 나이가 너무 많이 든 것일까? 황제는 이슐에서 돌아온 뒤 내내 자신의 나이가 도대체 몇살인지 하는 문제를 푸는 데 골몰해 있었다. 나이를 알려면 올해 연도에서 태어난 연도를 빼면 된다고 하지만, 한해는 1월에 시작하고 자신의 생일은 8월 18일이라는 사실이 갑자기 야릇하게 여겨졌다. 한해가 8월에 시작한다면! 아니면 생일이 이를테면 1월 18일이라면, 헤아리기 쉬웠을 것이다! 하지만 생일이 8월인 까닭에, 여든두살이고 여든세살로 접어들었는지 아니면 여든세살이고 여든네살로 접어들었는지 정확히 알 수가 없었다. 황제는 이를 물어보고 싶은 생각은 없었다. 세상 사람들은 그렇잖아도 바쁘고, 한살 더 적거나 한살 더 많은 것이 대수가 아니었기 때문이다. 설령 한살 더 젊다 하더라도, 이 망할 트로타란 이름만 들으면 왜 쏠페리노가 연상되는지 기억할 수 없는 것은 마찬가지였을 것이었다.

궁정의전 대신은 그 이유를 알고 있었다. 하지만 8시가 되어서야 도착했다! 혹시 이 시종도 알고 있지 않을까?

황제는 종종걸음을 멈추고 시종에게 물었다.

"말해보라, 그대는 트로타란 이름을 아는가?"

황제는 시종을 여느 때 자주 그랬듯 자네라고 허물없이 부르려 했었다. 하지만 지금은 세계사적 사건에 관해 묻고 있었다. 역사적 사건에 대해 알려달라고 부탁하려면 상대방도 높여불러야 했다.

"트로타!" 황제의 시종이 말했다. "트로타!"

시종도 이미 늙어 있었다. 시종은 「쏠페리노 전투」라는 제목이 붙은 독본이 어슴푸레 생각났다. 갑작스레 기억이 해처럼 떠올라 얼굴이 환해졌다. "트로타!" 이렇게 외쳤다. "트로타가 폐하의 생명을 구했습니다!"

황제는 자신의 책상으로 걸어갔다. 서재의 열린 창문으로 쇤브룬 궁전에 깃들인 새들이 아침을 맞이하며 지저귀는 소리가 밀려들었다. 황제는 젊은 시절로 돌아간 듯 생각됐다. 소총들이 탕탕 울리는 소리를 들었다. 어깨를 붙들려 바닥에 나동그라지는 것 같았다. 불현듯 트로타란 이름도 쏠페리노란 이름만큼이나 친숙하게 느껴졌다.

"그렇군, 그래!" 황제는 이렇게 말하며, 시종에게 물러가라고 손짓하고; 트로타의 서류 가장자리에 '선처 요망!'이라고 써넣었다.

그러고선 몸을 일으켜 창문으로 갔다. 새들이 즐겁게 노래하고 있었다. 늙은 황제는 새들에게 미소를 보냈다. 새들을 눈앞에 보고 있기라도 하듯이.

15

황제는 노인이었다. 전세계 황제 중에 가장 나이가 많았다. 죽음이 황제 주위를 맴돌고 맴돌며, 낫을 휘둘러 풀들을 쳐내고 또 쳐냈다. 들은 이미 휑하니 비어 있었고, 깜박 잊고 베지 않은 은색 줄기처럼 황제만이 여태 살아남아 낫날이 닥치기를 기다리고 있었다. 황제의 밝고 멍한 눈은 여러해 전부터 아스라하게 먼 곳을 우두커니 바라보고 있었다. 머리는 숱이 없어 둥근 민둥산 같았다. 구레나룻은 허옇게 세어, 눈 뭉치로 한 쌍의 날개를 만들어 붙인 듯싶었다. 얼굴의 주름살은 수십년 세월이 깃든 덤불이 뒤얽힌 듯 보였다. 몸은 여위고 등은 구부정했다. 황제는 궁전에서는 잔걸음으로 종종거리며 돌아다녔다. 하지만 도로에 나서자마자 허벅지에 힘을 주고 무릎을 탄력있게 움직이고 다리를 가볍게 놀리고 등을 곧추세우려고 했다. 눈에 인자함을 한껏 담아 황제의 눈에 어울리게 만들었다. 황제의 눈은 황제를 쳐다보는 누구든 다 바라보는 듯싶었고, 황제에게 인사하는 누구에게든 다 답례하는 듯 보였다. 하지만 실제로는 이 얼굴들을 스치듯 휙 지나서, 삶과 죽음을 가르는 여리고 가냘픈 선을, 땅과 하늘이 맞닿은 지평선 어름을 똑바로 바라봤다. 늙은 황제의 눈은 이 선을 늘 볼 수 있었다. 집이나 숲이나 산에 가려 있어도 볼 수 있었다. 신하들은 프란츠 요제프가 자신들보다 아는 게 적다고 생각했다. 황제가 자신들보다 나이가 훨씬 많기 때문이었다. 하지만 황제는 아마도 여느 신하들보다는 아는 게 많았다. 자신의 제국에서 태양이 저무는 것을 보았지만, 아무 말도 하지 않았을 뿐이었다. 이 태양이 지기 전에 자신이 죽으리라는 것도 알고 있었다. 자신이 잘 알고 있는 일을 신하들이 장황하게 설명하면, 아무것도 모르는 척하며 기뻐했다. 어린애처럼 혹은 노인처럼 순진한 척하며 신하들을 속이기를 좋아했다. 신하들이 자신보다 더 슬기롭다고 으스대는 것을 보며 즐거워했다. 어리석은 척함으로써 슬기로움을 감추었다. 자신이 조언자들만큼 슬기로운 것은 황제답지 않은 일이었다. 자신은 슬기롭게 보이기보다는 어리석게 보이는 편이 나았다. 사냥을 갈 때면 신하들이 엽총 앞에 사냥감을 풀어놓는 것을 잘 알고 있었다. 다른 짐승을 쏠 수도 있었지만 자신 앞에 풀어놓은 짐승에게만 사격을 했다. 자신이 신하들의 머릿속을 훤히 들여다보고 있으며 산지기보다 총을 더 잘 쏠 수 있다는 것을 보여주는 것은 황제답지 못한 일이었다. 어떤 신하가 자신에게 동화를 이야기해주면, 믿는 척했다. 거짓말이라고 들춰내는 것은 황제답지 못한 일이었다. 어떤 신하가 자신의 등 뒤에서 빙긋거리면, 모르는 척했다. 빙긋거리는 것을 알아채는 것은 황제답지 않은 일이었다. 자신이 모르는 척 넘어가면, 빙긋거리다가 제풀에 지칠 것이었다. 고열이 나서 자신을 둘러싼 신하들이 염려를 하는데도 시의侍醫가 와서 열이 없다고 오진을 하면, 열이 있다는 것을 알면서도 "그렇다면 괜찮구나!"라고 말했다. 황제는 의사가 오진한다고 나무라는 게 아니었다. 더욱이 자신이 죽을 때가 아직 되지 않았다는 것도 알고 있는 터였다. 황제가 신열에 시달리며 숱한 밤을 보냈지만 시의들이 전혀 모르는 적도 있었다. 자신이 아픈 것을 어떤 때는 아무도 눈치채지 못했기 때문이었다. 자신이 건강한데도 어떤 때는 의사들이 자신에게 병이 있다고 말했다. 그러면 아픈 척했다. 신하들이 자신을 다정하다고 여길 때 사실은 심드렁했다. 사람들이 자신을 냉정하다고 말할 때는 안쓰러워 애태우고 있었다. 황제는 오랜 인생 경험을 통해 신하들에게 진실을 알려주는 것이 부질없는 일임을 깨닫고 있었다. 신하들이 잘못 알고 있도록 놓아두었다. 자신의 세계가 존속하리라고 믿지도 않았다. 광활한 제국 여기저기서 자신에 관해 우스갯소리를 늘어놓는 익살꾼들보다도 더 믿지 않았다. 하지만 익살꾼들이나 윤똑똑이들과 겨루는 것은 황제답지 못한 일이었다. 그러므로 황제는 아무 말도 하지 않았다.

황제는 이슭에서 원기를 회복했고, 시의는 황제의 맥박, 심폐, 호흡에 만족하고 있었다. 하지만 황제는 어제부터 코감기에 들어 있었다. 이를 들키고 싶지 않았다. 자신이 동부 국경지역에서 벌어지는 추계 기동훈련을 참관하지 못하도록 신하들이 만류할지 몰라서였다. 기동훈련을 단 하루만이라도 다시 한번 보고 싶었다. 자신의 생명을 구해준 사람의 이름은 어느새 다시 잊어버렸으나, 이자의 공로를 듣자 쏠페리노가 생각났던 것이다. 황제는 전쟁을 좋아하지 않았다. (전쟁을 하면 질 것이라는 것을 잘 알았기 때문이다) 하지만 군대를 사랑했다. 도상훈련, 제복, 집총훈련, 퍼레이드, 분열행진, 중대훈련을 좋아했다. 황제는 때로 장교들이 자신보다 더 멋있게 제모를 쓰고, 주름 잡은 바지를 입고, 에나멜가죽 군화를 신고, 재킷 목깃을 지나치게 높이 세우고 있는 것을 보고 기분이 상했다. 심지어 말끔하게 면도한 장교도 많았다. 최근에 매끈하게 면도한 방위군 장교를 길 가다 우연히 보고선, 하루 종일 마음이 착잡했었다. 하지만 황제가 직접 시찰하러 간다면, 장교들은 무엇이 규정이고 무엇이 허식인지를 다시 알게 될 것이었다. 몇몇 장교들에게는 모질게 야단칠 수도 있었다. 군대에서만큼은 아직도 황제답지 못한 일이란 게 없었다. 군대에서는 황제도 군인이었다. 아! 황제는 트럼펫 소리를 사랑했다. 이를 숨기고 작전계획에만 관심이 있는 척하고 있을 뿐이었다. 황제는 신이 자신을 황위에 앉혔다는 것을 잘 알았다. 하지만 때로 신앙심이 흔들리며, 자신이 전방 장교가 아니라는 사실에 마음이 상했고, 참모본부 장교들을 속으로 증오했다. 황제는 쏠페리노 전투에서 회군하는 길에 기강이 해이해진 부대들에게 상사처럼 호통쳐 다시 기율을 잡은 것이 기억났다. 황제는 열명의 훌륭한 상사가 스무명의 참모본부 장교보다 훨씬 낫다고 믿었다. (하지만 이런 말을 누구에게 할 수 있을 것인가!) 황제는 기동훈련을 그리워했다!

황제는 코감기를 들키지 않기 위해 손수건을 되도록 꺼내지 않기로 마음먹었다. 아무 예고 없이 기동훈련을 찾아가 그 지역 전체를 소스라치게 만들고 싶었다. 행정관청이 경찰 경호 병력을 충분히 배치하지 못한 탓에 이리 뛰고 저리 뛰는 모습을 상상하며 즐거워했다. 아무것도 두렵지 않았다. 자신이 죽을 때가 아직 오지 않았다는 것을 잘 알고 있었다. 황제의 결심을 듣자, 신하들이 모두 놀랐다. 황제를 말리려고 했다. 황제는 고집을 꺾지 않았다. 어느날 황실 전용열차를 타고 동쪽으로 달려갔다.

러시아 국경에서 16킬로미터도 채 떨어지지 않은 Z마을의 오래된 성에 황제의 숙소가 마련됐다. 황제는 장교들이 숙박하는 오두막집에 묵고 싶었다. 오래전부터 신하들은 황제가 진짜 군대 생활을 즐기는 것을 막아왔다. 단 한번, 그 불운했던 이딸리아 출정에서 침대에 진짜 살아 있는 벼룩이 기어다니는 것을 보았지만, 아무에게도 이 말을 하지 않았다. 자신은 황제였으며, 황제는 벌레를 입에 올리는 게 아니었다. 황제는 그 당시부터 이런 소신을 키우고 있었다.

황제의 침실 창문들은 닫혀 있었다. 밤에 잠을 이룰 수 없었다. 하지만 주위에서 황제를 지키는 경비병들은 모두 잠들어 있었다. 황제는 주름 잡힌 치렁치렁한 잠옷을 걸치고 누가 깰세라 가만가만 살금살금 침대에서 내려와 높고 좁은 여닫이창을 손잡이를 돌려 양쪽으로 열었다. 잠시 멈춰서서 가을밤의 차가운 공기를 마시고, 심청색 하늘에 박힌 별들과 병사들의 불그레한 화톳불을 바라봤다. 황제는 언젠가 자기 자신에 관한 책을 본 적이 있었다. 거기에 이런 문장이 쓰여 있었다. "프란츠 요제프 1세는 낭만주의자가 아니다." 사람들은 나에 관해 책을 쓰며, 늙은 황제는 생각했다, 내가 낭만주의자가 아니라고 말해. 나는 화톳불을 좋아하는데. 황제는 평범한 소위이고 싶었다, 젊고 싶었다. 나는 어쩌면 낭만주의자가 아닐지 모르지, 황제는 생각했다, 하지만 젊고 싶어. 내가 잘못 알고 있지 않다면, 황제는 생각을 이어갔다, 황위에 올랐을 때 열여덟살이었지. 황위에 올랐을 때—이는 너무 주제넘은 표현이라는 생각이 황제에게 들었다. 지금 이 순간 자신을 황제라고 여기기가 힘들었다. 하지만 두말할 나위가 없었다! 여느 때와 마찬가지로

경의 어린 헌사와 함께 자신에게 바쳐진 그 책에는 자신이 황제라고 쓰여 있었다. 틀림없이 자신은 프란츠 요제프 1세였다. 창문 앞에 별이 총총한 가없는 심청색 밤하늘이 둥글게 솟아 있었다. 땅은 편평하고 드넓게 펼쳐져 있었다. 이 창은 북동쪽으로 나 있다고 황제는 들었다. 그렇다면 러시아 쪽을 보고 있는 것이었다. 물론 국경을 볼 수는 없었다. 순간 프란츠 요제프 황제는 자신의 제국의 국경이 보고 싶어졌다. 자신의 제국이라고! 황제의 입가에 쓴웃음이 번졌다. 밤하늘은 파랗고 둥글고 드넓고 별이 박혀 있었다. 황제는 여위고 늙은 몸에 하얀 잠옷을 걸치고 창가에 기대어 있었다. 끝없이 펼쳐진 밤하늘에 비할 때 자신은 티끌에 지나지 않는다는 생각이 들었다. 텐트 앞에서 순찰을 돌고 있을 병사들 중 최하급병사도 자신보다 힘이 셌다. 최하급병사도! 자신은 최고사령관인데! 어떤 병사든 황제 프란츠 요제프 1세에게 충성을 다하겠다고 전능한 신에게 맹세했다. 황제는 신의 은총을 받은 폐하였으며, 전능한 신을 믿었다. 황금색 별들이 박힌 파란색 하늘에 전능한 신이 몸을 감추고 있었다—어떻게 생겼을지 상상조차 할 수 없는 신이! 신의 별들이 하늘에서 빛나고 있었다. 신의 하늘이 땅 위에 솟아 있었다. 신은 이 땅의 일부를, 다시 말해 오스트리아-헝가리 제국을 프란츠 요제프 1세에게 맡겼다. 그런데 프란츠 요제프 1세는 여윈 노인이 되어, 열린 창가에 서서 경호병들이 들이닥칠까 염려하고 있었다. 귀뚜라미가 찌르륵거렸다. 밤처럼 끝없이 펼쳐지는 귀뚜라미 울음은 별들만큼이나 황제에게 경외감을 불러일으켰다. 때로는 다름 아닌 별들이 울고 있는 듯한 생각마저 들었다. 오슬오슬 추위가 느껴졌다. 하지만 황제는 창문을 닫기가 겁났다. 문을 열 때처럼 부드럽게 닫을 자신이 없었다. 손이 떨렸다. 오래전에 이 지역 기동훈련에 참관한 적이 있었다는 게 생각났다. 당시 이 침실에서 잤었다는 기억도 되살아났다. 하지만 그때로부터 십년이 지났는지, 이십년이 지났는지, 아니면 더 오랜 세월이 흘렀는지 알 수 없었다. 황제는 시간의 바다에서 허우적거리고 있는 듯한 생각이 들었다—어떤 목적지로 가고 있는 게 아니라 물결에 이리저리 휩쓸리며 때로는 언젠가 본 듯한 벼랑으로 되밀려오고 있었다. 어느날 자신은 어디에선가 가라앉을 것이었다. 황제는 재채기를 했다. 그렇다, 코감기에 걸려 있었다! 문간에서 아무 기척이 나지 않았다. 조심스럽게 창문을 다시 닫고 여윈 맨발로 바닥을 더듬어 침대로 돌아왔다. 별이 박힌 파랗고 둥근 밤하늘이 눈앞에서 사라지지 않았다. 눈을 감아도 또렷이 보였다. 황제는 잠이 들었다. 둥근 밤하늘을 천장 삼아 노천에 드러누운 듯이.

황제는 '야전에서' (프란츠 요제프는 기동훈련을 이렇게 불렀다) 늘 그랬듯 새벽 4시 정각에 잠이 깼다. 시종이 방에 들어와 있었다. 문 뒤에서 시종무관이 기다리고 있는 것도 황제는 알고 있었다. 그렇다. 하루 일과를 시작해야 했다. 하루 종일 단 한순간도 혼자 있을 수 없을 것이었다. 때문에 지난밤 모두 잠든 사이에 창문을 열고 십오분이나 서 있었던 것이다. 이제 황제는 이 몰래 맛본 즐거움을 생각하고 빙그레 미소 지었다. 시종과 시종무관을 보고 싱긋 웃었다. 시종무관은 막 들어오다 말고 뻣뻣이 굳어버렸다. 황제의 눈웃음을 보고, 폐하의 바지멜빵을 난생처음 보고, 빗질하지 않아 부스스하고 헝클어져 있기까지 한 구레나룻을 보고 소스라치게 놀랐다. 황제의 구레나룻 사이에서 미소가 솟아오르더니, 조용하고 지치고 늙은 새처럼, 황제의 노란색 얼굴 앞에서, 살비듬이 앉은 대머리 앞에서, 이리저리 훨훨 날아다녔다. 두 신하는 늙은 황제를 보고 미소 지어야 할지 잠자코 있어야 할지 알 수 없었다. 별안간 황제가 휘파람을 불기 시작했다. 입술을 정말로 쫑긋 내밀었고, 구레나룻 양 갈기가 조금 가까워졌다. 황제는 어떤 멜로디를 휘파람 불었는데, 살짝 변형되기는 했지만 귀에 익은 멜로디였다. 양치기가 작은 피리를 부는 듯 들렸다. 황제가 말했다. "호요스가 늘 이 곡을 휘파람 불었지. 이 곡 제목이 무엇인지 알고 싶어!" 하지만 시종과 시종무관 두 신하 모두 제목을 알지 못했다. 잠시 뒤 세수할 무렵에는 황제는 이 노래를 이미 잊어버렸다.

고된 하루였다. 프란츠 요제프는 일일계획이 시간별로 기입된 용지를 내려다봤다. 이 마을에는 그리스정교회 교회 한채밖에 없었다. 여기서 먼저 로마 가톨릭교 사제가 미사를 올리고, 다음에 그리스정교회 사제가 미사를 올릴 것이었다. 그 무엇보다도 황제를 힘들게 하는 것은 이런 교회의식들이었다. 황제는 상관을 모시듯 신 앞에서 정신을 집중해야 한다고 느꼈다. 그런데 자신은 이미 나이가 많았다! 신은 나에게 이런 것들을 면제해줄 수 있을 텐데! 황제는 이렇게 생각했다. 하지만 신은 나보다 나이가 훨씬 많아. 신의 의지가 나에게 헤아릴 수 없는 것으로 보이는 것은 나의 의지가 군대의 병사들에게 그렇게 보이는 것이나 마찬가지일 거야! 부하마다 상관을 비판하려 든다면 도대체 어떻게 되겠어? 황제는 높다란 아치창문 사이로 신의 해가 솟아오르는 것을 보았다. 성호를 긋고 무릎을 꿇었다. 아득히 오래전부터 황제는 아침마다 해 뜨는 것을 보아왔다. 평생 동안 황제는 거의 항상 해돋이 전에 일어났다. 병사가 상관보다 더 일찍 기상하는 것이나 마찬가지였다. 황제는 해돋이의 종류를 낱낱이 꿰고 있었다. 여름 해돋이는 이글거리고 즐거움에 넘쳤지만, 겨울 해돋이는 안개에 덮이고 흐릿하고 뒤늦었다.

황제는 자신에게 기쁜 일이나 슬픈 일이 닥쳤던 날, 요일, 달, 해가 언제였는지 더는 생각나지 않았지만, 자기 인생에 중요한 일들이 일어났던 날 아침이 어떻게 시작됐는지는 생생히 기억했다. 어느 날 아침이 흐렸고, 어느 날 아침이 맑았는지 똑똑히 알았다. 아침마다 황제는 성호를 긋고 무릎을 꿇었다. 뇌우가 닥치는 날이든, 도끼에 찍히는 날이든, 늦서리에 얼어죽는 날이든, 아니면 아늑하고 따스하고 생기 넘치는 날이든, 아침마다 나무들이 해를 향해 이파리를 펼치는 것과 마찬가지였다.

황제가 몸을 일으켰다. 이발사가 왔다. 황제는 아침마다 거르지 않고, 턱을 내밀어 구레나룻을 자르고 빗질하게 했다. 가위의 서늘한 금속이 황제의 귓바퀴와 콧방울에 닿아 간질간질했다. 때로 재채기를 참을 수 없었다. 황제는 오늘 작고 둥그스름한 거울 앞에 앉아, 이발사의 마른 손이 움직이는 것을 흥미진진하게 지켜봤다. 수염이 떨어질 때마다, 면도날이 스칠 때마다, 빗질이나 솔질을 할 때마다 이발사는 흠칫 물러서며 "폐하!"라고 떨리는 입술로 나직이 말했다. 황제에게는 이 속삭이는 듯한 소리가 들리지 않았다. 이발사의 입술이 끊임없이 달싹거리는 것을 보았으나, 왜 그러느냐고 차마 묻지는 못하고, 이 남자가 긴장하고 있는 것 같다고 생각했다. "이름이 무엇인가?" 황제가 물었다. 이발사는 (방위군 군인이 된 지 반년밖에 되지 않았으나 벌써 하사로 진급했고, 연대장을 나무랄 데 없이 잘 섬겨 상관들의 총애를 한 몸에 받고 있었다) 훌쩍 뛰어 문까지 물러섰다. 자기 직업에 어울리게 우아하면서도, 한편으로는 군인다운 동작이었다. 뛰고 절하고 놀라기를 한꺼번에 하는 듯한 몸짓을 보고서, 황제가 인자하게 고개를 끄덕였다. "하르텐슈타인입니다!" 이발사가 큰 소리로 말했다. "왜 그렇게 펄쩍 뛰는가?" 프란츠 요제프가 물었다. 하지만 대답을 듣지 못했다. 하사는 벌벌 떨며 황제에게 다시 다가와, 하던 일을 마무리 지으려 서둘러 손을 놀렸다. 이발사는 한시바삐 여기를 떠나 병영으로 돌아가고 싶었다. "잠시 여기 있으라!" 황제가 말했다. "계급이 하사로구나! 복무한 지 오래됐는가?" "반년 됐습니다, 폐하!" 이발사가 나직이 말했다. "그렇군, 그래! 그런데 벌써 하사라고? 내가 젊었을 때에는," 황제는 이렇게 말했다. 노병이 왕년 이야기를 꺼내는 듯했다. "그렇게 빨리 진급이 되지 않았지! 그건 그렇고 참으로 신수 훤한 군인이로고. 군 복무를 계속할 생각인가?"—이발사 하르텐슈타인은 처자식이 있고 올로모우츠에 목 좋은 이발소를 얻었기 때문에, 관절 류머티즘을 앓는 시늉을 해서 조기전역을 해보려 애쓴 적이 몇 차례 있었다. 하지만 이발사는 황제의 질문에 아니요라고 대답할 수 없었다. "그렇습니다, 폐하." 이렇게 말하며, 이 순간 자신의 인생 전체를 엉망으로 만들었다는 것을 깨달았다—"그렇다면, 좋다. 그렇다면 이제 상사 계급을 내리노라! 너무 긴장하지 말고 마음을 편안히 가지라!"

됐다. 이제 황제는 한 사람을 행복하게 만들었다. 황제는 기뻤다. 즐거웠다. 날아갈 듯했다. 이 하르텐슈타인에게 멋진 선물을 베풀었다. 이제 일과를 시작할 수 있었다. 마차가 이미 대령해 있었다. 마차는 천천히 그리스정교회 교회를 향해 언덕을 기어올랐다. 언덕배기에 교회가 있었다. 황금색 이중십자가가 새벽 햇빛을 받아 빛났다. 군악대가 「신이여 보우하소서」를 연주했다. 황제는 마차에서 내려 교회로 들어갔다. 제단 앞에 무릎을 꿇고 입술을 달싹였지만 기도를 하지는 않았다. 내내 이발사 생각만 했다. 황제는 하사에게 뜻밖의 은혜를 베풀 수 있었지만, 전능한 신은 황제에게 그런 은총을 내릴 수 없었다. 아쉬운 일이었다. 신이 군주에게 수여할 수 있는 최고 지위는 예루살렘 왕이었다. 하지만 프란츠 요제프는 이미 예루살렘 왕이었다. 안타까운 일이야. 황제는 생각했다. 교회 밖 마을에서 유대인들이 기다리고 있다고 누군가 황제에게 귀띔했다. 유대인들을 까마득히 잊고 있었다. 아, 유대인들의 축성도 받아야 하는구나! 황제는 이렇게 생각하며 얼굴이 어두워졌다. 좋다! 오라 하라! 하지만 서둘러야 했다. 그러지 않으면 모의전투에 지각할지도 몰랐다.

그리스정교회 사제는 부랴부랴 미사를 끝냈다. 다시금 군악대가 「신이여 보우하소서」를 연주했다. 황제가 교회에서 나왔다. 오전 9시였다. 모의전투는 9시 20분에 시작했다. 프란츠 요제프는 마차에 다시 오르지 않고 말을 타기로 마음먹었다. 유대인들은 말 등에 앉아서도 맞이할 수 있었다. 마차를 돌려보낸 뒤 말을 타고 유대인들에게 갔다. 마을 어귀에서 넓은 국도가 시작되어 황제의 숙소와 전투장으로 통했다. 여기에서 먹장구름처럼 보이는 유대인들이 황제를 향해 물결을 일으켰다. 들판에서 묘하고 거뭇한 이삭들이 바람에 일렁이듯, 유대인 무리가 황제 앞에 머리를 조아렸다. 황제는 안장에 앉아 유대인들의 숙인 등허리를 내려다봤다. 무리에 가까이 다가가니, 가을 건들바람에 나부끼는 치렁치렁한 수염들이 은처럼 하얗기도 하고, 숯처럼 까맣기도 하고, 불꽃처럼 붉기도 한 것을 분간할 수 있었고, 기름하고 콧날이 오뚝한 코들을 무엇을 찾기라도 하는 듯 땅에 박고 있는 것을 볼 수 있었다. 황제는 파란색 외투를 걸치고 백마를 타고 있었다. 황제의 구레나룻이 은색 가을 햇빛을 받아 은은히 빛났다. 들판 사방에 안개가 하얀 너울처럼 피어올랐다. 우두머리가 황제를 향해 걸어왔다. 노인은 하얀색 바탕에 검은색 줄무늬가 있는 유대인 기도복을 입고, 수염을 휘날렸다. 황제가 말을 천천히 몰았다. 늙은 유대인의 걸음은 갈수록 느려졌다. 마침내는 제자리걸음을 하고 있는 듯 보였다. 프란츠 요제프는 오슬오슬 추위를 느꼈다. 고삐를 가볍게 잡아당겼다. 백마가 우뚝 멈춰섰다. 말에서 내렸다. 수행장교들도 따라내렸다. 걸었다. 반들반들 광택을 낸 부츠가 국도에 이는 먼지에 뒤덮이고, 부츠 밑테두리에 질척질척한 회색 진흙이 달라붙었다. 시커먼 유대인 무리가 황제를 향해 물결을 일으켰다. 유대인들의 등들이 솟구쳤다가 가라앉았다. 유대인들의 숯처럼 까맣고, 불꽃처럼 붉고, 은처럼 허연 수염들이 선들바람에 흩날렸다. 노인은 황제 세 걸음 앞에 멈춰섰다. 커다란 진홍색 율법 두루마리를 팔에 들고 있었다. 이 두루마리는 금관으로 장식되어 있었고, 금관 방울들에서 잘랑잘랑 소리가 났다. 늙은 유대인은 율법 두루마리를 황제를 향해 들어올렸다. 수염에 덥수룩하게 덮이고 이가 빠진 입이 알아들을 수 없는 말을 웅얼거리며 축복을 내렸다. 유대인들이 황제를 만나자마자 올려야 하는 기도였다. 프란츠 요제프는 고개를 숙였다. 황제의 검은 모자 위에 가는 은색 거미줄들이 떠다니고, 공중에 들오리들의 꽥꽥 소리가 울리고, 저 멀리 농가에서 수탉이 꼬끼오 울었다. 그밖에는 아무 소리도 들리지 않았다. 유대인 무리로부터 우물우물 중얼거리는 소리가 솟았다. 무리는 등허리를 더욱 깊숙이 숙였다. 그 너머로 구름 한점 없이 끝없이 펼쳐진 은청색 하늘이 보였다. "그대는 축복을 받을지어다!" 우두머리가 황제에게 말했다. "그대는 세계의 몰락을 겪지 않을지어다!" 알고 있다오. 프란츠 요제프는 생각했다. 황제는 노인과 악수를 했다. 몸을 돌렸다. 백마에 올라탔다.

황제는 왼쪽으로 말을 몰아 가을 들판의 굳은 흙길로 접어들었다. 수행장교들이 뒤를 따랐다. 기병대 대위 카우니츠가 옆 동료에게 하는 말이 바람결에 황제의 귀에 들렸다. "유대인이 무슨 소리를 하는지 한마디도 못 알아들었어!" 황제는 안장에 앉은 채 몸을 돌렸다. "그 유대인은 나에게만 말한 걸세, 카우니츠 대위!"라고 말하고서, 내처 말을 몰았다.

황제는 기동훈련을 보면서 뭐가 뭔지 전혀 모르는 척했다. '청군'이 '홍군'과 맞서 싸운다는 사실만 아는 척했다. 황제는 시시콜콜 물었다. "그렇군, 그래." 줄곧 이렇게 말했다. 장교들은 황제가 알아들으려 애쓰지만 깨닫지 못한다고 여겼다. 장교들이 이렇게 속아넘어가는 것이 황제를 즐겁게 했다. 얼간이들 같으니라고! 황제는 생각했다. 그러면서 고개를 저었다. 하지만 장교들은 황제가 노인이 되어서 체머리를 흔든다고 생각했다. "그렇군, 그래." 황제는 줄곧 이렇게 되뇌었다. 작전은 이미 상당히 진행되어 있었다. 청군 좌익부대는 오늘 Z마을의 약 2.5킬로미터 후방에 위치했다. 이틀 전부터 홍군 기병대의 쇄도에 밀려 후퇴를 거듭했다. 청군 중앙부대는 P주변지역을 점령했다. 이 언덕지대는 공격하기 어렵고 방어하기 쉬웠으나, 중앙부대가 우익부대나 좌익부대로부터 고립된다면 (홍군은 이 시각 이를 위해 전력을 집중했다) 포위될 위험이 많았다. 좌익부대는 퇴각하려는 참이었지만, 우익부대는 동요하지 않았다. 오히려 서서히 전진하며 산개하여, 홍군의 측면을 에워싸려는 듯한 인상마저 주었다. 너무 케케묵은 모의상황이라고 황제는 생각했다. 자신이 홍군을 지휘한다면, 후퇴를 계속할 것이었다. 기세등등한 청군 우익부대를 유인하여 그 주력을 외곽으로 끌어냄으로써, 우익부대와 중앙부대 사이에 빈틈이 생기게 만들 것이었다. 하지만 황제는 아무 말도 하지 않았다. 루가티 대령 때문에 마음이 어두워졌다. 대령은 뜨리에스떼[44] 출신이었고, 프란츠 요제프 황제가 철석같이 믿는 바에 따르면, 이딸리아인인 까닭에 허영심이 이만저만이 아니었다. 대령은 외투에 높은 목깃을 붙였다. 재킷에라도 그렇게 높은 목깃을 달아서는 곤란했다. 그러면서도 자신의 계급을 보여주기 위해 이 거북살스럽게 솟은 외투 목깃을 예쁘장하게 벌려놓았다. "여보게, 대령," 황제가 물었다. "귀관은 외투를 어디서 맞췄나? 밀라노인가? 나는 유감스럽게도 그곳 재단사들 이름을 다 잊어버렸군." 참모본부 대령 루가티는 뒤꿈치를 딱 하고 붙이고 외투 목깃을 여몄다. "이제 귀관이 소위인 줄 알겠네!" 프란츠 요제프가 말했다. "젊어 보인단 말일세!"—황제는 백마에 박차를 가하여 언덕을 향해 달렸다. 거기서는 옛날 전투 장면에서처럼 장군들이 아래를 내려다보고 있었다. 황제는 시간이 너무 오래 걸릴 것 같으면 '교전'을 중지시켜야겠다고 마음먹었다. 분열행진을 보고 싶었기 때문이었다. 황태자 프란츠 페르디난트[45]라면 자신과 달리 행동할 것임에 틀림없었다. 황태자는 언제든 전투에 참여하여, 어느 편에든 들어가, 명령을 하달하기 시작했다. 항상 승리를 거두는 것은 당연했다. 황태자를 이기려 들 장군이 어디 있겠는가? 황제는 늙고 파르스름한 눈을 들어 장군들의 얼굴을 훑어봤다. 허영심만 가득한 자들 같으니라고! 황제는 생각했다. 몇해 전만 하더라도 황제는 분통을 터뜨렸을지 몰랐다. 하지만 이제 그럴 수 없었다. 더는 그럴 기력이 없었다. 황제는 자신이 나이가 얼마나 됐는

44 이탈리아 북부의 항구도시. 아드리아 해안에 자리 잡고 있으며 오스트리아-헝가리 제국의 영토였다.

45 프란츠 페르디난트(Franz Ferdinand, 1863~1914)는 프란츠 요제프 1세의 조카. 1889년 프란츠 요제프의 외아들 루돌프(Rudolf, 1858~89)가 사망하자 뒤를 이어 황태자가 됐다. 1914년 싸라예보에서 암살되어, 1차 세계대전이 촉발됐다.

지 정확히 몰랐지만, 다른 사람들이 자신을 둘러싸고 있으면 자신이 나이가 매우 많음에 틀림없다는 것을 느낄 수 있었다. 때로 사람들과 세상을 떠나 떠오르고 있다는 느낌조차 들었다. 사람들을 내려다보면 볼수록, 이들은 점점 더 작아졌고, 이들이 말하는 소리는 아득히 멀리서 자신의 귀에 닿아왔다가 다시 아래로 떨어졌다. 아무래도 상관없는 소리였다. 누군가에게 어떤 불행한 일이 생기면, 사람들은 자신에게 에둘러 말하려 애쓴다는 것을 황제는 잘 알고 있었다. 아, 사람들은 몰랐다, 자신이 모든 일을 다 삭일 수 있다는 것을! 엄청난 고통이 이미 자신의 영혼에 깃들어 있으며, 새로운 고통이 오래된 고통에 더해지는 것은 오래전부터 기다리던 형제가 찾아드는 것과 마찬가지였다. 황제는 이제 부르르 화내지 않았다. 뛸 듯이 기뻐하지 않았다. 가슴 아프게 괴로워하지 않았다. 이제 황제는 정말로 '교전'을 중지시키고, 분열행진을 시작하라고 지시했다. 가없이 펼쳐진 들판에 모든 병과의 연대들이 정렬했다. 유감스럽게도 암회색 천지였다. (아무리 최신유행이라지만 황제는 탐탁지 않았다) 아쉬움을 달래준 것은 기병대의 선홍색 바지가 누렇게 메마르고 밑동만 남은 들판에 불을 지피더니 보병대의 회색 제복을 헤치고 불타오른 것이었다. 마치 구름을 뚫고 불길이 솟는 듯했다. 일 열 종대 혹은 이 열 종대로 행진하는 병사들 앞에서 군도들이 은은하고 가느다랗게 번득였고, 기관총 부대들 뒤에서 하얀색 바탕에 빨간색 적십자기들이 빛났다. 무거운 마차를 모는 고대의 군신들처럼 대포를 굴리며 포병대가 들어오고, 갈색과 담황색 군마들이 힘차고 당당하면서도 고분고분하게 겅중겅중 걸었다. 프란츠 요제프는 쌍안경으로 각 소대의 움직임을 지켜봤다. 자신의 군대를 몇분 동안 자랑스럽게 여겼고, 이 군대를 잃게 될 것을 몇분 동안 애석하게 여겼다. 황제는 이 군대가 산산이 부서지고 뿔뿔이 흩어져, 자신의 광활한 제국에 사는 여러 민족들의 군대로 나눠지는 것을 이미 보았기 때문이었다. 합스부르크가의 위대한 황금색 태양이 가라앉아, 우주의 밑바닥에 부딪쳐 산산조각이 나고, 여러 작은 태양들로 분열된 다음, 이 태양들이 독립된 항성으로서 독립된 민족들을 비추는 것을 벌써 알았기 때문이었다. 이 민족들은 이제 내 통치를 받기를 바라지 않아! 늙은 황제는 생각했다. 어쩔 수 없는 일이야! 황제는 이 말을 입 밖에 내지는 않았다. 황제는 오스트리아인이었기 때문이었다……

황제는 언덕에서 내려와 부동자세로 서 있는 연대들을 사열하기 시작하여, 지휘관들을 기겁하게 만들었다. 한 소대 한 소대 검열했다. 때로 대열 사이로 들어가 신형 배낭과 빵 봉지를 살펴보고, 여기저기에서 통조림 깡통을 꺼내 안에 무엇이 들어 있는지 질문하고, 이곳저곳에서 굳은 얼굴들을 들여다보며 고향, 가족, 직업을 묻고, 이런저런 대답이 나와도 듣는 둥 마는 둥 하고, 노쇠한 손을 뻗어 소위들의 어깨를 툭툭 두드리기도 했다. 이렇게 하면서 황제는 트로타가 근무하는 총병대대까지 이르렀다.

트로타는 병원에서 퇴원한 지 사주밖에 되지 않았다. 소위는 자기 소대 앞에 서 있었다. 핼쑥하고 깡마르고 무덤덤했다. 하지만 황제가 다가오자, 자신의 심드렁한 태도를 깨닫고 이래서는 안된다고 생각하기 시작했다. 소위는 의무를 게을리하고 있다는 느낌이 들었다. 군대가 낯설어진 지 오래였다. 최고사령관이 생소해 보였다. 트로타 소위는 고향을 잃어버렸을 뿐만 아니라, 고향에 대한 그리움마저 없어진 남자 같았다. 호기심 어린 손으로 배낭, 빵 봉지, 통조림을 만져보며 가까이 다가오는 수염이 하얀 노인에게 동정을 느꼈다. 소위는 옛날처럼 도취되고 싶었다. 트로타는 군인으로 경력을 쌓으면서 성대한 행사가 있을 때마다 열광했었다. 고향에서 여름날 일요일에 아버지 집 발코니에 기대어 있으면서도, 퍼레이드를 벌이면서도, 임관을 하면서도, 뿐더러 몇달 전 빈에서 성체축일 행렬을 구경하면서도 열광했었다. 황제가 다섯 걸음 앞에 서 있는데도, 트로타 소위의 마음속에는 아무 감정도 일지 않았다. 앞으로 내민 가슴에서 우러나는 것은 노인에 대한 동정뿐이었다. 초글라우어 소령이 규정된 구령을 카랑카랑하게 외쳤다. 황제는 왠지 모르게 소령이 마음에 들지 않았다. 이 남자가 지휘하는 대대는 뭔가 정상이 아니라는 의심이 들자, 좀더 꼼꼼히 살펴보기로 마음먹었다. 부동자세로 서 있는 얼굴들을 주의 깊게 뜯어보더니, 카를 요제프를 가리키며 물었다. "이자는 아픈가?"

초글라우어 소령이 트로타 소위에게 무슨 일이 있었는지 보고했다. 프란츠 요제프는 이 이름을 듣긴 들었는데 어디서였는지 생각나지 않았다. 감질났다. 서류에 기록됐던 폭동이 기억났다. 이 사건이 떠오른 다음에는 오랜 세월 잊고 있었던 쏠페리노 전투에서의 사건도 또렷이 생각났다. 황제는 아직도 요제프 트로타 대위를 눈앞에 보고 있는 듯했다. 대위는 접견에서 어처구니없게도 애국적 독본의 글을 없애달라고 집요하게 요구했었다. 독본 15번 글이었다. 황제는 숫자를 떠올리고 매우 흐뭇해했다. '뛰어난 기억력'을 잃지 않았다고 조금이라도 느낄 때마다 스스로가 대견스러웠다. 황제는 기분이 눈에 띄게 좋아졌다. 초글라우어 소령도 마음에 들었다. "귀관의 부친을 아직 생생히 기억하네!" 황제는 트로타에게 말했다. "부친은 매우 겸손했지, 쏠페리노의 영웅은!" "폐하," 소위가 대답했다. "그분은 저의 할아버지입니다."

황제는 한 발 물러섰다. 자신과 젊은이 사이에 느닷없이 우뚝 솟아오른 엄청난 시간에 떠밀린 듯싶었다. 그렇군, 그래! 황제는 독본 글의 번호를 아직 기억할 수는 있었지만, 자신이 지금까지 어마어마한 세월을 살았다는 것은 미처 생각지 못했다. "아!" 황제는 말했다. "그러니까 할아버지였단 말이지! 그렇군, 그래! 귀관의 아버지는 연대장이지, 그렇지?" "W군 군수입니다." "그렇군, 그래!" 프란츠 요제프가 다시 한번 말했다. "기억해두겠네!" 황제는 덧붙였다. 방금 저지른 착각을 미안하게 생각한다는 뜻이었다.

황제는 소위 앞에 잠시 더 머물렀지만, 트로타도 다른 사람들도 바라보지 않았다. 대열을 사열하고 싶은 생각이 싹 가셨으나, 그렇다고 사열을 그만둘 수는 없었다. 자신이 나이 때문에 충격 받았다는 것을 다른 사람들이 눈치채서는 안되었다. 황제의 눈은 여느 때와 마찬가지로 다시 아득히 먼 곳을 바라봤다. 영원과 맞닿은 지평선 어름이 벌써 눈에 들어왔다. 하지만 황제는 알아채지 못했다. 자신의 코에 유리처럼 맑은 콧물이 한 방울 맺히고 있다는 것을. 이 방울이 드디어, 드디어 촘촘한 은색 콧수염에 떨어져 그 틈으로 배어드는 것을 전세계가 홀린 듯 바라보고 있다는 것을.

방울이 눈에 보이지 않자, 모든 사람들은 안도하며 가슴을 쓸어내렸다. 이제 분열행진을 시작할 수 있었다.

3부

16

군수의 집과 인생에 여러 중요한 변화가 생겼다. 폰 트로타 씨는 흠칫 놀라거나 부르르 분노하며 이 변화들을 느꼈다. 미미한 기미만 엿보여도 굉장한 징후라고 여기며 주위 세계가 변화하고 있음을 알아챘고, 세계가 몰락할 것이라는 호이니츠키의 예언을 떠올렸다. 폰 트로타 씨는 새로운 청지기를 구하려 했다. 훨씬 젊고 성실하다는 남자들을 수없이 소개받았다. 이들은 흠 잡을 데 없는 근무평가서를 들고 왔다. 삼년 동안 군 복무를 했으며 병장까지 진급했다는 남자들이었다. 군수는 이 사람 저 사람을 '수습직'으로 집에 들였다. 하지만 아무도 채용하지 않았다. 이들의 이름은 카를, 프란츠, 알렉산더, 요제프, 알로이스, 크리스토프 등등이었다. 하지만 군수는 누구든 '자크'라고 부르려 했다. 진짜 자크도 본명은 자크가 아니었지만, 자크란 이름을 받아들이고 평생 자랑스럽게 여겼다. 유명한 시인이 불멸의 시들을 지으며 필명을 사용하듯 뿌듯해했다. 하지만 이 알로이스들, 알렉산더들, 요제프들, 아무개 나부랭이들은 자크라는 위대한 이름에 대답하려 들지 않는다는 것이 며칠 지나지 않아 드러나곤 했다. 군수는 이러한 반항을 복종을 거부하고 세계질서에 거역하는 것이라 느꼈을 뿐만 아니라, 다시 불러올 수 없는 고인을 모욕하는 것이라고 여겼다. 도대체 왜? 이들은 자크라고 불리기를 왜 싫어하는가?! 나이도 적고 한 일도 없고, 슬기롭지도 않고 참을성도 없는 이 쓸모없는 인간들이?! 죽은 자크는 본받을 만한 속성을 두루 갖춘 청지기로, 나아가 이상적 인간으로 군수의 기억에 살아남아 있었다. 폰 트로타 씨가 자크의 후임자들의 반항보다 훨씬 더 이해하기 힘들었던 것은 고용주들과 관청들의 무책임한 태도였다. 이렇게 형편없는 녀석들에게 어떻게 그렇게 후한 근무평가서를 발급할 수 있단 말인가? 알렉산더 카크라는 작자—이자의 이름을 군수는 평생 잊지 않을 것이었다. 카크라는 이름은 발음부터 증오심을 부추겨, 이 이름을 입에 올리기만 해도 이자가 콱 뒈져버릴 듯 들렸다. 이 카크라는 놈이 사회민주당 당원인데도 연대에서 병장까지 진급하는 일이 가능했다면, 연대뿐만 아니라 군대 전체를 의심하지 않을 수 없었다. 군수의 생각에 따르면 군대는 제국에서 아직도 신뢰할 수 있는 유일한 권력기관이었다! 갑자기 전세계가 체코인들로 가득 찬 듯한 생각이 들었다. 군수는 체코인들을 반항을 일삼고 고집불통이고 멍청하기 이를 데 없다고 여겼다. 민족이란 개념의 창안자라고 간주했다. 수없이 많은 종족이 있을지는 모르겠지만, 민족이란 결코 있을 수 없었다. 또한 주행정청은 도저히 이해할 수 없는 여러 명령과 지령을 내려 '소수민족'을 온건하게 다루라고 지시했는데, '소수민족'이란 말은 폰 트로타 씨가 가장 싫어하던 말 중 하나였다. '소수민족'이란 군수의 생각에 따르면 '불온분자'들의 큰 패거리에 지나지 않았다. 그렇다. 군수는 온통 불온분자들에 둘러싸여 있었다. 이자들이 인간이라고 믿을 수 없을 만큼 빠른 속도로 번식하고 있는 낌새조차 알아챘다. 인구조사통계를 가끔 뒤적이면 훤히 알 수 있듯, '애국충성분'들은 생식능력이 점점 떨어져 아이를 점점 덜 낳는 추세가 매우 뚜렷해졌다고 느꼈다. 신이 제국을 못마땅하게 여기고 있다는 섬뜩한 생각이 절로 들었다. 군수는 교회에 나가기는 하지만 독실한 그리스도교 교인이 아니었음에도, 신이 친히 황제를 벌하고 있다는 생각이 새록새록 들었다. 시나브로 온갖 당치 않은 상상마저 하게 됐다. 군수는 W군 군수가 됐던 첫날부터 점잖게 행동했기 때문에 겉늙어 보였었다. 구레나룻이 아직 새까만데도 폰 트로타 씨를 젊은 사람이라고 여기려 드는 사람이 없었다. 하지만 읍민들이 군수가 늙어간다고 말하기 시작한 것은 요즘 들어서였다. 군수는 몸에 밴 오랜 습관들을 모두 버려야 했다. 늙은 자크가 죽고 아들이 근무하는 주둔부대를 다녀온 뒤로, 새벽 일찍 아침식사 전에 산책하러 가지 않았다. 하루가 멀다 하고 바뀌는 칠칠치 못한 자신의 집 청지기가 아침 식탁에 우편물 가져다놓는 일을 잊었을까, 심지어 창문 여는 일마저 게을리했을까 염려됐기 때문이었다. 군수는 여집사를 싫어했다. 여집사를 늘 꺼렸으며, 더러 한마디씩 던졌을 뿐이었다. 늙은 자크가 시중을 들지 않은 뒤로, 군수는 식탁에서 말문을 아예 닫았다. 이제 생각해보니, 자신이 심술궂게 내뱉었던 말들은 항상 자크에게 들려주기 위한 것들이었다. 늙은 청지기가 맞장구쳐주기를 은근히 바라고 한 말들이었다. 자크가 죽고 나서야 비로소 폰 트로타 씨는 자신이 자크에게만 말을 했었다는 것을 깨달았다. 연극배우가 자신의 연기를 오랫동안 높이 쳐주던 맨

앞줄 관객에게만 대사를 던졌던 것이나 마찬가지였다. 군수는 전에는 항상 허겁지겁 식사를 했었다. 하지만 이제는 첫술을 뜨는 둥 마는 둥 하고 식탁을 떠났다. 벌레들이 무덤에 누운 자크를 파먹고 있는데, 자신은 삶은 쇠고기를 즐긴다는 것이 메스껍게 느껴졌기 때문이었다. 고인이 하늘에서 자신을 내려다보고 있을지 모른다는 희망과 타고난 신심을 되살려, 군수는 때때로 눈길을 위로 들었지만 보이는 것이라고는 낯익은 방 천장뿐이었다. 군수는 순진한 신앙을 잃은 지 오래되어서, 마음으로는 자크가 아무리 보고 싶어도 눈에 그 모습이 결코 나타나지 않았다. 아, 안타까운 일이었다.

가끔 군수는 평일에 집무실 가는 일마저 잊었다. 이를테면 목요일 아침에 검은 예배복을 입고 교회에 가는 적도 있었다. 집 밖에 나와서야 아무리 둘러봐도 평상시와 다름없다는 낌새를 채고 일요일이 아님을 깨닫고서, 발걸음을 돌이켜 평일 근무복으로 갈아입었다. 반대로 일요일에는 교회에 가는 것을 가끔 잊어버렸다. 그렇다고 평일처럼 일찍 침대에서 빠져나오지도 않았다. 군악대장 네히발이 군악대원들을 이끌고 아래층에 도착했을 때에야 비로소 일요일이라는 데 생각이 미쳤다. 여느 일요일과 다름없이 야채에 삶은 쇠고기가 나왔다. 군악대장이 커피를 마시러 왔다. 두 사람은 응접실에 앉았다. 버지니아 씨가를 피웠다. 군악대장 네히발도 늙었다. 곧 퇴직할 것이었다. 전과 달리 빈에 자주 가지 않았다. 군악대장이 던지는 위트들은 군수 자신도 여러해 전부터 줄줄 꿰고 있었다. 군수는 이 위트와 저 위트가 서로 다르다는 것은 알았지만 위트들을 이해하지는 못했다. 길에서 매일 마주치는 사람들을 분간할 수는 있었지만 이름은 모르는 것이나 비슷했다. "가족들은 잘 지내지요?" 폰 트로타 씨가 물었다. "덕택에 아무 일 없습니다." 군악대장이 말했다. "부인께서도 안녕하시지요?" "잘 지내고 있습니다." "아이들은?" (군악대장 네히발이 아들을 두었는지 딸을 두었는지 기억을 못해서, 군수가 조심스럽게 '아이들은'이라고 물은 지 어느덧 이십년이 넘었다) "큰놈이 소위가 됐습니다!" 네히발이 대답했다. "보병대겠지요?" 폰 트로타 씨는 별생각 없이 물었다가, 순간 아들이 이제 기병대가 아니라 총병대에 근무하고 있다는 사실이 퍼뜩 떠올랐다. "그렇습니다, 보병대입니다!" 네히발이 말했다. "곧 집에 올 겁니다. 인사드리러 와도 되겠습니까?" "그렇다마다요, 나도 보고 싶구려!" 군수가 말했다.

어느날 아들 네히발이 찾아왔다. 아들 네히발은 도이치마이스터 연대[46]에서 근무했다. 임관한 지 일년 됐고, 폰 트로타 씨의 생각에 따르면 '연주자같이' 보였다. "아버지와 똑같이 생겼군요." 군수가 말했다. "당신을 빼닮았어요." 하지만 아들 네히발은 군악대장보다는 오히려 어머니와 더 닮아 있었다. "연주자 같구려." 군수가 이렇게 말한 것은 거리낌 없는 활기가 소위의 얼굴에 가득했기 때문이었다. 암팡지고 돌돌 말린 금발 콧수염은 휘움한 꺾쇠가 가로로 누워 넓적하고 뭉툭한 코를 받치고 있는 듯 보였다. 자기로 빚은 듯한 귀는 매끈하고 아름답고 인형처럼 앙증맞았다. 단정하게 빗질하여 햇살처럼 빛나는 금발 한가운데 가르마가 나 있었다. "쾌활해 보이는구려." 폰 트로타 씨가 네히발 씨에게 말했다. "자네는 군 생활에 만족하는가?" 이번에는 청년에게 물었다. "솔직히 말씀드리면, 군수님," 군악대장 아들이 대답했다. "약간 지루합니다!" "지루해?" 폰 트로타 씨가 어리둥절해했다. "빈에서?!" "그렇습니

46 당시 빈 지역방위와 징집을 담당하던 오스트리아-헝가리 제국 제4보병연대.

다." 아들 네히발이 대답했다. "지루합니다! 군수님도 잘 아시겠지만, 작은 주둔부대에서 근무한다면, 돈이 없는 것을 깨닫지도 못할 겁니다." 군수는 모욕을 느꼈다. 돈 이야기를 꺼내는 것을 주제넘은 일이라고 여겼고, 아들 네히발이 카를 요제프는 호주머니가 두둑하지 않냐고 넌지시 비꼬는 것은 아닐까 생각했다. "내 아들은 국경지역에서 근무하지만," 폰 트로타 씨가 말했다. "항상 가진 돈으로 잘 꾸려가고 있소. 기병대에 근무할 때도 그랬지." 군수는 이 말을 힘주어 강조했다. 카를 요제프가 창기병대를 떠난 것이 처음으로 괴롭게 느껴졌다. 기병대에는 이런 네히발 같은 녀석은 없어! 군악대장 아들 따위가 어떻게든 아들 트로타와 견주려 들고 있다는 생각에 군수는 몸까지 저리는 듯했다. 군수는 이 '연주자 같은' 녀석을 족쳐야겠다고 마음먹었다. 이 청년에게서 반역의 기미 같은 것을 느꼈기 때문이었다. 청년은 코마저 '체코인'처럼 보였다. "복무가 재미있는가?" 군수가 물었다. "솔직히 말씀드리면," 네히발 소위가 대답했다. "더 나은 직업이 있을 거라고 생각합니다!" "더 나은 직업? 어떤 것을 말하지?" "더 쓸모있는 직업입니다." 아들 네히발이 말했다. "조국을 위해 싸우는 것은 쓸모있지 아니한가?" 폰 트로타 씨가 물었다. "하긴 쓸모있는 일을 할 만한 소질을 타고나야 하지만 말일세." 군수가 '쓸모있는'이란 말을 비아냥거리며 힘주어 강조하고 있음을 금세 알 수 있었다. "우리는 전투를 하고 있지 않습니다." 소위가 대꾸했다. "설령 전쟁에 나간다 하더라도 어쩌면 전혀 쓸모없을지 모릅니다." "그건 또 왜 그렇지?" 군수가 물었다. "틀림없이 패전할 것이기 때문입니다." 소위 네히발이 말했다. "시대가 달라졌습니다." 청년이 이렇게 덧붙였다—자못 불순하다고 폰 트로타 씨는 여겼다. 소위는 실눈을 가늘게 떠

보일락 말락 하게 만들고, 군수가 눈 뜨고 볼 수 없을 만큼 볼썽사납게, 윗입술을 말아올려 잇몸을 드러내고 콧수염을 코에 맞닿게 했다. 이 코는 짐승의 뭉툭한 주둥이를 닮았다고 폰 트로타 씨는 생각했다—시건방진 녀석이야. 군수는 생각했다. "시대가 달라졌습니다!" 아들 네히발이 다시금 말했다. "민족들이 뿔뿔이 갈라질 날이 멀지 않았습니다!" "그런가?" 군수가 말했다. "어떻게 그렇게 잘 아는가, 소위?" 바로 이 순간 군수는 자신이 맥없이 빈정거리고 있다는 것을 깨달았다. 자신이 적을 향해 무디고 힘없는 군도를 뽑아들고 있는 노병처럼 느껴졌다. "누구나 아는 사실입니다." 청년이 말했다. "누구나 그렇게 말합니다." "누구나 그렇게 말한다고?" 폰 트로타 씨가 따라 말했다. "자네 동료들은 그렇게 말하나?" "예, 그렇습니다!"

군수는 더이상 말을 하지 않았다. 자신은 높은 산에 올라서 있고 자신에 맞서는 네히발 소위는 깊은 골짜기에 들어가 있는 듯한 느낌이 불현듯 들었다. 네히발 소위는 점처럼 작아 보였다! 소위는 티끌만 했고 매우 깊은 곳에 빠져 있었지만, 소위가 옳았다. 지금 세계는 이전 세계가 아니었다. 과거 세계는 무너지고 있었다. 어떤 세계가 몰락하기 한시간 전에는 골짜기가 산보다, 청년이 노인보다, 미련한 자가 똑똑한 자보다 옳게 마련이었다. 군수는 입을 열지 않았다. 여름날 일요일 오후였다. 응접실의 노란색 블라인드가 황금색 햇살을 걸러 방으로 들여보냈다. 괘종시계가 톡탁거렸다. 파리가 윙윙거렸다. 군수는 아들 카를 요제프가 기병대 소위 제복을 입고 왔던 여름날을 회상했다. 그때부터 시간이 얼마나 흘렀지? 이삼년밖에 되지 않았다. 하지만 이 몇해 동안 사건들이 몰아서 일어난 듯 여겨졌다. 해가 하루에 두번씩 뜨고 두번씩 지는 것 같았다.

한주에 일요일이 두번 찾아오고, 한달이 육십일로 이뤄진 듯했다! 한해가 두해로 늘어난 듯싶었다. 폰 트로타 씨는 두 배의 시간을 받았지만, 시간에게 속는 것 같은 느낌이 들었다. 영원성이 단순한 진짜 시간 대신 곱절의 가짜 시간을 건네준 것처럼 여겨졌다. 군수는 자신에 맞서 저 깊은 눈물의 골짜기에 빠져 있는 소위를 업신여겼지만, 자신이 서 있는 산도 미덥지 않았다. 아! 자신이 겪고 있는 일들은 부당했다! 부당했다! 부당했다! 난생처음 군수는 자신이 부당한 일을 당하고 있다고 생각했다.

군수는 의사 스코브로네크를 보고 싶어졌다. 몇달 전부터 오후마다 함께 체스를 두는 남자였다. 꼬박꼬박 체스를 두는 것도 군수의 삶에 일어난 변화 중의 하나였다. 군수가 의사 스코브로네크를 본 지는 여느 까페 손님들을 본 것만큼 오래됐지만, 가까워질 일도 멀어질 일도 없었다. 어느날 오후 두 사람은 서로 마주 보고 앉았다. 각자 활짝 펼친 신문에 몸을 반쯤 감추고 있었다. 명령이라도 받은 듯 신문을 내려놓으며 서로 눈이 마주쳤다. 자신들이 같은 기사를 읽고 있었음을 단박에 알아챘다. 히칭[47] 여름 축제에서 알로이스 쉬나글이란 정육점 주인이 초인적 식욕으로 갈빗살 먹기에서 다시 우승하여 '히칭대식가협회가 수여하는 금메달'을 목에 걸었다는 기사였다. 두 남자는 눈으로 이런 말을 주고받았다. 우리도 갈빗살을 좋아하기는 하지만 이런 일에 금메달을 수여할 생각을 하다니 정말 현대적이고 기발한 착상이군요! 첫눈에 사랑에 빠질 수 있는지에 관해서는 전문가마다 의견이 다를 수 있다. 하지만 첫눈에 우정을 맺을 수 있다는 것은, 나이 지긋한 남자들 사이에 우정

47 빈의 제13구.

을 나눌 수 있다는 것은, 의심할 나위가 없다. 의사 스코브로네크는 무테안경의 타원형 렌즈 너머로 군수를 바라봤다. 같은 순간 군수도 코안경을 벗었다. 군수는 안경을 슬쩍 들어 인사를 했다. 의사 스코브로네크가 군수의 테이블로 다가왔다.

"체스 한판 하시겠습니까?" 의사 스코브로네크가 물었다. "좋지요!" 군수가 말했다.

두 사람은 시간 약속을 할 필요가 없었다. 오후마다 같은 시간에 만났다. 동시에 나타났다. 어떤 합의를 하고 날마다 똑같은 일을 하는 것처럼 보였다. 체스를 두는 동안 거의 한마디도 나누지 않았다. 서로에게 말할 필요를 느끼지도 않았다. 사람들이 좁은 장소에서 부대끼듯, 메마른 손가락들은 좁은 체스판에서 가끔 부딪쳤다가 움찔 뒤로 물러서서 제자리로 돌아왔다. 순식간의 접촉이었지만, 손가락은 눈과 귀가 있기라도 한 듯, 상대 손가락을, 그 손가락의 주인인 남자를 속속들이 느꼈다. 군수와 의사 스코브로네크는 체스판에서 손을 몇번 부딪친 뒤에는, 오래전부터 서로 알던 사이였으며 상대방에게 숨길 비밀이 없다는 생각이 들었다. 어느날부터인가 살가운 대화가 체스판을 둘러싸기 시작했고, 친숙해진 지 이미 오래인 손가락들 너머로, 날씨, 세계, 정치, 인물에 관한 두 남자의 의견이 오갔다. 배울 게 많은 남자군! 군수는 스코브로네크를 이렇게 생각했다. 보기 드물게 훌륭한 사람이야! 스코브로네크는 군수를 이렇게 여겼다.

의사 스코브로네크는 한해의 대부분을 하는 일 없이 보냈다. 한해에 넉달 동안만 프란티슈코비 라즈네[48]에서 온천장 의사로 일했

48 체코의 서보헤미아에 있는 세계적으로 유명한 온천.

다. 스코브로네크가 세상에 대해 아는 바는 모조리 여자 환자들에게 들은 것이었다. 여자들은 가슴 아픈 사연들을 죄다 털어놓았고, 여자들을 서럽게 하지 않는 일은 이 세상에 아무것도 없는 것 같았다. 여자들이 건강을 해친 까닭은 남편의 직업이나 애정부족, '시대의 일반적 고난', 물가등귀, 정치위기, 상존하는 전쟁위험, 남편이 구독하는 신문, 자신의 무직, 연인의 변심, 남자들의 무관심이나 질투심 때문이었다. 이런 식으로 의사 스코브로네크는 여러 신분의 사람과 이들의 가정생활, 부엌과 침실, 성향, 정열, 결점을 알게 됐다. 여자들이 하는 말을 곧이곧대로 듣지는 않고 4분의 3만 믿었으므로, 시간이 갈수록 세계를 훤히 들여다보게 됐으며, 이 지식은 의학지식보다 더 값졌다. 의사는 남자들과 이야기를 나눌 때에도, 무슨 말이든 다 듣고 싶어하는 사람이 흔히 그러듯 미심쩍어하면서도 붙임성 있는 미소를 입가에 머금었다. 오종종하고 주름진 얼굴을 쌀쌀한 듯하면서도 사람 좋은 웃음으로 밝혔다. 의사는 아닌 게 아니라 사람들을 얕보기는 했지만 그만큼 좋아하기도 했다.

폰 트로타 씨같이 순진한 사람이 의사 스코브로네크의 영리하면서도 따뜻한 마음을 알아봤을까? 아무튼 의사 스코브로네크는 어릴 적 친구 모저 이후로 군수가 믿고 의지하고 싶은 마음을 품은 최초의 사람이었다. "여기 이 읍에 산 지 오래됐소, 의사?" 군수가 물었다. "나서부터 살았지요!" 스코브로네크가 말했다. "아쉽군요, 아쉬워," 군수가 말했다. "우리가 이렇게 뒤늦게 알게 되다니!" "저는 당신을 오래전부터 알고 있었습니다, 군수님!" 의사 스코브로네크가 말했다. "나도 당신을 이따금 봤소!" 폰 트로타 씨가 대꾸했다. "아드님이 이 까페에 온 적이 있지요!" 스코브로네크가 말했다. "몇해 된 것 같은데요." "그렇소, 그래! 나도 기억나는군!" 군수는 말했다. 카를 요제프가 죽은 슬라마 부인의 편지를 들고 왔던 오후를 떠올렸다. 여름이었지. 비가 내렸어. 아들은 카운터에서 싸구려 꼬냑을 마셨지. "아들은 전속을 했소." 폰 트로타 씨가 말했다. "지금은 총병대에서 근무하오. B국경지역에서요." "자랑스럽겠습니다!" 스코브로네크가 말했다. "걱정스럽겠습니다!"라는 말을 에둘러 한 것이었다. "사실은…… 예! 그럼요! 자랑스럽지요!" 군수는 이렇게 대답했다. 벌떡 일어나 스코브로네크와 헤어졌다.

군수는 스코브로네크에게 모든 걱정거리를 이야기하고 싶은 생각을 오래전부터 품고 있었다. 자신은 늙었고, 말을 들어줄 사람이 필요했다. 오후마다 군수는 의사 스코브로네크에게 속을 털어놓아야겠다는 결심을 새로이 했다. 하지만 허물없는 대화의 물꼬를 틀 수 있는 첫마디를 꺼내지 못했다. 의사 스코브로네크는 이 한마디가 나오기를 날마다 기다렸다. 군수가 마음을 털어놓을 시간이 왔다는 것을 짐작하고 있었다.

몇주 전부터 군수는 가슴주머니에 아들의 편지를 넣고 다녔다. 아들에게 답장을 해야 했지만, 그럴 수가 없었다. 그러는 동안 편지는 점점 무거워져 가슴주머니에 짐을 담고 다니는 듯 느껴졌다. 급기야 늙은 심장에 편지를 싣고 다니는 듯한 생각마저 들었다. 편지에는 카를 요제프가 군대를 떠나려 한다고 쓰여 있었다. 그렇다, 편지는 첫 문장부터 이렇게 시작됐다. "저는 군대를 떠날 생각을 품고 있습니다." 군수는 첫 문장을 읽자마자 읽기를 멈추고 서명에 눈길을 던졌다. 이 편지를 정말로 카를 요제프가 썼는지 확인하기 위해서였다. 그러고선 글을 읽을 때 쓰는 코안경을 던져버리고 편지 역시 내팽개쳤다. 군수는 휴식을 취했다. 집무실에 앉아 있었다. 공무서신은 뜯어보지도 않았다. 오늘 이 서한에는 긴급히 처리해야 할 중요한 용건들이 들어 있을지 몰랐다. 하지만 카를 요제프의 첫마디가 직무에 관련된 모든 용무를 이미 남김없이 아무렇게나 처리해버린 듯 느껴졌다. 군수가 자신의 개인 사정 때문에 공적 의무를 게을리하는 것은 처음 있는 일이었다. 폰 트로타 씨는 겸허하고 순종하는 국가공복이었다. 하지만 아들이 군대를 떠날 생각을 하고 있다는 첫마디는 오스트리아-헝가리 제국 군대가 해체를 고려하고 있다는 소식처럼 들렸다. 세계에 일어나는 일들이 모조리, 고스란히 의미가 없어진 듯 생각됐다. 세계의 몰락이 눈앞에 닥친 것처럼 보였다! 그럼에도 군수는 공무서신을 읽기로 마음을 다잡았다. 침몰하는 배의 통신사가 되어 헛되고 이름없이 영웅적 의무를 다하고 있는 듯했다.

거의 한시간이 지나서야 군수는 아들의 편지를 이어 읽었다. 카를 요제프는 자신의 동의를 구하고 있었다. 군수는 이렇게 답장했다.

사랑하는 아들에게!

네 편지를 받고 놀란 가슴을 가라앉힐 수 없다. 조만간 최종결심을 알려주마.

아버지가.

카를 폰 요제프는 폰 트로타 씨의 이 편지를 받고 더는 답장하지 않았다. 그렇다, 꼬박꼬박 쉬지 않고 해왔던 보고를 중단했다. 그리하여 군수가 아들로부터 아무 소식을 듣지 못한 지 오래됐다. 아버지는 아침마다 소식을 기다렸으나, 소식이 없으리라는 것도 잘 알고 있었다. 날마다 아침이 밝아도 기다리는 편지가 오지 않는다는 생각보다, 날마다 아침이 되면 예상대로 끔찍한 침묵이 도착한다는 느낌이 앞섰다. 아들은 아무 말도 없었다. 하지만 아버지는 아들이 침묵하는 소리를 들었다. 아들은 아버지에게 말하는 대로 따르겠다고 날마다 새로 알리는 것 같았다. 카를 요제프에게 보고를 받지 못한 지 오래되어가면 갈수록, 군수는 곧 보내겠다고 말했던 편지를 쓰기가 더욱더 힘들어졌다. 아들에게 군대 전역을 딱 잘라 금지시키는 것이 처음에는 두말할 나위 없이 당연해 보였다. 하지만 폰 트로타 씨는 무엇인가를 금지할 권한이 이제 자기에게 없다는 생각이 차츰 들었다. 군수는 기운이 떨어져 있었다. 구레나룻은 은색이 점점 짙어졌다. 관자놀이는 이미 허옇게 세어 있었다. 이따금 고개를 가슴에 떨어뜨리고, 턱과 구레나룻 양 갈기를 풀 먹인 셔츠에 내려뜨렸다. 안락의자에 앉아 이렇게 깜빡 선잠이 들었다가 몇 분 뒤에 다시 깨어 한참 푹 잤다고 생각했다. 군수가 이런저런 옛 습관들을 버린 이후로, 괴로울 만큼 정확했던 군수의 시간감각도 무뎌졌다. 바로 이런 습관을 지키기 위해 시간과 날짜가 필요했던 것인데, 이제 시간과 날짜는 담을 물건이 없으며 따라서 신경 쓸 필요 없는 그릇처럼 보였다. 군수가 아직도 정확히 시간 맞춰 하는 일이라고는 오후에 의사 스코브로네크와 체스 두러 가는 것뿐이었다.

어느날 군수는 뜻밖의 방문을 받았다. 집무실에서 문서들을 훑어보고 있는데 밖에서 옥신각신하는 소리가 들렸다. 어릴 적 친구 모저가 귀에 익은 목소리로 호통을 치고, 사환이 선생을 들어오지 못하게 막고 있었다. 군수는 종을 울려 선생을 들여보내라고 했다. "안녕하신가, 영감마님!" 모저가 말했다. 챙 넓은 모자를 쓰고 그림첩을 들고 외투를 입지 않은 모저는 긴 여행을 하고 방금 기차에서 내린 사람이라기보다는 맞은편 집에서 건너온 사람처럼 보였다.

군수는 모저가 W군에 눌러살러 온 것은 아닐까 가슴이 철렁 내려앉았다. 선생은 먼저 문으로 되돌아가 자물쇠를 잠그고서 이렇게 말했다. “이제 아무도 들이닥치지 못하겠지, 친구! 다른 사람이 보면 자네 출세에 좋을 건 없으니까!” 그러고선 느린 황새걸음으로 책상에 다가와, 군수를 껴안고 대머리에 쪽 하고 입을 맞췄다. 곧바로 책상 옆 팔걸이의자에 주저앉더니 그림첩과 모자를 다리 앞에 내려놓고 아무 말도 꺼내지 않았다.

트로타 씨도 입을 열지 않았다. 모저가 온 이유를 이제야 눈치챘다. 석달 전부터 모저에게 돈을 부치지 않았던 것이다. “미안하네!” 폰 트로타 씨는 말했다. “바로 돈을 더 부치려 했었는데! 용서하게! 요즘 걱정이 너무 많아서!” “짐작이 가네!” 모저가 대꾸했다. “자네 아들이 돈을 펑펑 쓰고 있지! 소위를 두주에 한번씩 빈에서 봤네. 재미있게 지내고 있는 것 같더군!”

군수는 몸을 일으켰다. 가슴에 손을 가져갔다. 호주머니에 든 카를 요제프의 편지가 손바닥에 느껴졌다. 창가로 걸어갔다. 모저에게 등을 돌리고, 맞은편 공원의 나이 많은 밤나무에 눈길을 던지며 이렇게 물었다. “내 아들과 이야기를 나눴나?”

“우리는 만날 때마다 한잔씩 하네,” 모저가 말했다. “쩨쩨하지 않지, 자네 아들은!”

“그래! 쩨쩨하지 않지!” 폰 트로타 씨가 따라 말했다.

군수는 책상으로 총총히 돌아와 서랍을 열고, 지폐를 헤아려 몇 장을 뽑아 선생에게 건네줬다. 모저는 돈을 모자의 너덜너덜한 안감과 털 사이에 쑤셔넣고 일어섰다. “잠깐!” 군수가 말했다. 문으로 가서 문을 열고 사환에게 일렀다. “선생님을 역까지 모셔다드려라. 빈으로 가신다. 한시간 뒤 기차다!” “분부대로 따르겠나이다!” 보저는 이렇게 말하고 몸을 숙여 절했다. 군수는 모저가 나간 뒤 집무실에 몇분 더 머물렀다. 그러고선 모자와 지팡이를 들고 까페로 갔다.

군수는 몇분 지각을 했다. 의사 스코브로네크는 이미 테이블에 앉아 체스판에 말들을 세워놓고 기다리고 있었다. 트로타 씨가 자리에 앉았다. "흑을 잡으시겠습니까, 백을 잡으시겠습니까, 군수님?" 의사 스코브로네크가 물었다. "오늘은 체스를 두지 않겠소!" 군수가 말했다. 꼬냑을 주문하여 마신 뒤에 말을 꺼냈다. "당신에게 폐를 끼쳐도 되겠소, 의사?"

"폐는 무슨!" 의사가 말했다.

"내 아들에 관한 일이오." 군수가 이야기를 시작했다. 느릿느릿하고 콧소리 섞인 관공서 어투로 걱정을 털어놓았다. 주행정청 이사관에게 업무보고를 하는 듯했다. 군수는 걱정거리를, 이를테면 주요근심과 부차근심으로 구분했다. 조목조목, 짤막짤막, 의사 스코브로네크에게 아버지와 자신과 아들이 겪은 일을 전했다. 군수가 이야기를 마쳤을 때는 손님들이 모두 떠난 뒤였고, 체스 두는 방에 푸르스름한 가스등들이 벌써 켜져, 빈 테이블들 위에서 불꽃소리가 단조롭게 쉭쉭거리고 있었다.

"그렇소! 그래서 이렇게 됐소!" 군수가 마무리 지었다.

두 남자 사이에 오랫동안 침묵이 흘렀다. 군수는 의사 스코브로네크를 바라볼 엄두를 내지 못했다. 의사 스코브로네크는 군수를 바라볼 용기가 나지 않았다. 두 사람은 마주 보지 못하고 눈을 내리깔았다. 창피스러운 일을 하다가 서로에게 들킨 듯했다. 마침내 스코브로네크가 입을 열었다.

"여자가 있는 것 같지요? 무슨 까닭으로 아드님이 그렇게 자주 빈에 가겠습니까?"

아뿔싸, 군수는 여자 때문일 것이라고는 한번도 생각지 못했다. 이런 당연한 생각이 왜 바로 떠오르지 않았는지 스스로 이해할 수 없었다. 여자들이 젊은 남자들을 홀려 잡아먹을 수 있다는 이야기를 그리 많이 듣지는 않았지만, 들은 이야기란 이야기가 다 뇌리에 물밀듯 밀려들며 가슴을 후련하게 풀어줬다. 카를 요제프에게 군대를 떠나겠다는 결심을 하게 만든 것이 한 여자에 지나지 않았다면, 아직 아무 손을 쓸 수 없을지는 몰라도, 적어도 불상사의 원인은 파악한 셈이었다. 세계의 몰락은 분간할 수 없고 비밀스러운 암흑의 세력, 우리가 대항할 수 없는 세력 때문이 아니었다. 여자라! 군수는 생각했다. 맙소사! 자신은 여자에 대해서는 아무것도 몰랐다. 군수는 관공서 어투로 이렇게 말했다.

"여자에 대해서는 한마디도 듣지 못했소!"

"여자가 아니라!" 의사 스코브로네크가 이렇게 말하며 미소 지었다. "어쩌면 귀부인일지도 모릅니다!"

"그러니까 당신 말은," 폰 트로타 씨가 말했다. "아들이 결혼을 진지하게 고려하고 있다는 거요?"

"그 말도 아닙니다." 스코브로네크가 말했다. "귀부인과는 결혼할 필요가 없습니다."

의사는 군수가 학교를 다시 다녀야 할 만큼 천성이 너무 순진하다는 것을 알아챘다. 군수를 이제 말을 배우기 시작한 어린애처럼 취급하기로 마음먹었다.

"귀부인 문제는 일단 제쳐둡시다, 군수님! 이게 중요한 문제가 아닙니다! 이런 이유에서든 저런 이유에서든 아드님이 군대에 남아 있지 않으려 하고 있습니다. 저는 그 심정을 이해합니다."

"이해해요?"

"이해하고말고요, 군수님! 우리 군대의 젊은 장교는 뭔가 생각이 있다면 자기 직업에 만족할 수 없습니다. 장교는 전쟁을 바랄 것입니다. 하지만 전쟁은 제국의 종말을 뜻한다는 것도 잘 알고 있을 것입니다."

"제국의 종말을?"

"그렇습니다, 군수님! 유감스럽지만! 아드님 하고 싶은 대로 하도록 놔두십시오. 어떤 다른 직업이 더 적합할지도 모릅니다."

"어떤 다른 직업이?" 폰 트로타 씨가 따라 말했다.

"어떤 다른 직업이!" 의사가 다시 한번 말했다.

두 사람은 한참 동안 입을 열지 않았다. 군수가 세번째로 말했다.

"어떤 다른 직업이!"

군수는 이 말에 익숙해지려고 애썼다. 하지만 이를테면 '혁명적'이나 '소수민족' 따위의 말처럼, 이 말은 군수에게 낯설기만 했다. 군수는 세계의 몰락을 마냥 기다리고만 있을 수 없는 듯 생각됐다. 여윈 주먹으로 테이블을 내리쳤다. 둥근 소맷부리에서 단추가 잘랑거렸고, 테이블 위에서 푸르스름한 가스등이 덜렁 흔들거렸다. 군수가 물었다.

"어떤 직업이 좋겠소, 의사?"

"아드님이," 의사 스코브로네크가 말했다. "철도청에 취직하면 어떻겠습니까?"

다음 순간 군수는 차장 제복을 차려입고 손에 검표기를 들고 차표에 구멍을 뚫는 아들을 떠올렸다. '취직'이란 말에 노쇠한 등골이 서늘해졌다. 군수는 한기를 느꼈다.

"아, 정말 그렇게 생각하오?"

"제가 아는 가장 좋은 길입니다." 의사 스코브로네크가 말했다.

군수가 몸을 일으키자, 의사 스코브로네크도 일어서서 말했다.

"바래다드리겠습니다."

두 사람은 공원을 가로질러 걸었다. 비가 내렸다. 군수는 우산을 펼치지 않았다. 여기저기 짙푸른 나뭇가지에서 굵은 물방울이 어깨와 빳빳한 모자 위로 떨어졌다. 어둑어둑하고 잔자누룩했다. 은색 가로등 갓이 어두운 잎 사이에 숨어 있었으므로 두 남자는 드문드문 서 있는 가로등을 지날 때마다 고개를 숙여야 했다. 읍내 공원 출구에 이르러 잠시 머뭇거렸다. 의사 스코브로네크가 불쑥 말했다. "안녕히 가십시오, 군수님!" 폰 트로타 씨는 혼자서 길을 걸어 군사무소의 넓은 아치문으로 향했다.

군수는 계단에서 여집사를 만났다. "오늘은 식사를 하지 않겠소, 히르슈비츠 양!"이라고 말하고 걸음을 재촉했다. 한번에 두 계단씩 오를까 생각했으나, 이내 부끄러워하며 여느 때처럼 점잖은 걸음으로 곧바로 집무실로 들어갔다. 군수가 된 뒤 처음으로 저녁시간에 집무실에 앉았다. 초록색 탁상 전등에 불을 켰다. 평소에는 겨울 오후에만 밝히는 등이었다. 창문들은 열려 있었다. 비가 양철 창문턱을 후드득후드득 때렸다. 폰 트로타 씨는 누르스름한 사무용지를 서랍에서 꺼내 이렇게 썼다.

사랑하는 아들에게!

곰곰이 생각한 끝에 네 장래에 대한 책임은 네게 맡겨야 한다고 마음먹었다. 네가 어떻게 결심했는지 나에게 알려주기 바랄 뿐이다.

아버지가.

폰 트로타 씨는 편지 앞에 한동안 앉아 있었다. 자신이 쓴 몇 줄 안되는 문장을 두세번 읽었다. 유언장 같은 느낌이 들었다. 관료로서의 역할보다 아버지로서의 역할을 더 중요하게 여겨본 적이 여태 한번도 없었다. 그런데도 막상 아들에 대한 권한을 포기하려니, 자기 인생이 이제 아무 의미가 없고 관료로 일하는 것도 그만둬야 할 것 같은 생각이 들었다. 자신이 지금 하고 있는 일이 불명예스러운 일일 수는 결코 없었다. 그런데도 자신을 욕보이고 있는 듯한 느낌이 들었다. 군수는 편지를 봉투째 손에 들고 집무실에서 나와 응접실로 들어갔다. 방 안의 불이란 불은 다 켰다. 구석 스탠드램프도 천장등도 밝히고서, 쏠페리노의 영웅의 초상화 앞에 섰다. 아버지의 얼굴이 또렷이 보이지 않았다. 초상화는 헤아릴 수 없이 많은 유채 하이라이트와 반점으로 산산이 흩어져 있었다. 입은 담홍색으로 그은 선이었고, 눈은 검은 석탄 부스러기 두개 같았다. 군수는 안락의자에 올라서서 (어릴 적 말고는 안락의자에 올라서본 적이 없었다) 목을 늘이고 발뒤꿈치를 들고 코안경을 눈에 대고서야 초상화 오른쪽 구석에 있는 모저의 서명을 읽을 수 있었다. 엉거주춤 의자에서 다시 내려와 한숨을 억누르고 반대편 벽을 향해 뒷걸음질 치다가 책상 모서리에 쿵 하고 부딪혀 등이 얼얼했다. 멀찌감치 서서 그림을 바라보기 시작했다. 천장등을 껐다. 어둠이 짙어지면 아버지의 얼굴이 생생하게 은은히 빛나는 것을 볼 수 있을 듯싶어서였다. 얼굴은 금세 다가왔다가 금세 멀어져갔다. 벽 뒤로까지 멀어지더니, 아득히 먼 곳에서 열린 창문 너머로 방 안을 들여다보는 듯했다. 폰 트로타 씨는 엄청난 피로를 느꼈다. 안락의자에 주저앉은 채, 초상화를 마주 볼 수 있는 자리로 안락의자를 끌어 옮기고, 조끼 단추를 풀었다. 비가 누그러지면서 유리창을 무시로 세차게 두드리던 빗방울이 점점 가늘어지는 소리가 들렸고, 이따금 맞은편의 나이 많은 밤나무들이 바람에 솨솨 흔들리는 소리가 났다. 폰 트로타 씨는 눈을 감았다. 잠이 들었다. 손에 편지를 쥐고서, 안락의자 팔걸이에 얹은 손을 꿈쩍하지 않고서.

군수가 깨어나보니 커다란 아치창문 세개를 통해 아침 햇살이 환하게 밀려들고 있었다. 군수는 먼저 쏠페리노의 영웅의 초상화를 올려다본 다음, 자신이 손에 편지를 들고 있다는 것을 알아채고서 주소를 살펴본 다음 아들의 이름을 읽어보고 한숨을 내쉬며 몸을 일으켰다. 셔츠 앞자락이 구겨져 있었고, 하얀 반점이 찍힌 넓적한 진홍색 넥타이가 왼쪽으로 돌아가 있었다. 폰 트로타 씨는 바지를 입기 시작한 뒤 처음으로 줄무늬 바지에 구김살이 끔찍하게 잡혀 있는 것을 보았다. 잠시 거울을 들여다봤다. 구레나룻은 헝클어지고, 대머리에 듬성듬성한 볼품없는 회색 머리털은 돌돌 말리고, 뻣뻣한 눈썹은 엉망으로 뻗쳐 있는 게 폭풍우가 휩쓸고 지나간 것 같았다. 군수는 시계를 보았다. 이발사가 올 시간이 가까웠으므로 허둥지둥 옷을 벗고 침대로 잽싸게 숨어들었다. 이발사 눈에 여느 아침이나 다름없이 보이도록 하기 위해서였다. 하지만 편지는 손에 쥐고 있었다. 이발사가 비누칠을 하고 면도를 할 때에도 편지를 붙들고 있었으며, 세수를 할 때에는 세숫대야를 얹은 세면대 언저리에 편지를 놓아두었다. 폰 트로타 씨는 아침식사 자리에 앉았을 때에야 비로소 편지를 사환에게 건네주며 다음 공무서신과 함께 부치라고 지시했다.

군수는 여느 날과 다름없이 출근했다. 폰 트로타 씨가 신념을 잃었다는 것을 눈치챈 사람은 아무도 없었다. 다른 날과 마찬가지로 오늘도 매우 면밀하게 업무를 처리했기 때문이다. 하지만 이 치밀성은 완전히, 철저히 종류가 다른 것이었다. 손과 눈과 코안경의 정밀성에 지나지 않았다. 폰 트로타 씨는 열정이 사그라지고, 영혼이 멍하고 텅 비었으며, 손가락만이 아무 신명 없이 여러해 전부터 몸에 밴 대로 생기없는 기억을 더듬어 올바른 음을 내고 있는 연주자 같았다. 하지만 아까 말했듯, 이를 알아챈 사람은 아무도 없었다. 여느 때와 다름없이 오후에 슬라마 상사가 왔다. 폰 트로타 씨는 상사에게 물었다. "여보게, 슬라마 상사, 재혼을 했나?" 자신이 이 질문을 오늘 왜 하는지, 치안대 상사의 사생활이 별안간 왜 자신의 관심을 끄는지 알 수 없었다. "아닙니다, 남작님!" 슬라마가 말했다. "다시 결혼하지 않을 겁니다!" "잘 생각했네!" 폰 트로타 씨가 말했다. 하지만 상사가 재혼하지 않겠다고 결심한 것이 왜 잘 생각한 것인지도 알지 못했다.

군수가 날마다 까페에 가는 시간이었다. 오늘도 그리로 걸음을 옮겼다. 체스판이 이미 테이블에 차려져 있었다. 스코브로네크도 동시에 도착했다. 두 사람은 자리에 앉았다. "흑을 잡으시겠습니까, 백을 잡으시겠습니까, 군수님?" 여느 날과 똑같이 의사가 물었다. "아무래도 상관없소!" 군수가 대답했다. 두 사람은 체스를 두기 시작했다. 폰 트로타 씨는 오늘은 신중하게 정신을 한데 모아두었다. 이겼다. "그야말로 체스의 명인이 되어가는 것 같습니다!" 스코브로네크가 말했다. 군수는 정말로 으쓱한 기분이 들었다. "명인이 될 수 있었을지도 모르지요!" 이렇게 대꾸했다. 그러면서 그러는 편이 더 좋았을지 모르겠다고, 모든 게 더 나았을지 모르겠다고 생각했다.

"그런데 말이오, 아들에게 편지를 보냈소." 잠시 뒤 군수가 말을 꺼냈다. "하고 싶은 대로 하라고 썼소!"

"잘하셨습니다!" 스코브로네크가 말했다. "우리는 책임을 질 수 없습니다! 우리는 다른 사람을 대신해 책임을 맡아서는 안됩니다."

"아버지는 나를 위해 책임을 떠맡았었소," 군수가 말했다. "할아버지는 아버지를 대신해 책임을 졌었고."

"당시는 지금과 달랐지요." 스코브로네크가 대꾸했다. "오늘날에는 황제조차도 제국에 대해 책임을 질 수 없습니다. 신조차 세계에 대한 책임을 떠맡을 수 없는 듯 보입니다. 당시에는 그게 쉬웠지요! 모든 것이 안정되어 있었습니다. 모든 돌이 제자리에 있었지요. 인생길은 탄탄하게 포장되어 있었습니다. 집 벽에 지붕이 튼튼하게 얹혀 있었습니다. 하지만 군수님, 오늘날에는 길에 돌멩이들이 제멋대로 굴러다니거나 아슬아슬하게 쌓여 있고, 지붕에 구멍이 나서 집에 비가 샙니다. 때문에 어떤 길을 가야 할지, 어떤 집에 들어가야 할지, 저마다 알아서 해야 합니다. 군수님 선친께서 군수님은 농장주가 되지 말고 관료가 되어야 한다고 말한 것은 잘한 일이었습니다. 당신은 모범적 관료가 됐으니까요. 하지만 군수님이 아드님께 군인이 되라고 말한다면 이는 잘하는 일이 아닙니다. 아드님은 모범적 군인이 아니니까요!"

"그렇소, 그래!" 폰 트로타 씨가 고개를 끄덕였다.

"때문에 우리는 누구나 하고 싶은 대로 알아서 하도록 놔두어야 합니다. 제 아이들이 말을 듣지 않으면 저는 품위라도 지키려고 애를 씁니다. 이게 우리가 할 수 있는 전부입니다. 저는 아이들이 잘 때 가끔 내려다봅니다. 그러면 아이들의 얼굴이 알아볼 수 없을 만큼 매우 낯설어 보입니다. 아이들은 제가 체험하지 못할 앞으로 닥칠 시대에서 온 낯선 사람들이란 것을 깨닫습니다. 제 아이들은 이직 매우 어립니다! 한 아이는 여덟살이고, 다른 아이는 열살입니다. 잠든 얼굴은 둥글고 발그레합니다. 하지만 잠잘 때 이 얼굴들에 엄청난 잔인함이 배어 있습니다. 아이들이 겪을 시대의 잔혹함이, 미래의 잔혹함이, 잠자는 동안 아이들에게 스며드는 듯한 생각이 가끔 듭니다. 저는 그 시대를 체험하고 싶지 않습니다."

"그렇소, 그래!" 군수가 말했다.

두 사람은 한판 더 두었다. 이번에는 폰 트로타 씨가 졌다. "명인이 되지 못할 것 같구려!" 군수는 재능이 모자람을 달래듯 나직하게 말했다. 오늘도 시간이 늦어 있었다. 푸르스름한 가스등이 쉭쉭거리는 소리가 침묵이 내는 목소리처럼 들렸고, 까페는 텅 비어 있었다. 두 사람은 다시금 공원을 가로질러 집으로 갔다. 오늘 밤은 날씨가 맑았으며, 쾌활하게 걷는 산책객들과 마주쳤다. 군수와 의사는 올여름에 비가 자주 내렸으며, 지난여름에는 가물었고, 올겨울은 매우 추울 것이 예상된다는 이야기를 주고받았다. 스코브로네크는 군사무소 문까지 따라왔다. "편지를 쓰신 것은 잘한 겁니다!" 의사가 말했다.

"그렇소, 그래!" 폰 트로타 씨가 고개를 끄덕였다.

군수는 식탁에 앉아 말 한마디 없이 쌜러드를 곁들인 닭 반마리를 허겁지겁 먹었다. 여집사는 군수에게 근심스러운 눈길을 흘금흘금 던졌다. 자크가 죽은 뒤로 여집사가 시중을 들었다. 여집사는 군수보다 일찍 방에서 나가면서, 무릎을 살짝 굽히는 인사를 하려 했으나 뜻대로 되지 않았다. 삼십년 전 어린 소녀였을 적에 교장 선생님에게도 이 인사를 제대로 못했었다. 군수는 여집사에게 물러가라고 파리를 쫓는 듯 손사래 쳤다. 그러고선 몸을 일으켜 잠자러 갔다. 피곤이 몰려오고 삭신이 결렸다. 지난밤 의자에 기대어 잠잔 일이 아득한 옛날의 꿈인 듯 기억됐지만, 그 여파로 방금 끔찍한 일을 겪은 듯 팔다리가 쑤셨다.

군수는 곤히 잠들며, 가장 힘든 고비를 넘겼다고 생각했다. 늙은 폰 트로타 씨는 자신이 잠든 동안 운명이 자신에게 더 쓰라린 슬픔을 마련하고 있다는 것을 알지 못했다. 군수는 늙고 지쳤으며 죽을 날이 멀지 않았으나, 아직도 인생은 군수를 마음 편히 풀어주지 않았다. 폰 트로타 씨를 위해 준비한 쓰디쓴 음식을 폰 트로타 씨가 아직 다 맛보지 않았다는 이유로, 인생은 인정사정없는 초대자처럼 군수를 식탁에 붙들어두었다.

17

그렇다! 군수는 쓰디쓴 음식을 아직 다 맛보지 않았다! 카를 요제프는 아버지의 편지를 너무 늦게 받았다. 편지를 열어보지도 않고 쓰지도 않겠다고 마음먹은 지 오랜 뒤에 받았다. 폰 타우시히 부인은 전보로 연락을 했다. 전보는 작고 날랜 제비처럼 두주마다 도착하여 소위를 빈으로 불렀다. 카를 요제프는 옷장으로 달려가서 회색 양복(더 멋있고 더 소중하고 비밀스러운 자신)을 꺼내 갈아입었다. 그러자마자 자신이 달려가려고 하는 세계가 고향처럼 느껴졌고, 군 생활을 잊어버렸다. 바그너 대위 대신에 예들리체크 대위가 제1총병대로부터 대대로 전입했다. 덩치가 엄청나게 큰 '좋은 친구'였다. 거한들이 대개 그렇듯 서글서글하고 쾌활하고 무던하고 무슨 말을 하든 다 받아들였다. 사나이 중의 사나이였다! 예들리체크 대위가 도착하자마자 이 사람이라면 이 늪지대를 견뎌내고도 남으며 국경지역보다 더 군셀 것이라고 모두 직감했다. 대위는 믿음직스러웠다! 군대규정을 전혀 지키지 않았을뿐더러, 없애고 있는 듯 보이기조차 했다! 새로운 복무규정을 창안하고 도입하여 관철할 수 있는 것처럼 보이기까지 했다! 대위는 돈이 많이 필요했지만, 돈은 사방팔방에서 대위에게 흘러들어왔다. 동료들이 대위에게 돈을 빌려주고, 대위를 위해 어음에 서명하고, 대위를 위해 반지와 시계를 저당 잡히고, 대위를 위해 아버지에게도 아주머니에게도 편지를 썼다. 그렇다고 동료들이 대위를 좋아했다고 말할 수는 없었다. 좋아했다면 대위와 가까이 지냈어야 했다. 대위도 동료들과 가깝게 지내기를 싫어하는 듯했다. 친해지는 것은 대위의 덩치 때문에라도 쉽지 않았다. 훤칠한 키, 굵은 허리통, 엄청난 힘에 다들 겁을 집어먹었다. 때문에 대위가 사람 좋은 행세를 하기는 어려운 일이 아니었다. "걱정 말고 다녀오게!" 대위는 트로타 소위에게 말했다. "내가 책임을 넘겨받을 테니까." 대위는 책임을 떠맡았고 책임을 다할 줄도 알았다. 대위는 주마다 돈이 필요했다. 트로타 소위는 이 돈을 카프투라크에게 구했다. 트로타 소위 자신도 돈이 필요했다. 돈 없이 폰 타우시히 부인에게 얼굴을 내민다는 것은 생각만 해도 낯 뜨거웠다. 무장 진지에 맨손으로 덤벼드는 것이나 다를 바 없었다. 얼마나 어처구니없는 짓인가! 소위는 필요한 돈이 점점 불어났다—들고 가는 금액을 늘렸지만, 여행에서 돌아올 때는 언제나 몇 크로네밖에 남지 않아 다음번에는 더 많이 가지고 가야겠다고 작정했다. 이따금 돈을 어떻게 썼는지 알아보려고 했다. 하지만 지출명세가 떠오른 적이 한번도 없었고 때로는 쉬운 덧셈마저 되지 않았다. 계산을 할 수 없었다. 소위의 작은 수첩에는 정리를 해보려는 필사적 노력이 담겨 있었다. 페이지마다 숫자가 세로로 끝없이 늘어섰다. 하지만 곧 뒤얽혀 뒤죽박죽이 됐다. 숫자는 소위의 손에서 벗어난 듯 보였다. 스스로 덧셈을 하여 틀린 합계로 소위를 속였고, 소위가 뻔히 보고 있는데도 잽싸게 달아났다가, 다음 순간 알아볼 수 없게 모습을 바꾸고 돌아왔다. 소위는 빚이 얼마나 쌓였는지 제대로 계산할 수조차 없었다. 이자가 얼마나 되는지도 몰랐다. 빌린 돈들은 빚더미 뒤로 사라졌다. 언덕들이 태산 뒤로 숨는 듯했다. 소위는 카프투라크가 어떻게 정산하는지도 몰랐다. 카프투라크가 정직하리라 믿지 않았지만, 자신의 계산 능력은 더더욱 믿을 수 없었다. 마침내 숫자라면 진절머리가 났다. 소위는 계산하려는 생각을 아예 버리기로 했다. 아무리 발버둥 쳐도 어쩔 수 없어 내린 결단이었다.

소위는 6000크로네를 카프투라크와 브로드니처에게 빚졌다. 숫자 감각이 떨어지는 자신이 보기에도, 이는 자기 월급과 비교해 볼 때 엄청난 금액이었다. (월급의 3분의 1은 이미 달마다 공제되었다) 하지만 소위는 6000이란 숫자에 점점 친숙해졌다. 막강한 적도 오래 맞서다보면 친밀해지는 법이었다. 기분이 쾌적할 때에는 이 숫자가 줄어들고 힘을 잃는 듯 보였다. 하지만 기분이 울적할 때에는 이 숫자가 늘어나고 힘세지는 것 같았다.

소위는 폰 타우시히 부인에게 찾아갔다. 몇주 전부터 폰 타우시히 부인을 만나러 이 짧고 은밀한 여행을 시작했다. 불경스러운 성지순례였다. 순진한 신자가 순례여행을 일종의 즐거움이라고, 기분전환이거나 때로는 놀라운 체험이라고 생각하듯, 트로타 소위는 목적지를 향해 떠나면서 그곳 분위기, 자신이 상상하던 자유로운 생활에 대한 영원한 동경, 자신이 걸친 양복, 금지된 일의 매력을 떠올렸다. 소위는 이 여행을 좋아했다. 마차에 올라타 문을 닫고 십분 동안 역으로 달리는 것을 좋아했다. 아무도 자신을 알아보지 못할 것이라고 생각했다. 빌린 100크로네짜리 지폐가 가슴주머니에 몇장 들어 있는 것을 좋아했다. 이 돈은 오늘과 내일은 자신만이 쓸 수 있었다. 빌린 돈인지라 카프투라크의 장부에서 늘고 불어나고 있다는 것을 알 사람은 없었다. 아무도 모르게 빈의 북부역을 빠져나갈 수 있는 익명성을 좋아했다. 아무도 자신을 알아보지 못했다. 장교들과 병사들은 자신을 스쳐지나갔다. 소위는 인사를 하지 않았고 소위에게 인사하는 사람도 없었다. 가끔 팔이 저절로 올라가 거수경례를 할 뻔했다. 자신이 양복을 입고 있다는 것을 깨닫고 팔을 다시 내렸다. 양복에서는 무엇보다도 조끼가 트로타 소위를 어린애처럼 즐겁게 만들었다. 조끼 호주머니에 손을 집어넣어 봤으나 도대체 쓸모를 알 수 없었다. 소위는 목에 맨 넥타이 매듭을 우쭐해하며 손가락으로 어루만졌다. 폰 타우시히 부인에게 선물받았으며 소위가 가진 유일한 넥타이였는데, 무진 애를 썼지만 아직도 제대로 매지 못했다. 아무리 미련한 형사라도 트로타 소위가 양복 입은 장교란 것을 한눈에 알아챘을 것이다.

폰 타우시히 부인은 북부역 플랫폼에 서 있었다. 이십년 전에도(부인은 십오년 전이라고 생각했다. 오랫동안 자기 나이를 감추다 보니, 자신의 세월이 흐르기를 멈추고 멎었다고 믿었기 때문이다), 이십년 전에도 부인은 북부역에서 한 소위를 기다렸었다. 물론 지금의 소위가 아니라 한 기병대 소위를 기다렸었다. 부인이 플랫폼으로 올라가는 것은 젊음의 샘에 들어가는 일과 비슷했다. 매캐한 석탄가루에, 선로를 바꾸는 기관차의 기적과 증기에, 잇달아 울리는 신호기 소리에 몸을 담갔다. 부인은 짧은 여행용 베일로 눈을 가리고 있었다. 이 베일이 십오년 전에 유행했다고 여겼다. 하지만 유행한 지 이십년도 아니고, 어느덧 이십오년이 지나 있었다! 부인은 플랫폼에서 기다리기를 좋아했다. 기차가 들어오고, 객실 차창 너머로 트로타의 작고 우스꽝스러운 진녹색 모자가 보이고, 트로타의 사랑스러운 얼굴이 나타나는 순간을 좋아했다. 소위는 어쩔 줄 몰라했고 젊었다. 부인이 카를 요제프를 더 젊고 더 어리석고 더 어쩔 줄 몰라하게 만들었기 때문이었다. 부인은 자신도 그렇게 만들었다. 소위가 맨 아래 승강계단에서 내려오는 순간, 이십년 전처럼, 아니 십오년 전처럼 팔을 활짝 펼쳤다. 지금 얼굴에 그 옛날의 발그레하고 주름 없던 얼굴이 피어났다. 이십년 전의, 아니 십오년 전의 예쁘고 달뜬 소녀의 얼굴이었다. 벌써 주름살 두 줄이 나란히 파인 부인의 목에는 소녀 취향의 가느다란 금목걸이가 걸려 있었다. 이십년 전에, 아니 십오년 전에 부인이 지녔던 유일한 패물이었다. 이십년 전처럼, 아니 십오년 전처럼, 부인은 소위와 더불어 작은 호텔로 가서 비밀스러운 사랑의 불을 지폈다. 시간당 돈을 지불하고, 낡고 삐걱거리는 침대에서 황홀한 열락에 빠져들었다. 산책이 시작됐다. 비너발트 숲의 신록을 가로질러 십오분 남짓 다정하게 걷는 동안 뇌우가 몰아치듯 불쑥불쑥 피가 끓어올랐다. 저녁에는 불그레한 빛이 도는 오페라 특별석에 들어가 커튼을 쳤다. 서로 껴안고 어루만졌다. 애무, 수없이 받았으면서도 늘 새삼스러운 애무. 육체는 경험이 많으면서도 설렘에 가득 차 애무를 기다렸다. 귀는 자주 들은 음악을 알아챘지만, 눈은 수많은 장면 중 지극히 일부만을 알아봤다. 폰 타우시히 부인은 오페라 극장에 가면 항상 커튼을 치거나 눈을 감았기 때문이었다. 음악에서 애무가 태어났으며, 오케스트라가 애무를 소위 손에 맡긴 듯했다. 애무는 서늘하면서도 뜨겁게 피부에 닿아왔다. 오래전부터 잘 알지만 영원히 젊은 누이 같았다. 이미 여러번 받았으면서도 받은 것을 잊어버리고, 바라기만 했지 받아본 적이 없다고 생각하는 선물 같았다. 조용한 레스토랑이 문을 열었다. 말없는 저녁식사가 구석 테이블에서 시작됐다. 여기 이 어둠 속에 영원히 빛나는 사랑을 밑거름으로, 두 사람이 마시는 포도주에서 포도나무가 자라나는 듯싶었다. 작별시간이 찾아왔다. 오후에 마지막 포옹을 했다. 탁자에 놓인 회중시계가 끊임없이 째깍거리며 떠나라고 재촉했고, 두 사람은 다음에 다시 만날 것을 벌써 손꼽아 기다렸다. 기차를 타러 허겁지겁 달려가, 승강계단에서 마지막 키스를 나눴고, 소위는 부인을 데려가고 싶다는 희망을 마지막 순간에 접었다.

피로에 젖었지만 세상과 사랑의 온갖 달콤함을 맛보고 트로타 소위는 부대가 주둔한 읍으로 다시 돌아왔다. 전령 오누프리이가 제복을 준비해놓았다. 트로타는 레스토랑 뒷방에서 옷을 갈아입고 귀영했다. 중대 사무실에 들어갔다. 모든 게 정상이었다. 아무 일도 없었다. 예들리체크 대위는 여느 때와 다름없이 즐겁고 밝고 힘차고 튼튼했다. 트로타 소위는 마음이 놓이면서도 적이 실망스러웠다. 가슴 한구석에서 남몰래 어떤 재난을 바랐었다. 자신이 군 복무를 더는 할 수 없게 만드는 사건을 원했었다. 그러기만 하면 곧바로 빈으로 발걸음을 돌렸을 것이다. 하지만 그런 일은 일어나지 않았다. 또 열이틀 동안 여기서 기다리면서, 병영 연병장을 둘러싼 네개의 담 안에, 이 읍내의 삭막한 고샅 속에 갇혀 있어야 했다. 소위는 병영 연병장 벽에 빙 둘러 그려진 표적인형들에 눈길을 던졌다. 총탄을 맞아 문드러지면 다시 덧칠해놓은 파란색 소형 인형들은, 자신들을 쏜 무기를 빼앗아 병영을 위협하는 심술궂은 요괴들인 듯, 병영에 사는 요정들인 듯 보였다. 이들은 이제 표적이 아니라 험상궂은 저격수였다. 소위는 브로드니처 호텔로 가서 자신의 휑뎅그렁한 방에 들어가 철제 침대에 눕자마자 다음번 휴가를 마치면 주둔부대로 돌아오지 않겠다고 마음을 다졌다.

소위는 이 결심을 실행할 수 없었다. 자신도 잘 아는 사실이었다. 실제로는 듣도 보도 못한 행운이 굴러들어, 자신을 군대에서 영원히 해방시키고 자원전역할 필요가 없도록 만들어주기를 기다렸다. 소위가 할 수 있는 일이라고는 아버지에게 편지 쓰는 일을 그만두고 군수가 보낸 몇통의 편지를 밀쳐놓는 일뿐이었다. 때가 되면 열어보기 위해, 때가 되면……

열이틀이 지나갔다. 소위는 옷장을 열고 양복을 바라보며 전보를 기다렸다. 전보는 항상 이 무렵에 왔다. 어슬어슬 땅거미가 내리면 둥지로 돌아오는 새처럼 날아왔다. 하지만 오늘은 전보가 오지 않았다. 밤이 깊었는데도 오지 않았다. 소위는 불을 켜지 않았다. 밤이 이슥한 것을 느끼고 싶지 않았다. 옷을 입고 눈을 뜬 채 침대에 누워 있었다. 봄날의 온갖 귀 익은 소리들이 열린 창문을 통해 들어왔다. 개구리들의 울음소리가 낮게 들리고, 화음을 넣듯 귀뚜라미들의 노랫소리가 가늘고 높게 울리고, 한밤중에 어치가 저 멀리서 우짖는 소리와 국경마을에서 처녀 총각들이 부르는 노랫가락이 그 사이에 끼어들었다. 마침내 전보가 도착했다. 전보에는 소위에게 이번에는 오지 말라고 쓰여 있었다. 폰 타우시히 부인이 남편을 만나러 갔다는 것이었다. 부인은 곧 돌아오려고 하지만 언제가 될지는 모르겠다고 했다. '천번의 키스를 보내며'라는 말로 전보문은 끝났다. 이 숫자에 소위는 모욕을 느꼈다. 부인은 쩨쩨하게 굴지 말았어야 해, 이렇게 생각했다. 만번이라도 전보를 보낼 수 있어야 하지 않을까! 자신이 6000크로네를 빚지고 있다는 데 생각이 미쳤다. 이에 비하면 천번의 키스는 보잘것없는 숫자였다. 소위는 열린 옷장 문을 닫으려고 일어섰다. 옷장에는 다림질한 옷이, 깨끗하고 반듯하게, 시신처럼 매달려 있었다. 진회색 양복 차림으로 자유를 누리던 트로타가 걸려 있었다. 옷장 문이 닫혔다. 관이 묻혔다! 파묻혔다!

소위는 복도로 난 문을 열었다. 거기에는 오누프리이가 늘 앉아 있었다. 잠자코 있거나, 나직하게 흥얼거리거나, 하모니카를 불면서 악기를 손으로 둥글게 감싸 소리를 줄였다. 때로는 의자에 앉아 있었고, 때로는 문턱에 쭈그리고 있었다. 전령은 한해 전에 군대에서 전역했어야 했다. 하지만 자원하여 군에 남았다. 고향 마을 부르들라키가 근처에 있었다. 소위가 병영을 떠날 때마다 오누프리이는 자기 마을로 갔다. 벚나무 곤봉을 메고 갔다. 하얀 바탕에 파란 꽃무늬가 있는 보자기에 이상야릇한 물건들을 싸서 이 보따리를 곤봉 끝에 매단 다음 곤봉을 어깨에 걸치고 역까지 소위를 따라갔고, 기차가 출발하기 시작하면 소위가 객실 창 너머로 내다보지도 않는데 플랫폼에서 경례를 붙이고 부동자세로 서 있었다. 그러고선 부르들라키로 걸어갔다. 늪 사이로 좁은 길이 나 있었다. 길섶에 버드나무가 늘어선 이 길은 늪에 빠질 위험이 없는 유일하게 안전한 길이었다. 오누프리이는 시간 맞추어 다시 돌아와 트로타를 기다렸다. 그러고선 트로타의 문 앞에 잠자코 있거나, 흥얼거리거나, 하모니카를 손으로 둥글게 감싸고 불었다.

소위는 복도로 난 문을 열었다. "이번에는 부르들라키로 갈 수 없다! 나는 빈에 가지 않을 것이야!" "알겠습니다! 소위님!" 오누프리이는 일어서서 부동자세를 취하고 경례를 붙였다. 하얀색 복도에 곧게 그은 군청색 선처럼 보였다. "여기 머물러 있어라!" 트로타가 다시금 말했다. 오누프리이가 자신의 말을 알아듣지 못했다고 생각했기 때문이었다.

오누프리이는 "알겠습니다!"라고 다시 한번 대답했다. 그러고선 하나를 듣고 열을 안다는 것을 보여주려는 듯, 아래로 내려가 구십도 한 병을 들고 돌아왔다.

트로타는 술을 마셨다. 휑뎅그렁한 방이 한결 푸근하게 느껴졌다. 뒤얽힌 전선에 매달린 알전구 둘레를 나방이 윙윙 맴돌았다. 밤바람에 흔들리는 전구가 책상의 윤기나는 갈색 표면에 구슬픈 듯 희뜩희뜩 얼비쳤다. 실망이 차츰차츰 스러지고 슬픔이 나른하게 찾아왔다. 트로타는 슬픔과 일종의 동맹을 맺었다. 오늘은 세상 모든 것이 한없는 슬픔에 젖었고, 자신이 이 불쌍한 세상의 중심을 이루었다. 자신 때문에 오늘 개구리들이 서럽게 울어대고 자신 때문에 귀뚜라미들이 애끓게 슬퍼했다. 자신 때문에 봄밤이 부드럽고 달콤한 슬픔으로 가득 차고, 자신 때문에 별들이 하늘에 아득하게 높이 떠 있고, 자신만을 애타게 내려다보며 별들이 반짝반짝 빛났다. 세상의 한없는 서글픔은 트로타의 비참함과 꼭 맞아떨어졌다. 괴로움에 시달리는 우주와 한 몸이 되어 소위는 괴로움에 부대꼈다. 심청색 유리 같은 하늘 뒤에서 신조차 소위를 동정 어린 눈초리로 굽어봤다. 트로타는 다시 옷장을 열었다. 거기에 자유로운 트로타가 영영 숨을 거두고 매달려 있었다. 그 옆에서 죽은 친구 막스 데만트가 남긴 군도가 빛났다. 트렁크 안에는 늙은 자크가 물려준 차돌같이 단단한 뿌리와 죽은 슬라마 부인이 보낸 편지가 나란히 들어 있었다. 창문턱에는 아버지가 쓴 편지가 자그마치 세 통이나 뜯어보지 않은 채 놓여 있었다. 어쩌면 아버지도 그새 죽었을지 몰랐다! 트로타 소위는 슬프고 불행할 뿐만이 아니었다. 못됐다, 성격이 형편없이 못됐다! 카를 요제프는 책상으로 돌아와 술을 한 잔 더 따라 단숨에 들이켰다. 복도 문 앞에서 오누프리이가 하모니카로 새 곡을 불기 시작했다. 「아, 우리의 황제는……」이라는 잘 아는 노래였다. 우크라이나어로는 "오이 나슈 시사르, 시사레 봐……"로 시작했다. 하지만 트로타는 이 가사가 더는 기억나지 않았다. 소위는 이 지역언어를 배우지 못했다. 성격이 형편없이 못됐을 뿐만 아니라, 마음도 지치고 어리석었다. 한마디로 말해 자신의 인생은 처음부터 끝까지 잘못되었다! 가슴이 미어지고 목이 메고 눈물이 솟구치려 했다. 소위는 한 잔을 더 마셨다. 눈물길을 열어주기 위해서였다. 마침내 눈물이 터져나왔다. 소위는 책상에 팔을 올리고 팔에 머리를 묻고 서럽게 흐느끼기 시작했다. 이렇게 십오분을 울었을 것이다. 트로타는 오누프리이가 하모니카를 불다 말고 문을 두드리는 소리를 듣지 못했다. 문이 닫히는 소리를 듣고서야 고개를 들었다. 눈앞에 카프투라크가 서 있었다.

소위는 가까스로 눈물을 거두고 날 선 목소리로 물었다. "무슨 일로 왔습니까?"

카프투라크는 손에 모자를 들고 문에 바짝 붙어 있었다. 키가 손잡이보다 조금 더 컸다. 누런빛이 도는 회색 얼굴에 미소를 흘렸다. 회색 옷을 걸쳤다. 회색 아마포 신발을 신었다. 신발 밑테두리에 이 지역도로에 봄마다 새로이 생겨나는 회색 진흙이 번들번들 묻었다. 조막만 한 머리통에 듬성듬성한 회색 머리털이 돌돌 말려 있는 게 눈에 띄었다. "안녕하시오!" 카프투라크는 이렇게 말하고 허리를 가볍게 숙였다. 그러자 하얀 문에 그림자가 휙 솟아올랐다가 바로 다시 내려앉았다.

"내 전령은 어디에 있습니까?" 트로타가 물었다. "무슨 일입니까?"

"이번에는 빈에 가지 않으셨군요!" 카프투라크가 말을 꺼냈다.

"빈에 가지 않을 겁니다!" 트로타가 말했다.

"이번 주에는 돈이 필요 없겠군요!" 카프투라크가 말했다. "오늘 당신이 찾아오기를 기다렸는데요. 묻고 싶은 게 있어서요. 저는 방금 예들리체크 대위에게 들렀다 오는 길입니다. 방에 없더군요."

"방에 없다고요?" 카프투라크의 말이 끝나기도 전에 트로타가 따라 말했다.

"그렇습니다." 카프투라크가 말했다. "방에 없습니다. 대위에게 무슨 일이 일어났습니다!"

트로타는 예들리체크 대위에게 어떤 일이 일어났다는 말을 듣고서도 아무것도 묻지 않았다. 첫째, 궁금하지 않았다. (오늘은 아무것도 알고 싶지 않았다) 둘째, 자신에게 일어난 일도 엄청나게 많아 다른 일에는 신경 쓸 겨를이 없다고 느껴졌다. 셋째, 카프투라크에게 자초지종을 듣고 싶은 생각이 전혀 없었다. 카프투라크가 눈앞에 있는 게 화가 났다. 하지만 이 작달막한 남자에 맞서 어떻게 손쓸 방법이 없었다. 이자에게 6000크로네를 빚지고 있다는 기억이 어렴풋이 자꾸 떠올랐다. 곤혹스러운 기억이었다. 트로타는 이 생각을 몰아내려 했다. 속으로 자신을 타일렀다. 그 돈은 카프투라크가 찾아온 것과 아무 관련이 없다. 자신이 돈을 빚진 사람과 여기 방에 들어와 있는 사람은 완전히 다른 사람이다. 이자는 빚쟁이가 아니며, 자신과 아무 상관 없는 예들리체크 이야기를 하러 찾아왔을 뿐이다. 트로타는 카프투라크를 노려봤다. 잠시 동안 소위에게 이자가 뿌연 회색 점들로 뿔뿔이 흩어졌다가 다시 합쳐지는 듯 보였다. 트로타는 카프투라크의 모습이 완전히 되돌아오기를 기다렸다. 이 순간을 재빨리 포착하기가 자못 힘들었다. 작달막한 회색 남자는 금세 다시 산산이 흩어졌기 때문이었다. 카프투라크가 한 걸음 다가왔다. 자신이 소위에게 또렷이 보이지 않는다는 것을 잘 아는 듯했다. 소리 높여 다시금 말했다.

"대위에게 무슨 일이 일어났습니다!"

"도대체 어떤 일입니까?" 트로타가 비몽사몽을 헤매듯 물었다.

카프투라크가 책상으로 한 걸음 더 다가와 속삭였다. 손나발을 입에 대고 말했기 때문에, 속삭이는 게 아니라 수런대는 듯 들렸다. "대위는 체포 송치됐습니다. 스파이 혐의 때문입니다."

이 말에 소위가 몸을 일으켰다. 이제 두 손으로 책상을 짚고 섰다. 다리는 허공에 뜬 듯싶었다. 손만 짚고 선 듯 느껴졌다. 손을 책상에 우겨넣다시피 하고 있었다. "당신에게 그 일에 관해 더이상 듣고 싶지 않습니다," 이렇게 말했다. "가세요!"

"유감이지만, 그럴 수 없습니다. 갈 수 없습니다!" 카프투라크가 말했다.

카프투라크는 이제 책상 가까이에 트로타 옆에 서 있었다. 부끄러운 일을 털어놓듯 고개를 숙이고 이렇게 말했다. "일부를 상환해 주시기 바랍니다!"

"내일 갚겠습니다!" 트로타가 말했다.

"내일 갚겠다고요!" 카프투라크가 따라 말했다. "내일은 갚지 못하게 될지도 모릅니다! 날마다 전혀 뜻밖의 일들이 일어나고 있다는 것을 아시지요. 대위 때문에 재산피해를 입었습니다. 대위를 영영 다시 볼 수 없을 것입니다. 그리고 당신은 대위의 친구지요!"

"무슨 말을 하는 겁니까?" 트로타가 물었다. 책상에서 손을 뗐다. 어느새 발로 바닥을 든든히 디뎠다. 카프투라크가 엄청난 말을 했지만 이 말이 사실이라는 것을 문득 알아챘다. 이 말이 엄청나게 들린 것은 다름 아니라 사실이기 때문이라는 것을 깨달았다. 동시에 소위는 자신이 다른 사람들에게 험상궂게 보였던 일생의 단 한 번의 순간을 떠올렸다. 트로타는 지금도 당시처럼 무장하고 있었으면 좋겠다고, 군도와 권총을 차고 등 뒤에 소대를 이끌고 있었으면 좋겠다고 생각했다. 작달막한 회색 남자는 당시의 무리 수백명보다 훨씬 더 험악하게 보였다. 트로타는 이 무방비상태를 어떻게든 벌충하려고 가슴속에 억지로 분노를 불어넣었다. 주먹을 불끈 쥐었다. 이런 일을 해본 적이 한번도 없었다. 자신은 위협을 하지 못하며 기껏해야 위협하는 시늉을 할 수 있을 뿐이라고 느꼈다. 이마의 핏줄을 퍼렇게 부풀리고 얼굴을 시뻘겋게 만들고 눈에 핏발을 세우고 눈을 부라렸다. 매우 험상궂은 얼굴을 만드는 데 성공했다. 카프투라크가 움찔 물러섰다.

"무슨 말을 하는 겁니까?" 소위가 다시금 물었다.

"아무것도 아닙니다!" 카프투라크가 말했다.

"방금 한 말을 다시 한번 해보시오!" 트로타가 다그쳤다.

"아무것도 아니라니까요!" 카프투라크가 대답했다.

카프투라크는 다시금 뿌연 회색 점들로 흩어졌다. 이 작달막한 인간은 산산조각 흩어졌다가 원래 모습으로 합쳐지는 유령 같은 능력을 지니고 있을지 모른다는 엄청난 두려움에 트로타 소위는 사로잡혔다. 카프투라크의 실체를 알아보고 싶다는 억제하기 힘든 욕구가 트로타 소위에게 치밀었다. 억누를 수 없는 연구열이 솟아나는 듯했다. 등 뒤 침대 기둥에 군도가 걸려 있었다. 무기이자 군인 및 개인으로서 명예의 표상이었으나 기이하게도 이 순간에는 섬뜩한 유령의 수수께끼를 푸는 데 안성맞춤인 마술도구로 여겨졌다. 등 뒤에서 군도가 번쩍이며 이 무기에서 일종의 마력이 뿜어 나오는 것이 느껴졌다. 이 힘에 이끌리기라도 한 듯 뒤로 훌쩍 물러나면서, 흩어졌다가 원래대로 돌아오기를 되풀이하는 카프투라크를 노려봤고, 왼손으로 칼집을 붙잡아 눈 깜짝할 사이에 오른손으로 칼을 빼냈다. 카프투라크는 문 쪽으로 주춤 물러서면서 손에 쥐고 있던 모자를 회색 아마포 신발 앞에 떨어뜨렸다. 트로타가 군도를 겨누며 카프투라크를 쫓았다. 소위는 자신이 무슨 일을 하는 줄도 모르고 칼끝을 회색 유령의 가슴에 대었고 옷과 신체에 닿은 느낌이 강철 칼몸을 타고 전해지자 카프투라크가 인간이라는 것이 마침내 증명된 것 같아 안도의 한숨을 쉬었으나—칼을 거두지 못했다. 단 한순간이었다. 하지만 이 순간에 트로타 소위는 세상에 살아 숨 쉬는 모든 것을 느꼈다. 밤의 목소리, 하늘에 뜬 별, 전등 불빛, 방 안 물건들, 자신의 모습, (자신이 이 모습을 띠고 있는 것이 아니라, 이 모습이 자신 눈앞에 서 있는 듯했다) 불빛을 맴도는 각다귀들의 춤, 늪에 자욱한 안개, 밤바람의 차가운 숨결, 이 모든 것을 보고 냄새 맡았다. 카프투라크가 느닷없이 팔을 벌렸다. 마르고 작은 손으로 왼쪽과 오른쪽 문설주를 움켜잡았다. 회색 곱슬머리가 듬성듬성한 대머리를 어깨까지 떨어뜨렸다. 동시에 한 발을 다른 발 앞으로 내밀어, 우스꽝스러운 회색 신발들을 이어 엮은 듯 보이게 만들었다. 카프투라크 등 뒤의 하얀 문에 거무스름하게 흔들거리는 십자가 그림자가 난데없이 치솟는 것이 소위의 부릅뜬 눈에 들어왔다.

트로타는 손을 부들부들 떨다가 칼을 떨어뜨렸다. 나직하게 흐느끼는 듯 잘그랑 소리를 내며 칼이 떨어졌다. 다음 순간 카프투라크는 팔을 내려뜨렸다. 어깨에 떨구었던 머리를 가슴까지 떨어뜨렸다. 눈을 질끈 감았다. 입술을 오들오들 떨었다. 온몸을 부들부들 떨었다. 정적이 감돌았다. 전등불 둘레에서 각다귀들이 파닥거리는 소리가 났고 열린 창문을 통해 개구리들과 귀뚜라미들이 우는 소리가 들렸고 가까운 데서 개 짖는 소리가 간간이 울렸다. 트로타 소위는 다리를 후들거렸다. 몸을 돌렸다. "앉으시오!"라고 말하고서 방에 단 하나 있는 의자를 가리켰다.

"예," 카프투라크가 말했다. "앉겠습니다!"

카프투라크는 기운차게 책상으로 갔다. 아무 일도 없었다는 듯 활기차게 걷는다고 트로타는 생각했다. 바닥에 떨어진 군도가 카프투라크의 발끝에 걸렸다. 카프투라크는 허리를 굽혀 한 손으로 군도를 주웠다. 방 안을 정돈해야 하는 임무라도 맡은 듯, 다른 손을 들어 손아귀에 칼몸을 얹고, 칼집이 놓인 책상으로 가서, 소위를 거들떠보지도 않고 칼을 칼집에 끼우고 침대 기둥에 다시 걸었다. 그런 다음 책상을 빙 돌아 트로타가 서 있는 맞은편에 앉았다. 이제야 비로소 소위가 있는 것을 본 듯했다.

"금방 갈 겁니다," 카프투라크는 말했다. "한숨만 돌리고." 소위는 아무 대꾸도 하지 않았다.

"다음 주 이 시간까지, 정확히 이 시간까지 돈을 다 갚아주십시오," 카프투라크가 말을 이었다. "이제 당신과 거래하지 않겠습니다. 총 7250크로네입니다. 브로드니처 씨가 문 뒤에 서서 모든 이야기를 다 들었다는 것도 아울러 알려드리고 싶습니다. 호이니츠키 백작께서는 잘 아시겠지만 올해는 여느 해보다 늦게 오거나 아마 오지 않을지도 모릅니다. 가야겠습니다, 소위님!"

카프투라크는 몸을 일으켜 문으로 가서 몸을 굽히고 자신의 모자를 줍고 다시 한번 뒤를 돌아봤다. 문이 닫혔다.

소위는 이제 술이 완전히 깼다. 그런데도 모든 게 꿈이었던 것 같은 생각이 들었다. 문을 열었다. 오누프리이가 매우 늦은 시간이었을 텐데 여느 때와 마찬가지로 의자에 앉아 있었다. 트로타는 시계를 들여다봤다. 9시 30분이었다. "왜 아직도 취침하지 않지?" 이렇게 물었다. "손님이 찾아왔기 때문입니다!" 오누프리이가 대답했다. "다 들었나?" "그렇습니다!" 오누프리이가 말했다. "브로드니처가 여기 있었는가?" "그렇습니다!" 오누프리이가 그렇다고 확인해줬다.

모든 일이 트로타 소위가 겪은 대로 실제 일어났다는 것은 의심할 나위가 없었다. 그러므로 내일 아침 일찍 모든 일을 보고해야 했다. 동료들은 아직 귀가하지 않았다. 소위는 이 문 저 문 돌아다녀봤지만 방들은 모두 비어 있었다. 동료들은 지금 장교 클럽에 앉아 예들리체크 대위 사건에 관해, 예들리체크 대위의 이 소름 끼치는 사건에 관해 쑥덕거리고 있을 것이었다. 대위는 군사재판에 회부되어 군적이 말소되고 총살될 것이었다. 트로타는 군도를 차고 모자를 쓰고 아래층으로 내려갔다. 동료들을 아래에서 기다려야 했다. 호텔 앞에서 이리저리 왔다 갔다 했다. 왠지 모르지만 자신이 방금 카프투라크를 만나 겪었던 일보다 대위의 사건이 훨씬 중요하게 여겨졌다. 암흑세력의 음흉한 술책을 간파했다고 생각됐다. 폰 타우시히 부인이 하필 오늘 남편을 만나러 가야 했던 일도 우연이라기에는 너무 섬뜩하게 느껴졌다. 소위는 차츰 깨닫게 됐다. 자기 인생의 우울한 사건들이 서로 음울하게 관련되어 있으며 어떤 강력하고 음험하고 눈에 보이지 않는 배후인물의 조종을 받고 있고 이자의 목적은 소위를 파멸시키는 것이라는 것을 알게 됐다. 쏠페리노의 영웅의 손자인 트로타 소위가 때로는 다른 사람을 몰락하게 만들기도 하고 때로는 몰락하는 사람들에 휩쓸리기도 하리라는 것은 두말할 나위가 없었지만, 시쳇말로 두말하면 잔소리였지만, 이렇든 저렇든 소위는 사악한 힘이 간악하게 눈독 들이는 비운의 인간 중 한 사람이었다. 소위는 조용한 고샅에서 이리저리 왔다 갔다 했다. 트로타의 걸음 소리가 불이 들어오고 커튼이 드리워진 까페 창문 앞에서 메아리쳤다. 까페에서는 음악을 연주하고, 카드를 테이블에 내리치고, 전에 출연했던 '나이팅게일' 대신에 새로운 가수가 노래를 부르고 춤을 추었다. 하지만 전과 같은 노래이고 전과 같은 춤이었다. 오늘은 동료 중 어느 누구도 까페에 앉아 있지 않을 것이었다. 아무튼 트로타는 들어가 찾아보고 싶은 생각이 들지 않았다. 군복무가 지긋지긋해진 지 오래됐지만 예들리체크 대위의 불명예는 자신의 치욕이기도 했기 때문이었다. 대위의 불명예는 전대대의 오욕이었다. 트로타 소위는 엄격한 군사교육을 받았기 때문에 예들리체크 사건이 있은 뒤에도 대대 장교들이 제복을 입고 부대가 주둔한 읍내 거리를 활보하는 것을 도저히 납득할 수 없었다. 그렇다! 이 예들리체크는 덩치 크고 굳세고 밝았다! 사람 좋은 동료였고, 돈이 매우 많이 필요한 친구였다! 떡 벌어진 어깨에 모든 일을 떠맡았고 초글라우어에게 신뢰받았고 병사들에게 인기 있었다. 누가 보더라도 늪과 국경지역보다 더 굳세 보였다. 예들리체크가 스파이였다니! 까페에서 울려나오는 음악 소리, 왁자지껄한 목소리, 잔들이 쟁그랑 부딪치는 소리가 쉴 새 없이 우는 개구리들의 밤 합창에 자꾸자꾸 묻혀버렸다. 봄이 왔다! 하지만 호이니츠키는 오지 않았다! 자신을 빚에서 구해줄 돈이 있는 단 한 사람이! 6000크로네도 아니고 7250크로네였다! 다음 주 정확히 이 시간까지 갚아야 했다! 돈을 치르지 못하면, 예들리체크 대위와 연계되어 있다는 혐의를 뒤집어쓸 것임에 틀림없었다. 소위는 대위의 친구였던 것이다! 따지고 보면 자신의 친구가 아닌 사람이 없었다. 그런데도 오로지 비운의 트로타만이 모든 일을 덮어쓸 수도 있었다! 운명이었다! 자신의 운명이었다! 두주 전 이 무렵만 해도 양복을 입은 즐겁고 자유로운 젊은이였었다. 이 무렵에 화가 모저를 만나 화주를 마셨었다! 오늘은 모저 선생이 더없이 부러웠다.

모퉁이를 도는 귀 익은 발걸음 소리가 들렸다. 동료들이 귀가하는 소리였다. 브로드니처 호텔에 묵는 동료들 모두가 말없이 무리지어 몰려왔다. 소위는 동료들에게 다가갔다. "어, 자네 빈으로 떠난 줄 알았더니!" 빈터가 말했다. "소식 들었지! 끔찍해! 섬뜩해!" 장교들은 앞서거니 뒤서거니 입도 벙긋하지 않고 발소리를 죽이려 애쓰며 계단을 밟았다. 남몰래 계단에 오르는 듯했다. "전원 9호실로!" 호루바 중위가 명령했다. 호루바는 호텔에서 가장 넓은 방인 9호실에 묵고 있었다. 장교들 모두는 고개를 숙이고 중위 방으로 들어갔다.

"뭔가 손을 써야 해!" 호루바가 말을 꺼냈다. "초글라우어를 봤지! 넋이 나갔어! 자결할지도 몰라! 뭔가 손을 써야 해!"

"안됩니다, 중위님!" 리포비츠 소위가 말했다. 리포비츠는 법대에서 두 학기를 수학하고 뒤늦게 임관한 탓인지 '민간인'티를 벗지를 못했기 때문에, 동료들은 리포비츠를 예비역 장교처럼 취급하여 깍듯이 대하면서도 은근히 비웃었다. "지금은 손쓸 방법이 없습니다." 리포비츠가 말했다. "묵묵히 계속 근무하는 수밖에 없습니다! 처음 있는 일이 아닙니다. 유감스럽지만 군에서 마지막 있는 일도 아닐 겁니다!"

아무도 대답을 하지 않았다. 손쓸 도리가 없다는 것을 훤히 알고 있었다. 방에 모여 있으면 뾰족한 해결책이 생각나지 않을까 싶었을 뿐이었다. 하지만 이제는 한데 모여들게 된 것이 공포 때문이었다는 것을, 저마다 자기 방에 틀어박혀 혼자 공포에 시달리게 될까 겁이 났기 때문이었다는 것을 불현듯 깨달았다. 하지만 장교들은 무리 짓고 있어도 아무 소용이 없다는 것을, 다른 사람 틈에 있어도 제가끔 외로이 공포에 휩싸이게 된다는 것을 알게 됐다. 고개를 들고 서로를 바라보고 다시 고개를 숙였다. 바그너 대위가 자결한 뒤에도 이렇게 모인 적이 있었다. 저마다 예들리체크 대위의 전임자였던 바그너 대위를 떠올렸다. 예들리체크도 자결했더라면 좋았을 것이라고 생각했다. 죽은 동료 바그너도 자살하지 않았더라면 체포되지 않았을까 하는 의구심이 불쑥 생겼다.

"예들리체크에게 가겠어. 밀고 들어가서," 하베르만 소위가 말했다. "쏘아죽이겠어."

"첫째, 뚫고 들어갈 수 없습니다!" 리포비츠가 반박했다. "둘째, 예들리체크에게 자결하도록 이미 조처해놓았을 겁니다! 예들리체크에게 알아낼 것을 다 알아냈다 싶으면 권총을 손에 쥐여주고 감옥에 집어넣을 겁니다."

"그래, 맞아. 그럴 거야!" 몇 사람이 소리쳤다. 장교들은 안도의 한숨을 쉬었다. 대위가 이미 자살했기를 바라기 시작했다. 장교들 모두가 슬기를 모아 군사재판에 이러한 지혜로운 관행을 도입하기라도 한 듯 생각했다.

"오늘 한 남자를 하마터면 죽일 뻔했습니다!" 트로타 소위가 말했다.

"누구를?" "어떻게?" "왜?" 장교들이 중구난방으로 물었다.

"다들 잘 아는 사람입니다. 카프투라크였습니다." 트로타는 이렇게 말을 시작했다. 천천히 이야기했고 때때로 말이 막혔으며 얼굴색이 바뀌었다. 이야기를 마칠 때까지도 왜 찌르지 않았는지 설명할 수 없었다. 동료들이 자신의 말을 이해하지 못할 것이라는 느낌이 들었다. 그랬다, 장교들은 소위의 행동을 납득하지 못했다. "나라면 카프투라크를 쳐죽였을 거야!" 누군가 소리쳤다. "나라도." 다른 장교가 말했다. "나도." 세번째 장교가 말했다.

"말처럼 쉬운 일이 아닙니다!" 리포비츠가 끼어들어 외쳤다.

"피를 빨아먹는, 유대인 같으니라고." 누군가 말했다—다들 몸이 뻣뻣이 굳었다. 리포비츠의 아버지도 유대인이란 게 생각났기 때문이었다.

"그런데, 난데없이," 트로타가 말을 다시 시작했다. (이 순간 죽은 막스 데만트와 데만트의 할아버지, 주막 주인들을 다스리는 수염이 허연 왕이 떠올라 매우 기이한 기분이 들었다) "난데없이 카프투라크 등 뒤에서 십자가가 솟아오르는 것을 보았습니다!" 한 장교가 웃었다. 다른 장교가 코웃음 치며 말했다. "취했었군!"

"이제 그만!" 마침내 흐루바가 명령했다. "이 모든 것을 내일 초글라우어에게 보고하겠어!"

트로타는 한 사람 한 사람 얼굴들을 뜯어봤다. 지치고 나른하고 흥분되어 있었지만, 피곤과 흥분 속에서도 들떠서 명랑한 얼굴들이었다. 데만트가 살아 있다면, 트로타는 생각했다. 주막 주인들을 다스리는 수염이 허연 왕의 손자인 데만트와 이야기를 나눌 수 있을 텐데! 소위는 슬그머니 빠져나왔다. 자기 방으로 돌아갔다.

이튿날 아침 소위는 사건을 보고했다. 군대 어투로 설명했다. 어릴 적부터 보고하거나 설명할 때 늘 썼으며, 입에 밴 말투였다. 하지만 자신이 모든 것을 말하지 못했으며 중요한 것조차 알리지 못했다는 느낌이 들었다. 자신이 겪은 사건과 자신이 하는 보고 사이에 드넓고 수수께끼 같은 간격이 이상한 나라처럼 오롯이 들어서 있다는 생각이 들었다. 소위는 자신이 보았던 것 같은 십자가 그림자에 관해 보고하는 것도 잊지 않았다. 소령은 트로타가 예상했던 대로 미소를 머금고 이렇게 물었다. “술은 얼마나 마셨나?” “반병 마셨습니다!” 트로타가 말했다. “그럴 줄 알았네!” 초글라우어가 말했다.

그러고선 잠시 미소 지었을 뿐이었다. 초글라우어 소령은 골머리를 앓았다. 이것은 중대한 사안이었다. 유감스럽게도 심각한 사건이 쌓이고 쌓였다. 이 골치 아픈 일은 어쨌든 상부에 보고해야 했다. 그렇지만 서두를 필요는 없었다. “돈은 있나?” 소령이 물었다. “없습니다!” 소위가 말했다. 두 사람은 잠시 어쩔 줄 모르고 멍하니 넋 나간 눈빛으로 서로를 바라봤다. 자신이 어쩔 줄 모르고 있다는 것을 털어놓지조차 못하는 가엾은 사람들의 눈빛이었다. 복무규정에 모든 게 다 쓰여 있는 것은 아니었다. 규정집을 앞에서 뒤로, 다시 뒤에서 앞으로 넘겨도, 모든 게 다 적혀 있지는 않았다! 소위의 행동이 옳았을까? 군도를 너무 일찍 잡은 게 아닐까? 카프투라크의 행동이 옳았을까? 재산피해를 입고 상환을 요구한 것 아닌가? 소령이 부하 장교들을 모두 불러 모아 상의를 한다 해도 누가 좋은 충고를 해줄 수 있을까? 대대장인 자신보다 누가 더 슬기로울 수 있을까? 이 비운의 소위에게 도대체 무슨 일이 일어난 것일까? 노동자 파업 사건을 수습하느라 진땀을 뺀 지 얼마나 됐다고, 재난이 초글라우어 소령의 머리에 쌓이고 또 쌓이고, 재난이 트로타에게 닥치고, 재난이 이 대대에 닥쳤다. 초글라우어 소령은 근무 중 머리를 쥐어뜯는 게 허용된다면 그렇게라도 하고 싶었다. 대대 전장교들이 트로타 소위의 보증을 선다고 해도 그만한 금액을 모을 수 없었다! 이 금액을 갚지 못하면 사태는 더욱더 악화될 것이었다. “도대체 그 많은 돈이 어디에 필요했나?” 초글라우어는 물었다. 말을 맺기도 전에 자신이 낱낱이 다 알고 있다는 게 생각났다. 손을 내저어 대답을 막았다. 아무 말도 듣고 싶지 않았다. “가장 먼저 자네 아버님께 편지를 쓰도록 하게.” 초글라우어가 말했다. 자신이 기막힌 아이디어를 냈다는 생각이 들었다. 조회는 종료됐다.

트로타 소위는 집에 돌아와 책상에 앉아 아버지에게 편지를 쓰기 시작했다. 술기운 없이는 한 줄도 쓸 수 없었다. 까페로 내려가 구십도, 잉크, 펜, 종이를 주문했다. 펜을 잡았다. 편지가 왜 이리 쓰기 힘든가! 트로타 소위는 몇번 썼다가 종이를 구기고 다시 시작했다. 자신이 관련되어 있고 자신을 위태롭게조차 만드는 사건에 관해 설명하기가 가장 어려웠다. 편지를 쓰다보니, 자신이 오래전부터 군 복무를 지긋지긋하게 여기고 있는 줄 알았는데, 군인으로서 공명심이 아직 남아서 군에서 전역하고 싶지 않다는 것을 깨닫게 됐다. 아버지에게 얽히고설킨 상황을 설명하려 하는 동안 자신도 모르게 생도 트로타로 변모해갔다. 오래전에 아버지 집 발코니에서 「라데츠키 행진곡」 연주를 들으며 합스부르크가와 오스트리아를 위해 목숨을 바치기를 바랐던 트로타로 바뀌어갔다. (인간의 영혼이란 이토록 기이하고 변하기 쉽고 종잡을 수 없었다)

트로타가 자초지종을 편지에 적는 데 두시간 넘게 걸렸다. 늦은 오후였다. 벌써 카드와 룰렛 도박꾼들이 까페에 모여들었다. 주인 브로드니처 씨도 들어왔다. 유난스럽고 놀랄 만큼 친절했다. 소위에게 허리를 깊이 숙여 인사했다. 소위에게 카프투라크와 만난 장면을 상기시키고 주인 자신이 공식증인임을 일깨우려는 꿍꿍이속을 소위는 바로 알아챘다. 트로타는 몸을 일으켜 오누프리이를 찾았다. 현관으로 나가 층계 위를 향해 오누프리이의 이름을 두세번 불렀다. 하지만 오누프리이는 대답이 없었다. 브로드니처가 와서 일러줬다. "당신의 하인은 오늘 새벽에 외출했습니다!"

소위 자신이 역으로 가서 편지를 부칠 수밖에 없었다. 가는 도중에야 비로소 오누프리이가 허가도 받지 않고 외출했다는 데 생각이 미쳤다. 군사교육에서 배운 바에 따라 전령에 대해 분노가 치밀었다! 소위 자신도 빈으로 종종 떠났었다—양복을 입고 허가도 받지 않고. 전령은 주인이 하는 대로 따라했을지 몰랐다. 오누프리이가 만나는 아가씨가 있고, 이 아가씨가 오누프리이를 기다리고 있을지 모른다고 소위는 짐작을 이어갔다. 이 녀석을 얼굴이 누렇게 뜰 때까지 처넣어두겠어! 트로타는 생각했다. 하지만 이 말은 마음에서 우러난 것이 아니며 말대로 하지도 않을 것임을 금세 깨달았다. 이는 군인의 뇌리에 항상 도사리고 있는 상투적 표현이었다. 군인의 두뇌에 생각 대신 들어서서 결정까지 도맡아 내리는 수많은 상습적 표현 중의 하나였다.

아니었다. 전령 오누프리이가 고향 마을에서 사귀는 아가씨는 없었다. 오누프리이는 4에이커 반 되는 밭을 아버지에게 물려받아 매제에게 맡겼었고, 10크로네짜리 금화 스무닢을 자신의 오두막집으로부터 이웃 사람 니코포르의 집으로 통하는 왼쪽 샛길의 세번째 버드나무 옆에 묻었었다. 전령 오누프리이는 해가 뜨기도 전에 기상하여 소위의 군화는 닦아서 문 앞에 세워두고 근무복은 다려서 안락의자에 걸쳐놓았다. 벚나무 곤봉을 메고 부르들라키로 걸어가기 시작했다. 버드나무들이 우거진 좁다란 길을 따라갔다. 이 길만 땅이 말라 있었다. 버드나무들이 늪에서 올라오는 습기를 남김없이 빨아들이기 때문이었다. 오누프리이가 걷는 좁다란 길 양쪽에서는 새벽의 회색 안개가 온갖 형태로 유령같이 솟아 오누프리이에게 밀려들어, 오누프리이는 성호를 긋지 않을 수 없었다. 떨리는 입술로 주님의 기도를 쉬지 않고 중얼거렸다. 하지만 기분은 좋았다. 이제 왼쪽에 청석돌로 지붕을 얹은 대형 철도창고들이 보였다. 창고들이 늘 보았던 자리에 그대로 있어서 마음이 푸근해졌다. 성호를 다시 한번 그었다. 철도창고들을 있던 자리에 그대로 놓아둔 신의 은총에 감사하기 위해서였다. 오누프리이는 해가 뜬 한 시간 뒤에 부르들라키 마을에 도착했다. 누이와 매제는 이미 밭에 나가 있었다. 누이 부부가 사는 아버지가 남긴 오두막집에 들어갔다. 천장 쇠걸이에 굵은 밧줄을 여러번 감아 매달아놓은 요람에서 아이들이 자고 있었다. 오누프리이는 집 뒤 채마밭에서 삽과 갈퀴를 집어들고 오두막집 왼쪽의 세번째 버드나무를 찾아나섰다. 문을 등지고 멈춰서서 지평선을 바라봤다. 오른팔이 있는 쪽이 오른쪽이며 왼팔이 있는 쪽이 왼쪽이라는 것을 스스로에게 깨우쳐주느라 잠시 꾸물거렸다. 왼쪽으로 이웃 사람 니코포르 집 방향으로 걸음을 옮겨 세번째 버드나무에 이르렀다. 여기서 땅을 파기 시작했다. 이따금 눈을 들어 보는 사람이 없는지 둘러봤다. 없었다! 자신이 하는 일을 보는 사람은 아무도 없었다. 오누프리이는 파고 또 팠다. 해가 쑥쑥 치솟아 이미 정오가 된 줄 알았다. 하지만 이제 아침 9시였다. 마침내 삽의 쇳날이 뭔가 딱딱한 것에 부딪치며 쩔그렁 소리를 냈다. 삽을 치우고, 헤쳐진 땅을 갈퀴로 슬슬 긁어내기 시작했다. 갈퀴도 내던지고, 바닥에 엎드려 열 손가락으로 축축한 땅의 흙 부스러기를 쓸어냈다. 손끝에 아마포 손수건이 닿았다. 매듭을 찾아 끌렀다. 돈이 들어 있었다. 10크로네짜리 금화 스무닢이었다.

세어볼 겨를이 없었다. 바지 주머니에 이 금화를 쑤셔넣고 부르들라키 마을의 유대인 주막 주인인 히르슈 베니오버라는 사람에게 갔다. 오누프리이가 개인적으로 아는 돈놀이꾼은 세상에 이 사람밖에 없었다. "자네를 잘 알지!" 히르슈 베니오버가 말했다. "자네 아버지도 잘 알았지!—설탕, 밀가루, 러시아 담배, 돈, 뭐가 필요한가?"

"돈이오!" 오누프리이가 말했다.

"얼마나?" 베니오버가 물었다.

"엄청나게요!" 오누프리이는 이렇게 말하며 팔을 될 수 있는 대로 활짝 벌려 얼마나 많이 필요한지 보여줬다.

"좋네," 베니오버가 말했다. "자네 재산이 얼마나 되는지 보세!"

베니오버는 큰 장부를 펼쳤다. 이 장부에는 오누프리이 콜로힌이 4에이커 반을 소유하고 있다고 기재되어 있었다. 베니오버는 이를 담보로 300크로네를 빌려주겠다고 했다.

"촌장에게 가세!" 베니오버가 말했다. 그러고선 아내를 불러 가게를 맡기고 오누프리이 콜로힌과 함께 촌장에게 갔다.

여기서 베니오버는 오누프리이에게 300크로네를 주었다. 오누프리이는 벌레 먹은 갈색 책상에 앉아 서류 아래에 서명해야 했다. 오누프리이는 모자를 벗었다. 해는 이미 중천에 떴다. 부르들라키 촌장이 집무하는 농가의 작은 창문으로도 불타는 듯 뜨거운 햇살이 들어왔다. 오누프리이는 땀을 흘렸다. 조붓한 이마에 땀방울이 맑은 수정 종기처럼 솟아났다. 한 자 한 자 쓸 때마다 이마에 수정 종기가 새로 돋는 듯했다. 이 종기들이 아래로 흐르고 흘렀다. 오누프리이의 뇌리에 흘러내리는 눈물 같았다. 마침내 서류에 서명까지 끝났다. 10크로네짜리 금화 스무닢을 바지 주머니에 넣고 300크로네의 지폐를 재킷 주머니에 담고, 오누프리이 콜로힌은 귀영길에 올랐다.

오누프리이는 오후에 호텔에 나타났다. 까페로 들어가 소위가 어디 있는지 물었고, 카드 도박꾼들 한가운데가 병영 연병장 한가운데이기라도 한 듯 거리낌없이 버텨섰다. 트로타가 눈에 들어왔다. 오누프리이의 너벳벳한 얼굴이 온통 해처럼 빛났다. 트로타는 오누프리이를 오랫동안 바라봤다. 마음은 무르녹아 있었으나 눈빛은 매서웠다. "네 녀석을 얼굴이 누렇게 뜰 때까지 처넣어두겠다!" 군인의 두뇌가 내리는 명령에 순종하여 소위의 입은 이렇게 말했다. "방으로 와라!" 트로타는 내처 말하고 일어섰다.

소위는 계단을 올라갔다. 정확히 세 계단 뒤에서 오누프리이가 따라왔다. 두 사람은 방으로 들어왔다. 아직도 환한 얼굴을 짓고 있는 오누프리이가 보고했다. "소위님, 여기 돈이 있습니다!" 오누프리이는 가진 모든 것을 바지 주머니와 재킷 주머니에서 꺼내고서 가까이 다가와 책상에 놓았다. 10크로네짜리 금화 스무닢을 오랫동안 땅속에서 감싸고 있던 진홍색 손수건에는 아직도 은회색 진흙이 꾸덕꾸덕 묻어 있었다. 손수건 옆에 파란색 지폐를 놓았다. 트로타가 지폐들을 세었다. 그러고선 손수건 매듭을 끌렀다. 금화를 세었다. 그런 다음 지폐를 금화가 든 손수건으로 옮겨서 다시 매듭을 묶고 보따리를 오누프리이에게 돌려줬다.

"미안한데 너에게 돈을 받을 수 없다. 무슨 말인지 알지?" 트로타가 말했다. "복무규정에 위반되는 일이야, 알겠지? 너에게 돈을 받으면 전역당하고 군적이 말소돼, 알겠나?"

오누프리이가 고개를 끄덕였다.

소위는 보따리를 손에 들고 서 있었다. 오누프리이는 고개를 세속 끄덕였다. 손을 뻗어 보따리를 받았다. 보따리가 공중에서 잠시 흔들거렸다.

"물러가라!" 트로타가 말하자, 오누프리이가 보따리를 들고 떠났다.

소위는 기병대 주둔부대에서 가을밤에 오누프리이가 등 뒤에서 저벅저벅 따라오던 소리가 기억났다. 병원 도서관에 들러 초록색 표지의 얄팍한 책을 펼쳐 읽은 군대 유머소설들이 생각났다. 하는 짓은 삼베만큼 거칠었지만 마음씨는 비단같이 고운 농촌 청년들이 장교 전령이 되어 가슴을 뭉클하게 하는 이야기들이었다. 트로타는 문학을 보는 안목이 전혀 없었으며, 문학이란 말을 어쩌다 듣게 되더라도 테오도어 쾨르너의 희곡 『츠리니』 말고는 떠오르는 게 없었지만, 이 소설들의 감상적 푸근함과 선량한 인물들을 왠지 거북하게 느꼈다. 트로타 소위는 체험이 모자랐다. 때문에 하는 짓은 삼베같이 거칠지만 마음씨는 비단같이 고운 농촌 청년들이 실제로 있으며, 통속소설도 묘사가 형편없기는 하지만 실제 있는 일을 매우 진실하게 서술한다는 사실을 알지 못했다.

아닌 게 아니라 트로타 소위는 아직 체험이 너무 부족했다.

18

맑고 따사로운 봄날 아침에 군수는 불운을 전하는 소위의 편지를 받았다. 폰 트로타 씨는 편지를 열기 전에 손바닥에 올려놓고 무게를 가늠해봤다. 지금까지 아들에게 받았던 어떤 편지보다도 무겁게 느껴졌다. 편지지가 두장은 들어 있는 것 같았다. 여느 때보다 긴 편지였다. 폰 트로타 씨의 노약한 가슴속에 걱정, 아버지로서의 노여움, 기쁨, 두려운 예감이 한꺼번에 밀려들었다. 노쇠한 손으로 봉투를 뜯을 때 빳빳한 소맷부리에서 단추가 잘랑거렸다. 코안경이 지난 몇달 전부터 달달 떨리는 듯 느껴졌기 때문에 왼손으로 코안경을 꽉 붙들고, 오른손으로 편지를 얼굴 가까이 바짝 댔다. 구레나룻 끄트머리가 종이를 사르륵 스쳤다. 황급히 흘려쓴 게 역력한 글씨가 예사롭지 않은 내용만큼이나 군수를 놀라게 했다. 군수는 행간에 또다른 놀라운 일이 숨어 있지 않은지 더 찾아봤다. 편지가 생각만큼 충격적이지 않다고 느껴졌기 때문이었다. 오래전부터, 특히 아들이 편지를 하지 않은 뒤부터, 날이면 날마다 훨씬 더 섬뜩한 일을 예상해왔다고 생각됐기 때문이었다. 때문에 편지를 밀쳐놓을 때는 이미 마음이 가라앉아 있었다. 군수는 구시대의 노인이었다. 세계대전이 일어나기 전 시대의 노인들은 오늘날의 청년들보다 더 어리석었을지 모른다. 노인들이 끔찍하게 여겼던 상황들은 오늘날 우리들의 상식으로 판단하면 한순간의 익살극에 지나지 않을 것이다. 하지만 이 꿋꿋한 노인들은 이 순간들을 맞아서도 영웅다운 의연함을 잃지 않았다. 폰 트로타 씨가 중시했던 신분의 명예, 가문의 명예, 개인의 명예 따위의 개념들이 오늘날 우리에게는 이따금 미심쩍고 유치한 과거의 잔재로 보일지 모른다. 하지만 폰 트로타 씨와 같은 오스트리아의 군수는 외아들이 갑작스럽게 사망했다는 소식보다 이 외아들이 불명예스러운 일을 저지른 것 같다는 소식에 훨씬 더 충격받았을 것이다. 이제 당시 시대는 역사의 뒤안길로 사라졌으며 세계대전 전사자들의 갓 만든 무덤들에 파묻혀버린 듯싶은데, 이 시대의 통념에 따르면 오스트리아-헝가리 제국 군대의 장교가 자신의 명예를 훼손한 자를 자신에게 돈을 빌려준 채권자라는 이유로 죽이지 않았다는 것은 재난이었다. 아니, 재난보다 더 좋지 않은 일이었다. 장교의 아버지에게, 군대에게, 제국에게 불명예스러운 사건이었다. 처음에 폰 트로타 씨는 아버지로서의 마음보다는 관료로서의 심정이 들끓어올랐다. 이 심정은 자신에게 이렇게 말했다. 즉시 공직에서 사퇴하라! 조기퇴직하라. 너는 황제에게 복무할 자격이 없다! 하지만 다음 순간 아버지로서의 마음이 이렇게 부르짖었다. 시대의 책임이다! 국경 주둔부대의 책임이다! 네 자신의 책임이다! 네 아들은 올바르고 고귀하다! 아쉽게도 여릴 뿐이다! 네 아들은 도움이 필요하다!

아들을 도와야 했다! 트로타란 이름이 명예를 더럽히고 치욕을 당하는 일을 막아야 했다! 폰 트로타 씨의 두 심경은, 아버지로서의 마음과 관료로서의 심정은 이 점에서만큼은 의견이 일치했다. 무엇보다도 돈을, 7250크로네를 마련하는 것이 중요했다. 오래전에 황제가 은총을 베풀어 쏠페리노의 영웅의 아들에게 하사했던 5000굴덴도, 군수가 아버지에게 물려받은 돈도 다 없어진 지 이미 오래였다. 이 돈은 군수의 손에서 이런저런 일로 빠져나갔다. 살림에, 흐라니체 소년사관학교에, 화가 모저에, 말에, 자선목적에 다 들어갔다. 폰 트로타 씨는 항상 실제보다 더 부자인 듯 보이려고 애썼다. 군수는 진짜 신사 본능을 지니고 있었다. 당시 이보다 더 비용이 많이 드는 본능은 없었다. (아마 오늘날에도 마찬가지일 것이다) 이러한 저주받은 천성을 타고난 사람은 재산이 얼마인지 지출이 얼마인지 모른다. 돈이 어디서 나는지 모른다. 회계를 하지도 않는다. 손이 큰 것만큼 재산도 많을 것이라고 지레짐작한다.

여태까지 오랜 세월을 살아오는 동안 처음으로 폰 트로타 씨는 자못 큰돈을 당장 마련해야 하는 막막한 일을 앞두고 있었다. 친구도 없었다. 자신과 마찬가지로 지금도 관직에 있는 학교 동창이나 대학 동기가 있었지만, 연락하지 않은 지 여러해 됐다. 대다수는 가난하게 살았다. 군수는 이 읍에서 가장 부자인 폰 빈터니크 씨와 안면이 있었다. 대출을 부탁하기 위해 폰 빈터니크 씨에게 내일이든, 모레든, 아니 오늘이라도 찾아가야겠다는 소름 끼치는 생각에 차츰차츰 젖어들기 시작했다. 폰 트로타 씨는 상상력이 그다지 풍부하지 않았다. 하지만 손 내밀러 가는 일이 얼마나 끔찍할 것인지를 고통스럽고 생생하게 그려볼 수 있었다. 여태까지 오랜 세월을 살아오는 동안 처음으로 군수는 속수무책이면서도 품위를 지키기가 얼마나 어려운 일인지를 겪게 됐다. 이 체험은 벼락처럼 군수를 내리쳐, 폰 트로타 씨가 그렇게 오랫동안 조심스레 지켜오고 키워 왔던 자존심을, 아버지에게 물려받았으며 아들에게 물려주려 하는 자긍심을 순식간에 무너뜨렸다. 군수는 벌써 굴욕이 느껴졌다. 자신이 여러해 전부터 손 내밀러 헛걸음을 일삼았던 사람처럼 여겨졌다. 자존심은 예전에는 청년기의 든든한 친구였고 그뒤에는 중년기의 버팀목이었다. 가엾고 늙은 군수가 이 자존심을 빼앗긴 것이었다. 군수는 폰 빈터니크 씨에게 즉시 편지를 쓰기로 작정했다. 하지만 펜을 들자마자 사실은 손 벌리러 가면서 그저 찾아가겠다고만 적을 수는 없다는 것을 분명히 깨달았다. 처음부터 방문목적을 적어도 암시라도 하지 않는다면 속임수를 쓰는 것이나 다를 바 없다고 늙은 트로타는 느꼈다. 그렇지만 이 의도를 비치기에 적절한 표현을 찾을 수 없었다. 때문에 펜을 손에 들고 오랫동안 앉아서 머리를 짜내어 문장들을 만들었다가 모두 지워버렸다. 물론 폰 빈터니크 씨에게 전화를 걸 수도 있었다. 하지만 W군에 전화가 들어온 이래 (설치된 지 두해도 채 지나지 않았다) 폰 트로타 씨는 업무 통화를 위해서만 전화를 사용했었다. 큼지막하고 유령 같은 갈색 상자에 다가가 손잡이를 돌려 벨을 울리고선, 여보세요!라는 소름 끼치고 스스로를 모욕하는 말로 (이는 진지한 사람이 중대한 문제에 관해 이야기를 나누면서 예의에 어긋나게 지껄이는 유치한 암호인 듯 폰 트로타씨에게 생각됐다) 폰 빈터니크 씨와 통화를 시작한다는 게 생각만 해도 몸서리쳐졌다. 문득 아들이 답장이나 어쩌면 전보를 기다리고 있을 것이라는 데 생각이 미쳤다. 뭐라고 전보를 쳐야 할까? '만사강구 중, 상세소식 추후'라고? 아니면, '인내대기 요망'이라고? 아니면, '다른 시도 요망, 여기서 해결 불가능'

이라고?—불가능! 이 말이 길고도 끔찍한 메아리를 일으켰다. 무엇이 불가능하지? 트로타 가문의 명예를 구하는 것이? 그 일은 틀림없이 가능할 것이었다. 불가능해선 안되었다! 군수는 집무실을 이리저리, 이리저리 왔다 갔다 했다. 오래전 일요일 오전에 생도 카를 요제프를 시험할 때에도 이렇게 왔다 갔다 했었다. 왼손으로는 뒷짐을 지고 오른손에서는 소맷부리 단추가 잘랑거렸다. 그러고선 군수는 안뜰로 내려갔다. 죽은 자크가 아직도 발코니 그늘 아래 앉아 있을지 모른다는 어처구니없는 생각이 들어서였다. 안뜰은 비어 있었다. 자크가 살았던 작은 집 창문들이 열려 있었고, 카나리아는 아직 살아 있었다. 창문턱에 앉아 지저귀었다. 군수는 집무실로 돌아와 모자와 지팡이를 들고 집을 떠났다. 한번도 하지 않은 일을 해야겠다고, 의사 스코브로네크 집에 찾아가야겠다고 마음먹었다. 좁은 장터를 가로질러 레나우 골목으로 접어들어 집집마다 문패를 살펴봤다. 번지를 몰랐기 때문이었다. 결국 어떤 상인에게 스코브로네크의 주소를 물어야 했다. 낯선 사람에게 길을 알려달라고 실례를 끼치는 게 염치없는 짓처럼 여겨지기는 했다. 하지만 폰 트로타 씨는 이 일도 용기내어 거뜬히 해냈다. 일러준 집으로 들어갔다. 복도를 지나 뒤란의 작은 뜰에서 의사 스코브로네크와 마주쳤다. 의사는 커다란 양산 아래서 책을 보고 있었다. "어떻게 여기까지!" 스코브로네크가 외쳤다. 군수가 집까지 찾아온 것을 보면 뭔가 예사롭지 않은 일이 일어났음에 틀림없다는 것을 잘 알고 있었기 때문이었다.

폰 트로타 씨는 미안하다는 말을 장황하게 늘어놓고서야 이야기를 꺼냈다. 작은 뜰의 벤치에 걸터앉아 머리를 숙이고 좁은 샛길에 깔린 알록달록한 자갈들을 지팡이 끝으로 찌르며 이야기를 이어갔다. 아들의 편지를 스코브로네크의 손에 쥐여줬다. 그러고선 아무 말도 하지 않고서, 한숨을 쉬다 말고 깊은숨을 들이쉬었다.

"제가 모아둔 돈이," 스코브로네크가 말했다. "2000크로네 있습니다. 언제든 가져다 쓰십시오. 군수님만 괜찮으시다면." 스코브로네크는 이 말을 군수가 가로막을까 두렵기라도 한 듯 쏜살같이 말했다. 그러고선 제풀에 당황하여 폰 트로타 씨의 지팡이를 빼앗더니 자갈을 이리저리 쑤시기 시작했다. 이 말을 한 다음에는 손을 가만두고 멍청히 앉아 있을 수 없는 듯 생각됐기 때문이었다.

폰 트로타 씨가 말했다. "고맙소, 의사, 그 돈을 쓰겠소. 차용증서를 써드리지요. 괜찮다면, 분할상환하겠소."

"그런 말씀 마십시오!" 스코브로네크가 말했다.

"알겠소!" 군수가 말했다. 낯선 사람을 만나면 인사치레로 평생 던져왔던 수많은 입에 발린 말들을 이제 던질 수 없을 것 같은 느낌이 느닷없이 들었다. 시간이 갑작스레 급박해졌다. 자신에게 남은 며칠이 순식간에 줄어들어 없어져갔다.

"나머지 돈은," 스코브로네크가 말을 이었다. "나머지 돈은 폰 빈터니크 씨에게서만 얻을 수 있습니다. 그 사람을 아시지요?"

"안면만 있소."

"다른 방법은 없습니다, 군수님! 저는 폰 빈터니크 씨를 좀 아는 편입니다. 그 집 며느리를 치료했던 적이 있습니다. 폰 빈터니크 씨는 사람들이 말하는 대로 피도 눈물도 없어 보였습니다. 어쩌면, 어쩌면, 군수님, 당신은 거절당할지 모릅니다."

이 말을 마치고 스코브로네크는 입을 다물었다. 군수는 의사의 손에서 지팡이를 다시 넘겨받았다. 정적이 흘렀다. 지팡이 끝으로 자갈밭을 콕콕 찌르는 소리만 들렸다.

"거절을 당한다!" 군수가 나직하게 중얼거렸다. "나는 아무것도 두렵지 않소." 이렇게 소리 높여 말했다. "그런데 그러면 어떡하지요?"

"그러면," 스코브로네크가 말했다. "한가지 방법이 있기는 한데, 약간 엉뚱해서요. 이 수가 머리에 스치기는 하지만, 제가 봐도 너무 현실성이 없군요. 당신의 경우라면 안될 것도 없다고 생각되기도 하고요. 제가 당신이라면 곧바로 찾아가겠습니다, 노인에게, 황제에게 곧장 가겠단 말입니다. 이건 돈만 걸린 사건이 아닙니다. 더 큰 위험은, 숨김없이 말씀드리는 것을 용서하십시오, 아드님이 군대에서, 군대에서," — '쫓겨나는 것입니다'라고 스코브로네크는 말하려 했다. 하지만 "전역해야 하는 것입니다!"라고 말을 바꿨다.

스코브로네크는 이 말을 마치자마자 부끄러움을 느꼈다. 그래서 이렇게 덧붙였다. "유치한 아이디어일지도 모르겠습니다. 이 아이디어를 말하는 순간 우리가 불가능한 일을 하려고 머리 굴리는 두 소년 같다는 생각이 들었습니다. 우리는 이렇게 나이도 많이 들었고 걱정도 많은데, 이런 철없는 아이디어를 내놓다니. 용서하십시오!"

폰 트로타 씨같이 순진한 사람에게는 의사 스코브로네크의 생각이 전혀 유치해 보이지 않았다. 폰 트로타 씨는 서류를 작성하거나 서명할 때에도, 사무관이나 심지어 치안대 상사 슬라마에게 아무리 하찮은 지시를 내릴 때에도, 항상 황제의 팔이 힘을 미치고 있음을 느꼈다. 황제가 카를 요제프와 대화를 나눴던 것도 지극히 당연한 일이었다. 쏠페리노의 영웅은 황제를 위해 피를 흘렸으며, 카를 요제프도 불온 난동 '분자들' 및 '성분들'에 맞서 싸움으로써 비슷한 희생을 했다고 말할 수 있었다. 폰 트로타 씨의 순진한 생각에 따르면 폐하의 공복이 프란츠 요제프를 찾아가 의탁하는 것은 아이가 어려움에 처하면 아버지를 찾는 것과 마찬가지이며, 황제의 은총을 악용하는 것이 아니었다. 늙은 트로타가 다음과 같이 말했을 때, 의사 스코브로네크는 너무 놀라 군수가 제정신인지 의심스러워지기 시작했다.

"훌륭한 아이디어요, 의사, 세상에 이보다 쉬운 일은 없을 거요."

"그렇게 쉬운 일이 아닙니다!" 스코브로네크가 말했다 "시간도 많지 않습니다. 이틀 안에 사적 알현을 하는 것은 불가능합니다."

군수는 의사의 말이 옳다고 생각했다. 폰 트로타 씨가 빈터니크에게 먼저 찾아가야 한다는 데 두 사람은 의견을 같이했다.

"거절을 당하더라도!" 군수가 말했다.

"거절을 당하더라도!" 의사 스코브로네크가 따라 말했다.

군수는 폰 빈터니크 씨를 만나러 바로 출발했다. 영업마차를 타고 갔다. 점심시간이었다. 자신은 아무것도 먹지 않았다. 까페 앞에 마차를 세우게 하고 꼬냑을 한잔 마셨을 뿐이었다. 자신이 매우 실례되는 일을 하고 있다고 생각했다. 늙은 빈터니크의 식사를 방해하게 될 것이다. 하지만 시간이 없다. 오늘 오후에는 결정을 내려야 한다. 모레는 황제에게 찾아갈 것이다. 다시금 마차를 세운다. 우체국에서 내려서 힘차게 손을 놀려 카를 요제프에게 보낼 전보를 쓴다. '처리 완료. 안녕하길, 부친.' 군수는 모든 일이 잘될 것이라고 믿는다. 돈을 구할 수 없을지 모르지만, 트로타 가문의 명예가 훼손되는 일은 더더욱 없을 것이다. 그렇다, 군수는 자신의 아버지인 쏠페리노의 영웅의 영혼이 자신을 지켜주고 지켜볼 것이라고 믿어 마지않는다. 꼬냑이 늙은 가슴속을 따뜻하게 덥혀준다. 가슴이 뛰는 게 빨라진다. 하지만 군수는 매우 차분하다. 빈터니크의 저택 입구에서 마부에게 차비를 지불하고 손가락 하나를 들어 상냥하게 경례를 붙인다. 아랫사람들에게는 늘 이렇게 인사하기를 좋아한다. 하인에게도 사근사근 미소 짓는다. 모자와 지팡이를 손에 들고 기다린다.

폰 빈터니크 씨가 왔다. 작달막하고 피부가 누르께했다. 군수에게 메마른 손을 내밀고서 넓은 안락의자에 털썩 주저앉아 초록색 쿠션에 묻히다시피 했다. 멀건 눈으로 커다란 창문을 바라봤다. 눈에 눈빛이 살아 있지 않았다. 아니, 눈이 눈빛을 숨겼다. 빈터니크의 눈은 흐릿한 낡은 거울이었다. 군수는 거기에 작게 얼비친 자신의 모습만을 볼 수 있었다. 말은 생각했던 것보다 술술 잘 나왔다. 군수는 정중한 사과로 말을 꺼냈다. 방문을 미리 알릴 수 없었던 까닭을 설명했다. 그러고선 이렇게 말했다. "폰 빈터니크 씨, 저는 노인입니다." 이 말을 할 생각이 전혀 없었었다. 빈터니크의 누렇고 주름진 눈꺼풀이 몇번 열렸다 닫혔다. 군수는 자신이 늙고 뼈만 남은 새에게 말하고 있다는 느낌을 받았다. 인간의 말을 알아듣지 못하는 새였다.

"매우 유감이구려!" 그럼에도 폰 빈터니크 씨는 이렇게 말했다. 매우 나직이 말했다. 목소리에 울림이 없었다. 눈에 눈빛이 없는 것과 비슷했다. 말을 하는 게 숨을 내쉬는 듯했다. 그러면서 놀랄 만큼 옹골진 치열을 내보였다. 넓적하고 누런 치아들이 말을 가두고 지키는 다부진 창살들처럼 보였다.

"정말 유감이구려!" 폰 빈터니크 씨가 다시 한번 말했다. "현금이 전혀 없소이다!"

군수는 벌떡 몸을 일으켰다. 빈터니크도 바로 일어났다. 작달막하고 누르께하게 군수 앞에 서 있었다. 수염 없는 얼굴로 은색 구레나룻을 마주하고 있었다. 폰 트로타 씨는 키가 자라고 있는 듯싶었다. 키가 크는 것이 스스로에게 느껴졌다. 자존심이 무너졌는가? 그렇지 않았다. 굴욕을 느꼈는가? 천만의 말이었다. 군수는 쏠페리노의 영웅의 명예를 구해야 했다. 쏠페리노의 영웅이 황제의 생명을 구해야 했던 것이나 마찬가지였다. 손 벌리러 온 것은 그다지 끔찍한 일이 아니었다! 난생처음 폰 트로타 씨의 가슴속은 업신여김으로, 절로 솟는 업신여김으로 가득 찼다. 빈터니크를 내려다보며 자존심을 치세웠다. 군수는 작별인사를 했다. 늙은 관료의 도도한 비음이 목소리에 섞였다. "이만 가겠소, 폰 빈터니크 씨!" 군수는 걸어나갔다. 꼿꼿이, 느릿느릿, 은색 수염을 매우 점잖게 빛내며, 빈터니크의 저택에서 읍으로 통하는 기나긴 가로수길을 지났다. 길은 텅 비어 있었다. 참새들이 폴짝거리고, 지빠귀들이 우짖고, 푸른 밤나무들이 군수가 걷는 길섶에 늘어서 있었다.

집에 돌아와 군수는 오랜만에 책상의 은종을 흔들었다. 종소리가 딸랑딸랑 온 집 안에 빠르게 울려퍼졌다. "여보게," 폰 트로타 씨는 히르슈비츠 양에게 말했다. "반시간 안에 내 트렁크를 싸주게. 제복, 챙 접힌 삼각예모, 긴 칼, 연미복, 하얀 넥타이를 챙겨줘! 반시간 안에!" 시계를 꺼내어 뚜껑을 딱 하고 열었다. 팔걸이의자에 앉아 눈을 감았다.

옷장에 군수의 예복이 들어 있었다. 다섯개의 걸이에 연미복, 조끼, 바지, 챙 접힌 삼각예모, 긴 칼이 걸려 있었다. 제복이 한점 한점 옷장을 떠났다. 제 발로 걸어나오는 듯했다. 여집사의 조심스러운 손이 이 제복들을 나르는 것이 아니라 뒤따르는 것 같았다. 갈색 아마포 보호 커버를 씌운 군수의 커다란 트렁크가 아가리를 벌리고, 바스락거리는 박엽지들에 제복을 한점 한점 받아들였다. 긴 칼은 가죽 케이스에 다소곳이 들어갔다. 하얀 넥타이는 돌돌 말려 보들보들한 종이 베일에 싸였다. 하얀 장갑은 조끼 안감 속으로 쏙

숨었다. 트렁크가 닫혔다. 히르슈비츠 양이 나와 준비가 끝났다고 알렸다.

군수는 빈으로 갔다.

폰 트로타 씨는 저녁 늦게 도착했다. 하지만 도와줄 관료들을 만나려면 어디로 가야 하는지 잘 알았다. 관료들이 사는 집과 관료들이 가는 까페를 훤히 꿰뚫었다. 정부 이사관 스메칼, 궁정 이사관 폴라크, 경리 수석 이사관 폴리처, 시자치회 의장 부슈, 주행정청 이사관 레슈니크, 경찰 이사관 푹스, 이 사람들 말고도 여러 다른 사람들이 이날 밤 기묘한 행색으로 찾아온 폰 트로타 씨를 만났다. 누구나 군수가 자신과 동갑내기인데도 몰라보게 늙어버렸다고 걱정스럽게 생각했다. 군수가 자신들보다 훨씬 나이 들어 보였기 때문이다. 그렇다, 받들어모셔야 할 인물처럼 보여서 자네라고 부르기가 망설여질 정도였다. 군수는 이날 밤 동에 번쩍 서에 번쩍 많은 장소에 모습을 나타냈다. 유령을 연상시켰다. 구시대와 옛 합스부르크 제국의 유령인 듯 보였다. 역사의 망령 같았다. 군수가 털어놓는 생각은, 다시 말해 이틀 안에 황제와의 사적 알현을 성사시키려는 계획은 매우 엉뚱하게 들리기는 했지만, 일찍 늙어버려 날 때부터 노인이었던 듯 보이는 폰 트로타 씨 자신만큼 기이하게 느껴지지는 않았다. 차츰 관료들은 군수가 하려는 일이 마땅하며 당연하다고 생각하게 됐다.

몬떼누오보가 이끄는 궁정의전실에는 구스틀이란 행운아가 근무했다. 누구나 구스틀을 부러워했으나, 노황제가 죽고 프란츠 페르디난트가 황위에 오르면 구스틀의 영화가 치욕으로 끝나리라는 것도 잘 알았다. 다들 그날이 오기를 기다렸다. 하여튼, 구스틀이, 누구하고나 트고 지내는 평범한 집안 태생의 이자가, 시험 볼 때마다 늘 세번째 줄 왼쪽 구석에 앉아 남들이 불러주는 답을 받아적던 이자가, 삼십년 전부터 '행운'을 얻을 때마다 시샘하는 입방아를 뒤에 달고 다녔던 이자가 아내를 맞았는데, 그게 누군가 하면 푸거가家의 딸이었다. 구스틀은 귀족칭호를 받고 궁정의전실에 들어왔다. 이제 성姓도 하셀브루너가 아니라 폰 하셀브루너가 됐다. 업무는 간단했다. 다른 관료들은 모두 견디기 힘들고 얽히고설킨 사안을 처리해야 했으나, 구스틀의 일은 식은 죽 먹기였다. 하셀브루너! 이자만이 뭔가를 해낼 수 있었다!

이튿날 아침 9시에 군수는 궁정의전실의 하셀브루너 사무실을 찾아갔다. 하셀브루너는 출장을 떠났으며 아마 오늘 오후에 돌아올 것이라는 말을 들었다. 어제 만나지 못했던 스메타나가 때마침 지나가는 것을 보았다. 스메타나는 늘 그렇듯 사정에 밝고 눈치가 빨라 어떻게 해야 좋을지 잘 알았다. 하셀브루너가 출장을 갔더라도 그 옆 사무실에 랑이 있다고 말했다. 랑은 친절한 사람이라고 알려줬다. 이렇게 하여 군수는 이 사무실 저 사무실로 쉴 새 없이 돌아다니게 됐다. 군수는 오스트리아-헝가리 제국 수도 빈의 관청에 통용되는 비밀법칙을 전혀 모르다가 이제야 그 맛을 보게 됐다. 이 법칙에 따르면 사환들은 군수가 명함을 꺼내기 전에는 툴툴거리다가, 군수의 지위를 알게 되자마자 굽실거렸다. 높은 관료들은 누구든 군수를 충심으로 예우했다. 누구 할 것 없이 처음 십오분 동안에는 경력을 걸고, 심지어 목숨까지 걸고 군수에게 간이라도 빼줄 듯했다. 다음 십오분 동안에는 눈빛이 흐려지고 얼굴이 늘어졌다. 괜한 소리를 했다는 후회가 들며 돕고 싶은 마음이 얼어붙었다. 누구나 이렇게 말했다. "다른 일이라면, 기꺼이 도와드리겠습니다만! 하지만 트로타 남작님, 우리 같은 사람으로선, 글쎄요, 군이 이런 말씀을 드리지 않아도 잘 아시겠지만.” 이와 비슷한 변명들이 눈썹 하나 까딱 않는 폰 트로타 씨 귀를 스쳤다. 군수는 회랑과 안뜰을 지나 4층으로, 5층으로 올라갔다가, 2층으로, 1층으로 되돌아왔다. 그러고선 하셀브루너를 기다리기로 마음먹었다. 오후까지 기다린 끝에 하셀브루너가 사실은 출장을 간 것이 아니라 집에 머물러 있었다는 것을 알게 됐다. 군수는 트로타 가문의 명예를 구해야 한다는 일념에 사로잡힌 투사처럼 하셀브루너의 집으로 밀고 들어갔다. 여기서 드디어 희망이 어렴풋이나마 보이기 시작했다. 하셀브루너와 늙은 폰 트로타 씨는 함께 이 사람 저 사람 찾아다녔다. 몬떼누오보의 행방을 수소문하기 위해서였다. 마침내 저녁 6시에 몬떼누오보의 한 친구가 어느 제과점에 앉아 있는 것을 찾아냈다. 군것질을 좋아하고 성격이 명랑한 제국 고위관료들이 때때로 오후를 보내는 곳이었다. 군수는 자신의 생각은 이룰 수 없다는 말을 오늘 열다섯번이나 들었다. 하지만 눈썹 하나 까딱하지 않았다. 지긋한 나이의 은색 수염을 점잖게 빛냈다. 아들이 어려움에 빠져 가문의 명예를 더럽힐지 모른다고 말할 때는 왠지 기이하고 왠지 미친 듯하면서 결연했다. 잊힌 아버지를 쏠페리노의 영웅이라고만 부르고 황제를 폐하라고만 부르는 모습은 엄숙했다. 때문에 폰 트로타 씨의 계획은 이 말을 듣는 사람들에게 마땅하며 당연하다고까지 차츰 느껴지게 됐다. 이도 저도 안되면, W군에서 온 군수는 이렇게 말했다, 폐하의 늙은 공복이자 쏠페리노의 영웅의 아들인 자신은 황제가 오전마다 쇤브룬 궁전으로부터 호프부르크 궁전으로 갈 때 타는 마차에 나슈마르크트 시장[49]의 여느 장사치처럼 몸

49 빈의 제6구 마리아힐프에 있는 시장으로 과일, 야채, 빵, 생선, 고기 등이 주로 거래된다.

을 던지겠다. 자신이, 군수 프란츠 폰 트로타가 모든 일을 해결해야 했다. 군수는 황제의 도움을 빌려 트로타 가문의 명예를 구해야 한다는 임무에 너무 도취된 나머지, 이 사건 전체를 아들의 불상사라고 나름대로 일컬으며, 그 해결을 통해 자신의 한평생이 참된 의미를 얻는 듯 생각했다. 그렇다, 이 일을 통해서만 자신의 인생이 의미를 얻었다.

의전을 깨뜨리기는 힘들었다. 관료들은 군수에게 이 사실을 열다섯번이나 일러줬다. 군수는 아버지인 쏠페리노의 영웅도 의전을 어겼다고 대답했다. "손으로 폐하의 어깨를 붙잡고 이렇게 내리눌렀습니다!" 군수는 말했다. 관료들이 요란스럽게 수선 피우는 데 넌더리 내며 벌떡 일어서서, 그 장면을 설명해주기 위해 어느 관료든 어깨를 붙들고 역사적 생명구조를 당장 그 자리에서 실연해 보이려 했다. 아무도 미소 짓지 않았다. 관료들은 의전을 피할 수 있는 방법을 궁리했다.

군수는 문구점에 가서 규정에 맞는 사무용지 한장, 잉크 한 병, 아울러 상표 강철 펜 한 자루를 샀다. 폰 트로타 씨는 글씨를 쓸 때는 이 펜만을 사용했다. 손을 날래게 움직이기는 했으나 '가는 획과 굵은 획'의 법칙을 엄격히 준수하는 평소의 필체로, 오스트리아-헝가리 제국의 신의 사도 황제 폐하에게 규정에 따라 청원서를 작성했다. 이 일이 '선처'되리라는 것을 단 한순간도 의심하지 않았다. 정확히 말하면, 단 한순간도 의심하려는 마음을 품지 않았다. 군수는 한밤중에라도 몬떼누오보를 흔들어 깨울 기세였다. 폰 트로타 씨는 이날 하루를 보내며, 아들의 일이 쏠페리노의 영웅의 일이 됐으며, 궁극적으로는 황제의 일이, 어떤 의미에서는 조국의 일이 됐다는 생각을 품었다. 군수는 W군을 떠나온 뒤 거의 아무것도 먹지 않았다. 여느 때보다 더 여위어 있었고, 친구 하셀브루너 눈에는 쉰브룬 동물원에서 기르는 이국적 새처럼, 합스부르크가의 얼굴을 동물을 통해 다시 보여주기 위해 자연이 창조한 새처럼 느껴졌다. 그렇다, 황제의 얼굴을 아는 사람이라면 군수를 보고 누구나 프란츠 요제프를 떠올렸다. 빈의 관료들은 군수처럼 결심이 단호한 사람을 겪어본 적이 없었다! 이 관료들은 제국의 훨씬 중대한 사안들도 수도의 까페에서 가벼운 농담이나 주고받으며 처리해버리는 데 습관이 들어 있었기 때문에, 늙은 폰 트로타 씨는 지리적으로 먼 지방이 아니라 역사적으로 먼 시대에서 솟아난 인물로 비쳤다. 조국의 역사의 유령이었고, 애국적 양심이 내리는 경고의 화신이었다. 언제든 농담을 하려 들고 자신들의 몰락의 징후마저 다 농담거리로 삼으려는 태도가 한시간 동안 수그러들었다. '쏠페리노'라는 명칭이, 오스트리아-헝가리 제국의 몰락을 처음으로 예고한 전투의 명칭이, 관료들을 몸서리치고 소스라치게 만들었다. 이들은 이 기이한 군수의 모습을 바라보고 장광설을 들으며 벌벌 떨었다. 아마 죽음의 숨결을 벌써 느꼈기 때문일 것이다. 죽음은 몇달 뒤면 이들 모두를 붙들 것이었다, 목덜미를 움켜잡을 것이었다! 관료들은 죽음의 싸늘한 숨결을 목덜미에 느끼고 있었다!

폰 트로타 씨는 아직 사흘의 시간이 있었다. 하룻밤을 잠도 자지 않고 먹지도 않고 마시지도 않고 보낸 덕택에 금과옥조같이 지키던 의전을 깨뜨리는 데 성공했다. 쏠페리노의 영웅의 이름을 오스트리아 초등 및 중등학교의 역사책이나 독본에서 이제 찾아볼 수 없듯, 쏠페리노의 영웅의 아들의 이름도 몬떼누오보의 의전기록에 실려 있지 않다. 몬떼누오보 자신과 프란츠 요제프의 최근 사망한 시종을 제외하고는 황제가 어느날 아침 이슐로 출발하기 바로 진에 군수 프란츠 폰 트로타 남작을 접견했다는 사실을 아는 사람은 세상에 아무도 없었다.

드디어 새벽이 밝았다. 군수는 예복의 매무새를 다듬으며 간밤을 새웠다. 창문은 열어두었다. 밝은 여름밤이었다. 이따금 창가로 다가갔다. 단잠 자는 도시의 숨소리가 들렸고 저 멀리 농가에서 수탉 우는 소리가 났다. 군수는 여름의 숨결 냄새를 맡았다. 밤하늘의 구름 사이로 빛나는 별들을 바라봤다. 순찰 경관의 뚜벅거리는 걸음 소리를 들었다. 새벽을 기다렸다. 거울 앞에 열번째 서서 제복 목깃 귀퉁이 위의 하얀 나비넥타이 매듭을 매만지고, 연미복의 금색 단추들을 하얀 모시 손수건으로 다시 한번 닦아내고, 긴 칼의 황금색 자루에 윤을 내고, 신발을 솔질하고, 구레나룻을 빗질하고, 대머리에 듬성듬성한 머리털이 자꾸 솟으며 돌돌 말리는 것 같아 빗으로 빗어넘기고, 연미복 자락을 다시금 솔질했다. 챙 접힌 삼각 예모를 손에 들었다. 거울 앞에 서서 되풀이해 말했다. "폐하, 신의 아들에게 은총을 베풀어주소서!" 거울을 들여다보니 구레나룻 양 갈기가 들썩이고 있었다. 무엄하게 보인다고 생각했다. 구레나룻은 흔들리지 않고 말은 똑똑히 들리도록 문장을 말하기 시작했다. 전혀 피곤을 느끼지 못했다. 강가를 찾아가듯, 다시금 창으로 다가갔다. 고향으로 가는 배를 기다리듯, 새벽을 동경하며 기다렸다. 그렇다. 군수는 황제를 그리워했다. 새벽빛이 하늘을 희붐하게 밝히고, 샛별 빛이 사그라지고, 새들이 어리둥절한 목소리로 해돋이를 알릴 때까지, 창에서 떠나지 않았다. 그러고선 방의 불을 껐다. 방문 손잡이를 돌렸다. 이발사를 불렀다. 연미복을 벗었다. 앉았다. 면도를 시켰다. "두번씩," 잠이 덜 깬 젊은 남자에게 말했다. "결을 거슬러서!" 이제 은색 구레나룻 양 갈기 사이에서 턱이 파르스름하게 빛났다. 명반석을 바르니 목이 아렸다. 파우더로 쓰라림을 가라앉혔다. 알현은 8시 30분에 예정되어 있었다. 다시금 검은색-초록색 연미복에 솔질을 했다. 거울 앞에서 되풀이해 말했다. "폐하, 신의 아들에게 은총을 베풀어주소서!" 그러고선 문을 닫았다. 계단을 내려갔다. 아직 모두 자고 있었다. 하얀 장갑을 벗고 손가락을 펴고 가죽같이 뻣뻣한 피부를 쓰다듬고, 2층과 3층 사이 층계참에서 다시 한번 잠시 거울 앞에 멈춰 자신의 옆모습을 비추어봤다. 그러고선 조심스럽게 발끝으로만 계단을 밟아 붉은색 카펫이 깔린 층계를 내려오면서, 은색 수염을 점잖게 빛내고, 파우더와 오드꼴로뉴 향기, 코를 찌르는 구두약 냄새를 풍겼다. 수위가 몸을 숙여 절을 했다. 이두마차가 회전문 앞에 멈춰 있었다. 군수는 영업마차의 쿠션의자를 손수건으로 훔치고 앉았다. "쇤브룬으로!" 이렇게 말했다. 영업마차를 타고 가는 내내 안에서 꿈쩍 않고 앉아 있었다. 말발굽이 방금 물을 뿌려놓은 포장길을 경쾌하게 밟았고, 서둘러 빵을 배달하던 하얀 옷 소년들이 걸음을 멈추고 퍼레이드라도 구경하듯 마차를 눈으로 좇았다. 폰 트로타 씨가 황제에게 달려가는 모습은 퍼레이드의 하이라이트처럼 보였다.

군수는 쇤브룬에서 적당히 떨어졌다고 생각한 곳에 마차를 세웠다. 검은색-초록색 연미복 양쪽 허리께 눈부시게 빛나는 장갑을 바짝 붙이고, 반짝이는 부츠에 가로수길 먼지가 앉지 않도록 한 발 한 발 조심스레 내디디며, 쇤브룬 궁전의 곧은길을 걸어올랐다. 아침을 맞은 새들이 공중에서 지저귀고 있었다. 라일락과 자스민 향기가 군수를 휘감았다. 하얀 밤나무 꽃송이에서 꽃잎들이 어깨 여기저기에 떨어졌다. 군수는 손가락 두개를 오므려 꽃잎들을 튕겨냈다. 완만한 층계를 천천히 걸어올랐다. 계단들이 아침 햇살을 반아 하얗게 빛났다. 보초가 경례를 했다. 군수 폰 트로타는 궁전으로 들어섰다.

군수는 기다렸다. 규정에 따라 궁정의전실의 한 관리가 복장을 검사했다. 연미복, 장갑, 바지, 부츠, 어느 것 하나 나무랄 데가 없었다. 폰 트로타 씨에게서는 티끌만 한 흠도 찾아볼 수 없었다. 군수는 기다렸다. 폐하의 서재 앞 넓은 대기실에서 기다렸다. 대기실의 높다란 아치창문 여섯개에는 아침햇살을 막느라 아직 커튼이 쳐져 있었다. 하지만 창문들은 이미 열려 있었다. 이 창문들을 통해 초여름이 흐드러지게 밀려들었다. 모든 달콤한 향기와 쉰브룬에 깃든 새들의 온갖 아름다운 노랫소리가 흘러들었다.

군수는 아무 소리도 듣지 못하는 것 같았다. 의전실 관리도 보지 못하는 듯싶었다. 관리는 황제 알현객의 복장을 점검하고 행동지침을 일러주는 은밀한 임무를 맡고 있었다. 군수의 은색 수염이 다가가기 힘들 만큼 점잖게 빛나는 데 기가 죽었는지, 지시를 하려다 말고 입을 다물었다. 황금색 테두리가 둘러진 커다란 하얀색 문 양쪽에 체격 좋은 보초 두명이 생명 없는 입상처럼 서 있었다. 중앙에만 불그레한 카펫이 깔려 있는 황갈색 마룻바닥에 폰 트로타 씨의 하반신이, 검은색 바지가, 칼집의 도금된 끝이, 연미복 자락의 흔들리는 그림자가 흐릿하게 얼비쳤다. 폰 트로타 씨가 일어섰다. 머뭇머뭇 소리없이 카펫 위를 걸었다. 가슴이 두근거렸다. 하지만 마음은 차분했다. 황제를 알현하기 오분 전인 이 순간, 폰 트로타 씨는 자신이 여러해 전부터 여기 드나들었으며, 모라비아의 W군에서 어제 일어난 사건에 대해 아침마다 프란츠 요제프 1세에게 직접 보고를 해온 듯한 기분이 들었다. 폰 트로타 씨는 황제의 궁전이 매우 아늑하게 느껴졌다. 손가락을 빗 삼아 구레나룻을 다시 한번 빗어야 할 것 같은데 하얀 장갑을 벗을 만한 겨를이 없다는 생각 때문에 약간 거북했을 뿐이었다. 폰 트로타 씨는 황제의 어느 대신보다도, 심지어 궁정의전 대신보다도, 여기를 푸근하게 느꼈다. 때때로 바람이 불어와 높다란 아치창문에 걸려 햇빛에 노랗게 젖은 커튼이 펄럭거렸다. 커튼이 들춰진 틈새로 여름의 초록색 한 자락이 군수의 시야에 얼핏 들어왔다. 새들은 점점 더 큰 소리로 지저귀었다. 정오가 왔다고 지레 믿은 미련한 왕파리 서너마리가 윙윙거렸고, 여름날의 더위도 시나브로 느껴지기 시작했다. 군수는 대기실 한가운데 섰다. 오른손으로는 챙 접힌 삼각예모를 허리께 붙이고, 하얀색 장갑을 낀 왼손으로는 황금색 칼자루를 쥐고, 얼굴로는 황제가 앉아 있는 서재 문을 물끄러미 바라봤다. 그렇게 이분쯤 서 있었다. 저 멀리 탑시계에서 울리는 황금색 종소리가 열린 창문을 통해 흘러들었다. 갑작스레 여닫이문이 양쪽으로 열렸다. 군수는 고개를 세우고, 조심스럽게, 소리없이, 그러면서도 꿋꿋하게 앞으로 걸어갔다. 허리를 깊이 숙이고 몇초 동안 그 자세로 있었다. 얼굴은 마루를 향하고 머릿속은 아뜩했다. 허리를 일으켰을 때 등 뒤의 문은 닫혀 있었다. 맞은편에 프란츠 요제프 황제가 책상 뒤에 서 있었다. 책상 뒤에 자신의 형이 서 있는 듯하다는 생각이 군수에게 들었다. 그렇다, 프란츠 요제프의 구레나룻은 입언저리에 유난히 누런색이 돌았으나, 다른 데는 폰 트로타 씨의 구레나룻만큼 하얬다. 황제는 장군의 제복을 착용하고, 폰 트로타 씨는 군수의 제복을 입었다. 한 사람은 황제가 되고 한 사람은 군수가 된 두 형제처럼 보였다. 기록에 전혀 남아 있지 않은 폰 트로타 씨의 황제 알현이 이후 인정미 넘치게 진행됐듯, 바로 이 순간 프란츠 요제프가 보여준 행동에도 인간미가 묻어났다. 황제는 코에 콧물이 맺혀 있을까 싶어 바지 주머니에서 손수건을 꺼내 콧수염을 훔쳤다. 서류로 눈길을 돌렸다. 아, 트로타! 황제는 생각했다. 어제 이 갑작스러운 접견의 필요성에 관해 설명을 듣긴 들었지만, 귀담아듣지 않았다. 몇달 전부터 트로타 가문은 끊임없이 자신을 쫓아다녔다. 기동훈련에서 이 가문의 어린 후손을 만났던 것이 기억났다. 어떤 소위였다. 기이할 만큼 핼쑥한 소위였다. 여기 이 사람은 틀림없이 소위의 아버지이겠지! 황제는 쏠페리노 전투에서 자신의 생명을 구한 사람이 소위의 할아버지였는지, 아니면 소위의 아버지였는지 또다시 생각나지 않았다. 쏠페리노의 영웅이 갑자기 군수가 됐나? 아니면 쏠페리노의 영웅의 아들이 군수인가? 황제는 손으로 책상을 짚었다. "트로타여, 무슨 일인가?" 이렇게 물었다. 알현객의 이름을 아는 것을 보여주어 몸 둘 바 모르게 하는 것도 황제의 의무였다. "폐하!" 군수는 이렇게 말하고 다시 한번 허리를 깊이 숙였다. "신의 아들에게 은총을 베풀어주소서!" "아들이 무엇을 하고 있지?" 황제가 물었다. 시간을 벌기 위해서였다. 자신이 트로타 가계를 잘 모른다는 것을 바로 들키고 싶지 않아서였다. "신의 아들은 B국경지역의 총병대에서 소위로 근무하고 있습니다." 폰 트로타 씨가 말했다. "아, 그렇지, 아, 그래!" 황제가 말했다. "지난번 기동훈련 때 본 젊은이로군! 건실한 친구였어!" 자꾸 헷갈리는 듯 이렇게 덧붙였다. "그 젊은이가 내 생명을 아슬아슬하게 구했지. 아니, 그게 자네였나?"

"폐하! 그건 제 아버지, 쏠페리노의 영웅이었습니다!" 군수가 다시 한번 몸을 숙이며 말했다.

"아버지가 지금 나이가 몇인가?" 황제가 물었다. "쏠페리노 전투라, 그 전투에 관한 글이 독본에 들어 있지?"

"그렇습니다, 폐하!" 군수가 말했다.

불현듯 황제는 기이한 대위를 접견했던 것이 또렷이 기억났다. 그 기이한 대위가 자신에게 찾아왔을 당시와 꼭 마찬가지로, 프란츠 요제프 1세는 책상 뒷자리를 떠나 알현객에게 몇 걸음 다가와 말했다. "가까이 오라!"

군수가 다가갔다. 황제는 여위고 떨리는 손을 뻗었다. 푸른 핏줄이 보이고 손가락 마디가 툭툭 튀어나온 노인의 손이었다. 군수는 황제의 손을 잡고 몸을 숙였다. 손에 입을 맞추고 싶었다. 황제의 손을 부여잡고 있어도 좋을지, 황제의 손에 자신의 손을 얹어만 놓아 황제가 언제든 손을 뺄 수 있도록 해야 할지 가늠할 수 없었다. "폐하!" 군수는 세번째 되풀이해 말했다. "신의 아들에게 은총을 베풀어주소서!"

두 사람은 두 형제 같았다. 이 순간 두 사람을 처음 본 사람이라면, 두 형제라고 여기고도 남았을 것이다. 하얀색 구레나룻, 처진 좁은 어깨, 비슷한 몸집은 두 사람에게도 거울에 비친 자신을 마주하고 있는 듯한 인상을 불러일으켰다. 한 사람은 자신이 군수로 변신했다고 생각했다. 다른 한 사람은 자신이 황제로 변모했다고 생각했다. 황제의 왼쪽에, 폰 트로타 씨의 오른쪽에 서재의 커다란 창문 두개가 있었다. 햇빛에 노랗게 젖은 커튼이 아직 쳐져 있었지만 이 창문들도 이미 열려 있었다. "오늘 날씨가 좋구나!" 갑자기 황제가 말했다. "오늘 날씨가 정말 좋습니다!" 군수가 말했다. 황제가 왼손으로 창문 쪽을 가리키자, 군수가 오른손을 같은 방향으로 뻗었다. 황제는 거울에 비친 자신을 보고 있는 듯한 느낌이 들었다.

황제는 이슐로 출발하기 전에 할 일이 많이 남았다는 생각이 퍼뜩 떠올랐다. 이렇게 말했다. "좋아! 다 처리됐네! 아들이 무슨 일을 저질렀나? 채무가 있나? 다 처리됐네! 아버지에게 안부 전해주게나!"

"아버지는 돌아가셨습니다, 폐하!" 군수가 말했다.

"아, 그렇지!" 황제가 말했다. "유감일세, 유감이야!" 황제는 쏠페리노 전투를 회상하는 데 빠져들었다. 책상으로 돌아가 앉아서 초인종 단추를 눌렀다. 군수가 고개를 숙이고 칼자루를 왼쪽 허리께 대고 챙 접힌 삼각예모를 오른쪽 허리께 붙이고 나가는 것이 더는 보이지 않았다.

새들의 아침 노랫소리가 방을 가득 채웠다. 황제는 새들을 신이 총애하는 피조물로 높이 평가했지만, 가슴속 깊이에서는 예술가들을 불신하듯 새들에게 막연한 의심을 품고 있었다. 최근 몇해 동안 경험에 따르면, 새들이 지저귀고 나면 으레 건망증이 도졌다. 때문에 서류에 '트로타 건'이라고 부랴부랴 적어넣었다.

그러고선 궁정의전 대신의 조례를 기다렸다. 시계가 9시를 쳤다. 대신이 들어왔다.

19

트로타 소위가 연루된 난처한 사건은 쉬쉬 불문에 부쳐졌다. 초글라우어 소령이 이렇게 말했을 뿐이었다. “자네 건은 최고위층이 수습했네. 자네 아버님이 돈을 부쳤네. 더는 거론하지 말기로 하세.” 트로타는 이 말을 듣고 아버지에게 편지를 썼다. 명예를 더럽힐 뻔한 위험을 최고위층이 막아줬다고 보고했다. 뻔뻔스러울 만큼 오랫동안 아무 소식도 전하지 않고 군수의 편지에 답장도 하지 않은 데 대해 용서를 빌었다. 소위는 가슴이 벅차고 뭉클했다. 느꺼운 마음을 글로 옮기려 애썼다. 어휘가 부족하여 뉘우침, 서글픔, 그리움을 표현할 길이 없었다. 괴로운 작업이었다. 편지에 서명을 하려는 참에 ‘곧 휴가를 신청하여 찾아뵙고 용서를 구하려고 합니다’라는 문장이 떠올랐다. 이 운 좋게 생각해낸 문장을 추신으로 덧붙이자니 격식에 맞지 않았다. 소위는 별수없이 처음부터 다시 쓰기 시작했다. 한시간이 걸렸다. 새로 쓴 덕에 편지가 격식을 갖추어 보기 좋아졌다. 이로써 모든 일이 처리됐다. 모든 역겨운 일들이 해결됐다. 자신의 '엄청난 행운'에 스스로 깜짝 놀랐다. 쏠페리노의 영웅의 손자는 늙은 황제에게 언제 어디서나 기댈 수 있는 것이었다. 아버지가 돈이 있다는 사실이 이제 밝혀진 것도 자못 기뻤다. 군대에서 내쫓길 위험을 피했으니 이제 자원전역을 하고, 빈에서 폰 타우시히 부인과 동거하고, 어쩌면 국가관료가 되고, 양복을 입을 수 있을 것이었다. 빈에 가지 않은 지 오래됐다. 부인으로부터 아무 소식이 없었다. 부인이 보고 싶었다. 구십도를 한 잔 마시자, 더욱 보고 싶었다. 그리움에 젖어들자 어느새 눈물이 맺혔다. 요즘에는 걸핏하면 눈물이 쏟아졌다. 트로타 소위는 자신의 성공작이라 할 수 있는 편지를 다시 한번 흐뭇하게 바라보고서 봉투에 집어넣고 즐거운 마음으로 주소를 썼다. 뒤풀이를 위해 구십도를 주문했다. 브로드니처 씨가 손수 화주를 가져다주며 이렇게 말했다.

"카프투라크가 사라졌습니다!"

의심할 나위 없이, 운 좋은 날이었다! 소위에게 늘 최악의 순간을 생각하게 만들지도 모를 작달막한 남자마저 눈앞에서 없어졌다.

"왜요?"

"그냥 추방됐습니다!"

그렇다, 프란츠 요제프의 팔은, 황제의 코에 반짝이는 콧물을 매달고 트로타 소위와 이야기를 나눴던 노인의 팔은, 이런 데까지 힘을 미치고 있었다. 쏠페리노의 영웅에 대한 기억은 이런 일에까지 영향을 미치고 있었다.

군수의 알현이 있은 지 한주 뒤에 카프투라크는 추방됐다. 상부에서 눈만 찡긋했는데도 행정관청들은 브로드니처의 카지노도 폐쇄했다. 예들리체크 대위는 더이상 입에 오르내리지 않았다. 조용히 수수께끼처럼 망각에 파묻혀, 저세상에서 돌아올 수 없듯 망각에서 빠져나오지 못했다. 대위는 오스트리아-헝가리 제국의 군구치소로, 오스트리아의 '납 감방'[50]으로 스러져버렸다. 때로 대위의 이름이 떠오르려 하면 장교들은 훠이 쫓아버렸다. 대다수가 만사를 잊고 싶어하는 천성을 타고난 덕택에 어렵지 않게 그럴 수 있었다. 신임 대위가 왔다. 로렌츠라고 했다. 느리고 땅딸하고 사람 좋은 남자였지만, 근무와 복장을 소홀히 하는 버릇을 버리지 못했다. 금지되어 있는 줄 알면서도 언제든 코트를 벗고 당구를 치려고 했다. 짤막하고 드문드문 기운 자국도 있고 땀에 젖은 셔츠 소매가 드러나는 데 아랑곳하지 않았다. 아이는 셋을 두고 있었고 부인은 남편이라면 진저리 쳤다. 대위는 빨리 적응을 했다. 사람들도 대위와 금세 친숙해졌다. 세쌍둥이처럼 닮은 로렌츠의 아이들은 아버지를 부르러 셋이 함께 까페에 왔다. 올로모우츠, 헤르날스[51], 마리아힐프 등지에서 와서 춤을 추는 이런저런 '나이팅게일들'이 차츰차츰 사라져갔다. 까페에서는 한주에 단 두번만 음악을 연주했다. 하지만 음악에는 흥도 신명도 담겨 있지 않았다. 무희들이 없었기 때문에 클래식처럼 들렸고, 연주를 한다기보다는 지난 시절을 슬퍼하고 있는 듯 보였다. 장교들은 술이 들어가지 않으면 다시금 지루함을 느끼기 시작했다. 술을 들이켜면 서글퍼지면서 자신들이 한없이 불쌍해졌다. 여름은 매우 후텁지근했다. 오전 부대훈련 동안 휴식을 두번 취했다. 총기와 병사들은 땀범벅이 됐다. 나팔수들

50 이딸리아 베네찌아의 두깔레 궁전(Palazzo Ducale)에 있는 감옥. 지붕이 납으로 되어 있어서 '납 감방'이라고 불렸으며, 18세기에 까사노바가 갇혔던 곳으로 유명하다.
51 빈의 제17구.

이 부는 트럼펫 소리는 무더운 공기에 막혀 먹먹하고 갑갑하게 들렸다. 얇은 안개가 은색 납으로 만든 너울처럼 하늘을 두루 덮고 있었다. 안개는 늪에도 퍼져 늘 활기차게 울리던 개구리들의 울음마저 내리눌렀다. 버드나무들이 꿈쩍도 하지 않았다. 온 세상이 바람을 기다렸다. 하지만 바람 한점 불지 않았다.

호이니츠키는 올해 고향에 오지 않았다. 모두들 호이니츠키를 못마땅하게 여겼다. 여름마다 초청공연을 하기로 군대와 계약을 맺고는 이를 지키지 않은 연예인이라도 되는 듯했다. 버림받은 듯한 주둔부대 생활에 새로운 활력을 불어넣기 위해, 용기병대 대위 초흐 백작은 성대한 여름축제를 열자는 기막힌 아이디어를 냈다. 이 착상을 기발하다고 말할 수밖에 없는 까닭은 이 축제를 연대 창설 백주년 기념제의 리허설로 삼을 수 있었기 때문이었다. 용기병 연대 백주년 기념일은 한해 뒤에 찾아올 것이지만, 용기병들은 꼬박 구십구년을 아무 축제도 벌이지 않고 참고 견딜 수는 없는 노릇이었다. 어느 누구 할 것 없이 이 착상이 기발하다고 말했다. 연대장 페스테티치 대령도 그렇게 말했으며, 이 착상을 처음 한 것은 다름 아닌 자신이라고 착각하기조차 했다. 하기는 대령은 성대한 백주년 기념제 준비를 몇주 전에 시작했었다. 날마다 틈나는 대로 연대 사무실에 들러 공손한 초청장 문안을 받아쓰게 했다. 방계傍系인 탓에 아쉽게도 약간 홀대받고 있기는 하지만 그래도 어엿한 독일제국 소제후小諸侯인 명예 연대장에게 반년 뒤 보낼 초청장이었다. 이 정중한 서한의 문체를 다듬는 데만 두 사람이 필요했다. 페스테티치 대령과 초흐 대위가 그들이었다. 때때로 두 사람은 문체상의 문제에 관해 옥신각신 실랑이를 벌였다. 이를테면 대령은 '그리고 연대는 삼가 바라옵건대'라는 표현이 무방하다고 생각했지만, 대위는 '그리고'는 틀린 것이며 '삼가'도 괜찮다고 할 수 없다고 여겼다. 두 사람은 날마다 두 문장씩 작성하기로 결정했으며, 그런대로 잘 실행했다. 각자 자신의 서기에게, 다시 말해 대위는 병장에게, 대령은 중사에게 받아쓰게 했다. 그런 다음 문장들을 비교했다. 서로 상대방을 입에 침이 마르도록 칭찬했다. 그러고선 대령은 두 초고를 연대 사무실의 커다란 캐비닛에 넣고 잠갔다. 캐비닛 열쇠는 자신만이 가지고 있었다. 대령이 초고들을 집어넣은 곳에는 화려한 퍼레이드와 장교 및 사병 운동시합에 관해 자신이 이미 작성했던 다른 기획안들이 쌓여 있었다. 이 기획안들 바로 옆에 큼지막하고 으스스하고 봉인된 봉투들이 놓여 있었다. 전쟁동원 시 발령될 비밀명령들이 들어 있는 봉투들이었다.

초흐 대위가 기발한 아이디어를 두루 알린 뒤에, 페스테티치 대령과 초흐 대위는 제후에게 보낼 초청장의 문체를 다듬기를 그만두고, 내용이 모두 똑같은 초청장들을 방방곡곡으로 보내는 데 착수했다. 이 초청장들의 짤막한 문안은 문학적 수고를 그다지 들이지 않고도 며칠 안에 완성할 수 있었다. 초대 손님들의 신분과 관련하여 약간 실랑이를 벌였을 뿐이었다. 초흐 백작은 초청장을 신분 순으로 먼저 가장 높은 귀족에게 보내고 뒤이어 다음 높은 귀족에게 발송해야 한다고 여겼으나, 페스테티치 대령은 생각이 달랐다. "모두에게 동시에!" 대령이 말했다. "명령일세!" 페스테티치는 헝가리 최고명문 태생이지만 헝가리인의 피를 물려받아 민주주의적 기질이 있는 탓에 이런 명령을 내리는 것이라고 초흐 백작은 믿어 의심치 않았다. 대위는 이맛살을 찌푸리고 초청장들을 동시에 발송했다.

군적담당 장교가 불려왔다. 예비역 장교들과 퇴직 장교들의 주소를 빠짐없이 들고 왔다. 이 장교들 모두를 초대했다. 그밖에 용기병 장교들의 가까운 친척들과 친구들도 초대했다. 이 친지들에게 백주년 기념제의 리허설이 열릴 것이라고 알렸다. 방계인 탓에 아쉽게도 잘 알려져 있지 않기는 하지만 그래도 어엿한 독일제국 제후인 명예 연대장을 직접 만날 수 있을 것이라고 넌지시 귀띔한 셈이었다. 초대받은 사람들 중에는 명예 연대장보다 오랜 가문 태생도 있었다. 하지만 이 복속제후[52]를 만나는 것을 영광으로 여겼다. '여름 축제'를 제대로 벌이자면 호이니츠키 백작의 작은 숲을 이용하는 게 좋겠다고 결정했다. '작은 숲'은 호이니츠키의 숲 중에서 유별나게 풍치도 좋고 관리도 잘돼 있어 축제를 열기에 안성맞춤으로 보였다. 숲나무들은 어렸다. 키 작고 싱그러운 애솔나무들이 우거지고, 서늘한 그늘이 드리워지고, 평평한 길이 나 있고, 좁다란 빈터 서너 곳은 무도장을 만들기에 더없이 적합할 것 같았다. 그리하여 작은 숲을 임대했다. 그러면서 호이니츠키가 없는 것을 다시 한번 아쉬워했다. 하지만 호이니츠키도 초대했다. 호이니츠키가 용기병 연대 축제 초대에 배겨낼 수 없을 것이며, 페스테티치의 표현에 따르자면 '몇몇 매혹적인 사람을 데리고' 올지도 모른다는 희망을 버리지 않았다. 훌린 씨 부부와 킨스키 씨 부부, 포드슈타츠키 씨 부부와 쇤보른 씨 부부, 알베르트 타실로 라리슈 씨 가족, 키르히베르크 씨 부부, 바이센호른 씨 부부와 바벤하우젠 씨 부부, 제니이 씨 부부, 벤키와 씨 부부, 추셔 씨 부부, 디트리히슈타인 씨 부부

52 신성로마제국에서는 일찍부터 소제후가 황제 직속에서 빠져나와 대제후에 복속되는 일이 있었다. 복속제후 가문은 영토를 잃었지만 통치제후 가문, 다시 말해 유력왕가와 동등한 신분을 보장받았다. 이를테면 왕족과 동등한 신분으로서 다른 왕족과 결혼할 수 있었다.

를 초대했다. 어느 누구 할 것 없이 이 용기병 연대와 어떤 식으로든 관계가 있었다. 초흐 대위는 초대 손님 명단을 다시금 훑어보며 말했다. "어이구 맙소사가 까무러칠!" 이 우스꽝스러운 말을 서너 번 되뇌었다. 이렇게 훌륭한 축제에 총병대대의 꾀죄죄한 장교들을 초대하는 것은 바람직하지 않기는 했지만 어쩔 수 없었다. 보이지 않는 데 처박혀 있으라고 해야겠어! 페스테티치 대령은 생각했다. 초흐 대위도 똑같이 생각했다. 총병대대 장교들에 보내는 초청장을 대위는 병장에게, 대령은 중사에게 받아쓰게 하며, 두 사람은 서로를 분이 치민 눈으로 쏘아봤다. 총병대대를 초대할 수밖에 없게 된 것을 상대방 탓으로 돌렸다. 그러다가 두 사람의 얼굴이 환해진 것은, 트로타 지폴리에 남작이란 이름이 나오면서였다. "쏠페리노 전투." 대령이 지나가듯 말을 던졌다. "아!" 초흐 대위가 말했다. 대위는 쏠페리노 전투가 16세기쯤에 벌어졌을 것이라고 믿었다.

사무실 서기병들은 초록색과 빨간색 종이 꽃줄을 만들었다. 장교 전령들은 '작은 숲'의 가느다란 애솔나무들에 올라타 한 나무에서 다른 나무로 철사들을 매었다. 한주에 세번씩 용기병들은 야외 훈련이 면제됐다. 병영에서 '수업'을 받았다. 높은 신분 손님들을 맞이하는 법을 배웠다. 반개 중대는 요리사에게 임시 배속됐다. 여기서 농촌 출신 병사들은 냄비 닦는 법, 쟁반에 날라 접대하는 법, 포도주 잔 쥐는 법, 꼬치구이를 돌리는 법을 배웠다. 아침마다 페스테티치 대령은 주방, 지하 광, 장교 클럽을 엄격하게 검열했다. 손님들과 어떤 식으로든 마주칠 가능성이 조금이라도 있는 병사들에게는 하얀 실장갑을 지급했다. 사실은 상사들이 마음 내키는 대로 아무 용기병에게나 장갑을 떠맡겼다. 이 성가신 영예를 선사받은 용기병들은 아침마다 대령 눈앞에 하얀 장갑을 낀 손을 내밀고 손가락을 벌려야 했다. 대령은 장갑이 청결한지, 딱 맞는지, 솔기가 튼튼한지 점검했다. 자신 속에 따로 숨겨놓은 태양이 빛을 뿜어내는 듯, 얼굴이 환하게 밝아졌다. 자신의 추진력에 놀라고 우쭐해하고 다른 사람도 이에 맞장구치기를 바랐다. 상상의 나래를 끝없이 펼쳤다. 전에는 주마다 아이디어가 하나만 떠올라도 자못 만족했는데, 이제는 날마다 아이디어를 열개도 넘게 냈다. 축제에 관해서뿐만 아니라 인생의 중대한 문제들, 이를테면 훈련규정, 제복, 심지어 전술에 관해서도 아이디어를 냈다. 이 무렵 페스테티치 대령은 자신이 장군이 되는 것은 시간문제일 뿐이라고 믿어마지않았다.

나무에서 나무로 철사들을 다 매었다. 이제 철사들에 꽃줄들을 달아야 했다. 에멜무지로 꽃줄을 걸어봤다. 대령이 와서 시찰했다. 아무리 생각해도 종이 초롱도 달아야 할 것 같았다. 하지만 안개가 끼고 후텁지근하기만 할 뿐 오랫동안 비가 내리지 않았던 탓에, 뇌우가 언제 올지 알 수 없었다. 때문에 대령은 작은 숲에 이십사시간 보초를 세웠다. 이들의 임무는 뇌우가 닥칠 기미가 조금이라도 보이면 꽃줄과 종이 초롱을 치우는 것이었다. “철사도?” 대령은 대위에게 조심스럽게 물었다. 위대한 인물들은 수하참모들의 충고를 귀담아듣는다는 것을 잘 알고 있었기 때문이다. “철사는 망가질 일이 없습니다!” 대위가 말했다. 그래서 나무에 매단 철사는 놓아두라고 했다.

뇌우는 오지 않았다. 찌는 듯 후텁지근한 날씨만 이어졌다. 한편 어떤 초대 손님들이 불참을 알려와서 까닭을 알아보니 용기병대 축제가 거행될 예정인 일요일에 유명한 귀족 클럽파티가 빈에서 열린다는 것이었다. 다른 초대 손님들은 오직 클럽무도회에서만들을 수 있는 사교계 소식을 알고 싶다는 호기심과 전설에나 나올 듯한 국경지역을 찾아가고 싶다는 모험심 사이에서 마음을 정하지 못하고 있었다. 클럽파티에 간다면 뜬소문도 듣고, 누가 친구이고 누가 사근사근하게 대하고 누가 퉁명스럽게 구는지 알아보고, 도움을 부탁받으면 바로 베풀어주고 도움이 필요하면 이내 얻을 수 있겠지만, 국경지역 축제에서 맛볼 수 있는 이국적 분위기도 이에 못지않게 마음을 끌었다. 몇몇 초대 손님들은 마지막까지 생각해보고 최종결정을 전보로 알리겠다고 약속했다. 이러한 답장들을 받은데다, 전보들이 어떻게 결정했다고 알려올지 막연해지자, 대령은 최근 며칠 동안 키웠던 자신감을 거의 송두리째 잃어버렸다. “재난이야!” 대령은 말했다. “재난입니다!” 대위가 따라 말했다. 두 장교는 고개를 떨구었다.

방을 몇개나 잡아야 할 것인가? 백개? 아니면 오십개만? 어디에? 호텔에? 호이니츠키의 집에? 하지만 호이니츠키는 집에 없고 답장조차 없었다! “호이니츠키, 이 의뭉한 위인 같으니! 저는 이 작자를 믿은 적이 없습니다!” 대위가 말했다. “자네 말이 옳아!” 대령이 맞장구쳤다. 그때 노크 소리가 들리고, 전령이 호이니츠키 백작이 왔다고 알렸다.

“훌륭한 친구로고!” 두 사람이 한목소리로 외쳤다.

두 사람은 손님과 반갑게 인사를 주고받았다. 대령은 자신의 재능이 벽에 부딪쳐 도움이 필요하다고 속으로 느끼고 있었다. 초흐 대위도 자신이 재능이 이미 바닥났다고 여기고 있었다. 두 사람은 손님을 번갈아 얼싸안았다. 한 사람이 포옹하면 다른 사람은 기다렸다. 이렇게 겨끔내기로 각자 세번 포옹했다. 그런 다음 화주를 가져오라고 시켰다.

납덩이같이 무겁던 걱정들이 순식간에 새털같이 가볍고 매력적인 생각들로 바뀌었다. 이를테면 호이니츠키가 "그렇다면 방을 백 개를 잡아놓읍시다. 오십개가 비면, 별수없는 것 아닙니까!"라고 말하자, 두 사람은 입을 모아 외쳤다. "기발해!" 그러고선 다시 한번 이 손님에게 달려들어 뜨겁게 얼싸안았다.

축제가 열리기 바로 전주에 비는 내리지 않았다. 꽃줄들도, 종이 초롱들도 치우지 않았다. 부사관과 네명의 병사가 작은 숲 언저리에 전초前哨처럼 야영하며 서쪽을, 하늘의 적들이 몰려올지 모르는 방향을 염탐했다. 저 멀리에서 우르릉거리는 소리가, 저 먼 곳에서 천둥이 메아리치는 소리가 이따금 들려와 이들을 놀라게 했다. 저녁이 되면 불그레하게 저무는 해를 살포시 품으려는 듯 회청색 안개가 서쪽 지평선에 자욱하게 끼고 창백한 번갯불이 안개 위에서 가끔 번쩍거렸다. 뇌우가 여기서 멀리 떨어진 곳에, 다른 세상처럼 보이는 곳에 쏟아지고 있을지 몰랐다. 하지만 고요한 작은 숲에서는 메마른 바늘잎들과 애솔나무의 말라붙은 껍질들이 버스럭거렸다. 새들은 풀 죽고 졸린 듯 울었다. 나무 사이 무른 모랫바닥이 뜨겁게 달구어져 있었다. 뇌우는 오지 않았다. 꽃줄들은 철사에 매달려 있었다.

금요일에 손님 서너 사람이 도착했다. 미리 전보를 치고 왔다. 당직장교가 마중을 나갔다. 기병대와 총병대 병영 모두에 시간이 갈수록 흥분이 고조됐다. 기병과 총병 들은 브로드니처의 까페에 모여 쑥덕거렸다. 공연스레 조바심만 키울 뿐인 수군거림이었다. 누구도 혼자 있을 수 없었다. 안절부절못하고 다른 사람을 찾을 수밖에 없었다. 속삭거리다보니, 여러해 동안 숨겨왔던 야릇한 비밀들을 어느새 서로 알게 됐다. 서로 속을 터놓고 믿게 되고, 서로 사랑하게 됐다. 다 함께 축제를 기다리며 사이좋게 땀을 흘렸다. 태산처럼 장엄한 축제에 눈길이 가로막혀 지평선에 번쩍이는 번갯불은 보지 못했다. 축제가 기분전환을 시켜줄 뿐만 아니라 인생을 백팔십도 바꿔놓을 것이라고 철석같이 믿었다. 축제가 눈앞에 닥치자 자신들이 벌인 일이 두려워지기 시작했다. 축제는 제 마음대로 사근사근 손짓하기도 하고 겁을 주며 으르기도 했다. 하늘을 밝게도 만들고 어둡게도 만들었다. 장교들은 예복을 솔질하고 다림질했다. 로렌츠 대위조차 요즘에는 당구를 치려 들지 않았다. 남은 군 생활을 여유있고 편안하게 보내려고 결심한 지 오래였으나 마냥 느긋하게 있을 수 없었다. 예복이 잘 손질됐는지 미심쩍은 눈초리로 살펴봤다. 마구간의 서늘한 그늘에서 쉰 지 여러해 지난 굼뜬 짐말이 느닷없이 경주에 참여하게 된 듯 보였다.

마침내 일요일이 왔다. 손님은 쉰네명에 이르렀다. "어이구, 이럴 수가!" 초흐 백작이 서너번 말했다. 자신이 어떤 연대에 근무하는지 잘 안다고 생각했는데, 손님 명단에 오른 쉰네명의 명성이 자자한 이름들을 보니 이 연대를 좀 더 자랑스럽게 여겼더라도 괜찮을 뻔했다는 생각이 들었다. 오후 1시에 훈련장에서 한시간 동안의 퍼레이드로 축제가 개막됐다. 더 큰 규모의 주둔부대에 간청하여 이개 군악대를 차출해놓았다. 군악대들은 작은 숲에 있는 두채의 둥그렇고 벽 없는 목조 정자에서 연주를 했다. 부인들은 천포를 씌운 짐마차에 앉아서, 빳빳한 코르셋 위에 여름 원피스를 걸치고, 마차바퀴만큼이나 큼지막하며 박제 새로 장식한 모자[53]를 쓰고 있었다. 부인들은 더울 텐데도 미소를 띠고 있어서, 저마다 상냥한 산

53 19세기 말과 20세기 초에는 여성들이 모자를 커다란 리본, 꽃송이, 높이 세운 깃털, 심지어 박제 새로 장식하는 게 유행이었다.

들바람처럼 보였다. 입술로도, 눈으로도, 향기 나는 옷으로 꽉 조여 가린 젖가슴으로도, 팔꿈치까지 올라가는 망사 레이스 장갑으로도, 손에 들고 있다가 코가 다칠세라 살며시 살며시 코를 두드리는 깜찍한 손수건으로도 미소 짓고 있었다. 그러면서 부인들은 사탕, 샴페인, 군적담당 장교가 직접 돌릴 행운의 바퀴 복권을 판매했다. 색종이 별들이 든 알록달록한 주머니도 팔았는데, 자신들 몸에까지 별들이 흩뿌려지자 장난스럽게 입을 비쭉 내밀어 후후 불어 내려고 애썼다. 주머니에는 색종이 뱀들도 들어 있었다. 사람들은 이 뱀들을 목과 다리에 감았고, 나무에 매달았다. 그러자 모든 천연소나무가 순식간에 인공소나무로 바뀐 듯 보였다. 자연의 초록색 잎들보다 색종이 뱀들이 더 무성하고 더 인상 깊게 보였기 때문이었다.

그러는 동안 숲 위 하늘에는 오랫동안 올 듯 말 듯 했던 구름들이 몰려들었다. 천둥소리가 점점 더 다가왔지만, 군악대 연주가 이 소리를 덮어버렸다. 천포에, 마차에, 색종이 별들에, 춤에 땅거미가 내리자, 종이 초롱에 불이 켜졌다. 갑작스레 바람이 휙 불어 휘황한 종이 초롱이 떨어질 듯 요동치는 것을 아무도 눈치채지 못했다. 번갯불이 하늘을 차츰 더 환하게 밝혔으나, 병사들이 작은 숲 뒤에서 쏘아올리는 불꽃놀이와는 아직 견줄 수 없었다. 무심코 번개를 본 사람들도 폭죽이 오발된 것쯤으로 여기기 십상이었다. “뇌우가 밀려온다!” 누군가 느닷없이 외쳤다. 뇌우가 닥칠 것이라는 수런거림이 작은 숲에 퍼지기 시작했다.

그리하여 사람들은 자리를 옮길 채비를 하고선, 걷거나 말을 타거나 마차에 올라타고 호이니츠키의 저택으로 향했다. 그곳 창문들은 모두 열려 있었다. 촛불의 세차게 펄럭거리는 빛이 넘실넘실 창밖으로 흘러나왔다. 이 빛은 넓은 가로수길로 흘러들어 바닥에 금박을 입히고, 나무껍질과 잎에 은박을 씌웠다. 밤이 깊지 않았는데도 칠흑처럼 깜깜했다. 떼구름들이 사방팔방에서 몰려와 한 덩어리로 뭉친 탓이었다. 저택 입구 앞 넓은 가로수길과 자갈이 뿌려진 길둥그런 앞뜰이 이제 말, 마차, 손님, 울긋불긋한 옷을 입은 부인, 이들보다 더 알록달록한 제복을 입은 장교 들로 북적거렸다. 군인들이 군마들에게 아무리 재갈을 물려도 마부들이 마차 말에게 아무리 고삐를 죄어도, 말들이 안달을 했다. 바람이 반질반질한 털가죽을 전기 빗처럼 훑고 지나가자 말들은 겁에 질려 마구간을 향해 히힝거리고 떨리는 발굽으로 자갈을 긁어댔다. 자연과 동물의 동요에 사람들까지 얼어붙은 듯싶었다. 몇분 전만 해도 공놀이를 하며 서로를 부르던 쾌활한 소리들이 사그라졌다. 한결같이 겁먹은 눈빛으로 문과 창문들을 바라봤다. 마침내 커다란 여닫이문이 양쪽으로 열리자, 삼삼오오 입구로 밀려들어갔다. 늘 있는 일이기는 하지만 겪을 때마다 머리털을 곤두서게 만드는 뇌우에 너무 정신이 팔려서였는지, 아니면 저택 안에 이미 들어가 악기를 조율하고 있는 군악대의 어수선한 음향에 마음을 뺏겨서였는지, 어느 누구도 전령이 전속력으로 말달려오는 소리를 듣지 못했다. 전령은 앞뜰로 쏜살같이 달려와 고삐를 홱 잡아당겨 말을 세웠다. 완전군장을 하고 있었다. 머리에 번쩍이는 철모를 눌러쓰고 등에 카빈총을 둘러매고 허리띠에 탄약 주머니를 차고, 하얀색 번개에 번쩍번쩍 몸을 드러냈다가 보라색 구름이 드리운 어둠에 모습을 감추었다. 연극에 나오는 전쟁의 전령을 연상시켰다. 이 기병은 말에서 내려 페스테티치 대령의 행방을 물었다. 대령이 이미 저택으로 들어갔다는 대답을 들었다. 잠시 뒤 대령이 밖으로 나와 전령에게 서한을 받고 집 안으로 다시 들어갔다. 천장에 전등이 없는 둥그런 대기실에서 걸음을 멈췄다. 종복이 가지가 여럿 달린 촛대를 손에 들고 등 뒤로 다가왔다. 대령이 편지를 뜯었다. 종복은 어릴 적 익힌 시중드는 기술이 몸에 배어 있었으나 자신의 손이 갑작스레 오들오들 떨리는 것을 막지 못했다. 손에 들린 촛불들이 세차게 펄럭거리기 시작했다. 대령 어깨너머로 훔쳐보려 하지도 않았는데, 까막눈이 아닌지라 서한의 문구가 눈에 들어왔다. 파란 색연필로 매우 커다랗게 써놓은 단어들이 단 한 문장을 이루고 있었다. 눈을 감는다고 하늘의 산지사방에서 점점 더 빠르게 잇달아 번쩍이는 번개들이 없어지는 것이 아니듯, 눈을 돌린다고 무시무시하고 커다란 파란색 글씨가 사라지는 것은 아니었다. "소문에 따르면 황태자께서 싸라예보에서 시해되셨습니다." 글씨는 이렇게 전하고 있었다.

여러 단어들이, 띄어쓰지 않은 한 단어처럼, 대령의 의식과 종복의 눈에 들어왔다. 대령은 봉투를 떨어뜨렸다. 왼손에 촛대를 든 종복이 몸을 굽혀 오른손으로 봉투를 주웠다. 몸을 바로 세우며, 자신에게 몸을 돌리고 있는 페스테티치 대령의 얼굴을 똑바로 바라봤다. 종복은 한 걸음 물러섰다. 한 손에 촛대를, 다른 한 손에 봉투를 들고서, 두 손을 오들오들 떨었다. 촛불이 펄럭거릴 때마다, 대령의 얼굴이 밝아졌다 어두워지기를 되풀이했다. 희끗희끗한 금발 콧수염이 달렸으며 평소에는 불그레한 대령의 얼굴이 금세 보라색이 됐다가 금세 백묵색이 됐다. 입술이 파르르 떨리고 콧수염이 움찔거렸다. 대기실에는 종복과 대령 말고 아무도 없었다. 저택 안에서는 두 군악대가 왈츠를 나직하게 연주하기 시작하고, 사람들이 잔을 쟁그랑 부딪치고, 웅얼웅얼 말을 주고받는 소리가 들려왔다. 앞뜰로 통하는 문 너머로 저 멀리 번갯불이 떨어지는 게 보이고 저

먼 곳에서 천둥이 울리는 소리가 희미하게 메아리쳤다. 대령은 종복을 바라봤다. “읽었나?” 이렇게 물었다. “그렇습니다, 대령님!” “입을 다물고 있게!” 페스테티치는 이렇게 말하고 집게손가락을 입술에 댔다. 대령이 떠났다. 다리가 휘청거렸다. 걸음걸이가 비트적거리는 듯 보인 것은 촛불이 펄럭거렸기 때문인지도 몰랐다.

호기심에 들끓고 방금 알게 된 피비린내 나는 소식에 놀란데다 대령의 함구령까지 떨어져 신경이 곤두선 종복은 동료 중에 누구라도 왔으면 좋겠다고 생각했다. 자신의 임무와 촛대를 넘겨주고, 방으로 들어가 자초지종을 알아보고 싶었다. 종복은 미신을 믿지 않고 분별있으며 나이도 들 만큼 들었지만, 이 대기실이 점점 으스스하게 느껴지기도 했다. 이 방은 자신의 촛불로는 다 밝힐 수 없으려니와, 번개가 세차고 파르스름하게 치고 나면 곧바로 더욱 짙은 갈색 어둠에 잠겼기 때문이었다. 전기를 띤 무거운 바람결이 방 안에 들어왔다. 뇌우가 멈칫거렸다. 종복은 때마침 닥치는 뇌우와 끔찍한 소식 사이에 초자연적 관련이 있다고 생각했다. 세상의 불가사의한 힘이 인정사정없이 뚜렷하게 모습을 드러내려는 시간이 드디어 닥쳤다고 생각했다. 왼손에 촛대를 든 채 오른손으로 성호를 그었다. 이 순간 호이니츠키가 안에서 나와 종복을 의아하게 바라보며 뇌우가 그렇게 무서우냐고 물었다. 뇌우만 두려운 게 아닙니다. 종복이 대답했다. 말을 옮기지 않겠다고 약속을 했지만, 비밀을 간직하고 있어야 하는 부담을 더이상 견딜 수 없었다. “그럼 뭐가 무서운가?” 호이니츠키가 물었다. 페스테티치 대령님께서 끔찍한 소식을 받으셨습니다. 종복이 말했다. 내용을 글자 하나 틀리지 않게 전했다.

호이니츠키가 가장 먼저 한 일은 그렇잖아도 악천후 때문에 걸어잠갔던 창문들에 빠짐없이 커튼을 쳐서 빛이 새어나가지 않도록 하라고 명령한 것이었다. 그런 다음 마차를 준비하라고 시켰다. 읍으로 가기 위해서였다. 밖에서 종복들이 말에 마차를 매는 동안, 앞뜰에 영업마차가 도착했다. 걷어올린 천포에서 빗물이 뚝뚝 떨어지는 것으로 미루어, 뇌우가 한바탕 쏟아진 지역에서 온 마차라는 것을 한눈에 알 수 있었다. 영업마차에서 쾌활해 보이는 지방사무관이 팔에 서류가방을 끼고 내렸다. 강모 공장 파업 노동자들의 정치집회를 해산시켰던 바로 그 사람이었다. 지방사무관은 우선 소읍에 비가 오고 있다고 보고했다. 자신이 여기에 온 주목적이 이 사실을 알리는 데 있는 듯했다. 이어 다음과 같이 보고했다. 오스트리아-헝가리 제국 황태자가 싸라예보에서 피격된 것이 틀림없는 듯하다. 세시간 전에 도착한 여행객들이 이 소식을 가장 먼저 퍼뜨렸다. 그런 다음 주행정청으로부터 암호전보문이 도착했으나 글자가 드문드문 빠져 있었다. 뇌우로 말미암아 전보통신에 장애가 발생한 탓인 듯싶다. 재조회를 신청했지만 아직 회신이 없다. 하기는 오늘은 일요일이어서 관청에 출근한 직원도 거의 없다. 그렇지만 읍내에서뿐 아니라 시골에서조차 동요가 점점 심해지고 있으며 뇌우가 몰아치는데도 사람들이 문밖에 나와 있다.

지방사무관이 숨 가쁘게 이야기를 하는 동안, 방에서는 춤추는 사람들이 미끄러지듯 스텝을 밟고, 잔들이 쟁그랑 가볍게 부딪히고, 때때로 남자들이 너털웃음을 터뜨리는 소리가 들렸다. 호이니츠키는 일단 손님들 중에 영향력 있고, 신중하고, 아직 술에 취하지 않았다고 생각되는 몇 사람을 따로 떨어진 방으로 불러모아야겠다고 마음먹었다. 온갖 구실을 붙여 이 사람 저 사람을 따로 마련한 방으로 데려와 지방사무관을 소개하고 상황을 알렸다. 기병 연대장 페스테티치 대령, 총병 대대장 초글라우어 소령, 두 지휘관의 부관들, 명문귀족 몇 사람, 총병대대 장교 중에서는 트로타 소위가 기밀을 들었다. 이들이 들어온 방에는 앉을 의자가 모자라서 몇몇 사람은 벽을 빙 둘러 등을 기대고 섰으며, 몇몇 사람은 무슨 말을 듣게 될지 전혀 짐작도 못하고 기분이 들떠서 양반다리로 카펫에 주저앉았다. 이들은 자초지종을 전해들은 다음에도 자세를 바꾸지 않았다. 어떤 이들은 소스라치게 놀랐기 때문에, 다른 이들은 마냥 취했기 때문에 몸이 굳었을지 모른다. 하지만 또다른 이들은 세상만사가 아무려면 어떠냐는 천성을 타고난 까닭에, 좋게 말하면 팔자 좋은 성격을 타고난 까닭에, 몸을 꿈쩍도 하지 않았다. 이들은 어떤 재난이 일어났다고 해서 몸을 움직이는 것을 호들갑이라고 생각했다. 알록달록한 색종이 뱀이나 색종이 별들을 어깨, 목, 머리에서 털어내지조차 않은 이들도 있었다. 이들의 광대 같은 장식들 때문에 뉴스가 훨씬 더 끔찍하게 느껴졌다.

작은 방은 몇분 지나지 않아 무더워졌다. "문을 엽시다!" 어떤 사람이 말했다. 다른 사람이 높고 좁은 창문 손잡이를 돌리고 몸을 창밖으로 내밀었다가 다음 순간 뒤로 튕겨올랐다. 하얗게 달아오른 벼락이 엄청나게 드세차게 창문 너머 정원을 때렸다. 벼락이 어디 떨어졌는지 알 수는 없었지만 벼락 맞은 나무가 쪼개지는 소리를 들을 수 있었다. 나뭇가지들이 어둠속에서 무겁게 무너져내리며 솨솨 소리를 냈다. 들떠서 앉아 있던 이들, 세상사에 아랑곳하지 않던 이들조차 펄쩍 뛰어올랐고, 알딸딸하게 취한 이들은 몸을 가누지 못하고 비틀거렸다. 다들 얼굴이 하얗게 질렸다. 자신들이 아직도 살아 있는 게 믿기지 않았다. 숨을 멈추고 눈을 둥그렇게 뜨고 서로를 바라보며 천둥소리를 기다렸다. 천둥소리가 나기까지 몇초밖에 걸리지 않았다. 하지만 번개와 천둥 사이에 영겁의 시간이 몰려 있는 듯싶었다. 누구나 서로에게 다가가려 했다. 몸과 머리들이 테이블을 둘러싸고 한 덩어리로 뭉쳤다. 얼굴들이 이목구비가 전혀 다른데도 한순간 형제처럼 닮아 보였다. 이들은 난생처음 뇌우를 겪은 듯했다. 무서움과 두려움에 사로잡혀 천둥이 콰르릉 쾅쾅 울리기를 한없이 기다렸다. 그 소리를 들은 다음에야 후 한숨을 내쉬었다. 번개가 먹장구름을 뜯어놓았는지 장대비가 후련하게 좍좍 쏟아지며 비안개를 일으키자, 남자들은 머뭇머뭇 제자리로 돌아갔다.

"축제를 중단해야 합니다!" 초글라우어 소령이 말했다.

초흐 대위가 펄쩍 뛰었다. 색종이 별들이 머리털에 붙어 있고 연분홍색 색종이 뱀 보무라지가 목덜미에 앉아 있었다. 초흐는 백작으로서, 기병대 대위로서, 좁게 보면 용기병으로서, 넓게 보면 기병으로서, 아주 좁게 보면 자기 자신으로서, 남다른 개인으로서, 한마디로 말해 인간 초흐로서 모욕받았다고 느꼈다. 짧고 촘촘한 눈썹이 주뼛 섰다. 키 작고 뻣센 가시덤불 두 뙈기가 소령을 찌를 듯 겨냥했다. 지금 보고 있는 모습이 얼비치는 일은 드물고 여러해 전에 본 광경이 빠짐없이 비쳐 있기 일쑤였던 대위의 크고 밝고 멍청한 눈은 이 순간 초흐 가문 조상들의 도도함을, 15세기부터 전해내려온 오만함을 드러내는 듯 보였다. 대위는 벼락을, 천둥을, 섬뜩한 소식을, 방금 몇분 동안 일어난 모든 사건을 거의 잊었다. 기억에 남아 있는 것이라고는 자신이 축제를 준비하기 위해, 기막힌 착상을 하기 위해 기울였던 갖은 노력뿐이었다. 대위는 술도 약했다. 샴페인을 들이켠 탓에 작은 안장코에 진땀이 배어 있었다.

"뉴스는 사실이 아닙니다," 초흐는 말했다. "사실이 아니란 말입니다. 누구든 이게 사실이란 걸 증명해보십시오. 말도 안되는 거짓입니다. '소문에 따르면' '틀림없는 듯하다' 그밖에 어떤 무책임한 행정용어를 썼든 이런 말들만 봐도 금세 알 수 있습니다."

"소문에 지나지 않더라도 중단해야 합니다!" 초글라우어가 말했다.

이때 예비역 기병대 대위 폰 바벤하우젠 씨가 실랑이에 끼어들었다. 알딸딸하게 취해 있었고, 손수건을 소매 속에 쑥 집어넣었다가 쑥 빼내어 손에 쥐고 부쳐댔다. 벽에서 등을 떼고 테이블로 걸어와 눈살을 잔뜩 찌푸렸다.

"여러부운," 예비역 대위가 말했다. "보스니아는 여기서 한참 떨어져 있수다. 소문에 신경 쓰지 마시우! 저는 소문에는 귀를 기울이지 않수다! 사실이라면 더 일찍 알았을 것 아니우!"

"브라보!" 경기병대의 너지 예뇌 남작이 외쳤다. 할아버지가 쇼프론 출신의 유대인임에 틀림없으며 아버지 대에 이르러 남작작위를 돈으로 샀는데도, 너지는 마자르족[54]을 제국과 세계를 통틀어 가장 고귀한 인종이라고 여겼으며, 헝가리 귀족들의 온갖 기행을 흉내냄으로써 자신이 유대인 태생임을 잊으려 안간힘을 썼다.

"브라보!" 남작은 다시 한번 외쳤다. 너지는 헝가리의 민족주의 정책에 유리한 일은 무엇이든 좋아하고 불리한 일은 무엇이든 싫어해왔었다. 오스트리아-헝가리 제국 황태자는 슬라브 민족들에게 호의를 품고 있으며 헝가리 민족을 박대한다는 풍문이 돌자, 황태자를 증오하려고 마음을 도슬렀었다. 너지 남작은 잊힌 국경지역에서 열리는 축제가 우발사건으로 취소되는 꼴을 보겠다고 여기

54 헝가리 민족.

를 찾아온 것이 아니었다. 마자르족이라면 헝가리 민속춤 차르다슈를 추어야 마땅한데 마자르 민족의 한 사람으로서 이 춤을 출 기회를 소문 때문에 날려버린다는 것은 민족에 대한 반역이라고 여겼다. 민족주의적 감정을 느낄 때면 늘 그랬듯, 외알안경을 더욱 힘껏 눈에 끼웠다. 노인이 산책을 떠나며 지팡이를 더욱 세게 붙잡는 듯했다. 그러고선 울먹거리듯 혀 짧은 소리를 내는 헝가리 억양 독일어로 말했다. "폰 바벤하우젠 씨 말이 마자요! 맞구말구요! 황태자가 정말 피살됐다고 해도 다른 황태자를 세우면 되자나요!"

폰 제니이 씨는 폰 너지 씨와 달리 순혈 마자르족인데도 유대인 출신보다 헝가리 민족정신이 투철하지 않게 보일까 겁이 더럭 나서, 몸을 일으켜 말했다. "황태자가 피살됐다 하더라도, 첫째, 우리는 확실한 사실을 아직 모르고 있을뿐더러, 둘째, 이는 우리와 아무 상관이 없습니다!"

"상관이 없지는 않겠지만요," 벤키의 백작이 말했다. "하지만 황태자는 피살되지 않았습니다. 소문일 뿐이에요!"

밖에서는 장대비가 줄기차게 쏟아지고 있었다. 파르스름한 번갯불이 점점 잦아들었고 천둥소리도 멀어져갔다.

킨스키 중위는 블타바 강가에서 나서 자랐는데, 다음과 같은 주장을 펼쳤다. 아무튼 황태자가 제국을 이어받을 수 있을지 매우 '불안했다'. 황태자 사망이 확인되지 않은 시점에서 '불안하다'가 아니라 '불안했다'란 말을 써도 좋을지 모르겠지만 말이다. 중위 자신은 앞서 말한 이들과 생각이 같다. 황태자 피살은 헛소문으로 여겨야 한다. 여기는 피격이 발생했다는 장소와 매우 멀리 떨어져 있어 아무것도 확인할 수 없다. 축제가 끝난 한참 뒤에야 사태를 다 파악할 수 있을 것이다.

술 취한 바차니 백작이 동향 사람들과 헝가리어로 이야기를 하기 시작했다. 한마디도 알아들을 수 없었다. 다른 사람들은 어안이 벙벙했다. 입을 다물고서, 떠드는 사람들을 한 사람 한 사람 뜯어보며, 이야기가 그치기를 기다렸다. 하지만 헝가리인들은 즐거운 대화로 밤을 새우기라도 할 것 같았다. 민족적 관습이 이런 듯싶었다. 단 한마디도 알아들을 수는 없었으나 표정으로 미루어보아 헝가리인들이 점차로 다른 사람들을 안중에 두지 않고 있다는 것을 눈치챌 수 있었다. 이들은 이따금 일제히 웃음을 터뜨렸다. 주위 사람들은 모욕을 느꼈다. 이런 상황에 웃는 게 못마땅해서가 아니라 웃는 까닭을 알 수 없어서였다. 슬로베니아인 옐라치치가 분노에 몸을 떨었다. 옐라치치는 쎄르비아인을 업신여기는 만큼이나 헝가리인을 싫어했다. 제국을 사랑했다. 애국자였다. 애국심이 어딘가 달긴 달아야겠는데 달 만한 깃대를 찾을 수 없는 깃발이기라도 한 듯, 애국심을 벌린 두 팔에 들고 어쩔 줄 모르고 서 있었다. 옐라치치의 동족인 슬로베니아인 일부와 그 친족인 크로아티아인은 헝가리의 직접 통치를 받고 살았다. 헝가리가 떡하니 끼어들어 기병대 대위 옐라치치를 오스트리아, 빈, 프란츠 요제프 황제와 갈라놓았던 것이었다. 옐라치치 대위의 고향이라고 말할 수도 있는 싸라예보에서, 자신과 마찬가지로 슬로베니아인일지도 모르는 흉한에게 황태자가 피살됐다. 자신이 헝가리인들에게 황태자를 욕되게 하는 말을 그만하라고 하면(옐라치치는 여기에서 헝가리어를 할 줄 아는 유일한 사람이었다), 자신의 동포가 살해범이 아니냐는 핀잔을 들을지도 몰랐다. 아닌 게 아니라 공범인 듯한 느낌도 들었다. 왠지 알 수 없었다. 백오십년 전부터 자신의 가문은 몸과 마음을 다하여 합스부르크 왕가를 섬겨왔다. 하지만 두 십대 아들들은 모든 남슬라브 민족의 자주독립을 입에 올리고 반역자가 들끓는 베오그라드[55]에서 인쇄됐을지도 모르는 전단들을 자신이 못 보게 숨겼다. 하지만 대위는 아들들을 사랑했다! 오후 1시에 연대가 고등학교를 지나갈 때마다 아들들이 달려들었다. 에푸수수한 머리털을 날리며 함박만 하게 벌린 입에 웃음을 담고 학교의 갈색 대문에서 펄펄 날아왔다. 아버지로서의 정이 뭉클 일어 말에서 내려 아들들을 얼싸안지 않을 수 없었다. 아들들이 수상한 신문들을 읽는 것을 보고도 못 본 척했다. 의심스러운 이야기를 하는 것을 듣고도 못 들은 척했다. 대위는 슬기로웠다. 자신이 선조와 후손 사이에 무력하게 끼어 있는 세대이며, 자신의 자손이 완전히 새로운 가문의 시조가 될 운명이라는 것을 잘 알고 있었다. 아들들은 자신과 얼굴이 닮았고, 자신과 머리털이나 눈동자 색이 똑같으나, 가슴은 새로운 박자로 뛰고 머리는 낯선 생각을 품고 목청으로는 자신이 알지 못하는 새롭고 낯선 노래를 불렀다. 대위는 마흔밖에 되지 않았는데 자신이 노인처럼 느껴졌으며, 아들들은 이해하기 어려운 증손자같이 여겨졌다.

이런들 어떻고 저런들 어떠랴, 대위는 이 순간 이렇게 생각하고 테이블로 다가와 손바닥으로 테이블 위를 두드렸다. "여러분께 부탁드립니다," 옐라치치는 말했다. "독일어로 이야기를 해주십시오."

벤키외가 때마침 말을 하고 있다가 멈추고 대답했다. "좋습니다. 독일어로 못할 것도 없습니다. 저와 제 동포는 의견이 일치했습니다. 돼지 같은 놈이 죽어버렸으면 좋겠다고요."

55 쎄르비아의 수도.

모두 펄쩍 뛰어올랐다. 호이니츠키와 성격이 쾌활한 지방사무관이 방을 떠났다. 초대 손님들만 방에 남겨두었다. 군 장교들끼리의 실랑이를 다른 방에 있는 사람들이 눈치채지 못하도록 하라고 넌지시 일러두고 나갔다. 문 옆에 트로타 소위가 서 있었다. 술에 잠겨 있었다. 얼굴은 파리하고 팔다리는 늘어지고 입천장은 말라붙고 가슴속은 뻥 뚫려 있었다. 소위는 자신이 취했다는 것을 느끼고 있었지만, 이럴 때면 눈앞에 끼어 있던 고마운 안개가 보이지 않아 자기 자신도 놀랐다. 눈이 침침하기는커녕 반짝이는 투명 얼음을 통해 모든 것을 더 또렷이 꿰뚫어보고 있는 듯한 느낌이 들었다. 오늘 처음 보는 얼굴들도 오래전부터 알고 있었던 듯 생각됐다. 이 순간은 자신에게 매우 눈에 익었다. 꿈에서 종종 보았던 사건이 현실로 나타난 것 같았다. 트로타의 조국이 분열되어 산산조각으로 흩어진 것이었다.

고향에는, 모라비아의 W군 군사무소 소재읍에는, 아마도 아직 오스트리아가 살아 있을 것이었다. 일요일마다 네히발 씨의 군악대가 「라데츠키 행진곡」을 연주했다. 주마다 한번 일요일에 오스트리아가 숨을 쉬었다. 구레나룻이 하얗고 건망증이 심하며 코에 반짝이는 콧물을 매달고 있는 노인인 황제와 늙은 폰 트로타 씨가 오스트리아였다. 늙은 자크는 죽었다. 쏠페리노의 영웅도 죽었다. 의무대위 데만트도 죽었다. “이 군대를 떠나게!” 데만트는 말했었다. 이 군대를 떠나겠어. 소위는 생각했다. 할아버지도 군대를 떠났었어. 이 사람들에게 말을 해야겠어. 소위는 생각을 이어갔다. 여러 해 전에 레지 마담의 유곽에서 그랬듯 무슨 일인가를 하지 않으면 안된다는 충동을 느꼈다. 여기에는 구해내야 할 그림이 없을까? 할아버지의 어두운 눈길이 목덜미에 느껴졌다. 방 한가운데를 향하여 한 걸음 다가갔다. 무슨 말을 하려는지 자신도 아직 알지 못했다. 소위가 다가오는 것이 몇 사람 눈에 띄었다. "저는 압니다." 소위가 입을 열었다. 하지만 무슨 말을 하려는지 아직도 몰랐다. "저는 압니다." 소위가 다시 한번 말했다. 한 걸음 더 앞으로 다가왔다. "오스트리아-헝가리 제국 황태자 대공 저하께서는 정말로 시해되셨습니다."

소위가 말을 멈췄다. 입을 꾹 다물었다. 입술은 가느스름한 연분홍색 띠처럼 보였다. 작고 어두운 눈에서는 밝다못해 하얀 빛이 달아올랐다. 검고 헝클어진 머리털이 조붓한 이마를 덮으며 눈살에, 분노의 통로이자 트로타 가문의 유산인 눈살에, 그늘을 드리웠다. 소위는 고개를 떨구고 있었다. 축 늘어진 팔은 주먹을 쥐고 있었다. 모두 소위의 주먹을 바라봤다. 여기 모인 사람들이 쏠페리노의 영웅의 초상화를 본 적이 있었다면 할아버지 트로타가 다시 살아났다고 생각했을 것이다.

"제 할아버지는," 소위는 다시 입을 열며, 할아버지의 눈길을 목덜미에 느꼈다. "제 할아버지는 황제의 생명을 구했습니다. 저는 할아버지의 손자로서 최고사령관의 황실을 모욕하는 것을 두고 볼 수 없습니다. 여러분은 파렴치한 행동을 하고 있습니다!" 소위는 목소리를 높였다. "파렴치한 행위라고요!" 이렇게 외쳤다. 자신의 고함 소리를 난생처음 들었다. 동료 장교들과는 달리 병사들 앞에서 고함을 질러본 적이 없었다. "파렴치한 행위예요!" 다시 한번 외쳤다. 자신의 목소리가 귀에서 다시 메아리쳤다. 술 취한 벤키외가 갈지자로 소위에게 한 걸음 다가왔다.

"파렴치한 행위야!" 소위가 세번째로 외쳤다.

"파렴치한 행위야!" 옐라치치 대위가 되받아 소리쳤다.

"고인을 욕되게 하는 말을 한마디라도 더 하면," 소위가 말을 이었다. "누구든 쏴죽이겠어!" 손으로 권총지갑을 더듬었다. 술 취한 벤키외가 무엇인가 웅얼거리자, 트로타가 외쳤다. "조용히 하시오!" 누군가에게 빌린 듯 느껴지는 목소리로, 천둥 치는 듯한 목소리로 소리 질렀다. 쏠페리노의 영웅의 목소리일지도 몰랐다. 소위는 자신이 할아버지와 한 몸이 된 듯 느꼈다. 자신이 쏠페리노의 영웅이었다. 아버지 집 응접실 천장 아래 어슴푸레 걸려 있던 초상화는 자신의 초상화였다.

페스테티치 대령과 초글라우어 소령이 일어났다. 오스트리아 군대가 창설된 뒤 처음으로 소위가 대위에게, 소령에게, 대령에게 조용히 하라고 명령하고 있었다. 황태자 시해가 소문에 지나지 않는다고 믿는 사람은 이제 여기에 아무도 없었다. 황태자가 붉고 더운 피를 흥건히 쏟고 쓰러진 것이 눈앞에 보였다. 여기 이 방도 다음 순간 피바다로 변할까 두려워졌다. "소위에게 입을 다물라고 명령하시오!" 페스테티치 대령이 속삭이듯 말했다.

"소위," 초글라우어가 말했다. "여기서 나가시오!"

트로타는 문으로 향했다. 이 순간 문이 벌컥 열렸다. 손님들이 안으로 밀려들었다. 색종이 별들과 색종이 뱀들이 머리와 어깨에 얹혀 있었다. 문은 닫지 않았다. 다른 방들에서 여자들이 웃고 음악이 연주되고 춤추는 사람들이 미끄러지듯 스텝을 밟는 소리가 들렸다. 누군가 외쳤다.

"황태자가 시해됐습니다!"

"「장송 행진곡」을!" 벤키외가 외쳤다.

"「장송 행진곡」을!" 여러 사람이 따라서 소리쳤다.

모두들 방에서 몰려나갔다. 지금까지 춤을 추었던 두개의 커다란 홀에서 두 군악대가 쇼팽의 「장송 행진곡」을 연주했다. 군악대장들이 불쾌한 얼굴에 미소를 머금고 지휘를 했다. 몇몇 손님들이 「장송 행진곡」에 장단 맞춰 둥그렇게, 둥그렇게 둘레를 돌았다. 알록달록한 색종이 뱀들과 색종이 별들이 어깨와 머리털에 앉아 있었다. 제복이나 양복 입은 남자들이 부인들을 팔에 끼고 이끌었다. 으스스하면서 오락가락하는 리듬에 맞추느라 발들이 갈팡질팡했다. 이렇게 된 것은 악대가 악보 없이 연주한 탓이었다. 군악대장의 검은 지휘봉이 공중이 그리는 느릿느릿한 곡선들이 악대를 지휘하기는커녕 악대를 쫓아갔기 때문이었다. 한 악대가 다른 악대에 뒤처져, 앞서나간 악대를 따라잡으려다보니 몇 박자를 건너뛸 수밖에 없는 경우도 가끔 있었다. 손님들은 거울처럼 반짝이는 마루 한가운데를 비워두고 둘레를 빙그르르 돌았다. 돌고 또 돌았다. 저마다 앞서가는 시신을 따라가며 애도하는 조문객처럼 보였으며, 방 한가운데 황태자와 제국의 눈에 보이지 않는 시신이 안치되어 있는 듯했다. 다들 취해 있었다. 얼큰하게 취하지 않은 사람도 쉴 새 없이 돌다보니 머리가 어찔어찔해졌다. 군악대장들이 점점 장단을 빠르게 하자, 빙그르르 돌던 사람들이 빙글빙글 돌기 시작했다. 북수들은 북을 쉬지 않고 두드렸다. 묵직한 북방망이들을 갓 깎은 북 막대기들만큼 빠르게 움직여 커다란 팀파니를 두드려댔다. 술 취한 북수가 느닷없이 은색 트라이앵글을 쳤고, 이 순간 벤키의 백작이 기뻐서 팔짝 뛰었다. "돼지 같은 놈이 뒈졌어!" 백작이 헝가리어로 외쳤다. 하지만 독일어로 말하기라도 한 듯, 누구나 알아들었다. 갑작스레 몇 사람이 깡충깡충 뛰기 시작했다. 악대는 갈수록 빠르게 「장송 행진곡」을 연주했다. 간간이 트라이앵글이 은색으로, 고음으로, 술에 취해 환하게 울렸다.

호이니츠키의 종복들이 악기들을 걷기 시작했다. 연주자들은 미소 지으며 선선히 내주었다. 바이올린 연주자는 바이올린을, 첼로 연주자는 첼로를, 호른 연주자는 호른을 눈을 동그랗게 뜨고 뒤쫓았다. 몇몇 연주자들은 손에 쥐고 있던 활로 아무리 켜도 소리가 나지 않는 소맷자락을 문지르며, 자신들의 취한 머릿속에서만 울리는 소리없는 멜로디에 맞춰 고개를 흔들었다. 북수는 팀파니와 드럼이 끌려나갈 때에도 북방망이와 북막대기로 허공을 두드리기를 멈추지 않았다. 마지막으로 곤드레만드레 취한 군악대장들도 제가끔 두 사람의 종복에게 붙들려나가 악기와 같은 꼴이 됐다. 손님들이 웃었다. 그러고선 잠잠해졌다. 어느 누구도 어떤 소리도 내지 않았다. 서거나 앉은 채 꿈쩍도 하지 않았다. 악기 다음에 병들도 치워졌다. 이 사람 저 사람이 손에 들고 있던 반쯤 술이 담긴 잔들도 거둬들여졌다.

트로타 소위는 저택을 떠났다. 입구 앞 계단에 페스테티치 대령, 초글라우어 소령, 초흐 대위가 퍼더앉아 있었다. 비는 이제 내리지 않았다. 헤싱헤싱해진 구름들과 지붕 처마에서 이따금 빗방울이 후드득후드득 떨어질 뿐이었다. 세 남자는 돌에 깔아놓은 커다란 하얀색 천에 앉아 있었다. 자신들의 염포殮布에 벌써 들어가 있는 것 같았다. 군청색 등에는 커다란 빗물 얼룩들이 톱니바퀴들처럼 어룽더룽 번져 있었다. 비에 젖은 색종이 뱀 보무라지는 대위의 목덜미에 착 달라붙어 이제 떨어지지도 않았다.

소위가 이들 앞에 멈춰섰다. 세 남자는 꿈쩍도 하지 않았다. 고개를 떨구고 있었다. 밀랍인형 전시관에 진열된 모형군인들처럼 보였다.

"소령님!" 트로타가 초글라우어를 향해 말했다. "본관은 내일부로 전역을 신청합니다!"

초글라우어가 몸을 일으켰다. 손을 내밀며 무슨 말인지 하려 했으나 아무 소리도 내지 못했다. 하늘이 점점 밝아졌다. 산들바람이 구름을 헤쳤다. 구름 사이로 초여름밤의 은색 달빛이 새어나오고, 희붐하게 날도 밝고 있어, 얼굴들이 또렷이 보였다. 소령의 마른 얼굴에서 모든 부위가 움직이고 있었다. 잔주름살이 움찔거리고, 피부가 실룩거리고, 턱이 시계추가 진동하듯 좌우로 흔들리고, 광대뼈 둘레에서 잔근육이 벌렁거리고, 눈꺼풀이 파닥거리고, 볼이 떨렸다. 꺼내지도 않았고 꺼낼 수도 없는 말들이 입안에서 뒤얽히며 소란을 일으킨 탓에 온갖 부위가 들썩이는 듯싶었다. 이 얼굴에 광기의 조짐이 언뜻언뜻 엿보였다. 초글라우어는 트로타의 손을 움켜잡았다. 몇초 동안이었지만 영겁이 흐르는 듯했다. 페스테티치와 초흐는 여전히 꿈쩍도 하지 않고 계단에 주저앉아 있었다. 딱총나무꽃 향기가 진하게 풍겨왔다. 빗방울 소리가 가늘어졌고, 비에 젖은 나무들이 솨솨 흔들리는 소리도 잦아들었다. 뇌우에 놀라 숨죽이고 있던 새들이 주뼛주뼛 목청을 가다듬기 시작했다. 저택 안에서는 음악이 흘러나오지 않았다. 걸어잠그고 커튼까지 친 창문 틈으로 사람들이 수런거리는 소리만이 새어나왔다.

"잘 생각한 것 같네, 귀관은 아직 젊으니까!" 초글라우어가 마침내 말했다. 소령이 이 순간 생각하고 있던 말 중에 가장 우스꽝스럽고 딱한 말이었다. 나머지 말은, 온갖 생각이 뒤엉킨 커다란 말뭉치는, 꿀꺽 되삼켜버렸다.

자정이 지난 지 오래됐다. 하지만 소읍에서는 사람들이 아직 문밖에 나와 목제 보도에서 서성거리며 쑥덕쑥덕하고 있었다. 소위가 옆을 지나가자 이들은 입을 닫았다.

호텔에 다다르자 희번하게 동터 있었다. 소위는 옷장을 열었다. 제복 두벌, 양복 한벌, 속옷, 막스 데만트의 군도를 트렁크에 넣었다. 느릿느릿 손을 움직여 시간을 때웠다. 시계를 보면서 한 동작 한 동작 걸리는 시간을 쟀다. 동작을 늦췄다. 조회할 때까지 시간이 뜨게 될까 걱정스러워서였다.

아침이 왔다. 오누프리이가 근무복과 번쩍번쩍 광낸 군화를 들고 왔다.

"오누프리이," 소위가 말했다. "나는 군대를 떠나려고 한다."

"알겠습니다, 소위님!" 오누프리이는 말했다. 밖으로 나갔다. 복도를 지나고 계단을 내려가 자신이 묵는 방으로 들어가서, 짐을 알록달록한 보자기에 싸고 이 보따리를 곤봉 손잡이에 묶어 침대에 올려놓았다. 오누프리이는 고향 부르들라키로 돌아가기로 마음먹었다. 가을걷이가 곧 시작될 것이었다. 오스트리아-헝가리 제국 군대에서는 이제 할 일이 없었다. '탈영'을 했다는 죄목으로 총살을 당할 수도 있었다. 하지만 치안대는 한주에 한번 부르들라키를 순찰할 뿐이었고 그때는 몸을 숨기면 그만이었다. 그러는 사람이 한둘이 아니었다! 이반의 아들 판테를레이몬, 니콜라이의 아들 그리고리이, 마맛자국이 있는 파벨, 붉은 머리 니코포르 할 것 없이 다 그랬다! 체포되어 처벌된 사람은 단 한 사람뿐이었으며 그것도 오래전 일이었다!

한편 트로타 소위는 장교 조회에서 군대 전역 신청을 했다. 소위는 즉시 휴가를 허가받았다. 훈련장에서 동료들과 작별했다. 동료들은 소위에게 무슨 말을 해야 할지 몰랐다. 소위를 둥그스름히 둘러싸고 있을 뿐이었다. 마침내 초글라우어가 작별인사말을 생각해냈다. 정말 간결했다. "잘 가게!" 초글라우어가 이렇게 말하자, 다들 따라했다.

소위는 호이니츠키 저택 앞에 마차를 세웠다. “우리 집에는 언제 찾아와도 좋소!” 호이니츠키는 말했다. “아니, 내가 데리러 가겠소!”

한순간 트로타는 폰 타우시히 부인을 떠올렸다. 호이니츠키가 속마음을 읽고서 이렇게 말했다. “그 여자는 남편과 함께 있소. 발작이 이번에는 오래 끌고 있구려. 남편은 요양원을 떠날 수 없을 것 같소. 그렇게 살면 어떻소. 남편이 부럽구려. 말이 나왔으니 말인데, 나는 그 여자를 찾아갔었소. 나이 들었더군, 글쎄! 나이 들었어요!”

이튿날 아침 오전 10시에 트로타 소위는 군사무소에 들어갔다. 아버지는 집무실에 있었다. 문을 열자마자, 아버지가 소위를 바라봤다. 아버지는 문 맞은편 창문 옆에 앉아 있었다. 초록색 블라인드 틈새로 들어온 햇살이 진홍색 카펫에 좁다란 띠들을 그렸다. 파리 한마리가 윙윙거렸고, 괘종시계가 톡탁거렸다. 서늘하고 그늘지고 고요했다. 예전 여름방학으로 돌아간 듯했다. 하지만 오늘 이 방의 물건들에는 어떤 새로운 광채가 서려 있었다. 어디서 생겨났는지 알 수 없었다. 군수가 몸을 일으켰다. 군수 자신도 새로운 빛을 은은히 내뿜었다. 구레나룻의 순은색이 아침의 푸르스레한 햇빛과 카펫의 불그스레한 빛깔을 희끄무레 물들였다. 이 순은색에서는 아마도 저세상의 알 수 없는 아침햇살이 부드럽게 흘러나오는 것 같았다. 폰 트로타 씨가 이 세상을 한창 살아가고 있는데 저세상의 아침이 벌써 밝는 것은, 밤에 별들이 빛나고 있을 때 이 세상의 새벽이 희붐하게 밝아오는 것이나 마찬가지인 듯싶었다. 소위가 흐라니체 소년사관학교에서 방학을 맞아 집에 왔을 때만 해도 아버지의 구레나룻은 검고 몽실몽실하고 두 갈래로 갈라진 구름 같았었다.

군수는 책상가에 서서 머물렀다. 아들에게 들어오라고 하고, 코안경을 서류에 내려놓고, 양팔을 활짝 벌렸다. 두 사람은 가볍게 입을 맞췄다. "앉아라!" 아버지가 이렇게 말하고서 팔걸이의자를 가리켰다. 카를 요제프가 소년사관생도였을 적에 일요일 오전 9시에서 12시까지 무릎에 모자를 얹고, 모자에 눈처럼 하얗게 빛나는 장갑을 올려놓고 앉았던 의자였다.

"아버지!" 카를 요제프가 말을 꺼냈다. "저는 군대를 떠납니다."

아들은 대답을 기다렸다. 앉아서는 자초지종을 설명할 수 없다는 생각이 곧바로 들었다. 때문에 의자에서 일어나 아버지에게 다가가 책상을 가운데 놓고 마주 서서, 아버지의 은색 구레나룻을 바라봤다.

"그저께," 아버지가 말했다. "제국에 참사가 일어났는데, 이렇게 전역한다는 것은, 그러니까, 그러니까 탈영 같구나."

"전군이 탈영했습니다." 카를 요제프가 대답했다.

소위는 서 있던 자리를 떠났다. 방 안을 이리저리 걷기 시작했다. 왼손은 뒷짐을 지고 오른손으로는 이야기에 추임새를 넣는 듯했다. 여러해 전에는 아버지가 그렇게 방 안을 왔다 갔다 했었다. 파리가 윙윙거렸고, 괘종시계가 톡탁거렸다. 카펫에 떨어진 햇살들은 더욱더 밝아졌다. 해가 쑥쑥 치솟아 이미 중천에 떴음에 틀림없었다. 카를 요제프는 이야기를 멈추고 군수를 흘금 바라봤다. 아버지는 앉아 있었다. 빳빳하고 둥글고 윤나는 소맷부리에 반쯤 가려진 손을 축 늘어뜨려 팔걸이에 걸치고 있었다. 고개를 가슴에 떨구고 구레나룻 양 갈기를 코트 옷깃에 내려뜨리고 있었다. 이 양반은 젊고 어리석어. 아들은 생각했다. 머리털이 허옇지만 사랑스럽고 젊은 바보야. 내가 이 양반의 아버지, 쏠페리노의 영웅인지도 모르겠어. 내가 철이 드는 동안, 이 양반은 나이만 먹었어. 카를 요제프는 왔다 갔다 하며 깨우쳐줬다. "제국은 망했습니다, 망했다고요!" 이렇게 외치고선 입을 닫았다.

"그럴지도 모르겠다!" 군수가 중얼거렸다.

군수는 은종을 울려 사환을 불렀다. "히르슈비츠 양에게 전하게. 오늘은 평소보다 이십분 늦게 식사를 하겠다고."

"가자!" 군수는 이렇게 말하고 일어나 모자와 지팡이를 집어들었다. 두 사람은 읍내 공원으로 갔다.

"맑은 공기를 마시는 게 나쁘지 않겠지!" 군수가 말했다. 두 사람은 금발머리 소녀가 산딸기주스를 파는 정자를 에워갔다. "피곤하구나!" 군수가 말했다. "어디 앉자!" 폰 트로타 씨는 이 읍에 부임한 뒤 처음으로 공원의 일반 벤치에 앉았다. 지팡이로 땅에 아무 선이나 모양을 그리며 이렇게 말했다.

"내가 황제를 알현했다. 네게 이런 말을 하지 않으려 했는데. 황제께서 친히 네 사건을 처리했다. 이 이야기는 이제 하지 말자!"

카를 요제프는 아버지 겨드랑이에 손을 밀어넣었다. 여러해 전에 빈에서 저녁 산책을 할 때 그랬듯, 아버지의 여윈 팔이 느껴졌다. 카를 요제프는 손을 빼지 않았다. 두 사람은 함께 일어섰다. 팔짱을 끼고 집으로 갔다.

히르슈비츠 양이 일요일에 꺼내 입는 회색 비단 원피스를 걸치고 나왔다. 이마 위로 틀어올린 머리털 한 가닥이 이 외출복과 똑같은 색을 띠고 있었다. 히르슈비츠 양은 부랴부랴 서둘러 일요일 별식을 차려왔다. 국수 수프, 삶은 쇠고기, 버찌만두를 내왔다.

하지만 군수는 음식에 관해 한마디 말도 하지 않았다. 맨날 먹는 커틀릿을 먹어치우는 듯했다.

20

한주 뒤에 카를 요제프는 아버지를 떠났다. 두 사람은 영업마차에 타기 전에 현관에서 서로를 얼싸안았다. 보는 눈이 있을지도 모르는데 플랫폼에서 껴안는 것은 남부끄러운 일이라고 늙은 폰 트로타 씨는 생각했다. 현관을 덮은 눅눅한 그늘과 석제 타일에서 흘러나오는 서늘한 공기에 감싸여, 여느 때와 마찬가지로 매우 짧게 포옹했다. 히르슈비츠 양은 어느 틈에 발코니에 나와 남정네처럼 침착하게 내려다보고 있었다. 폰 트로타 씨가 손을 흔들지 말라고 일러두었는데도 여집사는 손을 흔들었다. 히르슈비츠 양은 이를 의무라고 생각하는지도 몰랐다. 비가 오지 않았지만, 폰 트로타 씨는 우산을 펼쳤다. 하늘에 구름이 얇게 껴 있는 것만으로도 우산을 펼 만한 이유가 되고도 남는다고 생각하는 듯했다. 우산으로 히르슈비츠 양을 가리며 영업마차에 올랐다. 때문에 히르슈비츠 양은 발코니에서 폰 트로타 씨를 볼 수 없었다. 군수는 아무 말도 하지 않았다. 아들이 기차에 탄 뒤에야 아버지는 손을 들고 집게손가락을 올렸다. "이러면 좋겠다," 이렇게 말했다. "의병전역을 할 수 있다면 좋겠어. 군대를 아무런 중대한 사유 없이 떠날 수는 없다……!"

"알겠습니다! 파파!" 소위가 말했다.

기차가 출발하기 바로 전에 군수는 플랫폼을 떠났다. 카를 요제프는 폰 트로타 씨가 등을 꼿꼿이 세우고 집으로 가는 것을 지켜봤다. 접어 돌돌 만 우산 꼭대기를 추켜세운 모습은 팔에 군도라도 뽑아든 듯했다. 늙은 폰 트로타 씨는 뒤돌아보지 않았다.

카를 요제프는 전역허가를 받았다. "무슨 일을 하려고?" 동료들이 물었다. "직장을 얻었네!" 동료들은 더는 캐묻지 않았다.

소위는 오누프리이가 어디 있는지 물었다. 전령 콜로힌은 탈영했다고 연대 사무실에서 알려줬다.

트로타 소위는 호텔로 갔다. 느릿느릿 옷을 갈아입었다. 먼저 명예의 표상이자 무기인 군도를 풀었다. 소위는 이 순간을 두려워했었는데, 서글픔이 느껴지지 않아 자신도 놀랐다. 책상에 구십도가 한 병 놓여 있었지만, 서러움을 달래려 술 마실 필요가 없었다. 호이니츠키가 소위를 데리러 왔다. 아래층에서 채찍 휘두르는 소리가 들리더니, 어느새 백작이 방에 들어왔다. 앉아서 소위를 지켜봤다. 오후였다. 탑시계가 3시를 쳤다. 여름의 온갖 생기 넘치는 목소리가 열린 창문으로 밀려들었다. 여름이 목청껏 트로타 소위를 부르고 있었다. 밝은 회색 양복을 입고 노란 부츠를 신고 노란 채찍 자루를 손에 든 호이니츠키는 여름이 보낸 사절이었다. 소위는 옷소매로 군도의 광택 없는 칼집을 쓱 문지르고선 칼을 뽑아 칼날에 입김을 불고 손수건으로 훔친 다음 이 무기를 케이스에 넣었다. 소위는 매장하기 전에 시신에 염을 하는 듯 보였다. 케이스를 트렁크에 넣고 끈으로 묶기 전에 손바닥에 올려놓고 다시 한번 무게를 가늠해봤다. 그러고선 막스 데만트의 군도도 넣었다. 칼자루 아래 새겨진 문장을 읽어봤다. "군대를 떠나게!" 데만트는 이렇게 말했었다. 이제 소위는 군대를 떠나고 있었다……

개구리들이 개굴거리고, 귀뚜라미들이 찌륵거렸다. 창문 아래서는 호이니츠키의 밤색 말들이 히힝거리며 작은 마차를 슬금슬금 당길 때마다 바퀴 굴대가 삐걱거렸다. 소위는 코트 단추를 풀고 서 있었다. 재킷의 벌어진 초록색 옷깃 사이로 검은색 고무 목밴드가 보였다. 소위는 몸을 돌리고 이렇게 말했다. "제 경력이 이렇게 끝나는군요!"

"경력이란 게 없어졌소!" 호이니츠키가 말했다. "경력이란 것 자체가 사라졌소!"

이제 트로타는 코트를, 황제가 하사한 코트를 벗었다. 소년사관학교에서 배웠던 대로, 재킷을 책상에 펼쳤다. 먼저 빳빳한 목깃을 안으로 젖히고, 두 소매를 접어 목깃에서 엇갈리게 하여 안감 속으로 밀어넣었다. 그러고선 재킷의 아래쪽 절반을 뒤집어 올리면 벌써 작은 꾸러미처럼 보이고, 회색 물결무늬 안감이 아른아른 빛났다. 그 위에 바지를 두번 접어 얹어놓았다. 이제 트로타는 회색 양복을 입었다. 멜빵은 자기 경력의 마지막 기념품으로 간직하고 싶어 그냥 차고 있었다. (소위는 멜빵을 제대로 매본 적이 한번도 없었다) "할아버지도," 이렇게 말했다. "옛날 언젠가 군인으로서의 자신을 이렇게 꾸려담았겠지요!"

"그랬겠지요!" 호이니츠키가 고개를 끄덕였다.

트렁크는 아직 열려 있었다. 군인으로서의 트로타 자신이 규정대로 개킨 시신이 되어 들어 있었다. 트렁크를 닫아야 할 찬이었다. 소위는 느닷없이 고통에 사로잡혔다. 눈물로 목이 메었다. 호이니츠키에게 몸을 돌려 무슨 말인가를 하려고 했다. 일곱살에 기숙학교 학생이 됐고 열살에 소년사관학교 생도가 됐다. 평생 군인으로 살았다. 이제 군인 트로타를 묻으며 눈물을 흘려야 했다. 곡하지 않고 시신을 무덤에 묻을 수는 없었다. 호이니츠키가 옆에 있어 다행이었다.

"한잔하시오," 호이니츠키가 말했다. "서글퍼졌구려!"

두 사람은 술을 마셨다. 그런 다음 호이니츠키가 일어서서 소위의 트렁크를 닫았다.

브로드니처가 손수 트렁크를 마차로 날랐다. "정말 좋은 투숙객이었는데요, 남작님은!" 이렇게 말했다. 브로드니처는 모자를 손에 들고 마차 옆에 섰다. 호이니츠키가 벌써 고삐를 쥐었다. 트로타는 불현듯 브로드니처가 살갑게 느껴졌다—잘 있으세요! 이렇게 말하고 싶었다. 그럴 틈을 주지 않고 호이니츠키가 혀를 딱딱 차는 소리를 냈다. 말들이 마차를 끌기 시작하고, 말 머리와 꼬리가 동시에 치올라가고, 작은 마차의 가볍고 높은 바퀴가 모랫길을 보드득 밟으며 굴렀다. 푹신한 침대 위를 달리는 듯했다.

두 사람은 개구리 울음소리가 메아리치는 늪 사이를 뚫고 갔다.

"여기서 묵으시오!" 호이니츠키가 말했다.

작은 숲 언저리에 있는 아담한 집이었다. 군수 집에 달린 것과 비슷한 초록색 블라인드가 걸려 있었다. 보조 산지기 얀 슈테파니우크가 여기에 살았다. 녹슨 은색의 팔자수염을 치렁치렁 길게 기른 노인이었다. 노인은 십이년 동안 군에 복무했다. 입에 배어 있는 군대 어투로 트로타를 '소위님'이라고 불렀다. 좁은 목깃에 파란

실과 빨간 실로 수놓아진 거친 아마포 셔츠를 입고 있었다. 바람이 셔츠의 넓은 소매를 부풀리자 팔들이 날개처럼 보였다.

이 집에서 트로타 소위는 머물렀다.

소위는 동료를 아무도 만나지 않겠다고 마음먹었다. 목조골방에 틀어박혀 가물거리는 촛불 아래서 누르스름하고 나뭇결이 비치는 사무용지에 아버지에게 보내는 편지를 썼다. 위로부터 8센티미터를 비우고 첫머리를 쓰고, 옆으로부터 4센티미터를 떼고 글을 시작했다. 모든 편지들은 근무증처럼 어슷비슷했다.

카를 요제프는 일이 많지 않았다. 검은색-초록색 표지의 두꺼운 장부에 삯일꾼들의 이름, 삯돈, 호이니츠키 집에 묵는 손님들의 일용품을 기입했다. 숫자들을 합산하면서, 아무리 잘해보려고 해도 틀리기 일쑤였다. 닭, 오리, 돼지, 판매하거나 보유한 과일, 누런 홉을 재배하는 밭뙈기, 해마다 한 판매대리인에게 빌려주는 홉 건조로乾燥爐 현황을 보고했다.

소위는 이제 이 지역 언어를 배웠다. 농부들이 하는 말을 얼추 알아들었다. 벌써 겨울 땔감을 사들이려는 붉은 머리털 유대인들과 흥정을 했다. 자작나무, 가문비나무, 전나무, 떡갈나무, 보리수나무, 단풍나무의 제가끔 다른 가격을 알게 됐다. 소위는 인색하게 굴었다. 읍내에서 열리는 목요일 돼지 시장에 가서 안장, 목사리, 멍에, 큰 낫이며 숫돌, 작은 낫, 갈퀴, 씨앗을 구입할 때는 쏠페리노의 영웅, 진실의 옹호자인 자신의 할아버지와 꼭 마찬가지로 여위고 뻣뻣한 손가락으로 은화를 한닢 한닢 세었다. 우연히 어떤 장교와 지나치기라도 하면 고개를 내리깔았다. 그렇게까지 조심하지 않아도 됐다. 콧수염이 덥수룩하게 자라고, 뻣세고 까맣고 촘촘한 수염 밑동이 볼을 뒤덮었기 때문에 소위를 거의 알아볼 수 없었다. 어느덧 가는 곳마다 가을걷이 준비가 한창이었다. 농부들은 오두막집 앞에서 둥근 벽돌색 숫돌에 낫을 갈았다. 이 지역 곳곳마다 돌에 쇠를 쓱싹쓱싹 갈았고 이 소리는 귀뚜라미 소리마저 덮어버렸다. 밤에 소위는 호이니츠키의 '새 성'에서 흘러나오는 음악과 소음을 가끔 들었다. 이 소리는 한밤중에 수탉이 우는 소리, 보름달을 보고 개가 짖는 소리와 마찬가지로 꿈결에도 들렸다. 소위는 마침내 만족스럽고 외롭고 고요하다고 느꼈다. 여태 이렇게 살아온 듯싶었다. 잠이 오지 않으면 몸을 일으켜 지팡이를 들고 들길을 걸으며 밤의 온갖 소리들을 들었다. 동트기를 기다리고 붉은 해를 맞이하고 이슬을 들이마시고 새벽을 알리는 선들바람의 노래를 들었다. 그러면 밤새 푹 잔 것만큼이나 기분이 상쾌해졌다.

오후마다 주변 마을들을 돌아다녔다. "예수님 찬미합니다!" 농부들이 말했다. "영원히, 아멘!" 트로타가 대답했다. 소위는 농부들이 그러듯 어기적어기적 걸었다. 지폴리에의 농사꾼들이 걸었던 걸음이었다.

어느 날 소위는 부르들라키 마을을 지나갔다. 작은 교회탑이 마을의 손가락이기라도 한 듯 파란 하늘을 가리키고 있었다. 고요한 오후였다. 수탉들이 졸린 듯 울었다. 마을길 길섶에서 각다귀들이 춤을 추며 윙윙거렸다. 난데없이 수염이 덥수룩하고 시커멓게 난 농부가 오두막집에서 튀어나와 길을 가로막고 인사를 했다. "예수님 찬미합니다!"

"영원히, 아멘!" 트로타는 이렇게 대답하고 걸음을 옮기려 했다.

"소위님, 오누프리이입니다!" 수염난 농부가 말했다. 시커멓고 촘촘한 깃털 부채를 활짝 펼쳐놓은 듯, 수염이 얼굴을 온통 뒤덮고 있었다. "왜 탈영을 했나?" 트로타가 물었다. "귀가했을 뿐입니다!" 오누프리이가 대답했다. 우문현답이었다. 오누프리이의 마음을 알고도 남았다. 오누프리이가 소위를 섬긴 것은 소위가 황제에게 충성한 것과 마찬가지였다. 조국은 사라졌다. 부서져 산산조각이 났다. "두렵지 않은가?" 트로타가 물었다. 오누프리이는 무섭지 않았다. 누이 집에서 묵고 있었다. 치안대는 주마다 마을을 통과했지만 순찰할 생각을 하지 않았다. 게다가 오누프리이 자신과 마찬가지로 우크라이나인들이었다. 누군가 치안대 상사에게 서면신고를 하지 않는 한 염려할 일이 없었다. 부르들라키에서는 신고란 걸 하지도 않았다.

"잘 있어라, 오누프리이!" 트로타가 말했다. 소위는 구부러진 길을 걸어 올랐다. 길은 확 트인 들로 이어졌다. 오누프리이는 곱이까지 쫓아왔다. 소위는 징을 박은 군화가 자갈길을 밟으며 따라오는 소리를 들었다. 오누프리이는 병영을 떠나며 군화를 챙겨갔던 것이었다. 트로타는 유대인 아브람취크의 마을 주막에 들어갔다. 거기서는 비누, 화주, 담배, 시가, 잎담배, 우표를 팔았다. 유대인은 불타는 듯 붉은 수염을 달고 있었다. 자신의 주막 아치문 앞에 앉아 있으면, 2킬로미터 떨어진 국도에서도 볼 수 있을 만큼 환하게 빛났다. 이 유대인도 나이 들면, 소위는 이렇게 생각했다, 막스 데만트의 할아버지처럼 수염이 허연 유대인이 되겠지.

트로타는 화주를 마시고 잎담배와 우표를 사고 주막을 떠났다. 길은 부르들라키로부터 올레크스크를 지나 쏘스노프 마을로 났고, 이어 뷔토크, 레슈니츠와 돔브로바로 통했다. 트로타는 날마다 이 길을 걸었다. 철로를 두번 건넜다. 검은색-노란색 줄무늬가 바랜 건널목 차단기, 간수 초소에서 끊임없이 잘그랑거리는 유리 신호기를 두번 지났다. 신호기 소리는 바깥세상에서 들려오는 즐거운 목소리였으나, 트로타 남작의 관심을 더는 끌지 못했다. 바깥세상은 없어졌다. 군 생활도 사라졌다. 소위는 손에 지팡이를 들고 늘 들과 국도를 걸었으며, 허리께 군도를 찼던 적은 없는 듯 느껴졌다. 카를 요제프는 쏠페리노의 영웅인 할아버지처럼, 락센부르크 성 공원을 지키던 상이군인인 증조할아버지처럼, 지폴리에의 농사꾼들이었던 이름없고 알려지지 않은 선조들처럼 살았다. 올레크스스크를 지나 쏘스노프, 뷔토크, 레슈니츠, 돔브로바로 가는 똑같은 길을 늘 걸었다. 이 마을들은 호이니츠키의 성 둘레에 있었고, 모두 호이니츠키의 소유였다. 돔브로바에서 호이니츠키의 집까지 버드나무 오솔길이 나 있었다. 아직 시간이 늦지 않았다. 걸음을 재촉한다면 6시 전에 호이니츠키 집에 도착하여 옛 동료들을 피할 수 있었다. 트로타는 성큼성큼 걸었다. 이제 창문 아래에 이르렀다. 휘파람을 불었다. 호이니츠키가 창으로 내다보더니 고개를 끄덕이고 내려왔다.

"드디어 올 것이 왔소!" 호이니츠키가 말했다. "전쟁이 일어났소. 오랫동안 기다렸지요! 그래도 놀랍긴 하지요. 트로타 가문 사람은 오랫동안 평화롭게 살 운명이 못되나보오. 내 군복은 준비해 놓았소. 한주 뒤나 두주 뒤에 함께 입대합시다."

트로타는 자연이 이 순간보다 더 평화롭게 보인 적이 없었던 듯 싶었다. 벌써 맨눈으로 해를 바라볼 수 있었다. 해는 눈에 띌 정도로 빨리 서쪽으로 저물었다. 해가 넘어간 곳에서 하늬바람이 세차게 불어와, 하늘에 하얀 조각구름들을 물결치게 하고, 땅에 밀과 호밀 이삭들을 일렁이게 만들고, 양귀비의 붉은 얼굴들을 쓰다듬었다. 푸른 풀밭들에 땅거미가 너울너울 내려앉았다. 동쪽 작은 숲이 어스레한 보라색에 잠겨들었다. 작은 숲 언저리에서 트로타가 묵는 슈테파니우크의 하얀색 집이 반짝거렸다. 창문들이 햇빛을 눈부시게 되쏘았다. 귀뚜라미들이 목청껏 찌륵거렸다. 바람이 이 울음소리를 멀리 실어가버리자 한순간 사위가 고요해지며 땅의 숨소리가 들렸다. 갑작스레 위에서, 공중에서 칼칼하고 날카로운 소리가 여리게 귀에 닿았다. 호이니츠키가 손으로 위를 가리켰다. "무엇인지 알겠소? 기러기요! 아직 떠날 때가 아니지요. 한여름인데 말이오. 총소리를 들은 모양이오. 여기가 위험한 것을 아는 거요!"

오늘은 '작은 잔치'가 열리는 목요일이었다. 호이니츠키가 몸을 돌려 안으로 들어갔다. 트로타는 자신이 묵는 아담한 집의 반짝거리는 창문을 향해 천천히 걸었다.

이날 밤 트로타는 잠들지 못했다. 자정에 기러기들이 칼칼하게 우는 소리가 들렸다. 소위는 옷을 걸쳤다. 문을 열고 나갔다. 슈테파니우크가 셔츠 바람으로 문 앞에 드러누워 있었다. 곰방대가 불그스름하게 타고 있었다. 노인은 등을 땅에 대고 꿈쩍도 하지 않고 말했다. "오늘은 잠을 이룰 수 없군요!"

"기러기 울음을 들으니!" 트로타가 말했다.

"그래요, 기러기 울음을 들으니!" 슈테파니우크가 맞장구쳤다. "여기 살면서 기러기들이 이렇게 철 이르게 울어대는 것을 들은 적이 없어요. 들어보세요, 들어봐요……!"

트로타는 하늘을 올려다봤다. 여느 때와 마찬가지로 별들이 깜박였다. 하늘에 다른 것은 전혀 보이지 않았다. 하지만 별들 아래에서 끊임없이 칼칼하게 우는 소리가 들려왔다. "기러기들은 훈련을 하고 있어요." 슈테파니우크가 말했다. "오랫동안 여기 누워 있었어요. 가끔 기러기들이 눈에 보이네요. 회색 그림자로 어른거리지만요. 보세요!" 슈테파니우크는 달아오른 곰방대 대통으로 하늘을 가리켰다. 순간 암청색 하늘 아래 기러기들의 작고 하얀 그림자가 떠가는 것을 볼 수 있었다. 별들을 헤치고 작고 밝은 너울들처럼 흘러가고 있었다. "이게 다가 아니에요!" 슈테파니우크가 말했다. "오늘 아침에 까마귀를 수백마리나 봤어요. 그런 일은 없었지요. 처음 보는 까마귀들이었어요. 다른 지역에서 온 것들이에요. 아마 러시아에서 온 것 같아요. 흔히들 말하기를, 까마귀는 새들의 선지자라는데."

북동쪽 지평선에 은색 띠가 희붐하게 떠올랐다. 띠는 눈에 띄게 밝아졌다. 바람이 일었다. 호이니츠키의 성에서 시끌벅적한 소리가 바람에 실려왔다. 트로타는 슈테파니우크 옆에 벌렁 누웠다. 졸린 눈으로 별들을 쳐다보며, 기러기 울음소리를 귀에 담으며, 잠이 들었다.

잠 깨어보니 해가 뜨고 있었다. 반시간쯤 잠잔 듯 느껴졌지만, 적어도 네시간은 흘렀음에 틀림없었다. 날마다 아침이면 들리는 귀에 익은 새소리 대신 까마귀 수백마리가 불길하게 깍깍거리는 소리가 울렸다. 트로타 옆에서 슈테파니우크가 몸을 일으켰다. 입에 물고 있던 곰방대를 빼내어 (곰방대는 잠든 동안 꺼졌다) 둘레의 나무들을 가리켰다. 덩치 큰 검은 새들이 가지마다 빽빽이 앉아 있는 모습이 공중에서 떨어진 으스스한 과일들처럼 보였다. 검은 새들은 꿈쩍 않고 깍깍거리기만 할 뿐이었다. 슈테파니우크가 새들에게 돌을 던졌다. 하지만 까마귀들은 날개를 두세번 퍼덕였을 뿐이었다. 가지에서 자라난 과일들처럼 웅크리고 앉아 있었다. "쏴 죽여야겠어요." 슈테파니우크가 말했다. 집으로 들어가 엽총을 꺼내 와서 쏘았다. 새가 몇마리 아래로 떨어졌다. 나머지는 총소리를 듣지도 못한 것처럼 보였다. 모두 가지에 쪼그리고 앉아 있었다. 슈테파니우크는 시커먼 시체들을 주워모았다. 족히 열마리도 넘게 쏴죽이고, 그 시체들을 두 손으로 집어 집으로 옮겼다. 피가 풀에 뚝뚝 떨어졌다. "기이한 까마귀들이네요," 노인은 이렇게 말했다. "꿈쩍도 하지 않아요. 새들의 선지자라는데."

금요일이었다. 오후에 카를 요제프는 여느 때와 다름없이 마을들을 돌아다녔다. 귀뚜라미가 찌륵거리지 않았다. 개구리가 개굴거리지 않았다. 까마귀들만 깍깍거렸다. 없는 곳이 없었다. 보리수나무에도, 떡갈나무에도, 자작나무에도, 버드나무에도 앉아 있었다. 어쩌면 까마귀들은 해마다 가을걷이 전에 찾아오는지도 몰라. 트로타는 생각했다. 농부들이 낫 가는 소리가 들리면 모여드는 것일 뿐이야—소위는 부르들라키 마을을 지나갔다. 오누프리이가 다시 나오기를 속으로 바랐다. 오누프리이는 나타나지 않았다. 농부들은 오두막집 앞에 서서 불그레한 돌에 쇠를 갈았다. 가끔 위를 올려다봤다. 까마귀들이 깍깍거리는 소리가 거슬렸는지 이 검은 새들을 향해 상스런 욕지거리를 퍼부었다.

트로타는 아브람취크의 주막을 스쳐지났다. 이 머리털이 붉은 유대인이 문 앞에 앉아 있었다. 수염이 빛났다. 아브람취크가 몸을 일으켰다. 검은 우단 모자를 들어올려 인사를 하고 공중을 가리키며 말했다. "까마귀들이 왔어요! 하루 종일 울어댑니다! 영리한 새들이지요! 조심해야 해요!"

"아마도, 아마도 당신 말이 맞는 것 같습니다!" 트로타는 이렇게 말하고 늘 그랬던 대로 버드나무 오솔길을 따라 호이니츠키 집으로 걸었다. 이제 창문 아래 다다랐다. 휘파람을 불었다. 아무도 나오지 않았다.

호이니츠키는 읍에 갔음이 분명했다. 트로타는 읍으로 걸었다.

옛 동료들과 마주치고 싶지 않아서 늪 사이로 난 길을 걸었다. 농부들만 이 길을 이용했다. 맞은편에서 몇 사람이 다가왔다. 길은 매우 좁아서 서로 엇갈려 통과할 수 없었다. 한 사람이 지나가는 동안 다른 사람이 멈춰서야 했다. 오늘 트로타를 향해 오는 사람들은 누구 하나 가릴 것 없이 여느 때보다 걸음을 서두르는 듯 보였다. 여느 때와 달리 인사를 하는 둥 마는 둥 했다. 걸음을 여느 때보다 크게 떼었다. 생각에 골똘히 빠진 사람들처럼 고개를 떨구고 걸었다. 돌연, 읍 길목을 막고 있는 세관 차단기가 트로타의 눈에 들어왔다. 다가오는 사람들 수가 늘어났다. 스무명 남짓한 무리가 이제 줄지어 한 사람씩 길에 들어섰다. 트로타는 멈춰섰다. 노동자들임에 틀림없다는 것을 알아챘다. 강모 공장 노동자들이 마을로 귀가하고 있었다. 어쩌면 이들 중 몇몇 사람을 향해 자신이 발포했을지도 몰랐다. 이들이 지나갈 수 있도록 멈춰섰다. 노동자들은 말없이 걸음을 재촉했다. 저마다 어깨에 멘 막대기에 보따리를 매달고 한 줄로 지나갔다. 땅거미가 더 빨리 내리는 듯 보였다. 서둘러 걷는 노동자들이 어스름을 더 짙게 만들기라도 하는 듯싶었다. 하늘에 구름이 엷게 끼고, 붉은 동전처럼 해가 저물고, 은회색 안개가 늪에 피어올랐다. 안개와 구름은 오누이로서 땅에 사는 오빠가 하늘에 있는 누이를 만나러 가는 듯했다. 느닷없이 읍내의 모든 종이 울리기 시작했다. 길 가던 사람들이 잠깐 걸음을 멈추고 귀 기울였다가 다시 걸음을 서둘렀다. 트로타는 꽁무니를 따라가던 사람을 붙들고 종이 왜 울리는지 물었다. "전쟁이 터졌으니까." 이 사람은 고개를 들지도 않고 대답했다.

"전쟁이 터졌으니까." 트로타가 따라 말했다. 그렇다, 전쟁이 일어났다. 이렇게 되리라는 것을 오늘 아침부터, 어제 저녁부터, 그저

께부터, 여러주 전부터, 자신이 전역할 때부터, 용기병대가 축제를 망칠 때부터 알고 있었던 듯 느껴졌다. 자신이 일곱살 적부터 대비해왔던 전쟁이었다. 자신이 기다리던 전쟁이었다. 손자가 치러야 할 전쟁이었다. 쏠페리노의 시대와 영웅들이 되돌아왔다. 종소리가 쉬지 않고 울려퍼졌다. 이제 세관 차단기 앞에 다다랐다. 나무 의족을 단 검문원이 검문소 앞에서 인파에 둘러싸여 있었다. 검문소 문에 검은색-노란색으로 빛나는 벽보가 붙어 있었다. 노란색 바탕에 검은색으로 쓴 첫마디를 멀리서도 읽을 수 있었다. 구름처럼 모여든 사람들 머리 위에 이 말은 무거운 들보처럼 솟아 있었다. "나의 민족들에게!"

악취가 코를 찌르는 짧은 양털 가죽을 걸친 농부들, 펄럭거리는 검은색-초록색 카프탄을 입은 유대인들, 초록색 모직 코트를 입고 독일인 거주지에서 온 슈바벤 출신 농장주들, 폴란드인 주민들, 상인들, 수공업자들, 관리들이 세관 검문소를 에워싸고 있었다. 텅 비어 있던 네 벽에 벽보가 대문짝만 하게 붙어 있었다. 벽보마다 다른 언어로 쓰여 있었으나, 벽보마다 똑같은 첫머리로 시작했다. "나의 민족들에게!" 글을 읽을 줄 아는 사람들이 벽보를 큰 소리로 읽었다. 울려퍼지는 종소리에 이 사람들의 목소리가 섞여들었다. 어떤 사람들은 이 벽 저 벽 돌아다니며 담화문을 이 언어 저 언어로 읽었다. 한 종소리가 채 사라지기도 전에 새 종소리가 울려퍼졌다. 소읍에서 사람들이 역으로 통하는 넓은 길로 쏟아져나왔다. 트로타는 이들을 거슬러 읍으로 걸었다. 저녁이 됐다. 금요일 저녁이었으므로, 유대인들의 누추하고 작은 집들에 촛불이 들어와 보도를 밝혔다. 어느 집이나 납작한 무덤처럼 보였다. 죽음이 손수 촛불을 켜놓은 듯했다. 유대인들이 집에서 기도를 올리며 부르는 찬송가가 여느 안식일보다 더 크게 흘러나왔다. 유대인들은 평소와 전혀 다른 안식일을, 피의 안식일을 맞이했다. 시커멓게 무리 지어 허둥지둥 집 밖으로 뛰어나와 네거리에 모여서서, 내일 출정해야 하는 병사들을 떠나보내며 땅이 꺼져라 한숨 쉬었다. 서로 악수를 나누고 볼에 입을 맞추고 두 사람이 서로 얼싸안으면 붉은 수염들이 헤어지기 싫은 듯 서로 뒤엉켜 손으로 수염들을 떼어놓아야 했다. 이들의 머리 너머에서 종이 울렸다. 종소리와 유대인들의 한숨 소리를 트럼펫 소리가 날카롭게 갈랐다. 소등나팔이었다, 마지막 소등나팔이었다. 이미 밤이 이슥했다. 별이 보이지 않았다. 하늘이 소읍 위에 흐리게 너부죽이 내려앉아 있었다!

트로타는 몸을 돌렸다. 영업마차를 찾아봤으나 하나도 없었다. 성큼성큼 걸음을 재촉하여 호이니츠키에게 갔다. 문이 열려 있었다. '성대한 축제'를 벌일 때처럼 방마다 불이 켜져 있었다. 호이니츠키는 대기실에서 트로타를 맞았다. 군복을 입고 철모를 쓰고 탄약 주머니를 차고 있었다. 마부에게 마차를 준비하라고 지시했다. 호이니츠키가 배속된 주둔부대는 5킬로미터 떨어져 있었는데 이날 밤에 거기로 출발하려 했다. "자네 잠시만 기다리게!" 호이니츠키가 말했다. 트로타에게 처음으로 자네라고 말했다. 어쩌면 부주의해서 그랬을지도 모르고, 어쩌면 군복을 입어서 그랬을지도 몰랐다. "집에 데려다주겠네. 그런 다음 읍까지 태워다줌세."

두 사람은 슈테파니우크의 작은 집으로 갔다. 호이니츠키는 의자에 앉았다. 트로타가 양복을 벗고 군복을 입는 것을 지켜봤다. 한 점 한점. 호이니츠키는 몇주 전에 (하지만 아득한 과거의 일 같았다!) 브로드니처의 호텔에서 트로타가 군복을 벗는 것을 지금처럼 바라봤었다. 트로타는 군복을 다시 입는다. 고향으로 돌아온 듯하다. 군도를 케이스에서 꺼낸다. 어깨띠를 두른다. 큼지막한 검은색-초록색 장식꽃술이 살랑거리며 군도의 은은히 빛나는 금속에 스친다. 트로타는 트렁크를 닫는다.

두 사람은 작별을 나눌 시간이 그리 많지 않다. 총병대 병영 앞에서 마차가 멈춘다. "안녕히!" 트로타가 말한다. 두 사람은 악수한 손을 한참 동안 놓지 못한다. 마부의 떡 벌어지고 꿈쩍 않는 등 뒤로 시간이 흘러가는 소리가 들리는 듯하다. 악수를 나누는 것으로만은 충분치 않아 보인다. 뭔가를 더 해야 한다는 느낌이 든다. "우리 고장 사람들은 입을 맞추지." 호이니츠키가 말한다. 두 사람은 얼싸안고 빠르게 입을 맞춘다. 트로타가 마차에서 내린다. 병영 앞 보초들이 경례를 붙인다. 말들이 움직이기 시작한다. 트로타 등 뒤에서 병영문이 닫힌다. 트로타는 잠시 걸음을 멈추고 호이니츠키의 마차가 떠나가는 소리를 듣는다.

21

이날 밤 총병대대는 북동쪽으로 볼로치스크 국경지역을 향해 진군했다. 처음에는 이슬비가 내리다가 빗발이 점점 굵어졌고, 국도의 허연 먼지들이 엉겨 은회색 진창으로 바뀌었다. 흙탕물이 병사들의 군화를 찰싹찰싹 때리고, 규정에 따라 목숨을 바치러 가는 장교들의 잘 다린 군복에 튀었다. 긴 군도가 거치적거리고, 검은색-황금색 어깨띠 끝단에 달린 화려하고 기다란 장식꽃술은 허리께까지 내려와 뭉그러지고 축축해지고 자잘한 진흙 덩이로 범벅이 되었다. 희번하게 동텄을 때 대대는 목적지에 도착했고 다른 지역 보병 이개 연대와 합류하여 산개 대형을 구축했다. 이렇게 이틀 동안 대기했으나 전쟁의 기미가 없었다. 우측 멀리서 총성이 산발적으로 들릴 뿐이었다. 기병부대 사이의 소규모 국경 교전이었다. 이따금 부상당한 국경 세관원이, 때로는 사망한 국경 치안대원이 실려왔다. 의무병들이 부상병과 시신을 들것에 들고, 대기 중인 병사들 앞을 스쳐 지나갔다. 전쟁은 시작될 낌새를 보이지 않았다. 뇌우가 닥치기 전 여러날 동안 머뭇거리듯, 전쟁은 멈칫거리고 있었다.

셋째 날 퇴각 명령이 떨어졌다. 대대가 후퇴 대형으로 정렬했다. 장교들이나 병사들이나 실망이 이만저만이 아니었다. 동쪽으로 3킬로미터 떨어진 곳에서 용기병 연대가 전멸했다는 소문이 떠돌았다. 까자끄 기병들이 이미 국경 안으로 침입했다는 말도 있었다. 부대는 언짢은 기분으로 아무 말 없이 서쪽으로 행군했다. 무턱대고 퇴각하고 있다는 것을 곧 알아챘다. 국도의 네거리, 마을, 소읍을 지날 때마다 여러 병과부대들이 뒤얽혀 뒤죽박죽이 됐기 때문이었다. 군사령부로부터 수많은 매우 상반되기조차 하는 명령들이 떨어졌다. 대부분의 명령들은 마을과 소읍 주민을 피난시키고 친러시아 성향 우크라이나인, 사제, 스파이를 처치하라는 것이었다. 마을에 들를 때마다 부리나케 군사재판을 열어 부랴부랴 판결을 내렸다. 밀고자들이 농부, 그리스정교회 사제, 교사, 사진사, 관리 들에 관한 확인할 수 없는 첩보를 들고 왔다. 시간이 없었다. 빠르게 퇴각하면서도 반역자들을 신속하게 처단해야 했다. 그리하여 한편으로는 구급마차, 병참대 행렬, 야전포병대, 용기병대, 창기병대, 보병대가 쉬지 않고 내리는 비를 맞으며 발이 푹푹 빠지는 도로에서 난데없이 서로 마주쳐 어쩔 줄 모르고 뒤엉키고, 급사들이 명령을 전하러 이리저리 뛰어다니고, 소읍 주민들이 백색 테러가 두려워 빨간색-하얀색 줄무늬 매트리스, 회색 자루, 갈색 가구, 파란색 석유등을 싣고 끝없이 무리 지어 서쪽으로 피난을 가는 동안, 다른 한편으로는 크고 작은 마을의 교회 광장에서 성급한 판결을 화급히 집행하는 총성이 탕탕 울리고, 재판관의 단조로운 선고에 드럼 장단이 둥둥둥 스산하게 반주를 넣고, 희생자의 아내들이 장교들의 진흙투성이 군화를 붙들고 쓰러져 자비를 베풀어달라고 울부짖고, 오두막집과 헛간, 가축우리와 건초 더미에서는 붉은색과 은색이 섞인 불길이 솟아올랐다. 오스트리아군의 전쟁은 군사재판으로 시작됐다. 진짜 반역자들이나 반역자로 지목된 자들을 교회 광장 나무에 여러날 매달아두어 산 사람들에게 공포를 불러일으키려 했다. 하지만 산 사람들은 멀리멀리 도망친 뒤였다. 나무에 매달린 시신들 둘레에 불을 붙였다. 검불들이 바지직거리기 시작했고, 불기운은 피에 물든 가을로 접어들어 끊임없이 소록소록 내리는 희뿌연 가랑비를 이겨냈다. 고목들의 오래된 껍질이 까맣게 타들어갔고, 작은 은색 불꽃들이 연기를 일으키며 불벌레들처럼 줄기 골들을 타고 기어올라 잎들을 갉아먹었다. 초록색 잎들이 오그라들며 붉어졌다가 검어졌다가 회색이 됐다. 밧줄이 풀리고 시신이 땅에 떨어졌다. 얼굴은 까맣게 타버렸지만 몸은 아직 멀쩡했다.

어느날 대대는 크루치니 마을에서 휴식을 취했다. 오후에 도착하여, 이튿날 새벽 해뜨기 전에 서쪽으로 행군을 계속할 예정이었다. 이날은 오랜만에 비가 그쳐 있었으며 9월 오후의 해가 드넓은 들밭에 따뜻한 은색 햇살을 던지고 있었다. 들밭에 거두지 않은 곡식이, 이제 먹을 사람이 없어진 잘 여문 알곡이 들어서 있었다. 거미줄이 공중에 하느작하느작 떠다녔다. 까마귀들조차 잠자코 있었다. 이날 평화가 잠시 찾아드는 것을 보고 썩은 시체를 맛볼 수 있으리라는 희망을 접은 듯했다. 장교들은 군복을 갈아입지 못한 지 한주가 됐다. 군화가 물에 붇고 발은 붓고 무릎은 펴지지 않고 장딴지가 쑤시고 허리를 굽힐 수 없었다. 오두막집을 숙소로 정하고 안에 들어가 트렁크에서 마른 옷가지들을 꺼내고 우물에서 감질나게 나오는 물로 몸을 씻었다. 밤이 됐다. 맑고 고요했다. 몇몇 농가에서 버림받은 개들만이 배고픔과 두려움에 울부짖었다. 소위는 잠을 이루지 못했다. 숙영하는 오두막집에서 나왔다. 길게 뻗은 마을길을 따라 그리스정교회의 이중십자가가 별들을 가리키며 솟아 있는 교회탑을 향해 걸었다. 널지붕 교회는 작은 묘지 한가운데 자리 잡고 있었다. 교회를 에두른 비스듬한 나무 십자가들이 별빛에 춤추는 듯 보였다. 묘지의 활짝 열린 회색 대문 앞에 시신이 세구 걸려 있었다. 수염이 덥수룩한 사제가 가운데에, 황토색 겉옷을 입고 꿈쩍 않는 발에 거칠게 삼은 미투리를 신은 젊은 농부 두 사람이 양쪽에 늘어져 있었다. 가운데 매달린 사제의 검은 수도복이 신발까지 내려왔다. 이따금 밤바람이 사제의 다리를 흔들었다. 다리가 사제복 옷자락에 부딪쳤다. 벙어리 추가 귀머거리 종을 두드리는 듯했다. 아무 소리도 나지 않는데도 소리가 들리는 것 같았다.

트로타 소위는 처형된 사람들에게 다가갔다. 부풀어오른 얼굴들을 보았다. 세 사람이 자신의 부하 중에 이 병사 같기도 하고 저 병사 같기도 했다. 자신이 날마다 함께 훈련했던 민초의 얼굴이었다. 사제의 새까만 부채를 활짝 펼쳐놓은 듯한 수염은 오누프리이의 수염을 연상시켰다. 마지막으로 봤을 때 오누프리이는 그런 모습이었다. 어쩌면 오누프리이가 이 목매달린 사제의 형제일지도 모를 일이었다. 트로타 소위는 주위를 둘러봤다. 귀를 기울였다. 인기척이 없었다. 교회 종탑에서 박쥐들이 쉭쉭 날아다녔다. 텅 빈 농가에서 버림받은 개들이 짖었다. 소위는 군도를 빼내어 처형된 세 사람을 매단 밧줄을 차례로 잘랐다. 시신을 한구씩 어깨에 둘러메고 차례로 교회 묘지로 날랐다. 군도 칼날로 무덤 사이로 난 길을 파헤쳐, 시신 세구를 묻을 만한 자리를 마련했다. 시신을 모두 누이고 군도와 칼집으로 흙을 떠서 위에 덮고 발로 땅을 고르고서 단단히 내리다졌다. 그런 다음 성호를 그었다. 호라니체 소년사관학교 마지막 미사 이후 처음 그어보는 성호였다. 주기도문도 암송하려 했으나 입술만 달싹거릴 뿐 소리가 나오지 않았다. 밤새 한마리가 울었다. 박쥐들이 쉭쉭 날아다녔다. 개들이 울부짖었다.

이튿날 새벽 해뜨기 전에 대대는 행군을 계속했다. 가을 새벽의 은색 안개가 세계를 감싸고 있었다. 하지만 이내 해가 안개를 헤치고 솟아 한여름처럼 이글거렸다. 병사들은 목이 말랐다. 모래 덮인 황량한 지역을 지나고 있었다. 어디선가 물이 콸콸 흐르는 소리를 들은 듯한 느낌이 가끔 들었다. 물소리가 난 것 같은 방향으로 몇몇 병사들이 달려갔다가 금세 다시 돌아왔다. 시내도, 못도, 우물도 없었다. 대대는 몇몇 마을도 통과했으나 우물들에는 총살당하고 처형당한 시신들이 처박혀 있었다. 어떤 시신들은 반으로 접혀 우물의 나무 테두리에 걸쳐져 있었다. 병사들은 우물을 들여다보지 않았다. 돌아왔다. 대대는 행군을 계속했다.

목이 타는 듯했다. 오후가 됐다. 총성을 듣고 땅에 납작 엎드렸다. 적군이 벌써 쫓아온 듯했다. 병사들은 포복하여 뱀처럼 기어갔다. 얼마 지나지 않아 길이 넓어지기 시작하는 게 보였다. 인적 끊긴 기차역이 눈앞에 나타났다. 철로가 시작되는 기점이었다. 대대는 달려서 역에 이르렀다. 여기는 안전했다. 수 킬로미터에 걸쳐 양쪽이 철둑으로 가려져 있기 때문이었다. 적군은 날래게 질주하는 까자끄 기병중대인 것 같았는데 철둑 너머 아군과 같은 높이에 포진하고 있을지도 몰랐다. 대대는 아무 말 없이 기운이 떨어져 철둑 사이로 행군했다. 느닷없이 누군가 외쳤다. "물이다!" 다음 순간 모두가 철둑 마루 간수 초소 옆에 우물이 있는 것을 보았다. "제자리에!" 초글라우어 소령이 명령했다. "제자리에!" 장교들이 복창했다. 하지만 목마른 병사들을 막을 수 없었다. 처음에는 한 사람씩, 이내 무리 지어 비탈로 달려올라갔다. 총성이 탕탕 울렸고, 병사들이 쓰러졌다. 철둑 저편 적 기병들이 목마른 병사들을 겨냥하여 총을 쏘는데도, 죽음을 무릅쓰고 우물로 몰려가는 병사들이 늘어만 갔다. 2중대 2소대가 우물에 가까이 왔을 때 초록색 비탈에는 이미 열구도 넘는 시신이 흩어져 있었다.

"소대 정지!" 트로타 소위가 명령했다. 옆으로 걸어나와 말했다. "본관이 물을 길어오겠다! 아무도 움직이지 마라! 여기서 기다려라! 양동이 이리로!" 병사가 기관총 분대에서 방수 아마포 양동이 두개를 가져왔다. 소위는 양동이를 한 손에 하나씩 들었다. 비탈을 걸어올라 우물로 갔다. 탄환이 둘레에 핑핑 날아다니고 발 앞에 떨어지고 귓가와 다리를 스치고 머리 위로 지나갔다. 소위는 우물에 몸을 굽혔다. 비탈 저편에서 까자끄 기병들이 이 열로 달리며 조준하는 것을 보았다. 두렵지 않았다. 다른 병사들과 마찬가지로 탄환에 맞을 수 있다는 생각이 들지 않았다. 아직 발사되지 않은 총성이 벌써 울리고, 동시에 「라데츠키 행진곡」의 첫 드럼 장단이 들렸다. 소위는 아버지 집 발코니에 서 있었다. 아래에서 군악대가 연주를 했다. 이제 네히발이 은제 손잡이가 달린 흑단나무 지휘봉을 들어올렸다. 이제 트로타는 두번째 양동이를 우물에 내려뜨렸다. 이제 썸벌즈가 쨍그랑 울렸다. 이제 소위가 양동이를 끌어올렸다. 물이 가득 차 철철 넘치는 양동이를 두 손에 들고 핑핑 날아다니는 탄환을 헤치고 왼발을 내디뎌 아래로 내려가려 했다. 이제 두번째 걸음을 내디뎠다. 이제 소위 머리가 철둑 아래로 사라지려는 참이었다.

이때 탄환이 소위의 머리에 맞았다. 소위는 한 걸음 더 내딛고 쓰러졌다. 물이 가득 찬 양동이가 흔들거리더니 뒤집어지며 소위에게 물을 끼얹었다. 뜨거운 피가 머리에서 흘러나와 비탈의 차가운 땅에 스며들었다. 비탈 아래에서 소위 소대의 우크라이나 농촌 출신 병사들이 입을 모아 외쳤다. "예수님 찬미합니다!"

영원히, 아멘! 소위는 이렇게 말하려고 했다. 자신이 말할 수 있는 단 한마디 루테니아어였다. 하지만 입술이 더이상 움직이지 않았다. 입이 벌어져 있었다. 하얀 이들이 파란 가을 하늘을 바라보고 있었다. 혀가 서서히 파래졌다. 소위는 자신의 몸이 차가워지는 것을 느꼈다. 그리고 죽었다.

이것이 카를 요제프 소위, 폰 트로타 남작의 최후였다.

쏠페리노의 영웅의 손자의 최후는 이렇게 단순했으므로 오스트리아-헝가리 제국 초등 및 중등학교 독본에 신기에 부적합했다. 트로타 소위는 손에 무기를 들고 전사한 것이 아니라 양동이 두개를 들고 죽었다. 초글라우어 소령은 군수에게 편지를 썼다. 늙은 트로타는 편지를 두세번 읽고 손을 내려뜨렸다. 편지가 손에서 떨어져 불그레한 카펫 위에 나풀거렸다. 폰 트로타 씨는 코안경을 벗지 않았다. 머리가 떨리며, 코안경의 타원형 알들이 노인의 코에서 유리 나비처럼 팔락거렸다. 동시에 폰 트로타 씨 눈에서 수정처럼 맑은 눈물 두 줄기가 뜨겁게 흘러내려 코안경알들을 뿌옇게 만들고 구레나룻에 스며들었다. 폰 트로타 씨의 몸 다른 곳은 움직이지 않고 있었으나, 머리만은 뒤에서 앞으로, 왼쪽에서 오른쪽으로 흔들리고, 코안경알들이 유리 날개처럼 내내 팔락거렸다. 한시간 남짓 군수는 이렇게 책상에 앉아 있었다. 그러고선 몸을 일으켜 여느 때의 걸음걸이로 집으로 갔다. 옷장에서 검은 양복, 검은 넥타이, 아버지가 돌아가셨을 때 모자와 팔에 찼던 검은색 그레이프 상장喪章

을 꺼냈다. 옷을 갈아입었다. 거울을 들여다보지는 않았다. 머리는 여전히 흔들거렸다. 머리가 요동치지 못하게 하려고도 해봤지만, 군수가 애를 쓰면 쓸수록 머리는 더욱 심하게 떨렸다. 코안경은 여전히 코에서 팔락거렸다. 마침내 군수는 헛수고를 그만두고 머리가 흔들리도록 놓아두었다. 검은색 양복을 입고 팔에 검은색 상장을 차고 히르슈비츠 양의 방으로 가서 문 옆에 서서 말했다. “내 아들이 죽었소, 히르슈비츠 양!” 급히 문을 닫고 군사무소로 가서 이 사무실 저 사무실로 돌아다니며 흔들리는 머리만 문틈으로 들이밀고 누구에게나 이렇게 알렸다. “내 아들이 죽었소, 아무개 씨! 내 아들이 죽었소, 아무개 씨!” 그러고선 모자를 들고 거리로 나갔다. 마주치는 사람마다 군수에게 인사하면서, 군수의 흔들리는 머리를 의아하게 바라봤다. 군수는 이 사람 저 사람을 붙들어세우고 말했다. “내 아들이 죽었소!” 깜짝 놀란 상대방이 조의를 표할 틈도 주지 않고 걸음을 재촉하여 의사 스코브로네크에게 갔다. 의사 스코브로네크는 군복을 입고 있었다. 오전에 의무중위로 주둔부대에서 근무하고 오후에 까페에 나왔다. 군수가 들어오자 의사는 몸을 일으켰다. 노인의 흔들거리는 머리, 검은색 상장을 보고 모든 일을 눈치챘다. 군수의 손을 붙잡고 요동치는 머리와 달각거리는 코안경을 바라봤다. “내 아들이 죽었소!” 폰 트로타 씨가 다시 한번 말했다. 스코브로네크는 친구의 손을 오랫동안 잡고 있었다. 몇분이고 붙들고 있었다. 두 사람은 손을 맞잡고 서 있었다. 군수가 앉았다. 스코브로네크가 체스판을 다른 테이블로 옮겨놓았다. 웨이터가 오자 군수가 말했다. “내 아들이 죽었소, 웨이터!” 웨이터는 몸을 깊이깊이 숙여 절하고 꼬냑을 가져왔다.

“한 잔 더!” 군수가 주문했다. 마침내 코안경을 벗었다. 전사 통지서가 집무실 카펫에 떨어져 있다는 것이 생각나자 일어서서 군사무소로 돌아갔다. 의사 스코브로네크가 뒤를 따라왔다. 폰 트로타 씨는 이를 알아채지 못한 것 같았다. 하지만 스코브로네크가 노크도 없이 집무실 문을 열고 들어와 옆에 서 있는 것을 보고 전혀 놀라지 않았다. "이게 그 편지요!" 군수가 말했다.

이날 밤 이후 늙은 폰 트로타 씨는 잠을 이루지 못하고 숱한 밤을 새웠다. 머리는 베개에 묻혀서도 떨리고 흔들렸다. 가끔 군수는 아들 꿈을 꿨다. 트로타 소위가 아버지 눈앞에 서 있었다. 장교 모자에 물을 담고 이렇게 말했다. "마시세요, 파파, 목마르시지요!" 이 꿈은 자꾸자꾸 되풀이됐다. 군수는 아들을 밤마다 꿈에 불러올 수 있었고, 카를 요제프가 하룻밤에 여러번 나타나는 때도 있었다. 그리하여 폰 트로타 씨는 밤이 되어 침대에 누울 때를 기다리기 시작했다. 낮에는 안절부절못했다. 봄이 오고 낮이 길어지자 군수는 아침과 저녁에 방을 어둡게 만들어 억지로 밤의 길이를 늘였다. 머리는 떨리기를 멈추지 않았다. 군수 자신도, 주위 모든 사람들도 머리가 늘 떨리는 데 익숙해졌다.

폰 트로타 씨는 전쟁에 아무 관심이 없었다. 신문을 손에 드는 것은 오로지 자신의 떨리는 머리를 가리기 위해서였다. 스코브로네크 의사와도 승전과 패전 이야기를 나누는 법이 없었다. 체스를 두며 한마디도 주고받지 않는 경우가 대부분이었다. 한 사람이 다른 사람에게 이런 말을 하는 경우가 가끔 있기는 했다. "기억나세요? 이년 전에 두었던 판? 그때도 오늘만큼이나 정신을 집중하지 않았어요." 두 사람은 수십년 전에 일어났던 일을 이야기하는 듯했다.

전사통지서가 도착한 지 오랜 시간이 지났다. 계절은 오래된 자연법칙에 따라 어김없이 찾아왔지만 전쟁의 붉은 너울에 덮인 사람들은 계절이 바뀌는 줄도 몰랐다—군수는 어느 누구보다도 더 몰랐다. 머리는 아직도 늘 떨렸다. 크지만 가벼운 열매가 너무 가는 꼭지에 매달려 있는 듯했다. 트로타 소위 시신은 썩어문드러졌거나 아니면 최후를 맞을 당시 철둑 위를 맴돌던 까마귀들에 파먹힌 지 오래됐을 것이었다. 하지만 늙은 폰 트로타 씨는 어제에야 전사통지서를 받은 듯 생각됐다. 초글라우어 소령이 (소령도 전사했다) 보낸 편지는 군수의 가슴주머니에 들어 있었다. 군수는 통지서를 날마다 꺼내어 새로 읽고서, 받았을 때 그대로 새것처럼 보관했다. 정성스러운 손길로 무덤을 돌보는 듯했다. 아들 뒤를 이어 죽은 수십만 전사자에게 늙은 폰 트로타 씨가 무슨 관심이 있었겠는가? 상급관청이 주마다 내리는 성급하고 종잡을 수 없는 지령들에 군수가 무슨 관심이 있었겠는가? 세계의 몰락이 다가오는 것을 이제 군수는 예전의 호이니츠키보다 더 또렷이 바라보고 있지만 이에 무슨 관심이 있었겠는가? 아들이 죽었다. 공직도 끝났다. 세계는 몰락했다.

에필로그

우리가 아직 이야기하지 않은 것이라고는 폰 트로타 군수가 이 세상 마지막 나날을 어떻게 보냈는지 하는 것뿐이다. 이날들은 하루처럼 흘러갔다. 시간이 군수를 스쳐지나는 것은 넓고 한결같은 강물이 단조롭게 좔좔 흐르는 듯했다. 전쟁뉴스와 주행정청의 여러 비상명령 및 포고에 군수는 아무 관심이 없었다. 어차피 퇴직할 나이가 훨씬 넘어 있었다. 전쟁 때문에 근무를 계속하고 있을 뿐이었다. 때문에 자신은 두번째 빛바랜 인생을 살아가고 있을 뿐이며 첫번째 참된 인생은 오래전에 끝난 듯한 느낌이 이따금 들었다. 여느 다른 사람의 인생과 달리 자신의 인생은 죽음을 향해 달려가고 있지 않은 듯 폰 트로타 씨에게 생각됐다. 군수는 돌로 바뀌어 자기 묘비처럼 인생의 강가에 서 있었다. 이 무렵 폰 트로타 씨는 프란츠 요제프 황제와 영락없이 닮아 있었다. 군수조차 자신을 황제에 비기려 드는 때가 종종 있었다. 폰 트로타 씨는 쇤브룬 궁전에서의 황제 알현을 떠올리면서, 두 순진한 노인이 자신들에게 똑같이 닥친 불행에 관해 넋두리를 주고받는 듯한 어조로, 프란츠 요제프에게 마음속으로 이렇게 말했다. 뭐라고?! 누군가 그때 우리에게 그 말을 해줬어야 했는데! 우리 두 노인에게……!

폰 트로타 씨는 잠을 거의 이루지 못했다. 어떤 음식이 차려진 줄도 모르고 식사를 했다. 꼼꼼히 읽지도 않고 서류에 서명을 했다. 오후에 까페에 갔는데 스코브로네크가 아직 오지 않은 때도 있었다. 그러면 폰 트로타 씨는 사흘 묵은 『외국신보』를 들어 이미 다 아는 내용을 다시 한번 읽었다. 반면에 의사 스코브로네크가 최신 뉴스를 전하면, 군수는 이 뉴스를 오래전부터 알고 있었다는 듯 그저 고개만 끄덕거릴 뿐이었다.

어느날 군수는 편지를 받았다. 자신이 전혀 모르는 어떤 부인이 보낸 것이었다. 현재 빈의 슈타인호프 정신병원에서 간호사로 자원근무하고 있다는 폰 타우시히라는 부인은 폰 트로타 씨에게 이렇게 전했다. 몇달 전에 미쳐서 전장에서 돌아온 호이니츠키 백작이 군수 이름을 입에 달고 다닌다. 호이니츠키는 종잡을 수 없는 소리를 늘어놓으며 폰 트로타 씨에게 말할 중요한 사실이 있다고 부득부득 우긴다. 군수가 빈에 올 일이 있을 때 환자에게 들러준다면 뜻밖에 제정신이 돌아올지 모른다. 이런 일이 비슷한 환자들에게 일어난 경우가 이따금 있었다. 군수는 의사 스코브로네크에게 어떻게 하는 게 좋을지 물었다. "하시고 싶은 대로 하십시오!" 스코브로네크가 말했다. "견뎌낼 수 있다면, 그러니까 끔찍하더라도 견뎌낼 수 있다면……" 폰 트로타 씨가 말했다. "아무리 끔찍한 일도 견뎌낼 수 있소." 군수는 곧바로 출발하기로 마음먹었다. 호이니츠키가 소위에 관해 중요한 사실을 알고 있을지 몰랐다. 이들에게 건네받아 아버지에게 넘겨줄 유품이나 유언이 있을지 몰랐다. 폰 트로타 씨는 빈으로 갔다.

군수는 정신병원 군인병동으로 안내됐다. 늦가을 궂은 날이었다. 병원은 며칠째 쉬지 않고 온 누리를 적시는 희뿌연 가랑비에 덮여 있었다. 폰 트로타 씨는 눈부시게 하얀 복도에 앉아서 창살 너머에서 빗발이 창살보다 촘촘하고 가늘게 떨어지는 것을 지켜보며, 자신의 아들이 죽은 철둑 비탈을 떠올렸다. 이제 아들은 빗물에 흠뻑 젖었을 것이라고 생각했다. 소위가 전사한 것이 어제나 오늘 일이며 시신이 아직 썩지 않았다고 여기는 듯했다. 시간은 느릿느릿 흘렀다. 군수는 얼굴은 미쳐 있고 팔다리가 끔찍하게 뒤틀린 환자들이 지나가는 것을 보았다. 정신병원에 처음 와보는 것이었지만 광기는 군수에게 섬뜩하게 느껴지지 않았다. 소름 끼치는 것은 죽음이었다! 안타깝구나! 폰 트로타 씨는 생각했다. 카를 요제프가 죽지 않고 미쳤다면 제정신이 돌아오게 만들 수 있었을 텐데! 그게 뜻대로 되지 않았다 할지라도 아들을 날마다 찾아올 수는 있었을 텐데! 지금 내 앞에 지나가는 여기 이 소위처럼 카를 요제프가 팔이 끔찍하게 비틀어졌을 수도 있을 거야. 그래도 팔이 있긴 있는 거지. 비틀어진 팔이라도 쓰다듬을 수는 있는데. 흰자위가 드러난 눈이라도 들여다볼 수는 있는데! 눈이 있기만 하다면 말이야. 미친 아들이라도 둔 아버지들은 얼마나 행복할까!

마침내 폰 타우시히 부인이 왔다. 여느 간호사나 다름없었다. 군수는 부인의 제복만 보았다. 얼굴에 무슨 관심이 있겠는가! 하지만 부인은 군수를 뚫어지게 바라보더니 말을 꺼냈다. "아드님을 잘 압니다!"

이제야 비로소 군수는 얼굴에 눈길을 돌렸다. 나이 들기는 했으나 아름다움이 시들지 않은 얼굴이었다. 그렇다. 간호사 모자를 쓰면 여느 여자나 그렇듯 부인은 젊어 보였다. 친절이나 동정을 베풀면, 하다못해 동정을 표시하는 장식이라도 달면 젊어 보이는 게 여자들의 타고난 천성이었다. 이 여자는 상류사회 사람이야. 폰 트로타 씨는 생각했다. "내 아들을 안 지," 군수가 물었다. "얼마나 오래됐소?" "전쟁 전부터 알았습니다!" 폰 타우시히 부인이 대답했다. 그러고선 환자들을 이끌며 익숙해진 솜씨로 군수의 팔을 잡고 복도를 따라 인도하며 나직이 속삭였다. "우리는 서로 연인이었습니다, 카를 요제프와 저는!"

군수가 물었다. "실례가 될지 모르겠소만 카를 요제프가 이 어리석은 연애를 한 건 당신에게 빠졌기 때문이었소?"

"저 때문이기도 하지요!" 폰 타우시히 부인이 말했다. "그렇구려, 그래요." 폰 트로타 씨가 말했다. "당신에게 빠졌기 때문이기도 하구려." 그러고선 간호사의 팔을 살짝 쥐며 이렇게 덧붙였다. "카를 요제프가 아직도 연애를 했으면 좋겠소, 당신에게 빠져서!"

"그만 환자에게 가시지요!" 폰 타우시히 부인이 말했다. 눈물이 솟는 것을 느꼈으나 울어서는 안된다고 생각했다.

호이니츠키는 휑뎅그렁한 독방에 앉아 있었다. 언제 광기가 도질지 몰라 물건을 다 치워놓은 방이었다. 백작이 앉는 의자는 네다리가 바닥에 붙박여 있었다. 군수가 들어서자 호이니츠키는 일어서서 손님을 맞이하고 폰 타우시히 부인에게 말했다. "나가 있어, 발리! 우리끼리 나눌 중요한 이야기가 있으니까!" 이제 두 사람만 남았다. 문에는 안을 엿보는 구멍이 뚫려 있었다. 호이니츠키는 문으로 가서 등으로 이 구멍을 막고 말했다. "제 저택에 오신 걸 환영합니다!" 백작의 대머리가 폰 트로타 씨에게 왠지 모르게 너 벗어져 보였다. 환자의 도드라진 파랗고 커다란 눈에서 맵찬 바람이 불어나오는 듯했다. 찬 기운이 누렇게 뜨고 부풀어오른 얼굴을 지나 훌렁 벗어진 머리로 치솟았다. 호이니츠키의 오른쪽 입가가 이따금 실룩거렸다. 오른쪽 입가로 미소 지으려 하는 듯했다. 웃음 짓는 능력이 입의 다른 곳에서는 사라지고 오로지 오른쪽 입가에만 남아 있는 듯싶었다. "앉으십시오!" 호이니츠키가 말했다. "당신을 불러달라고 한 것은 중요한 일을 전하기 위해서였습니다. 어느 누구에게도 말해서는 안됩니다! 오늘 당신과 저 말고는 이 사실을 아는 사람이 없습니다! 황제가 죽어가고 있습니다!"

"어디서 들으셨소?" 폰 트로타 씨가 물었다.

호이니츠키는 여전히 문을 막고 서서, 손가락으로 방 천장을 가리킨 다음, 손가락을 입술에 대고 말했다. "저 위로부터!"

그러고선 호이니츠키는 몸을 돌려 문을 열고 "발리 간호사!"라고 외쳤다. 폰 타우시히 부인이 금세 달려오자 이렇게 말했다. "접견이 끝났어!"

호이니츠키가 몸을 숙여 절했다. 폰 트로타 씨는 밖으로 나왔다.

폰 트로타 씨는 긴 복도를 걸었다. 폰 타우시히 부인이 뒤를 따랐다. 넓은 계단을 걸어 내려갔다. "효과가 있었을 거예요!" 부인이 말했다.

폰 트로타 씨는 작별인사를 하고 마차를 타고 철도 이사관 슈트란스키에게 갔다. 왜 그러는지 자신도 몰랐다. 코펠만 집안의 여자와 결혼한 슈트란스키 집을 방문했다. 슈트란스키 씨 부부는 집에 있었다. 군수를 한눈에 알아보지 못했다. 그러고선 군수를 반갑게 맞이하면서, 어쩔 줄 몰라하기도 서글퍼하기도 쌀쌀맞게 굴기도 했다. (폰 트로타 씨는 그렇게 느꼈다) 커피와 꼬냑이 나왔다. "카를 요제프!" 코펠만 집안 출신 슈트란스키 부인이 말했다. "소위가 되자마자 우리 집에 인사 왔었지요. 사랑스러운 도련님이었는데!"

군수는 구레나룻을 손가락으로 쓰다듬으며 아무 말도 하지 않았다. 슈트란스키 부부의 아들이 나왔다. 다리를 저는 모습이 보기 흉했다. 매우 심하게 절었다. 카를 요제프는 다리를 절지 않았지! 군수는 생각했다. "황제가 돌아가실 것 같다고들 합니다!" 철도 이사관 슈트란스키가 불쑥 말했다.

그러자 군수는 냉큼 몸을 일으켜 이 집을 떠났다. 황제가 죽어가고 있다는 것은 알고 있는 사실이었다. 호이니츠키가 알려줬으며, 호이니츠키는 모든 일을 늘 미리 알고 있었다. 군수는 어릴 적 친구 스메타나를 찾아 궁정의전실로 갔다. "황제가 돌아가실 것 같네!" 스메타나가 말했다.

"쇤브룬으로 가야겠네!" 폰 트로타 씨는 이렇게 말했다. 군수는 쇤브룬으로 마차를 타고 갔다.

쉬지 않고 가늘게 내리는 부슬비가 슈타인호프 정신병원을 덮고 있었던 것과 꼭 마찬가지로 쇤브룬 궁전을 감싸고 있었다. 폰 트로타 씨는 가로수길을 걸어올라갔다. 아들 일 때문에 비밀 알현을 위해 오래전에 걸었던 바로 그 길이었다. 아들은 죽었다. 황제도 죽어가고 있었다. 폰 트로타 씨는 전사통지서를 받은 뒤 처음으로 아들의 죽음이 운명에 따른 것임을 깨달았다. 황제는 트로타 가문이 없으면 더 살 수 없어! 군수는 이렇게 생각했다. 황제는 트로타 가문이 없으면 더 살 수 없어! 트로타 가문이 황제를 구출했고, 황제는 트로타 가문이 없으면 더 살 수 없어.

군수는 궁전 밖에 서 있었다. 신분이 낮은 사람들 사이에 끼어 있었다. 쇤브룬 공원 정원사가 초록색 앞치마를 두르고 손에 삽을 들고 와서 구경꾼들에게 물었다. "어떻게 됐수?" 구경꾼들이, 산지기, 마부, 하급관리, 수위, 상이군인이 (쏠페리노의 영웅의 아버지도 상이군인이었다) 정원사에게 대꾸했다. "달라진 건 없수다! 황제가 돌아가실 것 같다우!"

정원사가 떠났다. 삽을 들고 화단을 일구러 갔다. 영원한 대지를 파러 갔다.

비가 내렸다. 빗발이 고요히, 촘촘히, 갈수록 촘촘히 떨어졌다. 폰 트로타 씨는 모자를 벗었다. 둘러선 하급 궁정관리들은 군수를 자신들의 동료이거나 아니면 쇤브룬 우체국 우체부라고 여겼다. 이 사람 저 사람이 군수에게 물었다. "황제를 아슈?"

"그렇소," 폰 트로타 씨가 말했다. "황제와 이야기를 나눈 적이 있소."

"이제 돌아가실 것 같수다!" 한 산지기가 말했다.

이 시각 사제가 성체를 들고 황제의 침실로 들어서고 있었다.

프란츠 요제프는 열이 삼십구도 삼부였다. 방금 잰 체온이었다. "그렇군, 그래," 황제는 카푸친 교단 사제에게 말했다. "이렇게 죽는 거로군!" 황제는 베개를 등에 받치고 허리를 세웠다. 창밖에서 빗소리가 쉴 새 없이 들렸고, 지나가는 사람이 보드득 자갈을 밟는 소리가 간간이 울렸다. 이 소리들이 아득히 멀어졌다 바짝 다가오기를 되풀이하는 듯 느껴졌다. 창밖에 조용히 소록소록 소리가 나는 것이 비 때문임을 가끔 깨닫기도 했으나, 그게 비 때문임을 금세 다시 잊어버렸다. 황제는 시의에게 여러번 이렇게 물었다. "왜 이렇게 소곤거리지?" '소록거리지'라는 말이 혀에 뱅뱅 돌기는 하는데 발음을 할 수 없었다. 하지만 소곤거리는 이유를 물은 다음에는 아닌 게 아니라 '소곤거리는' 소리만 들었다고 생각했다. 빗물이 소곤거렸다. 지나가는 사람의 발걸음도 소곤거렸다. 소곤거린다는 말과 이 말로 흉내내려는 여러 소리들이 점점 더 황제의 마음에 들었다. 말이 나왔으니 말인데, 황제가 소곤거리지라고 물었든 소록거리지라고 물었든 다 마찬가지였다. 어차피 신하들은 황제의 말을 알아듣지 못했다. 황제는 입술을 달싹거렸을 뿐이었다. 하지만 자신은 누구나 들을 수 있게, 나직하기는 하지만 지난 며칠 동안과 다름없는 목소리로 말하고 있다고 생각했다. 황제는 신하들이 자신의 말에 대답하지 않는 데 이따금 놀라기도 했다. 그렇지만 이내 자신이 어떤 질문을 했는지도, 질문받은 신하들이 아무 대답도 하지 않는 것을 의아하게 여겼던 것도 잊었다. 자신이 죽어가는 동안 자기 둘레에 살아 있는 세계가 부드럽게 '소곤거리는' 소리에 다시금 온몸을 내맡겼다—자장자장 어르는 소리에 감싸여 아기가 스르르 잠에 빠지는 듯했다. 황제는 눈을 감았다. 잠시 뒤 다시 눈을 떴다. 수수한 은십자가와 눈부신 양초들이 책상에 놓여 사제를 기다리고 있는 것이 보였다. 황제는 신부가 곧 올 것임을 깨달았다. 입술을 달싹여 어릴 적 배운 대로 읊조리기 시작했다. "잘못을 뉘우치고 겸손하게 제 죄를 고백하오……" 하지만 신하들은 이 기도도 듣지 못했다. 바로 그때 카푸친 교단 사제가 들어온 것이 황제 눈에 띄었다. "오랫동안 기다렸다오!" 황제가 말했다. 그러고선 자신의 죄를 생각해내려 애썼다. '교만!'이 떠올랐다. "너무 교만했소!" 황제가 말했다. 어떤 죄를 지었는지 교리문답서에 쓰여 있는 순서대로 하나하나 짚어봤다. 너무 오랫동안 황제로 있었소! 이렇게 생각했다. 그런데도 이를 큰 소리로 말한 듯 느껴졌다. "누구든 죽음을 피할 수 없소. 황제도 죽소." 이 말을 하자마자 여기서 멀리 떨어진 어딘가에서 자신의 온몸 중에 황제였던 부분이 죽고 있는 듯 생각됐다. “전쟁도 죄요!” 황제는 크게 말했다. 하지만 사제는 황제의 말을 듣지 못했다. 프란츠 요제프는 다시금 의아해했다. 날마다 전사자 명단이 들어왔다. 1914년부터 전쟁은 계속되고 있었다. “끝내야 하오!” 프란츠 요제프가 말했다. 아무도 듣지 못했다. “내가 쏠페리노 전쟁에서 전사했더라면 좋았을 텐데!” 황제가 말했다. 아무도 듣지 못했다. 어쩌면, 황제는 생각했다. 나는 이미 죽었는지 몰라, 죽어서 말하고 있는지 몰라. 그래서 신하들이 내 말을 알아듣지 못하는 거야. 황제는 잠이 들었다.

쏠페리노의 영웅의 아들인 폰 트로타 씨는 손에 모자를 들고서 쉬지 않고 내리는 부슬비를 맞으며 궁전 밖에서 신분이 낮은 사람들 사이에 끼어 있었다. 쇤브룬 궁전의 나무들이 솨솨 살랑거리고, 빗발이 쉬지 않고 가볍게 나무들을 두드려 흥건히 적셨다. 저녁이 됐다. 호기심이 동한 사람들이 밀려왔다. 정원이 인파로 가득 찼다. 비는 그치지 않았다. 구경꾼들이 교체됐다. 가는 사람도 있고 오는 사람도 있었다. 폰 트로타 씨는 머물러 있었다. 밤이 닥쳤다. 계단이 텅 비었다. 모두들 잠자러 갔다. 폰 트로타 씨는 출입문에 몸을 붙이고 있었다. 궁전 앞에 마차들이 멈추는 소리가 들렸다. 폰 트로타 씨의 머리 위에서 이따금 누군가 창문을 열었다. 외치는 목소리들이 들렸다. 출입문이 열렸다가 다시 닫혔다. 아무도 군수를 보지 못했다. 비가 쉬지 않고 소록소록 내렸다. 나무들이 솨솨 살랑거렸다.

마침내 종소리가 울려퍼지기 시작했다. 군수는 자리를 떠났다. 낮은 계단을 걸어내려가 가로수길을 따라 격자 철문까지 왔다. 이날 밤 이 문은 열려 있었다. 군수는 먼 길을 내내 걸어 시내로 왔다. 모자를 손에 들고 맨머리로 가는 동안 아무도 마주치지 않았다. 장의차를 따라가듯 느릿느릿 걸었다. 희번하게 동트는 것을 보며 호텔에 다다랐다.

군수는 집으로 돌아갔다. W군 군사무소 소재읍에도 비가 내렸다. 폰 트로타 씨는 히르슈비츠 양을 불러서 이렇게 말했다. "잠자러 가게! 피곤하군!" 그러고선 난생처음 대낮에 침대에 누웠다.

군수는 잠을 이룰 수 없었다. 의사 스코브로네크를 불러왔다. "의사 스코브로네크 씨," 이렇게 말했다. "카나리아를 내게 데려와 주시겠소." 의사는 카나리아를 늙은 자크의 집에서 들고 왔다. "카나리아에게 설탕 한알을 주시오!" 군수가 말했다. 카나리아가 설탕 한알을 받아먹었다.

"귀여운 짐승이구려!" 군수가 말했다.

의사가 따라 말했다. "귀여운 짐승입니다!"

"우리가 다 죽고 난 뒤에도 살아 있을 거요!" 트로타가 말했다. "다행스럽게도!"

그런 다음 군수가 말했다. "사제를 불러오시오! 당신도 다시 오구려!"

의사 스코브로네크는 사제가 오기를 기다렸다. 그러다가 돌아왔다. 늙은 폰 트로타 씨는 베개를 베고 조용히 누워 있었다. 눈을 절반쯤 감고 있었다. 군수가 말했다. "손을 이리로, 친구여! 그림을 가져다주겠소?"

의사 스코브로네크는 응접실에 가서 의자에 올라가 쏠페리노의 영웅의 초상화를 걸이에서 떼어 들고 왔다. 의사가 두 손에 초상화를 들고 돌아왔을 때 폰 트로타 씨는 그림을 더이상 볼 수 없었다. 빗발이 유리창을 가볍게 두드렸다.

의사 스코브로네크는 쏠페리노의 영웅의 초상화를 무릎에 얹고 가만히 앉아 있었다. 몇분 뒤에 일어나 폰 트로타 씨의 손을 잡고, 군수의 가슴 위로 몸을 굽히고서 숨을 깊이 들이쉰 다음 고인의 눈을 감겨줬다.

이날은 황제가 카푸친 황제묘에 안치된 날[56]이었다. 사흘 뒤 폰 트로타 씨의 시신이 무덤에 매장됐다. W읍 읍장이 연설을 했다. 당시 연설이 으레 그러했듯, 읍장도 추도사 첫머리에 전쟁을 언급했다. 군수는 외아들을 황제에게 바친 다음에도 목숨이 다할 때까지 황제를 위해 봉사했다고 말을 이었다. 연설이 계속되는 동안 무덤가에 모인 사람들의 맨머리에 비가 쉬지 않고 내렸고, 그 둘레에서 비에 젖은 떨기나무들, 화환들, 꽃들이 솨솨 살랑거렸다. 몸에 익지 않은 민방위군 의무중위 군복을 입은 의사 스코브로네크는 군대식으로 엄격하게 차려 자세를 취하려고 애썼다. 그렇다고 이 자세를 취해야만 조의를 표현할 수 있다고 여긴 것은 결코 아니었다—자신은 민간인이었다. 죽음이 의무 사령관인 것도 아니고! 의사 스코브로네크는 이렇게 생각했다. 그러고선 맨 앞줄 사람들에 끼어 무덤으로 다가갔다. 산역꾼이 건네주는 삽을 물리치고 허리를 굽혀 축축한 땅에서 흙덩이를 집어들고선, 왼손으로 흙을 부스러뜨리며 오른손으로 흙 부스러기를 관에 뿌렸다. 그런 다음 뒤로 물러났다. 지금이 오후이며 체스 둘 때가 다가오고 있다는 것이 생각났다. 이제 둘 상대가 없었다. 그렇지만 까페에 가기로 마음먹었다.

묘지를 떠날 때, 읍장이 의사에게 마차를 타라고 권했다. 의사 스코브로네크는 올라탔다. "제 연설에 이렇게 덧붙이고 싶습니다," 읍장이 말했다. "폰 트로타 씨는 황제가 돌아가시자 더 살 수

56 프란츠 요제프 1세는 1916년 11월 21일 서거하여 11월 30일 장례식이 거행됐다.

없었던 것이라고요. 그렇게 생각하지 않습니까, 의사?" "잘 모르겠습니다," 의사 스코브로네크가 대답했다. "제 생각으로는 두 사람 다 오스트리아가 없어지자 더 살 수 없었던 것 같습니다."

까페 앞에서 의사 스코브로네크는 마차를 세워달라고 했다. 의사는 날마다 앉았던 테이블로 갔다. 체스판이 놓여 있었다. 군수가 죽지 않았기라도 한 듯했다. 웨이터가 와서 체스판을 치우려고 했다. 스코브로네크가 말했다. "그냥 놔두시오!" 의사는 혼자서 한판을 두었다. 싱긋 웃기도 하고, 건너편 빈자리를 가끔 건너다보기도 했다. 귓전에 가을 빗소리가 잔잔히 들렸다. 빗물이 아직도 쉬지 않고 창에 흘러내렸다.

부록 1

나의 소설『라데츠키 행진곡』에 부치는 머리말[1]

역사의 잔혹한 의지에 따라 나의 옛 조국이, 오스트리아-헝가리 제국이 와해됐습니다. 나는 제국을 사랑했습니다. 나를 애국자이면서 세계인으로, 오스트리아인이면서 오스트리아의 여러 민족들과 함께 사는 독일인으로 만들어줬던 조국을 사랑했습니다. 나는 조국의 미덕과 장점을 사랑했으며, 조국이 망해 없어진 오늘날 그 오류와 약점마저 사랑합니다. 조국은 잘못이 숱하게 많았습니다. 그 허물을 죽음으로 갚았습니다. 조국은 오페레타 공연이 끝나기가 무섭게 세계대전이라는 소름 끼치는 연극에 빠져들었습니다.

1 1932년 4월 17일『프랑크푸르트 신문』에 연재를 시작하면서 작가가 쓴 머리말.

우리 중대가 빈의 북부역으로 행진하는 동안 군악대는 우리를 따라오며 레하르와 슈트라우스의 멜로디를 메들리로 연주했고, 우리를 전장까지 수송할 기관차의 기적 소리가 차창 밖에서 울리는 드럼과 트럼펫 음향에 흩날려 사라지는 가운데, 기차는 사지(死地)를 향해 미끄러져갔습니다. 늙은 황제가 서거한 한주 뒤였습니다. 우리는 출정할 때 착용할 번쩍번쩍하는 새 야전복을 미리 입고, 황제의 장례식 때 카푸친 황제묘 앞에 도열했었습니다. 죽은 황제가 우리를 사지로 보내는 듯싶었습니다. 황제의 장례를 화려함을 되도록 자제하며 거행하는 동안, (전사자들의 영원한 침묵과 상이군인들의 고통스러운 외침 때문에 장례 집행관은 장례를 이렇게 치를 수밖에 없었습니다) 황제의 병사들인 우리 모두는 우리의 마지막 황제가 돌아가셨으며 황제와 더불어 우리의 고향, 우리의 청춘, 우리의 세계도 사라졌다는 것을 알고 있었습니다. 황제의 후계자는 무기력하고 일시적인 유산 관리자나 보관자에 지나지 않았으며, 새 주인들이 세계사가 보증하는 소유권을 손에 쥐고 유산을 기다리고 있었습니다. 나는 세계사의 의지를 깨닫기는 했지만, 세계사의 의미를 항상 이해하지는 못합니다. 세계사가 정말로 최후의 심판이라 합시다. 그러면 이 세계사가 일반 지방법원이나 고등법원 못지않게 법률착오나 법률오류를 피하고 있는 듯 느껴지는 때가 가끔 있습니다. 구(舊)오스트리아-헝가리 제국에 관한 판결을 천하태평하게도 영화에게나, 유성영화 오페레타[2]에게나, 다들 아는 틀에 박힌 격언을 되뇌는 우스꽝스러운 어릿광대들에게 떠맡기는 일이 종종 있기 때문입니다. 진지한 클리오가 자신의 임무를 쾌활

2 1920년대 말부터 1930년대 초까지 유성영화로 제작된 오페레타가 전성기를 누렸다.

한 자매들[3]에게 떠넘기는 경우가 이따금 있음을 우리는 이로부터 깨닫게 될지도 모릅니다.

나에게뿐만 아니라 나와 마찬가지로 조국과 세상을 잃고 외국을 떠도는 많은 동포들에게 잘 알려지고 친숙한 오스트리아는, 이 나라가 있을 당시에는 수출용 오페레타들에서 드러났었으며, 망한 뒤에는 싸구려 수출 영화들에서 그려지고 있는 오스트리아와는 전혀 다릅니다. 나는 트로타라는 기이한 가문을 알게 되고 사랑했으며, 이들에 관해 나의 책 『라데츠키 행진곡』에서 이야기하려고 합니다. 이들은 오스트리아인에 섞여 사는 스파르타인이었습니다. 우리는 트로타 가문의 융성과 몰락을 보며 저 으스스한 역사의 의지를 깨닫고, 역사는 한 가족의 운명에서 역사 권력의 운명을 보여준다는 것을 느껴도 좋으리라 생각합니다.

민족들은 사라지고 제국들은 없어집니다. (사라지는 것들로 역사는 이뤄집니다) 사라지고 없어지는 것 중에서 기이하면서도 인간적이고 특징적인 것을 찾아 기록하는 것이 작가의 의무입니다. 역사가 그 가치를 알아채지 못하고 아무 생각 없이 떨어뜨리는 듯 보이는 개인의 운명들을 주워모아야 하는 숭고하면서도 겸허한 임무를 작가는 맡고 있습니다.

3 클리오는 역사의 무사(Musa)를, 쾌활한 자매들은 문학 및 음악의 무사들을 말한다. 최고의 신 제우스와 기억의 여신 므네모시네 사이에서 아홉명의 무사가 태어났는데, 그중 멜포메네는 비극을, 탈리아는 희극을, 칼리오페는 서사시를, 에라토는 서정시를, 에우테르페는 음악을, 테르프시코레는 무용을, 폴리힘니아는 찬가 및 무악을, 우라니아는 천문을, 클리오는 역사를 맡았다.

부록 2

나의 민족들에게![1]

오스트리아-헝가리 제국 신의 사도 황제 폐하께서는 황공하게도 다음과 같은 조서 및 성명을 반포하셨습니다.

친애하는 슈튀르크 백작!

나는 쎄르비아 왕국 정부에게 제국과 쎄르비아 사이의 전쟁 개시를 고지하는 임무를 황실-외무대신에게 내리기로 결정했습니다.

나는 이 운명적인 시기에 나의 친애하는 민족들에게 이르고 싶은 말이 있습니다. 때문에 나는 동봉한 성명을 널리 공표하는 임무를 경에게 맡기는 바입니다.

이슐에서, 1914년 7월 28일

프란츠 요제프

슈튀르크

1 1914년 7월 28일 이슐에서 프란츠 요제프가 서명하여 공표한 대(對)쎄르비아 선전포고문.

나의 민족들에게!

신의 은총에 따라 나에게 주어진 여생을 평화증진에 바치고 나의 민족들을 전쟁의 막대한 희생과 고난으로부터 보호하는 것이 나의 간절한 소망이었습니다.

운명은 이와 다른 결정을 내렸습니다.

적이 증오에 가득 차 책동을 일삼는 탓에, 나는 제국의 명예보존과 명성 및 국위 수호, 재산보전을 위해 오랜 세월 평화를 누린 끝에 무기를 잡을 수밖에 없습니다. 쎄르비아 왕국은 처음 독립국가가 되었을 때부터 최근에 이르기까지 선황들과 나의 지지와 지원을 받았음에도, 고마움을 금세 잊어버리고 여러해 전부터 오스트리아 제국에 노골적 적대감을 드러냈습니다.

내가 삼십년 동안 보스니아와 헤르체고비나에 평화를 공고히 수립한 다음 나의 통치권을 이 나라들에 확장시키는 법령을 반포했을 때, 쎄르비아 왕국은 권리를 침해받은 게 전혀 없으면서도, 걷잡을 수 없는 흥분과 억누를 수 없는 증오를 분출했습니다. 당시 나의 정부는 강자로서의 미덕을 보이면서, 쎄르비아에 군대를 평화 시 편제로 감축하고 앞으로는 평화선린의 길을 걷겠다고 약속할 것만을 매우 관대하고 온화하게 요구했습니다.

쎄르비아가 이년 전에 터키 제국과 전쟁을 벌였을 때, 나의 정부는 이러한 온건정책에 입각하여 제국의 주요한 이익이 침해받지 않도록 하는 데만 주력했습니다. 다름 아닌 이러한 태도 덕택에 쎄르비아는 전쟁 목적을 달성할 수 있었습니다.

쎄르비아 왕국이 나의 정부의 인내와 평화애호를 높이 평가하고 약속을 지킬 것이라는 희망은 성취되지 않았습니다.

나와 나의 황실에 대한 증오의 불길이 점점 더 높이 타오르고, 오스트리아-헝가리 제국의 불가분의 영토를 무력탈취하려는 야욕이 노골적으로 드러나고 있습니다.

범죄적 선동을 국경 이쪽까지 전파하여, 제국 남동지방에서 국가질서의 기초를 파괴하고, 내가 국부로서 사랑을 다하여 보살피고 있는 민족을 동요시켜 황실과 조국에 대한 충성심을 뒤흔들고, 성장하는 청소년을 그릇된 길로 이끌고, 간악무도한 반역행위를 사주하고 있습니다. 일련의 암살공작과 계획적으로 준비되어 실행된 모의가 끔찍하게도 성공을 거두어 나와 나의 친애하는 민족들의 심장을 꿰뚫으면서, 쎄르비아의 교사와 조종을 받은 비밀음모였음을 선명하게 보여주는 핏자국을 남겼습니다.

나의 제국의 명예와 위신을 훼손되지 않도록 보존하고, 제국의 정치적·경제적·군사적 발전의 지속적 동요를 방지하기 위해서는, 이러한 참을 수 없는 선동을 막아야 하며, 쎄르비아의 끊임없는 도발을 중지시켜야 합니다.

나의 정부는 평화적 수단으로 이러한 목표를 달성하고, 중대 경고를 통해 쎄르비아에게 방향 전환을 유도하려고 최후의 시도를 했으나 허사로 돌아갔습니다.

쎄르비아는 나의 정부의 적절하고 합당한 요구들을 받아들이지 않았으며, 여러 민족과 국가가 평화롭게 살게 하기 위해서는 반드시 다해야 마땅한 의무들을 이행하기를 거부하였습니다.

그러므로 나는 나의 국가들의 대내 안정과 지속적 대외 평화를 확보하는 데 필수불가결한 서약을 무력으로 얻어내는 데 착수하지 않을 수 없습니다.

이 엄숙한 시기에 나는 나의 결정이 미칠 심각한 파장과 전지전능한 신 앞에서의 나의 책임을 잘 알고 있습니다.

나는 모든 것을 검토하고 숙고했습니다.

양심에 부끄럼 없이 나는 나의 의무에 따라 이 길을 걷습니다.

나는 모진 풍파에도 항상 나의 황위를 중심으로 충성스럽게 일치단결했으며, 조국의 명예, 위대성, 국위를 지키기 위해 막대한 희생을 기꺼이 치렀던 나의 민족들을 믿습니다.

나는 오스트리아-헝가리의 용맹스러우며 헌신적 열정에 가득 찬 군대를 믿습니다.

나는 나의 군대에 승리를 안겨줄 전지전능한 신을 믿습니다.

프란츠 요제프

슈튀르크

부록 3

역사적 배경

「라데츠키 행진곡」 1848년 3월 합스부르크 제국에도 다른 유럽 지역에서와 마찬가지로 혁명이 일어났다. 혁명의 중심지는 빈, 헝가리, 북이딸리아였다. 황제 페르디난트 1세(1793~1875, 재위 1835~48)는 5월과 10월 두번이나 빈을 떠나야 했고, 12월 조카 프란츠 요제프 1세(1830~1916, 재위 1848~1916)에게 황위를 물려줬다. 헝가리 독립운동은 제국에 더 큰 위협이 되었다. 1848년 3월 부다페스트에서 혁명이 일어나 최초의 헝가리 의회가 소집되고 러요시 바차니가 초대 수상이 되었다. 이에 제국은 친(親)오스트리아 반(反)헝가리 성향의 요시프 옐라치치 장군이 이끄는 크로아티아군을 투입하여 헝가리를 압박했다. 1849년 4월 러요시 코슈트는 헝가리 자주독립을 선포하고 사실상의 대통령이 되었다. 그러자 오스트리아는 러시아에게 원군을 요청하여 헝가리를 다시 장악했고, 10월 러요시 바차니와 열세명의 장군을 처형했다. 북이딸리아의 도시들도 합스부르크 제국의 지배에 저항했다. 1848년 3월 밀라노와 베네찌아에서 민중봉기가 일어나 오스트리아군은 롬바르디아에서 철수해야 했다. 1848년 7월 꾸스또짜 전투와 1849년 3월 노바라 전투에서 라데츠키 원수(1766~1858)는 이딸리아 민족주의 운동을 지원하던 싸르데냐-삐에몬떼군을 격파했다.

라데츠키 원수는 이딸리아 전투에서 승리함으로써 혁명세력을 굴복시키고 합스부르크가의 왕권을 회복시키고 제국의 영토를 보전했다. 라데츠키가 제국을 구원한 데 감명을 받은 요한 슈트라우스 1세(1804~49)는 「라데츠키 행진곡」을 작곡하여 원수의 업적을 기렸다. "오스트리아의 전민족을 아우르는 정신이 있다면, 이는 「라데츠키 행진곡」의 리듬 속에 표현되어 있었다." 이렇게 볼 때 로트는 자신의 소설에 『라데츠키 행진곡』이란 제목을 붙임으로써 완전하고 막강했던 합스부르크 제국에 대한 향수를 불러일으키는 듯하다.[1]

쏠페리노 전투(9면) 라데츠키의 승리는 제국 군대가 부른 마지막 개가였다. 1859년 6월 쏠페리노 전투에서 오스트리아군은 프랑스와 싸르데냐-삐에몬떼 동맹군에게 패배했다. 『라데츠키 행진

1 요한 슈트라우스 1세는 「라데츠키 행진곡」을 작곡함으로써 아들 요한 슈트라우스 2세(1825~99)가 1848년 혁명에 참여한 데 반대한다는 것을 보여주려 했다고도 한다. 이른바 "왈츠의 왕"이라 불리며 「아름답고 푸른 다뉴브 강」(1867)과 오페레타 『박쥐』(1874)로 유명한 요한 슈트라우스 2세는 1848년 「자유의 송가」 등을 작곡한 까닭에 합스부르크 제국에 밉보여서, 높은 인기를 누리고 있었음에도 1862년에야 비로소 제국 궁정 무도회 음악 감독에 임명됐다.

곡』에서는 요제프 트로타가 황제의 생명을 구출하는 장면이 슬랩스틱 코미디처럼 펼쳐지지만, 훗날 적십자사를 창립한 앙리 뒤낭(1828~1910)은 전쟁의 참상을 이렇게 회고했다. "동맹군과 오스트리아군은 서로 곤봉으로 때려죽이고, 머리를 부수고, 군도와 총검으로 몸을 찔렀다. 인정사정없었다. 사납고 성나고 피에 굶주린 짐승들의 살육이요, 전쟁이었다." 11월 취리히 조약에서 오스트리아는 롬바르디아를 싸르데냐-삐에몬떼 왕국에게 양도했다. 합스부르크 제국이 민족주의 세력에게 영토를 상실한 첫 사례였다. 로트는 소설 첫머리에 「라데츠키 행진곡」과 쏠페리노 전투를 병치함으로써 합스부르크 제국의 영광과 몰락을 극명하게 대비시키고 있다.

오스트리아-프로이센 전쟁(23면)　1815년 빈 회의에서 독일어 국가들로 구성됐던 독일연방의 주도권을 놓고 1866년 오스트리아와 프로이센은 격돌했다. "오스트리아-프로이센 전쟁은 요제프 트로타가 전역한 뒤 벌어졌고 오스트리아는 패전했다." 기술과 전술에서 오스트리아는 프로이센의 적수가 되지 못했다. 프로이센군은 철도로 대규모 병력을 수송했고, 총신 뒤에서 탄환을 장전하는 후장총(後裝銃)을 사용했다. 이 총은 누워서도 장전하여 이십초에 한발씩 사격할 수 있었다. 반면 오스트리아군은 쏠페리노 전투에서와 다름없이 "장전봉"으로 총구에 탄약을 장전하는 전장총(前裝銃)으로 일분에 한발씩 쏘았다. 또한 쏠페리노 전투에서 프랑스군의 총검술에 깊은 인상을 받고 이를 훈련과목에 넣어 연마했으나, 이는 연속 발사되는 프로이센의 총탄 앞에 아무 쓸모가 없었다. 총사령관 러요시 베네데크 장군의 잘못된 전술과 페스테티치 장군(『라데츠키 행진곡』에서 용기병대 연대장 이름은 이 장군에게서 따온 듯싶다)의 독단적 결정까지 겹쳐 오스트리아군은 프로이센군보다 세 배 넘는 사상자를 내고 7월 3일 쾨니히그레츠 전투에서 참패했다. 8월 프라하 조약의 결과 오스트리아가 맹주였던 독일연방은 해체되고 프로이센이 독일어 국가들을 연합하여 북독일연방을 수립했다.[2]

오스트리아-헝가리 이중제국(283면) 한편 합스부르크 제국 안에서는 독일인들의 입지가 약화되고 비독일인 민족들의 세력이 강화되어, 제국이 무너질 위기에 처했다. 이를 막기 위해 합스부르크가는 헝가리 지도층과의 관계 개선에 나섰다. 헝가리 혁명주의자들은 오스트리아와의 타협을 민족의 죽음이라고 여겼으나, 자유주의자들은 헝가리가 독립하더라도 결국 독일이나 러시아에게 병합될 것이라고 주장했다. 1867년 초 오스트리아 제국과 헝가리 왕국의 타협 협상이 완료되고 3월 15일 줄러 언드라시 백작이 이끄는 헝가리 정부가 프란츠 요제프 1세에게 충성 서약을 함으로써, 오스트리아-헝가리 이중제국이 탄생했다.

오스트리아-헝가리 제국은 프란츠 요제프 1세를 국가 원수로 하고 외교, 육군, 해군을 공동으로 운영했다. 통화·경제·관세 지역은 자발적으로 통합됐다. 하지만 오스트리아와 헝가리는 그밖의 다른 분야에서는 독자적으로 통치했다.

영토 1867년 이후 프란츠 요제프 1세의 공식 호칭인 "오스트리아-헝가리 제국의 신의 사도 황제 폐하 프란츠 요제프 1세, 신의 은총을 받은 오스트리아 황제, 헝가리 왕, 보헤미아 왕, 달마티아 왕, 크로아티아 왕, 슬라보니아 왕, 갈리치아 왕, (…) 예루살렘 왕, (…)"에서 제국의 강역을 짐작할 수 있다.

이 중 라이타 강 서쪽은 오스트리아가 다스렸고, 공식적으로는

---

2 1870~71년 프로이센-프랑스 전쟁이 진행되는 동안 이 북독일연방에 남부 독일 국가 바이에른, 바덴, 뷔르템베르크가 가입하여, 1871년 독일 제2제국이 수립된다.

오스트리아-헝가리 제도 주(州)들과 주의 수도들

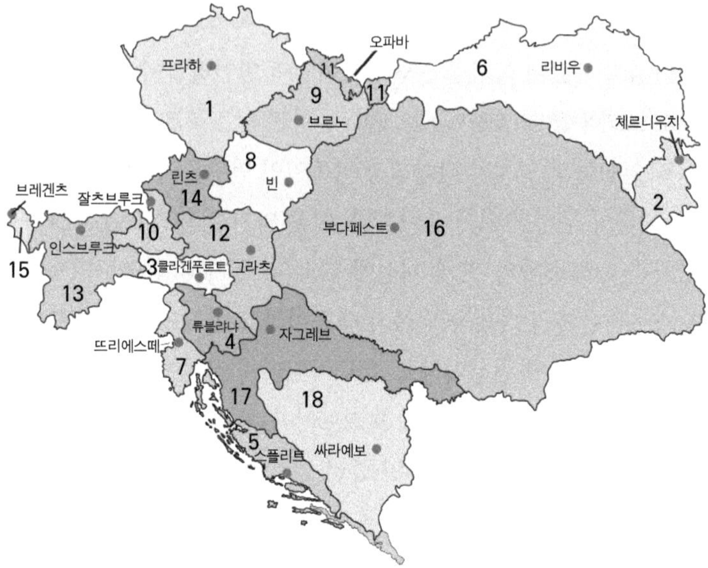

1. 보헤미아
2. 부코비나
3. 케른텐
4. 크란스카
5. 달마티아
6. 갈리치아-로도메리아
7. 퀴스텐란트
8. 니더외스터라이히
9. 모라비아
10. 잘츠부르크
11. 슐레지엔
12. 슈타이어마르크
13. 티롤
14. 오버외스터라이히
15. 포어아를베르크
16. 헝가리(보이보디나와 트란실비아나 포함)
17. 크로아티아-슬라보니아
18. 보스니아-헤르체코비나

“제국의회에 대표를 파견하는 왕국들과 주(州)들”이라고 (1915년부터서야 “오스트리아”라고) 불렸으나, 비공식적으로는 “치스라이타니엔”(“라이타 강 이쪽”이란 뜻)이라 일컬어졌다. 『라데츠키 행진곡』에 나오는 보헤미아, 슐레지엔, 모라비아, 갈리치아의 국경지역, 뜨리에스떼 모두 여기에 속한다. 치스라이타니엔은 열다섯개의 주(州)

로 구분됐으며 각 주에는 주지사가 이끄는 주행정청이 있었고, 각 주는 군들로 나뉘었으며 군에는 군수 아래 군사무소를 두었다.

라이타 강 동쪽은 헝가리가 지배했으며, 공식적으로는 "신성 헝가리 성 이슈트반 왕가의 주(州)들"이라고 불렸으나, 비공식적으로는 "트란스라이타니엔"("라이타 강 저쪽"이란 뜻)이라 일컬어졌다. 크로아티아, 슬로베니아도 여기에 들어갔다. 1878년 오스만투르크로부터 "새로 점령한 보스니아-헤르체고비나 지역"은 오스트리아와 헝가리가 공동관할했다.

군대 오스트리아-헝가리 제국은 육군과 해군을 두었다. 육군은 공동군과 오스트리아 방위군 및 헝가리 혼베드("조국 수호자"라는 뜻)로 구성됐다. 1867년 헝가리가 영토 수호권을 주장하며 혼베드를 구성하자 1868년 오스트리아도 영토를 지킬 방위군을 창설했다. 이로 인한 공동군의 전력 약화는 감수할 수밖에 없었다. 방위군은 정규군이었으며, 공동군보다 병력은 적었을지라도 무장은 더 잘된 경우가 종종 있었다. 오스트리아나 헝가리나 공동군보다 저마다 방위군에 더 투자했기 때문이었다. 막스 데만트의 아버지 지몬 데만트와 B국경지역 기동훈련을 참관하는 황제에게 면도하는 이발사 하르텐슈타인이 방위군으로 묘사된다.

병역의무는 스물한살에 시작되어 서른두살에 끝났으며, 이삼년 동안의 현역근무 뒤에 예비역으로 바뀌었다. 고졸 이상의 고학력자는 "일년제 지원병"이 될 수 있었다. 이들은 일년만 현역복무를 하면 되었으나 급료가 없었고 자비로 장비를 마련해야 했다. 열아홉살부터 마흔두살까지의 남자 중 군인이 아닌 사람은 민방위군에 편성되었다. 의사 스코브로네크는 1차 세계대전이 발발하자 "민방위군 의무중위 제복"을 입고 있다.

병과는 기병대, 보병대, 치안대 등등이 있었다. 기병대는 창기병대, 용기병대, 경기병대로 이루어졌다. 셋은 명칭만 다를 뿐 큰 차이는 없었다.[3] 카를 요제프 소위는 임관하여 코바치 대령이 연대장인 창기병 연대에 배속되며 제국의 동단 B국경지역에는 페스테티치 대령이 연대장인 용기병 연대도 주둔하고 있다. 보병대에는 총병대도 속했다. 군수 프란츠 트로타는 카를 요제프 소위가 창기병대를 떠나 총병대로 전속한 것을 괴롭게 느끼며, 용기병대의 페스테티치 대령과 초흐 대위는 기병대 축제에 "총병대대의 꾀죄죄한 장교들"을 초대하기를 꺼리는데, 이는 "봉건귀족 출신인 용기병 연대 장교들과 대부분 소시민 출신인 총병대대 장교들"이란 말에서 알 수 있듯 기병대와 보병대 및 총병대 장교들의 신분에 차이가 났기 때문이다. 1896년 통계에 따르면 보병대 및 총병대 장교 중 귀족 비율은 14%와 24%였으나, 기병대 장교 중 귀족 비율은 58%였다. 치안대는 경찰 업무를 담당했다. 요제프 트로타의 아버지와 슬라마 상사가 치안대 소속이다. 슬라마 상사와 카를 요제프 소위의 대화에서 치안대와 기병대의 신분 격차를 느낄 수 있다. "우리 직업은 다 고되지요. 군대는 다 그렇단 말입니다!"라고 소위가 말하자, 상사는 영문 모를 웃음을 터뜨리며 이렇게 대꾸한다. "남작님은 (…) '우리' 직업이라고 말하기를 좋아하시는군요. 제 말을 언짢게 듣지 마십시오. 남작님과 우리 같은 놈은 전혀 다릅니다." 덧붙여 말하자면, 각 부대에는 의무장교들이 있었고, 이들을 총지

3 창기병대는 창, 군도, 권총으로 무장한 폴란드 기병대에서 유래했다. 용기병대는 말로 이동하는 보병대에서 시작되어 18세기에 전투 기병대로 발전했다. 용기병대란 명칭은 프랑스 용기병들이 들고 다니던 총을 "용"(龍)이라고 불렀던 데서 유래했다고 한다. 경기병대는 헝가리 및 크로아티아 기병대에서 비롯됐다.

휘하는 "의무 사령관"의 계급은 소장이었다.

군대 공용 명령어로는 독일어가 사용됐다. 출신이 어디든 신병은 대략 백개의 주요 명령어를 독일어로 습득해야 했다. 근무부서 사이 연락을 위한 "근무어"로는 제국 공동군과 오스트리아 방위군에서는 독일어가, 헝가리 혼베드에서는 헝가리어가 쓰였다. 요제프 트로타의 아버지는 "군 출신 슬라브인 특유의 딱딱한 독일어"로 아들과 이야기를 나눈다.

상징 오스트리아-헝가리 제국의 문장(紋章)은 "쌍두독수리"였으며, 헝가리령 국기는 헝가리 문장이 들어간 빨간색-하얀색-녹색 삼색기였고 오스트리아령 국기 및 합스부르크가의 깃발은 "검은색-노란색"이었다. 성체축일 묘사에 나오는 "검은색-노란색 음향" "검은색-황금색 군모" "금실로 수놓은 검은색 코트" "노란색-검은색 표범가죽" 모두 합스부르크가를 상징한다.

헌법 1848년 혁명이 진행되는 동안 오스트리아 주들의 대표자들이 빈에서 모여 7월 28일 제헌의회를 열었고, 빈의 10월 봉기 뒤에는 모라비아의 크로메리슈로 장소를 옮겼다. 제헌의회는 합스부르크 제국을 연방국가로 변모시키고 모든 민족들의 동등권을 보장하고 황제와 양원제 의회가 권력을 분할하는 새로운 헌법 초안을 작성했다. 하지만 프란츠 요제프 1세는 이 초안을 무시하고 대신 1849년 3월 4일 수상 슈바르첸베르크가 만든 헌법을 반포했다. 이 3월 헌법은 크로메리슈 초안이 발효되는 것을 막기 위한 것이었으나, 초안에서 많은 내용을 물려받아 양원제 의회를 약속하고 민족들의 동등권을 인정했다. 그렇지만 3월 헌법은 유화책에 지나지 않음이 곧 밝혀졌다. 이는 실행된 적이 전혀 없었고 1851년 12월 31일 연말 조칙으로 폐지됐다. 프란츠 요제프 1세는 신절대

주의 통치를 했다. 제국의회를 설치하기는 했으나 이는 자문기관이었고 황제가 의원을 임명했다.

1859년 프란츠 요제프 1세는 전쟁 경험도 없으면서 쏠페리노 전투에서 총사령관을 맡고 패배함으로써 스스로 권위를 실추시켰다. 더욱이 국가는 만성 재정 적자에 시달렸다. 프란츠 요제프 1세는 난국 타개를 위해 1860년 입헌군주제를 받아들이는 10월 조서를 발표했다. 이제 법안이 통과되려면 제국의회와 주의회의 협력이 필요했다. 제국의회는 각 주들이 보낸 백명의 대표들로 이뤄져, 왕국들과 주들의 몇몇 공동사안에 관해 협의했다. 반면 주의회들은 대지주 귀족들로 구성되어 각 주의 모든 사안에 관해 결정을 했다. 황제는 제국을 분할하여 대지주 귀족들에게 나눠주고, 그 댓가로 귀족들은 제국을 자유주의 운동으로부터 지켜주는 연방형태가 생겨난 것이었다.

시민계급이 10월 조서에 반대하고 자유주의자들이 진정한 의미의 의회 헌법을 요구하자, 황제는 1861년 2월 조칙을 반포했다. 이 헌법에서 제국의회는 황제(거부권)와 공동으로 입법권이 있었다. 제국의회는 왕국들과 주들의 공동사안뿐만 아니라 주의회들의 권한에 속하지 않는 사안들도 결정했다. 이 헌법은 헝가리에서는 지나치게 중앙집권적이라고 거부됐다.

그렇지만 2월 조칙은 1867년 12월 오스트리아-헝가리 제국 헌법의 기반이 되었고, 이 헌법은 합스부르크 제국이 1918년 멸망할 때까지 치스라이타니엔 주들에 적용됐다. 제국의회는 양원제였다. 상원은 귀족들로 이뤄졌고, 하원은 처음에는 주의회에서 보낸 의원들로 구성됐다가 1873년부터 육년마다 선출됐다. 하지만 아직 제한선거가 치러졌으며, 1907년에야 남성들의 보통선거권이 도입

됐다. 1918년 오스트리아-헝가리 제국이 멸망한 뒤 여성들도 선거권을 얻었다. 이 소설에서는 호이니츠키가 제국 하원의원으로 그려진다.

황실 프란츠 요제프 1세는 1853년 이슐에서 사촌 누이 엘리자베트(일명 "시시" 1837~98)를 알게 되어, 1854년 빈에서 결혼했다. 두 사람은 일남 삼녀를 두었는데, 셋째인 루돌프 황태자(1858~89)가 1889년 마이얼링 성에서 열일곱살의 연인 마리 베체라를 죽이고 자살했다. 이 사건은 당시 엄청난 충격을 불러일으켰을 뿐만 아니라 훗날 테렌스 영이 감독하고 오마 샤리프, 카트린 드뇌브가 주연한 영화 「마이얼링」(우리말 제목 「비우」(悲雨)로 출시, 1968) 케네스 맥밀런의 발레 「마이얼링」(1978) 등의 소재가 되었다. 프란츠 요제프 1세의 동생인 카를 루트비히 대공의 맏아들 프란츠 페르디난트 대공(1863~1914)이 뒤를 이어 황태자가 되었다. 엘리자베트 황후는 1898년 제네바에서 이딸리아인 무정부주의자 루이지 루께니에게 암살당해 서거했다. 엘리자베트 황후는 오스트리아-헝가리 제국의 헝가리 수상인 언드라시 백작과 친분을 맺으며 개인적 조언을 들었다. 백작과 황후 사이를 두고 염문이 돌았으나, 사실로 입증된 것은 없다. 로미 슈나이더가 주연한 「시씨 삼부작」(1955~57)의 마지막 편은 「황비 시씨의 운명」으로 한국에서 출시됐는데 여기에서도 엘리자베트 황후와 언드라시 백작의 관계를 다루고 있다.

황태자 프란츠 페르디난트(326면) 헝가리인이 광범위한 자치권을 행사하자 다른 소수민족들, 특히 슬라브 민족들도 동등한 권리를 요구했다. 1889년 황태자가 된 프란츠 페르디난트는 오스트리아-헝가리 이중제국을 오스트리아-헝가리-슬라브 삼중제국("대오스트리아" 연방)으로 바꾸려고 계획했다. 여기에는 세가지 모델이 있었다. 첫째, 보헤미아, 모라비아, 오스트리아 내 슐레지엔의 체코인들에게 자율권을 허용하는 것이 고려됐다. 둘째, 크로아티아인을 중심으로 남슬라브 민족들을 규합하여 국가를 세워줌으로써, 한편으로는 크로아티아를 지배하고 있던 헝가리의 세력을 약화시키면서 다른 한편으로는 남슬라브 민족들을 통합하려는 쎄르비아 왕국의 야심을 꺾고자 했다. 셋째, 갈리치아의 폴란드인에게 독자적 권한을 부여하는 방안도 있었다.

보스니아 병합 위기(253면)　　오스트리아-헝가리 제국은 보스니아-헤르체고비나를 1878년부터 실질적으로 통치하고 있었다. 하지만 이 지역은 형식적으로는 오스만투르크 제국에 속해 있었고, 쎄르비아 왕국도 세력을 넓히려 넘보고 있었다. 1908년 오스트리아-헝가리 제국은 보스니아-헤르체고비나 병합을 선언했다. 오스만투르크 제국이 청년 투르크 당의 혁명으로 혼란한 틈을 타서였다. 쎄르비아 왕국은 동원령으로 반발했고, 오스트리아-헝가리 제국도 "쎄르비아에 맞서 부분동원령"을 내렸다. 유럽 열강들의 협상으로 전쟁은 피할 수 있었으나 파장은 오래갔다. 1914년 6월 28일 프란츠 페르디난트 황태자 부처는 보스니아-헤르체고비나의 수도 싸라예보를 방문 중에 쎄르비아인 학생 가브릴로 프린치프에게 암살당하고 이는 1차 세계대전으로 이어졌다.

황태자 시해(424면)　　프란츠 페르디난트의 피격 소식이 전해지는 『라데츠키 행진곡』의 장면에는 이런 역사적 상황이 반영되어 있다. 헝가리인들인 폰 너지, 폰 제니이, 벤키외, 바차니 백작(헝가리 3월 혁명 뒤 헝가리 초대 수상이었던 러요시 바차니에서 이름을 따왔다)은 황태자에 대한 반감을 숨기지 않는다. 황태자가 "슬라브 민족들에게 호의를 품고 있으며 헝가리 민족을 박대한다는 풍문이 놀"기 때문이다. 체코인 킨스키 중위는 "황태자가 제국을 이어받을 수 있을지 매우 '불안했다'"라고 말한다. 황태자가 헝가리의 반발에 부딪혀 삼중제국을 관철할 수 없으리라 우려했기 때문이다. 슬로베니아인 기병대 대위 옐라치치(헝가리 3월 혁명을 진압했던 크로아티아 장군 요시프 옐라치치에서 이름을 따왔다)는 헝가리인들에게 분통을 터뜨린다. "몸과 마음을 다하여 합스부르크 왕가를 섬겨"온 대위로서는 슬로베니아가 헝가리의 통치를 받는 것이 못마땅한 까닭이다. 하지만 옐라치치의 두 아들은 "모든 남슬라브 민족의 자주독립을 입에 올리고" 쎄르비아의 수도 "베오그라드에서 인쇄됐을지도 모르는 전단"들을 읽는다. 이 십대의 학생들은 황태자를 저격한 가브릴로 프린치프를 연상시킨다.

황태자 암살 사건 한달 뒤인 7월 28일 이슐에서 프란츠 요제프 1세는 성명문 「나의 민족들에게」(482면)에 서명함으로써 쎄르비아에 선전포고를 했다. 전쟁이 일어나자 독일제국은 오스트리아-헝가리 제국을, 러시아제국은 쎄르비아 왕국을 지원했다. 독일제국과 오스트리아-헝가리 제국에 오스만투르크 제국과 불가리아가 가세했고, 쎄르비아와 러시아에는 프랑스, 영국, 일본, 이딸리아, 미국 등이 합세하여 세계대전으로 번졌다.

카푸친 황제묘(477면) 프란츠 요제프 1세는 1차 세계대전이 한창인 1916년 11월 21일 서거하여 11월 30일 장례식이 거행됐다. 오스트리아 황제들의 관은 빈의 카푸친 교회 지하에 있으며 카푸친 교단 수사들이 관리하는 카푸친 황제묘로 들어갔다. "황제가 카푸친 황제묘에 안치된 날" 군수 프란츠 트로타는 사망한다.

프란츠 요제프 1세의 뒤를 이어 카를 1세(1887~1922, 재위 1916~18)가 황위에 올랐다. 카를 1세는 황태자 프란츠 페르디난트 대공의 동생인 오토 대공의 아들이었다.[4] 1차 세계대전에서 패전하고서 1918년 오스트리아-헝가리 제국은 오스트리아, 헝가리, 체코슬로바키아, 폴란드, 쎄르비아-크로아티아-슬로베니아 왕국으로 해체되고, 일부 영토는 루마니아와 이딸리아에 할양됐다. 오스트리아는 공화국이 되었다. 카를 1세는 황위에서 물러나 1922년 사망했으며, 맏아들 오토 폰 합스부르크(1912~2011)가 다스릴 제국 없는 합스부르크가를 이어받았다. 요제프 로트는 오토 폰 합스부르크를 황제로 삼아 오스트리아를 입헌군주국으로 만들려는 운동에 참여했다.

4 황태자 프란츠 페르디난트 대공은 조피 호테크와 동등 신분이 아닌 결혼을 하여 그 자녀들은 황위 계승권이 없었다.

부록 4

지리적 배경

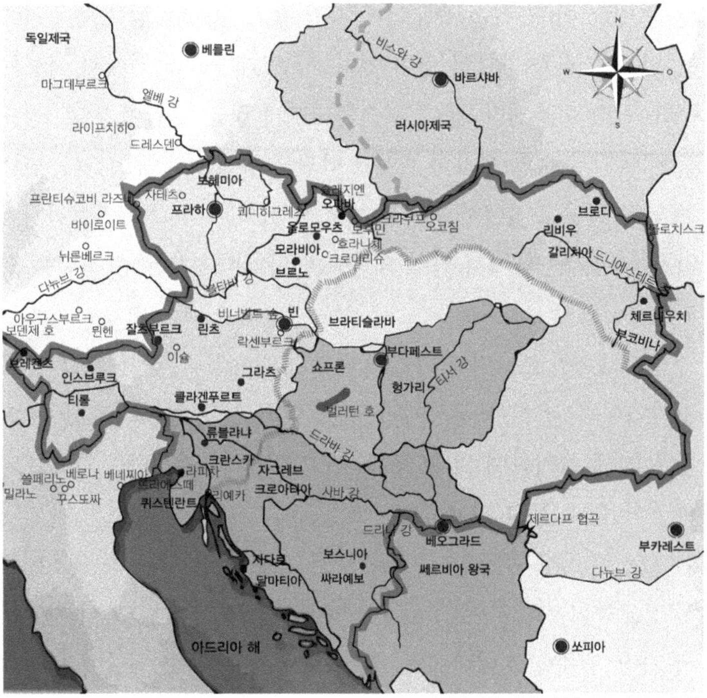

오스트리아-헝가리 제국 지도(1914년)

『라데츠키 행진곡』의 주요 무대는 모라비아의 흐라니체, 갈리치아의 브로디, 빈이다. 트로타 가문의 선조들이 살았던 슬로베니아의 지폴리에는 허구의 마을이다.

모라비아의 흐라니체(독일명은 바이스키르헨(Weißkirchen)이다)가 군수 프란츠 폰 트로타의 군사무소가 있는 W읍이다. 카를 요제프가 다녔던 기병소년사관학교도 여기 있다. 외곽에 슬라마 상사의 치안대 지소가 있으며 걸어서 십분을 더 가면 묘지가 나타난다. 의사 스코브로네크도 이 읍에 살며, 폰 빈터니크 씨는 이 읍에서 가장 부자이다. 카를 요제프가 임관 후 처음 배속됐으며 연대장 코바치 대령이 이끄는 창기병 연대는 모라비아의 어떤 소읍에 주둔한다. 병영은 이 읍 북쪽 변두리에 자리 잡고 있으며, 남쪽 변두리에는 의사 막스 데만트의 집이 있다. 막스 데만트의 집에서 국도는 두 묘지로 이어진다. 읍내 구순환도로에 장교 클럽이 있고, 장교들은 여기서 나와 레지 호르바트 마담의 유곽으로 몰려간다. 연대는 남쪽 진펄 풀밭에서 훈련을 하며, 여기서 이백 걸음도 떨어지지 않은 "푸른 빈터"에서 막스 데만트와 타텐바흐가 권총 결투를 벌인다.

갈리치아의 브로디가 카를 요제프가 전속된 제국 북동쪽의 B국경지역이다. 러시아 국경에서 3킬로미터도 채 떨어지지 않은 이 읍은 늪에 둘러싸여 있다. 초글라우어 소령이 지휘하는 총병대대 병영이 읍내 공원 뒤에 있고, 페스테티치 대령이 이끄는 용기병 연대도 이 읍에 주둔한다. 읍내의 브로드니처가 운영하는 호텔에서 장교들이 숙박하며, 호텔 까페에 카지노가 개장된다. 이 지역에서 가장 부유한 호이니츠키 백작은 "새 성"에서 손님들에게 잔치를 베풀며 "옛 성"에서 연금술을 시험한다. 이 지역에 유일한 산업인 강모 공장에서 노동자들은 파업을 일으킨다. 국경지역 들판에서 열린 추계 기동훈련에 황제 프란츠 요제프가 참석한다. 카를 요제프의 전령 오누프리이의 고향 마을 부르들라키가 근처에 있다. 용기병 연대의 "여름 축제"는 호이니츠키의 "작은 숲"에서 열린다. 카를 요제프는 전역한 뒤 "작은 숲" 언저리에 있는 아담한 집에서 묵는다.

요제프 트로타 대위의 아버지는 빈 근처 락센부르크 성 공원 수위로 일한다. 요제프 트로타는 아들 프란츠를 빈의 기숙학교에 보낸다. 군수 프란츠 폰 트로타는 화가 모저를 비롯한 학교 동창들을 빈에서 만난다. 카를 요제프의 외삼촌 슈트란스키도 빈에 산다. 카를 요제프 소위는 폰 타우시히 부인과 함께 빈까지 동행하며, 링슈트라세에서 성체축일 행렬을 구경한다. 그뒤 이주에 한번씩 폰 타우시히 부인을 만나러 가서, 비너발트 숲 등지에서 밀회한다. 군수는 아들의 명예를 구하기 위해 황제를 알현하러 쇤브룬 궁전에 가며, 아들이 죽은 뒤 호이니츠키 백작을 만나러 슈타인호프 정신병원에 찾아간다.

『라데츠키 행진곡』 주요 지명

지금 국가	당시 지역	지명
체코	모라비아	호라니체, 올로모우츠
	보헤미아	프란티슈코비 라즈네, 프라하, 자테츠, 블타바 강
체코	슐레지엔	보후민
폴란드	갈리치아	크라쿠프, 오코침
우크라이나		브로디

오스트리아	빈, 니더외스터라이히	비덴(제4구), 마리아힐프(제6구), 히칭(제13구), 헤르날스 (제17구), 쇤브룬 궁전, 호프부르크 궁전, 나슈마르크트, 링슈트라세, 투흘라우벤 가, 볼차일레 가, 슈타인호프 정신병원, 비너발트 숲, 락센부르크
	슈타이어마르크	그라츠
	잘츠부르크	이슐
	포어아를베르크	보덴제 호수
이딸리아	쥐트퀴스텐	뜨리에스떼
헝가리	헝가리	부다페스트, 쇼프론
크로아티아	크로아티아	
슬로베니아	크란스카	리피차 종마 사육장
보스니아	보스니아	싸라예보
쎄르비아		베오그라드
이딸리아		밀라노
독일		뉘른베르크
모나코		리비에라 해안의 몬떼까를로

『라데츠키 행진곡』에 나오는 주요 역사적 사건과 지명

지명	시기	사건
빈	1848년 7월	제헌의회
크로메리슈	1848년 10월	
꾸스또짜	1848년 7월	라데츠키 장군이 싸르데냐-삐에몬떼군에 승리
노바라	1849년 3월	
쏠페리노	1859년 6월	합스부르크 제국 군대가 싸르데냐-삐에몬떼와 프랑스 동맹군에게 패배
쾨니히그레츠	1866년 7월	오스트리아-프로이센 전투에서 오스트리아군 패배

보스니아	1878년	보스니아-헤르체고비나 점령
	1908년	보스니아 병합 위기. 오스트리아-헝가리 제국 군대 부분동원령
싸라예보	1914년 6월 28일	오스트리아-헝가리 제국 황태자 프란츠 페르디난트 대공 암살
이슐	1914년 7월 28일	황제 프란츠 요제프가 대쎄르비아 선전포고문 「나의 민족들에게」에 서명함으로써, 1차 세계대전 발발

1. 요제프 로트

요제프 로트는 1894년 동갈리치아의 브로디에서 태어났다. 동갈리치아는 당시 오스트리아-헝가리 제국에 속해 있었고, 러시아 제국 땅이었던 볼린과 접경하고 있었다.[1] 브로디는 로트가 『라데츠키 행진곡』에서 "제국 북동쪽 오스트리아와 러시아의 국경지역" B라고 묘사한 곳이다. 이 지역에는 "루테니아인"이라고도 불리는 우크라이나인, 폴란드인, 유대인, 독일인 등이 모여 살았고, 민족에

1 지금은 동갈리치아와 볼린 모두 우크라이나 영토이다.

따라 그리스정교회, 로마 가톨릭교, 유대교를 믿었다. 『라데츠키 행진곡』에서 프란츠 요제프 1세가 이 지역 기동훈련에 참관하기에 앞서 세 종교로부터 축성을 받는 것은 이런 신앙 분포 때문이다.

요제프 로트는 자신의 출생과 경력을 꾸며내기 좋아했다. 특히 아버지에 관해 숱하게 말을 바꿨다. 기적을 일으키는 랍비였다고 말하기도 했고, 폴란드 백작이었다고 주장하기도 했으며, "아버지는 장교였으며 주둔부대를 옮길 때마다 부인을 하나씩 두었다" "아버지는 세무공무원이었다. 진짜배기 빈 사람이었고, 스스로 그림을 그리기도 하는 미술애호가였다"라고 이야기하기도 했다. 편지나 여권신청서에는 자신의 출생지를 "브로디 지역의 슈바비"라고 적었는데, "슈바벤 출신" 독일인들이 살았던 이 마을을 언급함으로써 자신이 독일인이란 인상을 풍기려 했던 듯하다.

로트는 실제로는 유대인 부모에게서 태어났다. 어머니 마리아 그뤼벨은 브로디에 정착한 유대인 상인 가문 출신이었다. 외할아버지 예히엘 그뤼벨은 포목상이었고, 아직도 남아 있는 외할아버지의 초상화는 『라데츠키 행진곡』에 나오는 막스 데만트의 할아버지 "수염이 허연 유대인"을 떠오르게 한다. 아버지 나훔 로트는 곡물상으로 일하다가 발작을 일으켜 정신병원에 수감됐다. 훗날 요제프 로트의 아내 프리데리케 라이힐러도 정신병원에서 평생을 보냈는데, 이런 체험은 『라데츠키 행진곡』에 폰 타우시히 씨와 호이니츠키 백작을 통해 반영되어 있다.

로트는 1913년 갈리치아의 렘베르크 대학교(오늘날 우크라이나의 리비우 대학교)에서 학업을 시작했고, 1914년 빈 대학교로 이적하여 독문학을 공부하던 중 1차 세계대전이 발발하자, 1916년에야 총병대대에 입대하여 빈에서 일년제 지원병 훈련을 받았다. 같은 해 프란츠 요제프 황제의 장례식 행렬을 길가에 도열한 병사 중 한 사람으로 지켜봤다는 로트는 훗날 합스부르크 왕가의 몰락을 『라데츠키 행진곡』과 『카푸친 황제묘』에서 다루게 된다. 자신이 "오스트리아의 장교"가 되었으며, 러시아에서 포로로 잡혔다는 주장은 지어낸 말임이 연구자들의 조사로 밝혀졌다. 실제로는 갈리치아의 보병대에 전속되어 전쟁이 끝날 때까지 리비우에서 홍보 업무를 맡았다. 이때의 경험까지 더해짐으로써, 갈리치아는 빈과 더불어 로트 소설의 두 주요 무대가 된다.

로트는 전쟁이 끝난 뒤 빈, 베를린, 프랑크푸르트에서 기자와 소설가로 활동했다. 로트의 소설들은 초기와 후기에 전혀 다른 특성을 보인다고 흔히 말해진다. 초기 소설 『거미줄』(1923), 『싸보이 호텔』(1924), 『반란』(1924) 등은 진보적 성향을 지닌 반면에, 1926년 러시아 여행에서 소련의 실상에 환멸을 느낀 뒤에 나온 후기 소설 『욥, 어느 평범한 남자 이야기』(1930), 『라데츠키 행진곡』(1932), 『카푸친 황제묘』(1938) 등은 보수적 색채를 띤다고 여겨진다. 초기에는 작가-기자로서 객관성을 추구해야 하며 진정한 문학은 다큐멘터리라는 신즉물주의에 동조하여 스타카토처럼 끊어지는 단문으로 현실을 묘파하지만, 후기에는 소설은 "증거서류"가 아니라 "예술작품"이라고 주장하며 사실적 세부묘사보다는 "시적 진실"을 추구하는 데 힘쓴다는 것이다.

하지만 로트가 신즉물주의 문체를 사용하는 사회주의 작가로부터 감각적인 문체를 구사하여 전설과 신화를 만들어내는 보수주의 작가로 변화했다는 데 동의하지 않는 연구들도 찾아볼 수 있다. "붉은 로트"의 사회 비판은 초기 작품뿐만 아니라 전작품을 관류하고 있으며 "로트는 평생 동안 시대의 사회적 발전 및 상황을 추적했고 이를 작품 주제로 삼거나 이에 반응했다"는 견해가 있는가 하면, 이와는 정반대로 로트는 근본적으로 보수적 왕정주의자였으며 초기의 문화적·정치적 비판은 "도시 산업 사회의 비인간적 상황, 자본주의, 현대 문화의 타락, 시대의 도덕적 붕괴에 대한 공격이었을 뿐"이라는 의견도 있다.

1922년 로트는 프리데리케 라이힐러와 결혼했다. "그림처럼 예뻤다"는 아내와의 결혼생활은 순탄하지 못했다. 로트는 특파원이나 르뽀르따주 기자로서 라이프치히, 루르 지역, 빠리, 프랑스 남부, 알바니아, 러시아 등지로 파견됐다. 프리데리케는 동행하는 경우도 있었지만, 집에 여러날 동안 혼자 있거나 빈에 있는 친정집에 머무르는 적이 많았다. 로트는 병적으로 질투심이 심했다. 아내가 옆 테이블의 남자와 이야기를 하면 느닷없이 자리를 박차고 까페나 바를 떠나기 일쑤였다. 프리데리케가 1926년 정신병 증상을 처음 보이고, 1928년 들어 정신병에 걸렸음이 확실해지자, 로트는 죄책감에 시달리며 음주벽에 빠져들었다. 1931년 『라데츠키 행진곡』을 쓸 무렵에는 심한 눈병에 시달리기도 했다. 『라데츠키 행진곡』에서 막스 데만트가 눈이 나쁜 것으로, 화가 모저와 카를 요제프가 술에 절어 지내는 것으로 묘사되는 데서 요제프 로트의 삶의 단면을 엿볼 수 있다.

1933년 1월 30일 히틀러가 독일제국 수상으로 임명되자 로트는 독일을 떠나 프랑스로 망명했다. 로트는 슈테판 츠바이크에게 보낸 편지에서 이렇게 썼다. "우리가 엄청난 파국으로 치닫고 있다는 것을 이제 똑똑히 아셨겠지요. 사생활은 말할 것도 없고 (우리는 문학적으로나 경제적으로 살 길이 없습니다) 모든 것이 새로운 전쟁을 향해 내달리고 있습니다. 저는 우리 인생이 끝장났다고 봅니다. 야만이 통치하게 됐습니다. 한시도 잘못 생각하지 마십시오. 지옥이 통치하고 있습니다."

로트는 망명 생활 동안에도 여행과 창작을 그치지 않았다. 이 시기에 나온 작품으로는 『타라바스』(1934), 『어느 살인자의 고백』(1936), 『카푸친 황제묘』(1938), 『성스러운 술꾼 전설』(1939) 등이 있다. 하지만 죽기 몇해 전부터 가난과 알코올 중독에 시달리다가 1939년 빠리의 네께르 빈민병원에서 폐렴으로 사망했다. 폰 슈테른부르크는 로트 전기를 이렇게 끝맺고 있다. "사흘 뒤 빠리 남동쪽 방리외의 띠에 묘지에 유대인들, 가톨릭교인들, 사회주의자들, 왕정주의자들이 유령처럼 모여들었다. 가톨릭교 장례를 치러야 하는가? 유대교 장례를 치러야 하는가? 영세증서를 찾을 수 없다. 사람들은 다투고 입씨름한다. 신부들이 장례미사를 시작하자 유대인 조문객들이 화가 나서 웅얼거린다. 왕정주의자들은 화환을 바쳐 '제국의 충성스러운 투사'를 기린다. 공산주의자 에곤 에르빈 키슈는 크게 소리 지르며 붉은 카네이션 꽃다발을 관에 던진다. (…) 아마 작가 요제프 로트는 이들이 무덤에서 자신의 영혼을 놓고 다투는 것을 보고 즐거워했을 것이다."

2. 『라데츠키 행진곡』

작가 요제프 로트에 관한 견해가 분분한 만큼이나, 1930년 집필하기 시작하여 1932년 탈고한 『라데츠키 행진곡』에 대한 해석 또한 다양하다. 특히 오스트리아-헝가리 제국을 다룸으로써 합스부르크 제국을 미화했다고 봐야 할지, 아니면 비판했다고 여겨야 할지를 두고 의견이 엇갈린다.

『라데츠키 행진곡』을 통해 "합스부르크 신화"를 만들었다고 보는 근거는 이러하다. 1918년 오스트리아-헝가리 제국이 와해되자 오스트리아 지식인들은 자신들의 생활 및 문화의 근거가 파괴됐다고 여겼다. 이들은 급변하는 정치상황에 적응하지 못하고 합스부르크 제국을 향수 어린 눈길로 뒤돌아봤다. 특히 유대인은 합스부르크 제국 몰락을 조국 상실이라고 느꼈다. 오스트리아-헝가리 제국의 지배를 받던 여러 민족들은 1차 세계대전 후에 독립된 민족국가를 수립했다. 하지만 어느 국가에도 속하지 못한 민족이 있었으니 다름 아닌 유대인이었다. 반유대주의마저 날이 갈수록 확산되자 유대인 지식인들은 자신들을 품어줬던 합스부르크 제국을 이상화시켰다. 로트도 "현재로부터 도피하여 주관적으로 변형된 과거에서 위안을 찾았다". "소련의 과두정치와 파시즘의 위협을 피해 (…) 과거를 지향하는 유토피아적 몽상에 점점 더 빠져들었다."

이에 맞서서, 『라데츠키 행진곡』은 합스부르크 제국을 돌이켜봄으로써 로트가 살던 당시 시대상을 밝혀보려는 "역사소설"이었다는 주장이 제기된다. 죄르지 루카치는 『역사소설론』에서 과거를 서술하는 것은 "현대사회의 문제를 진정으로 이해하려면 사회의 생성사와 발달사를 알아야 하"며, 역사적 현실에서 살았던 사람들의 "사회적 인간적 행동 동기들을 보여주는 데는 세계사의 위대한 기념비적 사건들보다는 중요하지 않은 사건들, (…) 세세한 관계들이 더 적합하다"라고 말한 바 있는데, 『라데츠키 행진곡』도 트로타 가문의 일상사를 통해 합스부르크 제국의 모순을 드러냄으로써 1차 세계대전 후 오스트리아 사회가 안고 있는 문제의 근원을 파헤치고 있다는 것이다.

2.1. 합스부르크 제국

이러한 해석에 따르면 『라데츠키 행진곡』에서 합스부르크 제국은 시대에 뒤떨어진 국가 형태로 묘사된다. 1848년 3월 빈에서 시민계급이 민주주의를 요구하고 헝가리와 북이딸리아에서 민족주의자들이 독립과 해방을 외쳤을 때 무너졌어야 했다는 것이다. 제국은 체제유지를 위해 합스부르크 신화들을 만들어낸다. 요한 슈트라우스 1세의 「라데츠키 행진곡」이 한 사례이다. 이는 라데츠키 원수가 1848년 이딸리아 원정에서 승리함으로써 민족주의 운동과 민주주의 세력을 굴복시키고 프란츠 요제프 1세의 절대 왕권을 회복시킨 것을 기린다. 이 소설에서 문교부 대신이 친히 인가한 "쏠페리노의 영웅"에 관한 15번 글도 학생들에게 "애국심을 고취"하기 위한 독본 편찬 방침에 따라 집필된다. 그리하여 1859년 6월 쏠페리노 전투에서 합스부르크 제국 군대는 싸르데냐-삐에몬떼와 프랑스 동맹군에게 패배했음에도, "이 전투에서 적 기병대 패잔병 전체를 포로로 잡았"다고 왜곡된다. 요제프 트로타는 보병대 소위였는데도 기병대 소위로 미화된다.

합스부르크 제국을 지탱해준 두 기둥은 군대와 관료제였다. 하지만 군수 프란츠 트로타로 대표되는 관료제와 카를 요제프 트로타 소위가 소속한 군대는 겉만 번지르르할 뿐 속 빈 강정이었다. 막스 데만트의 아버지 지몬 데만트가 죽은 뒤 옷장에 걸려 있는 두 벌의 옷은 이를 상징적으로 보여준다. "데만트가 부사관으로서 입었던 제복과 우체국 관리로서 입었던 제복은 아직도 옷장에 나란히 걸려 있었다. 미망인은 이 제복들을 장뇌, 옷솔, 광택제로 번쩍거리게 닦아놓았다. 이 제복들은 미라처럼 보였고, 아들은 옷장을 열 때마다 죽은 아버지의 두 시신이 나란히 매달려 있는 것을 보는 듯한 생각이 들었다."

합스부르크 제국에서 중시된 덕목은 복종이었다. 신의 위임을 받아 황제가 제국을 통치하고, 황제를 대리하여 프란츠 트로타가 W군을 다스리고, 프란츠 트로타를 대신하여 자크가 집안을 돌보는 질서가 유지되기 위해서는 "무조건적 순종 의무"를 다해야 했다. 하지만 이로 말미암아 개인은 스스로 결정하여 정체성을 형성할 기회를 빼앗겼다. 이 위계의 맨 아래에 있는 청지기 자크는 자신의 이름마저 잃게 된다. 전 주인 요제프 트로타가 자크라는 이름을 쓰라고 지시하자 평생 이에 순종한다. 죽음을 앞두고서야 프란츠 크사버 요제프 크로미흘이라는 세례명을 되찾지만, 묘비에 자크라는 이름도 새겨달라고 부탁한다.

또다른 덕목은 명예였다. 특히 장교의 명예가 침해될 경우 결투를 통해 이를 지킬 수밖에 없었다. 명예를 훼손당하고도 결투를 신청하지 않으면 임무를 부여받지 못하고 동료에게 따돌려졌다. 결투는 명예 정당방위로서 1855년 군사 형법 114조에 의해 법적으로 보장됐다. (민법은 이와 달랐다. 때문에 황태자 피격 소식을 듣고 장교들이 실랑이를 벌이자, 민간인 호이니츠키와 지방사무관 호라크는 이에 휘말리지 않으려 자리를 피한다) 이 "알량하고, 뻔뻔하고, 어리석고, 검질기고, 우악스러운" "명예규범" 때문에 의사 데만트는 기병대 대위 타텐바흐와의 결투에서 "무의미"하게 죽는다. 군대에서 전역하여 의사로서 독자적 정체성을 찾아보려던 꿈도 물거품이 된다.

합스부르크 제국 체제는 개인들뿐만 아니라 민족들도 억눌렀다. 물론 황제는 항상 "나의 친애하는 민족들에게!"라고 말하며 모든 민족들의 아버지임을 자처했다. 프란츠 요제프 1세는 1866년 오스트리아-프로이센 전쟁에서 패배한 뒤 독일어 사용 국가들로부터 고립되자, 1867년 오스트리아-헝가리 이중제국을 세우면서 헝가리 마자르족에게 자치권을 허용했다. 황태자 프란츠 페르디난트 대공은 황위에 오르면 오스트리아-헝가리-슬라브 삼중제국을 만들어 슬라브인에게도 자율권을 주려는 계획을 품었다. 하지만 제국은 한 민족을 억압하기 위해 다른 민족을 동원하기 일쑤였다. 일찍이 1848년 3월 혁명 때 헝가리 민족주의자들을 공격하기 위해 크로아티아군을 투입했고, 『라데츠키 행진곡』에서 모라비아에 있는 주둔부대 병사들은 체코인이 아니라 우크라이나인과 루마니아인인데 이는 체코 민족주의 소요가 일어나면 슬라브인 병사들로 진압하기 위해서이다.

2.2. 카를 요제프 트로타

요제프 로트는 “역사 권력의 운명”을 밝혀주기 위해 “가족의 운명”을 그린다. 오스트리아-헝가리 제국의 번영과 멸망은 “트로타 가문의 융성과 몰락”에, 특히 카를 요제프의 삶과 죽음에 반영되어 있다.

“쏠페리노의 영웅”의 아들인 군수 프란츠 트로타의 응접실에는 영웅의 초상화가 걸려 있다. 군수는 자신의 아버지가 제국을 구했음을 믿어 의심치 않으며, 아들 카를 요제프에게도 “쏠페리노의 영웅의 손자”임을 명심하라고 말한다. 소년사관생도는 “할아버지의 흐릿한 모습과 잊힌 명성” 뒤에 숨겨진 진실이 있을지 모른다고 호기심을 품는다. 이는 자신의 정체성 발견을 위한 첫걸음이 된다. 하지만 진실을 알려고 하면 할수록 오히려 이로부터 단절되는 듯한 느낌을 받는다. “해마다 여름방학에 손자와 할아버지 사이에 말없는 대화가 오갔다. 고인은 아무 말도 해주지 않았다. 소년은 아무것도 들을 수 없었다. (…) 쏠페리노의 영웅이 다시 한번 죽으며, 자신에 관한 모든 기억을 주섬주섬 걷어가는 듯싶었다. 언젠가는 검은 액자에 텅 빈 캔버스만 남아, 지금의 초상화보다 더 말없이 손자를 내려다볼 때가 올 것만 같았다.”

이는 카를 요제프가 합스부르크 신화에 현혹되어 있는 탓이 매우 크다. 소년사관생도는 「라데츠키 행진곡」을 들으며 제국을 위해 목숨을 바치겠다고 결심하고 있다. 이런 영웅적 죽음의 환상은 카를 요제프가 합스부르크 제국 교육에 알게 모르게 영향받고 있다는 증거이다. 당시 제국 독본은 오스트리아-프로이센 전쟁의 전투 장면을 이렇게 서술했다. “기병대가 기동훈련을 하듯 공격한다. 그러면 오스트리아 보병대가 퍼레이드를 하듯 전진한다. 장교들은 군도를 뽑아들고 군마에 높이 올라 앞장서고, 병사들은 총검을 겨누고 뒤따른다. 군기가 휘날리고 연대 군악대는 「라데츠키 행진곡」을 연주한다.” 소년사관생도는 요한 슈트라우스 1세의 「라데츠키 행진곡」이나 쏠페리노의 영웅에 관한 이야기가 제국을 이상화하는 도구임을 눈치채지 못하고 있다.

카를 요제프의 옷장에는 자크의 “열을 내리는 뿌리”, “카타리나의 편지와 막스 데만트의 군도”가 들어 있다. 하지만 소위는 유품들에 담긴 의미도 알아채지 못하고 있다. 막스 데만트는 명예규범을 지키기 위해 무의미하게 죽었다. 그런데도 소위는 명예규범에 집착한다. 카프투라크가 자신에게 스파이 혐의를 씌우자 군도를 뽑아들어 카프투라크를 겨눈다. 당시 합스부르크 제국 장교는 명예가 손상되면 당장에 자신이 차고 있는 무기로 명예를 지켜야 할 의무가 있었다. 자크는 평생 복종하며 자기를 희생했다. 죽으면서도 카를 요제프가 늪지대에서 열병에 걸릴까 염려한다. 아니나 다를까, 소위는 고열 때문에 목숨을 잃을 뻔한다. 소대를 이끌고 데모를 진압하라는 명령에 순종하여 강모 노동자들에게 발포한 결과이다. 카타리나는 카를 요제프의 아이를 낳다가 죽는다. 카를 요제프의 아이일 가능성이 매우 높다. 카를 요제프는 이 사실에 대해 한마디도 하지 않는다. 이 아이가 죽음으로써 결과적으로 폰 트로타 가문은 대가 끊긴다.[2]

그렇지만 카를 요제프는 합스부르크 제국이 쇠락하고 있음을 차츰차츰 느끼게 된다. 「라데츠키 행진곡」은 유곽에서 피아노로 연주되거나 술집 주크박스에서 흘러나올 뿐이다. 황제의 초상화는, 유곽에서는 파리 자국이 덕지덕지한 액자에 들어 있고, 술집에서는 주인이 손님방에서 주방으로 치워놓았다. 그러던 중 빈의 성체축일을 보자마자 소위는 세계가 몰락하고 있다는 생각을 씻은 듯 잊는다. "유서 깊은 제국이 장엄한 국위를 과시하며 눈앞에 지나가"자 "아버지 집 발코니에서 「라데츠키 행진곡」 연주를 들으며" 품었던 "영웅적 꿈"이 되살아난다. "제국의 벽이란 벽마다 수없이 붙어 있는 최고사령관 초상화의 차가운 청자색 눈이 다시 아버지 눈처럼 인자하게 바"뀌는 듯하다. 하지만 소위는 "참수리들의 으스스한 날갯소리는 미처 듣지 못했다. 참수리들이, 합스부르크가의 형제인 척하는 적들이, 오스트리아-헝가리 이중제국의 쌍두독수리 위에서 벌써 맴돌고 있는 것을 알아채지 못했다."

2 『카푸친 황제묘』의 주인공 프란츠 페르디난트 트로타는 카를 요제프의 육촌 형제이다.

라데츠키의 이딸리아 원정이 합스부르크 제국의 마지막 승전이었듯 빈의 성체축일은 카를 요제프에게 마지막으로 "행복"한 하루였다. 소위는 빈에서 돌아오자마자 적군과 싸우러 나가는 게 아니라 자국민에게 총부리를 겨눈다. 전장에서 「라데츠키 행진곡」을 들으며 전진하는 게 아니라 노동자들이 삼개국어로 부르는 「인터내셔널가」에 흠칫 놀란다. "소위는 세계가 몰락할 것이라는 어렴풋한 예감에 사로잡혔다. 성체축일의 화려한 장관을 떠올렸다. 순간 폭도들의 먹장구름이 황제의 행렬에 맞서 달려드는 듯 보였다. 눈 깜짝하는 동안 소위에게 환영을 볼 수 있는 초월적 능력이 생겼다. 두 시대가 거대한 바위처럼 서로 마주 보고 구르고 있었다. 바위가 맞부딪치며 소위 자신이 으깨어 부서지고 있었다."

카를 요제프는 이제 "군도의 바보 같은 장식꽃술에 나부끼는 명예"를 벗어던지고 막스 데만트가 권고한 대로 "군대를 떠나"기로 마음을 굳힌다. 막스 데만트의 군도에 새겨져 있는 대로 "행복하게 자유롭게 살"고자 한다. "아버지에 대해 일종의 향수를 느꼈지만, 아버지가 이제 고향 역할을 할 수 없다는 것도 잘 알고 있었다. 군인은 이제 자신의 직업이 될 수 없었다." 자신이 복무했던 군대뿐만 아니라 아버지가 봉직하는 관료제도 카를 요제프의 자아발견을 가로막을 뿐이다.

카를 요제프가 전역 신청을 하는 것은 용기병대 축제에서 하극상을 벌인 뒤이다. "오스트리아 군대가 창설된 뒤 처음으로 소위가 대위에게, 소령에게, 대령에게 조용히 하라고 명령"하고 나서이다. 황태자 피격 소식을 듣고서 헝가리인, 체코인, 슬로베니아인 장교들이 제멋대로 떠든다. 민족 사이의 이익이 상충되며 제국이 와해되고 있음을 볼 수 있다. 장교들이 황태자 시해가 사실인지 아닌지를 놓고 실랑이를 벌일 때, 소위는 소문이 진실이라고 말한다. "저는 압니다. (…) 저는 압니다. (…) 오스트리아-헝가리 제국 황태자 대공 저하께서는 정말로 시해되셨습니다." 소위는 진실이라고 믿어온 합스부르크 신화에 따라 제국을 구원하는 것이 불가능함을 깨닫고 있다.

카를 요제프는 군대를 떠나 농촌으로 들어간다. "소위는 마침내 만족스럽고 외롭고 고요하다고 느꼈다. 여태 이렇게 살아온 듯싶었다." 하지만 카를 요제프는 여기서도 정체성을 찾지 못한다. 슬로베니아의 지폴리에로 돌아가기를 꿈꿨으나 루테니아의 B지역에 머무를 뿐이다. 농부들처럼 어기적어기적 걷지만 농사를 짓지는 않으며 장부를 정리하고 흥정을 한다. 이 지역 언어를 배우지만 루테니아어는 한마디밖에 하지 못한다. 알고 보면, 카를 요제프의 할아버지 요제프 트로타도 전역 뒤에 "슬로베니아인 시골 농사꾼"이 되지는 못했다. 선조들의 고향으로 돌아간 것이 아니라 장인이 물려준 보헤미아의 농장을 운영했다. 슬로베니아어는 몇 마디 알아들었을 뿐 한마디도 하지 못했다.

카를 요제프는 자아발견에 이르지는 못했으나, 지금까지와 다른 행동을 보이기 시작한다. "쏠페리노의 영웅"을 본받으려는 생각에 도취됐을 때는 유곽에서 황제의 초상화를 구하는 "지독한 바보짓"을 하는 데 그쳤으나, 1차 세계대전이 일어나 군에 다시 입대한 뒤에는 꾸며낸 "거짓"을 위해서가 아니라 사람들의 죽음과 삶을 위해 헌신한다. 목매달려 죽은 시신 세구를 묻어주고 목마른 병사들을 위해 물을 뜨러 간다. 소위는 깨달음을 얻은 듯한데, 이는 눈이 밝아지는 것으로 상징된다. 막스 데만트는 아무것도 또렷이 볼 수 없으며 아내의 부정은 눈감아버리려 했지만, 타텐바흐와 결투를 벌일 때에는 안경을 쓰지 않아도 눈이 밝아지며 명예규정이 부질없는 것임을 깨닫고 있었다. 마찬가지로 카를 요제프는 술에 취할 때면 눈앞에 안개가 끼어 있었으나, 용기병대 축제에서는 눈이 밝아지면서 합스부르크 제국의 해체를 꿰뚫어보고 있다. 술로 나날을 보내던 소위의 "눈길은 초점을 잃"고 있었으나 이제 "진실의 옹호자"인 자신의 할아버지처럼 "예리한 시력"을 얻은 것이다.

카를 요제프가 죽은 뒤 군수 프란츠 트로타와 최고사령관 프란츠 요제프 1세가 거의 동시에 사망하면서 합스부르크 제국은 붕괴한다. 「라데츠키 행진곡」에서 황제는 그 책임을 민족들 탓으로 돌린다. "이 민족들은 이제 내 통치를 받기를 바라지 않아! (…) 어쩔 수 없는 일이야!" 하지만 민족들이 제국에서 독립하고자 했던 이유는 다민족국가 합스부르크 제국이 여러 민족을 포용하지 못했기 때문이었다.

빈의 관료들과 지방군수들이 대부분 독일인이었다. 이들은 독일어 및 독일 문화를 헝가리나 슬라브 언어 및 문화보다 더 발전된 형태라고 여겼다. 군수 프란츠 트로타는 소년사관생도 요제프 트로타에게 그릴파르처, 아달베르트 슈티프터, 페르디난트 폰 자어의 작품을 추천한다. 세 작가 모두 독일인이다. 군수는 아들에게 테오도어 쾨르너의 희곡 『츠리니』의 내용에 관해 시험하기도 한다. 『츠리니』는 터키의 침공에 맞선 헝가리의 항전을 그리는데, 이는 나폴레옹의 프랑스군에 대항한 독일 민족의 해방전쟁을 뜻한다. 테오도어 쾨르너는 애국적 희곡과 시를 썼을 뿐만 아니라 해방전쟁에서 전사함으로써 독일 민족주의의 신화가 된 인물이다.

합스부르크 제국에는 반유대주의도 알게 모르게 퍼져 있다. 군악대장 네히발은 레하르의 오페레타를 즐기고 세 자녀와 "평범한 집안 출신"의 아내를 둔 전형적인 중간계급인데 재치있고 유쾌한 유대인 위트를 이야기하기를 좋아한다. 막스 데만트와 타텐바흐가 명예를 훼손당했다고 느끼는 것은 타텐바흐가 막스 데만트에게 아내를 잘 지켜보라고 말했기 때문이 아니다. 막스 데만트는 이를 술에 취해 하는 말로 듣고 넘기려 한다. 하지만 타텐바흐가 "유대인"이라고 여덟번이나 거푸 말하자 막스 데만트는 결투를 신청하지 않을 수 없다.

『라데츠키 행진곡』은 합스부르크 제국 시대에 독일 언어와 문화를 우월하다고 여긴 것이 1920년대 오스트리아와 독일에서 독일 민족주의를 번성하게 만든 씨앗임을 보여준다. 과거와 현재가 전혀 달라 보이는 탓에 서로 아무 상관이 없는 듯 느껴질 수 있다. "봄에 농부가 밭두렁을 걸으며 발자국을 내더라도, 나중에 여름이 되면 이 발자국이 농부가 뿌린 씨에서 자라난 밀들로 뒤덮"일 수 있다. 하지만 농부가 발자국을 내며 씨를 뿌리지 않았다면 밀들이 무성히 자라 있을 리 없을 것이다. "어떤 것이든 한번 존재했으면, 그 흔적을 남"긴다. 과거에서 현재가 생겨난 것이다.

현재는 과거와 대화를 해야 한다. 트로타가의 서신왕래는 대화의 한 방식을 보여준다. 트로타 가문의 아버지와 아들이 주고받는 편지들은 사대에 걸쳐 전혀 달라진 게 없다. 치안대 상사에게 요제프 트로타가 보내는 편지들이나 프란츠 트로타에게 카를 요제프 소위가 보내는 편지들이나 모두 "근무증처럼 어슷비슷"하다. 이렇게 과거를 이어받아서는 현재가 바뀔 수 없다. 불행이 일어나면 "어쩔 수 없는 일"로 돌리게 된다. 카를 요제프가 할아버지의 초상화를 바라보는 상황은 대화의 다른 방식을 알려준다. 소년사관생도가 의자에 올라가 초상화를 바라보면 그림은 음영과 하이라이트, 선과 점, 잔주름과 색상으로 산산이 흩어졌다가 의자에서 내려와 쳐다보면 할아버지의 "낯익으면서도 수수께끼 같은 얼굴"이 생겨난다. 해체되어 있는 그림을 합쳐서 형태를 만드는 것은 카를 요제프의 눈이다. 마찬가지로 과거에 담겨 있는 진실을 꿰뚫어보려면 지각한 것을 해석할 수 있어야 한다. 특히 세기말에 전통가치가 붕괴되고 이어 합스부르크 제국이 와해된 상황에서, 새로운 도정을 모색하려면 이러한 혜안이 더욱 요망됐다.

3. 「라데츠키 행진곡」을 들으며

지금까지 『라데츠키 행진곡』을 합스부르크 제국의 실상을 다룸으로써 1920년대 오스트리아의 현실과 대결하려는 역사소설로 여기는 주장을 상세히 살펴봤다. 『라데츠키 행진곡』에 관한 논의는 요제프 로트 탄생 백주년이 지난 지금에도 갈수록 폭과 깊이를 더하고 있다. 이 연구열에 불을 지핀 것은 다름 아니라 대중적 성공이었다. 1932년 4월 17일부터 7월 9일까지 『프랑크푸르트 신문』에 연재됐던 이 작품은 9월에 책으로 출간된 지 두달 만에 이미 이만 오천부가 판매됐다. 1964년에는 미하엘 켈만이, 1995년에는 알렉산더 코르티가 텔레비전 영화로 만들어 시청자의 눈길을 사로잡기도 했다. 최근에는 이른바 "꼭 읽어야 할" 소설 1001권이나 501권에 늘 끼어 있다. 그뿐 아니라 독일에서 가장 영향력 있는 비평가인 라이히-라니츠키는 2002년 "독일어로 쓰인 가장 중요한 소설" 20권 중 하나로 『라데츠키 행진곡』을 꼽은 바 있다.

번역을 마무리 지으며 요한 슈트라우스 1세의 「라데츠키 행진곡」을 듣는다. 드럼, 팀파니, 썸벌즈, 플루트, 바이올린, 호른, 클라리넷 소리가 경쾌하고 신명나게 울린다. 어디선가 개구리가 개굴거리고, 귀뚜라미가 귀뚤거리고, 나무들이 솨솨거리더니, 이내 파리가 윙윙거리고, 시계가 톡탁거리고, 소맷부리 단추들이 잘랑거리고, 박차가 찰그랑거리고, 군도가 달그락거리고, 말발굽이 따가닥거린다. 요제프 로트의 『라데츠키 행진곡』이 들린다.

황종민(번역가)

작가연보

1894년 9월 2일 (당시 오스트리아-헝가리 제국의 일부였으며 오늘날 우크라이나에 속한) 갈리치아 브로디에서 유대인의 아들로 태어남. 어머니는 마리아 로트(Maria Roth, 결혼 전 성은 그뤼벨(Grübel)). 아버지 나훔 로트(Nahum Roth)는 곡물상이자 목재상. 로트는 아버지 얼굴을 생전 보지 못함. 아버지는 로트가 태어나기 전 사업차 여행을 떠났다가 정신병으로 수감되어 다시 돌아오지 않음.

1901~05년 브로디에서 유대인 초등학교에 다님.

1905~13년 브로디에서 황태자-루돌프-김나지움(인문계고등학교)에 다님.

1913년 1913/14 겨울학기에 렘베르크 대학교(오늘날 우크라이나의 리비우 대학교)에 등록

1914년 1914 여름학기에 빈 대학교에 등록. 철학, 독문학 수강. 6월 28일 오스트리아 황태자 부처 싸라예보에서 시해. 7월 28일 1차 세계대전 발발.

1915년 시 「세상 수수께끼」(Welträtsel) 발표. 로트의 처녀작.

1916년 단편 「우등생」(Vorzugsschüler) 발표. 8월 빈의 제21총병대대에 일년제 지원병 입대. 11월 21일 프란츠 요제프 1세 서거.

1917년 갈리치아에서 군 복무. 빈과 프라하의 여러 신문 문예란에 기사와 시 기고.

1918년 12월 빈으로 돌아옴.

1919년 새로 창간된 빈의 일간지 『노이에 타크』(*Der Neue Tag*) 문예란에 백편이 넘는 글 발표.

1920년 6월 베를린으로 이주. 베를린의 잡지 및 신문에 기고.

1922년 3월 5일 프리데리케 라이힐러(Friederike Reichler)와 빈에서 결혼. 프리데리케는 1919년 빈에서 처음 만남.

1923년 최초의 장편 『거미줄』(*Spinnennetz*) 발표. 빈으로 돌아옴. 하지만 독일과 체코로 자주 여행을 떠남.

1924년 장편 『싸보이 호텔』(*Hotel Savoy*), 장편 『반란』(*Die Rebellion*) 발표.

1925년 『프랑크푸르트 신문』(*Die Frankfurter Zeitung*) 빠리 특파원으로 활동. 단편 「4월」(April), 단편 「비치지 않는 거울」(Der blinde Spiegel) 발표.

1926년 『프랑크푸르트 신문』 파견으로 러시아 여행.

1927년 에세이 『방랑하는 유대인』(*Juden auf Wanderschaft*), 장편 『끝없는 도주』(*Die Flucht ohne Ende*) 발표.

1928년 아내 프리데리케 정신분열증 발병. 프리데리케는 여러 요양원에서 치료를 받았으며, 이후 부부는 함께 살지 않음. 슈테판 츠바이크(Stefan Zweig)와 친교. 장편 『치퍼와 그 아버지』(*Zipper und sein Vater*) 발표.

1929년 장편 『우파와 좌파』(*Rechts und Links*), 장편 『말없는 예언자』(*Der stumme Prophet*) 발표.

1930년 장편 『욥』(*Job*) 발표.

1932년 장편 『라데츠키 행진곡』(*Radetzkymarsch*) 발표.

1933년 1월 30일 히틀러가 독일제국 수상으로 임명되자, 빠리로 떠나 망명생활 시작. 망명 잡지 및 신문에 기고 시작. 단편 「역장 팔메라이어」(Stationschef Fallmerayer) 발표.

1934년 장편 『타라바스』(*Tarabas*) 발표. 단편 「산호 장수」(Der Korallenhändler) 1장 발표. (사후인 1940년 「레비아탄」(Der Leviathan)이란 제목으로 유고 발간)

1935년 단편 「아름다움의 승리」(Triumph der Schönheit), 단편 「황제의 흉상」(Die Büste des Kaisers) 발표. 장편 『백일천하』(*Die hundert Tage*) 발표.

1936년 장편 『어느 살인자의 고백』(*Beicht eines Mörders*) 발표.

1937년 폴란드 펜클럽 초청으로 폴란드 순회강연. 장편 『엉터리 저울추』(*Das falsche Gewicht*) 발표.

1938년 마지막 빈 방문. 독일군 진주 사흘 전 오스트리아를 떠남. 폭음으로 건강악화. 장편 『카푸친 황제묘』(*Die Kapuzinergruft*) 발표.

1939년 5월 23일 극작가 에른스트 톨러(Ernst Toller)의 자살 소식을 듣고 졸도. 5월 27일 네께르 빈민병원에서 사망. 5월 30일 빠리 남동쪽 띠에 묘지에 안장. 사후 장편 『천이야화』(*Die Geschichte von der 1002. Nacht*), 단편 『성스러운 술꾼 전설』(*Die Legende vom heiligen Trinker*) 발간.

발간사

고전의 새로운 기준, 창비세계문학

오늘날 우리는 인간의 존엄과 개성이 매몰되어가는 시대를 살고 있다. 물질만능과 승자독식을 강요하는 자본주의가 전지구적으로 확산되면서 현대사회는 더 황폐해지고 삶의 질은 크게 훼손되었다. 경제성장만이 최고의 선으로 인정되고 상업주의에 물든 문화소비가 삶을 지배할수록 문학은 점점 더 변방으로 밀려나고 있다. 삶의 본질을 성찰하는 문학의 자리가 위축되는 세계에서는 가진 자와 못 가진 자 할 것 없이 모두가 불행할 수밖에 없다.

이 시대야말로 인간답게 산다는 것의 의미가 무엇인지 근본적인 화두를 다시 던지고 사유의 모험을 떠나야 할 때다. 우리는 그 여정에 반드시 필요한 벗과 스승이 다름 아닌 세계문학의 고전이라는 점을 강조한다. 고전에는 다양한 전통과 문화를 쌓아올린 공동체의 경험이 녹아들어 있고, 세계와 존재에 대한 탁월한 개인들의 치열한 탐색이 기록되어 있으며, 새로운 세상을 꿈꾸는 아름다운 도전과 눈물이 아로새겨 있기 때문이다. 이 무궁무진한 상상력의 보고이자 살아 있는 문화유산을 되새길 때만 개인의 일상에서 참다운 인간적 가치를 실현하고 근대적 삶의 의미와 한계를 성찰하는 지혜를 얻을 수 있을 것이다.

'창비세계문학'은 이러한 문제의식에서 출발한다. 세계문학의 참의미를 되새겨 '지금 여기'의 관점으로 우리의 정전을 재구성해야 할 필요성이 그 어느 때보다 절실하다. '정전'이란 본디 고정된 목록으로 존재하는 것이 아니라 그때그때 주어진 처소에서 새롭게 재구성됨으로써 생명을 이어가는 것이다. 우리는 먼저 전세계 문학들의 다양성과 차이를 존중하면서 국가와 민족, 언어의 경계를 넘어 보편적 가치에 기여할 수 있는 가능성에 주목하고자 한다. 근대를 깊이 성찰한 서양문학뿐 아니라 아시아와 라틴아메리카, 중동과 아프리카 등 비서구권 문학의 성취를 발굴하고 재평가하는 것 역시 세계문학의 지형도를 다시 그리려는 창비의 필수적인 작업이 될 것이다.

여러 전집들이 나와 있는 세계문학 시장에서 '창비세계문학'은 세계문학 독서의 새로운 기준이 되고자 한다. 참신하고 폭넓으면서도 엄정한 기획, 원작의 의도와 문체를 살려내는 적확하고 충실한 번역, 그리고 완성도 높은 책의 품질이 그 기초이다. 독서시장을 왜곡하는 값싼 유행과 상업주의에 맞서 문학정신을 굳건히 세우며, 안팎의 조언과 비판에 귀 기울이고 독자들과 꾸준히 소통하면서 진정 이 시대가 요구하는 세계문학이 무엇인지 되묻고 갱신해 나갈 것이다.

1966년 계간 『창작과비평』을 창간한 이래 한국문학을 풍성하게 하고 민족문학과 세계문학 담론을 주도해온 창비가 오직 좋은 책으로 독자와 함께해왔듯, '창비세계문학' 역시 그러한 항심을 지켜나갈 것이다. '창비세계문학'이 다른 시공간에서 우리와 닮은 삶을 만나게 해주고, 가보지 못한 길을 걷게 하며, 그 길 끝에서 새로운 길을 열어주기를 소망한다. 또한 무한경쟁에 내몰린 젊은이와 청소년들에게 삶의 소중함과 기쁨을 일깨워주기를 바란다. 목록을 쌓아갈수록 '창비세계문학'이 독자들의 사랑으로 무르익고 그 감동이 세대를 넘나들며 이어진다면 더없는 보람이겠다.

2012년 가을
창비세계문학 기획위원회

창비세계문학 5

라데츠키 행진곡

초판 1쇄 발행/2012년 10월 5일
초판 3쇄 발행/2025년 12월 3일

지은이/요제프 로트
옮긴이/황종민
펴낸이/염종선
책임편집/심하은
펴낸곳/(주)창비
등록/1986년 8월 5일 제85호
주소/413-120 경기도 파주시 회동길 184
전화/031-955-3333
팩시밀리/영업 031-955-3399 편집 031-955-3400
홈페이지/www.changbi.com
전자우편/lit@changbi.com

ISBN 978-89-364-6405-9 03850